U0926217

沃土

张凡军 著

青岛出版社
QINGDAO PUBLISHING HOUSE

目　　录

第一章

梦想成真，拥田泣天

乍暖还寒的阳春三月，一场春雪，让苏醒的万物打了一个冷颤，给返青的大地披上一层洁白的外衣。银装素裹的东阳大地，犹如鳞波荡漾的银色世界。

常言道："一场冬雪一场财，一场春雪一场灾。"这场雪灾，关乎东阳生灵的生存大计。万灵之尊的人类首当其冲，人们虔诚地双手合十，祈祷万神之帝拯救天下子民……

心诚则灵，上苍对天下众生心存怜悯。云集乌云的天空突然划出闪亮的曲线，发出轰隆隆的春雷声……

春雷一声震天响，天空云飞雾开。乌云犹如神鞭驱赶的野马向天边落荒而逃……须臾间，天空雪霁，喜从天降，泠泠的春风迎面扑来，春雪化作甘露不仅滋润复苏的万物，而且宽慰着穷苦人的心田。

春雷驱走了乌云，张浊村随即发出咚咚的锣鼓和噼里啪啦的鞭炮声……

霎那间，沉默而古老的张浊村沸腾了，穷苦农民否极泰来，他们不仅化解了灾害，而且迎来了"土改"的大喜日子。

人逢喜事精神爽。张浊村的男女老少沉醉在分田的幸福欢乐里，大家奔走相告,兴高采烈地涌向分田大会。

常言说得好:“水是庄家的命脉,土地是农民的命根子。谁拥有了土地,谁就掌握了生存大计,谁就是人类的主宰者。”

贫农张士琦听到分田的喜讯,激动万分,昂首感叹:“真是喜从天降,共产党好、毛主席的恩情比天高……”张士琦无比激动地迈出家门,一边挽着老棉裤的裤腰,一边对着前方的行人,喊道:“王老弟,王老弟,你等等俺……”

王德福闻声驻足,一面系着松弛的腰绳,一面回头扫视张士琦一眼,抱怨道:“哎呀！你磨蹭嘛！今天这事你还能沉得住气?”

张士琦边点头应答边按着大裤腰追赶……

欲速则不达,凡事不能急于求成。张士琦按着棉裤腰刚要追上王德福,噗嗤,挽起的大裤腰突然崩开了。大棉裤顺腿落到了屁股下,张士琦尴尬地提起棉裤,可是,大棉裤腰像和他故意作对一样,咋挽也挽不了从前的腰扣。张士琦羞得脸红脖子粗,一股无名之火油然而生。怨恨道:“这可咋办哪?狗日的,这不是让俺光腚推磨转圈丢人嘛……”

王德福目睹了张士琦那尴尬的一幕,笑得腰都弯了……一会儿,张士琦紫铜色的脸臊得像猪肝一样变成暗红色。张士琦瞋目看着王德福,质问:“嘿！你笑啥,不就是掉裤子嘛,这有啥好笑的。真是的,少见多怪。”

“士琦老哥,俺不笑你,你慢慢地挽吧。哈、哈、哈……”王德福洒下一串笑声,一溜烟地跑了。

俗话说:“男人头女人脚。”头,是男人阳中之巅。头也是男人权利的象征,代表着男人的自信和尊严。脚,却是女人阴中之阴,也是阴之

极。古代对女人的脚十分注重的,“三寸金莲”,曾是女人美的象征。张世琦的媳妇马天花曾受过裹脚之罪。后来,随着社会的进步和审美观的改变让畸形三寸金莲失宠。如今,评判一个人的俊丑只凭面部颜容。

爱美之心,人人皆有,马天花也不例外,她出门前还忘不了捯饬下脸面,对着圆镜子像摇摆的货郎鼓左看右照的……自我欣赏一番后,向掌心吐口唾沫,双手轻轻归捋下鬓发,又向门口瞅一眼,喊道:“他大,俺给你缝的棉裤腰长了点,挽不起裤腰来,你出门可别忘扎围带……哎,这老拧种,咋不应声呢?他大!你走了吗?哦,真走了。”马天花嘟囔着追出门口,恍然道:“哦!不好!他大没有拿扎腰带就走了……”说罢,慌忙返回屋内,抓起一根布腰带向张士琦追去。

“哎呀!嫂子你跑这么快干啥?人家工作组的领导说了,现在是人人平等,咱人人有一份。哦,对了!听说是按人口分田地哪。你啊,跑得再快也没有用的……”大柱望着匆匆忙忙赶路的马天花自问自答。

“他大叔,俺不是为那事,俺是在追你大哥哪。嗨!俺不给说了……”马天花上体摇曳着双乳下体扭动着大臀,两只畸形的小脚翘着脚尖疾步向村头追去。

分田大会设在村东头,临时搭起一个类似戏台模样的大台子。台子上坐着土改工作组长李诚,李诚见农民个个兴高采烈的样子,心里乐开了花。

李诚中等身体,他黝黑的皮肤朴实的言行给人一种亲切感。李诚和百姓没有啥特别的,唯独他那双机智的大眼睛和泛白的军帽格外显眼。从前,李诚是县武工队的一名干部,在一次残酷的战斗中负伤……后来,县武工队编入正规军,组织考虑李诚伤口还没有康复,部队忍痛割爱将李诚留在了地方。

李诚留在地方工作，始终保持着部队雷厉风行的军人作风。在这次土改运动中，李诚打起背包住进了张浊村。为了摸清当地的实际情况，他放手发动群众，深入农民家中调查了解实情。经过深入细致的调查研究，李诚很快摸清了张浊的真实情况。在张浊的土改中有的放矢，把张浊村的土改工作搞得有声有色。不久，李诚和张浊的贫下中农结下深厚的阶级感情和友谊，李诚实事求是的工作作风赢得了大家的认可，并得到百姓的拥护和爱戴。

中国农民自古以种东家地，为东家纳税纳粮视为天经地义的事情。自从农民失去土地权，一生除了被东家催交赋税纳粮之外，还没有见识过分东家田地和财物的稀奇事。大家争先恐后地涌向主席台，争先求证，他们是不是处在白日做梦的梦境之中。

李诚见主席台前聚了不少人，担心会场拥挤再发生踩踏意外事件，高声道："喂！贫下中农同志们，大家不要向台前挤！要遵守大会秩序。一会儿，咱们就召开大会，请大家在台下坐好！"

李诚组长的话具有强大的号召力，大家立刻返回原地，在石块、原木条子上坐下来，大会场逐渐地静了下来。刹那间，大会场显得格外的庄重严肃。

马天花追上张士琦，见张士琦正着急，在哎哎地挽着裤腰……马天花噗嗤笑了，半掩着嘴角问："他大，你站在那里干么？"

"干吗？俺正想问你呢，你说俺在干吗？狗日的，这棉裤这是咋了，像老和俺作对似的，咋挽也挽不起来？"

"嘿！你笑死俺了。你还真叫俺猜对了……"

“狗日的！你这老娘们就知道笑。看！你给俺改的这棉裤,这裤腰死活挽不起来。”

“哦,他大,是这样的,俺是怕你冻着,俺这次多给你添了些棉花。谁知道把裤腰加高了,也加厚了……哎,你这棉裤压根就挽不起来。给,快扎上这个吧。”

“你这老娘们,可把俺坑苦了。嗨！刚才俺连大白腚差点露出来,这次可丢大脸了。这事就怨你,你说,你这老娘们还能干点啥,连缝缝补补这事儿也干不好了?”

“哎！他大,你别抱怨了,大会马上开始了！咱们快走吧。”

“哼！要不是你,俺早就到会场了。”

张士琦气得太阳穴上的青筋暴露,犹如蚯蚓在蠕动,一甩手,犟着脖子向村头疾步走去……

主席台上,村长张士荣和李诚低声私语,李诚眨巴着机警的大眼睛,边听边点头,当他听到兴头处,突然将手掌拍到桌面,肯定道:“嗯,行,就这样办吧!”张士荣这才转身走向主席台中央,清了下嗓子,大声道:“乡亲们,大家都坐好了,咱们现在开大会:张浊村斗地主暨分田分物大会现在开始！大会进行第一项:把张浊村的地主张富贵押上台来!”

噔、噔、噔……

台下的村民们屏住呼吸双眼盯着主席台。

民兵连长张盼富和肩背38步枪的两位民兵,把五花大绑的张富贵押上主席台。

张富贵脖子上挂着一块纸牌,上面醒目的大字:大地主张富贵。名字用黑笔重重地划上了一个大叉，民兵一手捽住胳膊，一手按着张富贵的头，张富贵弯曲着身子对视着脚尖。

翻身做主人的农民没有见识过这么大的场面，个个激动万分。民兵连长张盼富掠视台下一眼，情不自禁地高呼："打倒大地主张富贵！共产党万岁！毛主席万岁！"

在这激动人心的时刻，张盼富喊出了大家的心声。台下一呼百应，大家振臂高呼："打倒地主张富贵！共产党万岁！毛主席万岁！"

这发自肺腑的阵阵高呼，一浪高过一浪，回荡在张浊村的上空；在革弊立新，激浊扬清，荡除了剥削阶级的旧制度，扬起公平的新社会，迎来了人民当家作主的新天地。

张士荣一边伸手示意安静，一边大声道："大家不要议论，要安静！要安静！大会进行第二项：请张浊村土改工作组组长李诚同志宣布人民政府决定。"

李诚大步走到主席台前，向大家行一个军礼，乜斜地主张富贵一眼，高声道："张浊村的贫下中农同志们，张富贵是张浊村里的头号大地主，罪孽深重……自从土改以来，经过广大贫下中农的深入揭发批斗，张富贵的罪行证据确凿，经报请上级人民政府批准，现移交县公安局逮捕法办。

今天，我们在这里举行斗地主分田地大会，标志着剥削阶级的旧制度的彻底倒台，迎来人民当家做主的新时代。我们要珍惜这来之不易的果实，千万不要忘记阶级斗争！同时，警告陪斗的地富分子们，要看清形势，不许你们乱说乱动，只许你们老老实实地接受贫下中农的劳动改造，这是你们的唯一出路……"

“大会进行第三项:把大地主张富贵和地富分子押下去……”

“大会进行最后一项,请工作组李诚组长宣布分田分财物名单!”

农民盼望已久的时刻终于到了,台下沸腾了,朴实憨厚的农民朝着主席台跺脚抚掌……顿时掌声雷动,欢呼声不绝于耳,大会成为欢乐的海洋。

阵阵雷鸣般的掌声,把大会推到高潮,翻身农民个个热泪盈眶,情不自禁地再次振臂高呼:“共产党万岁! 毛主席万岁……”

张士琦一家六口人分得二亩土地、一头大黄牛、三间青砖大瓦房,另加一些生活用具。那年,张士琦已是而立之年,一张憨厚朴实的面孔,青黑色的肤色,眨眼一看,就能猜个八九不离十,是庄稼地里的“好把式”。

土改前,张士琦靠给地主打工,农活季节还能凭力气吃上顿饱饭,农闲季节过着饔飧不继的日子。屋漏偏逢连夜雨,在他生下第一个孩子大愣后,便隔年下一个娃。这个排序像四季节气那样准时,用张士琦的话说“就像是推着小车下坡,拽都拽不住”,转眼间的时间,已生下四个孩子。

白天,马天花像个羊倌放养这大小不均的孩子。说来也怪,四个孩子竟然比羊羔还好养活。从没有一个染病摊灾的,这让张士琦两口子省了不少心。

晚上,四个小脑袋像排列在大炕上的西瓜,从大到小排列得井然有序。可是这西瓜中看不中吃,最让张士琦闹心的是四个孩子像半拉的小猪崽总是吃不够的。每天,一睁眼,张士琦两口子就为孩子的吃喝奔忙。

如今,这喜从天降的大好日子,让张士琦两口子兴奋不已,他们搬进刚分的青砖大瓦房。张士琦高兴地把手伸到马天花眼前，疑惑道："大愣他娘，俺是不是在做梦呢?"马天花倒腾着刚分的衣服柜子，激动地说："他大，俺正想问你哪，俺咋也觉得像白日做梦呢?"

啪!

"他大你干啥?你咋说打俺就打俺呢?"

咣当!马天花赌气把手里的衣服扔进柜子，怒视着张士琦……张士琦嘿嘿一笑，伸手便抚摸马天花泛红的脸腮。"去!"马天花愤怒地挡了回去。

"他娘，你不是说在白日做梦，你觉疼了?嘿!俺手都打疼了，这说明咱们不是白日做梦!"

"哎，对啊!咱们不是在做白日梦。哎呀，这是真的啊。"

"快!他娘，你再给俺一巴掌，让俺再清醒一下。哎，咋了?他娘，你快打呀!真是的，你还能干点啥呢?算俺求你了!"

马天花摸了一把火辣辣的脸，气就不打一处出，顺手握起一只布鞋底，朝张士琦的脸上狠狠地抽了过去。

"啪!"

"哎呦!俺的亲娘嘞，你这臭娘们咋这么狠哪!你竟敢谋害亲夫?"

"他大，你不是让俺帮你找感觉吗?是你求俺打的嘛，咋说变脸就变脸哪?哎，你知道疼了就不是在做梦啊。"

"咦!你狗日的你也忒狠了。啊!俺嘴角都被你打出血了?"

"哎呦!真的出血了，俺也没有想到这一鞋底这么重。嗯，这回你可相信咱家这些东西都是真的了吧?"

"哼!真清醒了，俺不是在做梦!俺也住上大瓦房了，俺也有祖祖辈

辈盼望的土地了……”张士琦一边摸着脸上的鞋底印子,一边连蹦带跳地窜出堂屋。

哞……

王德福牵着老黄牛,突然驻足指着牛鼻子,道:“哈哈!俺也有牛了!老牛,你叫啥?从今天起俺可是你的新主人了。”

咣当、咣当……

张大柱拉着刚分到的一辆地排车正朝着王德福奔来。王德福见张大柱地排车朝他冲来了,急忙高举右手,提示道:“柱子,慢点,别撞到俺的老黄牛!”

大柱用力刹住了地排车,他与老牛瞠目以对。

“咦!你瞪着老牛干啥?”

“哎,俺看你这牛给俺拉车不错。”

“哼!你想的美,谁给你拉车,这是俺刚分到的牛,俺还没有和老牛熟悉过来呢,咋能给你拉车哪?”

“小气鬼,快闪开!车碰着牛俺可不管。”

咣当!

大柱的地排车从王德福身边擦肩而过,惊得王德福哎哎倒吸两口冷气,嘴里不停地念叨:“吓死俺了,吓死俺了……”

王德福和张士琦是光着屁股长大的同龄人,王德福除个子稍高点,他俩长得很相似,也是伺候庄稼的好把式。所不同的是妻子刘芬的肚子不争气,一口气给他生了三个小闺女。当生到第四个娃的时候老天爷才给王德福换了一个品种,王德福总算在村里找回一点面子。

王德福和大家一样做梦也没有想到过上翻身做主的好日子。一夜之间，过上了二亩地，一头牛，老婆孩子热炕头的幸福生活。

张大柱刚满18岁的愣头小伙子，一米八的个儿，微胖的体型显得格外强壮，号称张大力士。大柱和父母住着三间草房，从住房上看还算得上有房户。所以，这次他家没有分到住房，分了二亩田地和一辆地排车。其实，大柱在家真实的排行是老三，理应叫他三柱。大柱上面有两个哥哥，大哥叫大柱，二哥叫二柱，在几年前走失，至今杳如黄鹤。时间一长，大家淡忘了大柱和二柱的存在，就把三柱当成了大柱。从此，大家把三柱称为大柱。

大柱拉着地排车，高兴得连嘴都合不拢了。那天，他从王德福身边擦肩过后，硬是把老娘拖到地排车上，拉着老人在张浊村转了一圈又一圈。大柱直把老娘转晕了，唠了一地排车，才肯把车停下来。

晚上，张士琦还沉浸在惊喜之中。马天花把孩子们哄睡，从衣柜里翻腾出两条裤头，瞅了半天，又在张士琦腹部上比划一阵，最后，她硬是让张士琦穿上了新裤头。

张士琦躺在棕床上，觉得身体在慢慢下沉……吓得一把抱住了床边的马天花。马天花半推半就坠入松软的床上，似嗔非嗔地说："嗨，看你猴急的……"

"你说啥呢，俺不是想那事，俺是在怕床漏了？"

"你知道啥，以前咱睡的是大炕。哎！人家这才叫床哪……"

张士琦听了马天花的话，心理上的阴影才消除了。他好奇地抖抖身子，在探试大棕床的柔软。大棕床发出咯吱咯吱的响声。

"娘！咋啦？你们的床咋还带响的？"

"哦，没事的，快睡觉吧。"

“嘿、嘿、嘿……”

“嘘，别再出声。”

张士琦赶紧捂住嘴，像一具僵尸一动不动了。

马天花伸下腿，亲昵道：“哎，上俺这头来？”张士琦对马天花的暗示却无动于衷。马天花不甘心，翻身伸开腿揣张士琦一脚，大棕床再次发出吱吱的响声。马天花闻声，像触电似的缩回脚丫，再次发出嘿嘿的笑声……

“笑啥？有啥好笑的，真是的。”

张士琦的警示，让马天花收敛了不少，为了不影响孩子们的睡觉，她硬是憋回了笑声。

马天花再次把脚伸到张士琦的身上，仍不见张士琦往日的敏感反应。马天花一不做二不休，一气之下爬到张士琦那头。当马天花丰润的身子一触到张士琦，立刻点燃了张士琦的欲火，张士琦紧紧抱住了马天花……

马天花如饥似渴地和张士琦缠绵在一起，亲昵道：“哎，他大。你说在这个大床上做那事，这床能塌吗？”

说者无意，听者有心。张士琦心里一怔，心里又布上了阴影，搂着马天花的手像被烧着一样缩了回来，朝着马天花苦笑两声，不情愿地闭上了眼睛。

马天花见张士琦出奇般的冷静，以为做那种事床真的会塌，深叹一口气，她失望地爬了回去。

这时，马天花情退疲来，一会儿便发出了鼾声。

张士琦却辗转反侧，难以入眠，感到浑身不自在……

原来,张士琦裸睡惯了,自幼从未穿着内裤睡过觉,乍一穿上裤头觉得勒得慌。在被窝里,他上扯扯下拽拽仍无济于事。张士琦掀掉被子,一骨碌从床上爬起来……

马天花被张士琦的突然举动惊醒了,揉着惺忪的眼睛,追问道:“他大,你黑灯瞎火的发哪门子疯呢?你咋像个醉汉似的在左右摇晃哪,真是的。”

“嗨!狗日的,谁叫咱这命贱嘞,俺穿不得这衣服。你看!这裤头子快勒死俺了。俺可受不了这洋罪。哎!俺还给你吧。”

张士琦说罢,脱下裤头用力扔在马天花的头上。

“嗨!烦人,你把裤头子扔在俺的脸上了。吐!吐!你真是狗咬吕洞宾不知好人心……”

张士琦如释枷锁,不由得感叹道:“咦!这光腚睡觉的感觉就是好啊,真自在……”

青菜萝卜,各有所好。张士琦脱下内裤困倦立刻袭来。一会儿,张士琦雷鸣般的鼾声打破了室内的静谧。马天花早已听惯了这一长一短、一高一低的独特鼾声,像摇篮的催眠曲把马天花带回了梦乡。

咯—咯—咯—咯……

拂晓,公鸡争鸣。张士琦睁开眼睛见屋里黑黢黢的,一侧身又迷糊一觉。马天花是位贤妻良母型的家庭主妇。每天,东方一放亮便起床操持家务。今天,马天花感觉这一夜特别的漫长,一侧身无意发现门缝射进两道亮光,恍然醒来,急忙穿衣下床。

吱、吱、吱!

马天花打开沉重的房门,阳光掠进屋里。天亮了,太阳已冉冉

升起……

清晨，晨光熹微，冷冷的晨风扑面而来。马天花捋着鬓发，惊讶道："哦，这房子还真严实，连阳光都照射不进来。他大、他大！快起床了！大愣，你们也起床了，再不起太阳晒屁股了！"

"娘，俺要烤裤子！娘，俺也烤裤子……"

大愣一听到弟弟要马天花烤裤子，乜斜他们一眼，嘟囔道："娇憨娃娃！啥天气了还烤裤子。哼！在说梦话吧？"三愣撅起小嘴，直言道："大憨，不用你管，俺偏要娘烤裤子！"

"住嘴！不准再叫大哥哥的绰号。大哥哥都快给你们娶嫂子了，咋还没大没小的哪？"

"娘，你说啥，谁想娶媳妇？"

马天花瞋睨着大愣，嘟囔道："娶媳妇咋了，你不娶媳妇还能打一辈子光棍啊……"马天花说罢，朝二愣三人的小屁股上轻轻打一下，呵斥道："你们睡糊涂了。春天了，你们还用得着烤裤子？"

张士琦一边穿衣，一边悔恨道："哎呀呀！睡过头了呢。哎，咋起晚了，又少拾一筐粪。"张士琦穿好衣服，趿拉着鞋子走进院子，督促："大愣，快走了！"大愣慌忙穿好衣服提着鞋子追了出去。

王德福一早来到地里修整麦田的水沟，在为浇灌麦子做准备。见张士琦爷俩姗姗来迟，好奇地问道："哎，今天咋了，你爷俩还有落在别人后面的时候？"

"嘿，老虎还有打盹的时候呢。咋了，就不兴俺爷们多睡一会儿？"

王德福被张士琦的话呛住了。半天，没有找出一句合适的话来反驳。

有其父必有其子，这话说得一点都没错。别看大愣外表长得憨憨的，心里可精明哪，他和张士琦都是地道的恨家不起之人。大愣听着张士琦和王德福的对话，心里就不顺畅，压低声道："大，咱都来晚了，哪有闲心还和人家拉呱呢?"说罢，大愣吐口唾沫抓起铁锨整起修地头的水沟……

"哼！咋了，你大和人家拉个呱还不中？以后，大人说话你少插嘴……"张士琦不情愿地哼一声，一铁锨铲在了水沟内。

王德福整理一会儿水沟，吭哧一声把铁锨插在地头上。王德福拍打下手，从腰间拔出旱烟袋，抓起烟包捻起烟叶……

王德福将烟袋嘴儿送上嘴角，在兜里摸索半天也没有找着火柴，无奈地摇下头，大声问道："老哥，俺也有忘事的时候，俺忘带火了。快，把你的火给俺用用?"

"嗨！俺见你嘴上撅着大烟袋就想抽一口。俺走得急。今天，也忘带烟袋了。"

"哦，老哥。俺借的是火不是你的烟袋。"

"是啊，俺烟袋都忘带了，火就更没有戏了。"

"哎呀，咋，这么巧合呢。"

"王老弟，你到前面地头看看，兴许那里的人有带火的。"

"嗯，中！俺就到前面借火去……"

王德福走了好几节子地也没有借到火。此时，王德福的烟虫已在嗓子眼里蠕动起来，王德福一咬牙，一跺脚，便向家里快步走去。

张士琦爷俩紧赶慢赶，总算把耽误的活儿找了回来。一会儿的功夫，张士琦把水沟整修到了地头，累得气喘吁吁，督促道："大愣，你也歇歇吧。"

大愣擦了一把额头上的汗珠子，道："嗯，大，俺知道了。"

刘芬见王德福借火借到家来，劈头盖脸地训道："你真能啊，从坡里借火能借到自己家来了，真是个奇人！"王德福挠着头皮，嘿嘿一笑，搪塞道："哎，俺点上烟立马回去，不会耽误干活的。"

刺啦！王德福点上烟，贪婪地吧咂着烟袋嘴儿，不规则的两条白烟从鼻孔里喷发出来，袅袅腾腾的烟雾向门外飘去……烟瘾过罢，王德福刚迈出大门，感到肚子一阵疼，他连忙转身捂着肚子向茅房跑去。

俗话说："庄稼一支花，全靠肥当家。"人畜之粪在农民的眼里视同金子般的珍贵，用老农民的话说："民以粮为天，粮以粪当家。"农民家里有两件宝，粮食粪肥不可少，家里储存多少肥料来年就有多少粮食的产量。在农民眼里粪肥视同于粮食已是不争的共识。王德福蹲在茅房坑上，转忧为喜，炫耀道："老婆子，这啥事都是有得有失。嗯，这借火借到家里来，本来是若有所失，这粪肥可是大有所得啊。总而言之，这一趟没有白跑……"

"哼，你这死老头子咋不会算账哪，你在庄稼地里方便不是更合算吗?"

王德福一边扎着腰绳，一边自语道："哎，这老婆子真会算计。是啊，要是在庄稼地方便不是省了运送了?"

王德福刚刚挂在脸上的笑容瞬间消失了，慢慢地走出茅房。

刘芬得理不饶人，在翻来覆去唠叨着王德福的不是……

"哎，老婆子别管咋说，这肥水没流外人田。"王德福的话还没有让刘芬反应过来，趁机溜走了。

张士琦坐了一袋烟的功夫，仍不见王德福的影子，心想："哎，真奇怪了，这老小子借火借得哪里去了?"

在张士琦猜测之时，王德福从远处向他们奔来。

霎时，王德福回到地头，张士琦盯着王德福上下打量一番，问道："咋了,你上哪里借到的火?”

“嗨！别提了,一节地一节地地借,借到村口也没有借到火。后来,俺干脆回家了……”

“哈、哈！你刚才还说俺爷俩来晚了,闹了半天,你是起了个大早,赶了个晚集喽!”

“谁说不是唻,俺今天运气悖,甭提借火这档子事了。”

“嗯,王老弟,这地也有了房子也住上了,咱们的好日子也过好了。你说,咱这庄稼汉咋还伺候不了这二亩地哪?”

“哎,你算说对了。以前咱是给人家打工扛活,咱们是只出力不操心。现在,细心一想才明白,那时大户家的生产工具可是配套使用的,干起活来顺手省时省力。你再看,现在咱们的生产工具分得七零八散的不配套,也不实用。各家在唱独脚戏,咱们失去了农具配套的先进优势……”

“嗯,说的在理。哎,这才是个开头呢,咱们等麦收季节更忙不过来。”

“哎,这好事里也有难办的事啊……”

三个月后。

小麦进入成熟期,微风吹来,无垠的麦田翻滚着金色的麦浪,犹如给麦田铺设了金箔般光彩夺目。这随手可摘的劳动果实让勤劳的庄稼人喜笑颜开,翻身当家的农民摩拳擦掌,在嚯嚯地磨着收割的镰刀……

张士琦磨砺好大、中、小三种型号的镰刀,猫腰拾起一把镰刀,一手握着刀背,一手试探着镰刀刃的锋利,赞叹道:“好,好！收了小麦,俺天天有白面馍馍吃了。”张士琦一番赞叹后,满意地放下镰刀,紫铜色的脸上荡漾出幸福的笑容。

俗话说:“天有不测风云,人有旦夕祸福。”小麦很快进入了成熟期,

就在开镰的前几天，天空突然发出轰隆隆、轰隆隆的惊雷声，乌云像脱缰的野马从北方的天空翻滚而来。须臾间，狂风暴雨夹杂着冰雹卷席了东阳大地。

这突如其来的灾难，给满怀喜悦的农民当头一棒。张士琦望着砰砰直响的瓢泼大雨，泪水汩汩地流了下来。

王德福一听到啪啪的冰雹响，立刻联想起菜刀镇雹的传说。他擦着眼泪，噔噔跑进饭屋，啪一声将一把精光闪亮的菜刀扔在院子……

刘芬见王德福在用菜刀镇雹，为了再助菜刀一力，立刻把攥在手里的剪刀也扔了过去。

英雄所见略同。在自然灾害面前，闭塞落后的乡村，农民除了祈求老天爷就是相信迷信和传说。张士琦和马天花也被这突然的灾害吓呆了。半天后，马天花和张士琦瞠目而视，提示道："他大，你还愣着干啥？快！快扔菜刀……"

"哎！大愣、二愣，你们还愣着干啥？快！把咱家的刀具都扔出去……对了，凡是家里带棱的铁家伙统统扔出去……"

砰！砰！当！当！

一阵霹雳啪啦的响声后，张士琦一家人把刀和所有棱角的铁器全部扔在大雨之中，豌豆大的冰雹砸得刀具和铁器叮当直响……

这冰雹的叮当声，犹如刀在戳着张士琦心肝一样疼痛难忍。

大愣见冰雹丝毫没有停止的迹象，急得直跺脚，怨恨道："真是的！老天爷这不是要咱庄稼人的命吗，这可咋办呢？"

马天花焦急地站在门口东张西望，抱怨："唉！这么些刀具还镇不住冰妖？这冰雹真邪门了。"

大愣看在眼里，急在心里，自语："是啊，这冰雹真是邪乎了。嗯，俺明白了！震慑冰雹仅用刀具是不够，除雹须先降妖！"大愣为了保卫自己的劳动果实，要亲手降服给他们带来灾难的冰雹。大愣深思片刻，脑海里突然闪现出镜子镇妖的传说。于是，他嗵嗵跑进屋搬起马天花的大方镜子冲进院子，将镜子对着天空，仰首大怒："俺让你下，俺让你下……"

大愣的突然举动让马天花和张士琦惊呆了。半天后，他们才反过神来，催促道："大愣，快回来！快回来！"此时此刻，憨厚倔强的大愣无暇顾及，心里只有一个念头，在一心一意地降妖除雹，保住这来之不易的劳动果实……大愣在暴雨中像一个降龙伏虎的勇士，溯风雨照射着天空，降妖除雹与老天抗争。

大雨浇透了大愣的衣裳，头部被豌豆般大的冰雹砸得嘭嘭作响，他全然不顾，毅然手持照妖镜，岿然不动。马天花一边着急地跺脚，一边心疼地喊道："大愣，快、快进来！"张士琦见大愣像没有听到召唤一样，仍不肯罢休，跺脚呵斥："大愣，你他娘的真是个大憨蛋、大拧种，你这不是在作践自己嘛！快给俺滚进屋来！"

砰！大愣把持的方镜突然被一个大个冰雹击破，这突如其来的一幕，让迷信至深的大愣心里一颤，立刻感到了不祥之兆，他降妖除雹的心理防线崩溃了。大愣深感大事不妙，吓得手都颤抖了，扔掉镜架慌忙地跑进屋内，胆颤道："大、大，这妖孽咋这么厉害哪？连降妖的镜子也给击破了……"

"哎呀！快擦擦脸上的雨水，赶紧换上干衣服去！"马天花一边给大愣擦拭着水淋淋的头发，一边抱怨道："哎，你真是个傻孩子。人家说你憨俺还不信，今天俺算领教你了，叫你大憨真不亏，看你刚才做的那荒唐事，真是名副其实的一个大憨蛋。"

“嘿嘿，你不是常说镜子能照妖降魔吗？”

“哼！俺说的你也全信啊！俺也是听你姥姥说的，你姥姥也是听你老姥姥的姥姥说的……”

张士琦皱着眉头，制止道：“别说了，像唤猪似的。哼！这姥姥说的全是不打准的事。”

马天花指着大愣的脸，说：“你们看看！大愣被冰雹砸得鼻青眼肿的，像不像个大熊猫？”

二愣他们幸灾乐祸，补充道：“对，娘说的没有错，他不光像个大熊猫，还是一个大憨蛋！”

大愣瞋目而视，大声训斥：“滚！这里没有小孩插嘴的地方。”

二愣边退边嘟噜：“哼！走就走呗，瞪啥眼珠子哪。”

20分钟后，冰雹终于停了下来。大雨一停，大家蹚着水拥到麦地。一望无垠的麦子被冰雹砸卧在地上，大家望着这惨景心疼得直抹眼泪。

王德福一边扶着麦子，一边朝着地埂上的张士琦，惋惜道：“哎呀！这可咋办，咱们不能眼看着到手的粮食烂在地里啊。”

张士琦拍打着手上的泥土，向王德福家的地头走来，感叹道：“看来，咱们不仅是靠天吃饭，而且还得看老天的脸色行事。这老天爷要是给个晴天脸，兴许这麦子还能有个收成；哎，老天爷要是给个连阴脸让雨继续下，这到手的麦子恐怕要绝产了。今年，咱们就得喝西北风了。”

“哎，谁说不是咪，这鬼天气，咋专跟咱穷人过不去哪？”

“嗨！你老哥俩还顾得上唠嗑。真是的，你们还不趁机把这麦子收割了？”村长张士荣领着家人疾步走来。

“啊，你们不等晴天就收割了？”

“嗨，你哥俩老糊涂了，这天气变幻莫测，谁能知道这天气的阴晴，何况麦子已经基本成熟，再不动镰恐怕就颗粒无收了……”

俗话说：“百鸟在林，不如一鸟在手。”张士琦和王德福听了村长的话，恍然道：“对啊，这样还能多少保住点产量……”老哥俩一怔，相视一眼，他俩还是不放心，又掰着指头估算。片刻，异口同声地说：“对！村长说的没有错，咱们还愣着干啥，快！拿镰割麦子去……”

全村男女老少齐上阵，在雨水天气里，一场虎口夺粮的硬仗打响了……但是，在实现农民耕者有其田的梦想之后，生产资料发生了根本性的变化，由整体优势转化为单一模式。有的农民分到了农车和农具，可是他们没有配套的牲口启用；而分到大牲口的农户又没有配套的农具，生产工具失去了应有的作用。分田之后，各家单打独斗，单干又回到人拉肩扛的原始耕作，生产力和生产资料发生了反作用，甚至出现了明显的倒退。

天道酬勤，勤能补拙。老天爷终于挣开了眼睛，连雨天终于云散雨走，麦收地里迎来了艳阳高照的天气。大家忙着打场将受灾的麦子晾晒碾压脱粒……让辛勤劳动的成果颗粒归仓。

吃水不忘打井人。农民拥有土地后，首先为国家筛选出最好的小麦缴纳公粮，各家喜气洋洋地把公粮送到村头。村长收拾着地排车，高喊：“贫下中农同志们，有车的出车，有牲口的派牲口，咱们组成一个车队，向国家交公粮去喽！”

咣当！咣当！咣当……

张大柱拉来了地排车，大家齐心协力，装满了一车公粮，张士琦等农户牵来了牲口，长鞭一甩，村长将大手一挥，高声道：“车队出发！”张浊村缴纳公粮的车队向东阳粮管所驶进。

第二章

庄户人家的大媳妇

张士琦将手插在粮茓内捧起一捧麦子,嘴里念叨:“家中有粮,心中不慌。谢天谢地家里终于有了余粮……”这世人最怕的事莫过挨饿,刚刚脱离苦海的农民把粮食看得和生命一样珍贵。他们把余粮晒了又晒,晾了又晾生怕粮食存放再有个闪失。

农民有了粮食就积累了资本。常言道:“常将有时思无时。”张士琦吃饱了也不忘过去挨饿的日子,他惜粮食如金。张士琦家里有了粮食就有了资本,有了梧桐树不愁金凤凰。大愣的婚事自然成了家庭的首要事务。

晚上,张士琦早早放下蚊帐上床休息了。马天花和往常一样收拾完碗筷,洗把手,又换上一条新裤头,吹灭油灯,钻进蚊帐……

俗话说:“饱暖思淫欲。”张士琦成了社会的主人不再为吃穿发愁了。正处在性欲旺盛期的张士琦,一见马天花躺下,立刻欲火烧身,顺着马天花的脚爬了过去,一触到马天花的裤头子,惊讶道:“咦!你穿啥裤头子呢?”

“咋了,穿裤头不行嘛,俺愿意穿。”

“哼!你这是在找不自在嘛。俺记得你只在新婚之夜穿过一次裤头。从此,再也没有见你穿过,光溜溜的睡觉多自在……”

“咦! 你还好意思说哪。那天晚上,俺的新裤头还不是被你硬硬地撕了,真不害臊……”

“哼! 那晚上,光怨俺吗? 要怨就怨你把裤头系成了死扣,谁叫你解不开咪。哎,那次你系的啥扣咪?”

张士琦边问边拉扯着马天花的裤头。“嘘。”马天花一个警示,小声道:“哎,你解不开的。今天,系的还是那天晚上一样的死扣。”

“哼! 即便是死扣也得解……”

“咋了,你还想再给俺硬硬地撕开?”

“不,这次不撕了,俺用牙咬开……”

马天花哼了一声,半推半就地说:“哎,这床太响,你想把孩子们都震醒吗?”瞬间,咯吱咯吱的床叫声在张士琦耳边萦绕,这声音像一盆凉水浇到了张士琦的头上,将他刚刚燃烧的欲火一下子浇灭了。张士琦顷刻间蔫了下来,深深叹一口气,转身便回爬。马天花手疾眼快,一把搂住了他,低声道:“哎,你除了办那事就不能和俺说说心里话吗? 你别回那头了。听说人家城里的公母俩都在一头睡觉,咱也一头睡觉,再拉会呱儿?”

“咦,你这是让老猫枕着咸鱼睡觉,让俺干靠呗,俺可受不了啊。”

“你这死鬼,就不能不想那点破事。你躺好,俺给你商量个事情。”

“哎,你别说,俺真有个事情正想和你说呢。”

“你先听俺说,俺是在说咱家有粮食了,可以给大愣说……”

“哦! 你咋和俺想到一块去了。”

“咦! 你知道俺给大愣说啥子?”

“嗨！男大当婚女大当嫁呗。哎，哪家孩子的婚事不是大和娘的心头大事。”

“唉！粮食是有了，不过大愣还不到法定的结婚年龄，俺想……”

“你想啥？”

“你先别说，听俺把话说完行不行？”

“哦，行是行，俺得有个先决条件。”

“啥条件？你讲吧。”

“其实，俺的条件很简单，你得让俺摸着你……”

“哼！你这脸咋比咱家黄牛的皮还厚呢。你看，你馋得像个大公猫似的，你手粗糙得像块朽木，你可要轻轻地摸，可别扎着俺。”

“行，俺不用手心摸，只用手背还不中吗？”

“中！哎，就这样别动了。他大，俺是这么想的：你看，咱家人口也不少，但是真正能下地干活的就咱三人。前两天，俺以为又怀上了……”

“啊！你又怀上孩子了？”

“嗯，在担心哪。”

“哎，要真怀上是好事嘛，愁啥？你看咱村里哪家不生七八个的孩子。”

“哼！你说得轻巧。俺怀孕咱家活谁干？幸亏俺记错了日子，虚惊一场。”

“哎，如果给大愣娶个媳妇咱家不就多半个劳力了吗？”

“是啊，要是再给他找个大媳妇，那不就是一个整劳力？”

“哎呀，俺的娘哎，咱俩真是公母俩连事都想到一块了。这事听说书的说过，叫啥咪？”

“哦,英雄所见略同!”

“对,就是这个词,你说咱俩咋想得一模一样呢?真是英雄所见略同。”

“哼,还不是让地里的活给逼出来的呗。哎,要是咱当初再分到耕种的农具咱家的牛不就派上用场了,那样就不用一家老少拉犁耕种地了。可惜了,咱家没有分到农具……”

“嗨!别扯那些没有用的,咱们还是现实点,给大愣说媳妇得托个媒婆……”

“你是说,咱找王媒婆说媒?”

“嗯,这事非她莫属。”

“哎,媒婆自古无利不起早,你要是真让王媒婆向着咱家就得给她点好处。”

“嗯,这事就这么定了。哎,他大,你说咱送给王媒婆啥好?”

“哦!这是你们老娘们的事情,你看着办吧。”

“哎呀!你手上带刺啊?扎死俺了!不让摸了!”

“嘿嘿,真是的,俺光顾和你说话了,把手给弄翻了……”

马天花抚摸着胸口呻吟……张士琦一口咬下一块老茧,歉意地说:“哎呦,俺手上的老茧破了……”吐吐!张士琦重重地吐在了地面上。

“哎!你这乱吐痰的坏毛病又犯了,你吐到尿罐上了!”

“没事,尿罐在这里哪。”

“啊!你把尿罐咋放到床头上了,你不怕撒在床上吗?”

张士琦爬起来,摸出火柴点上油灯,便赤裸裸地去端尿罐。马天花掠视一眼,皱下眉头,立刻哎哎两声。

“哎,你叫啥?”

“叫啥,你一丝不挂地过去,让孩子看见了多难看啊?”

“啊！真是的。”

张士琦本能地用双手捂着裆部,立刻蹲在原地……

“呼、呼、呼……”

张士琦蹲下的同时听到孩子们呼呼的鼾声。这时,他才放心,大摇大摆地把尿罐移到外间。

张士琦一口气吹灭油灯,立刻钻进马天花的被窝。马天花推着张士琦的胸部,提醒道:“哎,别乱动,床又响了。”

“床响怕啥,俺告诉你,孩子们都睡着了,俺啥也不怕了!”张士琦的话也给马天花壮了胆子,马天花对视下张士琦,便紧紧搂在了一起……

王媒婆大名叫李金芝,是大地主张富贵的小姨子。小时候读过几年私塾,略懂些医道。她勤于思考,精通民间巫道,是村里大名鼎鼎的人物。从前,村里谁家的孩子有个头疼脑热的都去求王媒婆,奇怪的是王媒婆给孩子看病既不打针也不吃药,她只要在太阳下用手触摸下孩子的头,再闭目祷告下,须臾间,孩子的病手到病除,立刻会下地玩耍……在那缺医少药的偏僻农村,大家把王媒婆视为治病救人的神医。所以,王媒婆在村里的威信也越来越高。后来,村里红白喜事的主持都少不了她。特别是村里的男女婚姻大事都乐意让王媒婆出面说(保)媒,更为惊喜的是:凡王媒婆担保说和的媒十有八九是板上钉钉子——稳打稳扎。她担保和说和的媒成功率极高。

婚姻是人生中的大事,大家记住了王媒婆的好,久而久之大家就淡化了她的名字,亲切地直呼为王媒婆。张富贵被镇压后,王媒婆心疼孤儿寡母的姐姐李金花，便隔三差五地去姐姐家，在暗中关照着李金花一家。

一时间，王媒婆的丈夫王士中怕被连襟张富贵连累，给王媒婆下了一道指令，不许王媒婆再做招魂之类的事情，以断后患。但是，村民自古就相信巫术，一时很难根除，一旦遇到孩子有个病灾的还是来求王媒婆。大家都是庄乡邻居，王媒婆也不好断然拒绝门外，解释道："给孩子招魂不是巫术，而是一种心理安抚，也是一种病性周期的巧合。小孩子头疼脑热恢复有个过程，轻者两天，重者三五天的时间。孩子生病，一般会在家拖延个两三天。这医治不死人就是这个道理。一般的病人已到了病去人安的程度，所谓的招魂就是一个心理治疗的作用，这不是迷信和巫术。再说了，每次看到严重的病人，俺是劝他们上医院治疗……"尽管王媒婆再三表白，可是村民还是相信她的法术。大家乡里乡亲的也不好硬性推辞，王媒婆每次看完病，叮咛道："咱们先把话说在前头，这事下不为例。你们可要为俺治病保守秘密……"

砰！砰！砰！

王媒婆刚帮李金花扫完大街，她前脚一进门，后脚就有人来敲门了。

"哎！来了。"王媒婆一边应答，一边向大门走去。

"哎呦，是大妹子啊，快！屋里坐。"

"嗯，金芝姐，俺可是无事不登三宝殿，是来求你办事的。"

"哎呦，你叫俺金芝觉得怪别扭的。你就别客气了，还是直接叫俺王媒婆吧，俺听起来顺耳。"

"嗯，俺就不客气了，那就叫你王媒婆。王媒婆，俺想托你给大愣找个媳妇……"马天花开门见山，她把登门的想法向王媒婆摊牌了。

“哦！是这么回事啊。”王媒婆皱着眉头进入了沉思。马天花瞅着王媒婆，突然道：“对了，这是俺送给你的一对枕巾。”

“哎，大妹子，你这不是见外了吗？咱们都是老姐妹了，可使不得。说啥俺也不能收你的礼物。”王媒婆赶紧缓过神来挡驾，马天花立刻站起来，一本正经地解释道：“王媒婆，这可是俺的一片心意，你要是不收下这份礼物，俺就不求你办事了。”

“哎，真是的，既然你把话说到这份上了，俺就收下了。大妹子你请坐，咱姐妹慢慢唠。”

“嗯。昨天，俺和他大商量了大半晚上，对大愣的媳妇也没有啥要求，俺就想给他找个大媳妇……”

“啊，这是咋了，这两天求俺说媒的咋都想找大媳妇呢？”

马天花在王媒婆地追问下，嗫嚅道：“俺、俺是……”

“啊呀！天花，你有话就直说嘛，别吞吞吐吐的让俺摸不着边际。”

咳、咳！

马天花清清嗓子，直言道：“哦，是这样的，俺和他大算了一笔账，大愣要是能娶个大媳妇，不是给俺家添个劳动力嘛，这样就能减轻俺家的劳动负担……”

“嗨！俺说呢，这段时间都争着找大媳妇呢，原来是这样啊。”

王媒婆弄清大家争着娶大媳妇的缘故，爽快地应答：“行，俺就按照你的心思给大愣物色个大媳妇……”马天花赶紧拉住王媒婆的手，激动地说：“王媒婆，大恩不言谢，这事办好了俺记你一辈的好。”

孟秋，天高气爽，饱受炎热的人们感到一丝凉爽。在秋风送凉农作物成熟的时节，无垠的玉米竟相吐芯绽放。秋风吹来，挂满白絮的玉米穗犹如一张张灿烂的笑脸，在摇头摆腹，随波飘曳的玉米须，仿佛是一位老翁在捋着胡须颔首传递丰收的喜讯。

大愣迎着金灿灿的晨光，踏着田间晶莹的露珠，一手抓着露水洗涤过的青草，一手挥舞着镰刀刷刷地割着青草……

从前，张士琦常年在张富贵家打工，大愣时常跟着张士琦出入张家大院。张富贵的女儿秋香把大愣留在大院玩耍，大愣和秋香成为两小无猜的好伙伴。

土改后，秋香家的土地、房屋、财产分给了穷苦的农民，一家人也成为贫下中农的专政对象。后来，小伙伴们渐渐疏远了秋香，尤其是她大被人民政府镇压后，在秋香心灵上布下了一层阴影。

一时间，秋香感到矮人一等，在村里灰溜溜的，见了熟人总是躲躲闪闪的，在没人的地方没少抹泪，悔恨自己投错了胎进了地主家。

外糙里不糙的大愣，他见秋香身处窘境，看在眼里记在心里……在秋香最孤独的时候，大愣偷偷地来到秋香家。大愣笨嘴拙舌，虽然没有一句动听的话安慰秋香，但是，人非草木，在秋香一家被打翻在地再踏上一只脚的处境里，一位根正苗红的贫农孩子敢来她家，已是对秋香莫大安慰，秋香激动不已，从内心感激着大愣的关爱。

俗话说："三十年河东，三十河西。"社会改朝换代，过去的穷苦百姓成了新社会的主人。旧社会被推翻后，改造被推翻阶级的任务成为各级党委、政府的首要任务。张浊村积极响应上级的号召，为了尽快地把地富分子改造成自食其力的劳动人民，大队民兵连长把村里的大街小巷的清洁卫生工作划给了被管制的地富分子。其目的，是通过扫街等劳动改造，让他们早日改造成自食其力的劳动者。

秋香的母亲金花，就是被劳动改造的地主婆子。由于金花是王媒婆的姐姐，庄乡邻居都受过王媒婆的好，大家不看僧面看佛面，对待金花还是温和照顾，让她负责清扫家门口那段大街卫生。

俗话说："女儿好，女儿是娘身上的小棉袄。"每天，金花天不亮就起床打扫大街。秋香总是替金花分担些活儿，再千方百计地减轻金花的劳动强度。可是，金花怕影响秋香的前程，每次都苦苦劝说秋香离开，让秋香和她彻底地划清界限，要站在贫下中农的一边。秋香听了金花的话，安慰道："娘，俺知道您是为俺好，这不是还黑着天嘛，贫下中农还不到起床的时候。您放心，没有人看见的，俺天一亮就走……"

"秋香，这事情可不能小觑，一旦让人发现要是上纲上线，可事关你阶级立场的大问题。再说了，你也老大不小了，让大家知道你在扫大街劳动改造，以后，咋找个婆家哪。"秋香正忙着扫大街，根本没有听到金花的劝告，金花追问道："秋香，娘在给你说话呢，你听到没有？"秋香被问得如坠五里云雾，只好胡乱回应："嗯，知道了。"秋香将金芝的话搪塞过去。

秋香是个乖闺女，从不惹金花生气。东方露出鱼白，秋香就戳起扫帚，一边擦拭着额头上的汗珠，一边说："娘，还有一点没有扫完，你自己扫吧。俺走了，省得让人看到再惹您生气。"

金花停下手里的活儿，望着秋香的身影，悔恨道："闺女，大和娘对不住你！哎！还有你那生不逢时的哥哥张强……"

秋香比大愣小一岁，正是情窦初开的年龄。在青春期，哪个少女不怀春，那个少男不痴情……秋香经历了家庭的破落，在绝境中暗恋起大愣。

在秋香折回的路上正好路过大愣家门口。秋香瞅了大愣家一眼，见大愣家的大门半掩着，疑惑道："哦，大愣起来了，咋不见人哪?"秋香奓着胆走进大愣家门，站在大门口好奇地向院内窥视……

"他大，大愣上坡了！"马天花的话让秋香一怔，自问道："哎，一大早上，大愣上坡干啥呢?"秋香怕碰到张士琦家人，再惹人闲话，赶紧蹑手蹑脚地退出大门。这时，不知是巧合还是老黄牛发现了秋香，老黄牛昂头发出"哞——哞——哞"的叫声。

大黄牛让秋香茅塞顿开，暗自一笑，自语："嗯，俺明白了，大愣给老黄牛割草去了。老黄牛，谢谢你的提醒。"秋香疾步返回家，她扔掉手里的扫帚，背起竹筐一溜烟地向坡里跑去。

大愣，中等个儿，黝黑的皮肤，浓眉下一双亮闪闪的眼睛，半张半闭的口角显露出一股憨直。大愣在他家地头的路边上一手掐腰，一手握镰刀，掠视一眼周围的草丛，便把视线定格在青草芊芊的路边处。大愣干活扎实，从不挑剔，立刻拉开架势割起青草。

秋香出村直接奔向大愣家的苞米地，穿过两节地便发现了大愣，秋香心灵一动，露出黠慧地笑容，自语："好啊，大楞哥，俺要给你一个惊喜……"秋香立刻放慢了脚步，悄悄地向大愣身边走去。

大愣是干活的一把好手，无论是推车还是打场耕种样样拾得起放得下，是庄稼地少有的年轻好把式。

大愣给老黄牛割草像张飞吃豆芽轻松自如。一会儿，大愣割下两三堆青草。秋香蹽蹽到大愣身后，突然用双手捂着大愣的双眼，变声道："猜！俺是谁?"大愣先是一怔，片刻，抱怨道："秋香，你吓俺一大跳……"

大愣张口便喊出秋香的名字，让秋香激动万分，心里美滋滋的，追问道：“大愣哥，你咋猜到是俺哪？”

“秋香，咱俩可是发小，俺一猜准是你。嗯，只有你才能和俺这样捉迷藏。”

“真的。可是，俺家成了你们的专政对象。大愣哥，你不嫌弃俺吗？”

“哼！俺才不管那些哪……俺就知道你是天下最好的女孩。哎，秋香，俺除对娘好就是对你好了……”

秋香摆弄着草堆，含情脉脉地说：“大愣哥，看你说得怪难为情的，俺的脸都红了……”

“秋香，这是俺的真心话。俺对谁都没有说过，俺敢发毒誓……”

“嘘！大愣哥，不要发毒誓，俺相信你的。”

“嗯，秋香，你可不能冤枉俺的一片心。”

“大愣哥，你坐下歇歇，俺替你割一会儿草。”秋香不由大愣分说，夺过大愣的镰刀唰唰割起草来……

秋香身材小巧玲珑，白皙而红润的脸蛋上，眨巴着一双亮闪闪的杏核大眼睛，丰润的嘴角露着诱人的气息。飘洒的两个乌黑发亮的大辫子，犹如清水出芙蓉般的淡雅而妩媚动人……秋香的纤纤玉手挥舞着镰刀，一会儿功夫，眉头上噙满晶莹的汗珠。大愣盯着秋香出神，心想：“秋香长得像画里的女孩……”心里燃烧起一团欲火，一股无穷的欲望骤然占据了他的心头，这欲望具有火山喷发之势……

王媒婆自从答应马天花为大愣说媒之事，一直留意身边的大龄闺女。

一天，菊花急火火地来到王媒婆家，民兵连长的老婆不请自到，王媒婆不敢怠慢,赶紧把菊花恭敬地请进正屋。又匆忙从鸡窝里掏出刚媲的两个鸡蛋,双手一碰,砰的将两个鸡蛋磕开倒入瓷碗,然后用开水冲熟。

王媒婆将一碗鸡蛋羹恭恭敬敬地端在菊花眼前。菊花连忙站立,推让道:“王媒婆,你这么客气干啥,哎呀!咋还给俺冲了碗鸡蛋羹?”

“哎,你可是俺家的贵客,轻易也不来家一趟,应该的……”

“嗨,你见外了,咱们是老姊妹了,以后可别把俺当外人喽。”

菊花端着鸡蛋羹,对着热气腾腾的鸡蛋羹嘘嘘两下,大快朵颐。

菊花一边吞咽着蛋羹,一边赞道:“嗯,味道不错……”

王媒婆高兴地拉着菊花的手直夸赞,从心里在拉近与菊花之间的距离。

一会儿,菊花抿着嘴,刚想向王媒婆解释啥,突然被一个饱嗝打断了,菊花嘿嘿一笑,尴尬道:“唉,俺这嗝是让娘家人气的……”王媒婆是明事理的人,赶紧顺水推舟,谄媚道:“哎呀,娘家啥子事惹你生这么大的火气?”王媒婆巧妙地接过了话茬,打破了菊花的尴尬。

菊花的父母死的早,娘家一个妹妹叫小芹,跟着哥嫂过日子。小芹生性泼辣,是个假小子的性格。在小芹裹脚的年龄里誓死不肯裹脚。

在那个时代,女人的脚是美丑的标志,裹脚是事关婚姻嫁娶的大事。为小芹裹脚的事情,父母生前没少操了心。在父母严厉的威逼下,小芹才象征性地做出裹脚的样子,不幸的是,不久父母相继病逝。小芹裹脚的事情从此耽搁下来……后来,家人劝说也无济于事,小芹成为村里的“大脚闺女”。小芹在谈婚论嫁的年龄里,因大脚吓跑了不少相媒的小伙子。从此,小芹成了大哥家的主要劳动力。随着时代变迁,审美观的改变,女人废除了裹脚的陋习。可是小芹的年龄又大了,婚事自然耽搁下来。这卸磨杀驴、过河拆桥的事情，在亲情中也司空见惯。哥嫂家里的孩子长大了，生活富裕了就把小芹当成了累赘……

“唉，在这段时间里，小芹时常来家哭诉，你说俺这当姐姐的能不心烦吗?”菊花说罢，掏出手帕擦着眼泪。王媒婆心灵一动，暗想:“哦，原来菊花也是有备而来，是托俺说媒的。哎！有了。”王媒婆暗自一笑，急忙劝说:“嗨！还是老话说得好，‘这亲不亲打断骨头连着筋’。你也别着急，俺有个主意，不知道该讲不该讲?”

“唉！王媒婆咱们亲如姊妹，你就别给俺卖关子了，你有话就直说呗。”

“嗯，记住:‘这女大不中留，越留越有仇。’这是老辈留下的老话，这话儿可准了。不过，你给小芹找个婆家嫁了不得了。”

“谁说不是咪。今天，给你说实话吧，俺来就是托你给小芹物色个对象，让她早点嫁人，省俺一份心事。”

“嗯，这是上策，不过……”

“哦，这事知道有难度，俺和孩子他大合计过，解决这个难题非你莫属。这忙啊，你是帮也得帮不帮也得帮……”菊花在关键的时候把民兵连长搬了出来，这职权用得恰当其处。

王媒听了菊花的话，心里突然一亮，表示道:“嗯，你的事情就是俺的事情，这事还真有个谱……”菊花一愣，立刻抢话道:“啊！这是真的吗?”

“嗯，没错的。”

“俺说嘛，这事找你王媒婆准行。婚姻这事讲的就是一个巧合，那你快说给俺听听?”

王媒婆一招手,菊花立刻把头伸了过来,王媒婆贴在菊花的耳朵上,像竹筒倒豆子一样,把马天花托付之事全道了出来。

菊花听了王媒婆的这番话,沉思良久,失望道:"哦,原来是这样子。哎,这不靠谱吧,小芹比大愣大了整整五岁,这媒恐怕是剃头挑子——一头热。哼!咱是乐意,可人家是不会同意的。俺看这事到此为止吧,省得咱们白费口舌。"

王媒婆已料想到菊花持这个态度,凑近菊花身边,提醒道:"菊花,这事情可不是你想的那么复杂,有的是周瑜打黄盖,一个愿打,一个愿挨。"

"啊!你这一说,这婚事兴许还有戏唱?"

"嗯,这马天花特意嘱咐俺要给他找个大媳妇……"

"哎,就算马天花公母俩同意了,大愣也得乐意才行啊。"

"这社会是进步了,可父母之命媒妁之言的观念还是根深蒂固的。哼!俺就不信老实巴交的大愣不听他大他娘的话?再说了,只要结了婚就是生米做成熟饭了……"

菊花在王媒婆的劝说下,她是越听越觉得小芹和大愣的婚事般配,称赞道:"好!王媒婆还是你看问题准。俺啥也不说了,这事就指望你了,这婚事要是真成了,俺真得好好谢谢你。"

"嗯,马天花也有所求,就是想找个一进家门就能干活的大媳妇。"

"这事俺看行,王媒婆这婚事就看你的了……"

王媒婆送走了菊花,立刻耷拉下脸来,一屁股坐在了椅子上,嘟囔道:"真是的,这山不转水转。人生叵测,转来转去转到人家的脚下。哎,还是常言说得好,'身在屋檐下不得不低头'。得了!不就是矮人一头嘛,为了姐姐金花,低人一等也值得。"她决定往马天花家跑一趟,去说合说合。

自从马天花托王媒婆给大愣提亲，马天花是天天盼着王媒婆的音讯。今天，马天花收拾完家务，心里老惦记着大愣的婚事，她思来思去，决定亲自去王媒婆家趟打探消息。

马天花抓起小笤帚，在身前身后扫了扫，又捯饬下衣冠，才肯出门。出门便遇见正往她家赶来的王媒婆。

“哎呀！天花，你匆匆忙忙地上哪儿去？”

“哎呀！王媒婆真巧啊，俺正准备去找你哪！”

“这不，俺自己找上门来了？”

“嗨！咱俩还站在门口干啥，快！咱们进屋喝茶去。”

马天花把王媒婆热情地让进家，为王媒婆端茶递烟，忙前忙后。马天花拉过一条板凳，在王媒婆身边坐下。

王媒婆呷口水，便寒暄起来……

马天花是个急性子，立刻打断王媒婆的话，追问道：“对了，王媒婆，你先听俺说，俺托你给大愣提亲的事咋样了？”

“哎，天花，俺这不是正想说哪，俺的话就被你打断了。”

“哦，是这样。那好，你快说，俺先听听。”

王媒婆干咳两声，便把小芹的基本情况向马天花一一作了介绍。当王媒婆介绍到小芹年龄时还特意加重了语气……马天花越听越觉得符合心愿，不由得咯咯地笑了起来……王媒婆盯着马天花把话一转，遗憾道：“哎，小芹好是好，可有一条……”

“咋了，还有啥呢？”

“你听俺慢慢给你说。哎，那闺女美中不足就是没有裹过脚，她是个大脚闺女……”

砰！马天花一听这话激动地将茶碗用力撴在八仙桌上。王媒婆不知道马天花唱的哪出戏，忐忑道：“哦，要是你不同意就当没有这档子事，再给大愣物色一个放脚的闺女，或者小脚的？”

马天花激动得一时不知说啥是好，一把抓住王媒婆的手，连声道：“大脚，大脚。哎！太好了。这真是打着灯笼也找不着的好闺女！”

“哎呀，天花，你一惊一乍的把俺吓一跳。俺问你：这可是你的真心话？”

“嗯，是俺的真心话，这个年代的大脚闺女可是凤毛麟角。大脚好啊，大脚能干活啊。”

“说的对！这新社会讲究男女平等，女人再也不受那个活罪了。你别说小芹还真有先见之明哪。哎！不像咱们还遭过那种活罪……”

“是啊，还是新社会好，让咱们放开了脚……”

“王媒婆，这个媳妇俺认定了，你快操办吧。”

马天花喜笑颜开，如愿以偿。感激得一直将王媒婆送回家才折回。一回到家门口，高喊道：“他大、他大！”

“嗯，你咋呼啥？像被狗撵着似的。”张士琦边说边从堂屋迎了出来。

“哎，他大，你出来干啥？快！进屋给你说点事情。”

“啥事在这里说还不行吗？真是的，神神道道的……”

“嘿、嘿、嘿……”

马天花情不自禁地笑着。

“哎，你今天咋了，吃蜂蜜屎了？看你喜的。”

“你才吃蜜蜂屎了！俺高兴呗，嘿、嘿、嘿……”

马天花给张士琦卖了一个大关子。张士琦是村里出了名的老拧种，斜视马天花一眼，哼了一声，赌气道："俺是回家拿东西的，你不说拉倒，俺上坡干活去喽！"张士琦走到南墙下把铁锨撩在肩上便走。

知夫莫过妻。马天花见丈夫的拧脾气上来了，赶紧缓和道："哎！哎！你这老拧种还真来劲了，俺说还不行嘛！"

张士琦一个后转身将铁锨戳在南墙根下，嘟囔道："哼！你这老娘们，俺就不信犟不过你。"张士琦从腰里拔出烟袋，啪，右手一甩把缠在烟袋杆上的烟包抛在左手心，一边捻着叶子烟，一边走进堂屋，一屁股坐在八仙桌的上座椅子上。张士琦噙着烟袋嘴儿，习惯性地吹了两口烟杆，才将点燃的火柴移到烟袋窝上，火苗噌的钻进烟袋窝……

咳！咳！咳！

一阵干咳后，白烟弥漫了一屋子。张士琦擦把眼睛，脱掉鞋子便圪蹴在椅子上，贪婪地吧着叶子烟……

"咳、咳！他大，你这抽的啥子烟，咋这么呛人呢？"马天花边咳边用手驱赶着烟雾。

"嘿、嘿，这才够味呢。哦，这是上过农家粪的烟叶，俺抽起来真带劲。"

咳、咳、咳……

张士琦一阵剧烈的咳嗽之后，督促道："你有话就说有屁快放，俺可没有闲工夫和你扯淡！你再不说俺真的走了。"张士琦撂下一句气话，将烟袋窝在桌腿当当磕了两下，才把烟包缠了起来。

"哦，俺说还不行嘛。是这样的，王媒婆刚从咱家走了，王媒婆真有能耐，真给大愣物色了一个大媳妇……"

马天花如实地向张士琦讲述一遍。

张士琦在想:“这么好的媳妇真是打着灯笼也难找啊。”立刻表示道:“嗯,不错,真不错。哎,给人家约好见面时间了?”

“哦,约好了。明天,让他俩见面……”

真是说曹操曹操到。这话音刚落地,大愣一步跨进了门,他好奇地问道:“娘,明天谁见面?”

张士琦盯着大愣,兴奋地说:“远在天边,近在眼前。哎,这还能有谁啊,就是你呗。”

“啊! 俺见啥面。娘、大,你俩东一镢头,西一耙子让人琢磨不透。”

马天花知道大愣实诚,不好和大愣兜圈子,补充道:“孩子,你也老大不小了,大和娘给物色个媳妇。嗯,说好了,你们明天见面相亲……”

大愣腼腆地挠着头皮,自语道:“啥? 给俺找媳妇了?”

刹那间,大愣的脸上像贴上了一层大红纸一样通红通红的。张士琦见大愣害羞了,宽慰道:“大愣! 害啥子羞。男大当婚女大当嫁这是天经地义的事情,这人结了婚才能算成人。”

“哼! 你们去见吧,我不想急着找媳妇。”大愣甩下一句倔话,提着背筐走了。

“你、你给俺站住! 哼! 这人真不知道好歹,这好事咋还跟俺拧哪?”张士琦摇着头,指着大愣身后训斥。

“他大,你甭管他,自家的孩子俺有数,一会儿就好了。”马天花说着追了出去,快跑几步,一把拉住了大愣,劝说道:“大愣啊,听大人的话没错。哎,大和娘都是为你好。明天见见面……”

张士琦对着大愣娘俩的身影,骂道:“哼! 真没出息。狗日的,给你娶媳妇都不积极,真是个大憨蛋!"张士琦骂骂咧咧地扛起铁锨走了。

大愣终于被马天花说服了,马天花心里悬着的那块石头终于落地了,心里乐开了花。

大愣觉得这事情来得太突然了,沉思良久,向秋香家走去。

土改后,政府只给她家留下四间大瓦房和三间平顶厢房。厢房的平顶房相连正屋,正屋的一间是特制的二层小楼房,曾是储藏佃户上交粮食的粮仓。

真是无巧不成书。大愣穿过两条胡同,一转弯盯向秋香家的平房,大愣和秋香的视线对视了,大愣赶紧向秋香发出约会的暗示。心有灵犀一点通,秋香心知肚明,立刻朝大愣点头回应。

秋香按捺不住内心的喜悦,急火火地走下平房,边走边说:"娘,俺到坡里给猪割点青草去……"秋香脸上兴奋得泛起了红云,不禁莞尔一笑,她背着柳筐哼着小曲追了出去。

张士琦来到庄稼地,巡视一圈仍不见大愣的身影,自语道:"哎,这个小子上哪里去了?哼!晚上再给你算账。"

吐!吐!

张士琦向手心吐了两口唾沫,紧握铁锨左脚用力踩下,锋利的铁锨深深地插进土层,铲土加固起水沟……

大愣自从约了秋香,怀里像揣着一个小兔子在怦怦直跳。他走走停停,激动得三步一回头,在盼着秋香早点出现,向秋香倾诉攒了一肚子的话语。

张士琦修好水沟,提着铁锨边干咳边在庄稼地里巡视……

大愣一瞅到张士琦向他走来,吓得倒吸一口气,不由得自语:"哎呦,不好！俺大也在哪。”连忙躲进玉米地隐藏起来。

秋香边追边四处寻视着大愣……

大愣总算躲过了张士琦，一钻出玉米地，见秋香正在地头四处张望。大愣喜出望外，便悄悄地走到秋香身边，突然高声道：“秋香，俺在这哪！”

“哎呦！俺的亲娘哎，你吓死俺了。”

大愣向秋香提示：“嘘，小声点，俺大在那边。”

“啊，真的吗？”

“嗯，他刚还从那里转悠过去。秋香，咱俩到北河去吧。”

“哎，咋不到你家地里哪？”

“这里不安全，俺大说不定一会儿又转悠过来，咱们还是躲得远点为好。”

“嗯，大愣哥，俺听你的。走，去北河。”

大愣和秋香一前一后，兴高采烈地向北河走去。

大愣默默地走了一会儿，瞅秋香一眼，刚想向秋香倾诉明天相亲的事情，可是，一见秋香高兴的样子又把来到嗓子眼的话咽了回去。大愣心地善良不想伤秋香的心，决定暂时对秋香保密，在想：“以后，有机会再告诉秋香也不迟。”秋香紧追两步挽着大愣的胳臂，问道：“大愣哥，咋心不在焉哪，是不是有啥事瞒着俺？”

“秋香，没事啊。”

“咦！你还说没有事哪，看你愁眉苦脸的样子，你的心事全写在脸上了。”

大愣故作镇静一下，掩饰道：“俺真的没有啥事，咱们快走吧。”

秋香见大愣言语支吾，一定有难言之处，默默地说：“哼，莫名其妙，

瞒得过初一,瞒不过十五。”大愣突然驻足,好奇地问道:“哎,秋香,为啥男人长大了要娶媳妇?”

秋香扯着衣角,羞涩地说:“这个俺也不知道,反正大人都是这么做的……”秋香正是情窦初开的年龄,一听大愣和她谈婚论嫁,她脸唰地红了,红得像个熟透的红苹果一样诱人。大愣瞅着秋香纯情的羞涩样子,一股本能的性冲动涌向大愣的心头。顿时,全身的血液沸腾了,大愣呆呆地盯视着秋香……

“哎呀!大愣哥,你咋用这样的眼神看俺哪?看得俺心里发慌……”宜喜宜嗔的秋香,让大愣从臆想中的喜欢走出来。咣当!大愣不由自主地扔掉背筐,一把抓住秋香的手,激动地说:“秋香,俺要和你好……”

“大愣哥,你说啥啊,要是让外人听见了多难为情啊……”

“俺啥也不管,俺就想和你好……”

大愣紧紧攥着秋香的手,秋香害羞地走向柳树灌木丛,大愣踏进灌木丛,一把将秋香搂在怀里,猫腰抱起秋香向灌木丛深处疾步走去……

哗、哗、哗……

大愣在芊芊的灌木丛里,像一只抱窝的老母鸡碾倒一片树枝子,将秋香放在卧地的树枝上,秋香一把抱住了大愣……大愣和秋香紧紧搂在一起……秋香急促地喘着气,喃喃地说:“大愣哥,你解不开的……”大愣拽着秋香的腰带,刚摸到腰带头……

“哎!谁家的柳筐!哎!这是谁家的柳筐!”张士琦一面喊,一面端详着柳筐,自语道:“哎呀,这柳筐咋和俺家的柳筐一模一样哪,难道是大愣丢的?”张士琦放下柳筐向四周扫视一遍,仍不见大愣,心想:“哼!这小兔崽子和老子捉迷藏还嫩点。”张士琦机灵一动,狡黠道:“大愣!你在那里干啥?”

“啊,大愣哥来人了!”秋香一把推开了大愣。大愣一怔,安抚道:“哎,这里能来啥人啊?”秋香一面慌张地整理着凌乱的衣服,一面提醒道:“你听,像你大的声音?哦,就是你大,你大在喊你……”

“啊,还真是他呢。咦!这个时候,他来干啥?真是的。”

秋香整理好衣服,捋着额头上的散发,恍然道:“坏了!大愣哥,你把柳筐扔到路边了……”

“哎呀!俺太粗心了,咳……”

秋香胆战心惊,在不停地追问:“大愣哥,这可咋办?要是让你大知道了这事,谁也说不清了,这下咱俩可就完了!”

“秋香,你别怕,这事不碍你的事,要是出事俺担着。快,咱向里走。你放心,他不会发现咱俩的。”大愣拉着秋香的手慌里慌张向灌木丛深处钻去……

张士琦的一喊二诈仍不见效,嘟囔:“真是邪门了,这兔崽子跑哪里去了?”咣当一声,张士琦无奈地将铁锨插进柳筐,赌气回家了。

此时,大愣已经恢复了理智,他拉着秋香一面慌张地钻着灌木丛,一面嘟囔:“俺的亲娘嘞,真悬啊,俺差点惹出大事来。”

“哎,大愣哥,咱以后可别这样了,吓死俺了。现在,俺心里还在怦怦直跳哪,这事真要是让你大知道了,咱就无法再做人了。”

“秋香,这都是俺的错,俺对不住你……”

“哎,大愣哥,你说啥,咱俩也没有做出格的事情。再说了,千金难买愿意,那是俺愿意的。”

张士琦的出现犹如一针镇静剂。大愣欲火熄灭了,像一位做错事的

小孩子,自责:“咳! 俺太冲动了,幸亏秋香腰带难解。不然俺就酿成大错了。以后,决不能再干那种事情,俺不能坑害了秋香。”

大愣和秋香走出灌木丛,在水沟旁边帮秋香割了一阵草。此时,大愣耳边不时地传来马天花“明天见面”的话,大愣神不守舍,在拿着镰刀发愣。秋香注视着大愣,哎哎两声,追问道:“大愣哥,你咋了,发啥呆呢?快,你把镰刀给俺,俺来割草。”

大愣起身将镰刀递给秋香,无奈地说:“嗯! 给你吧。”

此时,大愣心里像一团乱麻似的,咋捋也理不出个头绪。大愣已没有割草的心思了,为了尽快给秋香凑齐一筐青草,他抄进玉米地披了一抱玉米叶子,督促道:“秋香,够一筐了,别再割草了。”大愣背起草筐便走,秋香边应答边紧追着大愣。

张士琦走进家门,便把柳筐扔在南墙根下。

马天花一怔,惊讶道:“哎,这不是大愣背出去的柳筐吗,咋让你背回来了?”

“哼! 谁知道那憨蛋儿子去哪里了。这柳筐是俺在路边拾到的。”张士琦越说越来气……马天花拾起柳筐上下打量一遍,证实道:“这就是大愣的背筐,咋筐回来了,人哪里去了?”

马天花胡思乱想一阵,担心道:“他大,大愣这孩子咋了,可别再出点啥事?”

张士琦一愣,驳斥道:“你这乌鸦嘴,别胡说八道。一个大老爷们能出啥事? 别瞎想了,快做你的饭去!”

“咣当!”门被推开了。

“哎,这不是回来了嘛!”

“嗯,这是咋了,俺的柳筐咋在这里哪?”

“哼,你还好意思问俺呢,你说咋了?”

“咋了,俺还以为被人偷走了呢?”

大愣先发制人,恶人先告状,把张士琦呛个趔趄。张士琦移开噙在嘴角的烟袋嘴儿,骂道:“胡说八道,你这兔崽子还犟嘴,这是俺在路边拣来的!”

“嗨!这筐明明是俺放在路边的,你这是明抢嘛。”

“俺问你,你上哪儿去了?”

“哦,俺去树丛里拉屎。”大愣说了谎话,吓得心都快跳出来了,他黝黑的脸由红到暗,红得都快发紫了。

“哎,不对!俺在路边喊你好几声,你咋没有听见?”

“嗨,俺在树丛深处,谁能听到……”

马天花见大愣爷俩争论得面红脖子粗,在爷俩中间左右圆场,劝和道:“哎!你爷俩争啥,没掉东西就行了,别再吵吵了!”大愣自知理亏,他怕言多必失露出马脚来,见马天花出面说和,顺坡下驴,缓和道:“真是的,这事俺给你说不清楚,俺背土垫猪圈去……”

张士琦是秀才遇到兵有理说不清,瞪大愣一眼,骂道:“你这兔崽子,你绕来绕去成了俺的不是,竟然怨到老子的头上了,真是的。哎!哎!你别走……”大愣听而不闻,赶紧加快步速向干土堆走去。

翌日,大愣吃完早饭,马天花从柜子里翻出一件新衣裳,大愣在马天花面前唯唯诺诺,按马天花的吩咐换上了新衣。

俗话说:“人在衣裳,马在鞍。”大愣穿上新衣服果然焕然一新,新装綷縩,走起路来很不自然……

嘿、嘿、嘿……

二愣、三愣好奇，一边支着耳朵听马天花的絮叨，一边捂着嘴在旁边嘿嘿地发笑。

大愣被笑得莫名其妙，连忙扯着衣角转着身子寻找笑料……

大愣寻遍全身也没有发现有啥可笑之处，知道被小弟弟们耍了，嗔怪道："哎！你俩笑啥？"二愣、三愣瞅着大愣装聋作哑。

大愣恼火了，责怪道："干啥！你们嫉妒了吧，有本事你们也弄身新衣裳穿。"二愣、三愣被大愣唬住了，知道再耗下去也没有好果子吃，他俩悄悄地走开了。

童心无欺，童言无忌。大愣见四愣还在盯着他出神，和蔼地问道："四愣，大哥哥最疼四愣，你说他俩笑俺啥子？"

"大哥哥，俺知道他们笑你啥。"

"四愣，不准说！说了你就不是好孩子。四愣，听三哥的不能当叛徒！"二愣和三愣突然折回提示四楞。四愣见大愣在给他撑腰，立刻叉起腰，表示道："哼！娘说过撒谎的不是好孩子。俺偏说，大哥哥，他们笑你是个新女婿！说你今天要相新媳妇了！"

"好，四愣，你出卖二哥和三哥，以后不给你讲故事了。"

"哼！谁愿意听你讲神鬼，吓得俺晚上连门都不敢出……"

"四愣，不怕他们，以后大哥哥给你讲故事。"大愣哄过四愣，盯视着二愣和三愣，威胁道："好啊，你们在嘲笑大哥，看俺咋收拾你俩臭小子！"二愣、三愣知道不是大愣的对手，朝大愣扮个鬼脸，嗵嗵向外竞相跑去。

二愣、三愣在大门口驻足，突然强硬起来，双手掐着腰，高喊道："哼！

你就是新女婿！新女婿……”大愣害羞了，一气之下把二愣、三愣追出了大门口。二愣、三愣一边喊，一边跑……大愣虚张声势，故意咚咚跺会儿脚，二愣三愣吓得像兔子似的向远方跑去。

菊花一大早把小芹接来家，给小芹梳妆打扮一番，仍不见王媒婆来家，急忙走到门口，跂望王媒婆家。

王媒婆收拾好家务，便急急忙忙地向菊花家赶去。当王媒婆见菊花在家门口张望时，一面向菊花举手示意，一面亲昵地喊道：“菊花，菊花！”

“哎！王媒婆，俺可把你盼来了。小芹，快！快出来见见媒婆嫂子。”

“大嫂，你吃了？”

“嗯，吃了。哦，小芹你吃了吗？”

“嗯，俺刚吃过，大嫂请屋里坐。”王媒婆被菊花恭敬地让进家。

“咳、咳！”

张盼富倒背着双手从里间屋里走了出来，王媒婆赶紧站立相迎，恭维道：“张连长，你吃过了？”张盼富瞅了一眼王媒婆，不急不缓地回答：“嗯，吃了，你坐下吧。”

“张连长，你请坐。”

“哎，今天你是客人。大妹子别管他，你坐、你坐吧。哦，俺给你烧水去，咱们喝壶茶再走也不迟。”菊花边客气边收拾铫子。

张盼富瞥了菊花一眼，提示道：“菊花，不是俺小气，等你烧开水就晌午了。你们还是到张士琦家喝吧，省得让人家等急了。”张盼富话音刚落，王媒婆附和道：“嗯，张连长说的对，咱到大愣家去喝吧。”菊花一想也是这个理，点头道：“那好，大妹子，你也不是外人，俺就不忙活了，现在咱们就走。”

“嗯！走。”。

王媒婆和菊花肩并肩地走着，小芹腼腆地出溜在两人的后面，菊花突然驻足转身督促道：“小芹，别往后出溜，你大大方方在俺俩前面走。”

“嗯。”

“小芹，你腼腆啥啊，往后啊，那就是你的家了……”

王媒婆三人边唠嗑边向张士琦家走去。

马天花一早把院子打扫得干干净净的。她拍打着身上的灰尘，在院内转悠一圈，发现地面上落了几片树叶子，急忙喊道：“他大，咱院子里又落树叶了，快！打扫打扫！”

“咋了，俺不是刚刚打扫过吗？嘿！还真的落下树叶了。”边说边唰唰唰地扫起地来。

马天花皱皱眉头，捏着鼻子，对着张士琦喊道：“哎呀，他大！你在放烟雾弹。大愣，快、再往院子里泼点水……”

“嗯！”

大愣一边应答，一边端来一脸盆水，啪嗒、啪嗒地泼在院内的地面上。一会儿，小院的空气被净化了，一股泥土的清香扑面而来。

这时，二愣、三愣从远方跑来，进大门慌张地喊道：“来了！来了！”

“知道了！别吆喝了，这里没有你们俩的事了，快出去玩吧！”

张士琦一面驱赶着二愣、三愣，一面向门口迎去。

马天花正清洗着茶具，提示道：“他大，你别光赶他俩走，问问他俩来到哪儿了？”

二愣闻声，气吁吁地插话道：“娘，这还用问吗，咱两家有多远哪？肯定到咱家门口了!”四愣指着门口喊:“娘,二愣说的没有错,人家进咱家了。”

“哎呦! 哎呦……”

马天花慌了,赶紧在上衣上擦了两把手,三步并作两步迎向客人。

王媒婆对着前来迎接的马天花,回应道:“哎,天花,你交代给俺的事情可给你办好了! 你看这媳妇可俊哪。”马天花嘿嘿地笑着,光顾高兴了,一时把客人晾在院子。

王媒婆首先把小芹向马天花公母俩作了介绍,马天花盯住小芹上下打量一番,高兴地说:“哎呦,这姑娘长得真俊,你看这脚板子真稀罕人……”王媒婆见马天花打开了话匣子,赶紧插话道:“天花,你不让我们进屋可以,总不能不让新媳妇进屋吧?”

“哎呦! 你看看,俺光顾着高兴了,竟然忘了让你们进屋。快! 咱们进屋再唠……

张士琦见小芹目光在四处踅摸,心想:“一定是在寻找大愣……”自语道:“大愣哪,这个时候他去哪儿? 哎,这个熊孩子,狗肉上不了大席,真是个大憨。”原来,大愣见王媒婆他们拥进家,心里紧张起来,便一头扎进饭屋里,再也不肯露面了。

张士琦借故走到院子,压低声道:“大愣,大愣,你在哪里? 狗日的,快,你给俺滚出来。”

王媒婆刚把茶水放到嘴边,惊讶道:“哎,天花,俺来这么长时间了,大愣咋还不露面呢?”

“哎,真是的,这个甲鱼头刚才还在这儿,转眼间不见了。他大! 快,把大愣叫过来!”马天花朝门使唤着张士琦。张士琦心里更着急了,一边

应答马天花，一边逐个角落地寻找大愣……

“啊！俺的小祖宗，你咋蹲在这里哪？人家在堂屋里等你半天啦！”张士琦爱恨交加，气得手都颤抖了。俗话说：“有其父必有其子。”别看大愣年龄小，也是村里有名的拧种，张士琦也怕大愣上来那个拧脾气，招惹是非，也只好忍气吞声，劝说：“大愣，你已经是大人了，别让人家笑话咱。听大人的话，快，过去吧。”大愣吃软不吃硬是赶着不走顺着走的人，在张士琦的哄劝下，为难地挠下头，终于鼓起勇气向堂屋走去。

“哎，大愣！快进来，俺给你介绍一下。”

王媒婆指着小芹，介绍道：“大愣，这就是小芹；小芹，这就是大愣……”

菊花盯视一会儿大愣，嘿嘿一笑，恭维道：“你们看，大愣和小芹还真有夫妻相哪。嗯，真是天生的一对地造的一双。”菊花的比喻立刻引来大家的一片赞许。

“哎！哎！快来看新媳妇喽……”

二愣、三愣和四愣气吁吁地跑来，三人像一堵墙似的堵在堂屋门口，争相目睹大愣的新媳妇……马天花见孩子们围住了门口，一时也不好硬撵他们，连忙介绍道：“哎，这是俺的三个孩子……”

“嗯，这三个孩子俺是看着长起来的。天花，你就不用给俺们介绍了。来！俺给小芹介绍一下。”王媒婆一把拽进二愣，介绍道：“小芹，这位就是你的二弟弟，叫二愣子；这位……”

二愣突然怒发冲冠，瞪着王媒婆，愤懑道：“王媒婆！俺不叫二愣子，俺叫二愣。真是的，加个子多难听啊！”二愣无意顶撞了王媒婆，马天花怕得罪媒人，再惹得王媒婆不高兴，呵斥道：“二愣，咋和你大婶说话，没礼貌。快！叫大婶。”二愣瞅了王媒婆一眼，重复道：“大婶，俺不叫二愣子。你叫俺二愣子多难听哪。”

王媒婆苦笑一声，尴尬道：“哦，二愣说的没错，俺不应该叫二愣子，是大婶说漏了嘴，纯属口误。对不起，行了吗？”

“哼！哼！”

“哼啥，二愣！快叫小芹姐姐。”

“不对！这是大愣的新媳妇，俺咋叫她姐姐？”

“是啊！她是大愣的新媳妇应该叫新媳妇！”

四愣机灵一动，纠正道：“二愣、三愣你俩别争了，你俩说的都不对，应该叫她嫂子。”童言无忌，二愣三人的争论逗得大家一阵哄堂大笑。

马天花朝着二愣的头上轻轻打了一下，嫌乎道：“你们三个小调皮，快！上一边玩去，别在这里捣乱。”

“不行！你们还没有介绍俺俩呢。”四愣撅着小嘴在鸣不平。小芹接着王媒婆的话题，道：“嗯，不用介绍了，俺都知道了。你是四愣弟弟，你是三愣弟弟。”

四愣边拍手边点头道：“嗯，这还差不多，全让你猜对了。”

马天花见三个孩子闹腾得不轻，立刻把脸沉下来，训斥道：“咋了？还贫嘴，滚！”二愣、三愣和四愣见马天花生气了，一边向外跑，一边乱蹦乱跳：“新媳妇，新女婿！新媳妇，新女婿……”

这喊声把大愣和小芹羞得脸都红了，小芹望大愣一眼，羞涩地低下了头。

王媒婆见大愣和小芹害羞的样子，嘿嘿一笑，调侃道：“哎，不就是这么回事嘛。看，把你俩臊得脸像大红布一样红红的……”

“嗨，这结婚生子是人类繁衍生息的自然规律，这有啥可脸红的。”

菊花说罢,掠视大家一眼,用商量的口气问道:“大妹子,这样吧,咱们该说的都说了,该介绍的也介绍了,是不是该给大愣和小芹一个单独说话的机会?”

“是啊,这可是新社会了,婚姻讲究自主,咱们可不能包办啊。小芹、大愣你俩到里间谈谈去……”

马天花见大愣伫立在房角发呆,趁人不注意的时候拽大愣一把,提示道:“快,领着小芹到里间去……”

小芹抬头瞥大愣一眼,立刻羞涩地低下头,双手扯拽起衣角……

菊花看不过去了,连拉带推把大愣和小芹赶进里屋。咣当!菊花关上了门……

二愣、三愣和四愣边跳跃边喊:“新媳妇,新女婿……”朝着大街奔去,一会儿迎面碰见秋香。

“哎!你们三人在这干啥?”

“秋香姐姐,没干啥,在耍呢!”

“哎,四愣,刚才你们喊啥呢?”四愣驻足向秋香招招手,神秘地说:“秋香姐,你过来俺给你说个事。”

秋香见四愣神秘的样子,微笑着把头贴近四愣嘴边,四愣和秋香咬起了耳朵……

当啷!秋香手中的镰刀不由得滑落在地,惊讶道:“啊!咋是这样哪?”

秋香的突然举动,让四愣大吃一惊,追问道:“秋香姐,你咋了,你是不是不愿意大愣哥找新媳妇?”秋香被四愣问得不知道说啥好,含着眼泪说:“四愣,这是大人之间的事情,一句两句话也说不清楚。哎,你还小,不懂得这世间的人情世故。对了姐姐还有事情,俺先走了……”秋香抹着眼泪向家跑去。

大愣进屋半天,也不敢正视小芹一眼,在低头摆弄手指头。小芹掠视一眼大愣,胆怯地问道:“大愣,俺比你大,你不嫌弃吗?”

大愣用力搓着手指头,抬头侧视小芹一眼,怯怯生生地说:“这个俺也不知道,你问俺娘呗。”

小芹瞅着大愣,惊讶道:“嘿、嘿,你真逗,咱俩的事情咋能问你娘哪?”

“哦,俺娘说了,大媳妇好,大媳妇能抱金砖。”

“嘿、嘿,你娘真会说。大愣,你看俺连脚也没有裹,你不嫌乎俺这双大脚?”

“俺娘说了,大脚能干活还能吃得苦。”

“你是咋了,啥事情都要你娘做主?”

“是啊,俺的事情全听俺娘的……”

大愣相亲会内外屋里的气氛截然不同。在外屋里,大家聊得兴头十足,王媒婆突然将双目盯在菊花和马天花的身上,调侃道:“哎,菊花,俺可和天花是平辈,以后你得改口叫天花婶了……”

菊花一时转不过弯来,“这个这个……”张士琦圆场道:“哎,依俺看咱们以后的称呼就各论各的吧,省得叫乱了嘴……”

王媒婆伶牙俐齿,像连珠炮似的,戏谑道:“咋了,让你当个长辈还不乐意吗?”

王媒婆给张士琦长了一辈,张士琦心里美滋滋的,立刻摸着下巴颏儿,打趣道:“呵呵,连民兵连长也要叫俺大叔了。嗨!以后盼福兄弟也

得敬俺三分……”

马天花见菊花一时转不过辈分来，她怕影响这和谐的交谈气氛，立刻把话转回正题，问道：“王媒婆，俺看这婚事已是板上钉钉子的事，你们先拉会儿呱，俺去准备饭。咱们好好庆贺一番。”菊花感觉时间不短了，提醒道：“哎，小芹和大愣也聊得差不离了，叫小芹一起去。”王媒婆在里间门口，先干嗽两声，问道：“小芹、大愣，你俩聊好了没有？”

“哦，俺聊好了，您进来吧。”

王媒婆推开门，小芹站立对视，羞涩地说：“大婶，俺俩都说好了。俺没有意见……”王媒婆点下头，把视线盯在大愣的脸上。大愣不敢正视王媒婆的眼睛，腼腆地低头摆弄起手指头。王媒婆打量大愣一眼，追问道：“哎、哎，大愣你是咋了？人家闺女家还没有这么腼腆呢，你一个大老爷们拿捏啥。俺问你，你有啥意见吗？”大愣没有直接应答，沉思片刻，向王媒婆点头又摇下头。

“咋了，男子汉大丈夫还玩摇头不算点头算的哑语。大愣，你就痛快点，给个痛快话，愿意还是不愿意？”

“嗯，俺听俺娘的，俺娘同意俺就没有啥意见。”

小芹掩着嘴笑了，大愣的表态早在王媒婆意料之中，王媒婆把视线转到小芹的身上，问道：“小芹，你笑啥？”

“哦，俺在笑大愣。今天，他翻来覆去就是这一句话，啥事情都让娘给他做主……”

王媒婆觉得大愣的话没啥可笑的，劝说：“小芹啊，这大愣是俺看着长大的。这话听起来挺可笑的，实际上是大愣的真心话。哎，大愣从小养成依赖天花的习惯,无论啥事都由天花给他做主,往后大愣会听你话的。”

一会儿,菊花赶了过来,调和道:“咳,妹子这事很正常。自古婚姻就由父母做主……”

“哎,父母之命、媒妁之言那可是旧社会的事情,现在是新社会提倡婚姻自由。小芹,快到饭屋帮你未来的婆婆做饭去。”

“嗯,王婶说的对,俺明白了。王婶、菊花姐俺去了。”

“大愣,小芹可是打着灯笼也难找的好媳妇。”王媒婆对着小芹的背影夸赞……

秋香一口气跑回家,一头扎到床上,委屈地蒙头大哭。

金花正在堂屋做针线活儿,一阵唉声叹气,自语道:“唉,啥时候才能给儿子说上个媳妇哪?实在不行就按老风俗给儿换亲个媳妇。哎呦!这针咋扎手了?”金花把出血的手指按压着。一会儿,突然传来秋香的哭声,惊慌道:“哎!这孩子咋回家说哭就哭呢。不对,难道换亲的事情让她听到了?不对啊!”

金花边嘟囔边归整起手里的针线活儿,向秋香的房间走去。

“秋香,你这傻孩子哭啥?”

金花走到秋香床边,秋香掀掉被子一把搂住了金花大恸。

金花知道孩子心里一定受了冤屈,哽咽道:“孩子,你这是咋了,谁欺负你了?”秋香抑制住悲伤,咬着嘴角擦把眼泪,朝着金花摇下头,嗫嚅道:“娘,俺心里不痛快……”

知女莫如母,金花心里和明镜似的。心想:“自从他大死在县监狱,秋香在村里就没有抬起头来。尤其是看到自己起早贪黑扫大街,秋香既

痛恨又心疼。她痛恨自己生不逢时;心疼娘起早贪黑地劳动改造。”金花一想到这些就感到对不住孩子,深叹一口气,轻轻拍打着秋香的后背,劝道:“孩子,咱不哭,咱们命苦。这人得信命,你得认命……”秋香听了母亲的安抚,不解地问道:“娘,大愣哥找媳妇了,还是俺金芝姨做的媒人哪。大愣哥,咋不给俺说一声。娘,俺听了这个消息直想哭……”

“哦!原来是这样啊。”金花不由得啜泣两声,哽咽道:“秋香,现在世道变了,咱和人家不般配,人家是贫农,是革命群众。孩子,不是有句口号叫作‘亲不亲阶级分’嘛。咱和大愣不是一个阶级的人,人家咋能看上你这大地主的女儿……”

“娘,俺不信大愣哥看不起咱家,他心里是有俺的。不行!俺得去问问大愣哥去……”秋香翻身下床,非要找大愣当面问个明白。

金花一把拽住秋香,严厉地说:“孩子,你这样去找大愣,咱不是自找难看吗?”此时,秋香根本听不进金花的劝告,一意孤行,非要找大愣当面锣对面鼓地扯个明白不可。

金花一边拉着秋香,一边高喊道:“大强,快过来!”张强闻声急忙跑来,不解地问道:“咋了,秋香你这是干吗?你连娘的话也不听了?”张强一把拽住了秋香,金花向张强道出了秋香的苦衷……张强一阵唉声叹气,无奈地摇着头,劝说:“秋香,你也老大不小了,咋不明世理哪?这事咱们退一步说,即使大愣同意了,他家里也不会答应你们的婚事。再说了这事又牵扯到菊花家,常言说得好,‘是亲三分向’。如果将这事情折腾下去,民兵连长张盼富能饶过咱们吗?”

“那俺咋办,就眼看着大愣不要俺?”

“呸!呸!俺的大妹子,你咋还不明白,咱现在是人家的劳动改造对象。哎，用贫下中农的话说，咱们就是地主崽子，他们咋同意和大地主崽子结亲？”

在母亲和张强的极力劝说下，秋香渐渐冷静下来。在残酷的现实中，秋香悟出一个人生道理，人的出身和成份决定着社会地位……母亲怕秋香怪罪金芝，解释道：“唉，你金芝姨做媒纯属无奈之举，她这样做也是在暗地里帮咱们。秋香啊，你哥哥岁数也不小了，至今还没有找上个对象，娘心里可着急了……”

“娘，你别唠叨这事，没有人嫁给俺更肃静，打一辈子光棍。娘，俺可告诉您，您要打消儿女换亲的念头……”

“好了，娘现在啥也不说了，这事咱们哪儿说哪儿了，千万别让人家知道秋香暗恋大愣的事情。大强，这里没有你啥事了，你去忙吧。”金花支走了张强，从脸盆里洗了一条毛巾，拧干递给秋香，嘱咐道：“好了，这事的厉害关系都给你讲了，现在就当啥事没有发生过……”秋香是个聪明人，她掂量出事情的轻重，表示道：“哎，娘，俺懂了。您就放心吧，以后打死俺也不再提这事情了。”母亲见女儿回心转意了，高兴地说：“孩子，你曾是大家闺秀，知书达理。这老天不能老不睁眼，咱们要争取活得有模有样，有滋有味的。”

“是啊，家里的财产该分的也分了，大也受到应有的惩罚，咱也改造成自食其力的劳动人民，咋还受人们的歧视哪？”

“孩子，这话在外千万别说，你看村里的地主富农，有的也没有多少财产，不就是在划成份时多说了几句牢骚……”

“嗯，娘俺知道了，在外边打死俺也不说，绝不让人家抓住咱们的话柄。”

金花见孩子懂事了，埋怨道："哎，咱娘俩扯远了，咋扯起这扫兴的事呢。"

"娘！你忘了给咱们的训话：'不准你们乱说乱动，只许你们老老实实地接受贫下中农的再教育再改造！'"

"你这傻孩子，别学了，俺一听这话直冒冷汗，该干啥干啥去吧。"金花支走秋香重新拾起针线活儿，自语："这人啊，只有享不了的福，没有受不了的罪。嘿，俺这大小姐地主婆子不是也改造成了劳动者了嘛……"

王媒婆一行在大愣家酒足饭饱。菊花以女方长辈的身份宣布：大愣、小芹的婚事约定正式确定！王媒婆按照当地风俗让大愣和小芹交换了手帕。从习俗上讲，大愣和小芹的婚约等于宣布了婚礼。大愣做了小芹的未婚丈夫，小芹成了张士琦家未过门的新媳妇。从此，张士琦家增添了一个劳动力。

菊花终于了了娘家的一件烦心事，日子过得倒是舒心自在。

一天，菊花吃罢晚饭，张盼富一想起小芹还没有过门就在张士琦家里干活，提醒道："菊花，小芹不小了，要等到大愣够年龄结婚还得二三年的时间。哎，这夜长梦多，怕节外生枝啊！"

说者无意，听者有心。张盼富的话让菊花心里一颤，自语道："是啊，人心隔肚皮，万一大愣变了心可就麻烦了。"

晚上，菊花轻轻推了一把张盼富，张盼富心领神会，立刻心花弄放，一个顺手牵羊把菊花搂在怀里。

"去！去！"

菊花推开张盼富，郑重地说："他大，你的话倒是提醒了俺，小芹的婚事真的应该慎重考虑了。"

“嗯,俺只是担心罢了,车到山前必有路,别做皇上不急太监急的事。来,先亲热一下,再活动活动……”菊花见张盼富欲火烧身,急不可待,安抚道:“你先别急,俺在问你话呢。”“啥话啥事等活动完再说嘛,急死俺了。”张盼富擦把流淌在嘴角的涎水,色眯眯的盯视着菊花……

菊花满脑子是小芹的婚事,突然闪现一念头,嘟囔:“嗯,这事就这么办。”张盼富欣喜若狂,再次把菊花搂在怀里,一个大翻身把菊花压在身下,菊花硬是一阵乱击,把张盼富推了下来。张盼富失兴了,责怪道:“咋了,你这老娘们说变脸就变脸,这脸变得比脱裤子还快呢。哦,你同意了咋还把人家推下来呢?”

张盼富那委屈的样子逗得菊花嘿嘿直笑,连忙解释道:“他大,你真是听话不听音,俺说的那个‘办’,可不是让你办这事的‘办’。”

张盼富瞪着一双大眼,追问:“咦!那你黑灯瞎火地办啥事啊?”

菊花是个很有心计的人,把夫妻房事运作得恰如其分,彻底征服了张盼富,她把张盼富治得服服帖帖的。菊花见张盼富咽着涎水,如同即将烧开的一锅热水,一旦添一把柴火,这锅热水会立刻沸腾起来……菊花故意拉了张盼富一把,娇声道:“他大,你所担心的事情也不是不好解决。”

“嗯,菊花咱先活动完再说那事行吗?你看,咱们平时也没有啥娱乐活动,唯一的娱乐就是盼着黑天和你活动活动。看你把俺馋得……”此时,涎皮赖脸的张盼富,心里直想和菊花活动。俗话说:“火到猪头烂,钱到公事办。”菊花见火候一到,犹如抓起一把柴火,她会随时让张盼富这锅水沸腾……菊花莞尔一笑,温柔道:“他大,这样吧,俺让你办可以,不过你得……”“哎呀,啥时候了还吞吞吐吐的,你想馋死俺啊?”

“俺是想让你想办法帮小芹和大愣早点登记结婚……”

"啊！这可是个大事情,你得等俺好好合计一下,再说……"

菊花把脸一沉,赌气道:"那好吧,要是办不了,从此,你别靠近俺的身子,把你馋死……"张盼富早被欲火烧昏了头脑,为了一时之欲,嘟囔:"好、好、好……"一会儿,菊花失去了反抗力,菊花最终将手里的那把柴火填进火里……立刻传出颤悠的床动声和菊花的呻吟……

张盼富活动后,一觉睡到天亮……

此起彼伏的公鸡啼鸣就是乡村的闹钟。

清晨,菊花眯着眼看了张士琦一眼,提醒道:"他大,别忘了昨晚咱俩的约定!"

"哦,你和我约定啥来?"

"哼！你就装糊涂吧,再馋了别来找俺活动……"张盼富正处在壮年的性欲旺盛期,一听要断了他活动的欲望,立刻软了下来,跬步到床前,讨好道:"菊花,昨晚活动得真舒心,今晚上……"菊花翻身坐起来,对着张盼富道:"小芹的事情办不好,从此,咱俩就没有活动……"

张盼富傻眼了,长叹一口,跺脚道:"嗯,办！不然这日子无法过了。"

张盼富为了讨好老婆,绞尽脑汁,在寻思着为小芹办理登记的事情。

一天,天刚刚擦黑,村文书张嘎见秋香一人独行,便悄悄地尾随……秋香发现诡秘的张嘎后,佯装啥没有看见的样子,立刻加快了步伐。张嘎知道自己的行踪暴露了,一边追,一边低声喊道:"秋香妹妹,秋香妹妹?"快要进村时,张嘎追上了秋香,一把搂住秋香,秋香挣扎一会儿,张嘎还是不肯松手,秋香警告道:"你放手！再不放手俺喊人了……"张嘎立刻捂着秋香的嘴,劝说:"秋香,你真不知道好歹,俺是贫农的后代,根正苗红又是村里的文书,俺是看得起你这地主崽子,你咋不愿意哪?"

“哼！你无耻。”

“哎哟！你敢咬俺？”

“呸！咬你是轻的，你都有老婆孩子的人了，你贫农的后代也不能耍流氓！”

“哼！俺是村里的文书，你家可是俺们专政的对象，你依了俺，俺会关照你全家。”

“哼！俺不干，请你放尊重点，不要侮辱俺的人格！”

“嗨，你还有人格吗？别忘了自己的出身和成份。记住：你是被俺们改造的地主崽子……”

这时，不远处传来咳嗽的声音。

“你听到了吗？前面有人来了。快滚开！”

张嘎一听咳嗽声，立刻装出一副正人君子的样子，故作关心地说：“秋香，这么晚一个人出来不害怕吗？快回家吧。”

张嘎在用关心的口气掩盖自己的丑恶嘴脸时，秋香撒腿向家奔去，边跑边骂道：“呸！啥人，还是村里的文书，衣冠禽兽，真是不要脸的东西……”

后面来的正是民兵连长张盼富，张盼富见秋香离开了，突然包抄过来。

原来张嘎的所作所为张盼富尽收眼底，张嘎见是民兵连长张盼富走来，吓得额头上直冒冷汗，磕巴道：“张连长，你咋在这里哪？”

“哦，这段时间有人反应村里的治安有点乱，在此守候了一阵子，发现不少问题……”张盼富故意影射。

“哦，张连长你忙你的，俺不打扰你了，俺走了。”

“站住！张嘎，你在这里做了啥，你以为俺没有看到吗？”

“哦，俺路过这里看到秋香一个女孩子抹黑走路，顺便提醒她两句，让她注意安全……”

“哦，张嘎俺可是民兵连长，再狡猾的狐狸也跑不出俺的手心。刚才俺是故意咳嗽两声，给你个提醒，俺是怕你生米做成熟饭。那时，谁也救不了你了。记住：张嘎，俺是不想眼看着你走向犯罪……”

张嘎噗嗤跪在张盼富眼前，求饶道：“张连长，是俺有眼不识泰山，罪该万死，请你高抬贵手放过俺这一次吧。哎，这事你要给俺保密，千万不要外传。今后，俺一定报答你的挽救之恩……”

“好了，咱们是弟兄嘛，亲不亲阶级分，咱们都是贫下中农，俺不关照你谁关照啊？这事让他过去吧，就当没有这会事。张嘎，你走吧。”

“那好，谢谢张连长，谢谢张连长……”

张盼富望着张嘎远去的身影，自语道：“哼！啥事情能难倒俺，大愣开结婚介绍信有办法了。他娘的，俺得谢谢张嘎才对哪。菊花，你难不倒俺，俺又可以活动了！嘿嘿！张嘎，你没有睡到秋香反而被俺抓住了把柄，你倒是成全了俺的好事……”

“嘿、嘿、嘿……”

“他大，你咋了，一进家门就笑，怪吓人的。哦，是不是没有活动憋出毛病了？”

“嘿嘿，你难不住俺了。俺也不用憋了，俺有办法给大愣开结婚登记介绍信了。今天晚上又可以活动了……”

“哼！看把你能的，这八字还没有一撇，你活动谁啊，俺可是有言在先……”张盼富伸出右手，拳头握得嘎嘣直响。趷摸：张嘎，大愣的事情你办也得办不办也得办！不然小心俺攥死你……”于是，他得意地朝菊花一笑,肯定道:“哼!在这村还没有俺办不成的事情。”

晚上,菊花见张盼富像个甩手掌柜,吃罢饭,他撂下碗筷上了床。菊花还是不放心,追问道:“他大,明天你真的能办了?”

“办了,办了,俺是民兵连长还能办不了这点小事呢,你把心放到肚子里吧。”

“嘿嘿,他大,说你胖你咋还喘上了。不说拉到,明天办完事情再说。”菊花甩下一句绝情话。

张盼富心里暗想:“哼!俺也不能让你这老娘们小觑了俺,明天办就明天办,看你咋谢俺。”张盼富见菊花在床前脱去了衣裳,油灯下呈现一个诱人的裸体……顿时,张盼富欲拒还迎,神魂颠倒,心里被撩得痒痒的……

菊花刚躺床上,张盼富伸过大脚丫探试菊花,大脚丫由轻到重,在试探着菊花的反应……

孔子曰:食色,性也。在文化极度贫乏的年代,性欲和温饱同样是成年人不可缺少的精神和物质需求。俗话说:“三十如虎,四十如狼。”菊花正直虎年,虽然嘴上强硬,心里和张盼富一样有着极强的欲望。张盼富的大脚丫挠得菊花“火烧火燎”的,心里正盼着和张盼富活动活动。张盼富从脚丫上似乎感觉已点燃了菊花的欲火,心想:“哼,看你能坚持多久?”张盼富见菊花容忍了他的大脚丫,立刻发起了新的攻势,他索性爬到菊花那一头,神秘地说:“咋,不听听明天俺咋去办吗?”菊花盯着张盼富,神秘地说:“他大,你就像是一头大公猪,一霎也闲不住……”

此时,张盼富故作镇静一下,恣意地摸着菊花的身子,把傍黑发生的故事向菊花讲述了一遍。

菊花好奇心特强，被张嘎欺负秋香的丑闻所吸引，追问道："哎，他大，张嘎对秋香到底做了些啥？张盼富简单地一描述，菊花还不过瘾，非得让张盼富讲出当时的具体细节来。张盼富借机添油加醋，描述道："天太黑，俺光看到张嘎抱住秋香了，张嘎的舌头都快亲到秋香了……"菊花听罢，分析道："嗨，这有啥了不起的事情，反正是人家没有做出那丑事来，你拿人家也没有办法。"

"谁说俺没有办法，这种事情说大就大说小就小，那得看给咱办事情的程度来决定。这么给你说吧，给咱办妥了这事就小了，办不妥这事情可就大了。哼！俺让张嘎就是长一百张嘴也说不清楚。"张盼富的阴险诡计全盘托了出来，菊花终于明白了，娇滴滴地说："嗯，他大，你还真长本事了，这事你做得对，火候掌握得正合适。"

"哈哈，要是真让张嘎动了手，咱们就利用不上了。所以，在关键的时候俺才干咳两声……"

"他大，今天你劳苦功高，俺犒劳犒劳你……"菊花说着骑在张盼富的身上，张盼富紧紧地搂住了菊花，菊花羞涩地说："他大，今天你就像张嘎想活动秋香那样活动俺吧……"

翌日，菊花一大早来到张士琦家，水还没有来得及喝上一口便打开了话匣子……

菊花句句说在张士琦公母俩的心坎上，俩人听得像公鸡啄米一样直点着头……

自从大愣订下婚事再没有见到秋香，一想起秋香大愣心里像打破了五味瓶子，心里说不出个啥滋味来。

一天，大愣上坡路过秋香家门，驻足向周边扫视一圈，见四处无人，便悄悄走到秋香家门口。大愣从门缝窥视，仍不见秋香的身影。大愣不敢待久怕招来是非，赶紧离开秋香家门，在一个偏僻地驻足挠着头皮，自语：“真是邪门了。哎，咋不见秋香呢，难道秋香病了……”大愣心里感到不安，在原地转悠了一会儿，再次鼓起勇气又走到秋香家门口。大愣故意干咳一声，既壮了胆子又探视了周围的动静，大愣才轻轻推开秋香家的大门，伸头探望。

秋香与大愣的目光相视，大愣大为惊喜，刚想开口喊秋香，又赶紧捂着了嘴角，用手势传递暗示……可是秋香却急忙转移了视线，佯装啥也没有发现的样子返回堂屋。顿时，大愣的心像被人戳了一下难受极了，赶紧退出秋香家，急急忙忙向坡里走去。

张强和大愣是同龄人，年龄长大愣四岁。从前，大愣是张强身后的一个小屁孩，小时候也是张强的侍从。可是，大愣时来运转，一夜之间，大愣的身份发生了翻天覆地变化，大愣和张强的身份完全颠倒过来，大愣成为新社会的主人，张强一家却被打翻在地成为以观后效的劳动改造者。

自从村里展开轰轰烈烈的分田地斗地主以来，张强就沉默寡言了。虽然不像金花那样挨批斗，但是，在心理上一时接受不了这天壤之别的变化，张强整天猫在家里看书深思，尤其愿意看药书。从此，张强除干活就是看书，成为一个名副其实的书呆子。

土改前夕，张强还是风流倜傥的公子哥，四面八方的土豪劣绅纷纷托人求亲。可是，这世道一变，他的身价一落千丈，由昔日的抢手“货”沦落到婚姻的老大难，张强的婚事已成为金花心上的一块心病……

俗话说：“要想人不知，除非已莫为。”别看大愣和秋香仅仅是瞬间

的对视，但是全被张强看在眼里。张强压着怒火，愤怒地说："哼！好一个大愣，你是吃着碗里的看着锅里的，竟敢欺负到俺的头上了，俺不会放过你的！"于是，张强悄悄跟踪了大愣。

大愣自知理亏，做了对不起秋香的事情，一气跑到一个没有人的地方，刚刚舒展一口气，又暗自担心道："哎呀，这事可别被张强知道了，老天保佑……"

"咋了，大愣，要当敢做不敢当的懦夫！"张强的突然出现吓得大愣差点跳起来。大愣尴尬一笑，磕巴道："哦，是张强啊，你过来也不言一声，吓俺一跳。"

"哼！大愣，你人真是翻身了。可是这辈份翻不得吧。咋了，你连哥也不肯叫了？"

"哎，这辈分是祖上排下来的可翻不得。张强哥，你咋在这儿哪？"

"大愣，你别给俺来暗的，咱俩打开窗子说亮话。大愣，咱们毕竟是一个大家族里的人，你要记住：人在做天在看。秋香是俺妹妹，只要俺在决不允许任何人欺负她。你和秋香以前的瓜葛已经结束了。现在你已经是有媳妇的人了，不准再去打扰秋香的生活。否则，俺会以大哥的身份教训你！"

大愣被张强尅了一顿，认识了自己的过错，愧疚道："张强哥，俺没有坏心只是想见秋香妹子一眼。"

"大愣！你别说了，俺知道你的心思。俺可警告你，你现在是有妇之夫，再骚扰俺妹妹小心你的狗头！"

大愣也是村里有名的犟种，张强也怕大愣使性子，万一那拧性子上来，他醉死不认这壶酒钱就棘手了。张强上下打量着大愣，缓和道："大愣，今天，咱俩是就事论事不能上纲上线，俺是看在秋香的面子上才和你说这些话的。否则，俺才不理你哪。”

大愣老实且心地善良，心里感觉特别内疚，表示道：“张强哥，俺也闹不清啥纲啥线，只是跟着人家呼口号……你放心，以后俺再也不去打扰秋香了，俺向你保证！”

“嗯，大愣，俺家的情况你是清楚的，一家人在看人家的脸色行事，俺一家够难受的了，谢谢你的谅解。”

张强和大愣各自平和了一下情绪，立刻绕开话题。

张强读书多，见识也广，知道感情上的事情是道不清理不明的一本糊涂账。张强为了秋香实在是不得已而为之，才充当了这恶人。最后，张强拍着大愣的肩膀，期盼道：“兄弟，理解万岁，你好自为之吧。”说罢转身向家走去。

大愣翕动嘴角一句话也说不出来，在原地呆呆地望着张强的身影快步离去，直到张强的身影在视线中消失。大愣缓过神来，自语道：“张强哥，你说的没有错，俺不能再给秋香添麻烦了……”

自古以来婚姻就有父母之命，媒妁之言的说法。大愣和小芹在政治上，虽然翻身作了主人，但是旧的封建势力根深蒂固，一时半霎也难以根除。婚姻自由时常是可望不可即的奢望，他俩的婚姻只是家庭和两性需求的结合。张士琦经张盼富公母俩的谋划，为大愣张罗起婚事，大愣和小芹在一个黄道吉日里举办了婚礼。

大愣虽然顺服了这旧的传统习俗，但逆势心理不时挑战制约他的桎梏。结婚后，大愣匪夷所思地向旧的婚姻世俗扔了一颗“炸弹”。

俗话说：“长兄如父，老嫂比母。”小芹的父母走得早，哥嫂自然承担

招待新女婿的任务。菊花也不吝啬，能送的东西都送到娘家了，忙里忙外帮娘家哥哥置办款待新女婿的酒席……张士琦和马天花也为大愣和小芹备好了回门的鸡鸭鱼肉等四大礼品。吃罢早饭，大愣用独轮车推着小芹回娘家……

小芹一进家门口，便听到吱吱啦啦地煎鱼和厨子的切菜声，诱人的鱼香味儿，让人涎水四溢。新女婿的来访，全家人忙得不亦乐乎，这气氛比过年还热闹。堂屋里早早聚集了本族的长辈和陪客的村长，大家相互认识后，把大愣推上八仙桌的首席，大愣成为宴席的贵客。

俗话说："女婿初上门，皇上亲临门。"在旧的传统里男人凸显权威的是结婚后，首次进访老丈人家。自古老丈人家把初次上门的新女婿作为上上宾，在招待贵宾的宴席上不能出现任何纰漏。此时，既有新女婿的权威又不失贵客的体面。新女婿稍不如意可借机发难，甚至将八仙桌掀倒。久而久之，新女婿大闹酒席可不分青红皂白，全归咎于老丈人家的过错。这种恶俗歪曲了人的正常心理，至今影响着农村的伦理道德。

所以，陪客不仅是乡村德高望重之人，而且还要能应对宴席上的突变。

常言说得好："酒壮英雄胆，酒量就是胆量。"每个村里都有陪酒的高人，一村之长则是是大家公认的首席陪酒人。另外，就是本族的长者和村里的知名人士担负重任。

小芹娘家为陪好大愣是动了心思的。今天，不仅请来了村里的首席陪酒人村长，还请了家族的长辈和两个高大魁梧的本家兄弟陪酒，当然也缺不了连襟张盼富作陪。

俗话说："人不可貌相，海水不可斗量。"别看大愣外表憨憨的，心里和明镜似的。自从和秋香断绝来往，大愣对小芹是爱恨交加，不知是原始两性的需要还是马天花的干预，反正大愣找不出反对婚事的理由。一旦生米做成熟饭，就会犯这山望着那山高的通病。总之，这世间不论贫穷富贵地位贵贱，人的欲望是永远满足不了的。

大愣宁肯牺牲自己的爱也要顺从父母之命媒妁之言，他踏入婚姻的派对圈子，那种真爱已是私人空间的回味和臆想。

一时间，大愣沉浸在新婚的甜蜜里，淡忘了秋香。可是蜜月一过，脑海里不时地闪现出秋香来。一想起对张强的承诺，便把思念埋在心里。秋香在大愣心里，不仅扎下根，而且还会发出思念的嫩芽，由于世俗和与张强的约定，只能不停地掐着心中的思念之芽……大愣不甘心，便想出一计，借用新女婿的世俗权威，在老丈人家宴席上发泄心中的不满和积怨。

入席后，大愣见宴席口有同辈兄弟把守，在想："坏了，这两个把席口的弟兄比两头牛还壮实，这掀桌子的旧俗怕是做不得了；哎，来文的自己又胸无点墨无计可施，这个自然也行不通；凡事不能过度，如果事情做得太过分连襟张盼富也轻饶不了自己，幸亏俺裤兜装了一大把零钱……"在大愣左思右想间，一道道美味菜肴已经摆得满当当……在一浪高过一浪的劝酒声中宴席进入了高潮。

常言道："好马在腿，好陪在嘴。"酒陪全凭三寸不烂之舌之功统领酒局，他们劝酒的功夫发挥得淋漓尽致，大愣在咕咚、咕咚地喝着宴席礼仪酒……

大家借酒助兴，兴致极高。在喜酒不醉人的幌子下，从新女婿到陪客者的酒量都是超常量发挥。一会儿的功夫，大家进入了酒逢知己千杯少的酒仙境界。在这恣意的仙境中，也是陪酒者不可掉以轻心之时，必

须保持着三分醉意七分清醒的状态，他们不停为大愣斟酒夹菜，忙前忙后，在尽心尽职生怕出现差池。

好酒好菜需要好气氛来衬。当下宴席助兴莫过猜拳行令，酒令胜过命令。贵在愿赌服输，奖罚严明。大家推杯换盏，一盅生，两盅熟，三盅成为好妹夫。

一个时辰后，酒令失真，陪客的不烂之舌也僵直了，个个喝得脸红脖子粗。这姜还是老的辣，村长瞪着充满血丝的大眼睛，眼观六路耳听八方，在驾驭着酒席的进度和气氛。

“大鲤鱼上来了！”

上菜的一声吆喝，让酒席上的人立刻肃静下来。

当啷！一条大鲤鱼搁在八仙桌的正中。

鲤鱼头正对着大愣，鱼嘴半张半合……

大鲤鱼标志着宴席的高潮，也是新女婿酬谢厨子的时机。此时，按习俗新女婿要用筷子指点下鱼头，然后把两元钱放置盘边，客气道：“今天，饭菜做得不赖，谢了！请厨子拆鱼！”通常厨子见赏钱才将大鱼端回剔去鱼刺，重新端上无刺的鲤鱼。

这道鲤鱼看起来是很平常的一道菜肴，实则暗藏着极大的风险。大愣瞅一眼鲤鱼，计上心来，便把手插到裤兜，从口袋摸出两毛五分钱……大愣这细微的动作立刻引起陪客的警惕，村长见大愣迟迟不放拆鱼钱，在死死地盯着大愣的一举一动，张盼富将筷子悬空在眼前，在想：“哎，不对劲啊，大愣这小子是唱得哪出戏……”

大家对视一眼，不约而同地自语：“不妙！大愣要闹事！”俗话说：“先下手为强，后下手遭殃。”把宴席口的弟兄腾地站起来，双手牢牢地按住八仙桌预防不测。

大愣从口袋里抽出手来,当啷!将两毛五分钱的硬币放进盘子内。

这时村长不由得倒抽一口气,小伙尴尬地张张嘴,不知说啥子好,祈求的目光盯视着村长。半天后,端盘子的小伙苦笑两声,为难道:“这个……”

酒场如战场,兵不厌诈。这是老村长酒场上的名言警句。老村长不愧为村里的首席酒陪,他处事不惊,突然对着尴尬小伙子哈哈一笑,圆场道:“哦,这新社会就是好,现在连厨子的赏钱也变了。快,端下去让厨师也开开眼,见识一下新女婿拆鱼的新赏法。”

正在不知所措的小伙被村长支走了。

村长一边擦拭额头上的汗珠,一边将目光投向张盼富,他在祈求得到张盼富的相助。张盼富心领神会,心里不悦重重地放下筷子。他瞪大愣一眼,暗暗地说:“你这个大憨蛋,葫芦里究竟卖的啥药?竟敢在俺民兵连长面前耍花招。哼!看俺以后咋收拾你。”厨子是一位见过大世面的人,一看到盘子里的两毛五分钱,自语:“哦,这新女婿拿俺说事了……”大厨抓着鐾刀布摩擦两下刀,在砧板上当当熟悉下刀技,然后嚯嚯将鲤鱼斩成两半,三下五除二,厨师又将鲤鱼剔出鱼刺。咣当!将剔好的鲤鱼送回盘内,嘱咐道:“小伙子,别发愣,快端上去上!记住:‘就当啥事情没有发生,咱们外甥打灯笼——照舅。”端盘子的小伙知道厨子在为主家息事宁人,佩服地点下头,应答道:“哦,知道了,走了!”

小伙子托着鱼盘健步如飞,边走边喊:“来了,厨子剔过的大鲤鱼上来喽!”

村长一边用筷子指着鲤鱼头,一边客气道:“来、来,贵客请吃鱼。”

大家立刻响应，将筷子旋在半空，异口同声："嗯，请贵客吃鱼。"

大愣在大家的恭敬下，夹了一小块鱼肉，然后大家的才筷子落到鲤鱼身上，各自夹起一块鲤鱼肉大口朵颐。

后来，大愣每上一道菜便放上两角五分钱，共分八次兑现了赏钱。俗话说："好事不出门，坏事传千里。"大愣两毛五分的故事，很快在方圆几十里内传开了。从此，大愣的绰号被两毛五取而代之。

张士琦娶大儿媳妇的如意算盘终于实现了，这桩婚姻让人羡慕也让人嫉妒。有羡慕张士琦双喜临门，既取了儿媳妇又添一个家庭劳动力；也有人嫉妒这好事不能让张士琦一人占，不乏好事的找到村长反应大愣虚报结婚年龄……村长是一位既讲原则又不失灵活的村官。常言说得好："民不告官不究。"村长为这事考虑许久，见告状的人非要讨个说法才肯罢休时，不情愿地把村里的头头们召集在一起，大家一合计，英雄所见略同，觉得是件肥水不流外人田的小事情。既利于村，又是家庭缺少劳力的一种补充。总之，是民心所愿的事情，何乐而不为哪。最后的结论不了了之，默许了……从此，村里在结婚登记上执行严出宽进的潜规则。

潜规则让张嘎摆脱了困境，隐瞒了那件龌龊事。张嘎是雨过天晴，终于松了一口气，结束了他担惊受怕的日子。

小芹和大愣的结合也拉近了王媒婆和菊花两家的距离，俗话说："东北风，西北风，不如婆娘的枕边风。"菊花想着王媒婆的好，这枕边风吹动了民兵连长的心。从此，金花在学习改造中，自然得到了民兵连长张盼富的格外关照。

第三章

敢吃螃蟹的农民

金秋十月,硕果飘香。张士琦抚摸着即将成熟的大苞米,心里乐开了花,高兴得嘴都合不拢了,不由得发出嘿嘿地憨笑……

“哎!哎!张老哥你咋了,是不是吃蜜蜂屎了?喜得连嘴都合不拢了。”

“嗨!是你啊,刚才听地哗啦啦地响,俺还以为是头驴在啃玉米哪。哦,原来是德福啊。”

“去!你才是驴哪。看你那个兴奋劲,你这老东西把棒子当成天花了吧?”

“去,一边去!你狗嘴里吐不出象牙来!”

“哎,你摸棒子那种暧昧的样子,谁看到也会联想的……”

“哎,你别说,这棒子长得真稀罕人哪,真没有想到啊,今年收成这么好。”

“是啊,这收成来之不易啊,这沃土没有亏待咱们……”

“嗯,天道酬勤,这土地爷还是喜欢咱们勤劳的庄稼汉。今年,肯定又是个丰收年。”

哗啦!哗啦!哗啦……

“老哥,你听这声音,这玉米地里真有头驴啊。嗨！这毛驴咋跑到地里去了呢?”

“真是的,养驴的在咱村是有数的几家,不是村长家就是……”

“别说了,别让驴祸害了咱们的庄稼。快！赶驴去!”

“走！奶奶的……”

张士琦从地里捡起一个大坷垃,冲在王德福的前面……

老村长突然从玉米地钻了出来,问道:“哎！你老哥俩干啥呢?”

王德福和张士琦见是村长,忍不住地哈哈大笑……

村长被笑得不知所措,疑惑道:“咦！看把你俩笑得连牙都笑掉了……”

张士琦扔掉坷垃,立刻摸着门牙问:“啊,俺的牙又掉了一个?”片刻,张士琦摸着门牙,证实道:“哎,没有啊。”

“哼！再笑准掉!”

“村长,你再不出来,士琦手里的坷垃可就砸向你了。”村长听了王德福的话很愕然,立刻把目光盯在张士琦身上,追问:“咋了,你想谋害革命老干部?”

“不敢不敢！俺以为你是头驴呢。”

“啊！你这是辱骂革命老干部。好啊,张士琦,你翻身才几天就忘本了;哦,刚过上好日子就不认俺这革命干部了?”

“啊呀！俺是说,哎,王老弟你快给俺解释一下,俺可不能得罪了村长。”

“你看,你张士琦真不老实,敢做咋不敢当?”

“哦,村长是这样的……”

“哦,原来是这样啊。俺说哪,亲不亲阶级分,何况俺平日对你哥俩也不薄,你俩不会对俺下黑手的……”

哈、哈、哈……

“好了,你老哥俩别笑了,快干点正事吧。”

村长拽着一颗玉米秸顺手扒开了一个棒子,他用指甲扎在玉米粒上,像刺在肥猪肉上一样只露白茬不泛浆……

“嗯,你们看,这玉米粒子都不出浆了,棒子熟了真熟了……”村长扎着玉米颗粒给大家证实。

张士琦和王德福眼见为实,表示道:“哦,还真是哪。”村长放下玉米,转身道:“庄稼长得喜人也逼人啊,可不能丰产不丰收,咱们要让劳动果实颗粒归仓……”

“村长,俺也在琢磨这事情,咱们要接受麦收的教训,这农具和劳力得配搭好才行啊……”

张士琦的话提醒了村长,村长示手,插话道:“嗯,你这一提示,俺想起一件事情来。上次,去区里开会,上级说啥咪……哎,俺想起来了,就是土改住咱村的李组长,在会上介绍了一个村,他们把人员和农具组合起来,成立了互助组。李组长还透露上级正在试点,要是成功了还准备推广哪。”

“嗯,这事忒好了,俺家的牛也有车拉了。哎,德福你家的犁就不用人拉了,你家可赚了,再不用找上门女婿拉犁了。”

说者无意听者有心。王德福一听在拿他家闺女说事,瞪了张士琦一眼,骂道:“日你奶奶的,你又拿俺家闺女说事。哼!你他奶奶的不就多生了几个臭小子吗,有啥了不起的!真是的,俺也有了儿子,你狗日的显摆吗……”

“咋了,新社会了还敢骂人。哼! 谁敢骂俺,俺就揍他!”

“你揍谁啊,新社会提倡男女平等……你哼啥! 别人怕你俺可不怕你!”王德福跬步到张士琦的眼前,将愤怒的目光盯在张士琦的脸上。

“咳! 你给俺瞪啥眼?”

“你俩咋了,你们放着好日子不过,吃饱了撑的!”

村长知道张士琦戳了王德福的软肋,各打五十大板。村长扫视他俩一眼,数落道:“哎,咋了德福,属炮仗的说火就火。士琦,你明知道人家德福闺女多,却偏偏拿人家闺女说事,真是的……好了,好了! 你老哥俩赶紧准备收庄稼吧。”

村长一提到收庄稼,老哥俩的火气一下子全消了,异口同声地问:“村长,您有啥高招?”村长向他俩招招手,张士琦见王德福在身后,他还特意拽王德福一把表示友好。平日,这老哥俩嘴上吵吵闹闹的从不上心里去,不由得对视一眼,凑到村长的眼前。

村长清清嗓子,神秘地说:“俺倒有个想法,咱们也自愿组个互助组试试?”

“这个、这个……”

“哎,这个、这个个啥,像个老娘们似的,做事总是拖泥带水的。”

张士琦突然理直气壮地说:“嗯,俺同意,俺不像德福做事优柔寡断。村长,你说咋办俺咋办。”

王德福磨叽半天,总是顾虑重重拿不定主意。村长注视着王德福,督促道:“德福,你也表个态。别光看着俺,你说话啊。”王德福不论是张士琦的激将,还是村长的劝说都没个明确的态度。

张士琦口直心快,指着王德福的鼻子,说:“你这个人真有意思,这事对别人家还有考虑的余地,可是你家的情况……”

“士琦,有话好好说,这么硬口气又想吵架?”

“你们误会俺了,俺担心的正是这事情。哎,像俺这样缺少劳力的家庭谁愿意和俺互助啊。”

“哦,原来你担心的是这个啊。哎,这个你不用担心,这正是我们互助解决困难的目的……”

王德福经村长的这一点拨,表示道:“嗯,要是这样的话,俺听村长的,俺没有啥意见。”

“那好,俺再去征求张盼富和大柱家的意见,看看还有谁家愿意参加咱们的互助组,为咱村推广互助组先做个示范。”

“俺看行!”

“嗯”

“那好,咱们就这样定了。”

嗵、嗵、嗵……

村长三人快步向村里走去。

“咳!咳!咳!”

张士琦走进家门有连咳三声的习惯。一者是在向家人传递信号;二者是让马天花出来迎接。

张士琦咳了半天,仍不见马天花的动静,纳闷了,喊道:“他娘,你瞎忙啥?快过来,俺有话要说!”

马天花突然应答:“哎,来了,俺正有事想找你哪。”

张士琦一听马天花也有事情,不屑一顾地说:“咦!你鸡毛蒜皮的事还算事吗?”马天花不悦,赌气用力拍打着身上的尘土,嘟囔道:“哼!啥事能比俺的事大。”俗话说:“女人三天不打,上房揭瓦。”张士琦思想陈旧,典型的大男子汉主义,训斥道:“你这个老娘们,以后少给俺犟嘴,你嘴里叨叨个啥?”

马天花见张士琦和她拧上了,自语道:“哼!真是一个老拧种。好,你先说……”马天花的让步,让张士琦找回了男人的面子,在心理上占据了上风,立刻笑容满面。

张士琦渴了,抓起大茶壶对着壶嘴儿就喝。可是,他哈赤半天也没有喝到一滴水,叮当、叮当地用力摇晃一下茶壶,张士琦的脸色骤然阴沉下来,火气噌地窜了出来。

砰!张士琦把大壶用力撴在桌面上,恪守妇道的马天花处处避让着丈夫,张士琦的突然举动,把马天花吓得一抖擞,追问道:“你干啥?吓人家一大跳。”

“水,水!你这老娘们在家连水也不烧了?”

“哎,不对啊,早上刚烧的水。哼!你别以为在家轻快,说实在的还不如下地干活呢。俺从一早就忙活,忙了大半天也没有忙出个头绪来。这事真不对,俺明明烧好了水……”

大愣突然掀开门帘,生硬地说:“哦,大壶里的水让俺喝了。咋了,你嚷嚷吗?”大愣像吃了枪药似的,把张士琦呛了个趔趄。张士琦缓过神来,骂道:“你这两毛五,咋和老子说话呢?哼!你娶了媳妇忘了娘。”

“不对!你是说娶了媳妇忘了爹吧?”

“你、你这个狗日的!再贫嘴老子揍你……”

“咳!使劲骂,俺是狗日的你是啥?”

“你爷俩这是咋了,见面就吵。真是的,这两毛五也是你当爹的叫的?哎,这老的不像老的,小的不像小的成何体统……”

“你别插嘴!哎,你咋没有下地干活?对了,还有小芹……”

咣当!大愣甩门走了……

“你、你!你给谁甩脸子?”大愣像没有听见一样犟着脖子走了。张士琦跺着脚蹦着高地亲娘祖姥姥地骂着……

马天花听着都瘆得慌,瞅张士琦一眼,劝道:“行了,看你骂得多难听。你说他姥姥死这么些年了,人家惹你招你啦?”马天花说着走到张士琦的身边,亲昵地拽张士琦一把,羞怯地说:“他大,俺又有了……”说罢低头扯拽起衣角。张士琦没有听懂,追问:“咳!他娘的你又咋了,吞吞吐吐说的是啥子?”

“咦!你不仅是个老拧种,你还是个大笨蛋,你没有看出俺……”

“看出啥来了?快说,俺没有时间给你捉迷藏。你有话快说,有屁快放。”

“老拧种,俺有啥,俺有你的孩子呗!”

“啊!俺的亲娘嘞,你咋又怀上了呢?”

“你说咋怀上的,不是你狗日的天天闹着搞娱乐能怀上吗?”

张士琦既惊讶又焦急,他倒背着手在堂屋里踱来踱去,嘴里不停地嘟囔:“真是的,秋忙了,你怀啥子孕哪?”马天花见张天琦如此反应,赌气道:“哼!女人怀孩子是天经地义的事情。他大,还有一个呢。”

张士琦驻足惊奇地问:“哼!就你还能怀上双胞胎?你是在说梦话吧。”马天花把脸一沉,郑重道:“我生不了双胞胎,俺和小芹加起来不就是双胞胎嘛。”

"啊！俺的亲娘，你们这是咋了，咋都赶到这个时候怀孕，这不是要了咱家的命吗?"马天花对着转圈的张士琦问："真是的，怀孕咋了？怀孕也没有少干活。"

张士琦对着马天花一阵唉声叹气，一想到马上互助了心里总算踏实点，嘟囔："好了，好了，今天幸亏村长给咱们指出一条互助的路……"

马天花重复着张士琦的话，困惑道："他大，啥叫互助啊？俺咋从来没有听说过。"

当、当……张士琦猫腰叩罢烟袋，一边缠烟袋，一边慢条斯理地说："这个互助就是咱们几家子联合在一起。对了，也就是把各家的农具牲畜合在一起使用……"张士琦效仿村长的样子，一边解释，一边将卷好的烟包放开，又抽起了叶子烟。

咳、咳、咳……

马天花一手按着胸，一手驱赶着烟雾："呛死俺了。他大，你别抽了。"张士琦摆弄着烟包斜视马天花一眼，将烟嘴儿从嘴角移开……

马天花缓口气，继续道："他大，俺听明白了。别说，这互助对咱家挺有利的，咱家参加不?"

"你这老娘们，今天咋了，这么明事理哪?"

"他大，给你说实话吧，别看俺是女人家，这事你一说，就说到俺心坎上了。尤其是咱家的女人又怀了孕，这个事情对咱家来说，确实是一件大好事。"马天花愉快地接受了这新鲜事物。

张士琦听了马天花的表白，很适合他的心意，见马天花不咳了，将移开的烟嘴儿又噙在嘴上，吧嗒起叶子烟。

"士琦！村长让你到他家去一趟……"门外传来一声高喊。

“他大,你听是不是德福在喊你?”

“哎,可不是嘛,是在喊俺哪。”

张士琦推开堂屋的草帘子,回答:“俺知道了,马上就到!”

“快点! 俺先去了!”

村长坐在八仙桌的上座,条凳上坐着民兵连长张盼富、大柱,大伙操弄着各自的烟袋,一边吧嗒叶子烟,一边默算着入互助组的得失……

“哎唷! 王媒婆,看你急的,这是上哪儿去哪?”张士琦一出门招呼。王媒婆边走,边回应:“哦,村长找俺有事。你这是……”

“哦,俺也是到村长家……”

王媒婆和张士琦聊着来到村长家,王媒婆进屋被烟呛了回来。一阵干咳后,王媒婆一面用手驱赶着眼前的烟雾,一面调侃:“哎呦! 村长你们哪是在吸烟,简直就是在烧窑啊!”

王媒婆一句调侃话,逗得大家一阵大笑。一会儿,烟民们的笑声被一阵剧烈的咳嗽淹没……

村长妻子刘芳芳望着门口袅袅腾腾的烟雾,感慨道:“哎呦,你看,这些大老爷们吸的烟比俺做饭的烟还要大呢。”

“可不是嘛,真呛人。大嫂,你在做饭?”

“咳! 太阳还不晌午做啥饭,是在给他们烧水哪。”刘芳芳朝灶炉扔了一把柴禾,掀开大锅盖子,一手提铁壶,一手抓起水瓢……

王媒婆赶紧蹓蹓到灶台前,谦让道:“大嫂,俺来帮你一把?”

“哦,俺自己行,你上屋里去吧,俺这就把水提过去。”刘芳芳用水瓢左右驱赶下扑面而来的热气,便把水瓢按入开水锅。

刘芳芳灌满暖水瓶,吩咐:“他王嫂,俺也不给你客气了,你把这摞黑碗给俺拿过去吧。”王媒婆一听，调侃道：“大嫂，你不用这么客气，以后直接喊俺王媒婆就得了……”王媒婆返回饭屋，猫腰掐起一摞黑碗走进堂屋。

堂屋以村长为首的大老爷们过完烟瘾，一边哧哧地搓着地上的痰迹，一边缠着烟袋。

大伙磕灭烟袋，顷刻间，堂屋的空气清晰了，但是地面上却覆盖了一层烟灰和鞋底碾磨过的痰迹。

王媒婆给大家倒水时，一看到地面泛起的痰迹，她瘆得全身一颤，差点把水撒在身上。

村长干嗽两声，直插正题。

俺说点事：“咱们秋收在即，俺把大家召集起来，就是问问大家参加互助组的事情。据李组长说，外地正在进行互助组试点，不过上面还没有正式推广。这几天正在琢磨这事，俺觉得挺符合咱们的实际。俺想咱先成立一个互助组试试。不过互助组完全自愿组成，决不强求人。不愿意参加这次互助组的，你们啥时候想通了啥时间再参加……”

凡事都是双刃剑，任何事物利弊共存。大家各有自己的小九九，经过一番讨论和深思熟虑后，达成了成立互助组利大于弊的共识。

本着自愿加入退出自由的原则，自愿组成互助组。村长第一个表示：“俺愿意参加互助组……”第一个向大家表白了自己的心愿。

张士琦掠视大家一眼，举手道：“俺响应村长的号召，俺参加……”

“不！士琦，这事情不能听俺的。参加互助组纯属于个人行为，你不能受哪个人的影响……”村长的一席话，让在座的人再次冷静下来，房门内再次飘出了烟雾……

张士琦狠狠吧嗒一口烟，腾的站起来，激动地说："俺想好了，俺自愿参加互助组。"

"俺也想好了，自愿参加互助组……"

"俺也想好了，自愿参加互助组……"

最后，只有马老汉低头不语，村长掰着指头数着人数，问道："咳！马老汉还没有想好？哎，时不待人啊，这个季节咱磨蹭不起啊，你给个准信咱们该干吗干吗去。"这时，王媒婆走进堂屋，向村长举手示意，胆怯地问道："村长，俺也自愿参加。不过，俺还有个请求不知道你们同意不同意？"

"王媒婆，平日能说会道，向来说话直来直去的。今天你咋了？说起话来拐弯抹角的。"

村长将王媒婆将一军。王媒婆扫视大家一眼，鼓起勇气，说："这事俺是一百个愿意参加，只是想把俺姐姐家拉进来，不知道大家能不能接纳她？"王媒婆的话让大家大吃一惊。一时，大家没有了主意，屋内再次僵持起来。

村长皱着眉头想来想去，片刻后，他磕着烟袋窝，表示道："俺看行，金花一家经过改造已经成为自食其力的人，俺没有意见，同意！"民兵连长张盼富在关键的时刻帮了金花一把，插话道："金花一家自从土改后，思想改造深刻，已经脱胎换骨成为自食其力的劳动人民。再说了互助组都是自愿的事情，也没有划定成份的界限，俺同意。"

这话是越说越透，灯是越拨越亮。经过大家充分酝酿除马老汉没有表态外，村长召集的人都自愿参加互助组。最后，马老汉琢磨半天还是觉得参加互助组不合算，推辞道："村长，俺这次就不参加了，等下次再说吧。”

马老汉边说边起身告辞……

马老汉的突然退出像在平湖里扔了一块巨石,打破了屋内的平静。大家你一言他一语地议论开了……马老汉的动摇和不确定因素早在村长的意料之中,村长嗯了一声,叮嘱:“马老汉,记住,啥时候想通了再来……”

马老汉一走,大家围着马老汉拒绝加入互助组的话题,又说长道短。

俗话说:“千锤打鼓,一锤定音。”村长掰着指头数完互助组的户数和人数,立刻宣布:“咱们的互助组有十多户自愿组成,在张浊村咱们是第一个自发组织。哎,互助组不能群龙无首,咱们得选出一名组长来。”

张士琦插话,举荐道:“俺看就由村长干这个组长吧。”

“俺看行!”

“俺看行!”

“俺看也行!”

“咳!行个茄子?你们懂啥?俺是村长,记住是一村之长,俺的主要精力是管好全村的日常工作,那能顾得上互助组的事情。”

村长一番解释,大家又沉默下来。

一会儿,村长抛砖引玉,推荐道:“俺看这样吧,俺选王德福担任互助组组长。”

王德福连忙摆手,回绝道:“哎呦!村长,俺可干不了,还是你干吧。”

“谁也不是一生下来就能当领导的,谁不是边干边学?”村长当即剋了王德福一顿。王媒婆觉得村长的提名很合适,举手道:“哎,大家还愣着干啥,俺觉得村长提名没错,俺同意王德福当组长。这样吧,咱们来个举手表决,同意王德福当互助组组长的请举手。”

“哈哈,全票通过。俺宣布王德福担任张浊村第一个互助组的组长!”村长笑呵呵地望着大家,抚掌道:“德福,这回互助组可要看你的了。快,你给大家讲两句吧。”

王德福是一位不显山不漏水的中年汉子,他说:“这是赶鸭子上架,硬着头皮上……”讲了几句客气话,立刻直奔主题,表示道:“既然大家选举俺当互助组组长,俺就一心一意地干好这个组长。现在,秋收在即,不容我们半点的马虎。俺是这么想的:咱们首先把各家的农具牲畜做个登记,然后集中起来做好秋收准备工作。另外,俺举荐王媒婆家的王士中担任互助组的会计,大柱为保管员,大家有没有意见?”

大家寻思片刻,立刻鼓掌通过王德福的提议。

王德福是个实干家,说干就干,又安排道:“事不宜迟,这季节不等人,咱们分头行动吧。”

“咬!德福你还真行呢,说干就干,俺喜欢你这样的风格。”村长的鼓励既肯定了王德福的工作思路又做了成立互助组的动员发言。

第二天,王德福带领互助组的人选择地势较高的一块玉米地为互助组的秋场。互助组按照王德福的安排,兵分三路,紧锣密鼓地打起了秋场。一路在忙着砍场地的玉米;一路在平整场地;另路在整理麦秸苫子搭建秋场窝棚……三路的老少爷们,虽然分工不同,但是大伙热情高涨,干得热火朝天。

吁,吁——

大柱将地排车停在刚刚平整的秋场路边,高声道:“大伙快过来,卸车喽!”大家争相把收集起的篓筐和麦糠卸下,卸的过程中有人建议麦糠可直接洒在秋场地面上。

俗话说："男女配搭，干活不累。"大家一边抛着麦糠，一边哎嗨、哎嗨地踩着秋场地面。这雄壮的劳动之声，抒发劳动人民翻身做主人的愉悦情怀。大家扭动着劳动的舞姿，快步奔向明天的美好生活。

叮当！叮当！叮当……

搭建窝棚的铿锵锤声，在为这粗犷豪迈的劳动之声谱曲高歌，奏响了农民互助的大合唱……

"王大叔！王大叔！"大柱的喊声像舞台上的指挥家收起了银色的指挥棒，大合唱戛然而止。

大柱跑到王德福身边，说："王叔，士中哥把各家的碌碡都集中在村头了，咱们是不是拉过来？"王德福像没有听到大柱的话，一见打场的人全停工观望，督促道："哦，没事，大伙各忙各吧！"王德福像指挥家再一次扬起了指挥棒，场地立刻回荡起自然而美妙的劳作之曲。

大柱追问："哎，王叔你说话啊，咱们到底拉不拉去？"

王德福皱起眉头，沉思片刻，商议道："大柱，你看大家都在忙活。这样吧，咱俩用牲口把碌碡拉来行吗？"

"哦，行啊！俺先卸下牲口来……"

一个时辰后，从远方传来吱呦的碌碡声，这响声由远渐近。哞……老牛伸着脖子朝场院的方向鸣叫，犹如火车进站的鸣笛声，暗示轧场的碌碡要进场了……大柱握着牛鼻桊儿的细麻绳，轻轻一勒，向老黄牛发出"吁"的指令，不知是牛鼻桊儿勒疼了老黄牛还是因为大柱的指令，老牛哞的一声，碌碡的吱呦声悄然消失。

大柱顺着缰绳走到老牛前，刚要动手解去牛鞅，王德福朝大柱"哎"了一声，吩咐道："大柱，新场地已经踏平了，咱们歇人不歇牛赶紧把场碾轧出来……”王德福舞起右手，哄赶：“驾！”这黄牛可真不识抬举，不管组长咋驱赶，老黄牛一动不动。可是，大柱一举鞭，老黄牛顺着大柱的缰绳迈出了蹄子，向大柱指示的目标奔去。

王德福见老牛拉着碌碡进场，喊道：“大家还愣着干啥，快把麦糠全部撒到场地上，咱们轧场喽！”

一会儿，王德福倒背着手来到刚搭好的窝棚边，夸赞道：“士琦，你们搭的这窝棚不赖。咦！这窝棚还挺阔气哪。”张士琦沾沾自喜，自夸道：“咳！这算啥，当初俺还给张富贵家盖过楼哪，俺搭个小窝棚子这才到哪里。”

俗话说得好：“这路边说话草里有人。”王士中突然出现在窝棚旁边，插话道：“咳！士琦老哥，小心吹牛上税啊。”

张士琦指着金花家的那间高房炫耀：“咋，不相信？就是咱村里的那座小楼。”

“哈哈！当初听说你仅是一个和泥的小泥工。”

“对，这事俺也听说过……”

“哎！哎！士琦，说你胖你咋还喘上了哪？这就是你盖楼的水平。看你，这个绳绑得一拽就开了。万一让人碰到小木桩子，咱这窝棚非塌了不可！”

“啊！可别把俺砸在里面。”

“哼！一个和泥的还能搭出好窝棚来。”

大家以绳桩为题调侃着张士琦，大家不时地发出一阵阵笑声。

互助组的成立不仅吸引了村里人的眼球，而且引来飞燕捧场祝贺。一群喳喳欢歌的燕子在场院上空颉颃，时而高高冲上云霄，时而在空中打旋儿,时而俯冲地面,在悠游尽情地欢歌,呈现出一个和谐的自然景象。

路过互助组场院的人无不驻足观望,无不惊叹道:"哟!互助组打这么个大场院……嗨!他们还搭这么大大的一个窝棚哪……"

马老汉和马六推着独轮车正经过互助组的秋场。马六好奇地指着秋场,惊讶道:"哎呦,俺的娘哎,咋打这么大个场哪,这场真带劲!"马六羡慕得不得了,他的步伐减慢绳子松落在地面上。

"哎!哎!你这狗日拉车的看啥?绳子,绳子!"马老汉边骂边提示着马六。

嘣!

马老汉没有刹住独轮车,独轮车的轮子不偏不倚正轧在绳子上。马老汉是出了名的吝啬鬼,见一根好端端的绳子轧断了,对着马六又是一通大骂……

老子骂儿子自古被视为天经地义的事情。马六被骂得一身火气,他强压着火气连接起绳子。

马老汉骂够了马六,责令道:"咋了,还没有看够,你还不走?"马六早已习惯马老汉骂畜生似的责骂,像啥也没有听到骂声一样,从左耳进右耳出。在马老汉的吆喝下,马六哦了一声,一手抓着独轮车架,一脚猛踩下独轮车头,马老汉借力驾起了独轮车。

"咳!马老汉,你是骂孩子还是骂牲口哪?哈、哈……"不知谁调侃马老汉一句,场院立刻传来一阵大笑。

马六老大不小了,大家的嘲笑触及了马六的自尊心,火气直顶脑门,刹那间,马六的情绪失控,突然犟着脖子将独轮车拉得咣当咣当地向前

奔去……此时，独轮车正逢一个小下坡，独轮车扬起的砂粒当当地敲打着车体。马老汉驾着快速的独轮车顺坡而下，路边的玉米棵子在马老汉的余光里一闪而过……

“哎、哎、哎！你疯了？”

咣当、咣当、咣当……

马老汉全神贯注地驾着疾驰的独轮车，独轮车拖得马老汉气喘吁吁……马老汉一边掌控独轮车，一边骂道：“狗日的！你要拖死你大？”幸亏马六是小驴拉车——没长劲。他赌气拉车跑了一段路程，便气喘吁吁，马六的怒气发泄了，全身的劲也用完了，他的脚步缓慢下来。

可是，惯性仍然让独轮车咣当地向前行驶去……

常言道：“亲不亲，打断骨头连着筋。”马六冷静下来，一见马老汉驾独轮车的狼狈样子，心里嘎登一下，立刻转身推着独轮车头全力缓解惯性，在马六的反力下，独轮车才慢慢停下。

马六望着远去的场院，抱怨道：“大，人家互助组啥家伙什都有，哪像咱单枪匹马的干。真是的，俺说加入互助组你偏不让参加。”马老汉根本顾不上马六的抱怨，在大口喘着粗气，他挣脱开车鞶噗嗤蹲在了地上……

马六知道惹大祸了，在琢磨：“这次可把大拖惨了，一定轻饶不了自己。三十六计走为上。”马六以退为防，在提防马老汉的鞋子向他袭来。

马老汉坐在独轮车把上，他抬脚脱下一只鞋子，马六像被大火烧着一样，立刻退避三舍，慌张道：“大，你能不能不动武的，咱爷俩来点文的。哎！你讲点道理好吗？”

“你这个狗日的，俺又没有打你，你紧张啥子？俺鞋里进沙子啦。”

"大,今天,太阳从西边出来了。你真的不打了?"

"嗨!不打了,你都是快娶媳妇的人了。俺想好了,以后,再不和你动粗了。六啊,记住一句话,'不听老人言,吃亏在眼前'。咱们不缺热闹,咱们缺的是安静。"马老汉沉着脸子数落起来……说来也怪,马老汉管教方式的突然转变却让马六知道了感恩,马六在洗耳恭听马老汉的絮叨……

秋收大战之即,互助组显现出明显的优势。

但是,单干户在静静地观望这个新生事物的发展趋势。

中国经历了几千年的封建半封建的统治,虽然经历了轰轰烈烈的土地大革命,穷人翻身当了国家的主人,在中国大陆实现了耕者有其田的愿望,但是,农民的小农意识还根深蒂固,他们的思想具有两重性,即:在言行上是绝对革命的,表现的是绝对大公无私。当触到他的切身利益的时候,他们的内心却是自私的,甚至是对抗的。他们外表总是一副服从和拥护的样子,这种表里不一的农民大有人在。

当互助组这个新生事物兴起的时候,他们不仅不跟时代的步伐,而是固守旧俗,甚至有的人在口头上大喊斗倒大地主,再踏上一只脚批斗的同时,在想着自已何时拥有像地主财产的私心杂念。常言说得好:"千羊在望,不如一兔在手。"所以,有人宁肯少点收成也不愿意把刚刚到手的土地和农具交给互助组公用,也有别有用心的人正盼着互助组这个新生事物早点流产或胎死腹中。

秋收战役打响了,互助组场院里堆满了若干堆苞米、谷穗,大家齐心协力发挥了人力物力的优势。在场院,互助组的劳动热情十分高涨,大家你追我赶热闹非凡……无论是互助组的规模,还是劳动热情都是人类

空前的，是迄今为止任何时代任何方式都无法比拟的一种先进的组织形式。

互助组的女人们也不甘心落后，金花和马天花担负起一线劳力的后勤保障。

晚上，王德福组织互助组夜战，互助组的男劳力兵分两路：一路向田间运送农家肥料；一路在场院里剥玉米归拢场院。

十点左右，民兵连长张盼富觉得前胸贴后胸，他停下手里的活儿，自语道："哎呦，肚子饿得呱呱直叫，这饭咋还没有送来呢？"

原来，在马天花准备做饭的时候，感觉身体不适。金花知道马天花有孕在身，她怕天花再有个闪失，就劝马天花回家休息了，金花将活儿全部揽了下来。

一时间，金花既要揣面捏窝头又要烧锅蒸窝头，忙得不亦乐乎。俗话说："夫贵妻荣。"金花过去也是大家闺秀。后来，嫁给了张富贵，她过着衣来伸手饭来张口无忧无虑的日子。土地革命，张富贵被镇压，金花的身价一落千丈。一夜之间，金花由阔太太变成了劳动改造的对象。用当时的话说："旧社会让人能变成鬼，新社会让鬼变成人。"金花就是从旧社会吸食农民血汗的鬼，经过劳动改造变成了一名自食其力的人。金花彻底与剥削阶级的生活方式决裂了，与劳动人民站在了一起。

金花通过改造修来了福分，互助组里没有人歧视她们。儿子张强，女儿秋香一听他家加入了互助组，既意外又感到特别的荣幸，为了报答村长和互助组的信任，他们全心身地投入了秋收战役。

秋季的夜风送来了凉意，可是大自然的恩惠顾及不到烈火炎炎的厨屋。在厨屋里忙活的金花汗水浸透了衣服，为了尽快把夜战人员的饭做好,她见饭屋没有外人,干脆脱去了衬衣,穿着单薄的短衫忙活起来。

“一个、两个、三个……”金花边数边捏着金黄色的窝头。

金花虽然已是半老徐娘,但风姿优存,白皙的皮肤在热气的润泽之下,犹如刚出锅的馒头白嫩。女性凸显的曲线美显得更加俊俏,在灯光下闪现出女人妩媚多姿的倩影。金花捏出的窝头像一排排金锭闪烁着黄灿灿的金光。

民兵连长张盼富亲自上门催饭,他走进金花家的大门便向亮光奔去。

金花捏了三笼屉窝窝头,万事俱备只欠火候。金花坐在灶前映着红彤彤的火苗,一手拉着风箱,一手向锅灶续着柴禾。

呼哒、呼哒、呼呼……

风箱助火,火借风力,锅灶的火势越烧越旺……

金花全神贯注地烧着锅灶,左手在用力拉着风箱,她那丰乳伴随风箱的节拍在颤动……张盼富走近饭屋门口,眼球像吸铁石一样吸在金花跳动的胸部上,他不停地抿着流到嘴角的涎水,情不自禁地向聚精会神烧火的金花走去。

金花估摸窝头熟了,嘎的一声,风箱停了下来……张盼富像个幽灵似的来到金花身边,伸头向金花衬衫的开襟处窥视……金花借着风箱的拉手猛一起身,一头顶在张盼富的脖子上。

“啊!”

金花发出一声尖叫,双手连忙捂在胸前,惊讶道:“哎呀,你咋进来的? 吓俺一大跳。”金花说着顺手抓起衬衣胡乱披在身上。

俗话说:“做贼心虚。”张盼富被金花一声大叫,差点吓破了胆。半

天才缓过神了,他的脸色涨成了紫铜色,一边擦着嘴角上的黏涎沫,一边恬不知耻地说:“金花,金花,你真漂亮……”张盼富未等金花把衬衣穿好,突然一个熊抱,一把抱住了金花,金花一面掰着张盼富的手,一面求饶:“张连长,别、别、别这样,俺可是地主婆子……”

“金花,地主婆才俊呢。刚才,俺一看到你就神魂颠倒,俺要你……”

“不,不,张连长你冷静点。”

“别、别叫俺连长,叫俺盼福兄弟。你成全了俺吧……”

“盼福兄弟,你要听俺劝,你不能这样啊……你要是这样,俺以后就没有脸再见人了。”

“你、你馋死俺了……”

“盼福兄弟,快撒手！这时间俺估摸挑饭的快来了……”

俗话说:“饱暖思淫欲。”张盼富属于刚刚转向温饱的人,羽毛未丰,他处在既要风流快活又要名节的阶段。一听有人来 ,张盼富连忙松手,倒背过手。立刻装出一幅正人君子的样子,官腔道:“金花,你咋搞的,这饭咋还没有做好?”

无巧不成书。门口果然传来吱吱的水桶声,大柱还没有进门口,大喊道:“金花！金花！俺来挑饭了。”

金花赶紧扯扯衣服佯装啥也没有发生的样子,连忙接过张盼富的话茬,道:“哎,今天天花身体不好,俺一个人忙不过来。大柱兄弟,你来的正好,张连长也来催饭了,马上开笼。”

金花说罢,抓住笼屉用力掀开了笼屉盖。霎那间,热气弥漫了整个饭屋,窝头的清香四溢……

白色的雾汽不仅笼罩了金花的羞涩也掩盖了张盼富的尴尬。

心静欲自消,张盼富恢复了那张阶级斗争的脸面,他倒背手在饭屋门口踱来踱去,警告道:“金花,不能再晚饭了。这是我们贫下中农考验你的时候,听到没有?”

大柱看不惯张盼富仗势欺人的样子,调侃道:“张连长,人家金花不是在扫马路改造嘛。哎,你别忘了金花是咱互助组的人。咱们互助组的人可不是谁改造谁的问题,大家一律平等的……”

张盼富知道话题扯远了,“这个、这个……”皮笑肉不笑地苦笑一声,严肃道:“这阶级斗争是千万不要忘记的。要月月讲,天天讲……”

“好、好！整个场院夜战的人还饿着肚子哪。咱先把饭送过去,让大家吃饱饭再听你的高谈阔论吧。”大柱说罢,下腰搬起一筐窝头倒入挑桶内。

张盼富被呛得一句话说不出来……大柱走到大门口,嘱咐道:“金花,别忘了拿勺子!”

“哦,俺知道了!”

吱呦、吱呦、吱呦……

一根扁担两头颤,大柱踏着桶鼻节拍向场院赶去……

夜间,扁担咔咔哒哒的节拍和饭桶的吱呦声,伴奏着田地虫儿的高歌,这大自然的美妙天籁汇集成一首悦耳的乐曲……

这美妙的自然乐曲给断后的张盼富蒙上了一层遮羞布。张盼富见金花没有戳穿他的丑事,在想:“咳！怕啥？不就是摸了地主婆子一把嘛,这有啥了不起的事情。真是的,还是民兵连长呢,真是个胆小鬼。”张盼富给自己壮了胆子,目光盯视着金花,督促:“金花,你走路咋还像个阔太太,咋改造的?”

张盼富的话让金花极为反感，迫于民兵连长的权威，她敢怒不敢言，暗暗骂道："哼！喝不着豆就砸锅的家伙，真不要脸。呸！还是民兵连长哪，简直是一个老色鬼……"

"哎，金花，俺在给你说话呢？"

"哦，张连长，俺在欣赏昆虫、扁担和铁桶汇集出的美妙乐曲。你听，这大自然的夜曲多么的美妙动听。"

"哼！你这是资产阶级的腐朽情调。啥歌声，这分明是小虫子在叫扁担铁桶在响嘛。俺看你就是一个没有改造好的富分子。"

金花见张盼富装得人模狗样的，紧紧咬住嘴角，一忍再忍，歉意道："嗯，俺没有改造好，不该将这虫子拟乐化，是资产阶级思想在作怪……"金花违心地做了批评，嘎登、嘎登地加快了步伐。金花毕竟是一个裹过足的女人，一会儿的功夫，她脚走得火辣辣地疼，在大柱的身后渐渐缓慢下来。

张盼富的一举一动全在大柱的耳目之下，大柱觉得张盼富以权压人，在故意刁难金花时，大柱暗骂："奶奶的，一个大男人仗着手里的小权利欺负一个弱女子，这算啥本事！"大柱是个嫉恶如仇的人，是可忍，孰不可忍。大柱咣当撂挑子了，赌气道："金花嫂子，你把篮子给俺，俺替你拿着。你这小脚咋能跟上俺这大老爷们的脚步，你歇歇慢慢走。"

"大柱兄弟，俺不累，这篮子还是俺拿着吧。"

"大柱，你拿篮子让金花挑着担子？"

"你放屁！金花嫂子这么个小脚你好意思吗？亏你想得出来。这担子俺还不挑了，该轮到你来挑了？"

"大柱！注意你的阶级立场？"

“呸！你别给俺来这一套，俺可是贫农，要是论根正苗红俺比你强多了。哎！你挑不挑？”

大柱一把拉住要挑担子的金花，说：“金花嫂子，你不用挑饭，这事不碍你，没有你的事。”大柱指着张盼富的鼻子，质问：“盼富，你挑不挑？不挑看俺咋收拾你。”

张盼富是典型的欺软怕硬之人，对根正苗红的大柱无计可使，默默地发狠：“哼！好汉不吃眼前亏，看俺以后咋治你。”张盼富立刻装出一副悔过的样子，自责道：“哎，真是的，俺一时糊涂，金花咋能干这重活儿。俺来挑，俺来挑……”张盼富抓着担子掂量一下轻重，然后猫腰挑起担子，在原地找找平衡，才快步向场院走去。

大柱从金花手里接过篮子，望着张盼富的背影，督促道：“咳！你慢点，别再颠出饭来……”张盼富也不敢怠慢，立刻稳住了脚步……大柱和金花向张盼富追去。

互助组顺应了生产力和生产工具的发展和需求，发挥了生产力和生产工具的最大作用，起到了事半功倍的作用。新型的互助组让单干的村民刮目相看，互助组让各家的玉米、谷穗颗粒归仓。他们望着来之不易的劳动果实，不由得感叹：“联合起来，走互助之路是咱们的正确选择……”

十月怀胎一朝分娩。马天花真叫张士琦言中了，果然生了一对龙凤胎。大的是男孩叫小愣，小的是个女孩叫小花。不久，小芹也生了一个大胖小子，取名叫小海。张士琦家当年添丁加口，张士琦总算有了女儿，三世同堂好不热闹。

第四章

下雨天"打孩子"

严冬过去,冰雪消融,沉睡的东阳大地终于醒过来。猫冬的人们开始张罗开春的活儿。

村长试行的互助组不仅起到了示范作用,而且得到了县、区领导的充分肯定。原土改工作组长李诚,担任了东阳农业初级合作社社长。

俗话说:“近水楼台先得月。”张浊村是李诚的老根据地,自然成为农业初级合作社扶持重点。在李诚的极力主张下,上级决定在张浊村互助组的基础上,跨越发展张浊村为初级农业合作社,社长由村长兼任。

东阳农业初级社下设若干生产大队,生产大队下设若干生产队。生产队设队长、会计、保管员。一队生产队长王德福,会计王士中,保管员大柱。俗话说:“火车跑得快,全靠车头带。”互助组的成功与村长的支持和互助组长王德福二位领头人的努力是分不开的。初级社和互助组的规模发生了巨的大变化,初级社的工作千头万绪,领导不仅能力要强,而且要有严密的科学规划和生产计划……张浊农业初级社的试点成败关键在于这届领导班子。

社长和王德福不负重望,在猫冬季节便确定在生产资料私有制的基础上,完成以土地作价入股的整合工作。初级社将耕畜及大中型农具集中喂养和保管,走新颖集体之路是绝大多数农民的心愿。村民们积极响应社里的号召,踊跃加入农业初级社,他们毫无保留地将自家的农具耕畜送到初级社。

张士琦牵着老黄牛向初级社新建的牲口棚走去。自从张士琦分到老黄牛,他和老黄牛没有离开过一天,老黄牛已成了张士琦家庭的一成员。今天,张士琦要把“老伙计”送走,人畜难舍难分,张士琦边走边抚摸着老黄牛的头,喃喃地说:“老伙伴,你要离开家了,要到社里过集体生活……”张士琦说着眼眶里噙满了泪花。

哞——哞……

“哈、哈,老伙计你听得懂啊……”

张士琦说罢,抬起手用袖口擦了一把眼泪,安抚道:“从此以后,你就有伙伴了,再也不孤单了……”老黄牛似乎听懂了张士琦的倾诉,再次仰头哞——哞……

老黄牛的乖巧让张士琦心里难受极了,可是,再一想和老黄牛分离只是一步之远,随时可以看到心爱的老黄牛时,心里才稍微好受点。这时,天气阴沉,乌云越积越重,远处突然传来飑飑声,张士琦不由得加快了赶牛的步子。

大柱将地排车拉到生产队仓库,社员们立刻围了过来,抱怨道:“大柱,你这保管员咋当的,俺们早早把工具送来了,在这里都等你大半天了。你看,这阴沉的天,要是下雨咋办?”

大柱迟到了,心里很过意不去,歉意地说:“俺也不是故意来晚的,在家收拾一下地排车,没想到耽误了大家的时间。对不起,俺现在就给大家登记入库。”

“哎！哎！真下雨了。”

“咳！大柱都怨你，你看看，这天真的下雨了！”

大柱来不及自责自己，赶紧招呼道：“快，大家先把农具搬进屋再登记，可别淋坏农具……”在大柱的指挥下，大家很快把各种农具搬进了仓库。

“日出而作，日落而息。”这是张浊世世代代的作息法则。雨水不仅是老天爷对万物的滋润，也是大自然让农民歇息的条件。

只有雨天，勤劳的农民才肯歇息。张士琦伸伸腰，又伸头瞟了一眼院子的雨情，欣慰道：“嗯，春雨贵似油，真是一场及时雨啊。看来，今年又是个丰收年。”

呜、呜、呜……

一阵小孩子的哭声。

张士琦瞪着眼睛，呵斥道：“咋！小愣你哭啥？”小愣擦把眼泪，瞅张士琦一眼，又大恸起来……

俗话说：“小叔小舅，相追相逐。”小愣是张士琦的小儿子，与大愣的儿子小海一样大。小愣、小海虽是隔辈的人，但是从长相身高貌似一对孪生亲兄弟。在那多子多福的年代里，他们幼小的心灵里根本没有辈分可分，更没有爷们的辈分界限。

小芹看着和小海一起玩耍的小愣，从心里喜欢小愣这个小叔子。常言道：“老嫂比母，小叔子是儿。”喂小海吃奶时，小愣也凑到小芹眼前，跟着小海喊娘要奶吃……起初，小芹听了挺害羞的，在极力回避着小愣。

一次，小芹给小海喂完奶，见小愣馋得直啃手指头。小芹心软了，一把把小愣搂过来，让小叔子吃了奶……

今天,小愣竟然当着大愣的面,跟着小海大喊:“娘、娘,吃奶……”懒在床上的大愣一听小愣和小海挣着吃奶时,火冒三丈,一骨碌爬起来,他抓住小愣朝屁股一顿乱揍。大愣打过小愣还不解恨,骂道:“你这小熊孩子,从小就不正经……”小愣捂着屁股,一边大哭,一边一瘸一拐地跑回堂屋。小芹见大愣和孩子一般见识,抱怨道:“大愣,你咋打小愣哪?那小愣可是你亲弟弟啊!”

“你吆喝啥,有这样嚷着吃嫂子奶的弟弟吗?”

“咳!他还是一个不懂事的孩子嘛。你真是的,你这拧种,俺不给你拧了,气死俺了。”

小愣在张士琦的追问下,嘤嘤啜泣片刻,委屈道:“哼!是大愣打的俺。”小愣委屈得边打滚边哭泣。

张士琦见小愣大恸不止,不耐烦了,恐吓道:“别哭了,你大哥咋能打你?别乱告状。真是的,从小就撒谎调皮的不学好?”小愣见张士琦不相信,蹓蹓到张士琦的眼前,下腰撅起小屁股,哭诉:“大,你看看……这就是大愣打的,你还不信吗?哇、哇、哇……”

“啊,这么大的鞋印子?这个狗日的,六亲不认了,反了他!看老子咋教训这两毛五!”张士琦气得手都抖了,朝着厢房怒斥:“狗日的,两毛五!你给老子滚出来!”

怒气未消的大愣,一听张士琦堵在家门口跺着脚儿在骂,刚才的火气又腾地冒了出来。大愣蹦着高,反问道:“谁反了,谁六亲不认?小愣熊孩子才反了,才六亲不认了!揍他活该!俺看是揍轻了!”

小愣一听大愣还要揍他,吓得哇哇大叫:“娘、娘,大愣要打人了!大愣要打人了!”马天花在屋里收拾着红小豆,闻声赶紧扔下手里的活儿跑

进堂屋,见小愣在地上打着滚在嚎啕大哭,立刻抱起小愣安抚。小愣趴在马天花的怀里哭诉……

大愣在张士琦的激怒下,突然冲到院内,对着堂屋,高喊道:“哼!谁怕谁,有本事你打啊?”

大愣的挑衅让张士琦恼了,他脱下一只鞋子,紧紧握着鞋子朝大愣冲去。

小芹闻声赶紧跑出厢房去挡驾。真是不是一家人不进一家门,这老拧种和小拧种非要比试个高低。大愣见老拧种张士琦向他冲来了,干脆一把推开小芹的挡护,犟着脖子迎了上去……

怒气冲昏头脑的张士琦见大愣在挑衅,举起鞋底朝大愣的脸上狠狠地掴去。

啪!

这鞋底不偏不正掴在大愣的脸上。瞬间,大愣紫铜色的脸唰地泛起了大红印子,大愣是打死不叫饶的犟种,任凭张士琦的鞋底在脸上掴来掴去,仍然站在原地一动不动。

大愣吐了两口吐沫,昂首挺胸,高声道:“你打,有种的你把俺一家都打死!光剩下那个乱伦的熊孩子……”

小芹见大愣被打了,心里憋屈得慌,一边拉大愣,一边责怪道:“大,就为了那点小事,就大打出手,你至于吗?”

“你别拉俺,让他打……”

大愣以静制动,让张士琦难看至极,刚刚还想罢休的张士琦,再次被挑战了底线,又举起了鞋底。

啪!

小芹迎面挡住了大愣，这一鞋底重重地掴在了小芹的脸上。小芹哇地一声，立刻躺在地上大恸……

大愣见小芹被打了，小海也跑到小芹的怀里，哭喊：“打人了！打人了！”大愣瞪着眼睛，紧紧攥着双拳头，大喊：“您欺人太甚，俺也不活了！俺和你老拧种拼了！”大愣朝着张士琦撞去。

说时迟，那时快。马天花一个箭步冲了过来，挡在大愣的眼前，大愣一个急刹车。哎了一声，气得直跺脚，赌气圪蹴在了门口。

张士琦误打了小芹，这老公公打儿媳妇可是犯下天下大忌，幸亏小芹不是禨禨人，要不张士琦可就麻烦大了。

“他大，那咋敢打儿媳妇哪？”

“咳！俺不是故意的，这都是两毛五惹的祸……”

张士琦突然冷静下来，懊悔道：“哎，俺真不是故意的。”张士琦趿拉着鞋子走进了堂屋。

马天花拉起小芹，劝说道：“小芹，你大不是故意的，是大愣不懂事。快、快起来吧。哎，娘给你赔不是了。”

俗话说：“听人劝吃饱饭。”小芹见婆婆已经赔礼道歉了，擦了一把眼泪，委屈道：“哎，大和大愣之间也没有啥事情，一点鸡毛蒜皮的小事就闹到这个地步，真是不值得。”

大愣听了小芹的话，气不打一处出，反驳：“哼！三岁看老。就小愣现在这个德行，这熊孩子长大了还了得？”

“大愣，咋说你小弟弟哪？”

“哼！看把他好的，你问问小芹，你小儿子干的没出息的事吧。”

小芹，看一眼婆婆，见婆婆正期待着回应时，把来龙去脉讲述一遍。

马天花听了小芹的话，噗嗤笑了……

“娘，啥时候了，你还笑得出来？”

马天花把脸沉下来，盯着大愣说：“俺以为啥了不起的大事，原来就这点小事情。俺说你啥好，你真是个两毛五呢。”马天花的轻描淡写让大愣丈二和尚摸不着头脑，愣了半天，也没有弄懂马天花的话，急得只挠头。

小芹懂事理经劝。一会儿的功夫，像没有发生事情一样。可是大愣还没有从阴影里走出来，还在胡思乱想。

马天花和小芹私语一会儿，小芹立刻捧腹咯咯大笑……

大愣莫名其妙，惊讶道：“咦，看你笑的，像得了宝贝似的。”

“哼！笑啥，娘说‘你快十岁的时候还追人家奶孩子的妇女要奶吃哪’。”

“去、去！胡说八道，俺能做出这样的事情来。”

“咦！那不是你小嘛，小孩子家懂啥，这有啥丢人的？咱远的不说就说你看到德福家给孩子喂奶，你不是也哭着闹着要喝人家的奶……”

“谁稀罕啊，那时候小，俺不懂事嘛。娘，怪难为情的，往后别提这档子事，让人家知道了多丢人啊。”

大愣刚才还对小愣气鼓鼓的，这一现身说法，让大愣戳破了窝在肚子的窝囊气，心里立刻明朗了，一想起打小愣的事情就悔恨，一步一叹气地向厢房走去。

马天花见张士琦在低头抽闷烟，悄悄地走近张士琦，一边驱赶着眼前的烟雾，一边扶在张士琦肩膀私语……

张士琦听了马天花的讲述，噗嗤大笑起来……

张士琦笑极生咳，发出一阵剧烈的咳嗽声。

片刻，张士琦咳得脸色铁青铁青的，他擦着泪涕，说：“笑死俺了，原来两毛五在吃小愣的醋啊。哼！还说人家哪，二毛五小时候追刘芬吃奶的事，俺至今还记得清清楚楚的……”

“嘘！你小声点，别让他听到了。”

“咳！咋了，他小时候不是一样争着喝人家的奶嘛。哦，长大了就不认账了！”马天花见张士琦越说越来劲，赌气道：“咋呼啥，你怕人家不知道是吗？真是的，以后不给你说事了。”

小愣突然跑来，抓住马天花的衣角，问道：“娘，小海又喊娘又喝奶，大哥咋不打他呢？”

“你这个傻孩子，你嫂子是小海的娘，人家不喊娘喊啥……”

“哦，是这样的，俺给小海说去……”

“呸！笨蛋一个，你这个找揍的熊玩意。回来！告诉你：以后再跟着小海喊娘和小海抢奶吃，不光你大哥揍你，大也揍你！”

张士琦越说越来气，吓得小愣哇哇大哭……

马天花抱起小愣，数落道：“他大，你也真是的，吃屎的孩子懂啥，你吓唬他干啥？”

“哼，从小看大，一个不如一个。你看，他就知道哭。别哭了，再哭真把你扔出去！”

小愣被老拧种张士琦镇唬住了，将头藏在马天花怀里不敢出声了。马天花轻轻拍打着小愣，启发道：“小愣，你是小海的小叔，是小海的长辈……”

张士琦干惯了活儿，一旦闲下来很不适应。午饭后，雨一停。便提起铁锨修整起院子的路面……大愣也是一个闲不住的人，一见张士琦在

干活手就痒痒,也操起铁锨帮张士琦干活。

俗话说:“一年之计在于春,一日之计在于晨。”王德福在下雨的日子里,一边抽着烟叶子烟,一边盘算着初级社的生产。从春天麦地施肥到夏收,在他脑海里一一过滤一遍。大雨一停,王德福扛起铁锨就走,妻子刘芬心疼丈夫,提醒道:“哎、哎!人家都是下雨天往家跑,你咋向外跑呢?”

“嗨!你是不在其位不谋其事,一身轻啊。不给说了,俺要上坡看看去……”

“这天还没有晴,一会儿又下了。他大,咱好不容易赶上下雨歇息一天,你还是别去了。”

“雨现在不下了!哎,下了再说……”王德扛着铁锨向老槐树钟下走去。一会儿,王德福来到老槐树下,自语道:“嗯,天助俺也。一霎间,雨过天晴了,该出工了。”

王德福在老槐树枝上解下钟绳,左腿一弓,双手立刻拉动了钟锤。

“当!当!当……”

钟声是初级社社员约定的出工信号,社员闻声后,在老槐树下集合,由生产队长王德福分配农活儿。

张士琦听见钟声,对着大愣,说:“别整了,快,走了!”

“嗯,走!”大愣也摹仿张士琦的样子,用铁锨拍打下小路基后,提起铁锨追了出去。

第五章

忙干闲稀

春回大地，张浊村里桃花烂漫杏花稀，春色撩人不忍为。人们喜爱美景，更要温饱。俗话说："民以食为天。"食物是人类赖以生存的物质基础。往年这个时候正是青黄不接闹饥荒的季节。自从土改之后，农民总算有了自己的土地，粮食虽然不充裕。但是，只要冬季省着吃维持到夏粮下来不是问题。老祖宗常说："吃不穷，穿不穷，计划不周才受穷。"过惯穷日子的农民，一日三餐总是掺着萝卜和菜叶吃，在千方百计地节省粮食。

"朔朔、朔朔、朔朔……大愣吃饭了。"

马天花一边唤鸡，一边喊着大愣。

"奶奶！是唤鸡呢，你还是喊俺大哪？"

"咳！俺孙子聪明，鸡和你大俺都唤！快，过来吃早饭喽。"

一会儿，小芹已收拾好饭桌，大家围在饭桌上，马天花掌勺给大家舀上饭菜。

小芹端着一大盆地瓜干和菜叶子，烫得"唉唉"地将盆放到饭桌上。

马天花站在灶台前，用勺子一搅糊粥，大锅糊粥里露出两个金黄色的窝窝头。马天花吹着热气，熟练地将两个窝窝头舀进张士琦和大愣的碗里。然后,才分别给大家撑上糊粥。

小芹擦着手,高兴道:"对了,俺腌的咸菜好了。今天,给大家切点萝卜咸菜吃……"

"哎!咋又是糊粥地瓜干和菜叶子呢?"二愣推开眼前的糊粥抱怨……

张士琦脸色一沉,朝二愣哼了一声,嘟囔:"你啊,饱汉不知饿汉饥。哎!你是没尝到挨饿的滋味。"

"就是啊,没有分田的时候,像你这么大的人早就讨饭去了。现在能有碗饭吃,你知足吧。"马天花一边说,一边把一块咸菜夹二愣碗里,督促道:"快,就着咸菜吃,吃了快上学去。"

大愣掠视大家一眼,他趁人不注意的时候夹一块窝头放进小海的碗里……

小海喝一口糊粥,无意间看见在碗里插着一块窝窝头。小海瞪着大眼盯视一会儿,高兴地大喊:"俺的娘哎,俺碗里有窝窝头!有窝窝头!"

一听小海碗里有窝窝头,三愣他们不约而同地把筷子插到碗里,当当地捞起窝头……

当啷!

二愣见弟弟妹妹在好奇地捞窝头,将筷子用力放在碗上,赌气道:"俺不上学了,也干活挣窝头吃!"二愣撂下一句话,赌气离开了饭桌。

小愣瞪着眼睛,在碗里捞过来捞过去,不解地问:"娘,俺碗里咋没有窝头呢?"

"哦,小海说着玩呢,碗里没有窝头,咱们明天再吃。好孩子,别插打了。"

俗话说:“童言无忌。”小海端起碗,证实道:“哼！谁说着玩哪,奶奶俺碗里就是有窝头。不信你看看!”小海又把一块月牙形的窝窝头从碗里抓了出来,显摆道:“俺就有窝窝头,看见了吧,俺都吃了一半了!”

咣当!

“小海,别显摆了,再显摆滚出去!”大愣训斥过小海,他撂下筷子走了。

小愣心里不服气,气得肚子一鼓一鼓的像个小蛤蟆似的。

咣当！小愣气不过,他把一碗糊粥扣了过来。

张士琦指着小愣的眉头,大骂道:“小兔崽子,竟然敢扣碗撒气了?看俺咋揍你!”小愣腾的站起来,争辩道:“哼！俺碗里凭啥没有窝头,咋了?”小愣的辩解犹如火上加油,张士琦抓起一个大磁碗就砸小愣。可是,张士琦吝啬,他舍不得那个新碗,立刻放下瓷碗,手抓起一根筷子朝小愣扔去……马天花手疾眼快一把拉开了小愣,飞来的筷子擦着小愣的脑袋瓜飞了过去。

小海被这突然的举动吓哭了,一头扎在小芹的怀里,哭诉:“娘,爷爷咋打小叔呢?”

“别怕,爷爷没有打着小叔。走,咱们回咱屋去。”

小芹知道事由小海和大愣引起,在大愣和公公之间也不好多言,就像豆腐掉进灰窝里——吹不得打不得。小芹左右为难,只好领着小海离开了。

这突然的变故,把孩子吓傻了。三愣、四愣和小花呆呆地望着张士琦,张士琦盯着三个孩子,质问道:“咋了,俺有啥好看的,吃你们的饭!”张士琦教训罢孩子,把饭碗一推,他哼了一声,倒背着手走了。

马天花立刻把小愣拽进堂屋，劝说道："小愣，你咋这么不懂事情哪？"

"娘，俺为啥没有窝头吃，而小海偏偏就有哪？"

"哎，你这傻孩子。你看，咱家有谁在干重活？不就是你大和大愣嘛，他俩不吃窝头咋干重活哪。"

"那小海不干重活，咋有窝头吃？娘，你有偏心……"

"咳！小海的窝头是你大哥剩下的一块，你也攀他，他可叫你小叔哪。记住，当小叔的不能没有大人的样子。听娘的话，等下来麦子，娘天天给你烙单饼、蒸馍馍吃……"马天花说罢从口袋里掏出一个熟鸡蛋递给了小愣。

小愣边吃鸡蛋边听马天花讲起家规……

小愣也是个懂事的孩子，他擦干噙在眼眶的泪水，表示道："娘，俺知道错了。以后，俺再也不和小海争东西了……'

小芹把小海拉进厢房，凑近大愣说："俺说啥来，这树大出叉，人大分家。咱都结婚生子了，咱要分家是天经地义的事情。"

"哎，这事你问俺娘去。俺不管，娘说分咱就分。"

小芹一听大愣又让她找马天花说事，气得直跺脚，质问道："你咋了，咋啥事情都要问你娘。这日子还能过吗？"

当、当、当……

"哎，生产队敲钟了，俺上坡了。哦，你要真想分家就问俺娘去。"大愣撂下话走了……小芹望着大愣的身影气得朝大愣背影哼了一声，她拉起小海向菊花家走去。

小芹鼓起勇气向菊花道出了心里话，菊花深思片刻，拉着小芹的手，

宽慰道:“咳!这锅碗还有磕磕碰碰的时候。不过,你想得对,这家早分比晚分好,省得伤了和气再分家……”

菊花性子急,立马找马天花去……

小芹见菊花风风火火的,她怕菊花把事情搞僵了,急忙叫住菊花,说:“姐,这事你再考虑考虑……”菊花见小芹唯唯诺诺的样子,不满地说:“哼!你就是这样前怕虎后怕狼的,总是拉不开情面。这事就这么定了,俺现在就去找马天花去。”小芹犹豫了,一把拽住菊花,恳求道:“姐,咱们再商量一下……”菊花甩开小芹的手,生气道:“哎!你又咋了?”

“姐,你看这样行吗?”

“快说,俺没有闲工夫和你磨牙。”

“姐,咱换个角度说事。这事要是让王媒婆去说,俺看比你去说好。省得俺婆婆说咱俩的闲话……”

菊花的脸由阴转晴,惊讶道:“嗯,俺咋没有想到王媒婆呢?还是妹妹想得周到。这事就这么定了,俺找王媒婆去……”

晚上,马天花烧了一大锅糊粥,全家和往常一样围在饭桌上喝粥。二愣把饭碗端到眼前,在扭着眉头搅拌着糊粥,不满地说:“娘,你这糊粥咋还是四个眼的?”

“啊,俺看看、俺看看……”

弟弟妹妹,哗啦围起二愣,争相目睹四个眼的糊粥……

当啷!

张士琦用力撴下碗,目光怒视着大家,张了张嘴,把他气得一句话也说不出来。三愣胆怯了,赶紧回到凳子上。

二愣见张士琦怒发冲天的样子,嘟囔道:“哼!多大的事情,值得发这么大火!”大愣实在看不下去了,盯视着二愣,教训道:“二愣,别站着不知道腰疼,现在你有四个眼的糊粥喝就不错了,总比以前要饭强……”大愣把二愣呛住了。

在农村喝糊粥最忌吧唧嘴,尤其是转着手腕喝粥碗更是大忌。二愣心不甘,在和张士琦做无声的对抗。张士琦急了操起筷子朝二愣的头部用力敲了下去。

当啷!

“哎呦!大,你咋打俺呢?”

“哼!打你是让你长记性,你看谁家喝粥发出这么大的动静来。嘿,你小子再敢转着手腕喝粥,小心俺打断你的手!”

小海盯着二愣寻思半天,突然用筷子敲下桌子,大声道:“俺想起来了,二叔喝粥和咱家小猪吃食一样的呼呼直响!”

哈、哈、哈……

三愣被小海的比喻逗喷了,三愣噗嗤喷二愣一身糊粥……大家按着饭碗笑得连腰都直不起来了。

二愣摸着身上的糊粥,训斥:“三愣,你喝到肉了还是喝着豆了,看把你笑得……”三愣只顾大笑无言对答,只好示手表示歉意。二愣教训罢三愣又把火气撒在了小海身上,吓唬道:“小海,你敢骂二叔是猪,小心二叔揍你。”

“你就是小猪,不信!你去听听小猪吃食和你一样呼哧呼哧的。”

“小海!咋给你二叔说话,再说俺揍你这个熊孩子!”小芹一阵呵斥,小海才打住了话匣子。

晚饭后,各自回到了床上。一会儿的功夫进入了梦乡。

马天花用脚蹬了一下张士琦，悄悄地说:“他大，他大。睡着了?”

“嗯，干啥?”马天花爬到了张士琦的被窝，张士琦早已睡惯了大棕床，一把将马天花搂在怀里。马天花一边挣脱，一边严肃道:“别动俺，今天不娱乐不活动，俺过来是有要事告诉你。”

“嗨！啥事比娱乐还急……”张士琦和马天花用暗语交流着夫妻生活。马天花拗不过张士琦，边推边说道:“哼！给你说了，你就没有心思搞娱乐活动了。”

“咱俩先说好，你说了再娱乐活动……”马天花嗯了一声，暗暗地说:“哼，俺说了你不哭就不错了，你还有心娱乐个屁!”张士琦欲火蠢蠢欲动，督促道:“你咋了，快、快说啊，急死俺了。”

马天花干咳两声，把王媒婆来家的事像竹筒倒豆子一样全道了出来。这个意外的消息令张士琦很愕然，脑子里一片空白……

“哎！他大，他大，你咋了？快说句话啊。”马天花见张士琦惊呆了，急忙推了一把，追问道:“他大，他大，你说句话啊?”张士琦寻思半天，失望地说:“俺说啥，这是爹死娘改嫁的事情。哎，树大分叉，这分家也是迟早的事。不过，没有想到孩子闹分家来得这么快。不说了，睡觉。”马天花见张士琦像打了霜的茄子蔫了，调侃道:“哎，他大，俺说完了。哎、哎，咱还娱乐活动不?”

“嗨！还娱乐个屁，一听两毛五闹分家俺全身都凉了。睡觉，明天就分家!”张士琦翻身不语了……

马天花纠正道:“哎，这不是两毛五的主意，是儿媳妇小芹的主意……”

呼、呼、呼……马天花话音刚落，张士琦已经鼾声大作。

“真是的,你这没心没肺的老东西。嘿,说话的功夫就睡着了。”

翌日,张士琦请来了村长、会计,王士中还带来了笔墨纸张。俗话说得好:“娘舅亲,打断骨头连着筋。”这分家的大事没有娘舅主持恐怕是说不过去的,马天花一早把大哥马奎叫来分家。

马奎50岁左右,中等身材,秃顶显得既富态又狡黠。马奎是集市上的“精纪子”。用现在的话说,精纪子就是买卖牲畜的掮客。别看马奎长相不扬,他的本领全在嘴上,马奎进门便被大家请到上座。大愣分家之事,在张士琦心里是件大事,而在马奎面前不过是“小菜一碟”。马奎呷口茶,向在座的村官客气一番,直转正题,他提出了分家的意见。

马奎把话撂出来,对视着张士琦,问道:“妹夫,你看俺说的行吧?”

张士琦觉得马奎说的在理,也是他心里所想的事情,感激道:“嗯,他大舅说的没错,说的和俺心里想的一模一样,俺没有啥意见。”马奎见张士琦同意了,便把视线盯在大愣身上,问:“大愣,你小两口子有啥意见吗?”

大愣心情很沉重,毕竟分家不是一件愉快的事情。从感情上一下子转不过弯来,大愣心里觉得憋屈。马奎这一问,一种悲伤涌上大愣的心头,大愣啜泣两声,一句话说不出来……

知夫莫过妻,小芹赶紧接过话茬,解释道:“老舅,俺和大愣没有啥意见,俺该想的该说的大舅都替俺想到了……”村长见大愣迟迟不表态,劝道:“大愣,树大要出叉,人大要分家。这是再正常不过的事情,你不能老憋着不说话啊!”

大愣在村长的开导下,张口道:“嗯,这事俺听娘的,娘说了算。”

小芹接过话茬,调侃道:“嗯,大愣,你有点出息,别啥事都听娘的,你

自己有点主心骨好吗?”

大愣和小芹的对话引起哄堂大笑……

小芹自从嫁给大愣就觊觎马天花的那个衣柜,她想借分家之机把那衣柜弄到手。小芹拉一把大愣,大愣就是不理这个茬,不肯向马天花提要衣柜之事。马天花见大愣小两口嘀嘀咕咕地在搞小动作,问道:“小芹,你有事情就直说,别让大愣传话了。”

小芹对着马天花嘿嘿两声,斗胆提出要衣柜的要求。马天花哦了一声,推辞道:“哦,俺正用着临时倒不出来。”以此为由把话搪塞过去。小芹一面尴尬地扯着褂角,一面用祈求的目光盯视着大愣,大愣推辞道:“俺娘说了,以后再说,就以后再说呗。”

马奎感觉场面有点尴尬,缓和道:“你看,俺这外甥都这么大了还啥事问娘,俺说的也是你娘的心里话,俺看这事情就这么定了。”村长点下头,表示道:“好,咱们就按亲娘舅说的做。士中,你写个文书,咱们开始分家。”

大家称粮过秤,一会儿的功夫,为大愣拨拉出一份家什和粮食……

村长望着大愣,感慨道:“你们这家分得和和睦睦的,值得村里的人学习。士琦,你家分家是咱村里分得最快最好的一家。常言说得好:“远来亲戚香,邻居高筑墙。”俺看咱好事做到底,既然分家了,你们就彻底分开,在这院子里打上一道墙,省得以后磕磕碰碰的……”

大愣一听要砌墙,一时从感情上说不过去,表示道:“俺看砌墙的事就算了,这家分开也是一家人,咱砌啥子墙呢?”

“大愣,这是村长为咱好,俺看行。”小芹肯定了村长的提议。

张士琦瞥了马天花一眼,马天花知道张士琦不满小芹的话,圆场道:

“小芹,大愣不是让俺给他做主吗,俺就给他做一次主,俺同意村长的提议,打上一堵墙……”小芹拽大愣一把,表示道:“嗯,娘都发话了,这事情就这么定了。”

大愣当天另起锅灶,小芹成了名副其实的当家人。

在草长莺飞的五月,夏收在即。人们又看到了丰收的希望,大家估摸自家的收成,粮食宽裕一点的人家放开了饭量。

端午节,是麦收前的一个大节日。在村里虽然很少有人知道端午节的来历,但是老祖宗留下来的节日无论如何要过的。这是张士琦分家后的第一个节日。马天花用瓢丈量着余粮,在盘算着在端午节让孩子们吃顿水饺。

端午节的早晨,大愣给张士琦送来七个咸鸡蛋。马天花说啥也不肯要,要大愣留给小海吃。大愣拗不过马天花,他放下鸡蛋就跑了。马天花望着大愣的身影,感叹:“哎,真是的,这孩子心眼实诚。”

中午,二愣兄弟姊妹围在锅灶前等待出锅的水饺。马天花拍打下身上的白面痕迹,提醒道:“今天的水饺有两样:一样是小水饺,是给你大包的;另一样是大个的水饺,是咱们吃的……”

小愣盯着一大锅水饺,重复道:“知道了,小得有肉是大吃的,大的没有肉是咱们吃的!”小愣的一句绕口令,逗得大家哈哈一笑。马天花见孩子们高兴的样子心里感到很欣慰,再见到孩子们碗里挑的全是大水饺,自语道:“不错,孩子们真懂事了。”张士琦盛好小水饺,扫视大家一眼,他端起碗给每个孩子分了两个小水饺。小愣先咬一口小水饺,情不自禁地说:“嗷!真香……”

孟夏煦风吹来,季节像一位高超的魔术师,一夜间的功夫,把无垠的

麦田吹得金光灿灿。绚丽的朝霞映在锋利的麦芒光芒四射，在一望无垠的大地上构成一幅绚烂金色的瀛海。

一场夏季抢收保卫战打响了，初级社的男女老少齐上阵，为麦收秋种忙得前脚跟打后脑勺。

菊花和金芝先是为社里的劳力蒸着窝窝头，新麦子一下场，菊花和金芝又为社员擀着单饼……

俗话说："家有余粮心不慌。"马天花终于熬出了青黄不接的季节。新麦子一下来，她兑现了让孩子们吃上白面的承诺。

天蒙蒙亮，马天花就动手和面。一会儿，将白生生的面坨放在面桌上。马天花一边哼着《小二黑结婚》的曲子，一边熟练地擀着薄饼……

俗话说得好："馋猫鼻子尖。"二愣兄弟妹妹起床便闻到单饼的香味，大家揉着惺忪的眼睛跑进饭屋，抓起马天花擀的薄饼大快朵颐……

马天花看着孩子吃得那么香，一面赶制单饼，一面宽慰道："吃吧，你们放开肚子吃……"

第六章

社员的钱袋子

“他大，这好日子过得真快啊，转眼间的时间，几年过去了……”

张士琦含着烟袋嘴儿，含糊不清地回应：“谁说不是嘞。这饿不着渴不着的日子过得就是快，一眨眼的功夫，过好几年好日子了。”

“哎，可不是吗，他大，二愣中学都快毕业了。”

“是啊，连小花、小愣、小海也念书了。这世道就是好，咱做梦也没有想到啊，咱们的孩子也能进学堂读书……”

“谁说不是睐，人家三个娃一起报的名，听说还是一个班呢。”

张士琦越说越激动。后来，干脆圪蹴在椅子上和马天花忆苦思甜……

咣当！二愣一步跨进大门，张口喊道：“大！大！娘！娘！”马天花哎哎地迎了上去。张士琦边叩击着烟袋窝子边自语道：“咳！这人真不经念道，说谁来谁。”二愣走得急和马天花走了一正着，马天花哎一声，便和二愣擦肩而过……

张士琦见二愣冒冒失失的，提醒道：“哎，你是文化人，咋还这么冒失，真是没有出息！”二愣扶着门框，气喘吁吁地说：“大，娘，俺有好消息告诉你们。快，给俺碗水喝……”

常言说得好:“孩是娘的心头肉。”马天花是一位舐犊情深的母亲,早已给孩子们准备好了凉开水。

咕咚、咕咚……

二愣擦干嘴角,不由得感慨道:“啊,解渴,真痛快啊!”张士琦竖起耳朵在听二愣的好消息,可是,除了二愣的喝水和感慨声,啥也没有听到。

张士琦吹着烟袋嘴儿,不满地说:“痛快点,给老子买啥关子。哎!小小年纪毛病还不少呢,有话快说有屁快放。”张士琦收起烟包起身便走。

“大!大!你让俺喘口气行吗?好,你先别走。俺说,是这样的:今天高级社的领导到学校挑选信贷员,俺被选中了……”二愣的话提醒了张士琦,张士琦挠着头,插话道:“是有这档子事。哦,俺想起来了,你士中叔也选派信用社了。”二愣出息了,马天花高兴地手舞足蹈,她拉一把张士琦,激动说:“他大,这不是天上掉下一个大馅饼,砸在咱二愣头上了,俺二愣马上吃上国库粮了……”

张士琦含着烟袋嘴儿,边抽边回应:“嗯,就是嘛,这比天上掉个大馅饼还好使呢。这下二愣算是出息了。”

“哎!大,你刚才还说俺没出息哪。”

“咳!别听你大瞎咧咧。来,娘给你量量体,给你做件新衣服。俺二愣成了公家人,这衣服可要穿出门去……”马天花翻腾出一根线绳子,在二愣身上丈量起来……

“娘!俺不要你做衣服!”

“咋了,你从小到大不都是穿娘做的衣服嘛,咋不好了?”

二愣拽着上衣角,抱怨道:“您看看,这褂子做的是前耷拉后翘拉,真

难看死了……”马天花见儿子穿衣挑肥嫌瘦了，瞪二愣一眼，训斥：“咋了，你这白眼狼，刚当上公家人就嫌弃娘了？”

“娘，不是俺嫌弃您，是嫌弃你做的衣服不好看。”

“哼！哼！”

张士琦冷笑两声，揶揄道：“你做的衣服可好看了，好的连裤腰都挽不上，让俺当众出丑……哼！让俺至今还是村里的笑柄……”

“嗨！伺候你们没功反倒来罪了？”马天花一气之下扔掉线绳，一屁股坐在椅子上，缄口无言。

“他娘，这事你还真不能生气。你看，村长穿的衣服就不是自己做的。”

“那倒是，那是队伍上的人送给人家的，当然不是自己做的了。”马天花不屑一顾地辩解。张士琦掰着指头说道起村长和社长的穿衣戴帽，并一一做了衣服样式的对比，这才让马天花看到自己做衣服的缺陷。

可怜天下父母心。马天花叹口气，在为二愣的衣服发愁……

“娘，您不用操心，俺自己想办法去……”

“他娘，要好是孩子们的天性。哎，孩子大了想操心也操不了。快，把咱积攒的那点钱给他，让他自己做去……”

“真是的，俺咋忘了孩子大了不由娘的那句老话哪。二愣，你等着，俺给你拿钱去……”

二愣当上信贷员的消息不胫而走，在村里很快传开了。信贷员是一份令人羡慕的工作，只有那些好高骛远的同学不屑一顾。他们在梦想进大城市当工人，过上城市人的舒心日子。而村长家的老二张民从小就想当一名解放军，他要远走高飞，要到祖国最需要的地方去……

农村人朴实而讲究实惠，一提起高级社办的信用社，大家马上联想起李社长和工作组的干部们，自然把二愣当成了国家干部。二愣的身份变了，变成了一个拿工资吃国库粮的非农业人口。此时，十里八村的人争相为二愣提亲说媒。

一时间，上门求王媒婆说媒的人应接不暇，大家熟口熟面的，王媒婆谁也得罪不起，只好借故婉言推辞。

所谓“十年寒窗无人问，一举成名天下知”，没有想到二愣这个信贷员，一夜间成了十里八村的香饽饽。

家有梧桐树，自有凤凰来。张士琦家人来人往可热闹了，家门槛都快踏破了。托不到媒婆说和也挡不住求婚之人，大家慕名登门求亲，连村长也亲自登门为妻侄女提亲了。

张士琦没有见过这世面，开始还和大家兜圈子婉言相拒。后来，实在支应不下了，干脆以新社会婚姻自主为由，为二愣一推了之。

村长提亲后，满以为张士琦不看僧面看佛面一定会给足面子，满怀信心地说：“他娘，小红的事，俺亲自去了趟二愣家。张士琦公母俩很热心，俺看问题不大……”

“他大，刚才小红他娘还来问这事哪。那太好了，俺说了，这媒有他大亲自出面提亲准行。”

三天后，村长左等右等就是等不到张士琦家的回信，刘芳芳坐不住了，追问：“他大，你提的媒咋还没有回音哪？”

村长挠着头，搪塞道：“哦，真是的，再等等吧。”

刘芳芳的催促让村长如坐针毡，他想来思去，决定让王媒婆再去催催为好。于是，村长亲自跑到王媒婆家，一进门碰见王士中正在收拾铺盖，恍然道："哦，士中老弟，今天要走马上任？"

"哎呦！是村长驾到。快、快屋里坐。"王士中放下东西，一边客气地迎接村长，一边喊："金芝，快！村长来了！"

王媒婆一听村长来了，她丢下手里的活儿迎了出来。

俗话说："滴水之恩，当涌泉相报。"王士中两口子知道进信用社村长没少美言，当属有恩之人。王士中夫妻俩村长长村长短的一番感激后，让村长心里热乎乎的，表白道："哦，推荐士中兄弟上信用社，那是应该的……"

村长点上一支烟，婉转地提起二愣家的事情。

王媒婆马上意识到村长有事相求，王媒婆抱着一颗感恩的心，试探道："村长，咱们两家也不是外人，你是想把芳芳侄女说给二愣吧？"

村长感激地拉着王媒婆对手，感慨道："哎，知俺者弟妹啊，俺正有此意。这事是芳芳娘家托付的，不好推辞。"

王媒婆为难了，半天不语，村长也纳闷了，不解地问："王媒婆，啥事情还能难倒你？"

王士中蹭蹭到王媒婆身边，提示道："哎，咋了金芝？村长可对咱家有恩的，咱说啥也得把这门亲事给村长办好。"

王士中说话间划着一根火柴，再次给村长点上一支香烟。王媒婆见村长误会了她，为难地说："村长，你对俺家有恩，这事不是俺不去说，而是……"王媒婆给村长卖了一个大关子，村长不由得嗯一声，深吸一口烟，追问道："哦，你是说俺家小红配不上二愣？"

王媒婆摇下头，说："不是，小红也是有文化的姑娘，按说他俩是般配的……"王士中越听越迷糊，插话道："金芝，你就别和村长卖关子了，爽快点,你有话直说吧。”村长盯视着王士中,帮腔道:“是啊,王媒婆有话就直说呗。”

王媒婆向四周扫视一眼,神秘地说:“是这样的,俺听人家说,二愣在学校里已经处对象了。”村长用失望的目光盯视着王媒婆,追问:“啊,这是真的?”王媒婆朝村长轻轻点头,肯定道:“是真的,这是俺听二愣班里的同学讲的。开始,俺还不信哪,这种事得眼见为实。后来,俺亲眼看到二愣领着一个大闺女……”

“哎呀！这个二愣,咋学成这个样了,真是的。”村长拍桌而起,王媒婆见村长生气了,安抚道:“不是有句古话嘛:死了蛤蜊还能喝淡汤。咱们不能一棵树上吊死。村长,你放心,小红这号媒包在俺身上了,保证给你找个称心如意的侄女婿。”

王士中恭维道:“就是啊,村长,这事让金芝办没有问题的。”

村长心里不悦,疑惑道:“哦,原来是这个样子,真是的。”村长起身走了两步,才转身向王士中公母俩告辞:“哦,时间不早了,士中兄弟还得上区里报到,俺就不坐了,金芝,俺走了。”

村长低着头,一口气走回家。

刘芳芳见村长默默不乐地回来了,问道:“他大,咋了,这脸不是脸,鼻子不是鼻子的,谁招惹你了?”

村长闻而不语,抓过烟笸子卷起了喇叭烟……熟练地卷好一支喇叭烟,他掐头去尾,吐吐吹了两口喇叭烟,才把喇叭烟噙在嘴上……村长大口大口地吸着烟,吐会儿烟雾,失望地说:“他娘,小红的事黄了……”

“啥,黄了？他大,这是咋回事?”刘芳芳一手拿大顶针,一手握着一只鞋底跬步到村长身边。村长狠狠地吸了几口烟,一支喇叭烟瞬间烟飞

灰灭，村长扔掉烟蒂用力踩着，回应道："哎！人家二愣有人了，是他同学……"

"这个二愣子，真不仗义，连你的面子也不给了。张士琦这两口子是越老越糊涂，说啥也得给点面子，让二愣和小红见见面，咱的面子也说得过去啊。哎，俺咋向娘家人交代呢？"刘芳芳气得将鞋底咣当扔在布笸内。

村长知道媳妇接受不了这个现实，倒背手在屋里踱了一圈，对着生气的芳芳，说："哎，这事咱说哪搭哪了，以后就别再提这事了。"刘芳芳哼了一声，抱怨道："你啊，真是出力不讨好，帮了人家这么大个忙。哼！你连个媒都没有提成，真没面子，你还一村之长哪。"

"哦，王媒婆说了，小红找对象的事情她包了，一定给小红找个吃国库粮的对象。"刘芳芳无奈地说："哎，眼看着到手的鸭子飞了。事到如今只好认了……"村长总算让刘芳芳接受了这个现实，村长怕刘芳芳再唠叨他，赶紧离开了。

张士琦觉得这好事来得太突然了，特别是家里一下子涌来这么些为二愣提亲的人，虽然说家有梧桐树自有凤凰来，可是，凤凰来得太多不仅树受不了，连家人也招架不住了。尤其是村长亲自登门提亲后，这让张士琦诚惶诚恐，自语道："村长亲自登门说媒这事非同小可，村长给咱脸咱不能不接这脸面啊。再说了，村长待咱也不薄，这事咋也得给足村长面子。不行！俺得赶紧和二愣商量一下，尽快给村长回个话……"张士琦和马天花商议，先安排二愣和小红见面，然后按风俗再一步步走。

"娘？娘？"二愣拉着一位闺女迈进家门口。

马天花和张士琦盯着从天而降的大闺女出神，二愣把闺女领到他俩眼前,介绍道:“哦,俺给你介绍一下,这是俺娘,那是俺大。”姑娘朝马天花和张士琦礼貌地点头微笑,甜蜜地叫道:“大娘好,大爷好。”张士琦和马天花面对这个俊俏的不速之客不知道如何应对,只是对着姑娘傻笑。

二愣见父母在用好奇的目光盯着小夏时,赶紧介绍道:“哦,大、娘,这是俺同学夏美。”张士琦和马天花朝着夏美点下头,“哦”了一声算是向夏美打了招呼。

二愣歉意道:“夏美,不好意思让你见笑了,你看俺家乱得连人都进不来了。”马天花这才反应过来,解释:“你看看,俺光顾说话了,忘给你倒水喝。”

“哦,俺不渴,一会儿就走。”

农民实诚,咋有来家不喝水的道理。马天花提着铫子向饭屋走去,夏美过意不去连忙拦住马天花,劝说:“大娘,俺真不渴,你就别麻烦了!二愣,俺回去了。哦,你报到别忘了到俺家耍……”夏美谦让着走出堂屋,她执意要走,二愣不好再挽留夏美,立刻表示:“行,俺上班一定去拜访。”

夏美一面走,一面告别道:“大娘、大爷、二愣,俺走了,再见!”

马天花对着夏美的身影,喊道:“嗯,闺女,再来家玩!”二愣高声道:“夏美,慢走!”

“再见!”

“再见!”

二愣望着夏美远去的身影心里暖暖的别提多高兴了。

张士琦见夏美走远了,对着二愣干咳两声,严肃地说:“二愣,上午,村长来家提亲了。闺女是他妻侄女小红,报到之前你先把这亲事定下

来吧。”

二愣皱皱眉头没有回答。马天花心里也犯嘀咕，提示道：“二愣，你大在问你哪，说话啊？”

“娘，俺的婚事不用你们操心，俺自己找就行了。”

“嘿，你自己找对象？你小子翅膀硬了，连大和娘的话也不听了？”张士琦突然来气了，狠狠地吧嗒起叶子烟。

二愣也不是省油的灯，见张士琦和马天花在干涉他的婚姻自由，心想：“纸里是包不住火的，俺和夏美的恋情迟早要公开的，不如趁早摊牌让大和娘死了这条心。”想到这里，二愣郑重地说：“大、娘，俺有对象了，不让你们为俺操心了。”

“啊，你说啥，你有对象了？好一个兔崽子，你把大的老脸都丢尽了，俺打死你！”张士琦脱下鞋子，狠狠地朝二愣扔去。二愣被这一鞋底打火了，猫腰捡起张士琦的布鞋，使劲扔了出去……二愣的抗争犹如火上浇油，圪蹴在椅子上的张士琦，跳下椅子向二愣扑去，马天花极力拦着张士琦，高喊：“二愣，你傻啊！还不快跑！”

“哼！俺就是不跑，让他打！打死俺算了。”

“好，你想气死俺！你这样做，俺咋向村长交代啊……”

“咋交代，实话实说呗。夏美是俺的女朋友，她就是俺未来的媳妇！”

“哎！这还了得。你要是得罪了村长，你啊，就甭想去信用社工作了！”

“就是啊，他大，这可咋办呢？”

“咋办，他不听话，和大愣一样在家种地干活呗。”

大愣一听不耐烦了，嘟囔：“大，俺又咋了，人家二愣是有文化的人，咋能和俺相比哪?”大愣边说边走到张士琦身边,又劝道:“大,二愣是有文化人,有话好商量,您别说骂就骂说打就打。以后,咋让二愣抬得起头?”张士琦乜斜大愣一眼,教训道:“哼! 你两毛五胆也忒大了,竟敢教训起老子来,再袒护二愣俺连你一起打!”

“哼,他大,孩子都大了。你啊,一个也打不过了。”

“哼! 打不过了,俺还可以拼命嘛……”马天花一阵唉声叹气,催促道:“好了,别再闹了。快想想法子咋向村长回个话吧?”

张士琦越想越来气,跺脚骂道:“哎,这事都怨二愣这王八羔子不懂事,在学校乱搞……”

二愣犟着脖子,申辩:“谁乱搞,您别乱扣帽子。知道不? 这叫自由恋爱……”

马天花怕二愣再惹恼张士琦,指责道:“二愣,你少说一句话死不了人。俺看这事情就是你的不对,让你上学没有让你去谈情说爱。真是的,咋给人家村长说呢?”

“嗨,这有啥不好说的。你们不好说俺去说……”二愣撂下一句话,他拔腿向外跑去。

张士琦慌了,他怕二愣惹出乱子来,喊道:“俺的小祖宗,你给俺站住! 大愣,快,把二愣拉回来。嗨! 他这样去了让村长咋想……”大愣不负众望,转眼间的功夫,将二愣拽了回来。

“哎! 大哥你干吗,快放开俺。一人做事一人当,俺不连累家人。”二愣挣脱着被大愣拽进了堂屋。

“二愣,你这个混账东西! 这事由不得你胡来。要去咱们也得好好掂量一下,要想出个既让村长接受又不怪罪咱的一个两全其美的办法。”

马天花的话让大家立刻冷静下来。

俗话说："县官不如现管。"村长在国家序列编制里虽然是一个微不足道的小官,但是在村里却是说一不二的父母官。别看二愣是在优中选出来的信贷员,只要村长提出一个理由,他一句话,二愣的工作肯定吹。

村长出门便与王媒婆相遇,王媒婆笑脸相迎,招呼道:"村长,你急着上哪儿去?"

"哦,王媒婆,没啥事在村里转转。"

"哎,村长俺正找你哪,真巧了。"

村长一听王媒婆找他有事,猜测小红的事情一定有了眉目,驻足道:"王媒婆,是小红的事情吧?"

"可不是吗,村长交代的任务哪敢怠慢。"

"你看看,俺正为这事着急哪。快,咱们回家唠。"村长热情地把王媒婆让进家。刘芳芳一听王媒婆给小红提亲来了,高兴得不得了。

刘芳芳一面给王媒婆端茶递烟,一面数落着张士琦的不是。刘芳芳疑邻盗斧,越说越来气……后来,刘芳芳谴责二愣是一个不知天高地厚的混小子,抱怨张士琦一家没有把村长放在眼里,没有拿村长当回事……

村长越听越感到不对劲,嫌弃道:"你啊,真是头发长见识短,这事扯远了。王媒婆,芳芳只是说说而已,她图个嘴痛快。哦,你可别上心里去。"刘芳芳心直口快,在村长的警示下,马上转移了话题,问道:"大妹子,咱不说二愣那混小子了,别忘了咱们的正事。哎,小伙子是哪个村里?"

"噢,这个是咱邻村的。"

“哦！是外村的。”

村长催促道：“王媒婆，你就直说呗，别让俺俩瞎猜了。”王媒婆扫视一眼村长，说：“西区村，李村长的儿子，小伙子叫李兵。对了，他和你家张民还有二愣都是同学哪。”

刘芳芳一听失望了，不由得说：“不行、不行，李兵没有二愣好。王媒婆，再给俺家小红物色一个吃国库粮的吧。”

王媒婆一怔，解释道：“大姐，当初人家李兵也被信用社入选。可是李兵没有看中这小职员，他心里的目标要当兵当一名大军官。”王媒婆把李兵夸得神乎其神的。刘芳芳一听是大军官，疑惑道：“这大军官好是好，可是，这和做梦没啥两样……”村长边听边吧嗒两口烟，深思片刻，觉得李兵这孩子不错，收拾好烟袋，干咳两声，肯定道：“嗯，王媒婆你这媒说得好，俺看行！”

刘芳芳皱着眉头，辩解道：“他大，你看，要是李兵提不了干，他还得回家种地。二愣不同了，他可是信用社的人了。”

“你这人，说你头发长见识短，真没有冤枉你。李兵也是有文化的人，人家和张民一样准备当兵去嘛。再说了，明知人家那个二愣处了对象，咱们总不能一棵树上吊死吧。”村长的话让刘芳芳开窍了，自语道：“是啊，二愣这臭小子是攀不上了，也只好这样了。行！俺回娘家说说去……”王媒婆见村长两口子同意了这门亲事，高兴道：“芳芳，你同意了还犹豫啥，快回娘家问问呗。”

张士琦考虑来考虑去，也没有想出一个两全其美的法子来。最后，决定由马天花提着一筐鸡蛋给村长送礼赔不是，希望消除误会，争取得到村长的谅解。

二愣的工作保住了。可是，马天花积攒了几个月的鸡蛋全送了出去，马天花心疼得几晚上没有睡着觉。张士琦也是恨家不发之人，虽然嘴上不说心里也割舍不下，觉得为了保住二愣这份来之不易的工作值得。从那时起，张士琦大半年没有吃一个鸡蛋，他要把送出的鸡蛋慢慢地节省回来。

二愣终于上班了，在信用社当了一名营业员。在二愣的动员下，张士琦入了信用社的股……

第七章

平均的不均

张浊村从自发成立互助组到被树为互助组的示范样板，再从初级社过渡到高级社的历程，体现了组织起来走集体发展的道路是时代的需要，也是民心所向。总结历史的发展是利大于弊，解放了生产力，让翻身单干的劳动人民增强了抵御和改造自然环境的能力。

高级社奠定了人民公社的基础，张浊率先跨入一大二公的集体组织——人民公社。

张浊村冠名为东阳人民公社张浊生产大队。张士荣由村长改口为生产大队长兼中共东阳张浊大队党支部书记。王德福为第一生产队队长……人民公社是独立的经济实体，实行公社、大队、生产队三级经济核算，实行按劳分配多劳多得的分配原则，全社以工分的形式年终结算支付社员劳动报酬。

从互助到土地、生产资料的入股股份分配，再到按劳分配的工分结算模式，一夜之间，在中国大地遍地开花……

人民公社，是中国社会主义建设道路上的新生事物，人民公社体现了一大二公三平调的共产风。认为建设人民公社是跑步走向共产主义的必经之路，中国农村这种时代变革，寄托了翻身农民的憧憬和美好向往。

王德福一年四季为生产队操劳，是大家公认的公而忘私的一位好队长。

季秋的一天，太阳一落山，月亮随之跳了出来，把张浊大队照得亮堂堂的。

晚饭后，王德福来到老槐树下，他圪蹴在老石凳上吧嗒一袋烟，又寻思片刻，才起身敲响老槐树上的大钟。

当、当、当……

钟声被公社社员视为号令，第一生产队的社员闻声蜂拥到老槐树下，大家围着王德福七嘴八舌地问个究竟……王德福敲罢钟，站在石头凳上，大声回答道："各位父老乡亲们：今天，咱们召开生产队年终会。大家忙活一老年了，咱们应该一起唠叨唠叨了，算算账……俺看金花家收拾得干干净净的，她家里又宽绰，这个会就到金花家开吧。哎，金花，咋样?"金花见王德福这么看得起她，连忙表示道："好啊，好啊。俺欢迎大家来俺家开会。"

社员们一听生产队开会分红，心里别提多高兴了，大家拉着呱，一会儿来到金花家。金花吩咐张强和刘青为大家烧水沏茶……王德福在大柱耳边私语几句，大柱匆忙走了。

一袋烟的功夫，大柱背着一个面袋子回来了。一进屋便说："队长，长果子就这剩下这些了，咱们队里给他包圆了!"王德福迎上前，吩咐道："快，给大家分分，咱们也放松放松，一边吃长果，一边开会。

王德福吃两个长果，清清嗓子，说："大家注意了，咳，这剥果子的声音，咋比俺说话的声还大哪。"王德福见大家吃着长果还在嘁嘁喳喳的私

语,高声道:“大家只管吃长果,不要叽咕,听俺说两句。这时间过得真快,转眼的功夫,又是一年。今年,生产队的收成总起来看还是不错的。社会主义国家,实行的是按劳分配的原则。用咱老百姓的话说:‘就是有福同享,有难同当。’咱们生产队按照公社、大队的要求和社会主义的分配原则,结算出今年生产队粮食分配的平均标准。吃平均以上的主要是高工分的家庭……另外,从年龄上也做了平均和半平均的划分,具体情况有张嘎会计宣布。”

张嘎咀嚼着满满一口长果,立刻给王德福一个明白的手势,一面吞咽着长果,一面从裤兜掏着年终分配汇总表。可是,张嘎掏啊掏啊,就是掏不着汇总表。顿时,会场突然安静下来。菊花向急赤白脸的张嘎抛一长果壳,调侃道:“四眼会计,眼睛不好使手也不好用。你掏半天还没有掏出来,是不是把家伙什忘炕头上了……”菊花的调侃,顷刻间,引起哄堂大笑。王德福见张嘎还在磨叽,小声道:“张嘎,你掏着没有?再掏不出来,小心老娘们扒你的裤子。”菊花拿鸡毛当令箭,发动道:“姐妹们,咱们敢不敢?”

“敢!妇女能顶半边天,啥不敢!”

妇女们的示威让张嘎全身一颤,赶紧双手抱拳,求饶道:“各位大娘、婶子、嫂子、弟妹们,俺服,俺服了。咳!俺找到了。”

张嘎由忧变喜,急忙展开汇总表,念道:“今年,生产队麦季平均口粮是120斤,秋季平均口粮是200斤。其中:吃平均口粮的年龄为16周岁以上(含16周岁),15周岁以下是平均口粮的50%。经过我们的精确计算工分值是1角5分钱。下面俺宣布:各家的总工分:户主王德福,全年总工分……”

年终工分决算事关社员的切身利益,香气四溢的长果也没有堵住社员们的嘴。王德福见大家又吱吱喳喳地议论开了……大声道:“大家不要乱议论,听完再议!”

大家立刻撂下长果,聚精会神地听着张嘎的通报……

张嘎宣布完毕,马老汉立刻站起来,高声问道:“俺有话要说!俺有话要说!”王德福朝马老汉一示手,安抚道:“马老汉,你别激动有话咱慢慢说。”

马老汉是生产队的老人新社员,是唯一的一个没有经过互助组初级社直接加入人民公社的一家,王德福很注重马老汉的意见。

马老汉遇事处处爱计较,在社里是出了名的吝啬人。他小儿子和王德福家的老三同年生的。今年十六虚岁。马老汉怕吃了亏,赶紧攀上了王德福,解释道:“王队长,俺小儿和你家三小子一样大,你家孩子算多大俺家小儿就有多大……”刘芬听出了弦外之音,立刻回应道:“马老汉,你这是啥意思,在攀比俺家三小子。哎,你家小儿咋和俺家三小子一样大呢?”

“大妹子,俺也不是攀比你家小三子,俺只是证明小儿和你家小三子一样大,没有攀比的意思,俺寻思跟着队长家吃不了亏嘛。”

刘芬咋想也觉得马老汉话说的不对劲,问道:“马老汉,俺记得生了老三很长时间,你家小儿才出生的?”

“弟妹,你忘了。俺怀着小儿子的时候,一听你又生个儿子,俺高兴得不得了。在俺准备去看你时,结果一迈门槛,俺家小儿就掉裤子里了……”

马老汉媳妇说得很玄乎,逗得社员再次发出一阵大笑。

马老汉怕大家不认可，重复道："大家不要笑，这是真的，当时还把俺吓一跳哪。"菊花捂着肚子，笑得前仰后合，突然止住笑声，证实道："哎，这倒是不假。后来，俺生孩子时，马老太说俺生个孩子费那么大劲，不像她生个孩子就像放个屁那么容易……"菊花添油加醋的描述，逗得大家再次笑弯了腰……

马老汉的大儿子马六，为人处事直爽，圆场道："大、娘，人家会计哪里有户口登记，这白纸黑字写得清清楚楚的谁也攀比不得……"

王德福担心马老汉还有顾虑，公断道："马老汉，这事好办，以户口年龄为准。"

张士琦干咳两声，嘟囔道："这平均是不是不公啊？你们想一想，一个正劳力按工分吃平均以上，可是仔细琢磨就有大账可算了。你们再想想，一个不干活的小孩，一天能消耗多少粮食，一个整劳力一天的消耗要吃掉孩子的两倍以上粮食，俺看这账算得不公平……"

张士琦的话题像在平湖了扔了一个巨石，一石激起了千层浪。社员们立刻掰着指头议论纷纷……"

"半大小子，吃穷老子。孩子的饭量也不小，这个分配制度也是体现社会主义的优越性……"

"一个整劳力全年结余的口粮不如一个孩子剩余的口粮多，这样不公平……"

"婆说婆有理，公说公有理，谁也说服不了谁，会议开成了辩论会。你一句，他一言，仁者见仁智者见智。社员们的议论骤然升级，议论转化为一场激烈的争论。

社员无论咋争论也动摇不了王德福的心，因为这个分配原则是上级的规定，大家的争议只不过是各抒己见……

王德福抽着叶子烟，听够了大家的争执，在鞋地上磕完烟袋窝，高声道：“这事，咱们从哪里说哪里撂！咱们才吃几天的集体饭就有这么大的意见和分歧。记住：‘上级制定的分配原则改不得。’总之，要求大家要按原则办事，要有共产主义的高尚风格。俺看，这事情就这么定了，大家就不要再争论了。”

“对！有的社员刚解决了温饱问题，就没有了集体观念，只打自己的小算盘；还有的社员私心杂念多，个人利益严重。记住：‘咱们是人民公社社员，走的是一大二公的集体富裕的康庄大道……’”张嘎发表了一通人民公社集体主义思想的演讲。

王德福见张嘎兴致勃勃地在大讲特讲革命大道理，怕再次引起社员们的议论和不满，赶紧暗示他结束会议。张嘎不敢得罪顶头上司，将来到嗓子眼的高谈阔论咽了回去，立刻宣布道：“明天，咱们兑现平均以上的口粮，散会！”大柱一晚上没有说一句话，散会后，拍打着张嘎的肩膀，问道：“张嘎，刚才你的高谈阔论只有散会这句话是实话外，其他的话都是嘴上抹石灰——白说。”

撤离会场的人员再一次被大柱逗笑了……

金花送走大家，张强一边收拾，一边自语道：“这个王德福，咋想起在咱家开会呢？看把家糟蹋得还像个样子嘛。”这个疑问直到几年后，张强才悟出答案。别看金花一家为大会忙前忙后，金花心里甜滋滋的。心想：“总算赢得了大家的信认和尊重。”

第八章

欲速则不达

解放后，中国由新民主义过渡到社会主义建设，在人民公社的道路上，一心抓革命促生产。农村从深打井普及水浇田开始，掀起了大搞农田水利建设的高潮。农田得到深井的浇灌让农民尝到了甜头，打破了农民祖祖辈辈看老天吃饭的局面。把旱田变成了水浇田，农作物生长喜人，农民的温饱目标逐步实现了。

树欲静而风不止。在“鼓足干劲，力争上游，多快好省建设社会主义”总路线的号召下，人民渴望尽快改变我国经济、文化落后的状况，早日脱贫致富过上好日子。但是经济的发展是不能逾越的，忽视了客观经济规律是要付出代价的。根据当时的客观规律不可能迅速地甩掉经济文化的落后面貌。总路线提出后，在全国各地主观地掀起了“大跃进”运动。

俗话说：“点滴之恩，当涌泉相报。”这是中国翻身农民最朴实的知恩图报的真实写照。他们坚定了跟共产党走的决心，将毛主席的话视为最高指示，只要是共产党和毛主席的号召，哪怕是上刀山下火海也在所不辞。总之一句话，坚决照办坚决执行。

王德福在公社开完会，公社社长李诚还特意召见了他们，叮咛：“张浊大队在历次运动中发挥着模范带头作用，是东阳人民公社的一面旗帜。你们在‘大跃进’中可要起到模范示范作用……”

大队长和王德福一直很崇拜土改运动的老领导李诚同志。他俩见李诚对他们抱有殷切期望,激动地直抹眼泪。此时,就是有千言万语也表达不了他们对共产党、毛主席的忠诚,村长擦掉噙在眼眶里的泪水,表示道:“请老领导放心,我们张浊大队一定走在大跃进的前列……”

村长和王德福对“大跃进”狂热得废寝忘食,他俩一进村直奔老槐树下,当当敲响了大钟,向全队老少爷们发出集合的号令。

社员好奇地来到集结点,大队长站在大槐树下的老石头凳上慷慨激昂,首先向第一生产队社员传达了公社开展大炼钢铁的会议精神……王德福雷厉风行,立刻动员义务为公社炼钢点运送砖块的倡议。

东风吹,战鼓擂。大炼钢铁的动员会,立竿见影,社员们群情激昂,个个摩拳擦掌,力争为大跃进增砖添瓦。

晚上,王德福带领社员来到大队砖窑厂,像当年支援前线作战一样背着砖块向公社驻地赶去。

在社会主义的道路上革命者永远年轻。大柱是第一生产队送砖队伍的开路先锋,王德福断后。巾帼不让须眉,深受封建传统侵害的妇女,在这次运砖中也争先恐后,别看她们的脚小,谁也不甘心落后……

一路上,歌声嘹亮,沿着社会主义的大道,向着共产主义阔步前进。

一方号召,八方响应。一天晚上,李主任向大队下达火速向炼钢厂支援砖块的命令。

大队长接到命令二话没说,他放下饭碗,立刻通知了王德福。王德福直奔老槐树敲响了大钟……

第一生产队在王德福的带领下,第一生产队和兄弟生产队一起再次

向公社炼钢厂紧急运送砖块。

这次运砖队伍声势浩大，王德福带领第一生产队为队伍的开路先锋，大队长断后。按照生产大队的排序拉开了长长的运砖队伍，在夜幕下，队伍中的提灯像一条巨龙一样蜿蜒在小路上……

这次紧急运送砖块超出了人的体力极限，突击性的劳作已提升为政治高度，当作政治任务来完成。在政治挂帅思想领先的年代里，政治任务可是至高无上的神圣责任。榜样的力量是无穷的。运送砖块的人员虽然已严重地透支了体力，但是他们学有榜样赶有目标，运砖人员没有一个叫苦叫累的。他们高唱着《下定决心》的革命歌曲，向着他们的目的地行进。

哎哟！王媒婆一个趔趄，身子扑向菊花，幸亏菊花身子骨结实，一把拉住了王媒婆。菊花扶起王媒婆，关心道："王媒婆，你没有摔着吧？"

"没有，俺幸亏没有裹成那三寸金莲的小脚，否则，俺非得摔个大仰八叉不可。"

"哎，俺就不明白了，当初你这大家闺秀咋放开了脚呢？"

"嗯！当初俺要是裹好了脚俺能嫁给王士中？咋也得嫁给一个……咳！你看俺这张嘴净胡说八道。"

王媒婆话到嘴边留半句，菊花知道王媒婆的难言之处，圆场道："是啊，幸亏社会进步了。要是真裹成三寸金莲，咱们可就更遭罪啦。"

"嗯！真是那样的话，对这运送砖块的义务劳动只能望洋兴叹……"

大队长发现王媒婆和菊花掉队了，惊讶道"哎，菊花你俩咋了，是不是走不动了？"

"哦，刚才王媒婆绊了一脚。没啥，大队长放心，俺不会掉队的。"

王媒婆立刻加快步伐，说："看，大队长俺俩快撵上你了……"

大队长在想："大家干一天农活儿，晚上，又背这么重的砖急行军，就是铁打的身子也受不了啊。哎，你俩不疲劳才怪哪。"村长望了队伍一眼，高声道："王德福，你把步伐放慢些，让大家喘口气。"一会儿，王德福的步子慢了下来，大家慢步中感到了疲倦，不由得打起来了瞌睡。大队长怕队伍消沉下来，毛遂自荐，为大家高歌一曲《下定决心》。大队长不着调的歌声，逗得大家又是一阵大笑……

大队长抛砖引玉。菊花姐妹焕发了精神，大家自发地唱着振奋人心的行进歌曲，铿锵有力的歌声划破了夜晚，歌声在运砖队伍的上空回荡……

运砖队伍突然传来："哎！大家快看，咱们终于到达了目的地了……"社员们驻足眺望，一边擦着汗水，一边自语："嗯，还真的到了！"民兵连长张盼富双手卷成喇叭状，高声道："喂！张浊大队运砖队伍来喽！"那个场面像两支胜利会师部队一样激动人心，在为实现心目中的理想无私奉献着自己的一切。

在那激情燃烧的日子里，为了早日将炼钢炉建成投产，人民公社把大炼钢铁列入公社工作的重中之重，所有工作都要排后让路。

一天，张士琦运送完砖块，突然感觉不对劲，问道："德福，咱们这样是不是不务正业，这不是种了别人的地荒了自己的田吗？这炼钢之事终究不是我们干的活。如果这样下去，明年就得喝西北风了……"

王德福急忙抄过去，一把捂住了张士琦的嘴，然后向四处掠视一眼，见周围没有外人，才肯放手，压低声道："士琦，你不要命了，这话你知道有多反动吗？要是让别人听到非把你打成现行反革命不可。"王德福心有余悸，再次向四周扫视一遍，吩咐道：“以后，你留守生产队不要再参加运送队了，省得你再说漏嘴了，把你打成现行反革命分子。”王德福用心良苦，迫不得已才让张士琦这个老犟种留守，免得招惹是非。

“哼！留守就留守。一天不看见庄稼心里就不踏实。”张士琦说出了掏心窝的话，扛起铁锨向坡里走去。

张士琦好长时间没有上坡，一看到秋季作物迫切需要除草和畦埂时，他急得团团转。张士琦火急火燎地找到王德福，焦急地说：“德福，咱们是农民，还是务实点好。你赶紧停下这劳民伤财的工作，来保咱们的庄稼吧。哎！再这样瞎折腾下去，明年肯定要喝西北风喽……”

王德福很愕然，考虑片刻，安抚道：“士琦，咱们炼钢和生产两不误。哎，今年麦季产量咱们队才报了亩产1000斤，这个产量在公社的排名之后。秋季了，咱们再加点？”

“呸！1000斤那是咱们快两亩地的产量吧，你还好意思说哪。真是的，岂有此理。”

“行了！你是只知道推车不看路的老犟种。粮食不是问题，各生产队正在筹备大食堂，咱们实行大食堂制，大伙可以敞开肚子吃饭了……”张士琦摇着头，不解地问道：“全队吃一个大食堂？”

“嗯，让大家敞开肚子吃。”

“哼！没有了粮食还吃大食堂，咱们要饭都找不到地方……”张士琦气得甩下一句掏心窝子的话，他愤愤地离开了。

“哎，你这犟种回来，俺还有一个事情和你商量！”

张士琦驻足，无奈地问道：“嗨！你除了瞎折腾还有啥事情？”

大队长有气无地力地注视着张士琦，说：“是这样的，县里为确保大炼钢所需煤炭，矿务局新建一煤矿。公社分给大队几名矿工指标，大队领导议了一下，有你家三愣……”

“哦，还有这么大的好事情，俺得谢谢你哪。”

“哈哈，这可不是俺瞎折腾。别谢俺，要感谢党，感谢毛主席他老人家领导得好。对了，这也是公社对先进生产队的奖励……”王德福软硬兼施堵住了张士琦的嘴。

三愣当上煤矿工，张士琦高兴得不得了，为了报答上级的恩惠，张士琦把精力全部用在了生产队的庄稼地。

公社炼钢厂经过紧锣密鼓的建设终于点炉了。那天，全社组织了近万人的炼钢动员大会暨东阳人民公社炼钢誓师大会。公社李诚社长作了“多快好省，为实现共产主义炼好钢铁”的动员令，大会开得热烈隆重，激发了东阳人民公社社员为早日实现共产主义炼好钢铁的积极性。

一阵鞭炮响，东阳人民公社炼钢厂点火生炉！在这激动人心的时刻将动员大会掀到高潮……

东阳人们公社地处平原，东阳人看山不见山，只能在万里晴空的天气里遥望大山。农民建房子的石头都是从几十里外的山区运来。东阳土地肥沃世界公认，素有“苏联有个乌克兰，中国有个东阳田”的美称。在一个既无山又无矿石的地方建炼钢厂，已经是先天不足的建设项目，何况在未解决原材料供给就草草点炉炼钢，困难可想而知。但是，激情的人们却举臂高呼：“人定胜天，人有多大胆钢有多大产……”

被冲昏头脑的决策者从一个极端走向另一个极端，发誓就是砸锅集铁也要炼出钢铁来，一定把东阳人民公社的钢产量搞上去。

在这极左思想的指导下，人民公社大食堂匆忙上马了。炼钢厂歪打

正着，大食堂制为收集炼钢原料提供了便利条件。

东阳人民公社向各大队下达缴纳废旧铁的指标任务，这下可难坏了大队长。为了完成缴纳废旧铁的任务，大队长是饭吃不下觉睡不好，愁得像魔怔似的，嘴里一个劲嘟囔："铁、铁……"王德福在大食堂吃过午饭，突发奇想，在大队长耳边私语起来……

大队长边听边点头，听到高兴处突然把嘴里的"铁、铁……"改为"好、好……"大队长兴奋得一拍大腿，肯定道："太好了，嘿！俺咋就没有想到呢？"

"常言说得好，活人咋能让尿憋死。走，俺去敲钟集合社员……"王德福边说边向老槐树快步走去。

当！当！当！

王德福边敲钟边深思，自语道："常言说得好：'打铁还得自身硬。'不行，俺得给大家做个榜样大家才能信服俺。对，这叫干部带了头社员有劲头。"王德福松开钟绳，嘿嘿一笑，急忙向家里跑去……

张士琦来到大槐树下，转了一圈也没有见到王德福，好奇道："奇怪了，敲完钟咋不见人哪？德福这是唱的哪出戏？"大柱跑过来，好奇地问道："士琦哥，德福上哪里了？"

"嘿！谁知道啊。哎，把别人集合起来，他人却无影了？"

菊花越听越感到奇怪，神秘地说："哎，这是不是在闹鬼？"

"是啊，没人敲钟，钟咋响的？不是闹鬼还能是啥？"

"菊花，你这是迷信，别胡说八道。"

菊花被张盼富训斥一通，心里难受极了，暗暗地骂道："好，你这个死男人，你竟敢当着外人的面给俺下不来台。哼！看俺咋治你。"张嘎认为报一箭之仇的机会终于来了，挑拨道："盼福嫂，你家里还是大哥有水准，解放这么些年了，你咋还讲迷信哪……"乍一听张嘎是在安抚菊花两口子，实则在火上浇油。俗话说："是亲三分向。"菊花瞥一眼张嘎，忍无可忍，大骂道："张嘎，俺迷信你姥姥的头！你老小子没安好心。你狗戴帽子装啥好人！"张嘎是偷鸡不成蚀把米，被菊花骂得狗血喷头，惹得大伙一阵大笑。

"来了！来了！"

王德福双手举着一口大黑锅向老槐树疾步走来，刘芬攥着一个铁钎，一边追，一边大喊："他大，你站住……"

"咳！今天这是咋了，一个在前跑，一个在后追。看！德福是不是犯毛病了？"

此时此景，大伙一怔，刚才还在老槐树下叽叽喳喳的人们张口结舌，老槐树下立刻安静下来。

老槐树下，静得连风吹大钟的沙沙声都听得清清楚楚，大家把眼光聚焦在王德福的身上。

嗵、嗵、嗵……

王德福走到老槐树下，一迈上台阶，将黑锅举过头顶，砰的一声，狠狠地砸在那块老石头凳上……

张士琦抄到王德福身后，双手搬着王德福的肩膀，一边摇晃，一边问道："德福，可别想不开啊？"王德福气喘吁吁，一句话也说不出来。

菊花、金花手疾眼快，死死地抱住追赶来的刘芬，劝道："刘芬，咱可不能想不开，这两口子过日子碰碰磕磕是常事，这世上没有过不去的火焰山……"

张士琦和王德福是两小无猜的发小，心想："这好日子才过几年，德福就病成这样了……"张士琦心里难受极了，声音发颤道："德福，德福……"

"嗨！你给俺走开……"

"快，过来两人个人，咱先把德福稳住。注意别弄伤了他！"

王德福瞅了大家一眼，见大家看他的眼神怪怪的，不由得大笑两声，自语道："哦，原来大家把俺当成疯子了。"张士琦给王德福一个手势，安抚道："德福，听话，你没有病……"

"去你的！你们真是的，俺是在给炼钢厂上交废旧铁……"

刘芬挣开菊花的手，蹓蹓到王德福身边，当啷！她把一根铁钎扔到铁锅上，一边拍打着手上的铁锈，一边坚定地说："他大，你忘了拿这个了，这是咱家以前打石头的铁钎子。"

"闪开点，闪开点！"大队长拨拉开槐树下的人群，激动地握住王德福的手，感激道："谢谢，谢谢王德福同志，谢谢刘芬同志的支持。你们给社员们带了一个好头啊！"大队长站在老石凳前，一挥手，高声道："社员同志们，王德福和他的妻子刘芬，为了支援公社炼钢厂连家里的锅都献出来了，咱们还有啥舍不得哪？只有社会主义大家庭才能保住我们的小家……"张士琦越听越感动，突然高声插话道："大队长，王德福是俺学习的榜样，既然你们干部带头，当社员的没啥可说了，俺要把家里带铁的伙什全捐出来。"

"哎，俺说士琦，干活的家伙什可不能捐，咱们还指着它种庄稼哪！"

"你瞎啰嗦啥，你是明知故问，干活的家伙什留着干活！"

大柱激动了，高声道："牛皮不是吹的，泰山不是垒的。谁是狗熊谁是英雄还得看实际行动。”民兵连长张盼富一捋袖子,鼓动道:“光说不练是假把式。咱们还站着干啥？回家搬东西去吧!”

“对！走了!”社员一窝蜂似的离开了老槐树,向自家奔去。

张士琦嗵嗵地向家奔去。马天花紧紧跟在身后“他大、他大”地喊着。一进大门,咣当！马天花先把大门关上,快步跑进饭屋,按着锅灶,哀求道:“他大,俺觉得这事不妥,居家过日子没有锅咋行。咱们还是捐献点其他东西吧?”

“哎！刚才大队长在老槐树下白说了,你思想咋还不开窍哪？老婆子,你这是对待大炼钢的态度问题,这捐献大锅才是咱们的高觉悟。”

“他大,俺也没有说不捐献东西,俺只是觉得大锅还是不捐为好。”

“马天花同志,咱家今天能过上这么好的日子,不都是共产党和毛主席给的嘛。再说了,你的两个儿子都吃上了国库粮,咱们不捐献东西对得起国家吗？何况又吃了大食堂已经用不着锅了……”

张士琦一提到两个儿子,马天花心里一颤,心想:“是啊,二愣三愣都是吃国库粮的人了,咱们不带头谁带头。”

马天花突然开窍,表示道:“他大,拆、拆。俺想通了,咱们马上拆!”

张士琦猫腰掀起了大锅……马天花拾起一把钳子向内屋走去,当当把门上的铁串子和门鼻子都砸下来,督促道:“他大,这个全拿走!”

一会儿,大槐树下堆满了铁制日用品,光大锅就有二十口,堆得像小山似的……

村长的动员,王德福的言传身教得到社员支持,踊跃捐献,大家纷纷表示听从人民公社的号召,张浊大队在大炼钢铁的运动中超额完成公社下达的指标,一定走在全社的最前列……

大队长完成捐铁指标任务后，也错过了秋收的黄金季节……

俗话说："天有不测风云，人有旦夕祸福。"一场寒流袭来，让毫无准备的社员遭受了一场致命的打击。一场罕见的霜冻，把庄稼全冻在了地里。这突如其来的灾难，才让被炼钢热潮冲昏头脑的人们冷静下。可是，事发突然，为时已晚，尤其是种植地瓜全冻在了地里。常言说得好："民以食为天。"这粮食没有了，这天就塌下来了。

张士琦眼含热泪，在收拾着被冻烂的大地瓜。菊花等姐妹们收着吊在玉米秸上的玉米，他们盯着丰收不丰产的玉米棒子眼眶里噙满了泪水。一想起炼钢时的冲动劲，眼前立刻浮现出炼出的一堆堆铁渣……大家悔恨不已，嘟囔道："哎，好端端的铁器就这样被糟蹋了。"菊花悔恨地直抹眼泪。张士琦一面翻着地瓜沟，一面挑拣着冻烂的大地瓜。张士琦拣了半天也没有捡出几块好地瓜，突然扔下锄头圪蹴在地瓜沟里大恸。张士琦一边抚摸着冻烂的地瓜，一边哭诉道："俺的天啊，这么大的地瓜都烂在地里，天理不容，我们对不起老天啊……"张士琦大恸后，擦干眼泪，又圪蹴在地头抽起了闷烟。

一场灾难降临了……凡事顺应自然规律，时代才能科学有序地发展，一旦违背了自然规律，不仅走弯路走回头路，而且还要得到天灾人祸的报应。

张浊生产大队和全国一样陷入了食不果腹的三年自然灾害。

第九章

天灾人怨

大跃进不仅钢铁没有炼成也耽误了当年的秋收。公社炼钢厂是一项劳民伤财的工程,加之大跃进产量的冒报虚报,农业丰产不丰收,实际产量成了空头支票。生产队的大食堂也难以维持,轰轰烈烈的大食堂维持不久,就地散伙了。

张士琦重新盘好锅灶,可是大锅早被炼钢厂冶炼成了铁渣滓。张士琦一想到那些过激的行动,心里就不是个滋味,悔恨得直想大哭一场。

马天花见张士琦盯着锅灶出神,知道张士琦在悔恨砸锅的过激行动,心一下子软了下来,朝张士琦无奈摇下头,走近柴火堆边,她猫腰扒拉了一阵子,像变戏法一样给张士琦变出了一口大锅。

张士琦好奇怪,在盯着大锅判断真伪……

马天花看了张士琦一眼,得意道:"咋了,不相信是真的?"

张士琦突然一手提起大锅,一手用力敲击着大锅,大锅发出清脆的当当声,高兴道:"他娘,咱家的锅不是捐给炼钢厂了,这究竟是咋回事?"

"哦,这就是咱家的那口大锅。你捐上大锅之后,俺见铁堆里这口锅没有砸坏,就趁大家不在意的时候藏了起来。晚上,俺才偷偷地转移到家里。"

“哎呦,你胆子忒大了,要是被人家发现咱家就麻烦了。”

“咋了,嫌麻烦就不用嘛,俺给生产队再送回去。”

“哎,别价,你送回去咱家用啥做饭?”

“哎,这锅是有了,可是,粮食又不够了。你看,咱家几个人的饭量,一个比一个大。他大,往后咱们咋过呢?”

“咋办,俺有啥办法。哎! 只能走一步看一步呗。”

咣当!

“娘,娘! 放学了。做饭了吗? 俺下午不上学了。”

张士琦安上锅,督促道:“孩子放学了,快点做饭吧。这大人不吃还能熬得住,可是孩子熬不住啊,总得让孩子填饱肚子吧?”

“他大,现在关键是咱没有能力管饱肚子。哎,每天三顿能喝上糊粥就不错了。”马天花边嘟囔边取出一瓢玉米面子,从瓢里抓出一把玉米面,在眼前一晃又割舍不得了,又放回瓢里一点,这才将手里的苞米面子搅合在锅里。随后,将洗好的萝卜蛋子倒进锅内……这就是全家人的午饭。

孟春的一天上午,正逢星期天,小愣、小常、嘎狗结伴割草。小愣割了半筐青草,感到饿得慌,一会儿的功夫,他连拿镰刀的力气也没有了,圪蹴在一坟堆上小憩。嘎狗饿得也失去了割草的力气,招呼着小常到地头歇息。

俗话说:“人是铁,饭是钢,一顿不吃饿得慌。”他们早上喝的两碗糊粥早已消化掉了。小愣感到前胸快贴在后背了,他轻轻地揉着拉胡弦的肚子,将腿和半个身子竖在坟堆上。这时突然不觉饿了,小愣一寻思,索性将身子倒立在坟堆上。

“哎！哎!”小愣边喊边不断调整着倒立姿势。嘎狗盯视着小愣,好奇地问:“咳、咳！小愣你这是咋了,你要啥把戏?”

“没咋了,可舒服了。来,俺请你吃饭。”

“啊,真的?”小常和嘎狗一听到吃饭馋得涎水都出来了,立刻凑到小愣身边,追问:“现在吗?”

“嗯,现在,而且是马上就能吃到……”小常和嘎狗喜出望外,望着小愣直流涎水。

小愣故作反悔的样子,重复道:“你们俩不饿？不吃就算了。”

“俺俩饿啊,饿得连腰都快直不起来了……”

“那好,俺有办法让你们感到不饿……”

“哼,小愣你是不是鬼附身,在说胡话。”

“谁胡说,不信你俩试试,像俺一样倒立在坟堆上……”

小愣说得很神奇,嘎狗和小常半信半疑地照着葫芦画瓢。嘎狗和小常倒立在一坟堆上,惊讶道:“哎,小愣,还真的有效果呢,果然不觉饿了。”

“咳！这就是俺要请的客。”

“咳,你是画饼充饥,这歪点子还真管用哪。”

“哎,听说煤矿上能吃上大馒头,真馋人啊。”嘎狗突然把话转到了煤矿上,小愣马上联想起三愣,炫耀道:“真的,过几天,俺去找三哥,也饱饱地吃一顿大馒头……”小常一听能吃上大馒头,谄媚道:“小愣,你带俺一块去吧,俺可好久好久没有闻到馒头味了。哎,你说三哥能让咱俩去吗?”

嘎狗见小常倒向了小愣,顿生嫉妒之意,警示道:“哼！别高兴得太早了,人家煤矿食堂也是有定量的,不下井干活是吃不上馒头的。哼!你俩就别想好事了,咱们还是在这坟堆上控控现实……”

嘎狗的话让小常很失望,不满地说:“你听谁说的?俺才不信哪!”

“好,不信你问问三妮奶奶去?”小常一听到三妮奶奶,立刻联想起一个鬼故事,全身一颤,身子哗啦倒了下来,惊慌道:“咳!这坟就是张老汉的……”

“啊!真的!这是张家坟。”四愣和嘎狗啪嚓倒了下来,小愣三人吓得连滚带爬到草筐前,他们背起草筐一口气跑到村边。

“哎呦,俺的亲娘嘞,吓死俺了。小愣,你真是的,你咋敢领俺在张家坟上控倒立哪?”

“咳,饿了呗,在饥饿的时候没想这么多,只想找不饿的感觉。其实,现实中的饥饿比鬼还可怕。”

在偏僻落后的乡村,老人给小孩讲故事全是神鬼大战,他们的童年就是听着鬼故事长大的。也可以说,他们的童年生活在神鬼的恐怖之中。

俗话说:“人死如虎,虎死如绵羊。”由于神鬼故事在农村广泛流传,他们的童年耳濡目染,在他们的眼里鬼神无处不在,不是张家吊死鬼就是李家神的,甚至连亲人病逝也和神鬼联系在一起。

晚上,胆子小的连自己家门都不敢出入。

小愣他们谈鬼色变,嘎狗老话重谈,重复着三妮奶奶关于张老汉诈尸的故事:

那是一个漆黑的夜晚,张老汉突然病倒不省人事,张老汉的家人请了中医李洪。李洪诊脉后,无奈地摇下头,嘱咐道:“哎,张老汉寿终正

寝,快准备后事吧……”俗话说:“人生七十古来稀。”张老汉那年整七十有一,也算是长命之人。李洪一走,张家立刻大恸,家人以哭声表达对逝者的哀悼……

俗话说:“字怕上墙,人怕上床。”在家人的哭声中,张家将张老汉连人带床移到了堂屋,张老汉要在堂屋停尸三日出殡……

翌日,张老汉家的亲朋好友从四面八方赶来吊丧哀悼,为张老汉送终。三妮奶奶是丧礼女主事人,凡女客人来哭丧由三妮奶奶主持;男客人来吊丧由王德福主持,以丧事礼仪表示对死者的哀悼……

第二天晚上,吊丧的人都走了。王德福和木匠整理着张老汉的棺材,大柱在一旁提着提灯给木匠照明。王德福见堂屋只有三个人时,打探道:“哎,伴尸的张大胆咋还没有来呢?”

“谁知道哪。哼,八成是喝了酒再来吧。”

“嗯,也许吧。酒壮英雄胆,喝了酒才叫张大胆。”大柱听着王德福和木匠在议论张大胆还不害怕,可是一想这么晚了,张大胆还不来伴尸,心里犯嘀咕,心想:“要是张老汉突然坐起来咋办呢……”大柱胡思乱想一气,他是越想越专注,在死死地盯着张老汉脸上的黄盖纸猜疑,唯恐张老汉突然坐起来……

大柱揉搓下眼睛,立刻又把视线盯在那张黄纸上。眨眼的功夫,大柱觉得张老汉脸上的黄纸好像煽动一下,大柱紧紧攥住提灯,不停说服自己:“人死如灯灭,黄纸动那是不可能的事。一定是自己视觉上的错乱。”大柱赶紧又揉下眼睛,又眨巴两下眼睛,再次把视线盯在张老汉脸上的黄盖纸时,果然证实黄纸在扇动……

大柱马上意识到张老汉在吹动黄纸。瞬间,大柱脸色煞白,全身发抖，额头上直冒冷汗，大柱连话都说不完整，磕巴道："哎，哎，动了动了。"木匠正在聚精会神地砍着木寨子，一听到大柱的喊声，，回应道："你懂啥，在砍木寨子了，俺手不动咋砍出木尖来？"

大柱越是害怕越是盯着张老汉的脸部一动不动，在机械地报告着张老汉的动静。

"啊！吹掉了！吹掉了！"

木匠不耐烦了，着急道："哼！俺不吹掉周围木屑，咋砍寨子？真是的。"

王德福光盯视木匠干活了，根本没有在意大柱的举动，听了木匠的话，叮嘱道："大柱，别胡说，提好你的灯……"大柱也顾不上解释了，惊叫道："啊，张老汉坐起来了！"大柱甩下一句话，他提着灯拔腿便跑。

王德福和木匠这才感到大事不妙，他俩扔掉手里的工具便跑。可是，大柱提着提灯跑了，堂屋里突然暗下来，只有一盏像萤火虫一样的长明灯，在微弱地发着红光。王德福和木匠的眼里只有张老汉可怕的身影，他俩吓得迷失了方向，紧张得连门也找不到了。木匠走投无路爬进床下，王德福也失去主张猫腰躲进床下，一触到木匠，吓得两人同时哇哇大叫起来……

大柱提着提灯蹿出堂屋，大喊道："不好了，张老汉诈尸了，不好了，张老汉诈尸了……"

大柱的喊声，惊动了四邻八舍，恐怖立刻笼罩了张浊村……

咣当、咣当、咣当……

村民闻声赶紧关闭了大门。年长的人，立刻从饭屋里挖出草木灰撒在院子的周围，打起了一道防鬼墙。百姓家里的草木灰作用可大了，传

说撒在地上的草木灰能阻止鬼魂入侵……

大柱跑出一百米左右，突然和张大胆碰了一个正面，张大胆抓住大柱，慌张地问道："大柱，你瞎吆喝啥？谁诈尸了？"

"哎呀！张大胆你上哪里去了，咋才来呢？张老汉诈尸了！俺给你提灯，你快去看看吧。"

"啊！咋是这样哪。等一等，俺回家拿点东西去。"

"哎，大胆你上哪儿跑？你跑的方向错了……"张大胆一边飞也似的向家跑去，一边嘟囔："俺的亲娘咪，俺的胆哪？俺不能辜负了张大胆这个美誉。"张大胆的退缩遭到大柱的鄙视，对着张大胆骂道："狗日的，你还是张大胆嘛！一听诈尸就怂包。"大柱无奈地摇下头，细心一想："哎呦，亲娘嘞，俺咋提着提灯跑出来了？不好！王德福和木匠没有了灯可咋办……"大柱愧疚了，立刻折回，他刚走出几步，突然被一只大手抓住了，吓得大柱大声求饶："张大爷，俺可没有做对不起你的事情，你可别吓唬俺……"

"哈哈，是俺，张大胆。"张大胆边应答边对着酒瓶喝了一大口酒。大柱一听是张大胆，这才缓过神来，骂道："你这狗日的，吓唬俺干啥，你还不快去。快！看看德福和木匠跑哪去了？"

酒壮英雄胆，酒量就是他的胆量。张大胆酒喝了不少，一拍胸脯，啊的一声后，道："诈尸怕啥，走，跟俺回去看看！"张大胆拽着大柱的胳臂就走……

"好了，不要说了，越说越吓人。其实，张老汉没有真死，在医学上叫假死。哎，咱们这里的人愚昧无知，才被大家误传为诈尸的。"小愣极力驳斥嘎狗。

嘎狗闭上嘴不讲了。

小常只知其然，不知其所以然，故事的结尾吊起小常的胃口，在不停地追问："嘎狗，张老汉后来咋了？"

嘎狗再次讲起被小愣打断的话题。

"哎，刚才说到哪里了？哦，是这样的……"

小愣瞟一眼嘎狗，再次制止道："狗日的，你还是高中生呢，咋还相信迷信。嘎狗，不许搞迷信活动。"

"咳！你狗日的，狗戴帽子充好人。你不迷信刚才跑啥？在那里继续控呗……"嘎狗驳得小愣无言以对，"我、我"半天也没有找出一句反驳的话语。执着的小常还是想知道故事的下文，凑到嘎狗身边，压低声道："嘎狗，那后来咋样了？"

"哦，欲知后事如何，请听下次分解。你没有长眼，没有看到有人反对咱们搞迷信活动。"

"嘿，他说这故事是牛鬼蛇神就是牛鬼蛇神了？"

嘎狗话里有话，小愣一眼看穿了嘎狗的挑拨离间计。

兵不厌诈。小愣突然转变了立场，来了一个牛尾续貂，他拉小常一把，亲切地问："小常，你真想听吗？"

小常点下头，说："嗯，俺小时候听说过前半部分。后来，就光害怕了再也没有听起过。"

嘎狗见小常倒向了小愣，心里不痛快，故意干咳两声，他拾起一块石头向前方扔去……

小愣满足了小常的好奇心，打开了话匣子："大柱被张大胆拽到张老汉家门口，张老汉的家人听到大柱的喊声，他们结伴跑进堂屋，果然见张

老汉坐在床上。大家又怕又惊喜,试探地喊了几声,噗通一声,张老汉又躺下了……

此时,床底下的王德福和木匠吓得如筛糠般的颤抖,连张老汉的停尸床都震动了。一听有人来了,他俩才从床底下爬出来。王德福一看到大柱提着提灯回来了,他挥起拳头,嗔怪道:“好一个大柱子,你安的啥心啊!你狗日的连灯都提跑了,俺和木匠吓得连门都找不到了。你这狗日的真不仗义,可把俺俩害苦了。”大柱听了王德福的训斥,噗嗤笑了……小木匠拿着小锤子朝大柱眼前一比划,嬉戏道:“狗日的,俺真想砸你一锤,一解俺的怨气。”

后来,张老汉真的断了气。再后来,讹传给张老汉灌醋,张大胆把张老汉强力抱进棺材,让木匠强行盖棺。夜晚,张老汉爬出坟墓等,均是讹传。正应了那句老话:一传十,十传百。一句一个样的诈传,像歪嘴和尚把经念走了样。

这时,突然传来吉普车的突突声,公路上扬起狼烟般的尘土,一辆吉普车向他们的方向奔来……

在乡间公路很少见到吉普车,小常惊奇地高喊道:“小汽车,小汽车!”

嘎狗把目光盯上奔驰的吉普车,随着吉普车方位而扭转着脖子……转眼间,吉普车减速进入张浊的村级公路,向张浊大队开来。

嘎狗见吉普车改道进入村级公路,大喊道:“哎,小汽车进村了!快,咱们看看去。”大家不由得向大队里跑去。

嘎狗边跑边说:“哎,小汽车停咱队了?”小愣和小常像没有听到嘎狗的话一样,紧追着嘎狗。

东阳公社是矿工之乡,从事煤矿工作是一项高危职业,时常出现安全事故。久而久之,矿工家属最忌讳小汽车来家,吉普车一进大队就不是个好兆头……只要小吉普车在矿工家门口一停,家人自然意识到大祸临头……

嘎狗见吉普车向着小愣家门口方向驶去。他不由得驻足,转身瞅了小愣一眼,小愣嘎然停住脚步,小常一头撞在小愣的背上。小愣阴沉着脸子盯着家门发呆……

小常气喘吁吁地问:"哎,你们咋不走了?"

嘎狗偷偷拽小常一把,向小常皱皱嘴暗示。小常光顾高兴了还以为三愣乘小汽车回来了,一见小愣的脸色煞白一点血色都没有了,赶紧把来到嗓子眼里的话咽了下去,佯装啥也不知道的样子,跬步到嘎狗身边。

一霎间,从远方传来张士琦的大恸声,小愣心里一颤,一面泣诉着三愣哥,一面拼命地向家里跑去。

嘎狗和小常一时不知道说啥好,半天后,嘎狗提醒道:"哎,咱还愣着干啥,快追呗。"

此时,三愣媳妇杨萍在拊膺顿足地哭诉……孩子拉着三愣媳妇的衣角随大人呜呜地大哭……

大队长、王德福、大柱等赶来安抚张士琦的家人。公社民政刘助理拉着张士琦的手,悲伤地说:"老哥,这次煤矿事故造成几十名矿工遇难,是几十年不遇的大灾难。哎,三愣也不幸罹难……"

张士琦忍着悲伤听着刘助理简单介绍了事故经过。煤矿处理事故的两名领导刚想插话,大队长一个制止的手势,提示道:"这噩耗一时难以接受,先不要急于提处置事宜。这样吧,你们先到大队部休息一下,俺

再安抚一下家人,再说这后事也不迟。大柱,你领着领导们先到大队部休息。”

俗话说:“县官不如现管。”别看大队长官职不大,可是村里的绝对权威人物。大队长已经把话说死了,民政刘助理已无缓和余地,圆场道:“那好,咱们听大队长的安排,先到大队部去。”大柱啜泣着擤一把鼻子,对着刘助理说:“嗯,咱们走吧。”

煤矿处理事故的工作人员一高一矮。

高个姓李,是煤矿的一位科长。矮个姓王,是煤矿的一名科级干部,是负责处理三愣后事的责任人,李科长自然是处理这次事故的领导人。

近几年来,煤矿事故频繁发生。煤矿处理事故的专司人员对罹难家属的悲伤和遭遇闻而心异,在千方百计地将事故化了。用他们的话说:“由于工作的特殊性,他们的心已麻木不仁,良知也被上级领导的意旨和单位的利益淹没……”刘助理走进大队部,一会儿,他们就坐不住了,盼望着大队长和张士琦尽快来队部进行实际性的接触。

李科长撸上袖子,一看表觉得时间不早了,将目光盯在刘助理的脸上,疑问道:“刘助理,这是咋回事,他们咋把咱们晾在这里了?”李科长说罢,在大队部踱来踱去……大队长和王德福擦拭着泪水,在劝慰张士琦。张士琦老年丧子悲痛欲绝,一边嚎啕大哭,一边念叨着三愣……菊花和金芝抱着马天花和三愣媳妇杨萍哭成了一团……

大愣、四愣、小花、小愣、小海躲在房间角落里大恸。

二愣得知三愣遇难的噩耗,他和王士中慌忙赶来了。王士中拉着张士琦的手,安抚道:“老哥,你要节哀顺变。”说罢泪水顺着脸颊流到嘴角,他赶紧掩面擦拭着眼泪。王士中啜泣几声,万般无奈地说:“老哥,事情已经发生了,谁也没有回生之术,三愣的后事你该考虑了。”

人死不能复生。大难面前一时从感情上难以接受,这是不争的现实。

经王士中这一提示,大队长马上想到了刘助理他们,插话道:“嗯,还是士中兄弟说的对,俺已经把公社民政的刘助理和矿上的人请到大队部了……”

“嗯,咱们见见他们再说。”

二愣考虑到张士琦的身体,提议道:“大,你就不用去了,俺和大哥还有大队长、德福叔去,您看行吗?”

“俺看行,士琦,就这么定了。”大队长拍板,大家立刻向队部走去。

刘助理一见到大队长,抱怨道:“大队长,你们这是咋啦,让俺们等你们这么长时间,你看看现在几点了?”

大队长扫视大家一眼,不急不温地说:“人死为大,天都塌了,谁还记得啥时间。再说了,这不是来了嘛。哎,大难临头,慢待各位领导了,请包涵。”

大愣被刘助理的话气得发抖,要不是二愣按住,大愣早揍了刘助理。

大队长怕大愣失控,安抚道:“大愣,俺知道你心里难受。可是,这是天灾人祸,谁也抗拒不了的事情。咱们还要过日子。换句话说,咱们还得生活下去。听话,咱们先听听单位领导们的意见。”

“嗯,俺大哥没有问题。大队长放心,李科长说吧……”

二愣拉着大愣的手,将目光盯在李科长的身上。

李科长首先对三愣的罹难表示哀悼,向家人表示了慰问。然后简要介绍了三愣遇难的经过……最后,表示要化悲痛为力量,做好事故的善后工作。老刘也向大家说明了国家的赔偿规定……当征求家属意见时，大家沉默了半天，大队长才打开话匣子。

大队长吹灭烟袋，一边收拾烟袋，一边说："俺是三愣村的大队长，俺说两句公道话：'人死了就不能复生。'说个实实在在的话，现在就是咋样多给三愣家解决点实际问题……"

刘助理觉得大队长的话不中听，插话道："俺说大队长，你有点觉悟行吗？咱们是共产党领导下的农民，伤亡赔偿国家是有规定的……"二愣插话道："刘助理，你先别上纲上线的，先让大队长把话说完。"

刘助理立刻故作高姿态的样子，督促："嗯，你讲、你讲。"

大队长捻着烟袋窝，说："俺看国家有明文规定的咱们就别提了，咱们尽可能地多争取点规定以外的待遇，来告慰逝者安抚家属。"

李科长和老王听得不断在点头，表示道："好，那就让家属说说有啥子要求。"

二愣谈了三愣遗属和孩子的安置问题，以及老人的赡养等需解决的问题。李科长和老王基本上没有提出异议。后来，大愣提出要几吨煤炭以备冬天取暖。刘助理觉得不切合实际，插话道："大愣，你要这么些煤炭烧窑吗?"刘助理的话惹恼了大愣，大愣由悲伤转为恼怒，骂道："刘助理，你这个狗日的！你会说人话吗?"边骂边扑向刘助理，大愣非要揍刘助理不可。李科长和老王挡驾，刘助理紧急撤离。二愣也急了，一边拉着大愣，一边谴责："刘助理，你没有人情味，更没有革命的人道主义精神!"

刚才的和谐商谈气氛骤然剧变，大愣骂声不绝耳，在追着刘助理满院子跑。大队长左劝右安抚，他在两头为难，既不敢得罪刘助理，又不能凉了父老乡亲的心。他和王德福来回说和，说说这面劝劝那头，他俩费了九牛二虎之力，总算把事情安抚下来。

为了安全起见，大队长让王德福拉走了大愣，大队部只留下二愣和李科长、老王商谈三愣的后事。

大队长知道刘助理是不受欢迎的人，他怕夜长梦多再遭到乡亲们的报复。

因为家属在悲伤之中，最容易做出冲动的事情来。大队长立刻将刘助理安置到一个相对安全的地方，又在刘助理耳边私语几句，刘助理吓得脸色都白了，担心道："坏了，这咋办啊。对了，你可是大队长，俺要是被人打了轻饶不了你。"大队长又把矿上老王找来，矿上老王听了大队长的话，像公鸡啄米直点头认可。老王慌里慌张地赶到吉普车前，在司机耳边嘀咕几句，司机嗯了一声，立刻启动马达将刘助理送回了东阳人民公社。

在二愣、大队长和煤矿李科长的协商下，本着存大同去小异的原则达成了协议。

张浊大队按照风俗发送了三愣。张士琦和马天花经过这次大难苍老了近十岁，常言说得好："愁也一天，乐也一天。"日子总是要过的。张士琦慢慢地想通了，劝说："孩他娘，你看三愣都走了，咱可不能老在悲伤中度日。要想开点，咱要好好过日子，把心思用在三愣家两个孙子身上。"马天花抹把眼泪，点头道："哎，这事情难啊。俺也是这么想的，可就是打不起精神来。"张士琦点下头，重复道："咱们要好好活下去。走，咱们到坡里看看去……"张士琦牵着马天花的手向坡里走去。

时间是医治悲伤的最好良药，张士琦一家渐渐走出了阴影，全家人

的生活逐渐恢复了平静。菊花和王媒婆也劝三愣媳妇杨萍改嫁过正常人的日子。可是杨萍是一条道走到黑的烈性女子，她说："爹娘讲过，好马不备双鞍，好女不嫁二夫。俺要把两个儿子抚养成人，为三愣守一辈子寡。一句话，俺生是三愣家的人，死是三愣家的鬼。"开始，大家以为杨萍只是一时的冲动，说说而已。可是经过一段时间的证实，杨萍是一个掷地有声的女人，她用自己的实际行动封住了大家的嘴。

俗话说："福无双至，祸不单行。"灾难再次砸在了张士琦的头上。

仲秋，炎热的天气，日头烤得人汗流浃背连气都喘不过来。四愣、嘎狗和小常为生产队耧玉米地，四愣顶着炎热的日头一干就是半上午，四愣擦着额头上的汗水，嘟囔："哎呀热死了，这是啥鬼天气，还让人活不?!"

"四愣，这么热的天，队长还让咱们耧玉米地，真是的。"

四愣苦笑一声，朗诵道："锄禾日当午，汗滴禾下土。谁知盘中餐……"

"粒粒皆辛苦！"

"哈哈，大家都知道啊。"

"咳！从小记事就背这首诗，人人皆知嘛。"

"哎！那你们还怨队长个啥？明知故问，小孩子也知道正午除草才能斩草除根。"嘎狗和小常心服口服，一面擦汗，一面甩开膀子除着玉米地的杂草，耧过的禾苗显得唯我独尊。玉米地的杂草瞬间躺在禾苗根部，在农民汗水的点化下，将杂草化作禾苗的自然肥料。

嘎狗耧到地头，勒了一把眉头上的汗水，从机井屋里传来突突的柴油机声，惊叫道："四愣，水沟来水了……"四愣闻声向阳沟望去，干咽了一口吐沫,高声道:“太好了,咱们休息一会儿,喝口凉水凉快凉快!”

在四愣的倡导下,大家撂了铁耙,一窝蜂似的涌向水沟的源头,大家争相喝着深井里的甘泉水……

四愣第一个跑到机井边,在水泵出口处捧起冰凉的泉水,咕嘟咕嘟地喝了几口,然后恣意地发出一声感叹:“啊! 这水真甜啊,太舒服了……”

嘎狗喝完水将布斗篷浸在水里,捞出来一拧,然后借着凉气披在身上,那凉爽的快感让嘎狗发出舒心的呵呵声。

四愣将胳臂插在水里还不过瘾,扑通! 干脆跳进了泵池洗个痛快。四愣从炎热的气温里一下子降到最低温度,一时感到凉爽到心扉,为一时的痛快,四愣将屁股堵在了激流的泵口出水处……一会儿,冰凉的地下水浸透了他的心扉,四愣突然感到全身一颤,一种钻心的疼痛向他袭来。顷刻间,四愣下肢失去了直觉瘫在泵池,并发出痛苦的呻吟。

四愣这突如其来的举动,吓得嘎狗和小常不知所措,眼看着四愣快要淹没了头顶,嘎狗才缓过神来,高声道:“俺的亲娘,咋是这样哪? 快,把四愣哥拉上来!”小常扑通跳进泵池一把抱起四愣,嘎狗抬着四愣的双腿走出了泵池。

四愣被抬出泵池,他的牙齿咬得嘎嘣嘎嘣响,嘎狗拉着四愣的手,担心道:“四愣哥,小愣也不在,你别吓俺,你到底咋了?”

四愣抓着嘎狗的手,哽咽道:“嘎狗,俺疼……”

嘎狗嗯了一声,对着小常说:“快,告诉张大爷去。”

小常吓得六神无主直抹眼泪,嘎狗急了,督促道:“快啊,你还磨蹭啥,再磨蹭就要出人命了!”小常在嘎狗的提示下,“哦”了一声,他拔腿

向村里跑去。

四愣的病情万分火急，张士琦得知后，边跑边喊："四愣，你咋了？"张士琦一气跑到四愣身边，一把搂过四愣，追问："四愣儿，你咋样？"

"哎哟！哎哟！哎哟……"

四愣抓着张士琦的手痛苦地呻吟着……

张士琦紧紧搂着四愣，含着眼泪，吩咐："嘎狗，快，你去找大队长和德福来！"

嘎狗指着前方，惊讶道："大爷，你看，他俩来了！"

大队长快步跑到张士琦身边，抓住四愣的手，焦急地问："四愣，你咋了？"

此时，四愣已经无力应答……

大队长感到四愣病得不轻，焦急地说："德福，快，套驴车送四愣上医院！"王德福点下头，立刻向村里跑去。

三袋烟的功夫。

四愣被送往公社卫生院，经公社卫生院诊断后，决定立刻转往县医院。

在送往县医院的同时，张嘎返回村里向大队长报信。

大队长听了汇报，立刻吩咐："人命关天，救命要紧，大队应尽全力。"

张嘎掰着指头一估算，为难道："这治病得需要钱。可是，大队一时拿不出这么多的现金，四愣的医疗费咋办？"

"是啊，这一转到县医院花项可就大了……"大队长托着下颌巴边说边深思。

马天花得知四愣要被送县医院，心急火燎的，她拿出了全家积蓄也不过几十元，现在救四愣的命只有靠生产大队了……马天花脚一迈进大队部便大恸不止……

马天花的突然出现，打断了大队长的深思。大队长知道马天花救儿子心切，刚想去安抚她，马天花突然跪地哭诉："大队长兄弟，你不能见死不救啊，四愣的命全靠大队了……"大队长急忙搀起马天花，安抚道："大妹子，你这是干啥？这是新社会，咱们社会主义国家，一方有难，八方支援。你看，俺在和会计正想法子嘛。"

"哦，这是俺的几十块钱。"马天花急忙把钱递给张嘎，张嘎接过钱，无奈地说："队长，俺有办法了。"

"快说，他娘的，火烧眉毛了，你还买啥关子，快说！"

"哦，咱去信用社贷款，解咱们的燃眉之急。"

大队长一拍手，嗔怪道："哎，还是你小子脑袋瓜灵，俺咋就没有想到呢。"马天花也突然想起啥，她撒腿便跑，嘴里不停地嘟囔："二愣，咋忘了二愣呢。"

公社信用社是一座二层小楼，座落在公社集市中央。据说这个小楼是清末民初的建筑，是东阳公社唯一的一座楼房。楼房坐北朝南，砖木结构，具有明显的平房模式。楼房砖木结构，乍一看，楼房比一般的房子高大外和当地的砖瓦房没啥两样。在一楼南墙边是加了安全栅栏的柜台，二楼是办公室。

马天花进门边喊边寻找着二愣，二愣闻声，惊讶道："哎！娘咋来了？"二愣赶紧收拾手头的活儿。

"娘，你也来了？"

"哎，杨萍。你咋在这哪？"

“娘，这是三愣的抚恤金……”

杨萍把一个存折放到马天花的手上，马天花愣了半天，沉痛地说：“不行，这是你娘仨的救命钱，这钱俺不能用。”杨萍硬是把存折塞在马天花的手里，嘱咐道：“娘，啥也别说了，给四愣治病要紧。哎，二愣来了。”

“嗯，二愣、二愣……”

二愣赶紧迎了上去。

王士中接到张嘎打来的电话，立刻赶到楼下，见二愣一家三人在营业厅，安抚道：“嫂子，哦，杨萍也在啊。俺刚听说了，你们不要担心，张嘎来过电话……二愣，准备好二百元，张嘎马上来取……”

二愣听了这个不幸消息，先是一怔，然后抱怨道：“哎！真是祸不单行。咱们家真是不幸啊。”二愣接过王士中的批文，刚走出两步便被马天花叫住，马天花把存折递给二愣，嘱咐道：“二愣，把这钱也提出来吧，也让张嘎带上。哎！救命要紧，等有了钱再给你弟妹。”

马天花睹物思人，一看到存折立刻联想起了三愣，一阵唉声叹气，自语道：“哎，真是祸不单行，雪上加霜啊。”马天花心里在隐隐流血，像一把刀子在戳她的心肝，啜泣几声，忍着巨大的悲伤，感激道：“士中兄弟，俺谢谢你了……”马天花扑通跪在了地上。王士中连忙搀起马天花，劝道：“嫂子，这可使不得。这事要感谢大队，感谢党感谢毛主席……”

张嘎也赶到信用社，张浊大大队的贷款在王士中的关照下，信用社特事特办，很快办好了贷款手续。张嘎数完钱刚想离开柜台，又接过二愣递来的一个信封，张嘎疑问道：“二愣，这是啥？”

“哦，这是俺三弟的抚恤金，你带上备用吧。”

“好吧，咱回来再算细账。”

张嘎将信封放进黑提包，劝道：“你们别着急，俺走了。”

“大兄弟，谢谢你。哎，你到了医院早点捎个信回来。”

“好的，你们回家等俺的消息吧……”

王德福在县医院左右奉迎好话说绝，医院才同意看病后付费。经医院的全力抢救四愣终于转危为安。这时，大家才松了一口气，圪蹴在医院门口吧嗒起叶子烟。王德福干咳几声，问道：“大柱，张嘎咋还不来，咱们可是与医院有约定的，如果欠款多了可不好向医院交代。”

“谁说不是哪，这个时辰了，张嘎应该来了。”

王德福向医院门口望了望，自语道：“是啊，也该来了，真是的……”

张嘎从信用社直奔公社汽车站，真是无巧不成书，张嘎一到公社门口，便遇到了李诚社长，张嘎还没有开口，李诚社长一眼认出张嘎来，问道：“哎，你不是张浊大队的会计张嘎吗？”

“哦！李社长，是俺啊。”

“哎，你急火火地干啥去？”

“李社长，俺去县医院。哎，大队里有个急病号急等着用钱，俺送钱去。李社长，这事情紧急，俺先走了。”张嘎边说边向汽车站跑去。

李诚撸起袖子，扫视一眼手表，惊讶道：“哎，这个时间了，那还有到县城的客车？”

张嘎跑进汽车站，直奔售票口，问道：“同志，俺买到县城的车票？”

“同志，上午没有去县城的客车了。下午，有一趟过路车，你买吗？”

“哦，上午有过路的客车吗？”

“没有，只有下午的车。同志，你买还是不买？”

“这个……这个……，哎，同志俺有急事，让俺搭个过路车也行，就是

离县城远点也无所谓……”

“你这个同志,咋这么啰嗦,没有就是没有……”

张嘎急得额头上噙满了汗珠,一阵唉声叹气后,在售票口踱来踱去。

笛!笛!

突然站外马路传来汽车的喇叭声。张嘎听到汽车的喇叭声,心里暗喜,他拔腿就向汽车站门口跑去……

张嘎一出汽车站,见路东面驶来一辆大货车,高声道:“哎!哎!停……停车……停车!”货车司机像没有听到拦车声一样,在张嘎眼前呼啸而过。张嘎急忙后退几步,嘴里吐着汽车扬起的沙土,谴责道:“狗日的,啥素质!你不停也罢了,还故意吓俺一大跳。吐吐!真是的。”

嘎!

一辆吉普车在张嘎身后一个急刹车,让心神未定的张嘎不由得再次后退两步,惊慌道:“俺的亲娘,这些开车的咋这么愣哪,这又是咋回事?”

“哎,哎!张会计!”

张嘎回头一看,自语道:“哎,这不是在叫俺吗?”

笛!笛!

张嘎见吉普车司机在向他不停地招手,好奇地向吉普车走去。

“快,快上来!”李诚在车窗口向张嘎招手。张嘎这才反应过来,跑到车门口,惊讶道:“李社长,你找俺?”

“嗯,快上车,俺去县里开会先捎你一路……”

“那太好了,俺正为去县医院发愁哪。李社长,谢谢你……”

吉普车载着李诚和张嘎急速向县城驶去……

王德福左等右盼就是不见张嘎的身影,急得在医院门口团团转。一会儿,嘎狗气喘吁吁地跑来,督促道:“队长,人家医院又催钱了。医生说了,咱们的欠款太多了,赶紧让咱把钱还上,要不……”

“哼!要不咋了?医院是救死扶伤的地方,他们不敢耽误四愣的治疗。你过去再给他们说说,拿钱的人马上就到了。再说了,咱们不就是晚交会儿钱吗。快去!”王德福说罢,在眺望着远方,心里默默地祈祷:“张嘎,你快点来啊。”

“哎!张嘎来了!张嘎来了。”

“嗯,在哪?”

“你们看!在吉普车前的那个提黑包的人。”

在路上,张嘎一五一十地向李诚汇报了张浊大队全力抢救四愣的情况……李诚不停地点头认可,自语道:“人命关天,司机直接把张嘎送到县医院去。”

“李社长,县委领导来时嘱咐,一定准时把你接来。哦,要是先去县医院,你可要迟到了。”

“嗯,治病救人大于天,再大的事情也要让道。快走吧。”

张嘎得到李诚的相助,以最快的速度赶到县医院。下车便向医院大门跑去。王德福顺着指点的方向看到张嘎正向医院跑来。张嘎和王德福的目光对视了,高声道:“俺来了!俺来了!”

王德福迎到张嘎身边,抱怨道:“哎,你咋才来呢?”

“咳!别提了,上午就有一班客车,俺没有赶上。是公社李诚社长把俺捎来的,要不下午才能赶到。”

“是这样啊。哦,钱拿来了吗?”

“拿来了,你放心吧。哎,四愣没有问题吧?”

“嗯，现在已经脱离危险了。快，医院催好几次款了，就等你这钱了。”

王德福见张嘎掏出钱来，这才如释负重，嗵嗵向住院处疾步走去。

四愣是死里逃生，在大队和父老乡亲的帮助下重获新生。四愣出院后，身体还很虚弱。每天，马天花在糊粥里放两个面疙瘩算是四愣的病号饭。在饥荒的日子里能喝着糊粥吃上面疙瘩已经是很不容易了。四愣经过一段时间的调养恢复了健康。后来，马天花生怕四愣再受委屈，每次吃饭都会给四愣盛多点糊粥。小愣和小花每次端着自己的半碗糊粥乜视四愣的碗，小花嗔责：“娘，四愣碗里的粥总是满满的，你有偏有向。”四愣在饥荒时期因病得福，享受了特殊的待遇……

第十章

萝卜缨子的被盗案

在三年自然灾害的日子里，马天花惜粮如金，每天精打细算，一日三餐，从稠到稀，总算让家人顿顿喝上了糊粥，主食全指着萝卜和萝卜缨子及少量树叶填饱肚子。今年，开春风调雨顺，麦苗长势喜人，大家总算看到了曙光，再咬牙熬过这个春天就有希望了。

为了生存村民不得不放下拾粪(柴)的背筐，扡上篮子走进田野觅寻野菜充饥。

春天，大地苏醒，万物返青。麦田里长出了鲜嫩的荠菜等充饥的野菜。大地里的植物接济了青黄不接的百姓，大家涌进田野觅寻野菜充饥……

东阳无垠的大地遍地是觅食野菜的人。一波波的觅菜人，像军人排雷似的在麦地草丛挑拣良莠。后来，草丛踏平了，麦田里的野菜也拣光了。再后来，大家见野菜便拣，无论好吃的还是不好吃的只要充饥药不死人就是篮子的良菜。

一天，早饭后，马天花刷完碗，将一盆刷碗水端给了大黄。大黄是张士琦家的一条狗，因大狗的毛发是黄色而得其名，所以大家习惯叫他大黄。大黄狗走进盆边一嗅，哒哒舐了两口便趴在盆边闭上了眼睛。

在饥荒的日子里。起初,大黄主要靠喝刷锅水维持生命。后来,马天花的糊粥里减少了苞米面子,她烧出得糊粥稀得清澈透明,这种粥被民间称为四个眼的糊粥。这时的刷锅水和清水没有啥两样。因此,大黄喝了两口便停了下来。

狗自古就是人类的忠诚朋友,在粮食饥荒的日子里大黄没有和人争粮,以粮食转化的粪便充饥度日,却无怨无悔地为主人看家护院,在世间繁衍生息。

马天花是一位心地善良的农家妇女,见刷锅水清澈透明连大黄喝水的头像照得清清楚楚时,心里很不是个滋味,她抚摸着大黄的头,自责道:“哎,大黄你受苦了。俺不是不给你糊粥喝,俺实在没有粮食喂养你……”

大黄眼眶里充满了眼泪,在目不转睛地盯视主人呜咽……

屋漏又逢连夜雨。大柱病倒了,听说是吃了不该吃的野菜。张士琦拉着大柱干瘪的手,安抚道:“大柱,你这病没啥事就是饿的,吃点粮食就好了。”大柱这病非一日之寒,在这两年多的时间,大柱将节省的粮食全部孝敬了瞽眼的老娘。大柱吃糠咽菜坚持下地干活,两次晕倒在地里,他喝点井水一充饥便撑过去了。可是这次大柱感到身不由己,时常自问:“难道这次真的熬不过春天了?”金芝好心肠把李洪老中医叫家来给大柱扎古病。

李洪把着大柱微弱的脉搏,皱皱眉头,如实地说:“大柱,你脉搏太虚弱,各器官也在逐渐衰弱……要是药和营养再跟不上,你这病恐怕就难治愈了……”

金芝心想:“大柱的药好办,实在不行向大哥要几十服药也没有问

题，可是这营养难办啊。在这青黄不接的季节上哪里搞营养品，何况大柱家早已断炊……”大柱知道自己病得不轻，他拉着张士琦的手久久不肯放下，泪水汩汩地流了下来……

张士琦紧握着大柱的手直流泪。此时此刻，无言胜似有言，老哥俩在用心交流……

最后，张士琦擦把眼泪，嘱咐道：“大柱，你放心，一定会好起来的。”

张士琦说罢，转身匆匆离开了。

张士琦回家见马天花正抚摸着大黄的头唠嗑，大黄见男主人回来了，亲昵地扑了上来。大黄伸着大舌头舐着张士琦的手，张士琦抚摸大黄的瞬间闪出了大柱微弱的祈求目光……

张士琦心里一阵慌乱，突然闭上了眼睛，不再理会大黄了，大黄赶紧趴在原地注视着主人一动不动。张士琦缓过神来，再次扫视大黄一眼，心里有一种揪心的疼，暗暗地说：“大黄，对不起了，俺也是没有办法的办法……”

第二天，马天花偷偷给大黄留了半碗糊粥，见家人都走了，一面端出糊粥，一面唤道：“大黄，快，给你点好吃的！”

马天花唤了一阵大黄就是不见它的影子，马天花开始还以为大黄出去觅食或在厕所里贪吃，没在意……

可是，大半天过去了，仍不见大黄的踪影。马天花感到大事不好，再次高声唤道：“大黄、大黄、大黄，你在哪里？”

大黄失踪了，全家人分头找了大半天也没有找到大黄。在这青黄不接的季节里，饥饿让人已对家畜垂涎三尺。大黄凶多吉少，马天花心里难受极了，一反常态，她丢下往日的温和扯开嗓子喊街了。

马天花从村西头,喊到村东头……

喊街是村里的旧习,一般家里丢了东西或被人偷了,受害者都要沿街大喊发泄一番。老祖宗的喊街是有规律的。第一遍,一般是敲山震虎式地喊,向人们发出警告,一厢情愿地避讳着偷字。以商量的口气暗示对方中止偷窃或者将东西偷偷地送到某一个地方,将物品归还失主。总之,以既往不咎的承诺方式,从而达到物品失而复得的目的……

第二遍,装腔作势,以掌握证据为由诈降对方。其目的,是摧毁对方的心理防线,让对方放弃侥幸心里,物归原主……

第三遍,发泄咒骂行窃者,那时想说啥就说啥,想骂啥就骂啥尽情地发泄……如果骂人的话不过瘾,就把骂畜生的话挪到偷窃人身上,赤裸裸的骂声句句切中要害,声声见血……发泄怒气后,最后一招就是谶语,以多行不义必自毙俗语诅咒偷窃者……总而言之,诅咒那些做了伤天害理的人必然遭到上天的报应。

骂街的恶俗根深蒂固成了村民无师自通的事情。马天花虽然是初次骂街,但是在村里没少听了骂街的,她很快进入了角色。

马天花从村西头大喊道:“谁见俺家大黄狗嘞?你告诉俺一声,要是跑错了门进错了家你给俺放了,俺还领你们个情谊,俺家的大黄可有灵性……”马天花边喊边走。

“天花,咋了,大黄找不到了?”

“嗯,菊花,谁说不是咪,好端端的大黄说不见就不见了?”

“俺看不会的,肯定能找回来的。”

“菊花,俺不给你说了,俺要喊喊街看看能不能找回俺家的大黄来。”马天花告别了菊花,又折了回来……

马天花喊完第一遍仍然不见大黄的影子,心里更着急了。

马天花的脸色变得煞白,厉声道:“俺相信人在做老天在看,俺知道大黄在谁家了,俺是在给你留个情面。哼!要是执迷不悟的话,别怪俺翻脸不认人!俺是再给你改过自新的机会,把俺家大黄放了……”马天花喊着不知不觉地来到村西头,正巧碰见小愣、小花还有小海他们,大家一通气还是没有大黄的音信,马天花心急如焚。此时,马天花感到找回大黄的希望渺茫,她的心都快碎了,自语:“大黄肯定遭到了杀身之祸。”马天花憋在肚子的火气终于爆发了,她再次折回大街,沿街大骂起来……

这次马天花脸色铁青铁青的,骂人的话还不过瘾就用骂畜生的脏话大骂……

马天花天生的一副好嗓子,抑扬顿挫的骂声让人刮目相看,这个平日向来温顺贤惠的女人,爱犬一丢失,突然变成了一个骂人的泼妇。马天花的骂声不仅咒骂偷狗人,同时也震慑了有不轨想法或正在蠢蠢欲动的不轨之人。

在那个时代,一次绝妙的喊街不亚于官方一次打击盗窃行为的震慑。小愣、小花和小海从来没有听过自家人骂过街,马天花的骂街让孩子们感到很没有面子,他们羞得捂着耳朵跑回了家。

马天花骂到村东头已经几个来回了。她喊累了,嗓子也骂哑了,心里的怨恨也发泄出来了,在回家的路上还冷不丁发出嘶哑的骂声……

骂街一结束,马天花对着默默不语的张士琦,问道:“他大,大黄没有了俺心里真闪得慌。奶奶的,这偷狗人气死俺了。”

张士琦唉声叹气地磕着烟袋窝,劝道:“哎,这是天意啊。大黄没有了,咱们也不能气得再搭上自己的命啊,俺看这事情就到此为止吧。再骂反而惹得自己生气不划算。”

“哎,他大,这不是你的风格啊,你咋突然这么大度起来?”马天花摇着头,盯着张士琦发问。

张士琦低头干咳一阵,慢条斯理地说:“这有啥可奇怪的,俺琢磨大半天了,这个事情咱们急又有啥用,不就是落个生气嘛,要是再气病了身子骨更不划算。不是常说:‘听人劝吃饱饭。’你街也喊了,人也骂了,谶语也发了,咱们还是见好就收吧。”

张士琦的这番话,马天花仔细一听很在理,表示道:“哎,话是这么说,可是……”

“可是啥,别闹了,你给孩子们留个脸面吧。”

“啊,孩子还嫌丢人,俺不是在为他们出口怨气吗?”

“哼!那是你自以为是,在大街来来往往地骂不见得是个好事……”马天花后悔了,一想到刚才的绝骂脸上觉得火辣辣的。

马天花抬头一看日头,时辰不早了,从地窖里挑出点萝卜蛋子,又把篮子提到大树下,她望着大树杈上的五提溜萝卜缨子,自语道:“古人说的没有错,‘家有余粮心不慌。’这五提溜萝卜缨子就能让全家人度过这个春天……”

小愣和小花帮着摘着萝卜缨子。一袋烟的功夫,马天花为大家准备好了晚饭。

翌日,马天花和往常一样早早起床,她首要任务是数一遍树枝上的萝卜缨子。马天花来到大树下,仰头一看傻眼了,大声叫道:“他大,不好了,咱家出大事了!”说罢,便呜呜大恸。

“你这老娘们哭啥，一早咱家能出啥子大事了？”

“咱家的萝卜缨子没有了，这可是咱家的口粮啊……”

张士琦抬头望去，见大树枝杈上光秃秃的，一个软腿差点摔倒在地。须臾间，张士琦的泪水顺着脸颊流淌下来，扶膺长叹……

小愣望着大树枝杈，突然插话道：“娘，这都是你喊街喊的结果。哼！你这是聪明反被聪明误。”

“你这孩子说啥呢，这事咋还赖在你娘头上了？”

小花噘着小嘴，抢话道：“你不喊街谁知道咱家大黄没有了，你这不是在告诉全村人咱家没有大黄了，就等于没有狗看家了呗……”

马天花挠着头皮，踅摸半天，说：“哦，你们说的也在理，可是……”

“可是人家都这么做的，不过人家没有丢东西。”小花说完收拾起撒落在树下的萝卜缨子。

其实，张士琦最清楚大黄的去向，大黄是张士琦亲自送给大柱当了营养品，大黄以生命的代价换回了大柱的身体。大柱不久康复了，从内心里感激张士琦的救命之恩。可是，张士琦有言在先，大黄这事是天知地知的秘密。

大柱知道张士琦家的萝卜缨子被盗了，很快赶到张士琦家。

“哎呦，这不是大柱兄弟吗？真没有想到你好得这么快。前几天，俺还见你的脸蜡黄，一病不起的样子可把嫂子吓坏了。”

“可不是嘛。托嫂子和大哥的福，俺才有今天啊。”

“大柱兄弟真会说话，俺只是口头上关心一下，这功劳俺可承受不起，要谢就谢谢老天爷呗。”

“咦，这事情不能这样说，要不是……”

“哈哈,不是啥。她娘,大柱能过这鬼门关,这叫‘医治不死人’。这大病不死,必是后福之人。”张士琦生怕大柱一时说漏嘴,赶紧转移了话题。大柱知道差一点泄密,右手拍打一下嘴角,暗暗地说:“哎呦,真悬啊,俺差点泄漏天机。哎,俺这张破嘴真没有把门的。”为记住这次教训,大柱连掴两下嘴角。马天花觉得大柱有些反常,打探道:“大柱兄弟,你这是咋了,咋和嘴老过不去呢?”

“是这样,也不知道咋了,这病一好,俺这嘴老感觉嘴角不得劲。哦,拍打一下舒服……”

大柱一个善意的谎言搪塞过了马天花的追问。大柱怕话多失言,赶紧转移话题,关心道:“嫂子,俺一听说萝卜缨子被盗了,就过来看看……”

“哎,谁说不是咪,这事情也怨俺……”

“他娘,事情已经发生了,谁也没有怨你,你自责啥?”

“他大,你也别哄俺,俺是懂事理的人,要不是俺喊街,谁也不知道大黄被偷了。是俺无意之中给小偷通了风报了信。所以,小偷趁机就下手了……”

马天花边说边抹眼泪。张士琦一想到大黄,心里也不是个滋味,宽慰道:“他娘,事情已经这样了,你哭有啥用。”

“俺能不哭吗,这可是咱家的口粮啊!没有了萝卜缨子咱们一家人吃啥?”

张士琦被马天花问得一句话也说不出来,只管低头呆呆地吸着叶子烟……

大柱束手无策,在想:“哎,大柱啊,滴水之恩应涌泉相报。可是,一个连饭都吃不上的人,俺拿啥救助恩人哪?”爱莫能助的大柱尴尬地退到

门口。大柱和进门的大队长一行人打个照面就走了。

大队长进家门一番安抚后,严肃地说:“盼福,在这青黄不接的时候,你这民兵连长可要负起大队的治安责任……张士琦家的萝卜缨子被盗可是个深刻的教训……”

张盼富板着脸,听着大队长的训话不时地点头,表示道:“大队长,你放心,今后绝不会出现类似的案子。俺已经布置大队民兵在夜间巡逻,让坏人进不了咱们大队。这起萝卜缨子被盗案已经上报公社公安特派员刘公安。上午,刘公安来电话说:“案件发生的那天晚上,咱公社发生好几起萝卜缨子被盗案,刘公安已经着手破案。据刘公安分析:东阳公社一夜之间发生多起被盗案件,初步判断是外地人所为……”

王德福持有不同的意见,长叹一口气,疑惑道:“俺看这事情不要大惊小怪,在这青黄不接的季节里,为了生存铤而走险的人大有人在,俺看盼富把精力放在加强防备上即可。哎,假如真抓住一个为活命而盗窃萝卜缨子的人又有啥意义。哼,请神容易送神难。一个连饭都吃不上的人巴不得被逮住,被逮住了起码有饭吃了……”大队长吧嗒两口叶子烟,似乎明白了王德福的话中话,默默地说:“是这个道理。在大饥荒的年月里,大队里没有发生进屋抢劫案件就不错了。”张士琦经过大家的开导也想开了不少。

半个时辰,菊花和王媒婆抬着半袋子萝卜蛋子来到张士琦家。

菊花气吁吁地说:“金芝,快,咱放下歇歇。”

“嗯,天花,天花!”

“哦,来了,咋是你俩哪?”

“咋了,你不欢迎嘛,不欢迎俺俩可抬走了?”

“哎,这是啥?”

“这是大队长让俺给你家送来的萝卜疙瘩……”

“他大,快,快过来!”马天花边喊边招呼着菊花和金芝。菊花擦把额头上的汗珠,客气道:“天花,你客气啥,俺俩放下就走。”张士琦边迎接边道谢:“菊花、王媒婆,谢谢你俩了。”

“嗯,要谢就谢大队吧,这是大队长从各家募捐的,也是大家伙的一片心意。这苦日子就得相互帮衬,难关很快就过去了。哎!这麦子快抽穗了,咱们眼看就吃上大白馒头了。”

“可不是嘛,三年了,真不容易啊。这下可好了,有了你们送来的这些萝卜疙瘩俺一家就能熬到麦收了。”

张士琦和马天花望着菊花和金芝的背影,感谢道:“菊花和王媒婆真是雪中送炭……”马天花含着眼泪,念叨:“是啊,没有这些东西吃就得重新拾起讨饭棍子沿街讨饭了……”

张士琦一边啜泣,一边点头应答着马天花……

“田家少闲月,五月人倍忙。夜来南风起,小麦覆陇黄……”这首出自白居易《观刈麦》的诗句,也是麦熟季节的真实写照。

三年的饥荒终于熬到头了,曙光就在眼前,在丰收在望的季节里,大家走向田间地头,在麦浪中觅食。

小愣、嘎狗、三妮、小花他们背着柳筐一面在麦浪中游弋,一面搓着鲜麦穗。他们噗噗一吹,一会儿,一把诱人的饱满麦粒呈现在眼前。大家咀嚼着香喷喷的麦粒,在这个季节里他们的两只小手犹如一台小钢磨在搓捻着麦穗,在弥补他们一冬天对肚子的亏欠……小愣拍打着青蓝色的手心,一个饱嗝后,他恣意地回味着久违的饱嗝。

第十一章

生产队里来了劳动改造人

麦收之后，王士中突然背着铺盖回家了，王媒婆盯视着怀抱铺盖的王士中，惊讶道："哎！这是咋了，这不洗不浆的回家带铺盖干啥？"王士中怏然不悦，叹一口气，痛心地说："金芝，俺被下放了……"王媒婆很愕然，望着王士中无言以对。此时此刻，王士中联想起抱着被子去信用社报到的情景，心里有一种说不出来的滋味，真想大哭一场。王士中鼻翼抽动，泪水像蚂蚁一样顺着脸颊爬到嘴角……

王媒婆赶紧卷起衣袖，一边擦拭着王士中的眼泪，一边劝说："行了，一个大老爷们哭啥？不就是回家种地嘛。哼！咱本来就是农民，谁也开除不了咱们的家，这沃土永远是咱们的家。"王媒婆的话在王士中心里打开了一扇窗户，突然间王士中感觉心里亮堂了，感激道："知俺者金芝也。"王士中扔下铺盖直奔王德福家。

王德福见来了不速之客，连忙谦让道："士中，你这财神爷咋不请自到？"

"嗨，已经不是财神了，俺是向你报到当坷垃匠的。"

"嘿！你可是信用社的人。哦，你放着脑力劳动不做回家砸坷垃？你开啥国际玩笑？"

“德福,一言难尽啊。哎,这是真的,俺被下放劳动了。”

“啥?你被下放劳动了,凭啥?”

“俺因说了几句实话。嗨!一时半时也给你说不清楚。”

“真有意思。他们组建信用社要根正苗红的贫下中农当红管家。哦,信用社建好了又把人退回来。嘿,这一折腾反而成了贫下中农的改造对象,这不是卸磨杀驴嘛,真是的。士中,你给俺说实话,你是不是犯啥错误了?”王士中有口难辩,他是跳进黄河也洗不清。深深地叹口气,解释道:“哎,俺的问题还没有定性……”

王德福和王士中也是光腚尿尿和泥摔泥炮的发小,王德福的话重重刺在王士中的心上,王士中委屈的一把鼻涕一把泪地向王德福倾述:

事情还要追溯到张嘎为四愣贷款治病的审批流程上。那天,王士中接到张嘎的求救电话,觉得这事情十万火急,立刻给信用社王副主任做了汇报。王副主任当即批示:“特事要特办。”当场在王士中的电话记录上签下“请士中同志酌情处理”。

俗话说:“亲不亲故乡人。”王士中以王副主任的签字作为放款的依据,让二愣发放了贷款。可是,不久王副主任因经济问题遭遇囹圄之灾。王士中被划入王副主任的帮派成员之一,调查组非要治王士中的罪,他们调查来调查去也没有查到王士中经济问题的证据。后来,调查小组吹着尘土找裂纹,千刨万挖也要弄出点事情来。就在张嘎贷款上找出了瑕疵,王士中就是有一百张嘴也说不清了……幸亏问题没有原则性的错误,调查组以原则性不强,有损公肥私的嫌疑草草结案,才免遭牢狱之灾。

王士中因四愣治病贷款被牵连,王德福心里也不是个滋味,对王士中深感愧疚。为弥补过错,王德福特意让刘芬砌了一碗咸菜疙瘩,从箱子里扒拉出半瓶烧酒，老哥俩就着咸菜头喝了一顿交心酒。

酒尽兴之后，王德福为难了，生产队会计一职已被年轻的张嘎代替。张嘎这几年工作上尽心尽力，现在免掉张嘎会计职务也不落忍。王德福在左右为难之时，王士中嘿嘿一笑，说：“德福，俺的事情你不要为难，俺是来改造的，你随便安排一个人家不愿意干的活儿就行。”

“哎，俺倒有个主意，不知你愿不愿意去。”

“去，现在俺没有啥可挑剔的了，只要有活干啥都行。”

王德福深思片刻，郑重地说：“是这样的，前几天，生产队里打算推选一个人到北堤坡看坡，俺看你最合适。”

王士中点下头，深思起来……

王德福怕王士中不如意，立刻解释起看坡的利弊关系。一、这看坡活儿要具有责任心，你干过信用社责任心强，况且还不是重体力劳动。二是……”

“二是啥，你别吞吞吐吐的。”

“二是，你和金芝也分居惯了……”

“哈哈，德福啊德福，俺是真服你了。你把看坡这点小事也能列出这么多的理由来，这活儿俺干定了。”

翌日，王士中将铺盖原封不动地搬到北堤机井屋。

北堤机井屋是两间半地下瓦房，依附在机井旁边，机井屋内安放着一台 195 马力的柴油机，柴油机的输送带穿过山墙带动机井上的水泵。房子正间是摆放柴油机的地方，房子的里间是用土坯垒起的土炕，土炕垫了一层麦秸又铺了一张秫秸席子。这屋是标准的节约能源型的建筑，房子具有冬暖夏凉的功能。王士中一走进小屋如进鲍鱼之肆，柴油的气味扑面而来。

王士中打理好土炕,又在屋前支起一个小锅灶,才算是准备好了起居用品。

其实,看坡首要任务就是看护这台195柴油机,其次才是防止人为的破坏庄稼地。王士中上任立刻巡视一圈庄稼地,日头就悬挂在头顶了,已到升火做饭的时辰……

初秋的太阳照射的禾苗像新娘子一样羞涩地低下头,叶子蔫的卷卷起来……

太阳西下,禾苗揭去了新娘子的羞涩面纱,蔫不唧的绿叶在露水的沐浴下咯吱咯吱地伸展……

“大爷,你在做晚饭?”

“哎,这不是小常吗,这么晚了还不回家吃饭?”

“哎,大爷你咋来看坡呢?”

王士中被小常问住了,搪塞道:“哦,是这样,俺不愿意待在信用社回家种田了……不给你多说了,你快回家吧。”

“大爷,你还不知道吧,俺已经出走好多天了。”

“啊,原来是这样啊。看你穿成啥样子啦,咋连鞋子也混掉了?”

“大爷,可别提了。前几天,俺没有吃的,在集上拿了人家一个馒头,被人家追得鞋子都跑掉了……”

王士中是看着小常长大的,见小常落魄的样子,顿生怜悯之心,关心道:“小常,你不上学了?”

“大爷,现在上学有啥用,小推车上也没有X+Y,读书无用,咱庄稼地里用不上了。”

“小常啊，你这样不让你大伤心吗？”

“他伤啥心，是他把俺赶出来的，俺才不想他哪。”

“小常，古人云：‘养孩子不读书，不如喂头猪。’上学才能有出息。”

“大爷，我知道您心好，你别劝了，俺是破罐子破摔了。大爷，你要是真心对俺好，就让俺在你这里凑合一晚上吧。”

王士中看在张盼富的面子上，在想：“先稳住小常，一是尽力说服，让他改邪归正。二是想法子让盼富把小常领回家。”

王士中改变了往日简单的说教，以拉家常的方式打消小常的戒心。

“小常，咱们谁和谁啊，住下！你住几天也没有问题。嗯，这饭也做好了，咱们一块吃。”

小常见王士中热情起来，心里热乎乎的，惊讶道：“真的，大爷你不嫌弃俺？”

“狗日的，俺嫌弃你干啥。咱们是庄乡邻居，又是爷们关系，谁和谁啊。来，吃饭喽。”

小常嘿嘿一笑，接过王士中递来的碗筷，他用筷子捞起一大碗面条，圪蹴在锅台前呼呼地饕餮……

小常的吃相让王士中不由得摇下头，嗔怪道：“嘿，爷们咋像八辈子没有吃饭似的，慢点吃。哎，小心烫着嘴。”

小常像没有听到王士中的话一样，仍然在低头狼吞虎咽……

王士中走近锅灶捞了半天才捞上几根面条，把惊诧的目光移向小常那碗满满的面条上。顿时，王士中心里大为不悦，一看到小常的吃相，立刻断定小常可能一天没有吃东西了，王士中无奈地摇下头，只好喝了两碗面汤充饥……

小常吃饱喝足倒在王士中的大土炕上，眨眼的功夫睡着了。

第二天，清晨，王士中从梦中醒来，一睁眼不见了小常，当王士中出门寻找小常时，让他苦不堪言。

原来，小常从梦中醒来，发现王士中还在睡梦中，小常贼心不死悄悄穿上王士中的衣服和鞋子溜了。

一夜间，大自然像一个魔术大师给禾苗挂满了碧绿的水珠，禾苗在悄悄地争相拔节生长……

常言道："智者千虑必有一失，愚人千虑必有一得。"王士中还在夜里盘算：一定稳住小常，明天让盼富把小常领家……可是，王士中睁眼一看，小常不在了，急忙喊道："小常，你在哪里？"

王士中感到事情不妙，再一看自己的衣服和鞋子全不见了。王士中一骨碌爬起来，怒气直顶脑门，谴责道："嘿！真是行好没有得到好报，这个混账东西连俺的衣服鞋子都卷跑了，气死俺了！"

王士中气得在屋门口团团转，半天才冷静下来，他赤着脚走到门口，"哎呦，硌死俺了！"王士中边嘟囔边翘着脚走进屋里。王士中翻腾半天也没有找到可以代替鞋子的东西，按理说在农村赤脚没啥大惊小怪的，可是王士中自从上了信用社就没有再赤过脚，夏天还养成了穿袜子的生活习惯，早已不适应赤脚走路了。

王士中挠着头皮，自语道："这可咋办？哎，这人要倒霉喝凉水也塞牙。"他锁上门，深一脚浅一脚地向家走去。

幸亏王士中起得早，在回家的路上没有碰到一个熟悉的人。王士中走到家门急忙敲响了大门，王媒婆还在睡觉，一听到急促的敲门声，不由得哦了一声，猜测道："真是的，嘎狗颠三倒四的是不是忘了带书。"一边

哎哎喊:“来了来了。”一边披上衣服向大门口疾步走去。

“真是的,你整天想啥,是不是又忘拿书了?”

“谁忘拿书了,是俺,他大!”

“啊,你这老东西咋回来了,是不是想俺了?”

“哼!气死俺了……”

“哎,你这是咋了,衣服鞋子哪?”

“嘿,可别提了。咋了,你还不让俺进家……”

王媒婆赶紧搀扶着王士中,一走进屋,追问道:“你快说,这到底是咋了?”

“嗨!奶奶的,是小常那个熊孩子害得俺……”

“小常,他可是学坏了,你咋遇到他哪?”

王士中倒了一碗水,咕咚咽了两口水,抹着嘴角,说:“是他偷了俺的衣服和鞋子……”

王士中把事情的经过一五一十地向王媒婆叙述一遍。

王士中捶胸跺脚,悔恨道:“这都是俺的错,谁知道这熊孩子不知好歹变成这样子。哎,真是不可救药!”

王媒婆听罢,自语:“善有善报,恶有恶报,不是不报而是时候不到。”宽慰道:“你做得没错,咱们也是好心都是为菊花家着想。他大,快洗洗脚穿上鞋子。”王媒婆翻出衣服和鞋子放在床头上,嘱咐道:“他大,你还愣着干啥,快穿上吧。”王媒婆穿得单薄乳房凸得高高的,王士中的目光盯在王媒婆高高耸起的乳房上。王媒婆见王士中色眯眯地盯着她时,提醒道:“嗯,向哪看?快拿住。”

王士中一把夺过衣服,噗嗤扔在床头上,猫腰抱起了王媒婆,王媒婆半推半就地推扯着,娇声道:“看你,你多大岁数了,咋还这么猴急猴急的……”

王士中火急火燎的,一面脱去裤头,一面扯着王媒婆的内衣,表白道:“嗨!这不是年龄大小的事,俺实在憋不住了……”

当!当!当!

“哎,来人了!”

“嘿!真是的。奶奶的,这人来的真是时候。”

王士中不情愿地拉起王媒婆,王媒婆慌乱穿着衣服……

当!当!当!

“这是啥人,咋这么急哪。来了!”王媒婆穿着衣服向大门口走去。

王媒婆在大门口问道:“谁啊?”

“俺,嘎狗。你磨蹭啥,快开门!”

这人真不经念叨,说谁谁到。王媒婆开门对着嘎狗,问道:“你咋回来了?”

“嗯,俺咋不能回来,回来拿书呗。”嘎狗见王媒婆连衣服扣子都系错位了,惊讶道:“娘,你咋了?”

“嗯,没有咋了,快拿书走吧。”金芝这一催促反而让嘎狗心里打了一个问号,心想:“娘,这是咋了,难道是……”嘎狗重新审视王媒婆一遍,疑惑地走进屋翻出书来,说:“娘,俺走了。”

“嗯,快走吧!快走吧!”

嘎狗见王媒婆急着赶他走,心里更加怀疑了,再想:“娘,这是咋了,难道是真的……不可能啊,娘不是那种人。”

嘎狗刚刚迈出大门,王媒婆又压低声督促:“走吧,走吧。”说着急忙把两扇屋门关上了。金芝的举止反常,让嘎狗心神不定,他走着走着突然返回大门,再次当当敲响了大门。

王媒婆刚走进屋，一听到敲门声，哎呦一声，她又折回大门。

王士中苦笑道："咳！这么巧，不办事也没有人来敲门。"说罢失望地穿上衣服。

王媒婆见嘎狗又在敲门，质问道："嘎狗，你咋了？咋又回来了？"

嘎狗瞅着王媒婆，疑惑道："娘，你咋了，咋今天怪怪的挺反常的？"

"没咋了，让你丢三落四的恶习气的……"嘎狗用猎奇的心态上下打量着王媒婆，王媒婆责问："看啥，没事快走，上学去！"

嘎狗实在憋不住了，突然问道："娘，你别瞒俺了，家里有人来？"

"来啥人，快点走人，别在这磨磨唧唧的！"

"哦，好的，俺再拿点东西就走。"

"哦，你这个小兔崽子，长大了，你歪心眼不少。"

嘎狗借机跑进屋内，向王媒婆屋里瞥了一眼，惊讶道："啊，俺猜得没错，还真有个人哪？哼！"嘎狗突然闯进屋里举起笤帚，怒声道："哪里的坏蛋！"噗嗤一笤帚打在了床上，王士中被打懵了，他掀开被子，责骂道："你这小王八羔子！咋敢打老子哪？"

"啊，是你？你不是看在坡吗？"

"哎呦，你这小王八蛋，你连老娘也不相信了，俺说哪，你鬼鬼祟祟的不走呢。"

"咳！你也真是的，你就说俺大回来不就行了，看你这个紧张劲……"

嘎狗尴尬地退了出去……

嘎狗出大门巧遇张士琦，张士琦问道："你大回来了吧？"

"嗯，他回来了。"

嘎狗转身卷起手掌，高声道："大，士琦大爷来了……"

张士琦约王士中来到集市，王士中眺望了一眼公社信用社，心中有一种说不出来的眷恋。张士琦赶紧转移王士中的视线，叫道："士中，咱们到前边看看去。"

王士中转身向张士琦挪动着……

"哎！你看，那不是小常嘛？"

小常穿着王士中的短袖白衬衣黑裤子，他脚蹬一双黑布鞋，一幅干部模样的打扮在招摇过市。王士中不由得说："看，他身上穿的可都是俺的衣服……"张士琦怕小常发现王士中，赶紧把王士中拉到身后，叮嘱道："哎，你先别过去，等俺稳住小常你再过来也不迟，千万别打草惊蛇。听着，今天咱一定把小常领回家去。"

王士中强压着火气，立刻消失在人群中。张士琦迂回到小常身后，一把抓住小常的胳臂，问道："小常，快跟俺回家去！"

王士中见张士琦控制住了小常，快步就抄到小常眼前，质问道："小常，没有想到咱爷俩又见面了？"

"哦，士中叔你也来赶集？"

"你这个熊孩子，嘴倒是很甜就是不做人事……"

王士中强行扒下小常的上衣，在脱小常鞋子的瞬间心软了下来。王士中朝着小常的屁股猛击一掌，无奈道："哎，看在你大和你娘的面子就饶你这次，这鞋子俺权当送你了。"

小常被张士琦和王士中押送回家，张盼富和菊花从心里感激张士琦和王士中帮他把小常找回家。

俗话说："子不教，父之过。"张盼富和菊花责令小常向王士中承认了错误，他俩也承担了不教子之过。

第十二章

包工潦草日工磨，自留地里出好活

王德福在坡里转了一圈,气呼呼地来到王士中看坡处。王士中沏了一大缸子茶水,一边递给王德福,一边问道:“哎,在和谁置气?”王德福深深吸两口烟袋,气呼呼地说:“你看看,咱生产队的苞米这么高了还没有畦完埂,玉米苗都快长疯了,这要是下一场大雨,再刮一场大风不绝产才怪哪。”

“是啊,这大热天在玉米地畦埂确实不容易,你看这样好吗,俺烧点绿豆汤给他们送过去?”

“绿豆汤都有了,不是这方面的问题而是这里的问题。哦,是思想上的问题。现在也不知道咋了干啥农活都是出工不出力,真是的。”

一提起社员的劳动热情王德福就来气,抽着旱烟袋愁得直叹气。

王士中见王德福愁眉苦脸的样子,宽慰道:“要不咱给他们包开工,早干完早休息……”

“嗯,这也是个好办法,走,咱们现在就去……”

王德福快步到地头,不知道谁喊了一声:“队长来了!”站着休息的人们马上筑起畦埂。

王德福站在地头,高声道:“大家停一停,俺有话说!大家停一停!

是这样的，咱们生产队玉米苗畦埂的问题是迫在眉睫，再不加把劲就失去畦埂的机会了，一旦下雨就要受灾。大家心里比谁都明白，真要是这样咱们就喝西北风……俺不多说了，咱们变个花样把畦埂活包工到人，咱们限定七天的工作时间，早干完早回家休息……”

令王德福意想不到的是，这一招还真灵，立刻得到了大家的积极响应。

马老汉一早喊着马六畦埂。马老汉是个精明人，平日以病为借口暗地里做着倒卖鲜鱼的生意。一听畦埂实行包工，他心里乐开了花。在想：“早干完活儿就能倒出时间来。哼，有了时间的主动权，省得再装病请假看人家的脸色行事。”那天，马老汉早早起来畦埂，一边干，一边督促马六不要偷懒。中午，马老汉把剩下的活儿让马六一人干，他偷偷推着破自行车溜出了村……

马六干活儿像卖水果一样，他把地头上的畦埂做得再好不过了，谁见了都夸这活儿干得漂亮。可是，这活儿是离地头越远活越糊弄……甚至有的看不到畦埂，用马六的话说：“这就不错了，谁还没有偷工减料磨洋工的时候。”

这玉米地畦埂的活儿很快就干完了，王德福逐个验收证实活儿干得都不错。后来，王德福和生产队的干部也包了一块地，实行干部和社员同劳动……畦埂的质量完全靠自觉了。

晚上，马六不见马老汉的身影，担心地问道：“娘，俺大咋还没有回来?”

“嗯，俺也在想呢，这么晚了，他上哪里去了?”

“他以前不是这样，每次都早早回家的。今天是咋了?”

叮当、叮当……门外响起自行车铃声。

“来了，来了。”

“哦，娘，是舅舅来了。”

马六的舅舅王亮在公社粮管所工作，王亮和马老汉时常联手做些小生意赚点外快。用当时的话说：他俩时常搞投机倒把，做贩卖鱼的小生意。王亮借休班之机从集市上贩来了几十斤带鱼，准备让马老汉赶下一个集转手赚点差价钱。王亮趁着天黑赶来就是怕被别人看到说闲话，引起市场管理部门的怀疑。

“老姐姐，你焦急上火的等谁？”

“还能等谁，在等你姐夫呗。哎，这么晚了这老东西还没回来呢？”

“哎，这夜黑头天，真急人。”马六焦急地边嘟囔边帮王亮把鱼筐卸下来。

“姐，要不这样吧，俺去迎下姐夫去？”

“对，该去迎一迎了，省得这个老东西再出啥事。”

“哎，舅舅，这活儿还用你吗，俺去就行了。舅舅，你在家喝茶等着吧。”

王亮一想也罢，这黑灯瞎火的还是马六熟悉路，高兴道：“看看，外甥懂事了，知道疼舅舅了。那好，舅舅在家喝茶等你爷俩回来。”

马六出门骑上自行车，便哎哎扭动着左右摆动的自行车把，自语道：“这天真黑，伸手不见五指。幸好路熟还能辨别出路迹来……”心想：“这路多亏没有让舅舅来，他要来出门准摔到不可……”

马六在沙土路上骑着自行车，自行车哐当哐当地向前行驶……马六一边骑自行车，一边留意着过往的行人。经过十五分钟的行驶马六上了国道,不由得加快了行进的速度。在国道一转弯处,突然发现对面驶来一辆自行车,马六刚反应过来,可是刹车已经来不及了,咣当！马六和迎面而来的自行车撞在了一起,对方被惯性摔了出去……

马六年轻,摔得不厉害,他刚想爬起来,一想:“在这夜黑头里不知道对方摔成啥样子,要是冒然起身,这后果可要负全责任的。”马六想到这里立刻趴在了地上,“哎呦、哎呦地大叫起来……”

这路幸亏是沙土地,对方摔得不重,也是皮外之伤,一会儿便清醒了。他活动一下四肢感觉没有大碍,从地上爬起来,见这边仍在地上呻吟时,立刻趴在地上……

在交通不发达的乡村,交通事故的处理没有啥章程。一般事故由民间协商解决,总是同情弱者的。总之,不管谁的责任只要伤了人就得出钱治疗……

马六又想:“只要俺不起来就说明俺伤得不轻,就能骗过对方……”马六又高声哎呦哎呦地叫着……

对方和马六想到一块了,他见这边不起来估摸一定伤得不轻,便一边呻吟,一边暗暗发狠道:“狗日的,你不起来俺也不起来,俺非把你靠起来不可……

王亮在家喝了几碗茶水仍还不见马六爷俩回来,心里打起了小鼓,焦急问道:“姐,姐夫骑自行去的,应该回来了。”

“谁说不是咪,不行,咱也去迎迎他俩吧?”

“嗯,行。姐有提灯吗?”

“有,咱拿着提灯去。”

一会儿,王亮和马老太太提着灯顺着马六走的方向寻去……

王亮和老姐每走一段路便驻足高声喊:“回来了?回来了……”这夜间的喊声是有讲究的,晚上迎人不能指名道姓地喊。传说夜间喊名字怕孤魂野鬼冒名顶替,喊人只能模棱两可地喊……王亮见姐姐喊累了,便效仿姐姐的样子继续喊道:“回来了?回来了……”

马六哎呦半天仍不见对方起来,又在想:“嘿,奶奶的,这次真碰到砟子上了……”马六又等了一会儿也不见对方起来,他攥着拳头敲打着地面,提醒道:“一定沉住气,一定沉住气……”

对方趴在地上挪动下位置,骂道:“哼,小子还真能趴哪。不行,俺得坚持再坚持,非靠死这个狗日的不可……”

“回来了?回来了……”

“嗯,这不是舅舅的声音吗?这可好了,俺家来人了!”

对方一听,“哎,这声音这么熟悉啊,说不定是来迎俺的,对方的胆量立刻壮大了,又发出了一阵呻吟……

马六嘿的一声,自语道:“俺家来人,你奶奶的壮啥胆子。马六的呻吟声立刻压过了对方……

马六突然觉得对方的呻吟越听越耳熟,惊讶道:“哎呦,这声音咋像俺大哪?莫非真是……”

对方也觉得耳熟,突然高声骂道:“狗日的,你是不是马六啊?”

“啊,大!是啊。”马六咬牙爬起来,嘿嘿地笑了……

“狗日的,笑啥,你还不快把俺拉起来!”

“大,你不早说,要知道是你,俺不早起来了。”

“狗日的,谁知道是你这王八羔子,可把你大坑坏了。俺趴得这地方尽是小石头蛋子,快硌死了……”

马六一面搀扶起马老汉，一面朝王亮回答道："来了！来了！"王亮来到马老汉身边，他举起提灯照了照爷俩，噗嗤笑了，调侃道："哈哈，闹了半天是你爷俩撞车了，真是笑死人……"

"笑啥，谁知道撞车的是这个王八羔子，这狗日的比俺还老道硬是趴在地上不起来，可害苦俺了。"

"大！这能怪俺嘛。哎，这不是你教的嘛，撞车一起就输理，俺这是活学活用。"

"哎呦，趴得俺的老腰都疼了……"

翌日，太阳升到三竿高的时候，王德福来到马老汉包工地头。马老汉见队长来了赶紧停下手里的活儿，走到王德福身边，问道："德福兄弟，你来看看？"

"嗯，俺来看看活儿干得咋样。"

"大兄弟，你放心这活没有问题，你还不了解俺的为人，干活就得实实在在的，可自觉了。"

王德福巡视着地头的活儿，夸奖道："嗯，要是以前你讲这话俺还真打个问号，这次干得不错，俺到里面再看看去。"

"嗯，不用看了，地里地外都一样。来，咱俩抽支这个……"

"哟！烟卷？"

"来，给你的。"

马老汉抽出两支烟来，先是放在王德福耳朵上一支备用，然后递到嘴上一支，笑呵呵地点上烟。

马老汉抽一口烟，问道："哎，味道咋样？"

"嗯，比俺的叶子烟好抽。"

王德福深深吸了两口，他吐着烟雾，说："那好吧，俺不进去看了，你先忙，俺再到别处看看……"

"大，德福队长走了？"马六从玉米地钻出来，朝着王德福的方向，嘟囔："哼！检查个屎，要求这么高想累死人啊……"

"马六，这可是包工活，畦埂要是跑了水咱可惹乱子了。"

"嗨！真要是那样，俺给他一个死不认账，他队长也奈何不了俺。"

"去！别在这里贫嘴了，快干活去。记住：你大给你说的都是掏心窝话，活干得好不好一浇水就知道了……"

季夏，天气炎热，太阳晒得玉米苗都焉了，在这个季节里各生产队开动柴油机浇灌玉米地，争取秋季大丰收。

王德福和王士中准备了一天的功夫才启动了195柴油机。柴油机哒哒地喘着粗气，从机井里给水灌入玉米地。

大柱挽着裤腿，手提铁锨在巡视着阳沟，不时地给畦埂的玉米沟子筑堤引水，他生怕有个漏水的地方，……

上午，大柱见水顺利地流进畦埂的玉米地，他蹚着长势喜人的玉米苗，心情和水流一样舒畅，高兴地哼起了京戏……

太阳一偏西，大柱的京戏像换了频道一样骂声不绝。

"这是谁畦的埂？狗日的，这是人干的活！这埂连水都兜不住，奶奶的糊弄洋鬼子……"

王士中愣了，不由得自语："哎，大柱这是咋了，上午还听他哼着京戏，这会咋破口大骂上了？"王士中不知道大柱为啥骂人，又提示道："德福，你听大柱在骂谁呢？"

"嗯，这个老小子，一惊一乍的谁知道啊。走，过去看看……"

王士中和王德福顺着阳沟一到大柱所处的地头，见玉米地里汇集了很多水，大柱站在水里，一边畦埂，一边大骂："这是谁畦的埂，王八蛋……"

王德福赶紧帮着大柱畦埂疏通水道。王士中把裤腿挽上，跟着王德福走进水里……

经过大柱、王德福、王士中的紧张畦埂总算疏通了水道，那清澈透凉的井水顺着畦埂浇灌着玉米苗。王德福走出玉米地，一阵唉声叹气，谴责道："哎，这马老汉真是嘴上抹石灰——白说。"

"啊，这真是马老汉干的，俺去找他去。让他过来看看，这是人干的活吗?"

真是无巧不成书。马老汉和马六正路过此地，大柱高声道："哎！哎！马大叔，你快过来看看你干的好活！马大叔，你真行啊，你畦过埂的地都无法浇水了！"

马六做贼心虚，他脚下抹油——溜了。马老汉知道是马六干的，对着马六的身影，抱怨道："俺说啥来。哎，不听老人言，吃亏在眼前。看你这王八羔子干的啥活，你跑啥！你给俺回来说个明白。"

"大，俺再不跑大柱就得揍俺……"

"咳！揍你都不解恨啊，看俺回家咋收拾你。"马老汉皮笑肉不笑地来到王德福身边，歉意道："咳！这都是马六这个混小子干的，当初俺就提醒过他……"

"马六！马六在哪里?"

王士中扫视一圈，"哎，刚才还在马老汉身后哪。咋，一眨眼的功夫不见了。"

“嗨！那小子鬼得很，他一看就明白了，早跑了。你放心，俺回去轻饶不了他，非得教训他不可。”大柱将铁锨插在地上，发狠道：“哼！知道这小子也不敢来了，要是来了，俺非替你修理修理他。”

王德福困惑了，自语：“这是咋了，干生产队的活儿像糊弄洋鬼子似的……”

秋后，中国共产党第八届中央委员会第十次全体会议通过并发布了《农村人民公社工作条例》（修正草案）。该《条例》第四十条规定，由生产大队或生产队划出耕地面积的百分之五到七，分配给社员家庭作为自留地，长期不变，用于开展家庭副业生产。

这一特大喜讯一传开，大家奔走相告。王德福立刻找到张嘎，高兴地说：“好事快办，让社员们尽快有自家的自留地。”

张德福和张嘎带领生产队干部，按照规定给每家划分了自留地。

中央这一决策深得民心，不仅搞活了家庭为单位的农产品副业，也为每个家庭增加了经济收入。

东阳人民公社自古就有种黄麻的传统，黄麻皮纺成各样式的麻绳，在全国各地深受青睐，自留地的划分带动了全社社员种黄麻的积极性。

说起种黄麻可是王德福家的传统手艺。

解放前，王德福的父亲就是金花家纺麻打绳的长工。王德福从小跟着父亲在纺绳现场和种麻地里玩要，潜移默化，长大后，很快掌握了纺绳种麻技能。人民公社号召社员搞副业，他们就瞅准了这个黄麻皮市场，王德福带头将自家的自留地种上了黄麻。

社员们活学活用，把“干部带了头社员有劲头”应用到了自留地。社员们一看到生产队长王德福家里种黄麻了，大家也跟着种上了黄麻。

王德福还开了生产队队委会，决定把黄麻作为生产队经济作物的种植重点，扩大生产队的农副业收入。

社员们分了自留地，充分发挥了种植农作物的积极性。大家干完生产队的活儿便纷纷涌到自己的一亩三分地精耕细作。但是，生产队和自留地的黄麻长势截然不同。自留地的黄麻长势旺盛，一天一个样，眼看着长到了半人多高。而生产队的黄麻才长几十公分，比自留地的黄麻矮三辈。俗话说："人比人气死，货比货要扔。"王德福在想："这同样的人，同样的地，同样的庄稼，咋黄麻的长势差距这么大哪?"王德福苦思冥想也没有找出差距的根源来。刘芬见大家都在自留地忙活，对着王德福嘟囔："咱家自留地你也不去看看。你看，咱家的黄麻都比人家的黄麻矮半截了……"

"咋了，这同样的黄麻咱家为啥比人家的矮半截?"

"你还好意思问俺，这庄稼不伺候能长吗? 哼! 你整天瞎忙活，好像生产队能给钱似的，这油盐酱醋的钱还不是指着自留地里出。"

王德福也不是不懂这个道理，可是，生产队这大摊子事忙得他焦头烂额，一时顾不上。经刘芬这一嘟囔对他触动不小。再一想，这几年，这家里家外全指着刘芬一个操持确实说不过去，表示道："好，好，俺也到自留地干活去。"

刘芬见王德福思想转变了，有了干自家活的诚意，嘱咐道："哎，下午，咱们家浇麻地，你就把咱家里的那些化肥撒上吧，也让咱家的黄麻向前赶赶……"

王德福应答得很痛快，说干就干，他趁着中午的时间提起化肥向自留地走去。

大约一袋烟的功夫,王德福来到了自留地。他在地头数了数畦埂,便抄着大步走到一畦田内,一看麻苗的长势不错,犹豫半天,自语道:“哦,就是这块地了。这地是俺分的,没有错的。”王德福是种田的好把式。一会儿的功夫,将一袋子化肥撒在了黄麻地里。王德福拍打着手,对着黄麻地说:“这回好了,这一喂化肥就请好地长吧。不错,今年的麻皮准能买个好价钱。”王德福拍打干净手,提起篮子回家了。

王德福总算为家里做点事情,刘芬很感激,赶紧盛饭伺候着王德福。刘芬很天真,在想:“嗯,有了一回就有二回,自留地里的活儿总算有人帮忙了。”

下午,大柱组织生产队浇地,一路过马老汉的自留地,疑问道:“哎,这个马老汉,不是刚刚上了化肥吗,咋又散上了呢?哼!轮不到你浇地还要撒化肥,让你撒了也白撒……”

刘芬吃过午饭向自留地里走去。大柱一见刘芬,问道:“嫂子,马上浇地了,你家咋还不撒化肥哪?”

“哦,你大哥中午刚撒的化肥。俺不放心,过来看看。”刘芬走进地头,见地里没有一粒化肥,疑惑道:“哎,不对啊,明明是刚撒了化肥,咋看不到化肥哪?”大柱跟着刘芬来到地头,惊讶道:“啊!坏了。嫂子,大哥可能搞错自留地了,把化肥撒在马老汉家了。”

“啊,可不是嘛。你看看,马老汉自留地里满地是化肥……”刘芬气得跺着脚直抹眼泪。大柱恍然道:“俺说哪,马老汉家刚刚上了化肥,咋又撒一遍呢。当时还曾怀疑马老汉占生产队浇水的便宜哪。”

刘芬听了大柱的话,瞥马老汉自留地一眼,她气得直跺脚,赌气提起篮子回家了。

张士琦见刘芬低着头疾步回家走，招呼道："弟妹，急急火火地干啥去？"刘芬像没有听到一样，快步向家走去。

张士琦望着刘芬的身影，问道："哎，咋了？哎！哎！刘芬你咋了？"

"哦，大哥俺没事，你忙你的！"

张士琦望着刘芬的背影，摇头道："咳！奇了怪了，咋爱答不理的。"

大柱也没辙了，挠着头皮，自语道："哎呦，这可咋办呢？"

张士琦直奔大柱处，问道："哎！大柱，你和谁说话？"

"哦，俺和自己在说队长家的事哪。"

"哎，今天奇了怪了，一个低头不语，一个在说胡话……"

"谁低头不语，谁说胡话？"大柱的反问让张士琦更糊涂了，张士琦蹓蹓到大柱身边，追问道："大柱，这到底是咋了，队长家出啥事情了？"

大柱指着地面，说："嗯，你看看吧。"

张士琦瞪着眼睛，反问："看啥？全是一片庄稼地。"

"你再仔细看看，看地上……"

张士琦迈进庄稼地，猫腰目不转睛地盯在地面，自语道："哎，地上能有啥？"

大柱哎了一声，提示："再看，看地上的白点……"

张士琦直起腰，嘟囔："嗨！这不是化肥嘛，这有啥奇怪的，谁家的庄稼不上化肥。真是的，神经兮兮的。"大柱嗨了一声，说："咦！你咋还不明白呢？"

大柱一把拉过张士琦，一口气道出王德福撒错化肥的经过。

张士琦惊得半天没有合拢嘴，惊讶道："哦，是这样啊，怨不得刘芬气呼呼地走了。哎，这事只好自认倒霉了。"

“是啊，马老汉昨天才上的化肥，真是的。”

刘芬一进门巧遇王德福外出，质问道：“他大，俺问你，你把化肥撒谁家了？”

王德福瞪刘芬一眼，说：“咦，你这话问得好奇怪啊，化肥不撒咱家还撒别人家？”

刘芳怒视着王德福，回应：“哼！你都撒人家马老汉家了！你说奇怪不奇怪。”

“啥，咋可能哪，那不是咱家的自留地吗？”

刘芬见王德福还在犟，气愤道：“你是不见棺材不流泪。不信你去看看吧。”王德福心里没有了底气，嘀咕道：“这可咋办。哎，真是的。”王德福撒腿向自留地跑去。

刘芬望着王德福的背影，委屈道：“哎，这日子没法过了。”刘芳扔下篮子收拾东西回娘家了……”

王德福跑到自留地见大柱和张士琦都在地头上，张士琦连忙递上烟袋，劝说：“德福，劝劝刘芬吧，事已至此，也只好这样了。”王德福推开烟袋丈量起自留地……

王德福突然失望道：“这还真是马老汉家哪。咳！俺真是个糊涂虫。”张士琦点上旱烟，抽了一口，又递给了王德福，又劝道：“嗯，抽口烟消消气，这事到此为止吧。”

“哎，你们说俺这是做得啥事呢？”

大柱见到马老汉来了，他扯着马老汉借地说话。大柱把马老汉领到几十米处停下，问道：“马老汉，你家的化肥全上黄麻了？”

“上了，昨天刚上的。咋了，有事啊？”

"咳！给你直说了吧……"

马老汉听了大柱的讲述，挠着半秃的头顶，歉意道："你说这事真不凑巧，俺家一点化肥也没有了。看在德福为大伙操劳的份上，俺要是有真得还他。哎，你说这事办的。"

"可不是，大公无私，一心为生产队工作，他连自家的自留地都找错了……"大柱说罢，扛起铁锨向王德福走去。

马老汉仔细查看了自留地，追到大柱身边，嘱咐："大柱，你得给俺浇水，要不浇水俺家黄麻会烧死的。"大柱摇头，质问道："你昨天刚浇了，今天浇个屁！"

"啊，大柱，这不碍俺的事，你得给俺浇……"马老汉向大柱追去。

"大柱，马老汉说得没错，这事不关人家的事，全是俺的错。快，给他家黄麻浇浇水……"

王德福在田间的小道上，望着各家长势茂盛的自留地，感慨万分，叹息道："这伺候地也需要真情啊，马马虎虎是种不出好庄稼的。自留地庄稼之所以长势茂盛，全是社员真心伺候的结果。原来如此，俺明白了。这生产队的庄稼犹如没有娘的孩子，长得像颗草。而自留地的庄稼是有娘养有娘教的孩子，长得像个宝。"

大愣视自留地的庄稼如命，干完生产队的活儿就在自留地里倒腾黄麻。

一天，大愣在自留地里碰到帮张强收拾自留地的秋香。大愣连忙放下手里的活儿迎了过去，招呼道："秋香你来了？哦，来娘家就帮张强干活？"

"嗯，大哥，你也在啊。哦，原来你和俺哥家是地邻啊。"秋香瞟大愣

一眼，羞涩地低下头。大愣见秋香在帮张强家修地头水沟，自告奋勇，“秋香，俺帮你修。”

“大哥，俺自己来，你快忙你家的活儿。”

大愣和秋香谦让起来，大愣一把抓住秋香的铁锨，坚持道：“秋香给俺，俺替你干！”

秋香顾虑重重，他怕大愣媳妇小芹多心，坚持不让大愣插手，大愣却坚持为秋香修水沟，秋香和大愣拉着铁锨推让起来。

在大愣和秋香拽着铁锨推让时，小芹提着一罐子水突然出现在地头。

小芹是给大愣来送水的，一看到大愣和秋香拽着铁锨缠绵，立刻燃起一肚子的火气。小芹早闻大愣和秋香有感情瓜葛，霎那间，她醋火噌地窜到了头顶，小芹强压着怒火，乜斜着眼睛，喊道：“大愣，过来喝水！”

“哦，嫂子来了。哎，你快松手吧……”

小芹阴阳怪气地说：“嗯，来了，不耽误你俩的事吧？”

大愣怕小芹产生误会，解释道：“小芹，秋香修水沟俺想帮忙。你看，秋香还不愿意哪，真是的。”这事是越描越黑，这话是越解释越误会。小芹赌气端起水罐，高声道：“哦，俺来的不是时候，你们喝吧，俺走了！”

哗啦……

小芹将水倒在了地上，她赌气提起水罐走了。

大愣气得全身发抖了，谴责道：“你，你真是个泼妇！”秋香对着小芹的背影，哼了一声，自语：“哎，清者自清，浊者自浊。”大愣追也不是站也不是，在原地左右为难。

秋香知道大愣在为难，劝道：“大愣哥，你还愣着干啥，快追她去吧……”

大愣叹口气，尴尬道："这，这，哎，真是的。"大愣扔掉铁锨向小芹追去。

秋香望着大愣的背影，嘱咐道："大愣哥，你给嫂子好好解释，千万别发火！"

"嗯，知道了！"

"千万别发火，好好解释……"

大愣急火火地跑进家门与疾步外出的小芹撞了个正着。大愣捂着脸，惊叫道："哎呦！你这是上哪儿去啊？"

"哼！上哪儿去？俺给你俩让地方！"

大愣夺下小芹的包袱，恳求道："小芹，请你相信俺和秋香妹子真的没有啥，俺们是清清白白的兄妹关系，没有你想的那么肮脏。"

小芹瞅大愣一眼，赌气道："咋了，俺给你让地方还不成吗？"

"咳！你胡扯啥？俺俩之间真的没有那种事情……"

其实小芹也知道大愣和秋香之间没有见不得人的事情，可是一见到他俩在一起，她心里就是不痛快。小芹见大愣真心实意地挽留她，便打消了回娘家的想法。小芹瞪大愣一眼，警告道："今后，再让俺发现你和秋香在一起，咱俩准散伙！"

这事情本来结束了。可是，傍晚小芹在大门口见秋香和大愣竟然肩并肩地收工回来了，这情景让刚刚平息的事态骤然升级。

大愣走到大门口，告别道："秋香，对不起。小芹也没有啥恶意的……"

"嗯，俺知道嫂子误会俺了，你好好解释就没有事了。"秋香向大愣示手，道："再见！"

“再见，秋香。”

小芹躲在大门后，偷听了大愣和小芹的对话，咬着牙骂道：“这个两毛五，还再见呢。呸！狗屁、狗屁！”

大愣跨进大门，小芹推着大愣的背部，大声道：“快，跟人家去过吧！”大愣担心被秋香听见，息事宁人，赶紧劝说小芹……小芹抓着大愣的软肋，大喊道：“快！跟人家过去吧！”大愣忍无可忍，抬手掴了小芹一耳光，小芹捂着脸，哭诉道：“啊，你敢打俺，俺和你拼了！”

小芹双手挠着向大愣扑去，将毫无准备的大愣扑倒在地，大愣和小芹在大门口扭打在一起。

一会儿，大愣和小芹的打架像炸锅似的被人围观起来。

“快！快给他俩拉开！”马天花边喊边来到大愣身边。喝令道：“快，放开！大愣，听娘的话。”大愣和小芹都在气头上，一时谁也不让谁，他俩相互抓着头发僵持起来。

小芹既哭又骂……

马天花赶紧招呼围观人员帮忙拉架，现场乱成一团……

“小芹，别哭了，快松手。”

“大愣，快松手。男人要让着女人……”

“哼！她不松手俺就不松！”

“哼！他放手俺就放手！”

“哎哟！哎哟！哎哟！俺的娘咪，疼死俺了。呜、呜、呜……”

突然马天花又哭又叫……

让现场围观的人一下子静了下来。大家先是好奇，后来，疑惑道：“这儿子和媳妇打架，你老婆婆咋像被狗咬了似的哭喊……”

好事的人问道:“哎,天花,你一个拉架的哭啥?”

“俺哭啥,哎哟,亲娘唻,疼死俺了！谁咬的俺？谁咬的俺啊……”马天花的哭诉,惹得大家一阵哈哈大笑。

大愣知道小芹咬了马天花,大声骂道:“你这个泼妇,竟敢咬俺娘,你真是条疯狗!”

“啊,大愣那不是你的腿啊？天哪,俺咬错人了。”

“小芹,啥大愣的腿,那是俺的腿,你婆婆的,是俺的腿啊!”,

大愣和小芹越闹越大,越闹越离奇,大伙里三层外三层地围观看热闹。

刚从坡里回来的张士琦,一听大愣和小芹在大街上大打出手,气得差点背过气去。他扔掉背筐,噔噔跑到大愣家门口,高声骂道:“大愣,你这狗日的！你竟敢在家门口打架？看俺咋收拾你!”

张士琦不顾一切地扑向大愣。这时王德福和大柱推开围观者,一把抱住了张士琦,张士琦被大柱拖着离开了现场。王德福高声道:“大家快散了吧,这有啥好看的……”

围观的人群在队长的驱赶下,很快撤离了现场。刚才的一幕像唱戏的一样,没有了观众就冷场了。大愣和小芹渐渐冷静下来,马天花捂着被咬伤的大腿在低声啜泣。

大愣扶起马天花,悔恨道:“娘,这事都怨俺,是俺对不起你,惹你老人家生气了。”小芹也知道错了,啜泣道:“娘,俺真的不知道是你的大腿,俺是被大愣气昏了头,俺该死……”

马天花伸手抚摸着小芹的头,安抚道:“孩子,娘不怪你。娘没事,只要你俩以后好好过日子,娘也算没有白咬……”

马天花安抚罢小芹，督促道："大愣，还站在那里干啥！快，扶起你媳妇回家去。"大愣"哦"了一声，急忙搀扶起小芹向家走去。

俗话说："小两口床头打仗，床尾和。"大愣搀着小芹回家了。马天花拍打着身上的尘土，自语道："嗨！小两口打仗俺被咬，这是啥事哪。"

大队长看着生产队的庄稼长势不如自留地的庄稼好，心里打了一个大问号，决定召开一次社员大会，大会的题目都想好了，题目是"热爱集体树新风暨抓革命促生产誓师动员大会"。目的就是扭转这种只顾小家不顾大家自私自利的错误倾向，树立大公无私的共产主义风尚。大会安排三项议程：一是党支部书记、大队长张世荣讲话。二是介绍经验。三是发起抓革命促生产的挑战书。

大会场设在杨树沟，张嘎早早安装好扩音喇叭。为了方便社员就坐，会场上摆放了几十根木头。杨树沟会场摆放的木头犹如礼堂里的条椅显得格外整齐有序。

由于天气炎热，会场选在杨树沟图的就是这个林木阴翳的风凉地。

杨树沟座落在浊河湾的下游，自然形成的一个弓箭型场地，因沟里杨树茂盛而得其名。夏日的热浪经河内植物的净化后，才吹进杨树沟，所以杨树沟的风总是凉爽的，它是一个天然的乘凉好去处。

社员们三三两两地进入大会场，有的坐在木头上轻轻摇着芭蕉蒲扇子，有的吧着烟袋吞烟吐雾，还有的被烟呛得咔咔直咳嗽，大家在尽情地享受着杨树沟的清爽。

大队长见社员基本到齐了，噗噗！他拍打一下麦克风，试探道："喂！喂！好用吗？嗯，好用。"

社员们到齐了，一会儿，会场上烟雾袅袅，主席台下不时地发出剧烈的干咳和吱吱喳喳的声音。

大队长掠视一眼台下，对着张嘎点下头，张嘎把扩音器向嘴边移动一下："啊，张浊大队的社员同志们注意了，咱们开会。张浊大队热爱集体树新风暨抓革命促生产誓师动员大会现在开始！大会进行第一项：请大队党支部书记、大队长张士荣同志讲话。大家欢迎！"

张世荣开场道："俺说社员同志们，俺今天要说的是：咱们生产队的庄稼为啥长不过自留地的庄稼。这个问题困扰俺好长时间了。今天参加会议的老少爷们，咱们都经历过互助组、初级社、高级社到今天的人民公社。大家的干劲一直是足的，可是自从有了自留地，咱们的庄稼就有了可比性。我们的工作热情不高了，有的把革命热情转移到了自留地里。现在流传着'包工潦草日工磨，自留地里出好活'的顺口溜，是真是假大家心知肚明。自留地是留给社员的经济田深受农民的拥护，也是社员家庭经济的来源。但是，咱们千万不要忘记以粮为纲，这个纲咱们不能丢！社员的口粮还是要依靠生产队。常言说得好：'大河有水小河满。'生产队是我们农民的一个大家庭，咱们不能只顾小家忘了大家。我们要发扬大公无私的精神，决不能拣了芝麻丢了西瓜……"

"大会进行第二项：请王德福队长介绍经验。大家欢迎！"

王德福走上主席台，刚一坐下，张士琦用烟袋杆戳了大柱一下，调侃道："大柱，你看德福平日挺大胆的，可真上了主席台就没有胆了。喏！看看吓得脸色煞白了。"

"哎，是啊，德福脸色不对劲哪。真是的，发个言也不至于吓成这样吧?"

大队长朝着私语的台下说："大家注意了，咱们不能台上大讲，台下

小讲。台下的小喇叭停停了！大家注意会场秩序。”

张士琦刚想对大柱说点啥，听了大队长的警示，立刻打住了话匣子，把目光盯在王德福的身上。

王德福的汗衫都溻透了，擦一把额头上的汗珠，对着麦克风，说：“俺也没有啥经验可介绍，只是在现实工作的一点做法。俺生产队自从划分自留地后，也经历了一个思想认识过程。起初，也和大队长讲的一样，社员们的眼光看得很近，老盯在自己的那一亩三分地上，大伙把精力放在自己的自留地上。一时间，也传出了像大队长所讲‘包工潦草日工磨，自留地里出好活’的顺口溜……

针对这种个人利益高于集体利益的错误做法，俺和生产队的干部深入到田间地头，把准社员们的脉搏，很快找到了问题的答案。这原因是‘私自当头’，有的社员在思想上出现了问题。针对这个现实问题，生产队对症下药，采取忆苦思甜等形式的教育，以大公无私的精神来教育社员，正确对待生产队与自留地的关系。特别是俺一心扑在生产队工作上的实际行动，赢得到了社员们的认可和赞扬。

一次，俺到自留地撒化肥都洒出了笑话。由于俺去自留地少，媳妇让俺去自留地撒化肥时竟然撒到了邻地马老汉家的自留地里……”

王德福讲的朴实，很受社员喜欢，大家在静静地听着他的事迹……可是，王德福说着说着突然趴在桌子上。王德福突然的举动，大家先是一怔，主席台上的大队长反应最快，高声道：“不好！德福病了，快扶住他……”张强见状，立刻跑到主席台，根据王德福的症状判断，提醒道：“大队长，德福可能是中风了，这是脑溢血的症状……”

“啊！可别让他摔倒了……”

在张强和大队长的提醒下，张嘎赶紧抱住王德福，叫道："德福！德福！"

张强见大家着急地喊着王德福，提醒："别喊了，德福十有八九是脑溢血，快送医院抢救。"

"大家还愣着干啥，快，拉地排车去！"

张嘎急忙转身，大声叫道："大柱，快，拉地排车，咱们送德福去医院！"

转眼间的功夫，大柱和张士琦咣咣地拉来了地排车。张嘎、张强抬起王德福轻轻地移向地排车。大队长不断提醒：你们慢点放，慢点放……"

张士琦见张嘎把王德福放在了地排车上，像运动员助跑一样启动了地排车，地排车咣当咣当地向公社卫生院奔去。

张强一路护送，张士琦、大柱轮流拉车，他们歇人不歇车，地排车以最快的速度向公社卫生院驶去。

地排车进了卫生院大门，大家异口同声道："大夫，大夫！快来人啊。"

公社卫生院坐落在公社驻地的左侧，是三排青砖起脊的大瓦房组成。大门坐南朝北，一进院醒目地悬挂着"救死扶伤，实行革命的人道主义精神"条幅。这巨幅大字给张士琦一行莫大的宽慰。大家按照大夫的吩咐，将王德福送到急诊室，急诊室门口的红灯立刻亮了，大夫护士有条不紊地忙活起来，在尽最大的努力抢救着王德福。

俗话说："医治不死人。"半小时，急诊室的大门开了。大夫疾步到门口，问道："谁是病人家属？"

大家围了过去，异口同声说："俺们都是。大夫，病人咋样了？"

大夫一示手，提示道："大家安静，病人刚刚脱离生命危险。这病情可能留下后遗症的。不过，幸亏你们救护得当，没有让病人摔倒才保住他这条命。"

大夫的话宽慰了大家，心里悬挂着的石头终于落地了。张士琦"嗯"了一声，双腿一软瘫倒在地上，大柱也噗嗤一屁股坐在了地上。张强深深地叹了一口气，自语道："哎哟，好悬啊。"

大队长送走王德福，大会暂休一会儿，就由王士中代替张嘎主持会议……

散会后，大家涌到主席台竞相询问王德福的病情。大队长如地实告诉："大家不要着急，俺现在也没有得到确切消息，一有了准信马上告诉大家。王德福同志是个好队长，也是个大好人，一定会躲过这一劫难的……"

张士琦摸出烟袋抽会儿烟，才感觉两腿有点力气，掠视疲惫不堪的大柱和张强一眼，说："不行，咱得赶快给大队报个信去。"张强从地上爬起来，应答道："哦，俺卫生院里有熟人，俺借辆自行车回家报信，另外，把刘芬带来照顾德福。"

"嗯，那好吧，快去快回。"

王德福慢慢恢复了健康。可是，他右身落了一个半身不遂的残疾，失去了劳动力。根据人民公社工伤条例规定，王德福是在工作期间得病，按照规定享受工伤待遇。生产队每年优待工分，依照工伤条例照顾王德福吃到平均以上的口粮。从此，德福每天天不亮就起床锻炼身体。一年后，身体康复得不错，也能干些力所能及的活儿，生产队长一职有张士琦接任。

第十三章

小骡驹的夭折

王士中虽然沦落为一看坡"农夫",但是他毕竟是一位见过世面的人。他不满足看坡的现状,在琢磨着生产队饲养棚里的事情。

一天,王士中和张士琦在生产队饲养棚门口走个正着。王士中突然想起琢磨的事来,问道:"士琦,咱生产队里想不想增加几匹骡驹?"

"咳!这样的好事谁不想啊,俺做梦都在想,可是上哪里弄骡驹去?"

王士中摸清张士琦的心思,深思片刻,追问道:"哎,你是真想要吗?"

"当然喽。哎,你当这是变戏法。你能给俺变出个骡驹来,你太不现实吧?"

张士琦揶揄王士中的天真,王士中瞥张士琦一眼,申辩道:"哼!俺不是变出来,而是用草驴繁殖出骡驹……"

张士琦不屑一顾,心不在焉地说:"嗯,听说过,可是没有见过……"王士中指着拴墙上的大牲口,说:"俺能帮你做到。这里不出几年,保你再拴上几头骡驹。"

张士琦一阵仰天大笑后,质问道:"士中老弟,一朝不见刮目相看。你这看坡的也能繁殖小骡驹?你不是在开国际玩笑吧?"

王士中瞪着大眼珠子,郑重道:"当真,没给你开玩笑。"

张士琦见王士中当真了,张张嘴不知道说啥好。

半天后,张士琦瞅王士中一眼,疑惑道:“你能行,这事咱不兴吹牛的。”

“嗯,军中无戏言,俺肯定行。”

“好!君子一言驷马难追。”

张士琦突然拉住王士中的手,激动地说:“要是你真给俺变出几头骡驹来,你可就是咱生产队的大功臣啊。”

王士中立刻沉下脸来,严肃道:“这事俺是有先决条件,不答应俺先决条件是做不到的。”

张士琦一想能有小骡驹,心里乐开了花。一面着撸袖子,一面说:“你说,你啥先决条件?”

王士中搬着指头,数落道:“哦,你得买几头草驴吧?”

张士琦哦了一声,道:“要买几头母驴?这个得和大柱、张嘎商量一下才行。”

王士中失望了,推辞道:“哼!这事还用得着商量?没有母驴俺咋给你生骡驹。甭商量了,这事不行拉倒!”

“哈哈哈……”

张士琦再次仰天大笑起来……

王士中被笑懵了,他转着身子寻找着张士琦的笑因。

张士琦突然拍打着王士中的肩膀,调侃道:“这个商量是走个形式,看把你吓的。哎,不给你买母驴还能让你和王媒婆生啊!”

“哈哈哈……”

王士中举起拳头,怒视道:“奶奶的,你狗嘴里吐不出象牙来。再胡

说八道小心揍你!”

张士琦很快召集生产队干部会议,大家听了王士中的设想都高兴得不得了。这是一件天大的好事,生产队买草驴很快统一了意见。具体决议如下:

一、生产队决定买三头草驴,所用款项的筹集由张嘎负责。

二、草驴买回后,有关繁殖骡驹的事项由王士中负责。

张嘎有些顾虑,寻思半天,试探道:“咱能不能给王士中再加上一条,让他保证给生产队生几头骡驹的条款?”

大柱噗嗤笑了……

张嘎质问:“大柱,你笑啥?”

“笑你太天真了。这人生不生都说不准,何况是毛驴,况且还是杂交的谁能保证啊?”

张嘎寻思一会儿,说:“嗯,说的在理,这样写上有点不近人情了。”

张士琦插话道:“咋了,真生不出来也是没有办法的事情。咱们是靠运气,说不定还真生几头哪。再说了,毛驴不生也能干活,生产队里里外外都不亏。”

王士中听了生产队的决议未提出异议,张嘎和王士中商量买毛驴的事宜。

张嘎在担心贷不下款来,商量道:“生产队向信用社贷款的事情,你得协调一下,要尽快贷到款才能实施你繁殖骡驹的计划。”王士中了解信用社的放款政策,生产队发展大牲畜是信用社的扶持项目之一。所以,他心中有数,肯定道:“这个没有问题,咱们的贷款条件均符合信用社的规定。再说了,咱们不是还有一张王牌吗?”

“嗯,啥王牌?”

“你啊,揣着明白装糊涂。士琦家老二不是咱们的王牌?”

“哈哈哈……”

“可不是嘛,咋把他给忘了。这二愣不看咱俩的面子也得看他大的面子……”

事情和王士中预料的一样,这贷款不仅符合规定,而且是信用社大力扶持的一个项目。这事要以生产队的名义贷款手续相对复杂。既有大队、公社等有关部门的担保和证明材料。二愣想了半天,眼前突然一亮,抓住张嘎的手,兴奋地说:“张嘎叔,这贷款可以变通。如果以你们哥俩的名义担保相对简单些,只要你俩的相关资料即可。你看,你俩做下担保?”

张嘎知道这是最简便的方式,也是尽快得到钱的唯一好办法。否则,按程序走还不知道猴年马月批下来。可是自己出面做担保心里一时拿不定主意。

王士中自告奋勇,劝说:“张会计,咱俩担保吧。”

张嘎被王士中将了一军,苦笑道:“这事你可想好,这是要负责的,弄不好是要倾家荡产的。”

“嗯,俺想好了,这买卖赔本了就是生不了骡驹,咱还有毛驴在嘛。”

张嘎仔细一想:“对啊,这不是一本万利的买卖嘛。”张嘎终于狠下心同意做了担保人。

张嘎一拿到钱,见天色还早,他俩一商量,买毛驴事不宜迟,急忙向集市赶去。

功夫不负有心人。王士中和张嘎在集市上转悠大半天,又找到马奎

询问了毛驴的价格，他俩看遍了集市上的草驴，最后通过打价还价才买下了三头毛驴，按照毛驴体型的大小，大家分别叫它们大、中、小毛驴。

毛驴牵回牲口棚，生产队的人全来了，大家像看新娘子一样围在饲养棚里指手画脚。菊花站在最前排，对着正在查看毛驴牙龄的张士琦，高喊："士琦老哥，你扒毛驴嘴干啥，是不是想亲亲母驴？"

大家被菊花的调侃逗得捧腹大笑……

张士琦赶紧松开毛驴嘴，尴尬地指点着菊花，无奈地说："你，你瞎说啥。"

马天花见菊花在戏弄丈夫，醋意大发，朝着菊花去了，问道："菊花，你知道买这些毛驴干啥吗？"

"知道啊，买毛驴不是拉磨干活还能干啥？"

马天花蹓蹓到菊花眼前，在菊花耳边咬起耳朵……

菊花听着脸都红了，回敬道："去你的！这事情还轮不上俺家老张。你家老张都摸驴嘴了，要配种还得他先上，这叫'近水楼台先得月'。"张士琦知道两妇人嘴里没有好话，嗔责道："天花，你俩胡咧咧吗，你们还有点正事吗。"

马天花朝张士琦哼了一声，气得跺着脚走了。

菊花也不示弱，朝着马天花背影哼一声，一甩手离开了。

张士琦见围观人冷嘲热讽的也不好说啥，心想："嘴长在别人身上想说啥就说啥呗。"督促道："大家玩笑也开了，也看够了。现在俺宣布：'三头草驴正式成为生产队的成员。他们的首要任务是由士中兄弟让三头草驴生骡驹，其次才是干农活……"

哈哈哈……

张士琦突然沉下脸，质问："你们笑啥？这有啥好笑的。"

王士中见张士琦还蒙在鼓里，赶紧站起来，解释道："士琦，你会不会说话？是让俺和草驴生骡驹。咳！俺都让你绕进去了。是让俺联系公社兽医繁殖小骡驹，让咱生产队拥有大牲畜……"

从此，王士中除了看坡外就在饲养棚里转悠。

一天，饲养员刘老汉急忙跑到饲养棚门口，卷起手掌朝着看坡房的方向，高喊："士中兄弟，中驴起性了！中驴起性了！"王士中闻声扔下手中的活儿……

王士中一口气跑到饲养棚，牵着毛驴向公社畜牧站奔去。

在饲养员的精心饲养下，毛驴终于成功地与种马交配了。

不久，中草驴的肚子凸显出来，饲养员赶紧通知了王士中。王士中立刻把张士琦、大柱和张嘎叫来。张嘎围着中驴转了三圈，拍打着毛驴的屁股，兴奋道："这下可好了，一头骡驹就赚回全款了。"大家指手画脚地谈论着小骡驹的事。

转眼间，毛驴快生了，为了保险起见，张士琦还请来公社兽医站的李兽医为中驴接生。

那天，张士琦还让马天花做了几个菜，用好酒好菜地招待着李兽医。

晚上，李兽医和张士中他们合衣睡在饲养棚的大土炕上。

次日，凌晨三点，王士中被尿憋醒，他朦朦胧胧走进驴槽边方便，惺忪的眼睛里闪现中驴屁股下一滩黑乎乎的东西，王士中恍然大悟，急忙提起裤子，大喊："生了！生了！"

李兽医恍然大悟，他跳下床跨进驴栏里，为中驴接生……

在场的人盯着中驴，在为中驴生产捏着一把汗。

李兽医见骡驹生出大半个身子，一边抚摸着中驴的身子，一边念叨："中驴乖，用力、用力，再用力！你的混血骡驹就出来了……"中驴的眼里噙满了泪水。李兽医望着快要产出的小骡驹，夸赞："这混血骡驹就是大，比正常的小驴驹大三分之一哪……"

张嘎一看小骡驹还没有顺产下来，吓得心都快跳出来了，一个劲地嘟囔："老天保佑、老天保佑……"王士中也为中驴捏着一把汗，不停地问："李兽医，没有问题吧？"李兽医也顾不上应答，急得额头上直冒汗。

王德福经不住现场的惊吓，赶紧回避到饲养棚外，在饲养棚门口踱来踱去，在为中毛驴母子平安祈祷……

啊哦——啊哦——啊哦……

中驴大叫，小骡驹降生了。

大家赶紧凑近竞相目睹由马驴交配而诞生的小骡驹。小骡驹一出生就不爱动弹，勉强站了站又趴下了。李兽医见小骡驹不爱动弹，认为可能是受点风寒没有大碍，他脸上立刻露出了笑容。李兽医的笑容给大家传递了中驴小骡驹安康的信息，大家给予李兽医一阵热烈的掌声……

李医生见小骡驹还是趴着不动时，断定小骡驹在生产中受了风寒，立刻想出一个给小骡驹驱寒的土法。他立刻把饲养员叫到眼前，问道："咱这里有没有蒸笼？"

"有啊，干啥用？"

"快拿来，先让俺看看。"

饲养员也不知道李兽医葫芦里卖的啥药，按照李兽医的吩咐，很快搬来了笼屉，问道："李兽医，这个行吗？"

李兽医看了看，又摸着笼屉说："很好，赶紧把它放到大锅上。"

饲养员也不知道李兽医啥用意，按照李兽医的指令照葫芦画瓢，将蒸笼扣在大锅上，问道："李兽医，是这样放吗?"

"嗯，很好，你烧火吧。"

饲养员点上一把柴火放进灶膛里，一会儿，大锅内冒起了热气。

这时，李兽医将手放进锅里一试水温，嘱咐道："注意，一定保持这个温度……"李兽医抱起小骡驹向蒸笼边走去。

在场的人不解地追问："哎，李兽医你这是干啥?"

张嘎伸开双臂挡住了去路，问道："是啊，这样不伤着小骡驹吗?"

李兽医见大家误会了，连忙解释："哦，这是蒸疗法，小骡驹染上风寒体质比较弱，这个土办法可以治愈风寒增强小骡驹的体质……"

"哦，原来是这样啊。刚才，你这举动把俺们吓一大跳呢。"王士中这才松口气。

饲养员掌握着火候，李兽医轻轻将蒸笼盖上……

"啊，快来人啊，中驴不行了!"

大家呼啦围了过去……

李兽医给中驴检查一遍，立刻注射了一支镇静剂。一会儿的功夫，中驴睁开眼睛，滚动一下，啊哦——啊哦——啊哦……

中驴站了起来……

"俺的亲娘哎！坏了!"饲养员突然叫喊着，拼命地向蒸笼跑去。

李兽医知道大事不好，扔下针管追去……

饲养员赶紧撤出灶火，一掀开笼屉盖傻眼了，小骡驹已经伸腿了……李兽医拽开饲养员，急忙去摸小骡驹的心脏。李兽医摸着小骡驹的心脏，摇头道："咋搞的，真可惜了……"

王士中瞪着眼珠子，跺脚骂道："刘老汉，你奶奶的，小骡驹死在你的手里……"

张嘎一看小骡驹死了，一联想起贷款担保责任，呜呜地大恸。边哭边诉道："这是啥事哪，刚到手的骡驹就这样没有了……刘老汉你赔俺的小骡驹。"张嘎在拽着刘老汉的胳臂抱怨。

刘老汉眼眶里噙满了泪水，吓得像筛糠一样在颤抖。李兽医深深地叹口气，对着抹泪的张士琦摇下头，安抚道："事到如今，咱谁也别埋怨了。哎，这是天意，刘老汉也不是故意的，这次就当个教训吧。"

张士琦心里斗争了大半天，才镇静下来。他朝李兽医点下头，应答道："嗯，李兽医说的这话对，失败是成功她娘，咱们已经成功了，只是付出了血的代价罢了。这代价已经付出了，谁也不准埋怨了。刘老汉也不是故意的，他心里更难受。对了，咱们还有两头草驴已怀上了骡驹，下次保证万无一失。"

张士琦一看到死去的小骡驹，伤心极了，安排道："张会计，你想办法把小骡驹埋了吧。"

"啊，不好了，刘老汉摔倒了！"马六抱着刘老汉惊惶地大喊。

张士琦赶紧跑过去，大喊："刘老汉，你咋了？你咋了？"李兽医把了一下脉搏，又翻开刘老汉紧闭的双眼仔细查看一遍，说："刘老汉中风了，快抬回家……"

福无双至，祸不单行。小骡驹死了，刘老汉又病倒了。生产队里的饲养员不能缺位，张士琦考虑再三，这次饲养员必须找个年轻的而且要机灵的，寻来寻去，最终锁定在了马六身上。

马六刚把刘老汉送回家，在大队赤脚医生的精心治疗下，刘老汉的病情有所好转。张士琦把马六叫到饲养棚,向他交代了任务。马六没有思想准备一时不知道说啥好。张嘎一边敲边鼓,一边劝说:“马六,饲养员可是人民公社的八大员之一。这活儿不是哪个人想当就当的,俺看你准行。马六狡黠一笑,表示道:“既然生产队这么信任俺,给俺脸俺不能不要啊。这样吧,俺先干着,等有了更合适的人选,俺再让位。”

张嘎见张士琦走了,走到马六身边,拍打着马六的肩膀,官腔道:“马六,好好干,一定有出息的。哦,交你一个任务,你先把小骡驹埋掉,考验考验你。”

“啥?要埋掉小骡驹?”

“咋了,不服从命令?”

马六将手附在张嘎耳边,悄悄地说:“张会计,你看这要是埋了多可惜?”

“你说啥?谁不心疼啊,俺心疼得和死老人一样难受,你不埋了它,再让它折磨俺?”马六见张嘎还是转不过弯了,表示道:“好,听你的,俺去埋。”

张嘎觉得马六这小子鬼心眼太多,怕马六再搞花招,赌气道:“哼!俺看着你埋去,省得你耍花招。”此时,张嘎还没有走出悲伤的阴影,一想起死去的小骡驹就联想起了担保之责,他心里感到特别的憋屈,在不停地唉声叹气,不时地骂刘老汉的粗心大意。

马六在院内一小树旁边挖了一个坑,张嘎检查一下,指着大坑说:“嗯,可以埋了。哎呦,俺内急得解手去了……”

马六见张嘎离开了,将小骡驹赶紧藏在了柴垛里,然后抡起铁锹将大坑填上了。

张嘎方便完，慢条斯理地走了过来，盯着刚刚填上的大坑说："嗯，你小子干活很麻利。哎，人死入土为安，小骡驹你待遇不小啊。"

张嘎走了，马六将小骡驹搬回了饲养棚。

晚上，马六找来小愣和嘎狗将小骡驹的事情讲述一遍。

马六要分享小骡驹，时下正流行兑份子聚餐。小愣建议："咱们再找几个要好的人兑份子，收集些作料和食盐。"马六同意小愣的建议，吩咐道："俺和嘎狗收拾干净小骡驹；小愣你再发动几个要好的人兑份子。好了，各忙各的去吧。"

孟冬的夜晚显得格外冷清，亥时村里已经是夜深人静，连看家犬也在睡梦中。小愣悄悄地将小海、小花、三妮领到饲养棚。

嘎狗和马六将大锅烧得噗噗地顶着锅盖，万事俱备，只等兑份的作料下锅了。

小愣将大家兑来的大料和食盐合在一起。马六一看，高兴道："太好了，用上这些作料保证比犬肉铺的肉还香。来，下作料了……"

围在锅灶旁的人立马闻到了一股诱人心扉的香味。嘎狗深吸一口气，一边吐着吸在口里的香气，一边赞叹："真香啊。"锅灶周围的人馋得涎水直淌，小愣咕咚咽了一口涎水，目光盯在大锅上。小海不停地给嘎狗递着柴火，督促道："嘎狗，快烧，快……"嘎狗收拾着柴火，安抚道："心急吃不着热豆腐，好饭不怕晚，你急啥……"

俗话说："火到猪头烂。"马六扫视大家一遍，将手按在锅盖上，暗想："大家都等不及了。嗯，时间差不多了，大功告成。"马六掀开了锅盖。瞬间，热气将大家笼罩了，一股诱人的香味顺着鼻孔钻入心扉，大家异口同声地说："哇！真香啊！"

马六吹开热气将大块散发着香气的骡肉叉了出来……

大家干擦着手盯着热气腾腾的骡肉,马六掠视大家一眼,提示道:“大家看啥,快动手,吃啊!”大家撕开肉块大快朵颐。

张盼富领着几个民兵走到饲养棚附近,突然感觉不对劲,自语道:“不对啊,这个时间狗肉铺里也打烊了,咋来的香味?”

“报告连长,前方发现有香味,请指示?”一民兵说。张盼富给他一个继续搜索的暗示,民兵立刻噘起嘴闻着香味寻找目标……

正是馋猫鼻子尖。不一会儿,那民兵顺着香味寻找到了饲养棚门口,忙报告:“报告连长,发现饲养棚有灯光,香味可能是从饲养棚散发出的。”张盼富一听倒吸一口气,自语道:“难道有人私自宰杀生产队大牲畜?”张盼富立刻警惕起来,低声道:“不好,有情况,准备战斗!” 啪,啪!民兵立刻端枪向饲养棚逼近……

“哎呦! 连长发现目标。”

“啊,这里有一张驴皮。果然不出俺所料,有人宰杀集体牲畜。大家听俺的指挥,没有俺的命令不准开枪。”张盼富猫着腰边走边发出一个包抄的手势。

小海尿急放下一块大骨头,嗵嗵跑到饲养棚外尿尿,刚解开裤子便发现明晃晃的刺刀向他逼来,吓得他尿也没有了,惊惶地喊道:“不好,来人了!”

张盼富冲到饲养棚门口,端枪大喊:“不许动,举起手来!”

正在大口啃肉的马六他们,被突如其来的喊声吓蒙了,大家连忙举起抓着肉和骨头的双手。张盼富仔细一瞅,喝令道:“你们私自宰杀牲畜,该当何罪?”马六这才反应过来,赶紧解释道:“连长,你搞错了,俺们

是在,哎！这么给说吧……”

张盼富嘿嘿两声,骂道:“奶奶的,听说有这么回事。不过,是真是假现在无人证明。”

马六撕下一块肉送到张盼富眼前,恭敬道:“请连长品尝?”张盼富经不住肉的诱惑,咬了一口,咀嚼几下,立刻伸出大拇指夸赞。

张盼富吃完一块大肉,擦着嘴角说:“嗯,味道不错,看来真是一场误会。这么吧,俺们就当没有来过。不过,这肉么咱们得见面分一半,也让看家护院的民兵尝尝鲜。”马六知道偷来的锣敲不得,只好谄媚道:“是的,连长辛苦应该孝敬。小愣,快,给张连长包上肉。小愣不情愿,马六亲自包好肉送到张盼富眼前,恭敬道:“请连长慢走……”

张盼富不劳而获,让大家非常气愤,一场丰盛的晚餐就这样被张盼富搅了,大家吃完剩下的残羹,草草结束了。

半年之后,大驴顺利地产下一匹枣红骡驹。一年后,中驴和小驴喜降小骡驹,为生产队增添了大型牲口,王士中兑现了承诺。张嘎逢人便说:“是俺的担保才有了几匹大牲口,没有俺的担保啥事情也办不成……”张嘎的话给人感觉这些骡子就像张嘎一人捐献似的。张士琦喜得合不拢嘴,他赶着大骡子犁地耕种运输,让兄弟生产队既羡慕又嫉妒,大家嚷着张士琦给他们传经送宝……

第十四章

割尾巴运动

东阳人民公社盛产的黄麻皮走俏全国，有的还出口国外。黄麻种植成为当地经济农作物的首选，成为社员家庭的经济支柱。

秋季临近正是杀黄麻的季节，杀黄麻可是生产队的一件大事。生产队要为杀黄麻的劳力筹备杀麻镰刀，杀麻衣服和黄麻沤制工具等准备工作。

黄麻是东阳的土特农作物，黄麻种植期为：皮麻 5－6 月，花期 7－8 月，种期 9－10 月。黄麻到期不杀就要开花结种。黄麻皮在六个月杀掉，将黄麻的叶子钐掉，扎件晾晒后，再把打成件的黄麻沤在麻池一个星期左右。黄麻经沤制晒干，再剥下麻皮便是成品。

黄麻早期分布热带地区，在江南一带种植。后来，才传到北方来。据说黄麻种子在北方不是撒在哪里都能生长的，只有在东阳这块风水宝地才生长，且长出的黄麻皮产量高。东阳产的黄麻皮名扬四海，黄麻皮的价格自然不菲，种植黄麻给东阳公社的社员带了福祉。东阳毗邻农夫曾这样比喻道："俺拉一车地瓜干子，抵不过东阳人夹肢窝夹拉着的一掐麻皮值钱。"因此，东阳公社的社员在老天的恩惠下过上了自给自足的日子。

张士琦和大柱商量生产队杀黄麻的事宜,大柱掰着手指头细算着杀黄麻所需物资。张士琦按照大柱的匡算立刻拍板决定,为杀黄麻的劳力每人置办一套杀麻衣服……杀麻事宜解决后,张士琦又问起沤麻池的准备工作,大柱承诺:“队长,你放心,咱们生产队的4个沤麻池和压木石全准备妥妥的。”

张士琦满意地点下头,兴奋道:“嗯。大柱,今年生产队的黄麻长势不错,咱们卖了麻可要多置办些农具啊。”

“俺知道,你早想着买辆拖拉机了。”

“是啊,有了拖拉机生产队可耕地,农闲季节还可以搞点运输……”

“明年,再多种点经济作物,争取早日实现咱们的梦想。”

大柱支取出现金,骑上自行车买来了一匹白洋布。大柱卸下车,立刻把白布扛到王媒婆家。

“哎,大柱咋了, 你扛这么些白布干啥?”

“哎,王媒婆,快说把白布放哪里啊,快累死俺了。”

“先别放,你赶紧扛走。真是的,你扛着白布上俺家来不吉利?”

咣当!大柱将肩上的白布丢在了椅子上。大柱擦把汗,喘着粗气,解释道:“说啥哪,俺这是给生产队做杀黄麻衣服用的。哈哈,王媒婆你想多了。”

“咳!你不早说,你一来还吓俺一跳呢。不知道的看到你扛这么些白布来家,人家还以为俺婆婆没了呢。”

“咳!你瞎想啥,这是为了工作,俺已经通知菊花她们了,一会儿,她们就来你家做杀麻衣服。不过,俺可给你们说好,这些杀麻衣服必须在三五天内给俺做好,决不能耽误了生产队杀麻用。”

咣当门响。大柱闻声，自信道：“王媒婆，俺说她们一会儿就到吧，这不来了。”

“金芝，咱娘、她……”王士中话说半句便捂着眼睛呜呜大哭……

王媒婆对着大柱说：“俺说啥来，这不灵现了嘛。”

“嗨！这是闹的哪一出哪。士中哥，你哭啥？”

俗话说：“爹死娘亡矮三辈。”王士中见大柱也来家了，按照世俗规矩亡者家人要给所遇到的人磕头，王士中拉着架势要给大柱磕头。王媒婆见状，厉声道：“王士中，娘没有死，她老人家活得好好地，你磕得哪门子头呢！”

“啊，那大柱上咱家扛这么些白布干啥？”

“哈哈哈……你是见风就是雨，这是给咱生产队里做杀黄麻衣服用的白布。士中，你真逗啊。”

“哦，原来是这样啊，真是的。”

“哎，你听谁瞎说的？”

“哦，是马六。他说：‘士中叔，你还有心思看坡，你家里可能出事了，大柱连白布都送家里去了……”

“所以，你就想到娘死了？真是的，这个马六一点好心眼都没有，真和他大一样从心里坏。”王媒婆见大柱幸灾乐祸的样子，就来气了，抱怨道：“大柱，你还笑，这事都怨你，全是你惹的事。”

王士中这才反应过来，骂道：“大柱，原来是你这狗日的惹得事。嘿，闹得俺还差点给你磕了头……”大柱见王士中生气了，赶紧抱拳承认错误，歉意道：“全是俺的错，是俺考虑不周全。不过，俺也是为了工作，这可是做杀黄麻衣服的布料啊。”

“哦,大家都在啊。”菊花、金花和马天花来了,大家才转移了话题,给大柱一个下台的台阶,大柱嘱咐王媒婆两句,趁机溜走了。

菊花朝着大柱的身影,高声道:“大柱,你跑个啥?”

“哼,再不跑俺家老王轻饶不了他……”王媒婆把刚才的一幕向菊花她们讲述一遍,逗得菊花笑得连腰都直不起来了,从王媒婆家传出她咯咯笑声……

开镰之时,在张士琦的精心安排下,从人员装备到沤麻设备全部就绪。杀麻劳力来到麻地,他们上穿白布单袖衣,下着白布裤,手握锋利的镰刀在黄麻地头一字排开,个个摩拳擦掌。杀黄麻万事俱备,只待张士琦的一声号令。

张士琦身穿杀麻衣,上身裸露出了古铜色的右臂,摆动着不同肤色的双臂,在黄麻地头转了一圈,在镰刀存放处驻足。张士琦向手心吐两口吐沫,猫腰拾起一把镰刀,嗵嗵走进黄麻地,左手拦过一抱黄麻,高声道:“开镰了! 开镰了! 开镰了!”

杀黄麻的劳力立刻走进黄麻地,模仿着张士琦的样子,异口同声道:“开镰了! 开镰了! 开镰了!”

刹那间,黄麻地里发出哧哧的杀麻声……

张士琦杀下了第一抱黄麻,掂量着沉甸甸的一抱黄麻,高兴道:“今年黄麻真不赖,产麻一定会创往年的记录。”

噗嗤将怀抱的黄麻撂在空地上……大柱负责钐麻。他拣起一抱黄麻,左腿一个马步支撑在黄麻的中部位,左手摊均黄麻,右手挥舞着钐麻刀,上下左右嗖嗖地钐着黄麻叶子。眨眼的功夫,大柱像一个变戏法的,把一抱枝叶茂盛的黄麻变成了光秃秃的麻杆。

杀黄麻是有讲究的。从前杀黄麻劳力常有皮肤感染或者身体有恙，轻者卧床十几天，重者还有命丧黄泉的。后来，他们才发现是黄麻青殇之怪。黄麻的生长终点要开花结种，可是除留极少黄麻种外，大部分黄麻要在生长旺盛的时节被斩杀，所谓的旺盛期相当人的青壮年。成语杀人如麻即警示世间的人们，植物和生灵一样是有生命的。

再后来，村里来了一位高僧，在他的指点下，才有了现在的杀黄麻衣服，以消恶扬善为目的，消除了杀麻之灾。戏说杀麻服的白色是对黄麻的敬意，民间制作单袖杀麻衣是为了区分两只手的善恶之意。穿白袖衣的那只胳臂代表着对黄麻安抚之意；握镰刀的那只赤裸胳臂无疑是杀戮之手。杀麻不仅是人世间的事情，而且是飞禽燕子们关注的事情，只要一有动镰杀麻就有燕子聚集觅食为黄麻送葬之景观。

当张士琦杀下第一抱黄麻的时候，空中便飞来了燕子。燕子在杀麻上空越聚越多，在空中自由自在的颉颃。它们时而高飞，时而俯冲在地面，仿佛像一位飞天的牧师在为黄麻祈祷送行……

从杀黄麻的白衣单袖的制作寓意，再现了世人对植物生命的爱惜，以善为本、善恶相抵的心理。所以黄麻才扎根东阳的沃土上，成为东阳人民发家致富的重要经济作物。

金花、菊花把绿豆汤送到了地头。大柱对着菊花，喊道："嫂子，晚上有啥好吃的？""哦，王媒婆在家做好了，芫荽炒小鸡，管够！"

张士琦漫步到地头，端起一碗绿豆汤，问道："哎，天花哪？"

"哟，一霎不见就想了？"

"咳！杀麻累得腰酸腿痛的谁还有那种想法。真是的，菊花你想歪了。"

“哼！你们这些大老爷们都是属鸭子的,就是嘴硬,哪个不是地里蔫了床上欢?”

“哈！哈！哈！菊花嫂子,你说的是盼福吧?”

大柱一边钐麻,一边调侃菊花。菊花瞅了大柱一眼,嘿嘿两声,掩着嘴角,反驳道:“大柱,别冲硬汉了,俺半夜给你夫妻俩还拉过架哪……”菊花戳中大柱的软肋,大柱赶紧转移话题,讨好道:“菊花嫂子,这陈芝麻烂谷子的事情就别提了。算俺没说,俺投降成吗?”

“菊花,打人不打脸,揭人不揭短。”张士琦倒着水渣为大柱鸣不平。菊花戛然止住笑声,郑重地问道:“咋了,公母俩之间不就是那点破事嘛,还男子汉大丈夫哪,都是敢做不敢当的家伙。俺看就是男子汉大豆腐一块。好了,不和你们贫嘴了,金花咱们走。”

大柱不甘心,调侃道:“菊花嫂子,等出麻的时候再给俺们送水来!”菊花哼了一声,回应道:“你想得美,大柱再贫嘴俺可告诉你媳妇,晚上不让你上床!”

“哦,那俺就上你的床呗。”

“哼！你做美梦吧!”

哈哈哈……

菊花和大柱的贫嘴逗得杀麻地里一阵阵大笑。

张士琦倒背手,抄起大步丈量起麻地,然后搬着指头估算杀黄麻的数量。然后对着麻地干活的人高声道:“大家停停！过来喝口水歇一歇。一会儿,咱们收麻打件,明天准备沤麻。”

翌日,东方露出鱼白肚,在嗨哟、嗨哟的口号中,张士琦带领杀麻劳力把黄麻件沤在了麻池。大家附上长长的压木,再把轧场的碾磙子浮在

池面上。瞬间,浮在麻池水面上的麻件压在了池内。

时间如流水,转眼四天过去了。

王德福中风后,每天坚持锻炼身体,在极力活动着不灵便的手脚……那天,王德福伸着腿甩着胳臂来到沤麻池旁,一股黄麻的腐臭味扑鼻而来。

王德福蹒跚到沤麻池,猫腰撩起一捧沤麻水,凑近鼻子一闻,王德福“哦”了一声,抖掉手上的沤麻水,自语道:“嗯,黄麻熟了,该出麻池了。哎,他们在哪里杀黄麻呢?”王德福仰首向四周张望,见东南上空聚集了不少颉颃的燕子,脸上立刻露出了一丝微笑,心想:“哦,他们在那边……”王德福摆动着僵直的右臂向东南方向走去。

大柱钐完怀抱里的黄麻,在放黄麻杆的同时扫视地头一眼,不由得哎了一声,自语道:“嗯,那好像是德福哥。”大柱抛下钐好的黄麻,仔细一瞅,证实道:“哦,还真是德福哥。哎! 大家快看! 老队长来了……”

大家闻声将视线转移到地头,张士琦向地头摆手示意,高声道:“老队长来了,大家放下活歇息一会儿!”

王德福一看到杀麻的现场打心眼里高兴。张士琦三步并作两步抄到地头搀扶王德福,王德福谦让道:“不用搀,俺自己还行。”

大柱见王德福还是那样自信和执着,调侃道:“老队长,要不试试镰刀,再杀它个来回?”王德福沉着脸摇着头,推辞道:“哎,好汉不提当年勇,俺恐怕再也杀不动麻了……”

张嘎见王德福很伤感,赶紧接过话茬,夸赞:“大柱,队长可是老杀麻师傅,咱俩加起来也撵不上老队长的杀麻速度。”

“咳! 那都是老黄历了,现在掀不得喽……”

张士琦立刻联想起往日一起劳作的情景,一面说:“哦,老队长谦虚了……”一面将一碗绿豆汤恭敬地递到王德福眼前,当王德福将碗送到嘴角时,碗里的水已所剩无几……张士琦看在眼里疼在心里,暗暗地说:“世界上真是有啥都行,千万别有病。哎,看把这硬汉折磨得连碗水都端不住了。”张士琦睹人思事,眼前立刻浮现出和王德福搬碾磙子的情景。

那是很早以前的一天,他们刚刚沤完麻池,突然沤麻池一角失去平衡翘了起来。王德福对着张士琦道:“士琦,把那个碾磙子搬过去。快,把麻池的翘角压下去……”

“啊,这么大的碾磙子谁能搬得动。哦,快!过来几个人把碾磙子抬过去。”张士琦边喊边用手势召唤大家。

王德福向手心吐两口吐沫,边搓手边走到张士琦身边,低声道:“你说没有人搬得动。走开,俺搬给你看看。”

“哎,你别充能,小心闪着腰!”

王德福的挑战立刻把大伙的眼球吸引过来,大伙七嘴八舌,各自的支持者在嗷嗷地起哄。

王德福没有急于抱碾磙子,而是猫腰“啊”的一声,将碾磙子竖立起来。

王德福的支持者们,高喊:“好!真棒!”

张士琦的支持者立刻发出一阵嘘嘘声,高喊:“不算数!搬过去……”

王德福一示手,双手合十,谦虚道:“大家别着急,老鼠拉墨线——大头在后边。”王德福重复一下加油的动作,突然一击掌、跺脚……

“啊!”

一声大吼,王德福将碾磙子抱了起来,一步、二步、三步、四步……咣当一声，把碾磙子放在麻池的翘角上，麻池翘角缓慢地沉下。一会儿，长方形的沤麻池四角平行了。

咣！咣、咣……

王德福赢得了两派的拍掌叫好……

“士琦、士琦！”

王德福打断了张士琦的回忆，目光盯着张士琦……

“哎，叫你半天了，你想啥？”

“俺在想往事哪。嗨！这往事不可回首啊……”

“嘿，你还有闲心胡思乱想，火烧眉毛了！”

“啊！老队长，你别吓唬俺，有啥急事啊？”

“啥事！大急事！”

“哎呦，老队长你还卖啥关子，有话你就直说呗。”

王德福扫视一眼麻地上的黄麻杌子，问道：“俺问你，你们沤的麻几天了？”

张士琦胸有成竹，向王德福示出四个指头。说：“嗯，四天了，再有一天麻就出池了。”

“哎，别忘了这两天天气异常炎热，你可不能犯经验主义的错误。俺看过了，黄麻已经沤熟了，快去出池吧。”

张士琦沉思片刻，恍然道：“哦，可不是嘛，俺光想着时间了，忽略了天气的因素。”张士琦拉住王德福的手，感谢道：“谢谢老队长的提醒，要不这事就大了。”王德福点下头，督促道：“现在还来得及。哎！你们还愣着干啥，快去吧！”

“好。大家快走，咱们出麻去喽！”

一会儿,张士琦带领杀黄麻的大老爷们来到麻池边,张士琦趴在麻池边抽出几根黄麻杆一验证,果然证实了王德福的判断,庆幸道:"嗯,还真是的,老队长说的没有错,的确到了该出麻的火候了。"

张士琦打量下大家,提醒道:"大家还愣着干啥?快脱裤子出麻!"大家脱掉衣服,光腚吆吆喝喝地掀着麻池上的碾磙子……

张嘎光腚走到沤麻池的小路上,突然发现一帮娘们向他们走来,赶紧躲在一大石头后,高喊:"不好了,老娘们来!老娘们来了!"张士琦向路面一看,果然是菊花和姐妹们抬着一个大铁桶向他们走来。

一时,沤麻池上的光腚老爷们乱作一团。此时,大家已经来不及穿衣了,立刻争相躲藏起来……张士琦已无处可躲,立刻捂着隐私处,警告道:"喂!菊花不要过来!请你们绕道走!"

"嘿!张士琦这是闹得那一出,咱们给他们送水来了还让咱们绕道走,真不仗义。"推水的姐妹们抱怨。

菊花突然高声道:"喂,俺们来给你们送水的!俺们还能绕哪里去啊?"

"坏了,快过来了!真是的,咱们连个藏身的地方都没有。不行,不能让他们过来!张嘎,快跟他们讲清楚。"张嘎十分为难,羞涩道:"俺们在出麻,你们过来不方便……"

"咳!张嘎,狗日的,你拿捏啥。快,告诉老娘们,大老爷们在光腚干活,不准她们过来!"张嘎被张士琦劈头盖脸地骂了一顿。张嘎不敢怠慢,高喊道:"喂!前面的老娘们,俺们在光腚干活,不准过来!"

菊花听了张嘎的警示,嘿嘿两声,回敬道:"大老娘们,没那么好骗的,今天不是出麻的时间,你们骗不了俺们。姐妹们,走!过去看看这些

老爷们耍的啥鬼把戏。"

"嗷！走了。"

菊花冲在最前头,嗵嗵向沤麻池走来。

张士琦见张嘎败下阵来,一把拽住张盼富,要挟道:"盼福,看到了吧,你媳妇冲过来了,你看着办吧。"张盼富骂道:"奶奶的,疯娘们！这可咋办?"

张士琦在给张盼富煽风点火,怂恿道:"她们马上到咱们跟前了,还咋办？你给俺站起来！让她看看是不是真的?"

张盼富被逼得实在无路可走了,突然站起来,高声道:"菊花,这是真的！快回去！回去!"

"啊！俺的娘崃,还真是一帮光腚猴子。大家不要看！快闭眼……"菊花羞涩地转过身低下头。

哈哈哈……

菊花见大家在猫腰大笑,心里极不是个滋味,在责怪丈夫的不矜持,将光溜溜的身子暴露在光天化日之下,让这些大老娘们看笑话。

大老娘们越笑越来劲,菊花实在忍不下去了,训斥道:"笑！笑！这有啥好笑的,不就是一个光腚猴子,你们装啥正经的。哼！这有啥大惊小怪的,你们谁没有见过?"菊花还是不解气,索性将桶里的水哗啦倒了。嘟囔道:"哼！这水倒了也不给你们喝。"菊花的突然举动把大家镇唬住了,王媒婆胆怯地问:"菊花,真不让他们喝了?"

"哼！让他们喝沤麻水吧！走,咱们回家喽!"

菊花和姐妹们走了。张士琦对着躲藏的大老爷们喊道:"咳！人都走了,你们还装啥害羞的,大家快出来吧。"

大伙接着卸去压麻石,沤熟的黄麻立刻浮上水面。张士琦和大柱跳上浮起的黄麻上。张盼富和张嘎在麻池台上打接力,大家嗨哟嗨哟地喊着号子,听着吧唧吧唧的麻件水滴声,将沤熟的麻件扛到了路边……

生产队里的黄麻杀完了,才轮到杀自留地的黄麻……

一件件黄麻经过麻农的几道工序变成了黄麻皮。大家将剥下的麻皮捆好送到供销社就变成了钞票。

社员们数着到手的钞票,个个喜笑颜开。

马老汉卖了一捆麻皮,见供销社检查得不严格,马老汉突发臆想。

马老汉回家将小院子打扫得干干净净,又舀出一瓢凉水,含在口中噗噗像喷壶一样喷了一遍地面,才将剥出的麻皮拿到院子。马老汉像给出嫁的女儿扮装一样捯饬着麻皮。他折腾来折腾去,用了大半天的功夫,才捆好一个十多斤的麻个子。

马老汉盯着麻个子满意地点下头,心想:"这捆麻皮个子一定能买个好价钱。嘿,就等着数票子吧。"当啷,马老汉一不小心将一个小铁棍踢了出来,他猫腰拾起小铁棍,在手里掂量一下,狡黠一笑,暗暗地盘算起来……

马老汉将小铁棍偷偷地塞在麻个子里面,自语道:"好,真是天衣无缝,神仙也看不出破绽来。"

第二天,马老汉见检验员小马当班,赶紧扛来了那个大麻个子,谄媚道:"小马,俺也姓马,咱是一家人。一家人不说两家话,快给大爷盖个高等级的戳。"

"哦,是老马大爷。你放心,绝不会亏待你的。"小马猫腰拾起验麻的铁叉,在麻个子上噗噗插了几下,小马瞅马老汉一眼,和蔼地说:"马大

爷,解开吧。”

马老汉心虚,小马的铁叉子像插在他的心口似的疼痛难忍,额头沁满了冷汗珠……

小马见马老汉站在原地发呆,提醒道:“马大爷,你解开吧?”

“小马,你连俺也不相信了?解开再捆起来多麻烦啊。”

“马大爷,这是俺的工作职责,不是相信谁的问题,请你配合一下。”马老汉被逼到了悬崖,尴尬地说:“那是,那是。”马老汉猫腰解开麻个子,偷偷取出那根小铁棍,皮笑肉不笑地将小铁棒塞在腰间。小马像没有看到一样,提示道:“哦,马大爷你捆起来吧。”随后,小马拿起一级麻戳,嘭的在马老汉麻皮个子盖上一等红戳。

马老汉的麻皮卖了一个好价钱,他数着一大把钞票嘴都快合不拢了。

菊花和张盼富在中午头捆好两个大麻个子。

菊花午休醒来,惊讶道:“坏了,他大,咱的麻个子不见了。”还在午休的张盼富一听麻个子没有了,一骨碌从床上爬起来,惊叫道:“啊,真的吗?”

“哎!真的,咱这日子可咋过呢?”

“狗日的,一定是小常干的。哦,他这段时间老在家里转悠哪,原来如此……”

“他大,你磨叽啥,还不快到供销社看看,兴许还能追得回来。”

张盼富气得直跺脚,心想:“菊花说的在理,兴许还能追回来。”张盼富撒腿向外跑去……可是,张盼富跑进供销社一问,小常和张盼富是前后脚的功夫,小常刚刚提钱走了。张盼富一屁股坐在地上,骂道:“这个小王八蛋,可把俺害苦了……"

张士琦将麻皮变现后,心里乐滋滋的,一进家门口,马天花拽着张士琦进屋,便贴在张士琦的耳朵上嘟囔……张士琦听了脸色铁青铁青的,厉声道:"他敢,看俺不把他的腿打折。"

"他大,这事情只是听别人说的,还不知道是真是假,你咋这么沉不住气哪?"

小愣进家门,喊道:"娘,俺饿了,有饭吗?"

"哼!就知道吃。哎,你先把猪圈垫了再吃饭。"张士琦嘟囔着走出了家门。

"哼!就知道先干活再吃饭。娘,俺大咋了,老阴沉着脸像掉了钱似的。"马天花瞪一眼小愣,责怪道:"咋说话,没大没小的,还像个学生样子吗?"

"哼!天天就知道垫粪坑,垫粪坑……"

小愣背起粪筐,唠唠唤着猪走了……

张士琦走出大门,一想起马天花告诉的烦心事,他越想越来气,低着头嗵嗵向村东头走去。

"哎哟!你咋走路不看路哪,差点摔了俺的香油瓶子。"张盼富被张士琦撞了一个趔趄。张士琦歉意道:"盼富啊,不好意思,没有摔着吧?"

"哦,是队长啊,你这是咋了,像丢了魂似的?"

"谁丢魂了?哎,咋这么香哪?"

"香油,香油能不香吗?对了,队长,咱这种田的人,咋连香油也吃不上?你说这事奇怪不奇怪?"

"嗯,这事是奇怪。这样吧,明年,咱也种芝麻让大家都吃上香油

行吗?”

“嘿,那敢情好了,这可是你说的,君子一言……”

“嗯,驷马难追!”

张士琦不仅仅向张盼富保证,而且向生产队的老少爷们做了郑重承诺……

东阳种植黄麻让生产队和社员们尝到了甜头。俗话说:“大河无水小河干。”张士琦在盘算着扩大种植经济作物,不仅要社员吃上香油,而且让社员们得到更多的实惠。

翌年,经生产队研究扩大了黄麻的种植面积,并根据社员的需求种植了芝麻等稀有农作物,目的是提高社员的生活质量。

农村人民公社、大队、生产队是三级独立核算的经济实体。社员的经济账是先国家后集体再个人。在这个集体经济体制下,农村供销社发挥着人民公社的经济导向和服务的重要作用。而信用社却发挥着农村重点经济项目的扶持作用。东阳人民公社的经济发展是空前的,尤其是通过划拨自留地调动了社员的积极性,社员们种着自留地盼着日子一天天好起来。

“树欲静而风不止。”大队长从公社开会回来就心事重重,他不明白上级为什么把经济作物定性为“毒草”。一夜之间变成了资本主义的尾巴。

在建设社会主义的康庄大道上,长出资本主义尾巴这可是了不得的事情,社会主义国家绝不容忍资本主义市场泛滥。这次割资本主义尾巴,是李诚书记亲自布置的一项政治任务。

大队长张世荣从土改到今天的社会主义建设,李诚书记就是他的引路人,也是大队长敬佩和爱戴的一位老领导。李诚书记把生产队种植稀有的农作物视为资本主义尾巴,他心里就是解不开这个疙瘩。所以,公社扩大会议的精神迟迟没有传达……

张士琦和往日一样,在老槐树下安排完农活,便和大柱去了看坡屋。王士中见王德福来视察工作,边招呼边炫耀道:“这来的早的,不如来得巧的。俺刚从外地捎来斤好茶叶,咱们先喝一壶。”

“嗨,那敢情好了,咱们喝壶呗。哎,这秋老虎还真热呐……”

王士中翻出一桶茶叶,急忙走到炉灶边,一手扇着铫子下的火苗,一手掀起铫子盖观望,自语道:“这水咋了,烧了半天还不开呢?”

“哎,这铫子掀一掀烧半天。你啊,别老掀铫子盖。”大柱接着张士琦的话茬,说:“士琦,这铫子都掀过好几次了,按你的逻辑这水还得烧两天才行。嗨! 这茶恐怕是喝不上了。”

“嗯,大柱你有事等不得,可以先走,俺等得起……”

“嘿! 你还撵俺走? 俺偏不走,这茶俺是喝定了。”

“嗨! 不是俺撵你,是你自己说要走的。”

“哎! 来喽!”

王士中将咕嘟咕嘟的铫子放到地上。

“哎,咋不冲上?”

“哦,这茶是当年的新茶,这滚烫的水容易将茶叶烫熟,稍候片刻,莫急……”

“嗨! 这庄稼地里喝茶没那么讲究啊。”

大柱提起铫子,调侃道:“嗯,士中,这不是信用社,还有喝大茶聊天的时间。”

“哎！满了满了。这信用社可不是喝茶聊天的地方，而是用脑筋动心机的地方……”

王士中边盖茶缸子边问：“咋样，闻闻香不？”

“别说，这茶还真有香味哪。”

“嗯，让俺尝尝再说……”

“队长！不好了，出大事了！”

张士琦刚把茶放到嘴边，一听出大事了，腾的站起来，追问道：“啥？你说，出啥大事了？”张嘎慌忙跑来，急喘两口气，磕巴道：“队……队长，不好了！咱队出大事了……”

“快说，咱队到底出啥大事？急死人了！”

“哦，公社李诚书记带着一帮人去芝麻地了……”

“哎！领导去芝麻地能出啥大事？”

“啥事！他、他们给咱拔了。说咱们的芝麻地是资本主义的啥来？俺想不起来了。”

“哦，是资本主义尾巴。”

“对，是尾巴，就是资本主义尾巴。”

“啊，快走！他们这不是在祸害庄稼吗？！”

张士琦撒腿便跑，张嘎紧跟其后，大柱咕嘟喝口茶水，高声道：“哎，等等俺！”

李诚书记亲临现场，一面指挥拔芝麻苗子，一边训斥道：“张浊大队从解放就是我们东阳的一面旗子，社员的思想觉悟很高的。俺看问题就出在你们干部身上，特别是你这个大队长、书记身上。公社三令五申，要以粮为纲，你们张浊大队是当面一套背后一套，拿着公社的禁令当耳旁风。你看,这芝麻长就长在你的眼皮子底下,你竟然没有发现?"

大队长不敢违抗上级的命令,一边拔着芝麻苗子,一边聆听着李诚书记的教诲,听到动情处还不断地点头向李诚书记表示服从。

张士琦跑到地头,大喊道:"不能拔啊!不能拔!拔了就是糟蹋庄稼……"张士琦喊着跑到李诚身边,噗嗤蹲在地上,他双手抓住李诚即将要拔出的一棵芝麻苗,请求道:"书记,不能拔啊,种芝麻可是社员的心愿……"

李诚见张士琦在阻扰他们割"资本主义尾巴",火气噌的窜了上来,一脚蹬开张士琦,气愤道:"张士琦,你政治上是很危险的,不!是非常的危险。你竟敢私自带头搞资本主义,破坏以粮为纲的政策……"

李诚一阵暴雨式的训斥后,猫腰再次拔起芝麻苗……张士琦站起来,盯着被大家毁坏的芝麻苗,心如刀割,眼泪刷的掉了下来……大队长蹓蹓到张士琦身边,臂肘轻轻戳他一下,压低声道:"士琦,你少说一句话死不了人。俺的老祖宗,咱们要听领导的。"

张士琦擦把流在嘴角的泪水,耳边立刻回荡起与盼富的对话——

"香油。能不香吗?对了,队长,咱这种田的吃不上香油,你说奇怪不奇怪?"

"嗯,这事真奇怪。明年咱就种芝麻让大家都吃上香油行吗?"

"嘿!那敢情好了,这可是你说的,君子一言……"

"嗯,驷马难追!"

张士琦乜视一眼李诚和薅芝麻的工作人员,计上心来,立刻跑到李诚眼前,一边薅芝麻苗,一边表示道:"李书记,俺想通了,种芝麻是俺认识不到位,思想觉悟不高,贯彻执行上级指示不利,才酿成今天的大错误,俺请求公社给俺处分。"

大队长皱一下眉头，默默地说："哼！这不是士琦的风格。嗯，这个老伙计演的哪出戏？"

李诚被张士琦突然的思想转变打动了，停下薅芝麻苗的手，注视着张士琦，笑呵呵地说："嗯，这才是一个合格的生产队长嘛。咱们不怕犯错误，就怕有了错误不改正，改了错误就是好同志。"

"请李书记放心，我们调社员来立刻清除这些经济作物，把资本主义尾巴割掉。"大队长见张士琦有了新的认识，总算松口气。走近李诚，谄媚道："是啊，李书记！士琦态度明朗了，思想转变得很快。俺看这样吧，你们回去休息，俺发动社员打个割资本主义尾巴的歼灭战，绝不让这些资本主义的东西活过今天。"

"行，俺们回去。这个任务就交给你们了。"

"李书记，你放心，我们一定改正错误的……"

李诚一行走了。

大队长这才把提到嗓子眼的心放了下来，欣慰道："士琦，真没有想到你转变得这么快呢，总算过关了。快，快召集社员把这些苗子处理掉。哎，可不能荒了这块地啊，再种上高粱。"

张士琦像没有听到大队长的话一样，扫视一眼扔在地上的芝麻苗子，吩咐道："大柱，快，快！把这些芝麻苗子栽上。"

"啥？上级不是让咱们处理掉吗。"

张士琦一招手，伸头贴在大柱耳朵上私语……大柱睁着大眼睛，高兴道："好，太好了，太好了。"

"嗯，那你赶快去吧。"

张士琦把大柱支走了，大队长追问："哎，咋还不执行哪？"张士琦摇下头,又和大队长咬起了耳朵……

大队长先是一愣,在张士琦的说服下,沉思片刻,表示道:“士琦,你给俺听着,俺啥也没有听到,你好自为之……”大队长哼了一声,自语道:“哼! 原来是给李诚书记唱了一出缓兵之计。”大队长倒背着手走了。

经过张士琦和大柱的精心策划,被拔掉的芝麻苗全部重新栽上了,所不同的是芝麻地的四周全部栽上了高粱苗子。张士琦来了一个兵不厌诈,明处栽上高粱,而暗处还种着芝麻苗。在外观看是一片高粱地,在李诚书记的眼里这是一块拔掉芝麻种上高粱的纠错地,在政治上是社会主义战胜资本主义的一块教育阵地。

秋后,地里的芝麻一熟,张士琦便偷偷地分给了社员,社员在自家的炕头上搓下资本主义尾巴。

晚上,张士琦借着月光,悄悄地敲开大队长家的大门。张士琦进门飘出一股子香油味,大队长闻了闻,不解地问:“士琦,你们就为了这个味冒那么大的风险。哎,真是不值得啊。”张士琦从怀里掏出两瓶香油。刘芬惊讶道:“啊,香油,这东西真是几年不见了,难得,难得。他大,不是俺说你,你这大队长干得连个芝麻都不敢种,你还能干点啥?”

“你懂个屁! 士琦,你快拿走,这个事情俺就装不知道……”

“咦! 俺是给嫂子的又不是给你的,你怕啥?”

刘芬收着香油,又打开瓶口抹了一指头咂了咂,惊讶道:“真香啊! 哎,人家士琦给俺的,俺们吃没事……”

“好,好,这事就这么过去了。以后啊,可别冒这样的风险了……”

“嘿、嘿,这还差不离。不过,这事情还得谢谢,如果没有你的默许,根本保留不住那块芝麻地。大恩不言谢,俺走了。”

第十五章

在拾筐里蜷曲的大队长

文革之风席卷全国。东阳人民公社一夜间自发地组织起一支捍卫毛主席革命路线的队伍。这支队伍很快分成了两大派。一派是革命的造反派；一派是革命的保皇派。所谓的两派都自认为是保卫毛主席的革命路线，视对方为修正主义、反对毛主席革命路线的。所以，他们相互攻击诬陷谩骂，直至升级到武斗。

东阳人民公社在历次的革命运动中不甘落后。这次无产阶级文化大革命很快席卷到乡村各个角落。各大队的各派视大队民兵为队伍的重要武装力量，民兵成了两派亟欲收拢的重点对象。在革命无罪，造反有理的革命年代，没有做不到的事情，只有想不到的事情。张盼富一看两派都在拉拢民兵携枪加入造反组织时，后怕道："娘啊，这枪可不是闹着玩的事情，一旦双方交手可是人命关天的大事，其后果不堪设想……"这事是越想越大，他心里是越想越害怕。张盼富匆忙跑向大队部向大队长做了汇报。

大队长得知这个情况也是提心吊胆的，担心两派由文斗转为武斗，吓得额头直冒冷汗。大队长不敢怠慢，立刻指示："情况紧急，时不我待，立刻收缴枪支弹药封存。"

道高一尺,魔高一丈。当民兵连长张盼富向民兵传达大队收缴枪支弹药封存的时候,各大队的基干民兵已被两派笼络。张浊大队以马六为首的基干民兵一夜间倒向了造反派。

各大队基干民兵的参与大大增强了两派武装斗争的实力。马六仗着手里有枪杆子,坐上了东阳公社造反派的头把交椅,在东阳造反派里戏称为马司令。

革命不是请客吃饭。革命的斗争形势一浪高过一浪。东阳两派的矛盾不断升级,革命的两派武装冲突一触即发。踢开地方党委闹革命被认为是造反有理的革命行动。马司令的造反派为了消除异已,直接把矛头对准了保皇派。保皇派认为掌握着革命真理又兵强马壮,毫无妥协和谦让的迹象,以“人不犯我,我不犯人,人若犯我,我必犯人”的斗争策略应对。

马六牢记毛主席“枪杆子里面出政权”的胜利法宝。经过深思熟虑,认为:“大辩论大字报是说服不了保皇派的,只有采取革命的行动才能让他们放下武器甘愿交出走资本主义道路的当权派。”

常言说得好:“初生牛犊不怕虎。”马六年轻好胜,处事容易走极端。夜间,他出其不意,突然向保皇派发起了进攻。当两派真枪实弹的较量时,把保皇派打了一个措手不及。刹那间,保皇派军心动摇,兵败如山倒,他们弃下占领的公社大院,带着寥寥无几的人转移到苞米地,企图保存革命的实力借机东山再起。

马司令的造反派一鼓作气直捣保皇派的老巢,对保皇派的人员软硬兼施,统战攻守全面实施,一阵乱枪之后,保皇派投诚的投诚缴械的缴械。

马司令的造反派大获全胜，宣布成立东阳公社革命委员会，并自封为主任。他的这一举动得到县造反派的高度赞扬和通报嘉奖。

马司令毕竟是井底之蛙没有见过大世面，政治大局观念淡薄。在与保皇派武力争斗中，凭着年轻好胜盲打莽撞，他是歪打正着取得了主动权。用他的话说："打保皇派就像童年打坷垃仗一样好玩……"马司令不懂政治更不懂造反的目的。

就在造反派揪走资本主义当权派的时候，马六见张浊大队长张世荣也被列入揪斗对象，他犹豫了。他想："大队长张世荣可是张浊大队德高望重的老书记老大队长，也是俺心目中的正义之偶像。一夜间，咋也成了造反派专政的对象？"

马司令困惑了，他不知道如何是好。一时间，东阳造反派工作停滞不前，徘徊在往日的功劳簿上，影响了全县造反派的革命行动。这让上级造反派大为恼火，认为东阳造反派的负责人马六是个胸无大志的庸人，不再适合担任东阳人民公社的造反派负责人，必须由上级指派一名德才兼备的人员接替马六的职务。

上级很快下达了命令。命令刘盛接替马六东阳造反派负责人的职务，也就是造反派自封的东阳人民公社革命委员会主任。

刘盛一到东阳人民公社，立刻把造反派的中心工作转移到揪斗走资派的革命行动上。

造反派揪斗走资派的誓师大会一闭幕，造反派立刻采取了革命行动。他们兵分两路。一路人马揪斗公社驻地的走资派；一路人马进入各生产大队揪斗走资派。造反派把各生产大队列入揪斗走资派的重中之重。刘盛再三强调："揪农村生产大队的走资派，是一项艰巨而光荣的任务。革命不是请客吃饭。对那些执着走资本主义道路的当权派绝不能心慈手软,要进行坚决的革命斗争,不获全胜决不收兵!”

可见,刘盛对走资派的痛恨是深刻的,具有不共戴天的深仇大恨。刘盛认为东阳公社的走资派李诚与张浊大队走资派有瓜葛,他们是脱不了干系。李诚曾纵容大队种植芝麻已是不争的事实,不仅仅是割资本主义尾巴不彻底,而且具有包庇张浊生产大队长的嫌疑。为了慎重起见,刘盛要亲自指挥这场揪斗张浊大队走资派的革命行动。

为不打无把握之仗,刘盛连夜找来马六详细了解张浊大队的情况……

刘盛见马六张口闭口地叫大队长张士荣大爷,立刻火冒三丈,拍桌训斥:“马六,你有没有阶级立场,你咋和走资派攀亲扯故,竟然和他们走到一条路上!”马六知道政治问题的厉害关系,赶紧申辩道:“刘司令,俺没有那个意思,只是觉得张士荣大爷不像走资派……”“啪!来人,来人!”

“到!”

门口两名全副武装的造反派冲了进来,请示道:“司令,有啥吩咐?”

“无产阶级革命立场不得有半点的犹豫。我们革命造反派不能冤枉一个好人,也决不放过一个坏人。马六同志在揪斗张浊大队走资派的斗争中,立场暧昧不坚定,具有通敌的重大嫌疑。为了革命队伍的纯洁性,为了揪斗张浊大队走资派的革命行动不泄密。我宣布停止马六同志的工作,从现在起马六接受组织的审查。另外,在未抓到张浊生产大队走资派之前,绝不许马六离开本部半步……”同时,凡是与张浊有关联的人员全部异地执行任务,张浊揪斗走资派的任务全由异村的队员执行。

“是！坚决完成任务。”

马六失去了自由,这次停职审查标志着他政治生命的终止。俗话说:“落地的凤凰不如鸡。”马六无论咋辩解也得不到刘盛和造反派的信任和怜悯,只有违心地反省自己的问题。

刘盛怕夜长梦多,一边寻思,一边嘟囔:“张浊大队就是大走资派李诚的老巢,如果揪出张浊大队的走资派来,就能追根求源挖出李诚的新罪行。显而易见,大走资派李诚就是包庇张浊生产大队走资本主义道路的总幕后人。嘿！那时我这个东阳人民公社革命委员会主任,谈不上青云直上也得连升三级……”刘盛越想越兴奋,不由得开怀大笑。

刘盛连夜将大队长和张士琦以研究生产为名诱骗到东阳人民公社。生产大队长张世荣一进公社大门就被造反派控制起来。刘盛连夜突击审查了大队长和张士琦,非让他俩承认种植芝麻是受李诚书记所指使……

大队长眼里揉不得沙子,一听火了,拍案指责:“你们这是栽赃陷害；你们这是颠倒是非黑白！生产大队种植芝麻是社员自发行为,这与李诚书记没有任何关系。当种植芝麻事情暴露后,李诚书记还亲自带领公社工作人员薅掉了部分芝麻苗……”刘盛是带着感情色彩提审大队长张世荣的。无论大队长张世荣咋为李诚辩解都是徒劳的。刘盛是铁了心将李诚置于张浊大队种植芝麻的总幕后指使人的地位。

张世荣为人豪放,从不说违心话办违心事。他刚正不阿的性格,痛斥了刘盛栽赃陷害革命老干部的卑鄙行为。刘盛被驳得脸色都变了,恶狠狠地谴责:“张世荣,你是茅坑的石头又臭又硬,你是一个不肯改悔的走资派……”大队长最终不仅被扣上走资本主义道路的当权派,而且被刘盛划为大走资派李诚的骨干分子。

张士琦也被打成大队长张世荣的同案犯。张士琦在为大队长鸣冤，主动讲清了种植芝麻的实情……张士琦悔恨自己固执偏见，不听大队长的好言劝说，竟然为了一点香油害了大队长也害了李诚书记。张士琦悔恨得痛哭流涕，一想知道这事的人很少，自语："不对啊，刘盛一个外乡人咋对张浊大队的情况一清二楚……哼！一定是造反派马六告的密。对，就是他。马六，狗日的。你吃里扒外，种植芝麻你家也是举手同意的，你狗日的也没少吃香油。事到如今，你推得倒是干净。马六！你良心何在，你的良心被狗吃了！"

刘盛是歪打正着，张士琦的痛斥让刘盛得到了意外收获。刘盛竖起耳朵听罢，惊讶道："真是狗咬狗一嘴毛，真没有想到还有意外收获。哼！好一个胆大妄为的马六，竟然是混在我们革命队伍的阶级敌人……"马六时运不佳，本想在造反派里捞点好处，一夜间被自己的组织打成了走资派的帮凶。当晚，刘盛将造反派马六划为阶级异己分子，走资派的忠实帮凶。为了纯洁造反派的革命队伍，刘盛以组织的名义把马六清除出革命队伍，打成了阶级异己分子和走资派的忠实帮凶。

揪斗张浊大队走资派的革命行动初战告捷，造反派还挖出了混进革命队伍的阶级异己分子马六，真是战果辉煌。

第二天早晨，大队长张世荣突然晕倒了。张士琦一边施救，一边大喊："快来人啊！大队长晕倒了……"负责看守的造反派，当当敲着门口，纠正道："奶奶的，啥大队长，俺这里只有走资派，没有大队长。"

张士琦是秀才遇兵，有理讲不清。为了让大队长能及时得到救治，立刻低头服软，奉迎道："对，你说的没错，这里没有大队长，只有走资派

……”看守听着这话顺耳舒心。张士琦再次大喊道:“不好了！走资派晕倒了……”看守伸着脖子,问道:“嗯,走资派晕倒了。啊,不是畏罪自杀吧?”

“哼！他有何罪？凭啥自杀？快救人吧!”

“好,好,俺去找人来。”

“咋了？慌慌张张的成何体统,你还像不像一个革命战士?”

“刘司令,俺正找你哪,在押走资派晕倒了。”

“哦,走！去看看。”

刘盛走进屋拽开张士琦,训斥:“躲开！哼,看你走资派耍啥心眼。”

张士琦像躲瘟神一样避开了刘盛。刘盛略懂点中医,把过大队长脉搏断定无大碍,只是气盛攻心所致。吩咐道:“快！给我倒碗凉水来!”

“司令,这里有水,给你。”

张士琦不知道刘盛在耍啥把戏,制止道:“刘司令,这人命关天,快把他送医院吧?”

“咦？走资派还用上医院吗？给他随便治治就行了。再说了,游街没有这个主角能行吗？走开!”

“你！你这是在犯罪!”

刘盛像没有听到张士琦的质问一样,含起一大口水,猫腰喷在大队长的脸上……嗨！刘盛这阴招还真显灵,大队长啊的一声,竟然缓过气来了。大队长睁开眼睛,见刘盛正张着大嘴对着他狞笑……大队长抹一把脸上的水珠,心想:“啊？这水是从他大黄牙里喷出来的?”大队长哇的一声,猫腰干哕起来。

刘盛吐着口里的余水,得意道:“哼！走资派休想逃脱俺的手心。吩咐下去,下午,咱们押着三个走资派去张浊大队游行……”

张士琦见大队长醒了又干哕起来,赶紧轻轻捶着大队长的后背……

刘盛带着一帮人押着马六来到关押张世荣和张士琦的门口。张士琦见马六挂着阶级异己分子、走资派的忠实帮凶马六的牌子,不由得笑道:“嘿! 这是给俺唱苦肉计吧? 奶奶的,马六你出卖俺们,你不得好死!”大队长张世荣懵了,对着骂人的张士琦不知如何是好。马六无奈地摇头,冤屈道:“张大爷,张叔叔,真不是俺告的密,你看,俺也被他们打成阶级异己分子,成了你们的帮凶。”

刘盛哼了一生,骂道:“奶奶的,啥时候了还在给俺们演戏……”然后,盯视着大队长张世荣,严肃地宣布:“你们没有想到吧,被你们安插在我们革命队伍的线人马六终于被揪了出来。快,给他俩挂上牌子拉出游街!”

张士琦搀扶大队长挪动几步,大队长打一个软腿,一屁股蹲在地上,愤怒道:“俺实在走不动了,要杀要剐你们随便……”

刘盛拽了一把大队长张世荣,见大队长张世荣还是站不住,赌气一把扔下大队长张世荣,嘟囔:“哼! 真是没有用处的东西。奶奶的……”一矮个造反派,抢话道:“司令,咱们就押着这俩游街……”

“不行,这是个关键人物,没有他咱们的游街意义不大。张世荣是主犯,说啥也得让他去。”矮个造反派被刘盛驳得一句话答不出来。不过,狡猾的矮个造反派眼一眨,鬼点子爬上心头,狡诈地一笑,伸头和刘盛咬起耳朵。刘盛听罢,突然指着矮个造反派,骂道:“你是人小鬼大,心眼真够好使的。保皇派骂俺坏,他奶奶的,你才是真坏呢。好,就按你说的办。”

一会儿的功夫，矮个造反派一手拿着一根棍子，一手拉着一臭烘烘的抬筐来到门口。他指着马六说："你，过来。哎，还有你张士琦，你俩一前一后抬着……"这胳膊拧不过大腿，马六和张士琦只能服从革命的行动。否则，一定招来革命的暴力惩罚。

大队长张世荣和张士琦一去人民公社，刘芳芳心里就犯嘀咕，急忙放下手里的活儿向马天花家奔去。

马天花见张士琦夜不归宿，心里像打小鼓似的怦怦直跳。此时，马天花正站在门口眺望着……一看到刘芳芳来了，立刻迎去打探消息。

刘芳芳说明来意，担惊受怕的马天花恍然道："哎，莫非他俩被造反派劫持了？"

"哎呦，俺的亲娘，俺咋没有想到呢，这可咋办哪？"刘芳芳抹着泪撒腿向菊花家走去，心想："现在只有找民兵连长张盼富想办法救人了……"刘芳芳拐过一条胡同，见菊花正站在门口。三姐妹见面一唠叨，心里更紧张了。张盼富见三姐妹站在大街上说话，提示道："菊花，造反派手里都有真家伙，你们不要站在大街上，这子弹可是不长眼睛的。快，到家里来。"张盼富的提醒，让气氛更紧张了，刘芳芳和马天花吓得手都颤抖了。

大愣和小芹也在打探张士琦的下落，就在大愣决定去公社找张士琦的时候，村东突然传来敲锣声。

大柱边跑边喊："不好了，造反派进村了，造反派进村了！"

大愣打了一个冷颤，赶紧跑回家给小芹报信。小芹四年前又生下一个儿子，叫洋洋。她领着洋洋一听村里来了造反派，吓得一屁股蹲在地上，哭诉："大愣，咋办，咱家的东西藏哪里去啊。"洋洋跺着脚，哭喊：

“大,俺的小兔子咋办?快,给俺藏起来……”

大愣默默地鼓励自己,“冷静,冷静,再冷静。”大愣终于冷静下来,劝说道:“小芹,别害怕。造反派还不至于进村打劫,他们是斗人游街不会打劫。小芹在大愣的宽慰下,才肯放下手里的东西,拽着洋洋跑进屋里藏了起来。

大愣站在门口,竖着耳朵在静观事态的发展。

“当!当!当!贫下中农同志们,张浊大队的父老乡亲们:我们是革命造反派,是保卫毛主席革命路线的革命队伍,我们在批斗走资派,欢迎张浊大队的父老乡亲揭发批判走资派……”

大愣听到这喊声,悄悄地走到大街。张盼富一看到张士琦和蜷曲在抬筐里的大队长,心里难受极了。一见马六也被批斗,嘟囔:“哎,奇怪了,这造反派咋也被挂牌子游街哪?”张盼富不敢想下去了,赶紧跑回家通报,并叮咛菊花赶紧把两位走资派家属藏起来,预防不测。

刘盛望着沿街围观的村民,立刻露出了胜利的笑容,振臂高呼:“打倒走资本主义道路的当权派!打倒走资派张世荣!打倒走资派张士琦!打倒走资派的忠实帮凶马六!”

大愣一听打倒张士琦,心里咯噔一下,怒不可遏,突然一边向游行队伍冲去,一边大声叫着“大、大……”张士琦见大愣冲过来了,立刻念叨:“哎呀!这还了得。这二毛五不是要闯大祸吗!”造反派见大愣向他们冲去,荷枪实弹的造反派立刻向大愣包抄过去。说时迟,那时快。大柱一个箭步冲到大愣身后,一把抱住了大愣。大愣见大柱在阻拦他,又抓又闹非要为张士琦澄清事实。瞬间,荷枪实弹的造反派把大愣和大柱包围起来,呵斥道:“你们想干啥?想破坏革命行动吗?”张士琦看在眼里

急在心里，一个劲地朝大柱使眼色，暗示不要大愣冲动。

大柱心领神会，立刻点头哈腰，对着端枪的造反派，解释道："俺俩在喊打倒走资派！打倒张士琦！"

"不对啊，刚才听到的是在喊大，就是喊爹的声音。"

"哦，是俺们太激动了，有点磕巴……"

大柱用善意的谎言蒙骗过去，造反派虚惊一场，立刻解除了警戒。大愣气得直跺脚，大柱压低声道："大愣要冷静，千万不要冲动。"

一造反派瞅大愣和张士琦一眼，突然大喊："不对！这是张士琦的大儿子，大愣子……"刘盛立刻抄了过来，问道："咋了，一惊一乍的？记住：凡是阻碍革命行动的行为都要实行无产阶级专政！给予坚决的反击，决不姑息迁就！"

"司令，这是张士琦的大儿子，大愣子。"

大愣不服又在大柱怀抱里挣扎一阵，大柱暗暗地说："大愣，你今天要是不冷静可真是二愣子了……"刘盛上下打量着张士琦爷俩，疑惑道："哟，看看张士琦儿子是啥态度？"

刘盛走到大柱眼前，大柱抢先道："司令，大愣要和张士琦划清界限，刚才还举手高呼'打倒张士琦'哪。俺怕他爷俩再打起来才抱住了大愣子。"

"哦，不错，亲不亲阶级分。好样的，这种大义灭亲的精神值得大家学习。他叫啥咪？"

"哦，大愣。"

刘盛突然振臂高呼："向大义灭亲的革命群众大愣同志学习，深入揭批走资派……"

大愣忍无可忍,刚想反驳被大柱捂住了嘴角,才让激动的大愣冷静下来。

张士琦见大柱化解了险情,心里踏实了。这时游街批斗走资派的革命行动拉下帷幕。张士琦和马六抬着大队长张世荣向西走去……"

游行队伍走了……大家捂着心口,异口同声地说:"哎呀!吓死了,这咋和做梦似的……"大家聚在一起,心有余悸地议论着这令人意想不到的情景……

张盼富和大柱商量,决定到公社营救大队长和张士琦。

"哎!回来!"

"真是的!快,过去看看……"

张盼富和大柱大步迎去,大家从马六背上搀下大队长张世荣,刘芳芳搀着大队长张世荣嘤嘤啜泣。张世荣站稳后,朝大家微笑,坚定地说:"乡亲们,这没啥了不起,他们斗不倒俺的。刘芳芳,你哭啥,俺这不是好好的吗?"大家立刻转移了视线,指着马六的鼻子,谴责道:"马六,这都是你干的好事!"马六无地自容地低下了头。张世荣对着指责马六的人,摆手道:"不要怪罪马六,马六也是无辜的。革命同志不怕犯错误,就怕不认识错误,认识到错误只要改了就是好同志。马六转变了立场,现在和俺站在了一条战线上。"

张士琦拉着大柱的手,感谢道:"谢谢大兄弟,要不是你阻挡着大愣把事圆滑过去,大愣今天还不知道惹出多大的乱子来。"

大愣哼了一声,瞪着眼珠子摆出一副不服气的样子,抱怨道:"要怨就怨大柱叔,要不是他抱住俺,俺非得和他们理论个高低。"

"咳!傻儿子,你算错账了。在那个时候你使劲批老子,应大声批大

声骂。你打倒老子也不少一块肉,反而还落个肃静。”说来也巧,自从抬着大队长张世荣游街后,东阳造反派突然安静下了。不久,参加造反派的民兵纷纷跑了回来。大队长闻声,立刻命令张盼富收缴枪支弹药封存。后来,广播里又传来李诚书记的讲话……再后来,刘盛因上级造反头子犯罪受到牵连被单位开除公职。刘盛因认罪态度较好,才躲过囹圄之灾。

从此,东阳人们公社的造反派再也没有发展起来。张世荣和张士琦也躲过一难,马六经过这次教训也安分守己了,成了生产队的主要劳动力。

第十六章

工分——社员的命根

春夏秋冬，周而复始，眼下已到秋种时期。太阳落山，张士琦一家吃过晚饭，翻出工分簿，便去生产队里记工分。

张嘎自从接任王士中的会计一职后，每天晚上要挑灯夜战给社员们记工分。

张嘎和往常一样，吃过晚饭，深一脚浅一脚地来到队部。

第一生产队队部是独居老人张源的一处宅院。去年，张源去世。因为张源生前是生产队的五保户，所以，张源这大宅院归生产队所有。俗话说："远怕水，近怕鬼。"由于张源的媳妇在南厢房自缢的，从此，这宅院便被大家传为凶宅。张源这处宅院有数个版本的传闻。有传说在半夜里能听到张源媳妇的厉哭；还有传说深夜在门口碰到张源媳妇在开大门……甚者有传说张源媳妇在夜深人静的时候，伸着长长的大舌头，在宅院内跳来跳去的……

这传说一传十，十传百。这诡异的传说像使用了酵母的发面团，很快在村里发酵了。一时间，大家谈宅色变，把张源的宅院列为禁区。晚上，胆小怕鬼的人把张源家门口视为鬼区，不敢靠近一步，生怕碰到了传说中的厉鬼。

张嘎在白天和月亮天还不在意这些传说,在晚上特别是遇朔日,张嘎心里犯嘀咕。今逢朔日,张嘎打开队部大门便向四处张望,企盼着来个记工分的人和他做伴。可是,事与愿违,有时半天来不了一个人。张嘎干咳两声,壮着胆子,大声问道:“有人吗?”张嘎在投石问路,寂静的夜晚让他毛骨悚然,并无应声。

张嘎扶着墙壁走近正屋门口,慌慌张张地打开二道门锁。

喵!

一只大花猫从墙角窜了出来,张嘎哎哟一声,扔下钥匙转身便跑。他一头扎在大愣怀里。大愣抓住张嘎,大声问:“张嘎,你咋了,你跑啥呢?”张嘎吓出一身冷汗,颤抖道:“没啥,一只大花猫把俺撞出来了。”

“哈!哈!啥猫,你是不是看到吊死鬼了?”

民间传说“八字”硬的人鬼附不了身,且鬼都躲着走,大愣属于八字硬的人。大愣这句不经意的玩笑,让张嘎更紧张了,他抱住大愣的胳膊,颤抖道:“大哥,你可别吓唬俺,俺真的害怕吊死鬼……”大愣一只脚踩到一个硬东西,对着摸索口袋的张嘎,问道:“张嘎,你在找钥匙吧?”

“是啊,一不小心,不知道掉哪里了?”

“嗯,你别找了,在这里哪!”

张嘎推开二道屋门,慌忙点燃罩灯。

煤油罩灯立刻把队部照得通亮。在没有通电的日子里,队部这盏灯已是生产队最高级的照明灯。这盏高脚灯不仅底座高而精致,而且灯口上还加装了一个长葫芦型的玻璃罩,即防风又明亮。灯芯还能拈动,可大可小。这时尚的高脚灯被称为官灯,只有官方和集体单位用得起这灯。张嘎把灯芯调到最大亮度,这才缓解了刚才的紧张。

一会儿的功夫，社员们陆续拥到队部排队记工分。刚才还阴气极重的队部，在大姑娘小媳妇的嬉闹中，一下子热闹起来……

张嘎在大愣工分簿上记上：推车一天，并在工值栏填上12分。

别看大愣识字不多，可是，工分一栏，他一看就明白，嘴里嘟哝："推车12分，今天俺满分。"人民公社实行的是按劳分配、多劳多得的分配原则。生产队根据劳力的生产价值，一一做了评估，所以记工分是有根有据的。

张嘎一阵忙活，社员们的工分基本记完了，他环视队部一眼，嘱咐道："大愣，你等俺一会儿，咱们作个伴儿。"大愣攥着工分簿，瞅张嘎一眼便圪蹴在墙角上，督促道："张嘎，俺推一天车子累了，你得快点啊。"张嘎嗯了一声，慌忙归整东西。他刚拧上笔帽，突然迈进一位少妇，一进门便说："张会计，俺记工分。"来人正是张强媳妇刘青。张嘎不屑一顾，张口道："哦，俺要走了，你明天再记吧。"刘青"哦"了一声，要求道："张会计，俺黑灯瞎火地来了，你就不差这点时间了，给俺记上呗。"

"哎！你这娘们，咋听话不听音哪？俺说明天记，就明天记，走，走！"

刘青过门不久，一听张会计在不耐烦地赶她走，解释道："张会计，明天，你可不能不认俺干的啥活儿。好，俺走了。"

刘青是秋香换亲来的媳妇，和秋香家一样都是地主成份。这桩儿女换亲婚姻，也可以说是门当户对。所不同的是他们裙带关系的称呼相对复杂点。刘青和张强也算是天生的一对；秋香和刘青的哥哥刘召也算是地生的一双。这迟来的婚配歪打正着，成为幸福的两对夫妻。

大愣爱屋及乌，感觉不公，腾的从墙角站起来。大楞的突然举动，刘青惊得连忙后退两步，恭敬道："哎，大愣兄弟，你也在啊？"

大愣嗯了一声，道："嫂子，你来记工分，张强哥哪？"

"哦，你大哥迷恋中药书。他啊，晚上是大门不到二门不出关起门来读药书哪。哦，是他撵俺来了，真不碰巧啊，张会计要走了。"

大愣盯视着张嘎，生硬道："张嘎，快给张强嫂子记上工分。"

张嘎对着大愣皮笑肉地嘿嘿两声，推辞道："嗨！明天再记得了，咱们走吧。"

大愣见张嘎不给面子，火噌的窜上脑门，左手掐着腰，右手指点着张嘎，严厉地说："张嘎，你小子不地道，这点小权也学会刁难人？你动下笔头能累死你！"

刘青怕伤了大愣和张嘎之间的和气，劝道："大哥，俺明天再来，千万别伤了你弟兄间的和气，俺走了。"

大愣跬步门口，伸手挡住了去路，说："嫂子，你不用走。今天，俺非让他给你记上工分不可！"

常言说得好："这软的怕硬的，硬的怕愣的，愣的怕不要命的。"张嘎惹不起大愣，突然软了下来，示好道："好，好，给你张大嫂子记上……"

刘青尴尬地递上工分簿，说："这是张强的，这张是俺的……"

"干啥活？"

"哦，俺和张强掏大粪一天。"

"张强掏大粪一天 12 分，刘青掏大粪一天 10 分。"

刘青是个文化人，一看到张强一天挣 12 分，而自己一天才挣 10 分时，盯着工分簿在纳闷。片刻，刘青以商量的口气问道："张会计，俺俩干的一样的活，咋给张强记 12 分只给俺记 10 分哪？"

张嘎瞅刘青一眼，推辞道："张强媳妇，这个事情可不怨俺，这是大队的工分规定。俺只是一个执行者。”刘青点下头,自语道:“哦,这不符合党和政府一贯倡导的男女平等、妇女能顶半边天的政策,何况俺两人干的同样活工分距离相差这么大,这不公平……”

其实,工分问题早就有人向张嘎提起过,张嘎知道这个规定不符合党的政策。但是,张嘎无力更改这个错误的规定,他是爱莫能助。于是,张嘎跟着刘青发了一通牢骚,为妇女的工分报酬鸣抱不平。刘青点头感激着张嘎的理解,谢过张嘎和大愣赶紧离开了。

张嘎望着刘青的身影,佩服之至,自语道:“奇怪了,这个娘们走黑路咋不害怕哪?”

大愣接过张嘎的话茬,解释道:“嗯,别看刘青是个娘们,人家是有文化的人,根本不相信迷信。哼!不像你半瓶子醋乱晃荡……”张嘎跟在大愣身后,慌忙锁上门快步向家跑去。

大愣朝着张嘎的方向,提示道:“张嘎别跑,小心磕倒!”

第二天,张士琦一早来到大槐树下,当当敲响了大钟。

社员们闻声拥到大槐树下,在七嘴八舌地议论着工分的不公……

刘青自知成份不好也不敢直言,只能洗耳恭听。菊花早已愤愤不平,突然当当拍打着铁锨,发问:“队长,你们定的工分公平吗?”

张士琦先发制人,追问道:“盼福家,你是村干部家属,可不能跟着大家瞎起哄……”

张士琦这一招果然凑效,这顶官帽给菊花扣上还真让她哑口无言,呆呆地望着大家。

“工分、工分是社员的命根……工分、工分是社员的命根……”

小愣和几个半大孩子们,背着柳筐边喊边向大槐树走来。

刘芬憋不住了，她接着菊花的话题问道："队长，这干一样的活工分咋不一样呢？你得给俺妇女们一个说法呀？"

"老嫂子，这好说嘛，因为你是女的，所以就不一样呗！"

王媒婆见男人在歧视女人，实在看不下去了，插话道："这新社会讲的是男女平等，妇女能顶半边天……"王媒婆一提到妇女能顶半边天，立刻引起大老爷们的起哄……

"哦，男人不行了，妇女才能顶半边天，这不扯平了嘛！"

"女人能顶半边天，就是说男人顶一个天……"

菊花听了大老爷们的噱头，她忍无可忍，高高举起铁锨再次重重地击向地面。菊花的这一举动，把吵吵闹闹的大老爷们吓了一个趔趄。张士琦也把来到嗓子眼里的调侃话咽了回去。张盼富两眼斜视着菊花不知如何是好。

菊花扫视大家一眼，愤怒道："哼！好一群没有良心的大老爷们，没有女人你们能过日子吗？姐妹们，以后不让他们靠近咱们。咦！那时你们还一个天，俺看你们半天也过不下去！"

妇女们异口同声，声讨道："对！不让他们靠近……"

张士琦见惹怒了妇女们，个个来势汹汹，自知理亏，圆场道："俺说，各位半边天们，大家先息怒，咱们有话好商量。刚才小孩子们喊得没有错，工分就是社员的命根……现在，社员就是靠挣工分吃饭。我们的工分评估确实存在同工不同酬的问题，具体体现在干一样的活得不到一样的工分。咱们的工分评估制度有失公平正义。你们看，这样行吗，俺把大家的意见反映给生产大队，由上级领导裁决，咱们就不再议论工分这个话题了。下面，俺分配活儿……"

张士琦既是生产队长，又是扶耧播种的好把式，生产队播种小麦由他亲自扶耧。

开始拉耧的有大愣他们，别看他们是清一色的壮劳力，可不是拉耧子的最佳人选。大愣他们虽然是清一色的整劳力，挣工分最高，但是他们朝气不足暮气有余，干起活来缺乏激情。而拉耧的最佳人选应是有朝气的半大小伙子。

毛头小伙赛过毛驴子。张士琦喜欢毛驴般小伙的那股活力，问道："刚才谁喊的工分是社员的命根？"

"哦，是俺！"

"对，还有俺，还有俺……"

"好，俺就把一天12分的拉播耧的活儿交给你们。哦，给你们一天记12分干吗？"

小愣他们跳跃着应答："好，好，俺们干！"

三妮来到他们中间，要求道："俺也去！"

小花朝张士琦招手道："爹，俺跟三妮姐一起去。"

张士琦见小花和三妮也闹着去拉耧，连忙制止道："不行！他们是男孩子，你们女孩子别和他们瞎掺和，去！干别的活儿！"

小花一跺脚，坚持道："不！俺也要挣12分去。"

嘎狗突然起哄道："对！这男女搭配干活不累，队长你就答应她俩吧。"

张士琦还没有表态，嘎狗叫着小花和三妮向播耧的方向跑去……

张士琦看着泼辣得像男孩般的两个女孩子，无奈地直摇头……张士琦默许了小花和三妮的请求。

张士琦如心所愿终于招来逞心如意的兵马,喊道:“大柱,给咱拉播耧的人来了。”

“哎,就这帮熊孩子,他们行吗?”大柱半信半疑,他丢放下播耧把便走。

“哎! 哎! 你干啥去?”

“你不是要换人嘛,俺不走干啥?”

“大柱啊,你是播耧架辕的,少了谁都行,就是不能少了你这掌舵的,你走了他们还拉个屁啊。哎,咱们换的是拉播耧的人,给播耧架辕这活非你莫属。”在张士琦的挽留下,大柱重新拾起播耧,喊道:“走了!”张士琦和大柱一前一后抬着播耧向坡里走去。

小愣他们追上张士琦,争先恐后地从播耧兜拿出拉绳,边走边系着绳口。古人云:“近墨者黑,近朱者赤。”他们对农活耳濡目染,早已掌握了农具绳扣的系法。张士琦目视着风风火火的半大小伙子,打心眼里喜欢这帮拉播耧的年轻人。

生产队拉播耧的工分拉平了,向社员释放了一种公平正义的信号。不久,生产队的工分评定在实践中不断得到合理的调整。

第十七章

拉播耧的小馋猫

张士琦和大柱一个扶播耧，一个架辕配合默契，大家簇拥着播耧来到耕耙过的田间地头。这时掌管麦种的马老汉将耧兜倒满了麦种，张士琦试探一下播耧出口的石球，石球当当打着木兜让麦种均匀地流入四根锋利的耧爪播入土地。

张士琦调试好播耧，擦把额头上的汗珠，将播耧用力一提，喊道:“播种喽!”大柱提起播种耧后退几步，张士琦退到地头将播耧的四根锋利铁爪插入土地，大喊:“走喽!”

张士琦说的没有错，毛头小伙确实像几头小毛驴似的，他们拉着播耧哧哧地划着土皮向前方奔去……大柱迈着均匀的步法在掌控着来自左右的拉力，像一名手扶拖拉机的驾驶员在掌控播耧的方向。

张士琦一面摇晃着播耧，一面熟练地掌握着播耧爪的深度，大家齐心合力踏着石球的当当节拍向前推进。

毛头小伙把架辕的大柱夹在中间，个个脚步生风，拉得播耧哧哧向着对面地头疾去……张士琦和大柱被毛头小伙们拉得在大踏步跟进……

经过几十个来回，他们的汗水噙满了额头，大家经历了拉播耧的磨合期,各方力气逐渐平和下来。

在大家默默拉着播耧时,突然发出连珠炮似的肠道排气声,这突如其来的怪声逗得大伙捧腹大笑,小花和三妮笑得直抹眼泪,小伙子们笑弯了腰,他们撂下绳子席地而卧……

张士琦哎哎两声,一手捂住播种口,抱怨道:“哎、哎,说话不能耽误卖药哪！咱们说归说,笑归笑,总不能让一个响屁耽误了干活……”张士琦的嗔言,立竿见影。

小伙们一骨碌爬起来,将绳子搭在肩上。张士琦一放手,大喊:“走了!”嘎狗又连珠炮似的发出怪响……张士琦边扶播耧边嘿嘿地偷笑……

俗话说:“磨刀不误砍柴工。”播耧几个回合,架辕的大柱轻轻将播耧把放下,调侃道:“小孩子家,那来这么多屁呢？大家休息一会儿,让嘎狗放个够,也让你们笑个够……”

“哎,大柱叔,这屁不光俺放的。你听,这又是谁放的?”

哈哈哈……

一袋烟的功夫,大家恢复了体力,小伙们有朝气,身上有使不完的劲儿,他们越干越带劲……后来,大家好像听惯了这怪声,已见怪不怪了。可是扶播耧的张士琦却深受其害,实在听不下去了,调侃道:“常言说的好:‘屁长屁长,小孩子放屁才长个。’哎！不对啊,你们都这么大了,早过了屁长的年龄。今天真邪门了……”

要想人不知除非己莫为。在休息时,管麦种的马老汉悄悄在张士琦耳边私语一阵,张士琦不由得瞪大了眼珠,惊讶道:“哦！原来是这样啊,俺想起来了,刚才还在寻思小子们那来这么些屁哪。”

原来,小麦种掺了炒熟的豆子作为播种肥料,为小麦的育苗做底肥料。

近水楼台先得月。毛头小伙们不仅仅是为工分而来,而且也馋着麦种中的炒豆。

马老汉和张士琦咬一阵耳朵,大柱不理解,嫉妒道:“咳！咳！啥事神神秘秘的。哎,好事不背人,背人肯定无好事。”

张士琦啪下脑袋瓜,抱怨道:“真是的,俺咋这么笨哪,连吃炒豆放屁的因果关系也没有想到。不行,俺得好好教训他们一顿……”张士琦突然宣布原地休息,嘎狗扔下拉绳向玉米秸垛跑去。

大柱好奇地放下播耧把,追问:“士琦,你和马老汉嘀咕啥?”张士琦向大柱招招手,大柱把头凑到他眼前,张士琦向大柱道出了实情。

大柱不以为然,直言道:“这算啥啊,不让他们吃,这不是让猫守着鲜鱼睡觉吗?你说接触麦种的人谁没有吃过肥料豆?”

“哎,大柱,你听话不听音,马老汉说他们是用布兜包走的……”

“这个马老汉是不是糊涂了,你看看,这几个小伙子和咱们一样上身上仅有一块斗布,下身除嘎狗穿一条长裤外,其余的都是一个小短裤。哎,那俩小闺女虽然穿的是长裤短褂,但是决不会干这种事情的。嗯,俺看是一定弄错了。你啊,别大惊小怪的。”

“哎,俺想起来了。你看,嘎狗反常不?”

“真没有啥不正常的迹象,你再想想?”

“奶奶的,俺想起来了,你看到了吗?嘎狗一下午就没有披斗布……”

“哎,你这一提示,俺也想起来了,保准是他干的……”

“哎,大柱,他们人哪?”

"哎,刚才还在哪,眨眼的功夫,不知道跑到哪儿去了。"

"大柱,你向前看,他们在秫秸垛边……"

"哦,俺看到了,就是他们。哎,他们跑到那里干啥?"

"干啥,在偷吃肥料豆呗。走,咱俩过去逮他们个现形儿!"张士琦和大柱悄悄地向秫秸垛迂回过去。

嘎狗招呼过大家,神秘地说:"哎,看看有没有外人?"

"嗯,平安无事,没有人过来!"

嘎狗跂望着玉米秸垛,在玉米秸上拽出一包东西,向大家晃动一下,低声道:"来! 吃豆子了。"大家哇的一声,争相抓一大把肥料豆。片刻,大家咯嘣咯嘣地大快朵颐。

嘎狗见小花和三妮只抓了一点点豆子,便把大家抓剩下的一点豆子,二一添作五分给她俩。

"好啊,小子们,原来马老汉说的是真的,果然是你们偷了肥料豆!"张士琦和大柱突然出现在他们的眼前。

张士琦和大柱的突然出现,把大家吓了一抖擞,他们机械地扔掉肥料豆。小花和三妮的脸唰的红了,急忙咽下嘴里的豆子,含糊不清地表白:"这事不怨俺……"张士琦见几个小伙子在怒视着他。心想:从小愣那里是得不到消息的,这突破口还得从小花和三妮身上找。"张士琦凑近小花身边,低声哄道:"小花、三妮听话,给俺说,是谁偷来的豆子?"小花昂头正视张士琦一眼,三妮生怕小花轻易供出嘎狗来,赶紧推了小花一把,小花立刻把来到嗓子眼的话咽了回去,装出啥不知道的样子,摇头道:"俺不知道。"

张士琦来气了,追问道:"啥! 你嘴里的豆子谁给的你不知道吗?"

小花无话搪塞，被责问得脸红脖子粗的。面对严父的追问，小花很快崩溃了，她擦着噙在眼眶里的泪水，说："大，俺说……"

三妮为人仗义，在暗恋着嘎狗……见小花将供出嘎狗来，她勇敢地站了出来，插话道："大爷，你不要再难为小花了，这事是俺干的。"张士琦乜斜三妮一眼，惊讶道："咳！真还没有看得出来，小三妮你长本事了？这事咱不算完，俺找你大去。"

嘎狗具有大伙吃豆，炸锅一人担的气派。突然跳出来，抖着脚乜视张士琦一眼，阴阳怪气地说："大爷，你回来！这事是俺干的，与他们统统无关。哼！不就是一包豆子嘛，多大的事情，至于这么兴师动众吗？"

嘎狗一副不以为然的样子，大柱实在看不下去了，指责道："你小子长能耐了，知道发横了。嘿！这么大人了，咋丑恶不分，真不知道羞耻！"

"哼！你别提起裤子装好人。大保管，你敢说你没有吃过肥料豆？"大柱被嘎狗呛得脸一下红到了脖子根。半天，才缓过神来，解释道："嗯，俺是时常吃几个豆子，可没有像你用布兜着吃啊，你这种行为应该为偷。"

"大保管，这不叫偷，这叫拿，俺是帮着大伙拿的肥料豆……"

别看嘎狗平日少言寡语的，一争吵起来嘴皮子功夫还真不赖，句句像刀子一样厉害，三言两语就把大柱驳倒了。大柱红着脸喔喔半天，也没有觅出一个强有力的词来反驳。大柱憋屈半天，挤出一句话，愤怒道："哼！俺说不过你，不和你一般见识。"小愣气不过，也在为嘎狗敲边鼓，嘟囔："哼！肥料豆谁没有吃过，为啥光抓俺们，这不是欺负人嘛！"

这吃肥料豆的事情谁也脱不了干系，张士琦见大柱被群起而攻之，只好接受大柱的教训，缓和道："这事不能比，也不能攀，人家是偶尔吃点算不上大事情。可是你们是用布去兜的,你们的性质变了,这不是偷是啥?”张士琦的话还是有分量的。今天,张士琦不仅儿女都在,而且还有孙子小海也在场。嘎狗碍于小愣们的面子没有顶撞张士琦,在张士琦面前只好认栽。

小愣见嘎狗委屈地眼泪差点掉下来,求情道:“大,你别为难嘎狗了,不就是吃点肥料豆嘛,别上纲上线的……”

小海附和道:“是啊,爷爷。既然大家都吃了,就不能算在嘎狗一个人头上。”

嘎狗坚定地说:“哎,没有你的事情,俺一人做事一人当。要杀要剐随他们的便。”常言说得好:“穷寇莫追。”本来是一件很平常不过的事情,经过张士琦这一折腾,真要认定嘎狗偷集体的肥料豆这罪名可大了。这不仅给王士中和王媒婆造成不良影响,而且还影响嘎狗将来的前程。

俗话说:“小偷如过街老鼠,人人喊打。”张士琦一想到这可怕的坏名声,为难了。心想:“嗯,这事应该提交生产队集体研究处理……”张士琦一甩手,推辞道:“大柱,你也是生产队的干部,这事情你先拿个处理意见。”大柱也觉得这件事棘手,也效仿张士琦的样子,推辞:“别介,这是你队长破的案,应该有你负责到底。”

“咋了,你身为队干部遇事就躲着走?”

“咳!好人让你为了,这得罪人的事情轮到俺了。你和马老汉嘀咕半天,不是要查个水落石出吗?”

“这事可大可小,要是闹大了对谁都不好。这样吧,咱俩也别推来推去了,咱们提交生产队集体研究处理吧。”

“嗯。不过,这事情只对队委会的人讲,不能让其他人知道。否则,事情会越抹越黑，可别让人家抓住把柄拿嘎狗开刀，以儆效尤。"

大柱点下头，自语道："嗯，还是你想得周全，就按你的意思办吧。大家听到吗？此事到此为止，不准外传。"

大家平静下来，才知道事情的严重性，一听有好的转机，异口同声道："知道了，谁说谁是傻子！"

嘎狗也冷静了，也怕背上一个偷的骂名，蔫头耷脑地拉着播耧。

小愣见嘎狗受了委屈，心里愤愤不平，寻思着为嘎狗鸣冤叫屈的法子。小愣也不敢公开和张士琦较劲，便把这气撒在了播耧上，他突然使出一股邪劲……

张士琦一边用力掌控播耧，一边惊讶地大喊："哎！哎！这播耧咋了？咋偏耧了！"大柱一面用力平衡播耧把，一面指责道："小愣，咋了，哪有你这样干活的？你这是在拉偏耧使邪劲！"

张士琦见小愣从中捣蛋，火气噌的直顶脑门，大骂道："狗日的，你疯啥？"

小愣犟着脖子，赌气道："哼！你说俺疯啥？"

"咦！俺还管不了你了？再犟嘴俺揍你个狗日的！"张士琦将播耧的扶手用力一按，将播耧四根锋利的爪插在深土里……

播耧戛然停下来了，大家被播耧拽了一个趔趄，不由得发出哎哟的惊叫声……张士琦的突然举动，把拉播耧的肩上勒出一道血印，大家抚摸着伤痕在哎哟哎哟地呻吟……

正在气头上的张士琦猫腰脱下鞋子，向小愣冲了过去……

小愣也较上劲了，犟着脖子还拉着纹风不动的播耧。

小花见张士琦举起鞋子，惊恐道："小愣，快跑！快跑！"

小愣拧得像头驴一样仍然在拉着播耧……

张士琦冲过来一鞋底重重地打在小愣的背部上,大骂道:“打死你这个小犟种……”大柱见张士琦动真格的了,大声道:“哎!士琦,你这是干啥,咋说打就打哪?快!你们把小愣拉走……”

大柱拉走张士琦,可是小愣仍不依不饶,他扔掉绳套,嘟囔:“你不打死俺,俺就不是你老犟种养的……”小愣的无理再次惹恼张士琦,张士琦挣脱开大柱,再次向小愣冲了过去。

小海手疾眼快,一边伸开双臂阻挡着张士琦,一边喊道:“小叔,好汉不吃眼前亏,快跑!你快跑啊!”

俗话说:“隔代亲,疼上疼。”张士琦也不例外,他见小海挡住了去路,大喊道:“小海,快闪开,要不俺连你一起揍!”嘎狗怕小愣再挨揍赶紧拖走了小愣。小海将张士琦挡下了,张士琦又不忍心对孙子下手,气得将鞋子一扔,拊膺长叹:“哎!咋养了这么个兔崽子。”

大柱左右说和,一边对着张士琦安抚:“消消气吧,他还是个孩子!”一边走近小愣,劝道:“咳!还真置气啊?这老子打儿子是天经地义的事,何况还没有打重你,你没啥可冤的。快,大家干活了。”在大柱的说和下,张士琦将播耧爪子提到适当深度,播耧播着麦种向前推进……

中午,菊花和金花送来一大桶糊粥,一盆凉拌香菜。张士琦见送饭来了,高声道:“大家再加把劲,咱们把剩下的麦种播完再吃饭……”大家积极相应,一鼓作气,经过几个来回将剩余的麦种播下。

秋收过后,生产队只提供中午的糊粥,干粮由个人自带。自带的干粮,视各家经济状况量力而定,大家带的干粮五花八门。家庭日子过得好的掺点白面做成混合面的卷子;家庭日子过得细一点的就直接贴玉米饼;家庭日子过得差一点的就饼子和地瓜掺和着吃。张士琦带来四口人的新棒米面的饼子。

张士琦从包里翻腾出三个大铁碗和一包玉米饼子。菊花见张士琦的碗比别人的碗大出一圈来,调侃道:"士琦哥,你是吃饭还是喝粥哪?"

张士琦掂量着大碗,道:"俺是喝粥吃干粮两不误……"

大柱盯着大铁碗,问道:"嗯,大哥,你是不是觉得喝糊粥不要钱?"

大柱的调侃逗得大家哈哈一阵大笑。

大家围着糊粥桶,喝着粥啃着一口干粮大快朵颐。

张士琦刚咽下一口饭,突然问道:"哎,小花,小愣哪?"小花含着一口饼子,用手指指老井……小花咕咚咽下含在口里的饭,抚摸着胸口,道:"大,看!他在那儿。"小海见小愣伫立在井边。抓起两块饼子便走。张士琦端起半碗咸菜,叫道:"小海,给他拿上这个……"

小愣趁大家围着粥桶吃饭的时候,独自来到老井边。他在老井边伫立一会儿,便抱来两捆玉米秸在老井石条上躺了下来,仰望着蓝天白云……

初秋天高气爽,白云飘飘,小愣望着天空白云苍狗出神……

啾啾!啾啾!

嘎狗和小愣常用这暗号联系。小愣有声无力地说:"别装神弄鬼的,快滚出来吧。"嘎狗突然窜了出来,将一个二和面的大卷子在小愣眼前摇晃一下。

让嘎狗出乎意料的是,这二合面的大卷子竟然没有吸引小愣的眼球,小愣像没有看到一样,一把推开了嘎狗……嘎狗很愕然,不解地问道:"咳!这么好吃的卷子也不要?哼!你不要拉倒。记住:'你不吃俺也不领你的情'。"小愣一闻着卷子的麦香味,突然改变了主意,他抓住嘎狗的手,说:“咳! 不吃自不吃,这卷子俺还吃定了。”小愣夺过卷子大口咀嚼起来。

“小叔、小叔! 俺给你送饭来了。”小海边喊边向小愣走近。

小愣闻声赶紧将卷子藏了起来,小海将饼子递给小愣,督促道:“小叔,这是爷爷让俺给你的,快吃吧。”

小愣扫视一眼玉米饼子,推辞道:“咳! 咋又是饼子哪? 俺不吃,不吃!”这时小海发现小愣背后藏着一大个卷子。小海趁小愣不注意的时候一把夺了过来,回应道:“哎,你不吃俺吃。”小愣一边回夺卷子,一边解释:“你听清楚,是说不吃玉米饼子。俺可没说不吃卷子啊。你给俺,给俺!”

“哼,不给!”

“真不给? 不给你要挨揍!”

“你敢,俺告爷爷去。”

嘎狗怕再生是非,他赶紧把手里的一个卷子递了过来,劝说:“你俩别争了。小海松手,俺这里还一个呢。”小海是不见兔子不撒鹰的人,一手抓着卷子,僵持道:“嘎狗,咱们来实的,你先给俺,俺再松手。”

“好,好。俺服你了,给,给你!”

嘎狗和小海也算是公平交易。小海咬了一口卷子,说:“哼! 小叔,你不吃咱家的玉米饼子,原来你有好吃的……”

“哎,别动!”

嘎狗翘着脚轻轻向井边草层走去,一个饿狼扑食,惊喜道:“逮住了,逮住了!”

嘎狗掐着一个大蚂蚱,朝小海炫耀一番,高兴道:“看到了吗,这么大的蚂蚱,烧烧能就着喝一壶酒哪……

小海觉得脚下有异动，猫腰双手牢牢地按在地上，惊喊道："哎，俺也逮住一个，你看！"

嘎狗轻轻推小愣一下，突发奇想："哎，你带火没有？"

"带了，啥事啊？"嘎狗高兴地点下头，立即向玉米秸走去。一会的功夫，噶狗折来一大捆干玉米秸梢子，然后就地挖了一个长坑。

小海突然明白了嘎狗的用意，他帮着嘎狗点着了玉米梢子，玉米梢很快燃烧起来了。这时，他们把蚂蚱放进火里……

小愣也想抓到一个大蚂蚱解解馋，他寻遍周围没有发现一个蚂蚱，在小愣翻弄玉米秸的时候，突然蹦出了一片黑压压的土蛰蛰，受惊吓的土蛰蛰纷纷跳进火里。片刻，火堆发出一阵嘣嘣的响声，随即又散发出一股沁人心扉的清香味，这诱人的味道馋得三人涎水都流了出来，争相扒拉着火堆……

"哎，俺找到一个！"

"嗯，俺也找到一个！"

"咦！不对啊，一共两个蚂蚱，俺咋找到这么些蚂蚱呢？"

小海也顾不上核对数量了，扒出一个外部焦糊内部泛黄的东西，一股香味扑鼻而来，不由得放进嘴里，他慢慢咀嚼……俗话说："好吃不放筷。"小海嚼一嚼满口喷香，立刻大快朵颐。一个、二个、三个、四个……

当小海吃到第八个的时候突然想起啥，奇怪地问道："不对啊！小叔、嘎狗，咱们逮了两个蚂蚱，火一烧咋变出这么多蚂蚱来哪？"

"对啊，真是奇了怪。"

"啊，你们看看，这不是蚂蚱！这是土蛰蛰。"

"吐！吐！咋是这样哪？"小愣边吐边抱怨。

嘎狗倒是沉得住气,他扒拉一阵火堆,终于找到了那两只蚂蚱。嘎狗将一个蚂蚱掰成两半递给了小愣爷俩,然后将另一个蚂蚱留给了自己。这时,三妮和小花也赶了过来。

小海吃过半个蚂蚱,见嘎狗还拿着蚂蚱闻来闻去,一把夺过嘎狗嘴边的珍馐,嘎狗也不甘示弱,他夺回珍馐便跑,刚跑出几步被小海一把拉下了裤子,嘎狗左腿露出一大块明亮的伤疤……

嘎狗最怕别人看到伤疤,更不想让人知道他的腿部缺陷。小海这下可把嘎狗惹恼了,嘎狗蹦着高地指责:"小海,你狗日的,竟敢拽俺的裤子,让俺在光天化日之下丢丑。"

小海知道触了嘎狗的底线,尤其当着三妮她俩的面拽下他这条遮羞裤,伤了嘎狗自尊心。

小海知错就改,立刻向嘎狗赔不是。

原来,嘎狗的伤疤是在一次意外中造成的。

那是一个严冬的早上,嘎狗和往常一样早早起床。从饭屋点燃了火盆。然后背上书包,端起火盆,高高兴兴地沿河边上学去了。

张浊小学建在村北的河堤边,学校门口有一棵两米多粗的空芯老槐树。老槐树的枯洞和枝干被凛冽的北风一吹发出嗖嗖瘆人的哨声。嘎狗早已习惯了这奇怪的声音,他进教室急忙把火盆放入土案下,双脚恣意地踏在火盆上。一会儿,火盆把双腿烘得暖洋洋的,他一面搓着冰凉的双手,一面朗读着课文……

学校的作息时间和农民的出工时间一样,延续日出而耕,日落而息的自然规律。学校早上两节课。第一节是晨读的时间;第二节是主课。第二节下课钟一响,老师一合上教案,惯问道:"同学们,上节课布置的作

业完成没有?”

同学们犟着脖子像公鸡打鸣似的,高声道:“老师,作业完成了!”

老师将课本往胳肢窝一夹,对着讲台下,道:“好,下课!”

学习委员三妮一声“起立!”的口令,同学们站立,行注目礼,目送老师走出教室……

嘎狗在站立时不慎踩歪了火盆,见老师走出教室,他急忙将撒在外的灰尘捧进火盆,抱起火盆溯寒风向家跑去。

嘎狗疾步在河道的羊肠小道。河床被寒霜洗劫得七零八落,一片凄凉的惨景,寒风一吹嗖嗖地怪叫。

嘎狗走着走着忽然闻到一股烟味,还没反应过来左腿突然感到一阵灼疼。刹那间,溯风将嘎狗的左裤腿吹出了明火。嘎狗吓得哎呦一声,一边跑,一边使劲拍打着左腿上的火苗……

火借风势,风助火威。嘎狗越跑火苗越大,惊慌之下,他歪打正着跑进了一沟壑。沟壑是河床凹进河堤的避风港,火势自然减弱。嘎狗慌乱中将腰绳的活扣解成了死扣,这腰绳解也不开拽也不断,万般无奈的情况下,急中生智,嘎狗想起了于连的故事。于是,便撒尿浇灭棉裤上的火苗。可是,紧张的嘎狗一时连尿也尿不出来了。

嘎狗尿不出尿来,便使出吃奶的劲拽断了腰绳。奇怪的是,这腰绳断了,嘎狗的尿也来了。嘎狗咬着牙脱下棉裤,一泡尿把火浇灭了。

三妮一下课帮助老师擦完黑板,转眼间不见了嘎狗,自语道:“这个嘎狗,真不够意思,他走也不吭一声。”三妮放好黑板擦,便抄小路直接绕过沟壑一气跑回家了。

嘎狗虽然把棉裤上的火浇灭了,可是,他腿部严重烧伤,疼得按着大腿大恸……

张士琦在收工的路上也不忘拾粪。他沿着河边寻觅着牲畜的粪便，突然听到沟壑传来微弱的声音，张士琦心里暗喜，心想："这动静不是猫儿就是狗儿发出的……"张士琦断定："凡是有动物出没的地方，肯定有动物粪便……"他不由得加快了步伐。

嘎狗大恸一会儿，心想："这是一个偏僻的地方很少有人来往，不能坐以待毙，俺得想办法自救。"于是，嘎狗企图尽快离开这个鬼地方，挣扎几次也没有站立起来。又想："在此消极的等下去还不如拼搏一下。哼！站不起来就是爬也得爬出这沟壑……"

嘎狗擦把眼泪，他双手撑着地面向沟壑外爬去。张士琦还没有走到沟壑便迫不及待地从粪筐里拽出铁锹做好了铲粪的准备。

嘎狗一听到嗵嗵的脚步，暗喜道："啊！有人来了，有人来了。"

张士琦纳闷了，自语道："这声音不是猫。哎！也不是狗，难道是人的呻吟？"张士琦连忙将铁锹插回粪筐，三步并作两步向沟壑抄去。掠视一眼沟壑，惊奇地叫道："啊！是人。嗨，咋是嘎狗！"

嘎狗一见到张士琦，大恸道："大爷，俺、俺。呜呜呜……"

张士琦抄到嘎狗身边，问道："嘎狗，别哭，你这是咋了？"

"大爷，俺的火盆引燃棉裤烧了俺的腿了……"

"哦，原来是这样。嘎狗别哭，大爷背你回家。"张士琦扔掉粪筐，一口气把嘎狗背回了家。

嘎狗烧伤后，张强给嘎狗熬制了烧伤膏敷在伤口上。王媒婆还不放心又把娘家大哥李洪请来治疗。李洪六十出头的年龄，是三代老中医的传人，也是当地知名的老中医，被誉为"李华佗"。李洪一听大外甥烧伤

了，急急火火地赶来了。

俗话说："亲娘舅，除了娘亲就是舅亲了。"李洪牵挂着外甥的伤情，一进门便道："嘎狗，不怕了，你老舅来了……"张强还没有等李洪查看伤情便把给嘎狗治疗的情况向老舅讲述一遍。

李洪一面安抚嘎狗，一面查看着伤情……李洪查看完伤情，便把目光盯在张强身上，他满意地点下头，赞道："张强处理得不错。嗯，不愧是老舅的徒弟。哎，真是青出于蓝，而胜于蓝。张强你成手了，也该出徒了。"

半个月后，李洪再次检查了嘎狗的伤情，他还不放心，叮嘱："张强，你这个治疗办法很见效。记住：'在这个阶段不要嘎狗沾水，千万不能感染了……'"

嘎狗的烧伤很快好了，遗憾的是左腿局部留下了一大块疤痕。年轻人要好，嘎狗把伤疤视为身体的一大缺陷，为了掩盖左腿上的伤疤，无论天气有多炎热总是穿着长裤子。嘎狗的伤疤不仅成了生理上的缺陷，而且也成他的一块心病。平日，大家和嘎狗开玩笑绝不能拿伤疤戏谑，否则，必然惹恼嘎狗的……

小海无意触到嘎狗的自尊底线，小愣也怕小海惹恼了嘎狗，圆场道："嘎狗，小海也不是故意的。快，尝尝这个好吃吗？"小愣在极力转移着话题。嘎狗怒视着小海，在小愣的极力劝说下，他才顺坡下驴，接过小愣递过来的一个黑土蛰蛰，填进嘴里咀嚼起来……

嘎狗的脸由阴转晴，边吃边道："嗯，好吃，好吃。"

嘎狗气消了。大家皆大欢喜，随和道："嗯，这味道不错。"

小海边吃边对着小愣说："小叔，这土蛰蛰和蚂蚱味道一模一样，真香啊。"

小愣瞅一眼嘎狗，见嘎狗的脸上露出了笑容，应答："嗯，还真差不多的味道，好吃。"

嘎狗拍打下黑乎乎的手，高兴地说："嗯。这可是咱们的一大发明。你俩还站着干啥？快，逮土蛰去……"

大家齐动手，一阵忙活，大获全胜。他们抓了足足一大碗的土蛰，美美地吃了一顿午餐。

最后，嘎狗扒拉出了一大把土蛰，像打了一个大胜仗一样兴奋。嘎狗递给三妮一把烧熟的土蛰，三妮一时害怕，摇着头不敢吃，嘎狗亲自给三妮和小花做演示，把一个土蛰填在嘴里咀嚼，张口道："啊，真香啊！"小花和三妮效仿嘎狗的样子，胆怯地把一个土蛰填进嘴里，慢慢地咀嚼起来……她俩咀嚼后，连忙伸出大拇指，夸奖道："果然好吃，好，好！"一会儿的功夫，她俩将一把珍馐一扫而光。

翌日，马老汉和往常一样将麦种运到地头，有所不同的是麦种肥料豆掺了六六粉。马老汉提示道："肥料豆掺上了六六粉，大家千万不要误食。哦，对了，队长说了，这是为了防止地虫吞噬肥料豆……"

从此，吃肥料豆的事情再也没有人提起，嘎狗偷肥料豆的事也就不了了之。据说队委会在研究偷吃肥料豆时，比喻道："这吃肥料豆的事情，好比让一个饥饿的人炒豆子一样，不吃才怪哪。吃肥料豆人人皆有，不必大惊小怪……"后来，大伙的干劲并没有因吃不到肥料豆而消极怠工。古人云："塞翁失马焉知非福。"他们因祸得福，发现了廉价的珍馐，将肥料豆置换为烧土蛰这道珍馐。

第十八章

祠堂里的批斗会

张浊大队、马浊大队、汪浊大队是一个大自然村，统称谓浊上村。

东阳人民公社浊上村中学，是三浊联合创办的一所农村中学，生师资源仅次于县办中学。浊上村农中设在张浊大队的张家祠堂内。

张家祠堂坐落在浊上村南部。祠堂是清代庙宇式的口字形砖土结构的建筑，占地面积近万平方米，周围为砖木起脊瓦房。张家祠堂坐北朝南，大门左右坐着一对栩栩如生的石狮，门前虽然不是丹墀涂地，花岗岩过门石墀地，却让这座居高临下的门楼子显得格外庄重气派。

祠堂大殿，既有当地建筑之精华风格，又现皇家建筑的壮观气派。大殿坐落在张家祠堂的中央，是堂中之堂，堂中之神坛。大殿里早期是宗族供奉祖先牌位、祭祀祖先、聚族议事的神圣场所。张家祠堂不仅是三浊最气派最古老的建筑，而且是东阳的著名建筑之一。

解放后，张浊的村干部就看好了这块风水宝地，他们重视孩子的教育，将这块宝地改造成学校。三浊在经济匮乏的情况下，他们把有限的资金投入了学校建设，为三浊的学生能读上高中，扩建了新教室。在张家祠堂的南面建起了四排砖瓦宽敞明亮的教室，被誉为东阳农中之最。

自从白卷英雄张铁生的事迹传遍大江南北后，在中国的教育界掀起轩然大波。全国各地学生纷纷效仿张铁生,学校也轰轰烈烈开展了批判“走白专道路”的运动。

浊上村农中和全国一样紧跟革命的大好形势,学校掀起了批判“走白专道路”的运动。

小愣是学校的造反派头头,小海和嘎狗是小愣的得力干将,分别担任着造反派的小头目,三妮和小花成为造反派的铁杆跟随者……

一天,在上级造反派的指示下,造反派召开批判走白专道路的走资派大会。批斗大会设在学校操场,他们用课桌搭起了临时主席台,学校的高音喇叭播放着激昂的革命歌曲……这激情亢进的曲子激励着全校师生,个个满怀革命的信心,坚定了誓将革命事业进行到底的决心。在造反派头目小愣的策划下,学生戴着红卫兵袖章,唱着革命歌曲,迈着整齐的步伐进入了会场。

小愣鼓足勇气,嗵嗵走到主席台话筒前,掠视一眼台下,立刻倒吸一口气,紧张得心都快跳出来了,暗想:“俺的娘哎,这观众比俺生产队里的大白菜还多。”小愣吐口唾沫,脸憋得和嬎蛋的母鸡一样通红。高声道:“大家静一静!革命的老师们,革命的同学们!浊上村中学批判白专道路大会,现在开始!将走白专道路的头子……”

小愣前几句讲话铿锵有力,而后句话突然卡壳了。小愣盯着讲话稿百思不解,默默道:“哎,马校长的名字念啥咪,这个(轩)字念啥……”小愣的突然举动吸引了与会人员的眼球,会场上百双眼睛唰地盯在小愣的身上,小愣的讲话卡壳了。瞬间,大会场突然安静得出奇,静得连掉个别针都能发出回声来……

小愣尴尬地苦笑两声,急得抓耳挠腮,在祈求苍天的指点。台下押着校长马轩的小海和嘎狗沉不住气了，嘎狗马上猜测到小愣一定不认识马轩的名字，低声问道："小海，牛校长的名字叫啥咪？"小海不假思索地回应道："咳！真死脑筋，管他念啥，直接叫马校长呗！还非念他的名字干吗？"

"哎，这批斗会可不能随便叫他校长。要不，咱们就批错了，他现在已经不是咱们的校长了……"

"哦，还是你想得周全，咱们革命行动可马虎不得。"

"哎，你看，小愣多尴尬啊。真是的，他还没有想起来。"

"哦，俺想起来了，那字念车干。"

小海的话虽然声音压得很低，但是还是被全神贯注的小愣听到了，小愣如释负重，嗨了一声，不假思索地大声念道："现在把走白专道路的头子马车干押上台来！"小愣话一出口震惊了全会场，会场上的人员先是一怔，然后突然哄场大笑……

小愣羞得脸唰的红到了脖子根，尴尬地自语："哎，这字难道不念车干？"马校长乜视着台上，耻笑道："哈、哈！马车干，亏你念得出来！嘿！你小子把书都念到哪里去了，是不是都就糊粥喝了？苍天啊，这不是误人子弟吗？"

小愣被戏弄了，气急败坏，对着嘎狗和小海训斥道："你俩咋了，还不把学校最大走白专道路的最大头子押上台来！"

小海和嘎狗捽着马轩的胳膊，厉声道："走！你这个走白专道路的最大头目。"

嘎狗和小海把马校长押向主席台，马校长一边挣脱，一边申辩道："俺不是马车干！俺是马轩……"马校长的争辩再次引发一次哄场大笑。

一场严肃的批斗大会因小愣的一字之误演变成一场闹剧，让造反派的威信扫地，批斗大会草草收场。从此，小愣的马车干成为学校茶余饭后的笑料，在当地广为流传。

小愣在批斗大会上丑态百出，他咽不下这口恶气，把得力干将召集到浊河湾的柳荫下。小愣对着大家一阵唉声叹气后，发狠道："哼！不报批斗会上的一字之仇，俺誓不罢休。"小海擦着额头上的汗珠，问道："啥一箭之仇，这事怨不得校长，要怨就怨你自己不好好学习，碍校长啥事？"

"哎，对了。你不说俺还忘了。那天听你念的车干，俺才一激动念出马车干来的，是吧？"

小海一怔，羞得满脸通红，狡辩道："这事不怨俺，俺没有告诉你，是你自己念出来的。"嘎狗听了小愣爷俩的争辩，认为再争论这事没有意义了，拽着背心，烦躁道："你们看，这天热得衣服都溻了，热死了。哎，咱们下河洗澡吧。"

"不行！学校有规定，不准咱们下河洗澡……"

"哼！胆小鬼，你瞎在造反派里混了。学校规定算个啥，这事得由咱们的头说了算……"

嘎狗的一句谄媚，让小愣觉得身价倍增，趾高气扬地耸耸肩，然后昂头干咳两声，打官腔道："哼！热了就洗呗，洗澡有啥可怕的。"嘎狗高兴道："头，你批准了？"小愣朝嘎狗点下头，从嗓子眼里挤出一句："嗯，批准了。"

一会儿，扑通、扑通、扑通三人相继跳进浊河湾……

小愣的心里一直被批斗大会念错字的阴影笼罩着，一想起批斗会，心里就闷闷不乐，在河里游了两圈便上岸唉声叹气。嘎狗很理解小愣的

心思,他游了一会儿,突然想起一妙计,急忙游上岸,蹓蹓到小愣身边,在小愣耳朵上私语一阵。小愣听罢,咬牙切齿道:“对,就是因为马校长的嘲笑,才引起会场哄场大笑,让咱们这些造反派们斯文扫地。”

“对！这事就是他引起的。”

小海添油加醋:“嗯,他竟然在台上与咱们作对……”

小愣一拳砸在地上,恨恨地说:“这个死老头,真可恨。不行,咱们得想法给他点颜色看看,省得让他小觑了咱造反派的能耐。”

“俺看行。哎！俺有办法了。”嘎狗翘着腿得意道。

嘎狗又给大家卖一个大关子。小海见嘎狗和小愣咬耳朵就窝了一肚子的气,这次又给他卖弄关子,生气道:“嘎狗,你还革命同志呢,真不够意思,说话不是咬耳朵就是卖关子,真没劲。”小海的谴责让嘎狗立刻放下身架,讨好道:“卖啥关子,不就是逗你玩嘛。哎,过来。”

嘎狗见小愣和小海把头伸过来了,指着岸边的一块蓖麻地,低声道:“看见了吗,那就是马校长家的蓖麻地,咱们给他做了?”嘎狗给大家做了一个抹脖子的动作。

“嗯,给他做了,咱们也出口恶气!”小愣、小海效仿嘎狗也做了一个抹脖子的动作。

小愣见是马校长家的地,怒发冲冠,噔噔第一个冲上河岸。堤岸上果然有一畦绿油油的蓖麻苗地。小愣瞪着眼珠子恨不得全给他薅掉。小愣对着蓖麻苗飞起一脚,发狠道:“俺叫你嘲笑俺,俺叫你……”小愣借着这股怨气猫腰发疯似的拔起了蓖麻苗……

小海和嘎狗紧跟其后,也照着小愣的样子拔着蓖麻苗。小愣拔了一会儿,突然感觉累得四肢无力,活动着双手突发奇想,他想出一条妙招。

噗嗤一屁股碾压掉一颗苗……他这妙招就是用屁股撴蓖麻苗……小愣用屁股撴了一会儿,他觉得这办法很奏效。这种屁股撴苗法,既省力又解恨,且起到毁坏蓖麻苗的效果。小愣一面用屁股撴着蓖麻苗,一面炫耀道:“哎,看俺的,这样撴更有效!”小愣给嘎狗和小海做出了示范……

嘎狗和小海也仿照着小愣的样子,借用屁股用力撴起了蓖麻苗……

小海嘿嘿两声,夸赞道:“小叔,你真能干,你想的这点子真不错,既省劲又有杀伤力。”

“嗯,咋样,这样省力吧。哎,这就是借助体重的巧劲……”

小愣三人像三只青蛙一蹦一跳地撴着蓖麻苗,他们还不时地发出嗨嗨的泄愤声……

古语云:“多行不义必自毙。”在小愣得意忘形肆意发泄私欲的时候,灾难降临了。

小愣见到一颗粗壮挺拔的蓖麻苗,似仇人相见分外眼红。他迫不及待地跳起来用力撴了下去。可是,小愣像被火烧着屁股一样,嚎叫道:“哎呦,俺的亲娘嗳!哎呦……”小海和嘎狗立刻盯视着小愣,惊讶道:“咋了?咋还哎呦起来了?”小愣一个大马步的架势,声嘶力竭地叫喊道:“哎呦!哎呦……”小海急忙跑到小愣身边,轻轻推一下小愣,小愣哀求道:“你别动俺,疼死了!”

小海皱着眉头,问:“小叔,你这是咋了,中邪了还是鬼附身了,咋还不能动了?”

嘎狗见状忍不住地大笑起来,小海朝着嘎狗嘟囔:“你幸灾乐祸,傻笑么?”

嘎狗抑制住笑声,提示道:“嘿嘿,小海,你叔被蓖麻杆穿腚眼了……”

“嘿嘿嘿,还真是的。”

小愣疼得瞪着大眼珠子,嫌弃道:“笑!你俩就知道笑。哎呦!疼死俺了。”

在小愣的训斥下,嘎狗和小海紧紧咬住舌头,将嘿嘿的笑声遏制在喉咙内,嘎狗含糊不清地说:“哎呀,这可咋办?”

小海眨巴下眼,鼓动道:“小叔,你站起来不就拔出来了吗?”

“狗日的,你说得轻巧。哎呦,疼死了。”小愣疼得呲牙咧嘴,额头上的汗珠汩汩地顺着脸颊流到嘴角,小愣吐着流进嘴里的泪涕,哀求道:“啊,疼死了,你俩快想个办法啊?”瞬间,小愣的泪水和汗珠交织在一起,汩汩地流着……

小海急得上下打量小愣一遍,惊讶道:“啊!不好,小叔屁股流血了。”嘎狗一筹莫展,望着小愣屁股下的血迹,嘟囔:“这可咋办。哎哟,可别闹出人命来。”小海吓得直打颤,抱怨道:‘哼!嘎狗都是你出的坏点子,看你咋收拾这个局面。”嘎狗也恼火了,抱怨道:“小海,啥事情都抱怨,这世界上没有卖后悔药的,你抱怨有啥用?”

“嗯,抱怨没有用,那你快想个办法解救小叔吧?”

嘎狗瞅了小愣一眼,见小愣还在半蹲式的马步呻吟。嘎狗一眨眼,又生一计,他卷起右手掌在小海耳边私语一阵,小海惊讶道:“嘎狗,你狗日的忒坏了,你尽出这样的损招。哎,你说这样能行吗?”嘎狗解释道:“那咋办,不行你想招呗,俺看这是最有效的也是唯一的解救你小叔的办法了。”小海瞪着两个滴溜转的大眼珠子,踅摸半天,瞄一眼小愣遭罪的样子也别无选择,只好点头默许了嘎狗的计谋。

嘎狗对着小海道:“嗯,现在只有把死马当活马医。”这世上总是一扎不如四指近。小海心疼小愣,反驳道:“狗日的,你瞎说啥。快,做你的事吧。”小海走到小愣身边,一边安抚着小愣,一边等待嘎狗发出的信号。

嘎狗跑向岸边,突然跳着大喊道:“不好了,马校长扛着铁锨来了!小愣、小海你们快跑啊! 快跑!”小海“啊”的一声,故意道:“坏了! 小叔。马校长真的拿着铁锨朝咱们跑来了。小叔,你动弹不得,俺可顾不上你了,俺先跑了!”

小愣一听马校长朝他们追来了,恐惧万分,早已忘记了疼痛,高声道:“小海,你等等俺!”小愣撒腿便跑……小海见小愣跑得比兔子还快,赶紧捂着嘴角,提示道:“小叔,你慢点,你慢点……”嘎狗见小愣飞也似的跑了过来,他俩在猫腰捂着肚子哈哈大笑……

小愣跑了一阵不见马校长的影子,知道被嘎狗戏弄了,骂道:“嘎狗,你这个狗日的,今天老子又让你耍了!”小海突然严肃起来,帮腔道:“嘎狗,你狗日的真是一个歪才,一肚子的坏心眼。”小愣后怕了,他捂着屁股跛着腿,警示道:“快,咱们穿上衣赶快离开这是非之地。说不定,一会儿马校长真的来了。”

小愣得失相抵,总算出了一口恶气,事情也算扯平了。小愣三人穿上衣服像没有发生事情一样向家走去。

马校长得知自留地的蓖麻苗被人毁坏了,心急如焚。大队长得知后也赶到现场。张盼富仔细勘察了现场,数了数被毁坏的蓖麻苗子。这惨景令人发指,大家惋惜道:“见过毁坏庄稼的,可没有见过这么祸害庄稼的。”张盼富扭着眉头在现场勘察来勘查去就是搞不明白用啥方式毁坏的。张士琦倒是没有想到如何破案,他首先想到的是如何挽回蓖麻苗的损失。张士琦握着马校长的手,惋叹道:“哎,这么好的蓖麻苗子真可惜

了。马校长，这样吧，俺生产队那块蓖麻地还能再间点苗子，咱们补栽一下……”马校长激动得不知道说啥好，他拉着张士琦的手，感激道：“嗯，还是队长说的对，这地一耽误可是一季啊，说啥也不能荒了地。谢谢队长了。”

张士琦甩开手，谦虚道：“谢啥，你是孩子们的校长，要谢俺们这些做家长的应该先谢你才对哪……”

一提起孩子，马校长心里就不是个滋味，违心道：“哦，孩子们也懂事，咱们所做的一切事情不都是为了孩子嘛。”马校长这个善意的谎言让在场的社员心里特别的宽慰。大家响应张士琦的号召，从生产队蓖麻田地间出蓖麻苗，把马校长家的蓖麻地做了补救。

自从马校长被戴上走白专道路的帽子，尤其是自留地蓖麻苗被会毁坏之后，积郁成疾，突发脑溢血。幸亏抢救及时才保住了一条命，但留下残疾，成了生活不能自理的病人。

马校长病了，小愣对这个结局感到很愧疚，一看到马校长现在的样子心里就有说不出来的负罪感。小愣怕事情败露，不敢轻易忘掉，在学校各处慎重。所以，浊上农中的造反派消停一时。

马走牛来。马校长病退了，新来了牛一得校长。牛校长年富力强，是东阳教育界的实力派人物。牛校长新官上任三把火。第一把火就把大殿校长卧室的窗子改造了，他把古老的窗子改成了现代明亮的大玻璃窗。

第一把火就踢在了大队长的身上。大队长得知牛校长把张家祠堂大殿的窗子改了，立刻火冒三丈。大队长跑到学校兴师问罪，拍案质问：“牛一得，你身为学校一校之长，竟然带头破坏国家文物……”

牛一得经大队长一通怒批,才意识到了事情的严重性。承认自己一时糊涂做了破坏文物的蠢事,枉做学生师长……

牛一得表里不一,表面上承认错误,但心里根本没有恢复大殿原样意思。大队长对事不对人,寸土不让,严肃道:“三浊可以不追究你牛一得的责任,但是你必须恢复大殿窗户的原样子……”

心胸狭窄的牛一得暗想:“这礼也赔了歉也道了,咋还要恢复原样哪?”

牛一得见大队长丝毫没有让步的样子,连夜召集浊上村农中的造反派头目,以破四旧为理由,蛊惑人心,让造反派为他挡驾……造反派禁不住牛一得的迷惑,他们脑子一发热便倒向牛一得一边,公然支持牛一得,视损坏文物为破四旧的革命实际行动。

当天,小愣便组织学生进行声势浩大的游行,高呼:坚决支持牛校长破四旧立四新的革命实际行动……

一时间,浊上村农中与张浊大队的矛盾激化了。学校把矛头直接指向了大队长,造反派给大队长张世荣扣上封建保守派的帽子……

牛一得借造反派的声援久拖不改,这让大队长非常恼火,大队长一气之下带领大队班子成员走进学校督促。可是,早有预谋的牛一得暗地煽风点火,学校造反派竟然与大队长一行僵持起来。

在贫下中农管理学校的年代里,学校与贫下中农发生冲突这可是一件政治事件。浊上村农中与大队的僵持事件,不仅惊动了公社教育组,而且惊动了公社李诚主任,李诚主任深知事情的严重性,他连夜赶到学校亲自处理。

在大队长与学校造反派代表的对话中,小愣被张士琦当场掴两鞋

底,这下可惹急了造反派,他们声称要组织学校大罢课。双方对话不成反而引起了更大的冲突。

这老子教育儿子却成了一件政治事件。张士琦气得脸色蜡黄蜡黄的,嘴里一个劲地骂着小愣……牛一得没有想到事情会酿成如此大错,自知在这次冲突中扮演了不光彩的角色。老奸巨猾的牛一得,摇身一变又扮演成破四旧运动中的被利用者,在李诚面前装出了一幅委屈的样子,学校表示接受大队长的批评,立刻恢复大殿窗户的原样……牛一得本着大事化小,小事化了的处理原则,连夜组织施工人员恢复了大殿的原貌。

俗话说:“得饶人处且饶人。”大殿终于恢复了原貌,张浊大队的张姓社员也就原谅了牛校长的过失,李诚责成公社文物领导,向学生反复解释破四旧与文物保护性质上的区别……

儿不教,父之过。大队长见造反派几个头头全是张浊大队的孩子,便召集造反派头目家属会,责令家长帮助孩子认识错误,不要盲目跟随不明了的形势,把学校的中心转到学习上来……

张世荣这一招还真灵。张士琦将一根棍子放在八仙桌上,大愣阴沉着脸对视着小愣和小海。张士琦沉默了半天,吧嗒两口叶子烟,语重心长地说:“咱们是农民的孩子,学校是学习的地方,你们咋在学校瞎胡闹哪?”大愣来气了,拍案而起,嘲笑道:“你们上了这么些年的学,连马校长的名字都不认识,你们还对得起俺们吗?造反、造反,你们造的谁的反?你们这是在造你大和娘的反,再造反你们连饭都吃不上了……”

张士琦越听越激动,以从小渴望读书现身说法,让小愣和小海醍醐灌顶,小愣和小海知错了,并主动承认报复马校长毁坏蓖麻苗的错误……

张士琦做梦也没有想到小愣和小海会做出如此伤天害理的事情来，叹惜道:“哎，这么好的学习机会让你们白白糟蹋了……”一听到他俩毁坏马校长家的蓖麻苗，张士琦气得高高举起了木棍，可是张士琦没有砸下去，而是朝着自己的头狠狠地咂了一棒。大愣手疾眼快一把抓住了木棍，哀求道:大，您咋自残哪？可别和他们一般见识，他们还是孩子啊。”

小愣和小海见张士琦在痛心地自残更害怕了，赶紧跪在地上，求饶道:“大，俺知道错了，再也不敢了。”小海也跟在小愣身后，扑通跪在地上，求饶道:“大、爷爷，小海知道错了，再也不敢了。”

张士琦望着悔过的小愣和小海，“哎”的一声，无奈地扔掉木棍，训斥道:“滚！滚！你俩都给俺滚!”张浊大队和学校的矛盾化解了，学校暂时进入了正常的学习阶段。

第十九章

青年队里的年轻人

青年队是张浊大队砖瓦窑的代名词,也是张浊大队副业的创收重要组成部分。青年队里除张嘎以外,全是清一色的男女小青年。青年队里不仅出砖瓦产品,而且时常传出男女之间的风流韵事。

张嘎爱和青年们一起戏要,尤其是乐意接近年轻的小姑娘,姑娘们也乐意和这个一脸忠厚的大叔搭讪。张嘎平日喜欢和青年人插科打诨的气氛,在年轻人的眼里他只不过是个老小孩。可是在村民的眼里却视他为老不正经,具有老牛觅嫩草的嫌疑。因此,张嘎也被推到了风口浪尖,他是青年队里躺着也中枪的一个“老青年”。

张嘎的嫌疑还得从小娟说起。青年队有个姑娘叫小娟,长得眉清目秀,天真烂漫。小娟看中了张嘎的大儿子张启。张启在城里干建筑,逢年过节才能回家一趟。小娟没有机会接触张启,却有时间和张嘎套近乎。时间长了,大家见张嘎和小娟关系不一般,有暧昧关系的嫌疑。

俗话说:“好事不出门,坏事传千里。”不久,张嘎和小娟传出了两个版本的绯闻。一是善意版本:小娟接近张嘎的目的是达到追张启的目的,这是比较客观的一个猜测。二是恶意版本:张嘎老不带彩相中了小娟的美貌,是个典型老牛吃嫩草……

有情人终成眷属。小娟经过张嘎的穿针引线，如愿以偿追到了张启。可是张嘎总是脱不了第二版本的干系。后来，不知哪位别有用心的人，在第二版本上添油加醋，传出张嘎和小娟的艳情史。传说张嘎玩腻了小娟，又将小娟说给了儿子张启……

这个版本一传开，张嘎就没有肃静过一天。从此，张嘎的脸上三天两头被老婆挠个满脸花。起初，张嘎还蒙在鼓里，悔恨娶了一个悍妇母夜叉的老婆。当张嘎听到了传言，惊得连口都合不拢了，他是跳进黄河也洗不尽的冤屈……

一波未平，一波又起。小娟和张启结婚不久，青年队再次掀起轩然大波。

张士琦家的四愣和张强家的二妮相爱了，这桩不般配的婚姻引起众人热议。四愣和二妮不仅有成份和辈份上的悖论，而且岁数也不在一个年龄段上。在热恋中的四愣和二妮竟不顾世俗偷偷同居了。

真是冤家路窄。张士琦一气之下找到张强说理，张强觉得自己才是真正的受害者，张士琦和张强的争执引发了激烈的冲突，张士琦和张强把这桩婚姻推到了悬崖。

马天花自认二妮配不上四愣，咋也咽不下这口怨气，她也找到张强家，非咬定二妮勾搭四愣不可。张强也不是省油的灯，他俩话不投机半句多，从两家的相互抱怨升级为争吵。他俩愈吵愈烈，从张强家一直争吵到大街上……马天花把四愣夸成一个难攀的大帅哥，而张强当仁不让，把二妮当作金枝玉叶，马天花和张强争吵得水火不容。后来，随着争吵的不断升级两人竟然破口大骂……

张士琦知道马天花去张强家没有好果子吃，一听到大街上的骂声，火气噌的冒了出来,急得在院子里踱来踱去……

张强媳妇刘青忍无可忍,突然站了出来。刘青可是识文解字能说会道的女子,马天花面对强手,立刻败下阵来。马天花委屈地躺在地上大恸,一边哭,一边诉:“俺的亲娘唻,大地主欺负贫下中农了……”

张士琦听着听着,责怪道:“狗日的,这事你扯上贫下中农干啥?真是的。”张强一气之下,指责道:“士琦媳妇,你血口喷人,你在耍无赖。哦,明明是你家四愣子拐了俺家二妮子,你却倒打一耙。哼!你别仗着是贫农就无法无天,欺人太甚,岂有此理……”

马天花对着围观的众人,突然双手拍地,高喊:“大地主家的少爷打人了,大地主家的少爷打人了!”

马天花的尖叫,让张士琦沉不住气了,他拔腿向大街冲去。

张士琦扒拉开围观的人群向张强冲去,人群立刻惊叫:“坏了,队长来了!张强快跑!”张强也是吃软不吃硬的倔强人,站在原地,高声回应道:“哼!他来得正好,让他管管这个不讲理的泼妇媳妇!”张士琦闻声愤怒道:“今天,俺就教训教训和泼妇一般见识的大老爷们!”张强也不示弱,理直气壮地说:“哼!有理走遍天下,无理寸步难行,谁怕谁!”

俗话说:“两虎相斗,必有一伤。”大队长听到张士琦和张强在大街上闹得不可开交,起初还不相信,他要眼见为实,立刻来到了现场,果然不出所料,使高声喊道:“大家看啥,快,把他俩拉开……”

大队长向围观的人群下达了一道拉架命令,大家闻令而动,一拥而上,把两个刀光相见的人拉住了。张士琦跺着脚蹦着高,指点道:“张强,你有种的朝俺来,别和老娘们一般见识!”张强见张士琦一反常态,反击道:“哼!没有想到你这队长也是典型的护犊子。呸!啥干部素质!”大队长气吁吁跑到两人中间,呵斥道:“你们这样大吵大骂成何体统?看,你们招来这么些围观人,真是丢人现眼。哼!一个队长,一个看病的先生,你俩不嫌丢人俺还嫌害臊呢……”大队长的话让围观的人们立刻安静下来,大家觉得大队长讲的在理,纷纷议论开了……

大队长拨拉开围观的人,催促道:“咋了,士琦还不走?你还不嫌丢人。俺早说过强扭的瓜不甜,孩子的事情就由孩子做主……”张士琦顺坡下驴,赶紧拽着马天花回家了。

张强见事态平息了,也悄悄地拉着媳妇离开了现场。

大队长扫视一眼围观的人群,督促:“看啥,人家都离开了,你们还有啥好看的。快,该干吗干吗去!”

从此,四愣和二妮家从针尖对麦芒的较量转向冷战。这棒打的鸳鸯是越打越近,越拆感情越深。四愣和二妮是王八吃秤砣——铁心了。

一天,他俩卿卿我我,手挽着手来到青年队宿舍,四愣进门随手插上了门闩。四愣和二妮干柴烈火,一把相互抱住,霎那间,欲火像烈火一样愈烧愈烈……

隔壁小伙们好奇,争相支耳隔墙偷听。嘎吱一声,二妮惊叫道:“娘哎,四愣,床断了!”

四愣见床果然断裂了,无奈地憨笑起来……

小伙子们一听到断床声,遗憾道:“狗日的,这床断的真不是时候……”二妮戳戳四愣的眉头,压低声道:“哎,你听,隔墙有耳,他们在偷听……”四愣无奈地摇下头,调侃道:“哎,床断了,你们等修好床再来听吧……”

“狗日的四愣,这么结实的床你也能折腾断,二妮你可要当心啊!”

“哎！你俩还有心思亲热，你们两家快打成一锅粥了！快回家看看吧？”

小伙子们在一片哄笑声中扫兴而去……

二妮推开四愣，嘟囔道：“这可咋办，咱俩还有脸再见家人吗？”四愣沉思片刻，抱怨道：“哎，这结婚是咱俩的事情，你说他们跟着瞎掺和什么？”

“四愣，咱俩都那样了，你说以后可咋办啊？”

“咋办，你说咋办？”

“嗨！俺要知道咋办，还问你干啥？”

四愣一边穿着衣服，一边进入深思……

一袋烟的功夫，四愣嘴里嘟囔：“天无绝人之路。三十六计，走为上……”

“走！咱们能走到哪里去？”

“你忘了，咱们上辈遇到大难就有闯关东的先例。嗯，咱们重走老一辈的路，闯关东去。记住：只要咱俩在一起没有克服不了的困难。”

二妮思索一会儿，朝着四愣点头默认。

四愣一咬牙跺脚，发狠道：“走，咱们不混出个样子来就不回来见家乡父老。”二妮见四愣铁心要走了，不情愿地说：“四愣，咱们这样走了，这不是私奔吗？”

四愣抚摸着二妮的手，安抚道：“这话虽然难听，但能成全咱俩的婚姻，让咱幸福一辈子。这是无奈之举，也是权宜之计。哎，放心，只要有俺吃的就有你吃的，俺绝不会亏待你的。”

二妮一阵唉声叹气，咬着嘴角，说：“嗯，四愣，这是智取华山一条路，是死是活就这么定了。”

四愣怕夜长梦多,让二妮立刻收拾东西,他俩要趁夜间离开青年队……

张士琦和马天花很快冷静下来。马天花沉不住气,担心道:“他大,俺这心里咋老是扑腾扑腾的,觉得心事重重的。”马天花的话说到张士琦心坎上了。

张士琦长叹一口气,道:“谁说不是哪,俺心里也在犯嘀咕,心里也烦烦的,无所适从……”

马天花寻思半天,惊讶道:“不好,四愣不知咋样了,俺咋预感四愣要出事呢。这孩子是娘的心头肉,俺的直觉很灵的。他大,这可咋办?”张士琦心里嘎噔一下,不由得说:“是啊,俺也是这么想的。”张士琦抓起衣服拔腿就走,马天花追问道:“哎,你咋了? 说句话啊。”

“俺说啥,你都有预感了。不行! 俺去青年队看看四愣去。”

“哦,他大,等等,俺也去……”

张士琦和马天花立刻赶到青年队,见刘青正在青年队低声啜泣。马天花拽了张士琦一把,焦急地问道:“哎,你看看,他俩也在那里。咋还在哭哪?”

张嘎见张士琦来了,蹓蹓到张强身边,轻轻戳下张强,道:“队长来了,这个……”张强一见到张士琦心里就来气,朝着张士琦故意干咳两声。刘青突然转过身来,大声质问:“张士琦,你还俺家二妮! 你还俺家二妮……”刘青说罢,立刻向张士琦扑去。张士琦见状立刻举起双手,谴责:“好—好—好男不和女斗,俺惹不起你,俺躲得起你!”张嘎一把拉住了刘青,刘青跺着脚在谴责着张士琦公母俩狼狈为奸,鼓动四愣拐骗二妮私奔……

当张士琦得知四愣和二妮私奔后，他拉着马天花便走，自语道：“哎，好汉不吃眼前亏。快走……”马天花甩开张士琦的手，质问：“你怕啥？真是的。”

张士琦一瞪眼，大声道：“怕啥，四愣和二妮私奔了……”

马天花闻声背过了气，一口气没有上来，她憋得脸色都发紫了。半天后，马天花哎的一声，才缓过气来了，不由得重复道：“啥?！四愣和二妮私奔了?”

马天花一阵唉声叹气，哭诉道：“哎哟，俺的儿子啊，你咋就舍得大和娘跑了……”

张士琦拽马天花一把，训斥：“别哭丧！你儿子私奔还怕别人不知道吗？真是丢人现眼。从此，咱家就当没有这个儿子了。走，快回家去。”

马天花被张士琦吆喝住了，她擦干眼泪跟着张士琦灰溜溜地回家了。

张强拉着刘青的手，安抚道：“这个死妮子也忒不争气。哎，那个混小子有啥好的，为了个混小子连大和娘也不要了。”

刘青一边擦着眼泪，一边骂道：“这个该死的二妮，真让人不省心……”

张强气不过，发狠道：“不争气，家里出了二妮这样的孩子真是家门不幸。哼！丢人现眼，以后咋在村里抬得起头来，气死俺了。”刘青知书达理，一冷静下来，在想：“这两家打也打了闹也闹了，事情闹到这一步两家都有推卸不了的责任。哎，孩子相爱也没有啥不对的，只是大人屈于旧习的脸面罢了。”

刘青擦干眼泪，劝说："她大，你看事情已经闹到这一步了，连孩子也闹跑了还有啥再值得闹腾的。要是二妮有个三长两短的，俺可活不了了！"刘青的话像在张强心上插了一把刀，心里难受极了，默默地自问："哎，事情咋闹到这一步哪。不行，无论如何得把孩子找回来……"

"她大，你说咱们这是为了啥，连自己的亲闺女都容不下……"

"他娘，咱们也回家吧，在这里等也不是个法子。"

"走，咱们回家等孩子的信去，俺不信二妮真的不要她大她娘了。"

张强和刘青一边走，一边念叨着二妮……

四愣和二妮在去东北的火车上，在不停地回望着家乡的方向抹泪……

二妮擦把眼泪，郑重地问道："四愣，你说咱家里的人找不找咱俩？"

"哎，为了咱俩的这门婚事，咱两家闹得鸡犬不宁，老人家都撕破了脸皮……"

"真让人心寒。哎，他们真的不找咱俩？"

四愣被二妮的问话带入了深思。二妮见四愣没有接她的话茬，又推把四愣。四愣瞅一眼二妮，深沉地说："娘生儿，连心肉……咱们一旦走出父母的视线，老人们肯定为咱俩的出走而担忧的……"四愣的话让二妮想起了刘青，哽咽道："四愣，俺想娘了。"二妮说着哇的一声，赶紧捂着嘴角在极力控制着自己的感情。四愣经不住二妮的哭声，心里酸酸的，一种思念之情油然而生，眼前立刻呈现家人劝说离开二妮的镜头和情景。

"四愣，你这没有出息的东西，你敢和二妮好，俺就不认你这儿子，俺权当没有生你这个儿子……"

“愣儿，听娘的话，二妮家的成份高不能和咱家攀亲，你大不同意俺也不同意，你趁早死了这门心事……”

“四愣，不是当大哥说你，二妮家的成份不好，将来会影响你的前程，甚至全家人的前途，你为了自己为了家人要和二妮一刀两断。”

四愣想着不由得哼哼两声，自语道：“他们就知道成份成份……就不顾俺们之间的感情。哼！俺才是真正的受害者。”四愣瞥了二妮一眼，见二妮还哭丧着脸子，心里有一种说不出来滋味。”四愣一把将二妮搂在怀里，发狠道：“二妮，咱俩要做出个样子来让大家看看……”二妮含情脉脉地仰视着四愣，满怀信心地点下头，便依偎在四愣怀里……

俗话说：“儿行千里母担忧。”张士琦和张强家虽然没有了来往，但是两家却保持了一个共同的习惯，逢年过节两家餐桌上都要摆放一双筷子，在亲人的心目中他们始终没有离开过家。他们在这桩错位的婚姻中，两亲家既有疾风暴雨式的争斗，又有共同的思念和牵挂方式，无论结果如何，在他们的身上没有永远的过失，他们的恨只在嘴上爱却在心上……

第二十章

隔墙有耳

在家长的强烈干预下，浊上农中造反派总算安静了一阵子。可是在张铁生白卷英雄的影响下，学生崇拜白卷先生，不思进取、不学无术成为时尚。一度学校不敢抓管理，对学生放任自流。老师在讲台上讲课学生在台下睡觉甚至在冬天里生火取暖，搞得学校乌烟瘴气。牛校长挨班视察一圈，学生的课堂沸反盈天，牛校长气得直摇头……老师驾驭不了课堂秩序，他们只好凭着良心尽心了事。

一天，小愣早自习后，班主任张强强老师走上讲台。张老师年轻，血气方刚，情绪易激动。他掠视一眼同学们，见讲台下不是无精打采就是打瞌睡的，气得拾起黑板檫当当砸着课桌，高声质问："睡！睡！睡！你们的家长送你们来学校就是睡觉的吗？"张老师的突然举动将同学的瞌睡虫全吓跑了，大家机械地翻动着书本……

在浊上农中流传着学生有两怕之说。一怕班主任张老师向家长告状。因为张老师是土生土长的张浊人，他不是同学们的同族就是有着几代人的世交关系。俗话说："是亲三分向。"张老师二十出头，浓眉大眼，是一位帅气的民办教师。自从张老师担任小愣的班主任以来，张老师时常和家长沟通并定期向家长汇报学生的学习情况，建立了学校和家长的定期联络方式,所以同学们怕张老师向家长告状,这是惧怕他的主要原因。

二怕郭刚老师。郭老师年方而立,四方脸,剑眉下一双大眼显得格外威严,是学校的一名公办老师。此人,一贯倡导学生以学习为主。在他眼里容不得沙子,是只要他讲课台下有说话或做小动作定要撸着袖子一查到底的人,甚至出现掴掌学生的违纪现象。此人被造反派视为走白专道路的臭老九。郭老师政治面貌为群众,其身份又是一名再普通不过的公办教师。他的人生既不追求当官,又不追求身份专正,把仕途看得比较淡薄。俗话说:"无欲则刚。"在造反派的眼里郭老师就是一个烫手山芋,不仅造反派拿他没有办法,而且学校也惧他三分。起初造反派批斗过他,可是郭老师是一位嫉恶如仇的人,根本不在意造反派的高帽子,每次他都是据理力争,让造反派难以收场,不欢而散。

常言道:"铜盆还需铁刷磨。"每次批斗造反派都被郭老师驳得无言以对,造反派这铜盆竟然被郭老师这铁刷子磨了。再后来,郭老师成为造反派批斗的鸡肋,在他们的眼里斗之乏气放之可惜,矛头再也不对郭老师了。一个让造反派都无可奈何的人,显然在学生面前具有严厉的一面,所以学生对他也惧怕三分。

张老师也有几个走得很近的同学,像小愣、小海、嘎狗和小花就是张老师最喜欢的人。当张老师当当敲击黑板擦后,小愣突然发现张老师白领子上有个黑点,起初他也没有太在意,可是当张老师被气得脸色发红的时候,那个小黑点点红黑分明就像一个黑坐标格外扎眼。小愣瞪大眼睛盯视着,那个黑点点竟然还在蠕动。

小愣立刻断定那个蠕动的小黑点就是趴在张老师白领子上的一个

虱子时，小愣突然将手高高举起。张老师看到后，平静地说："小愣同学，请站起来讲。"

小愣边站边惊讶道："张老师，你脖子上有个虱子！"小愣话一出口就刺伤了张老师的自尊心，张老师将黑板擦又当的一声砸在讲台上，驳斥道："你在胡说八道，俺身上能有虱子吗?"说话间，张老师脸唰的红了，尴尬地拍打下白衬衣的领子。小愣是个不撞南墙不回头的人，争辩道："哎！张老师，真的是一个虱子。"在小愣的提示下，嘎狗和小花也看得清清楚楚。小愣想给张老师一个意外惊喜，他扫视小海、嘎狗和小花一眼，说："老师不信，咱们逮下来给张老师看看……"

说者无意听者有心。张老师不想当场出丑，责令道："小愣，坐好！不要再胡闹了。"小愣为讨好张老师，他快步抄到讲台，张老师刚想离开讲台又被小海、嘎狗和小花堵在讲台上。小愣手疾眼快，伸手捏着那个黑点，他喜笑颜开高高举起那个黑东西，展示道："同学们，俺说的没错吧。你们快看看，还真是一个大虱子哪……"

小愣、小海、嘎狗和小花帮老师抓了一个大虱子。一时间，他们像打了一个大胜仗似的感到格外高兴。当同学们瞪着眼珠子竞相看着从张老师身上抓到的那个大虱子的时候，教室里发出"啧啧"的惊叹声。

年轻好面子的张老师被当众从身上拿下一个大虱子，让他丢尽了脸面，张老师的脸色涨得青一块紫一块难看极了。

小愣满以为帮张老师逮住了一个大虱子，张老师一定和他一样高兴的。可是，当小愣一看到张老师难看的脸色和同学们窃窃私语的表情，才感到事情不妙，恍然觉知做了一件大大的蠢事，他赶紧拉了一把嘎狗、小海和小花灰溜溜返回了课桌。

这时，教室里突然哄堂大笑……

一会儿，同学们戛然安静下来。课堂里静得连同桌的呼吸都听得清清楚楚。小海正为自己的行为而悔恨，紧张得连大气都不敢喘了，在静观事态的发展。

张老师经过内心的激烈较量，在极力掩饰着尴尬，他拍打着衬衣领子，尴尬地一笑说："同学们，你们别闹腾了，下课吧。"

张老师边收拾课本边乜斜小愣一眼，怒冲冲地走出了教室。

张铁生交白卷掀起的热潮还没有退潮，又掀起一阵学习革命小闯将黄帅的热潮。黄帅小闯将的革命精神犹如在平静的大湖里扔了一颗炸弹，在浊上村农中掀起了千层浪花。

浊上村农中再次点燃学习小闯将的革命行动，这次革命行动所不同的是得到了青年老师们的认可。

地处偏僻的浊上农中的教职员工也难得进一趟县城，学生更没进次县城的机会，大家把进入县城当成奢望。

学习黄帅的革命闯劲就是要走出学校，要学生在实践中锻炼自己。由于大家对景点和城市存有好奇心，学校的教职员工和学生都想借机走出学校开拓一下眼界。所以，浊上农中学习黄帅的热潮是一浪高过一浪。

一天上午，学校上第三节课的时候，小海和嘎狗突然打出"砸烂孔家店！坚决去曲阜！"的横幅，高呼着"砸烂孔家店！坚决去曲阜！"的口号，从教室涌向学校的操场。

牛校长赶到操场，首先肯定这是一次学习革命小闯将黄帅的革命实际行动，并承诺一定考虑学生提出的要求，表示道："咱们浊上村农中绝

不在学习黄帅的活动中甘心落后。要以学赶超的精神学习革命的小闯将精神，要学习兄弟学校的先进经验……”

张老师也不计前嫌，立刻站到了小愣、小海、嘎狗造反派一边。牛校长讲完话，张老师慷慨激昂地发表了支持学生走出去的革命行动。张老师的讲话得到教师们的积极响应和支持，大家一致表示：坚决支持学生到曲阜串联的实际行动。”

学校按下葫芦起来瓢。在牛校长思考学生到曲阜串联的时候，又传来了一阵阵口号声……牛校长急忙走出门口，问道：“咋了，这又是谁在搞游行？”郭老师正巧路过校长门口，随口道：“哦，小学生在瞎胡闹呗！”牛校长一听小学生，来气了，嘟囔道：“真是的，小学生也在瞎起哄……”牛校长还是快步走向操场，劝说道：“四年的同学们，你们的革命行动是好的，学校是支持的！可是，你们是祖国的花朵，你们还年小经不住长途跋涉的奔波，我可以向大家承诺：等你们长大了，升了高中，我们不上曲阜直接上大城市去，咱们到北京城见毛主席去！”当牛校长提到见毛主席时，同学们振臂高呼：“毛主席万岁！万万岁！”

牛校长费了九牛二虎之力，才说服了小学生。牛校长见学生们散去了，擦了一把额头上的汗水，自语道：“哎哟，这哪里是小学生，简直就是小祖宗……”

小学生的要求能哄得过去，可要哄骗高年级的学生却不是一件容易的事情。牛校长召开校务会，对到曲阜串联进行了讨论。大家畅所欲言，各抒己见，最终以交通闭塞为由，决定徒步去曲阜参观孔家店的革命行动。

消息一传出，同学们高兴地欢呼跳跃，他们心里只有一个念头：立刻到曲阜开拓眼界。小愣、小海、嘎狗、小花按照学校的要求到大队开具介绍信。可是,他们万万没有想到的是三妮因成份高被大队拒绝了,三妮接受不了这个现实抹着眼泪跑回了家。

嘎狗为了给三妮开具介绍信,他求到看坡改造的王士中。爷俩话不投机争吵起来,不仅遭到王士中的拒绝,而且被王士中数落一顿,嘎狗气得直跺脚。

晚上,小愣、小海找来嘎狗,又悄悄让小花把三妮约了出来,他们隐蔽在生产队马车棚里研究三妮开介绍信的事情。小花焦急地说:"哎,你们快想个办法,让三妮和咱一起去曲阜嘛。"

小海对着小愣说:"是啊,小叔,咱们要有福同享,有难同当。说啥也得让三妮参加这次串联……"嘎狗焦急道:"要是实在不行,俺让给三妮,俺不去了……"

嘎狗的话引起大家的议论:

"咳!嘎狗,你现在还不明白,问题不是名额的问题,而是三妮成份的问题。"

"你们别吵了,俺倒有个主意不知道行不?"

"少啰嗦,你有话快说,别拖泥带水的。"

嘎狗不放心又向门口扫视一眼,压低声道:"这样办,咱们把三妮的名字加在这个介绍信上不就成了嘛。哎,这个办法咋样?"嘎狗的话让大家看到了希望,小愣抢先道:"嘎狗,你他娘的真有歪点子,这事俺咋没有想到呢?"

嘎狗扮一个鬼脸,说:"这不是被逼的嘛,这叫急中生智,懂吗?"小海不以为然,一撇嘴,嘟囔道:"唉,唉,说你胖你还喘上了。"

“嘘—嘘—”小愣突然给大家一个暗示,小声道:“别忘了,墙内说话隔墙有耳,咱们千万不能透露半点风声。”

小海佩服地直点头,大家异口同声:“嗯,知道了,保证不泄露半点消息。”小海拿出大队介绍信,高兴道:“哎,嘎狗说的没错,介绍信上没有写人数,真是天助三妮也。”小花担心节外生枝,提示道:“哎,这加名字是一个细活儿,这活还是俺来干吧。”小海愣了一下,说:“嗯,还是小姑考虑的周全。

小花将介绍信横竖仔细查看一遍,不由得露出了笑容,高兴道:“有了,看俺的吧。”

一会儿,小花将大队介绍信改好了,谦虚道:“大家看看吧,改的咋样?”

小愣小心翼翼地接过大队介绍信,扫视一眼介绍信,肯定道:“嗯,还真看不出来呢,没有想到小花还有这么个能耐哪。”

小愣看完小花改好的介绍信,连忙递给小海……

三妮的事情总算搞定了,小愣同盟再次统一了保密口径……

翌日,学校集结好队伍,在即将出发之时,张老师突然来到三妮面前,严肃地说:“三妮,有人告你私自篡改大队介绍信,经学校研究取消你串联的资格。”小花争辩道:“谁告的密,真缺德……”三妮抹着眼向家跑去。嘎狗追上三妮,三妮哭诉道:“嘎狗哥,你们都尽力了,这事不怨你们。要怨就怨俺生不逢时,你快走吧……”嘎狗一时也不知如何劝说三妮,急得直嘟囔:“咋是这样呢,谁走漏的风声……”

张老师见嘎狗还和三妮说话,没有归队的迹象,督促道:“嘎狗,快过来,队伍要出发了。”嘎狗像没有听到张老师的话一样仍在安抚三妮。

小愣是学生代表的头目,在这次串联中的角色举足轻重。学校串联虽然是由各班主任组织,但是对外还是打着学生组织的旗号。小愣终于站了出来,问道:"张老师,你说三妮私改介绍信有证据吗?这不是在胡说八道嘛。"

"小愣,你说话要注意你的身份,这是学校的决定,没有证据也作不了这个决定。"小愣纳闷了,自语道:"究竟谁走露了风声?哎,真是人心隔肚皮,见外不见里啊。"张老师见嘎狗还不回来,便责令小愣劝说嘎狗赶快归队。

小愣深思片刻,严肃道:"张老师,你今天不说出谁告的密,俺也不去了。"小愣这一决定给张老师一个下马威,张老师束手无策,暗暗地骂道:"狗日的,真是个愣头青,你竟敢要挟俺。"但是,在这关键的时刻,张老师还真惧怕小愣撂挑子,只好顺着小愣,推责道:"这事也不怨俺,这民不告官不理。是人家告到校长那里去了,你说这事学校能不管吗?"

"哎,这么严密的事情咋还有人知道呢?"

"哼!要想人不知,除非己莫为。"

"唉,难道俺几个人里出了内奸?"

张老师一番对话后,肯定道:"不是的,你不要瞎猜了。"

"哎!那是谁啊?"

"你不要管谁了。快,把嘎狗叫来!"

小愣性子直凡事有打破沙锅问到底的习惯。张老师见小愣犯浑了,他毫不示弱,强硬道:"小愣,你们逮虱子让俺当众出丑的那件事情暂且不说。单说你们私自篡改大队介绍信的事情就够严重的了,这事要是抖漏出去,你是吃不了得兜着走!"

小愣嘿嘿两声，申辩道:“哦，俺们逮虱子那事是好心办了坏事，与这事无关，咱们各事各论。”

“那好，就当各事各论，这次要上纲上线，看你咋办?”张老师以退为进，击中了小愣的要害。小愣挠着头皮无言反驳。张老师步步紧逼，直截了当地说:“你们表现好了，咱们可以将大事化小，小事化了……”小愣心里犯嘀咕，心想:“这私改大队介绍信可不是一件小事情，真要是闹大了可是不好收拾……”小愣想到这些，突然一个180度的大转弯，朝张老师点头，微笑道:“当老师的咋能怪自己的学生哪，您大人不计小人过。俺去叫嘎狗过来。”

小愣立刻转身，高喊:“嘎狗，快过来!”三妮见小愣在催促嘎狗，赶紧推了嘎狗一把，说:“快走，再不走俺生气了……”

嘎狗急得一跺脚，哎的一声，嗵嗵跑了回来。

张老师长叹一口气，提示道:“你们还愣着干啥？快追队伍去。”

这个意外让三妮伤透了心。三妮一边走，一边踢着路面上的坷垃，她的嘴角咬得都快流出血了，泪水噙满了眼眶，不时地在低声啜泣……

张老师领着小愣和嘎狗追赶上队伍，郭老师和几名教师走在队伍的最前头，牛校长断后。张老师跑到牛校长眼前，贴在牛校长耳边嘟囔几句，牛校长满意地点下头，嘱咐道:“嗯，可别把事情闹大了，要点到为止。”

“校长，您放心，这事情一定会处理好的。”

张老师处理篡改介绍信的问题得到牛校长的赞同，他特别地开心，不由得加快了步伐。一会儿的功夫，张老师赶到了郭老师身边，建议道:“郭老师，过大河前咱们休息一会儿。”

“哦,张老师,这天也不早了,咱们过河就吃饭休息。”张老师同意了郭老师过河吃饭休息的意见,他见队伍疲劳了,转身高声道:“同学们,加把劲!赶过大河就原地休整!大家加油!”

大汶河发源泰莱山区,汇泰山山脉、蒙山支脉诸水,自东向西流经莱芜、新泰、泰安、肥城、宁阳、汶上、东平等县、市,经东平湖流入黄河。大多数河流自西向东,然而大汶河借地势自东向西,她是省内最大的倒流河。由于大汶河的水位是季节性的,秋前秋后水位大不相同。秋前的水位一般保持在半米的深度,在这个季节里南来北往的人挽起裤腿就能蹚过河。过河的人一般不愿意舍近求远,转路走桥,所以从开春到秋前挽腿过河的人成为汶河两岸的一大景观。

浊上农中的串联队伍徒步来到汶河北岸,串联的路程已经步行了一半。但是,上午的行程让大家感到了疲惫,一走进大汶河沙滩同学们席地而卧,嘴里不停地嘟囔:“哎哟,累死了……”嘎狗四肢朝天,抱怨道:“要是知道这么累,说啥也不来了。”一时间,学生没有了当初的豪言壮语,个个像撒了气的皮球软了下来。小花也不由得感慨道:“咳!三妮不来就对了,真是歪打正着。”张老师跑到牛校长身边,牛校长喘着粗气,指示道:“张老师,不行咱们先歇息一会儿,再过河也不迟。”张老师点头道:“那是,那是的。”

张老师像接到圣旨一样跑到郭老师身边,传达了牛校长原地歇息的指示,郭老师只好服从校长的意见。同学们一听到原地歇息,立刻打开携带的干粮大快朵颐。

牛校长见同学们吃得正香,也觉得肚子咕咕在叫……牛校长和郭老师带的一样干粮,葱油饼另加一壶水。

小愣、小海、小花三人的糖火烧出自马天花之手，小愣和几个要好同学围在一起，他们边吃边谈论一路所见所闻……

一个小时后，牛校长填饱肚子正兴致勃勃地欣赏着大汶河的美景……一农夫挑着两筐苹果向他们走来。牛校长恍然道："哦，苹果……"

俗话说："穷家富路。"这是学生一次难得进城机会，家长会给孩子块儿八角的零钱作为盘缠，一听到叫卖苹果的便蜂拥而上。一会儿的功夫，农夫的两筐苹果卖光了，大家啃着发涩的苹果直皱眉头，直喊："酸……"

张老师也买了三个苹果，他给牛校长亲自削了一个。牛校长啃了一口苹果，酸得呲牙咧嘴的……牛校长一边吐着酸水，一边说："哎哟，这苹果咋这么酸哪？"郭老师趁张老师不注意的时候，夺过一个快要削好的苹果，咬了一口苹果，皱着眉头应答："牛校长，苹果不熟，不酸才怪哪。"牛校长盯着手里的苹果，自语："哦，苹果还不到成熟季节，真够酸的。好了，咱们饭也吃了苹果也尝了，争取黑天之前到曲阜宿营，咱们过河！"

张老师向小愣传达了校长的指令，小愣觉得校长考虑得很周全，再说了这样的大活动只有校长亲自驾驭才能万无一失达到预期的目的。

小愣在这次串联的路上受益匪浅，自语："走出来才明白，在家门口瞎胡闹一阵还可以，一旦离开家门简直就是一个傻小子。"小愣站在队伍的前头，高声道："同学们，咱们要听校长的，黑天之前到达曲阜宿营。嗨！打起精神，挽起裤子过河喽！"

小愣一声令下，大家像下饺子似的扑通扑通地下河了。

同学们一踏入河水，激流的河水冲击着沙子犹如足疗一般的舒服，让过河的同学立刻精神倍增，大家不时地发出恣意的呐喊声……

张老师一边蹚着河水走，一边用刀削完最后一个苹果。张老师的吃法很特别,不像大家狼吞虎咽的,而是用小刀在不停地向嘴里传送着小块苹果。张老师最看不惯大家大口啃苹果的样子,他仿照西方用餐的绅士风度,先将苹果削成一小块,再用刀子送到嘴里咀嚼。这种吃相让张老师感觉与众不同具有绅士般的风度,每吃一口都会观察周围人们对他的反应。同学们没有见过世面,大家好奇心特强,立刻盯视着张老师发呆,这让张老师的虚荣心得到了极大的满足,张老师得意地反复着这绅士的动作……

大汶河的水位虽然不高,但是主河道水流湍急,也是徒步过河最危险的地段。

郭老师走进主河道,提示道:“注意! 这是主河道,水流湍急,大家要注意安全。”

在郭老师的提示下,大家小心翼翼地过了危险地段,踏上大汶河的南岸。

张老师趟着水刚把一小块苹果放在嘴角,脚下突然踩着一块小石头,身体不由得晃动一下,立刻发出啊的一声,嘴唇被刀划伤了。眨眼间,嘴角流满了鲜血。张老师扔掉刀子捂着嘴,呜呜地呻吟……

郭老师目睹了张老师受伤的情景,不由得发出嘿嘿的笑声,小愣赶紧返回张老师身边,搀扶张老师向南岸走去。

张老师一面走,一面不停地猫腰撩着河水冲洗嘴角,企图尽快将伤口冲洗干净,尽早摆脱这尴尬的境地。小愣将张老师搀扶到南岸后,牛校长也赶过来,关心道:“张老师,你这是咋了,这嘴角是咬的还是磕的?”张老师捂着嘴角,呜呜地比划半天也没有解释清楚,郭老师插话道:“牛校长,他既不是咬的也是不是磕的,而是自己用小刀削的。”

"啊,这还了得。快,让俺看看。"牛校长双手托起张老师的下巴颏,轻轻用力一捏,张老师的嘴角张开了……牛校长跂脚窥视着口腔,发出咂咂的叹惜声。

牛校长无微不至的关心吸引了大家的视线,大家瞪着大眼睛等待牛校长窥视的结论。在大家静静等待的时候,小海突然哈哈大笑起来……

牛校长放开张老师的嘴角,把视线盯在小海的身上,严肃地问道:"小海,你老师都伤成这样你还能笑得出来?"小海听了牛校长的责问,做了一个鬼脸赶紧捂着了嘴……

小愣乜视小海一眼,训斥道:"笑啥,你真看不出个死活眼来……"牛校长再次把视线转移到了张老师的身上,嘱咐道:"张老师,你看看,咋又出血了。快,再用水洗一洗。"张老师呜呜两声,快步跑到河边冲洗……

人的嘴角周边神经最敏感,毛细血管分布也最丰富,一旦毛细管破裂一时很难止住流血。张老师冲洗了一会儿,血是明显见少了,但是还是没有完全止住。张老师见牛校长在无微不至地关心他,感激地按住嘴角,说:"牛校长,没事了,咱们走吧。"牛校长要大家吸取教训,引以为戒,告诫道:"大家注意了!俗话说在家千日好,出门时时难。咱们出门在外千万要注意安全。以后大家要接受张老师的教训,不要再发生类似的事情……"

小愣在张老师身边鞍前马后地照顾着,这让张老师非常感动,一到曲阜中学宿营地,张老师在小愣耳边私语起来……

小海和嘎狗用学校的课桌搭起一个通铺。大家刚刚躺下,小海又莫名其妙地发出一阵笑声。嘎狗轻轻推一把小海,小声道:"哎,你咋了?你有啥可笑的……"

张老师也是性情中人,他感激小愣一路的关照,一激动将举报私改大队介绍信的人告诉了小愣。这也算是张老师投桃报李,对小愣一路照顾的回报。

原来,这举报人是马六。马六脑子灵活,他想利用生产队的马车搞点运输赚点外快。于是,那天他便去查看马车的现况,不料小愣他们正在商量事情,马六偷偷地躲在墙外……

第二天,马六把听到的秘密告到牛校长那里……小愣听完讲述,惊讶道:“哦,原来是这样,这隔墙有耳这句老话真灵。马六那小子整天鬼鬼祟祟的真不是个东西!”

小愣知道了举报人,该骂的也骂了,这介绍信的事情自然划上了一个句号。小愣睡觉前又帮张老师打来凉水冲洗伤口,这时张老师的伤口开始收敛了,说话也渐渐清楚了。

嘎狗训斥罢,小海刚背过身,又沉不住气了,小声地问:“嘎狗,别装了。你睡不着。你不就想知道俺为啥笑吗?”

嘎狗移动下身子,反问道:“俺想知道,可是你想说吗?”

小海伸手戳一下嘎狗,说:“转过身来,俺告诉你。”

嘎狗转过身,道:“好了,快说吧。”

小海再一次发出一阵笑声后,见嘎狗在怒视着他,赶紧咬住嘴唇抑住笑声,说:“嘎狗,你说,牛校长托着张老师的嘴角查看时,像不像咱们集市上查看牲口牙龄的样子?”经小海这么一描述逗得嘎狗也哈哈大笑起来……半天后,嘎狗抹着泪,道:“嘿嘿,你说的太形象了,不是像,而是太像了!”

牛校长和郭老师突然来查铺,进门质问道:“嗯,谁在笑?这么晚了

还不睡觉。”嘎狗和小海立刻佯装睡着的样子，嘎狗还佯装发出鼾声……

历时三天的串联达到了预期目的。张老师的嘴伤逐渐好了起来。可是，张老师嘴唇上的疤迹犹如学生串联一样留下难忘的记忆，他记住了模仿绅士风度的代价。

小愣三人安全回家了。张士琦心里打了个问号，自问道：“这学生不念书整天东跑西颠的还像学校嘛。哎，最近要求贫下中农管理学校，这真叫人猜测不透……”张士琦寻思半天也没有捋出个头绪来，无奈地说：“哼！不学习再好的管理形式有啥用?”小愣见张士琦自语，疑惑道：“大，你在嘟囔啥呢?”

“去！别让俺上火，上你的学去。”

“大，今天不上学了。哦，你还不知道吧。昨天，王大叔参加学校贯彻上级加强贫下中农再教育的动员大会，他和牛校长平起平坐在主席台上。王大叔是贫协代表，他一上任就增加了劳动课。今天，要学生给咱生产队里打高粱叶……”

“哈哈，你中风的王大叔种地可是把好手，这管理学校可是个门外汉……”

“哎，你别说，王大叔在主席台一坐可威风哪。”

“哼！威风啥，让他管理学校这不是瞎胡闹吗？他大字不识几个，就知道指导学生种地?”

张士琦越说越激动，嗓门也越来越大……小愣见张士琦对上级的指示有抵住情绪，提示道：“大，你的思想可有问题了，你还是生产队长哪，老跟不上形势，简直就是死脑筋……”

张士琦一听小愣说他是死脑筋，来气了，骂道：“你这个狗日的，敢说你老子是死脑筋!”张士琦刚想脱鞋，疑惑道：“嗯，这小子跑得咋比兔子还快。”小愣知道张士琦两句话说不好就脱鞋打人,他还没有等张士琦脱下鞋早逃之夭夭了。

这庄稼地里的活不用学,社员干啥就干啥。在贫下中农管理学校的日子里,学校成了名副其实的农业中学。大队把学校视为生产大队的机动队,哪里有应急生产任务就调用学生支援,学校的中心任务偏向了学农,忽视了文化知识的学习,在学校营造了学农光荣的浓厚氛围。

在季秋的一个晚上,学校接到了开展反击右倾翻案风运动的通知。在政治领先的年代,牛校长像战场指挥员接到战斗命令一样,立刻吩咐下面的人把学校大门两侧划为反击右倾翻案风的文化阵地,并连夜召集学生写大字报掀起轰轰烈烈的反击右倾翻案风的高潮。

俗话说:“出头橛子先烂。”历次的运动既锻炼了学生,也让井底之蛙的农村孩子醒悟不少。小愣感到历次运动的结果不是所想象的那样圆满,尤其是在张士琦那次严厉的训斥下,认为搞运动是出力不讨好的事情。所以,在这次运动中没有从前积极了。小愣被连夜召回学校,那一夜,浊上村农中灯火通明,教务处发出了紧急通知:为积极配合学校反击右倾翻案风的运动,各班派人到总务处速领笔墨纸张……

张老师连夜召开了动员会,要求学生站在无产阶级的立场上,争当反击右倾翻案风的排头兵……

小海遵照张老师的指示从总务处领来一大包文化用具,一一摆在小愣的眼前,吩咐道:“大家每人一份,写好就贴……”

“呦!洛阳纸贵,这么阔气。这样不是在糟蹋东西嘛……”

张老师一听小愣的感慨,大步跨上讲课台,当当用力敲击黑板擦。

张老师严肃道:“小愣,你这是啥态度?你这是对革命运动的消极言

行，如果认识不到这种错误的思想，你可能走向这次运动的对立面，由我们的朋友转变为我们的敌人……”

小愣经张老师一上纲上线吓懵了，连忙解释道：“张老师，俺可没有这么想，俺是说没有弄明白反击右倾翻案风是咋回事哪，咋写大字报……”小愣是越抹越黑，在张老师的大帽子下，他很难洗刷清白。小愣被张老师痛批一顿，他一想后怕极了，按照张老师的吩咐抄起了报纸。

郭老师走进教室向张老师示下手，便凑到小愣身边，失望道：“咳！你这是写的啥字？像鸡爪挠的……”小愣无奈地直挠头，委屈道：“郭老师，俺真的不会写毛笔字，这是赶鸭子上架。”小海字也没有写好，弄一脸墨汁，对着郭老师嘿嘿地直傻笑，为难道：“郭老师，俺就这个水平了，没办法只好凑合了。”张老师扫视一眼大字报，惊得直皱眉头，嘴张了半天也没有蹦出一个字来。

郭老师忍不住了，讽刺道：“你们这些字一旦贴出去，真能让人笑掉大牙。”张老师见郭老师在嘲笑自己的学生，也怕影响学生的革命积极性，他赶紧拉着郭老师借地方说话。

郭老师走出教室对着张老师，质问道：“张老师，你看学生写的啥大字报，咱们不感到羞愧吗？俺说是鸡爪子挠的还是抬举他们。哎，这学校除了搞运动，就是学农种地，这学生不学习，咱们是在误人子弟啊！”郭老师的话深深地打动了张老师的心，郭老师说出了他想说却不敢说的话。张老师为了自己的前程只好装聋作哑，赶紧搪塞过政治敏感的话题。

张老师和郭老师转了一圈，感慨道：“真是黄鼠狼抱老鼠一窝不如一窝。”张老师见各班水平不分上下，失落的心情才稍有所安慰。郭老师哼了一声,自语道:“明天,就看热闹吧。”

一夜之间,同学们把学校总务处仓库的笔墨纸张全部用完了。同学的字虽然写得不咋样,但是热情很高涨。当时流传一句顺口溜:“领导指哪咱向哪,领导叫咱批谁咱批谁,管他谁是谁。”总之,只要跟着形势走,包你不犯错不落伍。郭老师叹口气,伤感道:“哎,上级一个电话,下面瞎折腾一晚上,让学生糊了一层纸墙,真是悲哀啊!”

第二天,牛校长视察大门两侧反击右从翻案风的批判栏,他双手掐腰站在大字报前看得直皱眉头。张老师看了一眼大字报专栏,默默地说:“亲娘哎,咋是这个熊样子哪?”郭老师看着看着突然放声大笑……

牛校长受郭老师的感染,也情不自禁地哈哈大笑起来……

张老师见校长和郭老师笑得前仰后合的,才敢放声大笑。

一阵自然的大笑之后,牛校长嗔责道:“嗯,群众运动嘛,重在积极参与,不在字体的好孬,关键是看大家的革命行动……这次开辟大字报专栏很有创意也很新颖,是一块有力的反击右倾翻案风的批判阵地……”

郭老师边听边摇头,暗暗地嘟囔:“牛校长啊,你是睁眼在说瞎话。看看这字你这校长还有脸吹嘘?”

牛校长讲了一阵违心话,最后实在无话可讲了,“这个、这个”后赶紧转移话题。

“今天啊,还有一个好消息告诉大家,学校在贫下中农管理学校以来,经贫协代表和大队的协商,浊上村三个大队把学校周围的土地划给学校当作试验田。今后,学生学农不出校门就能学到农业知识……

牛校长的话并没有引起大家的喝彩,因为划拨土地是给教师增加了负担,尤其是给学生增加了繁重的劳动负担。张老师心里也不情愿,但是为了讨好牛校长还是带头鼓掌……

第二十一章

自然之殇

张士琦席坐在浊河边，瞪大眼睛注视着浊河的一草一木……

浊河是漕河的支流，在浊河湾下环绕着浊上村。浊河分支在村西汇集后向西滔滔流去，最终归流入漕河。浊河给浊上村增添了一道靓丽的自然美景。

从前，以先有浊河还是先有浊上村争论不休。根据地理和历史资料记载证实浊河在先，浊上村的先人移住在浊河环绕的肥沃土地，他们在这风景宜人的环河陆地上，繁衍生息。本人在《妖恩人怨也是情》一书中有记载，浊河湾是玙娘白眉联手大战二椰的发祥地……

神话故事描述了浊河湾从前美丽的景色。秋季，浊河岸边的芦苇向天空扬起蓬松的芦穗在随风起舞，褐白色的蒲苇在流水中摇曳，快乐的鱼儿时而绕行在迷宫般的植物须根，时而溯水发出噗噗的搏击声。俗话说："落叶归根。"岸堤茂盛的树叶缓缓飘落，在大树根编织着一层厚厚的叶毯，微风吹来，像一台台织机发出哗啦啦的织布声……

"哇……哇……"

一只黑老鸹飞来，扑扑棱棱落在树枝上。黑老鸹粗劣嘶哑的叫声，让数台"叶毯织机"戛然终止。此时，昂首望去，茂盛的枝叶已被秋风扫尽,纵横交错的树枝犹如一张大网笼罩了浊河。河面小石桥上的繁忙景象,便是这张大网的纲,在收获着秋天的果实……

张士琦站在坚实而饱受沧桑的堤岸,睹物生情,他联想起了小时候河堤乘凉,结伴下河抓鱼,上树抓知了的童年景象。

“浊河来水了! 浊河来水了!”

这是每年秋季再熟悉不过的声音。大家闻声,纷纷扛起大叉网逮鱼戏水……

从浊河来水到河水干枯的季节里,浊河河鲜让村民一饱口福。但是,在雨季浊河洪灾泛滥,也威胁着村民的生命和财产的安全……

那是一个雷电交加的夜晚,暴雨接连下了一天一夜,村里突然当当地传来敲锣声。这锣声就是发洪水的信号。灾情就是命令,浊上村的男女老少爷披上蓑衣提起铁锨拥向河堤防洪抢险……

那一天的晚上,浊河水冲出了河堤,洪水淹没了村里的低洼处。为了阻挡洪水淹没村庄,村民们不惜将门板搬来加固河堤,大家齐心合力,将水灾灾情降到了最低……经过全村男女老少一夜的奋力抢险,到黎明时分,终于战胜了肆意泛滥的洪水,被降服的洪水退进河床规规矩矩向西流去……

洪水被大家征服,大家拥到浊河岸望着河水中时而显现时而消失的物品惋惜感叹……

后来,有人想出一个妙招,他们用绳索和锚抓漂流在河中的物品……张士琦的大就在那次洪灾中捞了不少的家什,其中还捞到一个小橱柜,张士琦家至今还用着哪。

浊河沙滩乐园从天而降。浊河上游流来的细沙淤积在石桥西岸汇集成银色的沙滩。春季，大家在沙滩上嬉戏，沿岸的美景尽收眼底，这是浊河赐予浊上村的天然休闲场所……美景和往事让张士琦更加喜爱这条古老的河湾。可是，再一想到公社填河造田的方案，心里嘎噔一下，立刻发出一阵唉声叹气，在为即将消失的浊河而悲伤，张士琦不由得抹起眼泪，掩面嘤嘤啜泣。

“士琦，俺就知道你在这儿。”大队长来到了张士琦的身边。张士琦赶紧擦干眼泪，故作坚强道：“嗯，俺想多看一眼浊河，这美景恐怕再也难看到了。哎，可惜啊可惜，我们的后人无福气，再也看不到这美丽的浊河了……”

“是啊，你看！这真是一幅自然的绝色佳景，谁也没有想到这美景从此就与咱们无缘了。哎，不仅你感到惋惜，俺也感到可惜啊。士琦，有些事情是不以人们的意志而转移的，这填河造田就是不以咱们大队的意志为转移的。上级让咱们干咱就干呗！哦，这可是上纲上线的大事情，是响应农业学大寨的实际行动，也是李诚主任亲自抓的一项回填大工程。”

“哎，要是没有了浊河我们浊上村就失去了输送营养的大动脉……”

“是啊，浊河就是咱们的娘河。如果娘身上的血脉不通了，其后果是不堪设想的……”

牛校长也接到了参加浊河回填大会战的通知，东阳人民公社将浊河回填工程提到了议事日程，一场回填大战即将展开。

郭老师急忙跑到牛校长的办公室，牛校长见郭老师气喘吁吁，安抚道：“哎，啥事急成这样子？”

“牛校长，你是浊上村里最有文化的人，你说这浊河要是真的变成粮田，这不是破坏自然生态嘛。再说了，自然生态一旦失衡，是要受大自然惩罚的!”牛校长目视着窗外一言不发。半天后,牛校长沉着脸,摇头道:“郭老师,大家都清楚这浊河在浊上村的重要性,她是浊上村的一条生命之河,可以说是浊上村的母亲河。可是,你再从另一个角度去想……”

“嗯,你在和俺打官腔,替当权者说话?”

俗话说:“不在其位,不谋其政。”牛校长深思片刻,回应道:“站的角度不同自然有不同的认识。上面的领导是在考虑中国现在底子薄人口众多,粮食是当局的第一要务。从狭义上讲,这些年公社的产量一直上不去,他们还要年年递增产量,决定回填浊河也是公社的权宜之计……”

“嗯,俺明白了。牛校长,这产量上不去只有增加土地才能达到他们递增产量的目的。哎,这不是明目张胆的虚报产量嘛!”

牛校长对视一眼郭老师,微微一笑,摆手道:“你啊,别指望俺站出来说话。你想啊,现在的领导正处于狂热之中,说了也是白说。你再想想,那些职能部门和水利环保专家们也不是吃干饭的,他们都在沉默,咱们这些臭老九说话能管用吗?”

郭老师被牛校长驳得一句话答不上来,张了几次嘴都没有吐出一个字来……

牛校长起身在记事板上唰唰写下:“公社教育组通知:浊上村农中要积极参加浊上村回填大战……”

郭老师看了通知,刚想问牛校长,牛校长早已看透了郭老师的心思,一个嘘嘘的暗示,让郭老师把来到嗓子眼里的话硬是咽了回去。郭老师的脸憋得通红,他“咳”了一声,一甩手嗵嗵走了……牛校长望着郭老师的背影,自语道:“嗯,你有进步,请好自为之……”

自从浊上村给农中划了试验田以来,张老师得到了牛校长的青睐,

牛校长不时地点拨张老师鼓动学生到实验田里劳动……

张士琦这几天是食不甘味，如同嚼蜡，他整天像丢了魂似的无精打采。

大队长忙于人民公社回填指挥部会议。李诚总指挥再三强调：“浊上村的回填工程是东阳人民公社的一件头等大事。在东阳人民公社不分地域，不分行业和单位，均把回填工程列入工作中的重中之重。全社要男女老少齐上阵，打一场东阳人民的回填大会战。不久，人民公社召开回填誓师大会，浊河两岸红旗招展喇叭高歌。一个“与天斗、与地斗，学大寨奋战一冬天誓把浊河变良田的大标语”到处可见。孟冬，浊河湾拉开了回填大战的序幕。

李诚总指挥亲自带领公社伐树队将浊河两岸的参天古树伐倒……为了赶回填工程进度，有的回填队伍等不及砍伐树木，就将参天大树活活埋在了河内，河岸丛莽还没有来得清除便被黄土吞噬……张士琦望着被埋葬的一棵棵大树心疼得直抹眼泪。

更为悲壮的是，河水渐渐被黄土覆盖……浊河繁殖生息的鱼儿在绝境中挣扎，他们企图跳出被斩尽杀绝的惨境。鱼儿逐出水面在作最后的一搏，扑哧扑哧地跳上即将覆盖的黄土上……

工地上的民工扔下土车子拣起了干鱼，可怜的鱼儿不仅没有跳出绝境，反而进了油锅成为回填民工的美餐珍馐……

千年之河转眼间的工夫消失了。俗话说：“崽卖爷田不心疼。”会战的外来民工完全沉浸在回填战果的快乐之中，可是东道主浊上村的男女老少，个个心疼不止。他们望着渐渐推进的河面在掩面低声啜泣，默默地向曾伴他们成长的浊河美景一一告别。

东阳人民公社历经一冬天的奋战，终于完成了浊河的回填任务。大家站在一望无垠的新土地上。李诚主任感慨道："这个伟大的战果，让我情不自禁地想起了毛主席《奋斗自勉》战天斗地的诗篇……"

县委宣传部的领导握着李诚主任的手，高兴地说："东阳人民公社这伟大成果造福了浊上村的人民，不仅为浊上村增添了新土地，而且是东阳人民学大寨的又一次伟大胜利……"

东阳人民公社轰轰烈烈的回填大战结束了。俗话说得好："会看的看门道，不会看的看热闹。"热闹过后是深思。大战的激情一夜间消失了，张浊村突然平静下来。可是小溪的潺潺流水声消失了，鸟儿的喳喳叫声绝迹了，静得甚至连看家狗的狂吠也听不到了。浊上村的面貌的确发生了巨变，浊河填成了一大片荒凉的黄土地。在太阳的照射下和青年队刚磕出的生砖一样映射出金灿灿的微光。

张士琦跪在黄土坷垃地拾起一个大坷垃，自语道："哎呀，这土坷垃蛋子啥时间才能变成沃土呢？"大队长突然来到张士琦的身后，接过张士琦的话茬，应答道："嗯，这也是俺正犯愁的事儿，正想和你合计合计这事情哪。"

张士琦在黄土地上圪蹴一会儿，拣拣屁股下的坷垃席地而坐。大队长捻着叶子烟，一屁股坐下，他突然像针扎着一样腾的站了起来，一手摸着屁股，一手拿着烟袋，自语道："哎哟！这坷垃硬的咋和石头蛋似的，硌死俺了。"

这是张士琦预料之中的事情，他拣起一坷垃，瞅着坷垃，说："你看，这些生坷垃比石头蛋子还结实。来，你坐这儿……"

俗话说："一朝被蛇咬，十年怕井绳。"大队长揉搓着屁股，担心道：

“俺可不坐了,刚才硌得要命,现在还疼着哪。”

“俺给你拣好了,硌不着你了,快坐下吧。”大队长还不放心,又低头仔细检查一遍,才放心地坐下,他边吸烟边咳嗽……

张士琦和大队长沉思半天,大队长沉不住气了,问道:“士琦,你也来一口?”

咳咳咳……

大队长咳得快喘不动气了,张士琦连忙摆手,拒绝道:“你的烟俺吸不了,还是吸俺这个吧,这个俺抽起来顺溜……”

又是一袋烟的功夫,张士琦还是不言声。大队长瞥张士琦一眼,问道:“哎,你今天咋了,咋不说话呢?”

当当!张士琦在鞋底上磕着烟袋窝,掠视一眼坷垃地,突发奇想,立刻将烟袋窝从鞋底转移到一大坷垃上。

当当当!

张士琦一声苦笑,反问道:“没有吃过猪肉还没有见过猪跑?听听这坷垃的响声,傻子也知道这地是种不出好庄稼来的。”

大队长没有言声,他把目光盯视在张士琦的脸上。张士琦见大队长用咄咄逼人的神色盯视着他,开口道:“你别看俺,俺是不要这样地的,你还是给青年队磕砖瓦最合适。你瞪俺干吗,俺告诉你,这次回填用了俺生产队不少熟地,给俺调换熟地来,你不能老亏一个生产队吧?”

大队长摇头,说:“嗯,不能光亏你们,这些新地全都给你们了!”然后大队长站起来,追问道:“士琦,咋样啊?”

张士琦腾的站了起来,赌气道:“不咋样!你还是给俺换成熟地吧。这生地三两年是养不过来的,你说,这地能种啥……”

"嗯。这是大队集体研究的决定,你行也得行不行也得行,你看着办吧。"大队长撂下句狠话,收起烟袋赌气走了。

张士琦哎哎两声,仍不见大队长回头,正在气头上的张士琦飞起一脚,嘭的一声一坷垃落在大队长身后。大队长驻足,转过身道:"嘿!你老小子对俺意见不小啊。记住:四年不算你们的口粮地,你可要白种四年的地啊……"

张士琦边走边深思,心想:"看样子,这事没有缓和余地,已是板上钉钉子的事情。不过要是白种四年地……"张士琦跟着大队长走进村,他突然调转方向,向老槐树走去。

当当当……

张士琦紧握大绳一边敲钟,一边嘟囔:"嗯,这生地是有账可算的……

钟声打破了张浊大队的沉静。这钟声是浊河河畔唯一保留下的声音,大家听到这亲切而熟悉的声音径向老槐树赶来。

大柱提着裤子第一个跑到老槐树下,不解地问道:"队长,不晌不夜的你敲钟干啥?"闻声而来的社员把目光盯在张士琦的身上,大家见张士琦今天怪怪的,大柱推一把张嘎,问道:"哎,这是咋了,他没有病吧?"

马老汉跑了一身大汗,擦着额头上的汗水,问道:"大柱子,这是咋了,生产队出啥事了?"大柱一摆手,反驳道:"老马头,你这嘴咋像个乌鸦嘴,是不是盼着生产队出点事哪?哼!谁知道这是啥事!"

张士琦踅摸大家到齐了,才肯停下钟放开钟绳。他蹜蹜到老井边的石凳上,高声道:"老少爷们,大中午的把大家急火火地召集起来,就是给大家传达一个急事。这事不大,但它牵扯着大伙的切身利益,咱们大队把村头浊河回填的土地分给咱生产队了……”

大家一听把回填土地都分给他们了，这下可炸开锅了。马老汉第一个冲到老井边，质问道：“队长，这不是欺负人吗？谁都知道刚回填的土地是不长庄稼的，这咋行哪！”

马老汉见大家都沉不住气了，大声道：“不行，咱们找大队去！”

“对！咱们找大队长去！找大队长评理去！”马老汉一呼百应，大家立刻向大队部走去。

张士琦见大家涌向大队部，高声道：“各位老少爷们，让俺把话说完……”

马老汉回头，道：“队长，咱们一起找大队长评理去！”

大家齐声迎合：“对！咱们一起去找大队长评理去！”

张士琦见大家铁心要去找大队长评理，急忙抄到社员的前头，劝说道：“啥事情都是利弊兼得，请大家让俺把话说完好吗？”

大柱不知道张士琦葫芦里卖的啥药，高声道：“老少爷们，咱们听了队长的解释再走也不迟，咱们先听听队长的解释……”

大柱的话很有号召力，乱哄哄的场面一下子静了下来。张士琦扫视大家一眼，提高嗓门说：“大家先不要着急，事情是这样的。大队长的意见是把新回填的土地划给咱生产队，是大队对咱们起土田的一种补偿。”

“哦，是以新土补熟土，这样咱们也不合算啊。”

大柱见大家议论纷纷，将双手再次高高举起，高声道：“大家先不要着急，让队长说完再议论嘛。”

张士琦见大家安静下来，继续说：“开始俺也是想不通，可是一琢磨这土地里有账可算。俺是这样想的，这事有好坏两方面。对咱不利的方面是:公社回填使生产队的土质下降,这是不争的事实。对咱们有利的方面是:大队为了补偿咱们把新回填的土地全部划给了队里,我们生产队的土地增加了不少,况且在四年之内新土地不算口粮地……”

张士琦掰着指头给大家估算新土地的利弊,把大家的心思都吸引过来了,大伙在聚精会神地听着张士琦的讲话……

张士琦算完土地的优势,又提到了地理优势。他说:“这些土地虽然是生土地,可是咱们有地理优势。说个不好听的,那些地和咱们家近的都可以当厕所了。晚上,大家上茅房都可以到地里去解手。咱们不怕地生就怕对地没有信心,只要咱们肯出力,在地里多追加些农家肥,这生地肯定有效……”

张士琦说得大家连连点头,大家从心眼里认可了队长的分析。

最后,张士琦谈了对新土地的设想,充满信心地说:“俺想,既然大队给了咱们这样的政策,生产队把新土地原封不动的作为对自留地起土回填的回报,就是把新回填的生土地全分给大家,作为对自留地的补偿……”

张士琦讲完话,大家还处在张士琦的设想中,在估算着自留地的得失……

张士琦见大家深思不语,心里没有底数,他目视着大家的反应……

一会儿,大家的脸上露出了笑容,大柱一举起手,大声道:“队长,俺同意!”

“俺也同意!”

“同意!”

马老汉紧跟其后,跂脚喊道:“俺也同意!”

张士琦见马老汉也举手同意了，这才松口气，擦把额头上的汗水，自语道："哎哟，总算说服大家了。"

大柱高兴地说："队长，幸亏你精明，要不咱们就错过这次优惠机会了。"马老汉深有体会道："咳！大家都说俺精明会算计。其实，咱们的队长才是最精明最会为大伙算计的人哪！"

张士琦这一招还真奏效，社员们八仙过海各显神通，提前做好了积肥准备。有的深挖茅房，有的深挖猪粪坑，还有的拆了锅灶取尘土。总之，凡是能做肥料对生地有益的肥料，社员们全部挖出来积攒在一起……大队长看到社员们干得热火朝天，一个劲地夸奖张士琦是个深藏不露的本事人。

在生土保养上，大家是煞费苦心，终于找到了改变生土的好办法。社员积攒了不少肥料，万事俱备，大家只等兑现土地和选择种植农作物了。

马老汉积攒好肥料，便四处打探张士琦家种植啥农作物。通过这次分回填地，马老汉是彻底佩服了张士琦。社员有句顺口溜："群众看干部，干部见行动。"马老汉整天盯着张士琦家琢磨事情。

几天后，就是打探不到张士琦家种植的农作物。马老汉和马六商量：实在不行种点黄麻啥的。"马六拿不准，推辞道："大，你慌啥。记住这句话，'跟着干部走吃不了亏，队长家种啥咱就种啥保准没有错的'……"

其实张士琦早就看出大家的心思，为了不让大家失望，张士琦跑到供销合作社咨询麻皮的行情。今年估摸麻皮价格只高不降时，张士琦还是不放心又向供销社的一采购员套近乎，递上一支香烟，询问道："同志，你是哪个村的人?”

“俺是来供销社采购东西的。哦,俺和你们供销社有合作收购大麻的协议……”

“哎,你们光收黄麻皮,其他农产品不收吗?”

“收啊,我们大量收购红麻皮。可惜啊,你们这里的土地肥沃只能种黄麻。”

“红麻,你们也收?”

“收啊,今年和往年一样,红麻收的可多了……”

张士琦和外地采购员的一席对话,突然开拓了眼界,自语道:“咳!这生地最适合种红麻。以前咋没有想到呢?”

张士琦兴奋地来到老槐树下征求大家的意见,大家一致表示:“听队长的,队长家种啥咱种啥……”

张士琦刚想把谜底抖出来,大队长突然出现在大槐树下,关心道:“士琦,你的想法很好,社员的积极性都被你调动起来了。俺上县里开会刚回来,俺还咨询了县种子站的领导。老站长告诉俺,荒土和生土地适合种……”张士琦赶紧插话,大队长你不用说,让俺猜猜种啥好。”

大队长留住了谜底,笑道:“那好,你们就猜猜呗。”大柱张口便说:“种黄麻,因为黄麻值钱。”大队长摇下头,说:“不对,没有猜准。”

马老汉深思片刻,抢话道:“那就是种苞米?”大队长哼哼两声,说:“你们都没有猜对。俺告诉你们吧?”

“别!让俺来猜猜看?”

张士琦倒背着手在井边踱了两步,突然驻足,说:“咱们回填地里种红麻最适合不过了。俺猜站长也是让咱们种红麻吧?”

“嘿！你可真神了，猜的和俺咨询的一模一样。”

“对，种红麻！”

开始，社员们在心里还打了一个问号，仔细一琢磨，这是再合适不过的经济农作物，现场突然发出热烈的掌声。

张士琦和大柱、张嘎凑在一起合计一下。张士琦做出一个示意安静的手势，大家立刻静了下来。

张士琦宣布：“生产队划分补偿自留地的条件已成熟，决定由社员抓阄分地。”

一日之计在于晨，一年之计在于春。眼看就要进入夏季了，季节不等人。

真是冤家路窄。张士琦和张强的自留地竟然抓成了地邻。张强来到自留地一看到张士琦心里就凉了半截，嘟囔道：“咳！真是活见鬼了。咋和这个老拧种凑到一起了。”张强气得哼了一声，转身便走。

张士琦也不待见张强，心里也是觉得疙疙瘩瘩的。可是转眼一想，“这冤家宜解不宜结。不管咋说，也是从前的弟兄，何况两家孩子已是事实婚姻。哎，是冤家也是亲家这是不争的事实。”张士琦的心气稍微一顺，对着张强的背影，激将道：“你这老哥，咋了，看见俺就走，你是害怕俺吗？”

张强气得将铁锨插在地上，转身道：“哎，谁怕啊？哼！俺还不走了呢！”

张强返回自留地，狠狠瞪张士琦一眼，又朝他哼了一声，便干起活儿……

张强回来了，张士琦的目的达到了。张士琦佯装没有看到张强一样，刨起了地头……

孟秋，浊河旧址被一片片树苗般的红麻覆盖起来。浊上村的人们看着这大片疯长的红麻，像走错家门一般陌生。浊上村没有了浊河，没有了树林的阴翳，就没有了鸟儿的歌唱声，这个夏季热得人们都快喘不过气来了……

更让人意想不到的是一场大暴雨之后，浊上村变成了泽村。大雨之后，村里的雨水无处排泄，雨水只好流进红麻地……

雨一停，日头从云彩里钻出来。大家见浊河旧址荡漾着洪水，红麻全被淹没了，个个心急如焚。

灾情是命令。大家自发地拿起脸盆跑到齐腰深水的自留地自救。立秋"秋老虎"发威，炎热的日头晒得积水温度直线上升，荡漾在水面上的红麻叶子发出腐烂气味，在水深处不时地泛出腐烂的白气泡……眼看唾手可得的红麻将付之东流，大家觖如觖怅，急得直跺脚，还有的在低声啜泣……

大队长心急如焚，急得在红麻地头踱来踱去，嘴里不停地嘟囔："哎，这可咋办呢？得想个法子，俺不能眼睁睁看着红麻烂掉啊。"张士琦愣了半天，突然抄起大步向西走去……

大队长望着张士琦踢着正步向西去了，不由得"哦"了一声，自语："坏了，士琦可能病了。"转身，大声召唤道："哎，大柱快过来。"大柱正在好奇地盯着张士琦发愣，闻声赶紧跑到大队长身边，将双手掌卷成喇叭状，贴近大队长耳朵上，悄悄地问："大队长，你看士琦咋了。哎，莫非他魔怔了？"

"嗯，俺正担心这事哪，真是祸不单行。哎，你跟着他千万别让他再

惹出啥乱子来。你快去!”

大柱按照大队长的嘱咐,尾随着张士琦,在密切注视着张士琦的一举一动。

张士琦一口气抄到原浊河北岸排水堤上,在大堤上,他扭紧眉头,在望着水沟比手画脚地嘟囔……

大柱见张士琦站在排水沟上,惊讶道:“哟!这是干啥呢?”还未等大柱反应过来,张士琦扑通跳进了排水沟。

大柱慌了,一面大喊“士琦,咋想不开哪。你一辈子堂堂正正的,觅死也不能找个小河沟啊……”一面向出事地点跑去。

张士琦跳进水沟,更让他意想不到的是水沟只有齐肩深,不仅地势凹,而且水流喘急,这水沟的地势给张士琦意想不到的惊喜。张士琦双手拍打着水面,高兴道:“天助俺也,咱们的红麻死不了!”

大柱跑到水沟的土堤上,见张士琦正在水里扑腾……一听到张士琦要死要活的……大柱慌神了,一边劝说道:“士琦哥,你要想得开啊,咱们不能做那种傻事!”一边脱去衣服。扑通!大柱一个猛子扎进水里。张士琦听了大柱的大喊,他还未反应过来,大柱就跳入水里。

张士琦一怔,大喊:“哎哟,坏了,大柱不会水。”

噗嗤!张士琦一头扎进水里向大柱游去。张士琦摸着了,一把拽起大柱,大柱噗嗤一口水喷在张士琦的脸上,呻吟道:“哎哟,俺的亲娘哎,这水真深啊,差点淹死俺。哼,这事都怨你,没事你寻啥死呢?”

“你说啥,你快站住!”张士琦松开手,大柱在水里扑腾几下,便站稳了脚步,尴尬道:“嗨!原来水这么浅啊,咋没了俺的头顶哪……”

张士琦一把推开大柱,埋怨道:“大柱,你别胡闹了,俺是在寻找排水的渠道……”

“嘿嘿嘿……”

大柱无奈地笑了，可是刚刚从水捞出来的大柱没笑两声，便瘫在水里。张士琦将大柱抱到岸上，抱怨道:“哼！就你那两下子还下河救人？真是可笑。你啊！人没有救成反而把自己的命搭上了。”大柱一个老牛大憋气，一缓过气来，一把推开张士琦，埋怨道:“谁叫你装神弄鬼的！哼！连大队长都怀疑你神经不正常了，是他让俺跟着你的……”

大柱的声音刚落，大队长上气不接下气地跑过来。一会儿的功夫，受灾的社员全跑来了。大家见张士琦和大柱像两只落汤鸡，异口同声道:“哎，你们这到底是咋回事哪?”大队长见张士琦好好的没有啥异常的，追问道:“士琦，你搞啥名堂，吓人家一大跳，真是的。”大柱将张士琦推了一个趔趄，赌气道:“看，你把俺害的，俺差点没了这条老命。”

张士琦嘿嘿一笑，反问道:“别忘了，是俺救了你一条命。要不是俺从水里把你捞出来，你就和浊河一样消失了……”

大队长这才反应过来，恍然道:“可不是，大柱说的没错，刚才俺也怀疑你脑子出问题了，真是的。哎，快说说，你咋想的?”

张士琦站在大家中间，擦一把流在嘴角的水珠……

大队长见张士琦像没有听到他的话一样仍在擦拭着嘴角，不满地问道:“哎，士琦你卖啥关子?”马老汉也沉不住气了，凑到张士琦的眼前，直言道:“哎呦，大侄子，啥时候了你还卖关子。哼！说你胖，你还真喘上了?”张士琦见大家等不及了，再不说恐怕就要遭到大家一齐攻击，赶紧抱起双拳，抱歉道:“不敢，不敢。是这样的，俺刚才丈量了受灾的红麻地到咱们这排水沟只有一里多的路程。这个水沟比咱们的红麻地足足低

了一米多,而且这沟里的水流湍急……简单地说,用这水沟排红麻地里的水是没有问题的。但是,要急需挖一道排水大沟,才能顺顺当当把红麻地的水排走……”

张士琦的设想得到大家的认可。救灾贵在神速,张浊大队的男女老少齐上阵,在张士琦丈量过的地方开挖了,大家相互鼓励在不停地提醒着“挖快点,挖快点……”

一方有难,八方支援。灾情就是命令,牛校长亲自带领高中班的同学赶来支援。大队长见支援大军赶来了,高兴地说“喂!挖水沟的父老乡亲,支援咱们的大军到了。现场人多工具少,咱们就来个车轮战,歇人不歇工具,大家轮流上阵……”

人定胜天,人多力量大。经过大家协同奋战,一道三米宽两米深的排水沟终于挖通了。大队长望着长龙式的排水沟,感慨道:“连续几十个小时的奋战,完成了这道解救红麻的排水沟,这真是奇迹啊。”大柱将排水沟挖到了红麻地头,万事俱备,只等大队长一声令下,排水沟立刻排水了。

张士琦顺着水沟走了一趟,他来到大队长身边,请示道:“大队长,水沟全部挖完,请你下令排水吧?”大队长扫视大家一眼,刚走近排水沟初端,他脚步还没有站稳,天空突然传来一个炸雷,把大队长震一个趔趄。大队长站稳后,遥望天空,举手道:“这雷声,传来了老天的祝贺!准备,开沟放水!”大柱听到开沟放水的命令,一铁锨挖了下去,水便哗哗地流进排水沟,大柱还未铲第二掀,洪水像脱缰的野马一样顺沟呼啸而下,湍急的洪水沿着水渠迅速流向远处……

大家听着水沟呼隆隆的流水声,见红麻地的水位在迅速下降。一会儿，红麻露出了水面……大家情不自禁地为排水沟的成功而感叹，高喊：“咱们成功了！咱们成功了！”

从此，每年被大水淹没一次，成为浊河旧址的一个惯例。每次都是经过这条排水沟将水排走……

时间一长，人们对这条排水沟众说不一，大家把这条排水沟传得神乎其神。这种传说在东阳家喻户晓，人人皆知。以一传十、十传百的速度向外传播。

一版传说：这条排水沟是上天释放浊河灵魂的通道。那天，突然的雷声，就是上天发出释放浊河冤魂的约定，浊河下的冤魂拥挤在排水口竞相顺水而逃。所以，当大柱的铁掀一铲下就被浊河下的冤魂挤开了……

二版传说：浊河下的水龙被埋在了红麻下，水龙借洪水脱身向天庭告御状：“人间暴戾草菅浊河生灵，请求天庭的玉皇大帝惩罚人类犯下的灭河之罪。”可是，人间的是是非非连玉皇大帝都感到棘手，玉皇大帝经过深思熟虑，以慈悲为怀，认为人间自有人间的苦衷，只好包容式的惩罚人间。让人间在浊河旧址开垦一条水道释放冤魂，从而缓解水龙的怨气。

但是，水龙不服天庭的判决。为了惩罚人间，他在每年的雨季都要制造一次水淹浊河旧址的水灾。

第二十二章

学农学工的迷惘

浊上村农中在牛校长和贫协代表的集体领导下，成为公社教育战线上的一面旗帜。张老师因工作成绩突出破格转为公办教师，摇身一变再也不是身上长虱子的愤青民办教师了，他成为牛校长眼里的红人……

张老师全权负责勤工俭学工作，他以开展劳动竞赛为名，将一块块土地下派分到各班。因此，学生早自习之前增加了拾粪的创新劳动科目。学校为了调动学生的劳动积极性，各班每天早上组织班委验收学生的粪筐，并按质按量逐一登记。同时，张老师还制定了拾粪张榜表扬制度。学生早起拣粪的劳动科目歪打正着，并得到公社教育组的认可，在全社加以推广，县教育局还给粪筐冠以“革命的防修筐”之名。学生粪筐一夜走红，牛校长也一夜成名，成为全县家喻户晓的知名人士。张老师也觉得脸上有光，前程无量。张老师在琢磨学农的创新项目，为牛校长的工作锦上添花，梦想得到牛校长提拔重用。

他山之石，可以攻玉。一天，张老师看了兄弟学校学工的事迹报道，对他启发很大，立刻产生了创办校办工厂的想法。张老师的想法成熟后，立刻跑到牛校长的办公室，像竹筒倒豆子一样将自己的想法一一做了汇报。

牛校长正苦思冥想学校学农创新事宜，一听张老师的设想，如同雪中送炭。牛校长拉着张老师的手，感激地说："张老师，你可想到俺的心坎上了。这事俺看中，这是一项利国利民的学生学工试验基地，咱们不能停留在嘴上，要干在实处。"

张老师的想法得到牛校长的肯定和支持，高兴地一走三跃地返回办公室。郭老师把头伸向张老师，低声问道："哎，看把你高兴得屁颠屁颠的。咋了，吃蜂蜜屎了？"

张老师此时的身份已和郭老师平起平坐，再也没有身份地位之间的差别。张老师对郭老师的挑衅不屑一顾，像没有听到郭老师的话一样翻开笔记本进入了深思。

第二天，学校发出通知：为开展学校的学工活动，学校拟筹备粉笔制造厂。为了解决资金和材料的不足，经学校研究决定：号召学生踊跃参加捐铜活动……牛校长签发通知后，又召开了各班主任会议，进行层层动员。同时，宣布厂办筹备工作由张老师全权负责。

小愣听了张老师的动员，心里打起了小九九，一想："家里的铜件是有限的几件。"他怕小海小花抢在他前面。小愣突然捂着肚子，说："不好，俺肚子疼。"然后目视着同桌，交代道："哎哟，俺肚子疼。要是老师问起俺，就说俺上厕所了，一会儿就回来。"小愣猫腰捂着肚子悄悄地溜出教室……

小花和小海也是用同样的方式相继离开了学校。

小愣三人的举动全在嘎狗的视线之中，咬着指头，疑惑道："今天咋了，一会儿一个地走了。哎，三个人咋得了同一个毛病？"嘎狗的同桌轻轻推嘎狗一下，说："你真笨，这还不懂吗，一家人吃了不卫生的东西

呗。”嘎狗一听，拍案而起，说：“嗯，你说的有道理，问题是……”

“问题是啥，是你嘎狗不会急转弯呗。嗨！黑瞎子的娘是咋死的？”

嘎狗来兴趣了，赶紧伸过头，惊奇道：“哎，咋死的？”

“你啊，连这个都不懂，真是的……”

小组长瞥嘎狗一眼，嫌弃道：“你俩嘀咕啥，对这么低级的问题也感兴趣吗？”

嘎狗怕小组长告老师，敢怒不敢言，赶紧伏案打开了书……

小愣溜出学校大门，见四周无人撒腿便跑，嘴里嘟囔“快，不能让他俩抢了俺的先……”小愣一口气跑回家，推开大门直奔堂屋，翻箱倒柜……

马天花坐在院内晒着太阳纳着鞋底，见小愣不吭不响地回家了，问道：“咋回事，这么早就放学了？”小愣在堂屋内高声应道：“哦，俺回家拿本书，一会儿就走。”马天花嗯了一声，数落道：“你这学生连课本都忘带，你心里想啥呢。哎，真没有见过像你这样懒散的人，是该改改了……”马天花一面纳鞋底，一面数落着小愣。小愣一边寻找着铜件，一边应道：“嗯，知道了。”小愣在掩饰自己的找铜行为。

小愣翻腾一阵，一会儿，便找出了几件铜器。他藏好铜件，随手拿起一本书，大摇大摆地离开了。

小愣沾沾自喜，一边摸着铜件，一边疾步向学校走去。突然小愣发现小花正朝家走来，赶紧藏了起来。小愣观望一会儿，见小花急匆匆的样子，自语道：“哼！小花你来晚了……”小愣躲过小花将手插进口袋又掂量下铜件，兴高采烈地向学校奔去。

小花自以为走在了小愣和小海的前头，来到家门，见大门没有关直接冲进堂屋。她挠着头皮在屋踅摸一会儿，自语道："哦，有了。"她猫腰拉出了爷爷从浊河捞到的那个柜子来……

马天花见小花也回来了，问道："小花，你也回家拿书？"

小花翻着抽屉，急忙回答："嗯，俺回家拿书！"小花翻腾一阵，感觉不对劲，自语："哎，明明见在这里放着几件铜器，咋没有了呢？不好，是小愣抢先一步把东西拿走了。"小花问道："娘，谁回来过？"

马天花扎了一锥子鞋底，慢条斯理地说："小愣啊，他也忘拿书了，刚走不一会儿，也就是你前后脚的功夫。"小花跺着脚，娇声道："咳！咳！又让小愣抢前头了，真是的。"小花气得狠狠将柜子扣上，柜子的大翻盖上的铜环抓手发出清脆的当当声，小花眼前突然一亮，嘟囔："柜子上的抓手不是铜吗？"小花擦把泪花，破涕而笑，赶紧找来一把大钳子，她费了九牛二虎之力才将柜子上的大抓手取了下来……

小海也闯进家来，马天花感到今天不对劲，突然问道："你们今天咋了，一个都不少，全没有拿书？"小海被马天花问懵了，望了马天花一眼，问道："奶奶，你说啥？"

马天花见小海在装憨，追问道："你也是回家拿书的？"

小海眨巴下眼，赶紧点头，道："哦，俺是回来拿书的。"小花藏在一隐蔽处，叹一口气，后怕道："哎哟，幸亏来得早，不然连这些东西也被小海抢走了。"小花藏好东西，咳嗽一声，边走边说："娘，俺走了。"

马天花见小花出来了，嫌乎道："小花，不是当娘的说你，你一个女孩子家可不能学他俩丢三落四的……"

小花瞥小海一眼，匆忙走了。小海哎哎跑到堂屋，拍打着脑门，悔恨道："哎哟，算计来算计去还是被他俩算计了，真是的。"小海失望了，当

啷！小海一脚踢着了那把大钳子。马天花警觉道："小海，你别乱翻腾，你的书咋能放到奶奶家哪？上你家去找……"小海拾起大钳子，掠视屋里一眼，灵机一动，自语："哼！天无绝人之路，你们吃肉俺喝汤总行吧。"

当啷，当啷，当啷……

小海用力把马天花衣柜上的几件铜件装饰全扭了下来……

马天花听到动静不对劲，急忙扔下鞋底向堂屋走去，质问道："小海，你当啷当啷的干啥？""没啥啊！"小海机灵地躲过马天花跑进院子，咣当推开大门跑了。

马天花走进堂屋傻眼了，整个屋里被翻得乱七八糟，一看大衣柜子上的抓手、锁鼻等装饰已被拆掉。大柜子破坏得残缺不全，一片狼藉，吓得全身发抖，高喊道："他大，可了不得了！他大，可了不得了！咱家出大事了！"

张士琦刚迈进家门一只脚，一听到马天花的惊叫声，立刻攥着铁锨直奔堂去，高声问道："咋了，大惊小怪的，咱家出啥事情了？"张士琦见家里翻腾得不成样子，全明白了，提醒道："你还愣着干啥，快找民兵连长来。快！快去啊！"张士琦见马天花在原地仍然一动不动，督促道："你快去啊！"

"去啥，这是孩子们折腾的。"马天花猫腰收拾起东西。张士琦抄到马天花眼前，一把抓住马天花的手，再次提醒道："不要动，要保护现场！"

马天花推开张士琦，气愤道："你想哪里去了，俺再说一遍，这是你孩子们翻腾的……"

张士琦一屁股坐在椅子上，骂道："狗日的，这些熊孩子想造反吗？"张士琦啧啧地惋惜着……一边抓着烟袋包粘着烟叶子，一边发狠："哼！

等放学回家再收拾他们。”

马天花摸着损坏的大柜子,心疼得直抹眼泪,哽咽道:“哦,这个大柜子还是政府分田地时分给咱的,你看,这么些年了,这大柜子一点都不走样。可是没有想到让这三个熊孩子给糟蹋了……”

“哎,你说对了,听说这柜子可是好木头做的。哎,是啥木头来?”

“俺不知道,反正是好木头做的,这是俺的宝贝。哼!在分家的时候小芹要过,俺没舍得给她。以后,谁也不许再动它。”

“哎哟,他爷爷从河里捞的这个柜子也被他们砸掉了抓手……”

“哎哟,谁说不是睐,气死俺了……”

小愣回到学校第一个向学校捐了铜件,张老师张榜表扬了积极捐献铜器的同学们。

小愣、小海和小花榜上有名。张老师在班内再次对小愣等同学提出表扬。可是,三妮坐不住了,自问道:“不对了,俺也捐了不少铜器,咋没有提俺的名字呢?”张老师看一眼三妮,话题一转,表扬道:“对了,咱班的三妮同学也捐了几件铜器,也是同学们学习的榜样。”三妮的心理才算平衡下来,对着同学们嘿嘿地笑了。

张老师回到办公室,把三妮捐献的一件精致铜镜悄悄藏了起来……

积少成多,众人拾柴火焰高。浊上村农中的捐铜活动的结果,比预想的要好上百倍,大大超出了粉笔模子的用铜量。牛校长看着捐来的各式各样的铜器件,高兴得直夸学生的觉悟高,千嘱咐万叮咛,让张老师保管好捐来的铜器并要求尽快和厂家做好兑换工作。张老师当面向牛校长发誓:“请校长放心,一定尽心尽力完成您交给的光荣任务。”

张士琦在家抽着闷烟等着和小愣三人算账。

下午，学校早早放学了，小愣三人返回了家。

小海直接进了厢房，没有跟着小愣小花上堂屋。小愣一进家门口见马天花的脸色不对，心里有愧，对着马天花叫道："娘，俺放学了。"马天花连头也没有抬，像没有听到小愣的话一样仍然忙活着手里的活儿。小花也感到事情不妙，感觉马天花已经知道柜子的事情，赶紧讨好道："娘，俺帮你做活吧？"马天花将凑到眼前的小花一把推开，拒绝道："不用！俺用不起……"小愣扔下书包背起粪筐，边走边说："娘，俺背土垫粪坑去了……"

张士琦阴沉着脸从堂屋走出来，严肃道："你俩都给俺站住！今天谁也不许出这个大门。对了，还有小海。"张士琦转身朝着大愣家，高声喊道："大愣，把小海给俺带过来！"小海一听这喊声不对劲，感觉事情败露了，赶紧藏了起来。大愣闻声："来了，一霎就过去了。"大愣不知道啥事，反正觉得张士琦的声调有点不对劲，嘟囔："嗯，咋这么个喊人法哪，莫非小海惹爷爷生气了？"大愣疑惑道："小海！小海。哎，刚才还见他在这里哪。咋，一眨眼的功夫不见了？"大愣找不到小海赶紧去堂屋复命。

大愣进门见小愣和小花被张士琦指着鼻子在痛骂，刚想劝说，马天花一把将他拽进堂屋。大愣一看到柜子全明白了，心里嘎噔一下，暗暗地说："哦，原来是因为这个。哎，这与俺家小海有啥关系？"

在张士琦的强压之下，小愣、小花如实地承认了所犯下的错误……张士琦弄清了学校捐铜的来龙去脉。

俗话说："虎毒不食子。"张士琦的怒气发泄之后，恨铁不成钢，戳着小愣的眉头，警告："以后再出现类似问题老子绝不轻饶……"张士琦还不解恨，向小花眼前跨了一步，无奈地说："小花，你真长能耐了，竟敢把咱家祖传的柜子抓手起掉,你真是胆大包天。一个姑娘家让俺省省心行吗?让外人知道了这事,谁还敢给你找婆家……”

张士琦训斥完小花,转身对着大愣,问道:“大愣,你领的小海哪?”

“哦,没有找到他。真是的,刚才还见他在屋里转悠,转眼间就不见了。”

“你也该好好管管他了。说实话,今天最让人生气的就是小海,他见家里没有了铜器,竟然把你娘衣柜上的装饰件都给砸下来了,你看看这熊孩子砸的……”

张士琦越说越来气,气得跬步到柜子前,指着破坏的柜子给大愣看……

大愣也心疼这个柜子,一个劲地说:“真是的,太可惜了,太可惜了。”张士琦好话恶话说尽了,再也没有啥可说的了,他掐着腰盯着柜子心里伤心极了。大愣异想天开,突然说:“这好办,俺到学校要回来不就完了吗。再说了,学校这么些人也不差咱家这一点铜。”大愣说走就走,刚迈出门,小愣、小花为难道:“大哥,你真要是要回来,你让我们三人以后咋上学?再说了,铜器件已经兑换成了粉笔模子了。”

大愣一听火了,发狠道:“俺不管兑换不兑换俺就去要!”大愣刚走到大门口便被张士琦喝令回来,质问道:“大愣,你傻啊,这是学校搞的捐助活动。你这样做不光孩子没有了脸面,你让俺这张老脸往哪里放啊?这事咱们是哑巴吃黄连——有苦说不出来。”

大愣气得唉声叹气,懊恼道:“哎,这不是作践东西吗?当初分家分给俺还有这事吗。”张士琦瞪大愣一眼,自语道:“你想得美,这还不是你那小祖宗干的好事!”马天花见大愣的话题偏了,赶紧插话道:“好了,好

了。准备吃饭吧。”

大愣心里不痛快赌气走了。小芹端着筐子到床底拾棒槌骨头烧火，一伸手，她啊的一声，大喊道：“俺的娘哎，有人！有人！”小海赶紧朝小芹嘘嘘两声，小声道：“娘，是俺，小海！别叫俺大听到了。”

“你这熊玩意儿，在床底干啥，吓死老娘了。”

“咋了，被狼撵着了，还是让狗咬着了，喊啥？”大愣一步抄了过来。知道小海的藏身处，大喊道：“你这熊孩子，还不快滚出来！再不出来，不让你吃饭了！”

小海从床底爬出来，胆怯道：“大，以后俺再也不敢了，再也不上爷爷屋里去……”小芹是越听也糊涂，质问道：“大愣，你爷俩咋了，在说天书吗？有话别掖着藏着的，快说，这到底咋回事？”

“站好，你自己来说吧。”大愣喝令小海，小海立刻一个立正的姿势。

小海如实地讲述一遍……

小芹听了小海的讲述，沉着脸说：“以后，你少上那边去。再有第二回俺非把你的嘴给你撕烂不可。哎，别站在这里了，快出去干点活儿。”小海一走出房间，小芹噗嗤笑了起来……大愣乜斜小芹一眼，提示道：“你小点声，别让孩子听见了，这样影响不好。”小芹抄到大愣的耳边轻声道：“哼！谁让大和娘分家不分给咱衣柜来，要是分给咱还能发生这事情……”

“俺告诉你，以后可别说这事了，再提这事又惹得全家人不肃静。”大愣出于对父母的尊敬，赶紧转移了话题，问道：“啥时间吃饭？”

“这不刚来拿棒槌骨头准备烧火，一把就抓住了这个熊孩子……”

“快做饭吧，俺都饿了……”

小芹做着饭,在心里算计起马天花的大衣柜。

小芹突然放下活儿,贴在大愣耳朵上嘟囔了一会儿,大愣寻思半天,拒绝道:“不行,咱们分家这么长时间了,咋开这口呢。再说了,咱们分家时也要过,娘不同意给你,你去要也没有用,反正俺是张不开这口。”

小芹急了,赌气道:“俺要是好意思去,要你这大老爷们干啥?真是没有用的东西……”

小愣捐铜的风波刚刚压下,学校就把粉笔模子拉回来了,在厂家的指导下,学校粉笔厂终于造出了粉笔……

浊上村农中不仅是学农的一面旗帜,而且也是学工的先进学校,牛校长和张老师成了公社和县教育战线上的红人和先进人物。

学校的学农学工是一把双刃剑,既有好的一面也有不利的一面。好的一面就是紧跟形势得到了上级领导的肯定和认可。不利的一面就是学生的学业被荒废了。

郭老师一手拿着数学课本,一手拿着竹制教杆走进八年级一班,也就是小愣那个班。郭老师抓学习抓得很紧,因为再有一年他们就要毕业了。在重温复习课题时,让郭老师十分恼火,他提问了几道题,全班竟然没有一个人答上来,更让他气愤的是,有的还不以为然,嬉皮笑脸,以学农学工为荣。郭老师忍无可忍抡起教杆敲打了几名学生……

被打的学生都是学校学农学工的先进人物,其中就有小愣、小海和嘎狗,他们不满郭老师的暴力行为,一气之下将郭老师告了。

郭老师被学校责令停职检查,张老师临时代理郭老师的课程。张老师上课前把郭老师一阵狂贬,吹风道:“郭老师这次错误很严重的,非要受到惩罚不可,仅凭他公开反对学校学农学工这一条就够卷铺盖

走人的……"

可是,上级在处理郭老师的问题上总是雷声大雨点小。后来,学校几次催促上级尽快下达处理结果,以便警示后人,可是上级迟迟没有明确的答复。这个意外让张老师大为不悦,多次找到牛校长揭发郭老师的罪状。牛校长也弄不明白郭老师的问题为啥迟迟不处理的原因,一提起此事牛校长就火冒三丈。

一天,牛校长对着学校的电话出神,嘴里不停地嘟囔"这是咋了,电话也不响了,兄弟单位也不上门学习取经了。难道风向有变?不对,一定是电话坏了……"牛校长走出办公室喊过张老师,吩咐道:"张老师,快,去大队部给学校要个电话,试试学校的电话坏没坏?"张老师对牛校长的话心领神会,立刻表示道:"是! 俺现在就去打电话。"

牛校长最爱听张老师这个"是"字,他曾多次在教师大会上对张老师提出表扬。号召大家向张老师学习,提高对贯彻领导指示的执行力。

牛校长望着张老师的背影,刚才的失落心情有所好转。

张老师视牛校长的话为最高指示,凡是牛校长交代的任务和事情要尽200%的努力。总之,他达不到牛校长满意的结果誓不罢休。

张老师一溜烟地跑到大队部。当当敲响了大队部的门,张士琦见是张老师,客气道:"哦,是张老师,今天是哪股风把你吹来了?"

"哦,是这样,俺借用一下电话。"

吱、吱、吱……

"喂! 总机吗,给俺接浊上村农中?"

"哎,你是浊上村农中的张老师吗?"

"哦,是啊,俺在张浊大队办点事,给你添麻烦了。"

"请听好……"

牛校长盯视着电话机，在办公室踱来踱去，心里暗暗地督促："快，快响啊！"

叮当、叮当、叮当……

牛校长如获至宝，一把抓起电话，高声道："喂，我是浊上村农中牛校长，请讲？"

"牛校长，是俺，张强强。咱学校的电话好使，好使啊！"

牛校长证实电话没有故障，像撒了气的气球，失望地说："嗯，知道了。"牛校长排除了电话故障，心里有一种说不出来的失落感，难受极了。他放下电话不得不再次为前途和未来担忧……

张老师返回学校，这平静的日子让他实在不自在，总感觉学校里缺少点啥。刚坐一会儿，就坐立不安，干脆走向操场……

嘎！一辆吉普车在浊上村农中大门口停下，张盼富和两名公安人员从车上下来，在张盼富的引导下，他们直接向牛校长办公室走去。

正逢学生下课，同学们哗啦把小吉普车围得水泄不通。

公安人员和牛校长私语几句话，牛校长脸色都变了。牛校长沉思片刻，点头道："是，俺这就叫他来。"牛校长喘口粗气，整一下衣冠，迈出办公室见学生在围观吉普车，高声道："同学们，不要围观，赶快回教室去，准备上课了！"张老师一看校长来了，马上扯着嗓门，催促道："快！听校长的话，大家赶紧回教室上课！"牛校长一听是张老师的声音，赶紧招呼张老师。牛校长在张老师眼前嘀咕几句。张老师一边督促学生上课，一边忐忑不安地跟着牛校长向办公室走去。

牛校长有事从来不瞒着张老师，每次和张老师交谈都是直来直去，

从不掩饰任何问题,这次一反常态,牛校长也神秘起来。这让张老师产生了猜疑,心想:“哦,莫非自己得到学校的重用?还是学农学工有新的指示精神……”张老师在牛校长执政期间春风得意,一帆风顺。一想到这些心里美滋滋的,两步并作一步登上台阶。牛校长一走进办公室,督促道:“张老师,快进来吧。”

张老师刚迈进办公室一条腿,一怔,问道:“这是?”

牛校长连忙介绍道:“哦,这位就是张老师——张强强。”公安人员立刻抄到门口,断了张老师的后路,严肃地问道:“你就是张强强?”

“没错!俺就是张强强。”

“张强强,你伙同东方制笔厂周俊贪污国家财产,你被逮捕了。哦,这是逮捕证,请你签字……”公安人员立刻将手铐卡在张强强的双手上。张老师一听到周俊的名字,立刻瘫在地上,一句话说不出来,泪水汩汩地流了下来。

公安人员押张强强离开时,张强强噗嗤跪在牛校长眼前,悔恨道:“牛校长,俺对不起你,对不起全校师生和浊上村的父老乡亲。俺这事做得好糊涂,都怪俺鬼迷心窍收了不该收的赃款。俺咎由自取,罪有应得……”

张老师被押走了,郭老师很快恢复了工作。不久,公社教委口头传达在全社开展学习竞赛活动的通知,要求在适当的时间里进行全社教育统考。监考老师实行交叉监考……

郭老师看到通知,马上嗅到了教育改革的春天来了的气息。

牛校长因在学校开展学工成绩显著被公社调任工业办工作。学校新调来了杜校长。杜校长年近半百,是教育界的一位老校长,此人重教育,处事公道,是一位厚道人。

杜校长上任不久就认命郭老师为浊上村农中教导处主任。郭老师如鱼得水,浊上村农中的教学质量立竿见影。

郭老师果然猜对了,国家很快恢复了高考,大家的学习劲头更大了。

杜校长召集王德福等几位贫协代表开了个会。杜校长向他们介绍了国内形势……新校长决定:一是退回浊上村划拨的实验土地。二是关闭学校造笔厂,将器械折价转让。三是取消学生的劳动课。

这三个决定让贫协代表万分惊讶,有的代表当场质问杜校长,说违背了党的办学原则……杜校长让郭老师向大家传达了有关教育最新指示精神,并结合学校的实际做了耐心的说服工作……

俗话说:“这灯不拨不亮。”郭老师传达完上级的指示精神,贫协代表们终于明白了,感慨道:“这办教育不能瞎胡闹,学校这三项决定标志着文盲办学时代的结束。时代在变化,我们的教育工作日臻完善,俺们应该把学校的管理权力交还给真正懂教育的人。”

张士琦收回了学校附近的土地。学校周边的土地各生产队种上了黄麻,当年黄麻大丰收。郭老师指着长势喜人的黄麻,感慨道:“这才是真正种地的好把式,看看人家种的黄麻,再看咱们以前种的黄麻,真有天壤之别。这土地在农民手里就是沃土,一经转到咱们学校的手里就得贫瘠症。”

在硕果累累的秋季里,学校一改常态化管理,专心细致地学习文化课。由于落下的课程太多,学生文化课只好从基础抓起。学生在加班加点的赶进度,时常挑灯夜战。在杜校长的管理下学校营造了浓厚的学习氛围。

郭老师为了应试教育的成果，把各班级的考试测验拉到了操场上。考试规定：一米见方，谁也干预不到谁，谁也抄袭不了谁的试卷。目的就是改变过去学生相互抄袭的恶习。一时间，让习惯于抄袭的学生惶惶不可终日，从心理上有了考试的恐惧感。郭老师知道要是没有断腕之勇气是改变不了这种恶习的，要求各班主任严格保守考试机密……

郭刚按照一米见方的考试要求，摸清了学生真实的学习成绩。当郭老师批完试卷，对着寥寥无几的考试分数，他的眼泪流了下来，哽咽道："这几年，咱们这些当老师的心里有亏啊。农民把孩子送到学校来读书，是因为他们相信当老师的能传授给他们文化知识，结果孩子没有学到应有的文化知识。咱们做老师的不仅愧对学生，而且也对不住浊上村的父老乡亲……"

俗话说："丑媳妇迟早也要见公婆的。"杜校长看了考试成绩单，伤心地说："我们要痛定思痛，张榜公布成绩。让我们的教师和学生都要看到自己的不足。只有认识到我们的失误和错误才能迎头赶上去。"郭老师从心里赞同杜校长严厉治学的手段。

第二天，浊上村农中张榜公布了学生考试的真实成绩。这榜一张出学校一片哗然。看了考试成绩的同学，有的在哭泣，有的在傻笑，还有偷偷擦掉自己名字的，总之，这次无奈的举措让师生看到了自己的差距和不足。

但是更让人意想不到的是，由于应试教育急于求成导致了一场围攻监考老师的事件。

那是发生在秋末应届毕业班全社统考时的事件。那年公社教育组统一组织了一场新颖的应届毕业生期末考试。规定监考老师全由异地老师担任,考试纪律是空前的严格,要求学生只带一支笔进入考场,考生一人一桌……为达到全社统考每人一桌的要求,浊上村农中应届毕业班占用了其他班级的教室。监考老师宣布考试纪律后,按照全社的统一时间进行了考试。

在当天下午,最后一场考试中,大部分同学感到考得不理想,对严厉的监考老师产生了抵触情绪。考试进行到20分钟时,小愣实在答不上考题,他趁老师背过身的瞬间瞟了邻桌一眼,被一监考老师发现,当场给予小愣口头警告一次。小海见小愣被警告了,举手道:"老师,俺要上厕所。"监考老师当场拒绝了小海的请求。这时嘎狗趁机将邻桌的答卷偷了过来,被监考老师逮了一个正着,当场取消了嘎狗的考试资格并驱出考场。

俗话说:"法不责众。"严厉的应试考试让习惯开卷考试的学生抵触情绪愈来愈烈,对嘎狗的处罚成为围攻监考老师的导火索。

考试已结束,监考老师强行收缴了学生的试卷,当场考生与监考老师发生了肢体上的推搡。更让学校意想不到的是,在肢体冲突的同时,考生竟然用钢笔水作为发泄武器对老师群起而攻之。一支支钢笔犹如消防队员的开花水枪将监考老师涂成了墨水人。监考老师被这突如其来的事件搞得晕头转向,女监考老师吓得哇哇大哭,身强力壮的男教师与激进的考生发生了争斗……

考场演变成了争斗场,情况万分危机。一旦双方冲突升级必将造成恶劣的后果。杜校长见情况危急,只身闯入冲突最激烈的小愣所在的考场,大声训斥道:"浊上村农中的同学们,你们要冷静,你们这种行为是违法行为……"考生在杜校长的劝说下,主动撤出教室,他们继续围在教室

门口。

当郭老师向杜校长通报一监考老师的头部被砸伤时，杜校长果断吩咐道："快！快去搬救兵！叫大队长来协助学校平息事件。"郭老师嗯了一声，立刻向大队部跑去。

一时间，浊上村农中的考生围在教室门口，在高声谴责着监考教师霸道行为；室内的监考教师在谴责学生的愚昧无知、目无师长和校纪……

师生在进行着激烈的争辩。但是也有个别学生趁机浑水摸鱼，在故意制造事端，不时地将砖头扔进教室内，给教室内的监考老师造成了人身伤害。在紧急情况下，无奈的监考教师以牙还牙，他们将室内物品不断扔出还击学生。

时间在一分一秒地逝去，争斗局势在直线升温。局势一旦失控，可能演变成一场重大的群殴事件，情况万分紧急。

张浊大队部正在召开大队干部会议。大队长听了郭老师的通报，立刻宣布休会，并亲自带领张士琦等人向学校跑去。

大队长一到现场，学生立刻感到事态不妙，张士琦边跑边喊道："张浊大队的同学们，赶紧撤离学校……"大队长接过话题，警示道："同学们，你们的行为已经触犯法律。考虑你们事出有因，凡是马上撤离学校的学生将既往不咎。但是，对那些制造事端拒不撤离唯恐天下不乱的学生，我们决不姑息迁就，将依法严办。民兵连长张盼富，集合民兵平息争斗事件，并向公安特派员报警……"张盼富高声应道："是！马上集合民兵平息争斗，立刻向公安特派员报警……"大队长和张士琦的喊话起到了震慑作用。

考生一看父母官来了,还让民兵来平息争斗事端,并上报公安特派员,知道把事情闹大了。小海胆怯地说:“咱们别再闹了,再闹就出大事了。”大家一边议论,一边朝学校门口散去。

大队长见学生有撤离的迹象,为了尽快掌控争斗事态的发展,高喊道:“大队干部的子弟,马上带头撤离……”

张士琦像接到战斗命令一样冲向小愣的考场,高喊道:“小愣、小海、小花,咱们可不能做违法的事情。快,跟俺赶紧回家!”小愣和张士琦目光对视了,张士琦见小愣还站原地不动,一脚踹了过去,骂道:“小王八羔子,让你来学习的不是让你来胡闹的!”小愣挨了一脚,他摸着屁股,反驳道:“走就呗,您踢人干吗?”小海在为小愣鸣不平,凑到张士琦眼前,抗争道:“爷爷,你凭啥打人?”

“奶奶的,俺凭啥打人,就凭俺是他老子,俺是你爷爷!咋了,你也想造反吗?”小海吓得连忙后退两步。

张士琦咄咄逼人的目光瞪着小海,警告道:“上次,你扭铜件的事情还没有给你算账哪。今天,咱俩新账旧账一起算!”嘎狗赶紧护住小海,张士琦指着嘎狗,提醒道:“你还不走,一会儿,民兵连长叫公安特派员来了。哼!再胡闹,你们想走也走不了了。”

这些听鬼神传说和公安抓坏人故事长大的学生,幼小的心灵里打上了怕鬼怕公安抓人的深深烙印……

一经传出公安特派员要来了,学生们胆怯了,立刻收敛了自己的行为,大家向学校大门口走去。

大队长这一招真灵,转眼间的功夫,学生全撤离了学校。监考老师洗掉脸上的墨水,盯着身上的墨迹直报怨。

杜校长一个劲地向监考老师们鞠躬赔礼道歉,并承诺赔偿受伤监考老师的医疗费用和被污的衣服等损失。

在杜校长骑虎难下之时,传来浊下村农中监考老师也被围攻受伤的消息……

监考老师面对这个有共性的遭遇已无话可说,只好委曲求全,他们无奈地直摇头……大家深深地认识到这是应试教育急于求成造成的严重后果,学校要接受这次深刻的教训。

大队长得到民兵连长张盼富的报告,公安特派员正在公社驻地处理类似学校的冲突事件,他责成大队协助学校处置好这起事件。张盼富补充道:"对了,特派员还特意嘱咐,要以教育为主,争取双方达成谅解为目的,将这次冲突事端消灭在萌芽状态之中。"

杜校长握着大队长的手,感谢道:"谢谢大队长的支持和帮助。我们一定接受这次深刻的教训。凡事欲速则不达,学校的应试教育不可急于求成,必须循序渐进地抓学生的学习成绩……"

第二十三章

落叶归根

嘎——一辆面包车停在了村委门口,东阳镇的刘助理将两个怀抱白布包的男人领进大队部。

大队长和张士琦见刘助理亲自驾到,立刻迎上去。他们握着刘助理的手,客气道:“欢迎刘助理莅临指导工作!”

“大队长客气了。今天俺不是来指导工作,而是来帮人寻亲的……”

张士琦将目光转移到两位陌生的男子身上,疑惑道:“刘助理,这两位是?”

“哦,俺给你们介绍一下,他俩是从台湾来寻祖的。这位是张二柱的大儿子,叫张盼,这位是他二儿子,叫张盼盼。”

张士琦一怔,自语道:“大柱、二柱?不对啊,村里有个叫大柱的,可是他和台湾没有联系哪。”

大队长突然想起了啥,向困惑的张士琦一示手,提示道:“俺想起来了,你忘了大柱上面还有两个哥哥,不过从解放前就失踪了,哪儿突然冒出两个儿子来?”

刘助理插话道:“嗯,寻的就是你村解放前失联的大柱二柱的家。”

大盼抱着白布包,扑通跪在了地上,哽咽道:“叔叔,俺可找到你了……”

大队长连忙扶起大盼，解释道：“你叔叔在他家里，俺现在就去叫他来。”刘助理深思片刻，建议道：“大队长，你看这样行吧，咱们就把他俩领到大柱家好吗？”

“嗯，大柱才是两位大侄子要找的亲人。好啊。咱们直接去他家吧……”

大柱在家正圪蹴在椅子上抽烟，见大队长和张士琦领着刘助理来了，赶紧把大家让进屋内，客气道：“各位请坐，俺去烧水沏茶……”

大队长一把拦住了大柱，解释道：“大柱，今天刘助理来是帮你认亲的。”

大柱被大队长的话弄糊涂了，追问道：“大队长，你扯啰吗？啥亲不亲的，你把俺弄迷糊了。”

刘助理赶紧向前跨一步，他拉住大柱的手，问道：“哦，是这样的。解放前，你大哥和二哥是不是走失了？”

“嗯，有这档子事。嗨！那是老黄历可掀不得了。可怜的两个哥哥，至今杳无音讯……”大柱说着眼眶噙满了泪水。

刘助理高兴道：“大柱同志，你的两个哥哥有着落了。今天，俺就是为这事情而来的。”

大队长立刻把张盼和张盼盼领到大柱身边。大柱望着酷似自己模样的两个陌生男子，愣了半天，也不敢相信这是真的。张盼和张盼盼扑通跪在大柱眼前，哽咽道：“叔叔，俺是你二哥张二柱家的大儿子张盼，这是俺弟弟张盼盼，俺们终于找到家了！”大柱和大盼、盼盼叔侄终于相认了。

大柱拉起张盼和张盼盼相拥大恸……

大柱擦把眼泪，劝说：“嘿，咱们叔侄相认应该高兴才对，大侄子、二侄子咱们不哭。”

张盼擦着眼泪，点头道：“嗯，咱们不哭。”

大柱冷静下来，突然拉着张盼的手，追问：”哎，俺大哥、二哥还好吧？”张盼眼含泪水，哭诉道：“叔叔，俺爸、大伯，已经不在人世了……”张盼和张盼盼抹着泪，将怀抱里的白布包轻轻放到桌子上，哭诉：“叔叔，这是俺爸爸和大伯的骨灰。

大柱悲伤地凝视着两个骨灰盒里的照片，突然搂着大哥和二哥的骨灰大恸。大柱媳妇赶紧找来王媒婆，张罗大柱、二柱的丧事。他们在大柱、二柱骨灰前放置香炉，让张盼、张盼盼按照当地风俗点上三炷香……张盼和张盼盼跪在骨灰盒前，念道：“爸，大伯，俺找到家了。在三叔家里，三叔一家安康。爸，遵照你的遗嘱，把你和大伯的骨灰背回老家，您生前的要求安葬在老家祖坟的夙愿实现了。爸、大伯，您安息吧。”

追溯到解放前的一天。大柱和二柱在坡里割草，突然见公路上停下几辆大卡车。大柱和二柱好奇，立刻放下镰刀向大卡车跑去。

原来车队是国民党的运输小分队，在执行给养补给运输任务。因路程遥远，车队停靠路边一小河边给汽车加水，也借机野营就餐。

大柱见后面一辆车上没有当兵的把守，他偷偷爬进车厢，见车厢一包饼干散落在箱子上。大柱拾起一块饼干填在嘴里，立刻向二柱招手示意，二柱也偷偷地攀上车厢，哥俩抓着饼干大快朵颐。

谁知司机的野营午餐仅用了几分钟就结束了。由于车队急于行军，他们是边吃边行驶。司机上车启动马达将车开走了。这下可吓坏了大柱和二柱，他俩哭了一阵仍不见汽车停下，急得用拳头直砸驾驶室，高喊：“停车！快停车！”

驾驶室押车人员一听到动静，立刻进入警备状态。汽车一停，押运的国民党兵立刻把汽车团团围住，高声警告：“缴枪不杀！”随后发出了一阵叭叭的枪声。

大柱和二柱更害怕了，不管车下咋吆喝打枪，大柱和二柱趴在车厢里就是一动不动。

国民党兵围剿了大半天，不见对方放一枪一弹，也觉得事情蹊跷，一高个士兵急了，掏出一颗手榴弹，高声道：“班长，别和他们恋战了，一颗手榴弹就把他们解决了！”

“混蛋！车上的给养咋办，汽车不要了？快，你过去看看。”

“啊，班长俺……”

“混蛋，快去！”

高个士兵被迫像探雷一样向汽车慢慢靠近，他边走边喊：“缴枪不杀！缴枪不杀！”可是车上一点动静也没有。高个士兵纳闷了，朝着卡车一侧开了一枪，诈道：“好小子，快出来，再不出来老子炸车了！”

二柱推了一把大柱，磕巴道：“大哥，咱们快出去吧，他们真把车炸了，咱俩就完蛋了。”

大柱一咬牙一跺脚，壮起胆子，大声道：“别开枪，俺出来！”大柱和二柱高举着手，从车头走到车尾。高个士兵见是两个小家伙，骂道：“奶奶的，咋是两个孩子哪，快滚下来！”

高个士兵转身向班长跑去，报告：“班长，原来是两个孩子在车上偷吃饼干。”班长在一侧正隐蔽着，一听是两个孩子，骂道：“奶奶的，大家虚惊一场,吓老子一跳……”班长收起枪,纵身跳出隐蔽的土沟,大摇大摆地向车边走去。

国民党班长向大柱和二柱打量一番,突然高兴道:“哈哈,奶奶的,咱们抓壮丁都没有抓到人。哎,这不是白送上门来的壮丁嘛。小子,今后就跟着老子干吧,包你俩天天吃香的喝辣的,顿顿有饼干吃。”

大柱将二柱挡在身后,争辩道:“俺要回家!俺要回家!”二柱哭诉道:“大叔,你行行好,放过俺弟兄俩回家吧,俺娘在喊俺俩回家吃饭哪……”

国民党班长急了,给高个士兵一个眼色,命令道:“嗯,少给他俩废话,先绑起来押到车上去。记住:要是让他俩跑了,我拿你是问!”

“是,班长。决不让他俩跑了。”

就这样,大柱和二柱被国民党抓了壮丁。先后,他俩在车队当兵为部队押送弹药给养。后来,国民党逃往台湾后,大柱得了一场大病,一命呜呼。在临终时,他拉着二柱的手,嘱咐:“二柱,大哥不行了。大哥死后,你要想办法把俺埋葬在祖坟的沃土上,俺要守着大和娘……”

大柱病逝后,二柱与台湾一女子成家。几年后,他们生下张盼和张盼盼。从给孩子起名字就能看到二柱对家乡的思念之情……

在大陆和台湾关系缓和的前夕,二柱也因病去世。二柱在弥留之际,嘱托张盼和张盼盼将他老弟兄俩的骨灰抱回大陆埋在老家祖坟……将永不离故乡的沃土,永远守在大和娘的身边。

两岸关系一缓和,张盼和张盼盼为了却大柱和二柱的心愿,在县镇两级统战部门的帮助下,他俩很快找到了大柱和二柱的老家——张浊村。

死生为大，入土为安。大柱按当地风俗为大哥和二哥举行了简单的下葬仪式。当张盼来到祖坟时，疑惑道："三叔，祖父祖母埋葬的地方咋没有坟头没有立碑哪？"刘助理立刻解释道："哦，我们东阳镇人多地少，农民为了节省土地早就平掉坟头起走了碑，这叫死人为活人让地。现在移风易俗，提倡深埋深葬，死人不与活人争地……"

大柱擦把眼泪，大声道："大，娘，你的大柱和二柱回来了。大哥、二哥你俩一路走好……

张盼和张盼盼朝着祖坟叩头后，将大柱二柱的骨灰埋在了祖父祖母的身旁。张盼和张盼盼叩完头，将他三叔扶起来，劝道："三叔，请您节哀顺变。哎，这个结局算是圆满了，天堂的爸、大伯，你们安息吧。"

大柱为两个哥哥举行完葬礼，热情接待了来自远方的两个大侄子。镇统战部门委托刘助理为欢迎台湾同胞归来，镇电影放映队在张浊村放映了两部电影，表示家乡对张盼和张盼盼同胞的欢迎。张盼和张盼盼被家乡父老乡亲的热情款待所感动。不久，他俩抹着与亲人分离的眼泪返回了台湾。

第二十四章

虚实之间

又是一个阳春三天月,大地万物苏醒,正是麦田除草追肥的好季节。张士琦一早圪蹴在返青的麦地,他拔了一株麦苗仔细端详一会儿,又捧起一把麦土放在鼻子上一嗅,自语:“我们的土地是一流的沃土。可是,这种田人咋就一年四季吃不上白馒头呢?”

大队长路过此地,听到了张士琦的自语,感慨道:“士琦啊,这事困扰俺很久了,可是……”张士琦拍打着手上的尘土站起来,把脖子伸向大队长,问道:“哼!只要不瞎不傻谁都知道这是咋回事,俺就不明白了,这搞虚报产量害国害民的事情何时了!”

大队长被张士琦的话呛了个趔趄。大队长有口难辩,他委屈地在张士琦眼前比划两下,嗨了一声,再也无言以对……此时,张士琦非常理解大队长的心情。心想:“大队长是有苦难言,有些事情是上级的强制命令,他也是身不由己啊。”

张士琦一手握着烟袋包,一手粘着烟叶子,扫视大队长一眼,说:“给,你先抽一袋。哎,这早上一袋烟赛过活神仙。”

大队长瞥一眼张士琦,愧疚道:“嗨!憋屈得慌,俺活得连句真话都不敢说还赛神仙哪?狗熊一个。”大队长接过烟袋含在嘴里,又含糊不清地说:“这事是越积越多,事情也越来越难办啊……”张士琦沉思片刻,突然插话道:“哼！俺就不信这个邪,俺向上一级告他们去!”大队长心里嘎噔一下,突然呛得发出一阵剧烈咳嗽。大队长含着一口痰,追问道:“啊,士琦,你说啥?”

“是说,俺向上一级反映真实情况去。”

“哼！就你?”

“咋了,俺还不行吗?”

大队长缠着烟袋包,掏心窝地说:“士琦,这事情俺也曾想过也做过,可是,这事不是咱们想得那么简单,这问题复杂得很……”

“咋,你向上级反应过这个情况?”大队长点下头,沉思下来。张士琦寻思片刻,追问道:“哎,咋没有结果呢?”

大队长无奈地再次摇摇头,激动地说:“奶奶的,这事不是哪一级解决的问题,除非是高层领导亲自过问……”张士琦跺着脚,发誓道:“嗯,咱们就找高层领导去!”

“士琦,那些从咱社提拔起来的领导现在就是县、地、省的领导,你去反应虚报产量的问题,他们能接受吗?”张士琦大彻大悟,一边点头,一边自语道:“哦,原来如此。这虚报产量的根源在他们的身上。是啊,当权者迷。他们官职越做越大谁还敢反映真实情况,况且新上任的下级领导也只好听之任之,敢怒不敢言。哼！俺明白了。”

大队长见张士琦明白了事理,拍拍张士琦的肩膀,劝说:“这事情错综复杂,牵一发而动全身……”张士琦听得是口服心不服,心想:“只要舍得一身剐,敢把皇帝拉下马。哼！太阳不能常晌午,这是迟早要分明的。”

大队长话说得不少,总算点拨了张士琦,欣慰道:"好了,咱们好自为之吧,俺再到别处转转去。"

张士琦目送着大队长,思绪万千,在深思:"这虚的产量居高不下,每年还要递增产量,这不要了社员的命吗? 奶奶的,真应了'种田的吃米糠,卖盐的喝淡汤'那句古话。"张士琦从心里不服,他朝着麦地畦埂飞起一脚,骂道:"狗日的,那些弄虚作假,欺上瞒下的干部迟早要露馅的。不行! 决不能让他们祸害我们的!"张士琦在发泄着积压在心头的怨气……

晚上,张浊大街上的路灯发出金黄色的光芒。由于路灯度数低微,灯光把地面涂成土黄色。在初春的季节,高高的路灯上偶尔闪现出生命力极强的飞虫在灯泡边转来转去,犹如投影仪照射在屏幕上,让泛黄的地面呈现出无规则的图案。

张士琦耳边总是赶不走大队长掏心窝子的话题,心里像一团乱麻,咋也捋不清。于是,将烟袋一缠扔到烟笸,他趿拉着鞋子漫步在大街上,耳边荡起大队长"奶奶的,这事到哪级也解决不了,除非是大干部……"的话语,那虚实的产量像路灯下的身影在前后左右晃悠……

"哦,是士琦老哥,吃了?"民兵连长张盼富背着步枪走到张士琦的眼前。

"是盼富,你吃了?"

"嗯,吃了。晚上巡逻,在这青黄不接的季节容易发生盗窃……"

"不错,有你们夜间巡逻社员就能睡个踏实觉。"

张士琦和张盼富寒暄几句便擦肩而过。张士琦不知不觉地走到大队代销店的门前。大柱正和张嘎在代销点唠嗑,他们一照面彼此打了招呼。

大柱接着刚才的话题,说:“哎,刚才俺说到哪里了?”张嘎拍打下眉头,道:“哎,俺想起来了,你刚才说土家大哥在外省当了大官,近期又高升了……”张嘎说罢,又好奇地追问:“哎,当啥大官了,快说啊?”大柱摇头,道:“俺也不清楚,反正是很大很大的大官。”张士琦一听到有当大官的,眼前一亮,立刻想起了大队长“除非是高层领导”的话。张士琦抄到他俩眼前拽开张嘎,追问道:“大柱,此话当真,土家大哥真当了大干部?”大柱见张士琦一本正经的样子,挠着头皮,疑惑道:“这个俺也是听别人说的。哦,是从省城土家老二家传出来的……”张嘎注视着张士琦,抱怨道:“人家当官看把你急的。哎,这与你有啥关系?”张士琦朝张嘎得意一笑,拍打着张嘎的胳臂,说:“好奇,纯属好奇。你们聊,你们聊。”大柱伸下懒腰,推辞道:“这么晚了,该回家睡觉喽。”张嘎打着哈欠,眯着眼睛道:“哎,该睡觉了。不聊了!”张士琦走出代销点,嘴里嘟哝:“嗨!真是踏破铁鞋无觅处,得来全不费工夫……”

张士琦高高兴兴地回到家,哼着小曲脱衣上床了。

马天花捏着鼻子,嫌弃道:“你干一天活,也不洗洗脚熏死人了!快,洗脚再进来……”张士琦被马天花一脚蹬出被窝,伸着脖子煽动下鼻翼,惊讶道:“咦!这脚还真的熏人哪。你说的没错,这味能熏倒一头牛。”张士琦跑到天井用瓢舀起一瓢水,一面冲水,一面用手搓着臭脚丫子……

张士琦擦干脚钻进马天花的被窝。马天花挣脱道:“不行,今天不娱乐不活动,快到你那头去!”

“哦,今天俺打探到一个事,给你说完俺就过去。”

张士琦把在代销店听到的事情向马天花讲叙一遍。

马天花扭着眉头听完，疑惑道："你是咸吃萝卜淡操心。人家当了大官与咱这平头百姓有啥关系，快睡你的觉去吧。"

"哎，你没有明白俺的意思，俺要向当大官的反应大事情。"马天花一怔，赶紧转过身，惊讶道："你一你，是不是发烧把你烧糊涂了。你一个小小生产队长，还向当大官的反应情况？"马天花突然捂着嘴角笑起来。

"哎，这有啥可笑的？"

马天花擦把笑出的泪花，郑重地说："当好你的生产队长，别瞎掺和人家领导之间的事，记住：出头的橛子先烂。这事情反映不好惹一身祸，到时候没咱的好果子吃……"

张士琦和马天花话不投机半句多，张士琦打着哈欠道："好，好，给你说不清，俺睡觉去……"

知夫莫过妻。马天花一把拽住张士琦的大腿，追问道："哎，你是不是有事情瞒着俺。不行！今晚你不说清楚别想睡觉。"张士琦闪烁其词道："俺和你说不清，咱俩没有啥好说的。"马天花见张士琦不肯讲实话，一把把张士琦的大腿逮到胸前，用力拧着了张士琦的大腿。

"哎，哎，你干啥？"

"干啥，你心里清楚。今晚你说不清楚，休想过去睡觉。"

张士琦被马天花拧得动弹不了，求饶道："好，好，俺给你说……"张士琦如实地向马天花陈述了实情……"

常言说的好："不是一家人，不进一家门。"张士琦还以为马天花坚决反对哪，令他意想不到的是，马天花义愤填膺，一骨碌爬起来，坐在枕头上，严肃道："他大，这事情俺支持你，就得向上一级反应这个问题。哪怕受到打击报复咱也不怕，俺支持你。真是的，咱们整天累死累活，打点粮食不够交公粮的,这是啥事情,这不是欺负咱们农民老实嘛。”

张士琦一拳砸在枕头上,高兴道:“太好了,咱们不解决虚报产量的问题誓不罢休!”

马天花从心里佩服张士琦的仗义,兴奋地一把抱住张士琦,张士琦顺手拉灭了灯……

第二天,天麻麻亮。张士琦背着粪筐在村里转了一圈,他和往常一样敲响了出工钟。

张士琦安排完活儿,心里又嘀咕起土家大哥的事情。他琢磨来琢磨去,这事情还得得到张强的相助才能联系上土家的人。因为张强和土家是亲戚关系,这事只有张强才能联系上土家大哥……

“队长,你在想啥?”张嘎抬着一架二人拧水车打断了张士琦的深思。张士琦好奇地盯着老水车,问道:“张嘎,你捣鼓这些老古董干啥?”

“哦,用它把沤麻池的水抽出来……”

张士琦扫视一眼水车,问道:“这古董还好用吗?”

张嘎指着水车,自信地说:“这水车八成新,好用,好用。”

张士琦打量着水车,嘱咐道:“这么些年没人使用过,你们可要小心点,千万别伤着人。”

“队长,你放心。有俺在没有问题,这水车他们不懂俺懂啊。再见!”

张士琦望着张嘎的背影,不解地说:“嗨!真有能耐,连老祖宗的东西都搬出来了。嗯,这废旧利用的好啊,有意思。”

张嘎把水车装在沤麻池的一角,别说,经张嘎这一捣鼓水车真的提上水来了,大家好奇地拧起水车来……

小伙子们出于好奇,觉得这活儿新鲜好玩。一会儿,他们的胳臂一酸,拧水的两人同时撒手了,水车的回抽力在哗啦地倒转……

张嘎见状急忙冲到水车旁,伸手去掰逆卡锁,不慎被水车把击中了嘴角。张嘎哇的一声,痛苦地蹲在了地上……

这突然的一幕把小伙子们吓呆了,张嘎捂着嘴角,含糊不清地说:"快,叫张—张强来。"小伙们围在张嘎身边,半天也没有听清张嘎嘟囔的啥。张嘎急了,又扯着嗓子重复一遍……大伙还是没有听懂。这时一小伙急中生智,从地上拣起一块棱角石头递给了张嘎。张嘎吃力地在地上写出:"快把俺抬到张强家去,让张强救俺!"张嘎说完疼得昏厥过去。

小伙们明白了,他们赶紧抬着张嘎向张强家跑去……

张士琦和张嘎打完招呼,便向张强家走去。可是,当张士琦迈进张强家门一只脚时,不由得缩了回来。张士琦犹豫了,转身离开张强家。张士琦在大街上一面转悠,一面深思四愣、二妮子的私奔……张士琦不由得嘟囔:"冤家路窄,真是不是冤家不碰头啊。"

此时,四愣和二妮已出走近两年的时间。张士琦从心里渐渐地接受了这门婚姻,时刻盼着他俩早日回家团聚,再为他俩补办个像样的婚礼……

时间是医治心灵创伤的最好良药。张强从心里也认可了两个孩子的结合,只要孩子一回来就打算认张士琦这亲家。这冤家也怪,有时张强也想:"张士琦这冤家还算是忠诚老实,在自己为难之时,没有落井下石。特别是当了生产队长以后,还算是有情有意的一个人……张强一拿起药书,就情不自禁地联想起张士琦的一次关照。

那是一个炎热的夏天,张强冒着酷暑挨家掏着茅房。一天下来,别说劳累了,光熏也够呛。大白天掏粪给社员带来不便,张强便想:"如果白天看药书傍黑时间掏茅房，这样既能方便社员也能让自己有个学习时间，这可是一举两得的好事情。”

张强想到这些，抱着试试看的心态找到张士琦。张士琦没有急于答复，而是让张强回家等信。

张强走后，张士琦捉摸半天，想：“大队里还真缺一个乡村中医，张强既有文化又有名医指导，是个难得的人才……”

这事要是搁在贫下中农的子弟身上就能堂堂正正地脱产学习，当一名生产大队的赤脚医生是水到渠成的事情。可是张强不行，因为他是大地主的儿子……所以张强每想到这些总是唉声叹气，这次并没有抱多大的希望。

两天后，张士琦经过深思熟虑，认为张强在做利民利己的一件大好事。张士琦同意了张强掏粪时间改在傍晚，具体时间由他自己掌握……张强听了张士琦的答复，高兴得不得了，对着张士琦连声道谢。

张强不负众望，在舅舅李洪的指导下，很快掌握了医学知识，并成为李洪的得力助手。几年来，张强有求必应，无论谁求助，总是随叫随到，从没有一点架子，且药品提供的全是成本价格。

张士琦经过一路的思考，决定豁出这张老脸也要和张强联手完成这件具有历史性的大事情。于是，张士琦横下一条心，坚定道：“为了降下大队的虚报产量，让农民过上好日子，他两家这点恩怨又算啥呢。”张士琦整了下衣冠，再次向张强家走去。

“快！快！快！张嘎叔，你要坚持住！”

张士琦闻声，急忙转身迎上去……

“哎，队长来了，队长来了！”

张士琦见张嘎满脸是血，急忙问道：“哎！这到底是咋回事？”

小伙们抬着张嘎边走边解释……

张士琦听了一个大概情况，突然道：“好了，不要再说了，咱们救人要紧。快，把张嘎放在俺身上，俺背他走……”

张士琦背着张嘎一边跑，一边大喊：“张强，快救救张嘎，张强快救救张嘎……张强听到这熟悉的喊声，心里嘎噔一下，自语道：“啊，这是咋回事？这夜猫叫准没有好事。哼！不是说和俺断绝来往吗？这才多长时间就亲自找上门来了。”

救死扶伤为村民服务，这是张强行医的宗旨。张强一听是送病人来了，便把个人恩怨抛到了脑外，立刻快步迎去。

张强见张士琦背着受伤的张嘎来了，高声道：“快，快背进屋来，快！”张士琦抄着大步将张嘎背进屋。在张强的指挥下，张士琦轻轻将张嘎放在小诊床上。张强一边观察着张嘎的伤情，一边擦拭着张嘎脸上的血迹，吩咐道：“士琦，来，你帮帮下手。快，扶住张嘎。咦！这是咋伤的？”

小伙子们赶紧把张嘎受伤的经过重复一遍。

张强捏着张嘎的下巴颏，仔细查看了牙齿，嘱咐道：“嗯，你们几个先出去吧……”

张强擦拭完脱落的牙齿，重新将牙齿安插在牙床上。张士琦为张强传递着医疗器械……

一个小时后，张强发现张嘎口里少了一颗牙，张强翻遍张嘎的衣服也未找到那颗牙齿。张强自语：“不行，少了这一颗牙很难固定牙齿，这可咋办？”

张士琦插话道：“这样吧，俺到现场去找找，兴许能找到那颗牙……”

张强将希望的目光盯在张士琦的脸上，回答道："哎，那就试试看吧。喂，你早点回来，你真找不到马上回来告诉一声，俺再想别的法子……"

张士琦冲到院子，吩咐道："小伙子们，张嘎掉现场一颗牙齿。快，咱们到现场找牙去……"

小伙子们领着张士琦，匆匆向现场跑去……

"队长，张会计就站在这里儿被打伤的……"

"哦，大家还愣着干啥，快找呀！"张士琦猫腰盯视着地面，不时地用手抚摸着草层，生怕漏过一个可疑的地方。张士琦一边用手摸索着地面，一边叮嘱："大家仔细点，一个可疑地方也不准漏过……"

张强给张嘎注射了几针，张嘎慢慢地醒了，一睁开眼刚想动，张强向他传递一个不要动的手势。张嘎用祈求的目光盯视着张强，张强点头安抚着张嘎……当张嘎得知在寻找丢失的一颗牙时，张嘎失望地摇下头……

张强觉得时间不早了，他瞟一眼挂钟，安抚道："再等等，应该没有问题的。"张嘎向张强传递一个感激得眼色后，慢慢地闭上眼睛。

张士琦找过现场，焦急地说："咋回事，咋没有呢？"大伙也纳闷了，个个挠着头皮不知道如何是好。在大家焦急之时，一小伙突然想起了啥，立刻冲出搜索的范围，猫腰盯视着地面……

"你去哪里干啥啊，在目标范围内都找不到，那牙还能飞到外边去？"小伙子像没有听到张士琦的话一样，仍然盯视着地面，在聚精会神地寻找着……张士琦直起腰，长叹一口气，失望道："大家不要找了，这是天意要张嘎当豁牙了。"

大伙纷纷直起腰来，失望地拍打着手上的泥土……

张士琦对着界外的小伙子，督促道："哎！哎！好了，咱们走了。"张士琦刚迈出一步，界外小伙子突然大喊道："哎！俺找到了，俺找到了！"

张士琦哦了一声，一个急转身跑到小伙身边，果然见小伙手里捏着一颗牙，嘱咐道："快，把这颗牙送给张强去……"

原来在张嘎握着石头写字时，把这颗牙粘在了石头上……当时，那个小伙子见石头粘满了血迹，他飞起一脚将石头踢了出去……"

张强也沉不住气了，在张嘎身边焦急地踱来踱去，责怪道："真是的，这个张士琦办事真不牢靠，牙找不到也不回来报个信来。"

张强等不急了，决定放弃原来的治疗方案，刚操起钳子大门口便传来"牙齿找到了"的喊声。张强立刻放下牙钳，他那张阴沉的脸上立刻露出了笑容，高兴道："哎，别说，士琦这老小子还真能干点事哪。"张强接过牙齿，对着张嘎道："张嘎，老天有眼没有让你当豁牙。"张士琦亲眼目睹了张强给张嘎镶牙的高超医术。

张士琦对张强高超的镶牙医术佩服得五体投地，暗暗地说："嗯，当年俺支持的没错，这有文化的人就是能干，真是学啥像啥……"张强给张嘎镶好牙，又叮嘱了注意事项，张嘎感激得直点头。

"张强，这就好了？"张强一听，感觉对他的医术不信任，反问道："咋了，你还不相信俺的医术吗？"

张士琦忙说："哦，相信，相信。"张强洗着手，督促道："那你就背他走吧。哦，过两天别忘了再过来趟，让俺再复查一下。"

张强下了逐客令，张士琦也不好再说啥，不过这次和张强的接触，虽然没有直奔话题，但是为下一步的沟通奠定了基础。

张士琦感到事情比他预想的还要顺利，全身感到有使不完的劲，他背起张嘎便走。一会儿的功夫,将张嘎送到家里。

第二天,张士琦勇敢地迈进了张强家。张强很惊讶,风趣道:“哎,还不到复查的日子,再说了,复查也用不着你来啊。哎!你没有走错门吧?”

“他强哥,没错啊。”

“嘿!这是刮的哪阵风,把你队长大人吹来了?”

“嗯,俺是无事不登三宝殿,是专程拜访你的。”

张强赶紧抱拳,谦虚道:“不敢当,有话请你直说,俺受不起你‘拜访’二字。”

张强向张士琦示出一个友好的手势,点头道:“坐下吧,站客不好伺候。”张士琦总算打破了尴尬的局面。张强接纳了张士琦这位不速之客,张强盯视张士琦,问道:“咱俩也别客气,开门见山,你有话就直说,不要拐弯抹角。”张士琦干咳两声,“哦,这事情还得从头说起……”张士琦把虚报产量的事情向张强陈述一遍。

张强觉得事情很蹊跷,不解地问道:“这些是大家心知肚明的事情,再说了这个与俺半点关系也没有啊。队长,你是不是找错人了,还是得了健忘症,俺可是被你们改造的人,给俺说这些不是对牛弹琴吗?”

张士琦一摆手,连忙解释道:“这事情和大家都有关系,而且关系大着哪!请你让俺把话说完……”

张强这才听明白,张士琦刚才的话全是为后话的铺垫。张强一摆手,制止道:“张士琦,这不是你的风格,咋说话婆婆妈妈的。哎,你有事情不妨直说,俺可经不住你叨叨来叨叨去的。”

张士琦被张强的话逼到了悬崖,直言道:“俺就直说了吧,俺是来求

你的。”

“哎，你求不着俺，你没病求俺干啥?”张士琦一口气将自己的想法全部抖搂出来。张士琦向来直来直去的，他把话全道出来了，心里痛快极了。

这可难住了张强，一时，张强也不知道说啥是好，支颐深思起来。

张士琦在密切注视着张强的一举一动，在盼着张强的应许。

张士琦默默地捻了一袋烟叶子，恭敬地递到张强的眼前，谦让道：“强哥，你再尝尝俺的叶子烟，好吧?”

张强犹豫半天才接住张士琦的烟袋，刚含着烟嘴儿，张士琦将火贴在烟袋窝上。张强吧嗒两口烟，一面吐着白烟，一面盯视着张士琦微笑。

张士琦和张强开诚布公，他俩通过一袋烟的谦让，让几年的纠结冰雪消融。

张强坦言：“士家大表哥的确是高级干部……”其实，张强早已对这弄虚作假、虚报产量的错误做法恨之入骨，他支持张士琦向大表哥反应公社虚报产量的问题。但是，张强主张通过文字材料反映问题。张强深思片刻，提出：“反应材料整得要过硬，既有数字又有事例，才有更强的说服力，而且必须短小精悍，一炮打响才行。”

张士琦认为这样是比较稳妥，但一提到整理材料傻眼了，他是擀面杖吹火——一窍不通。张士琦为难了，无奈地说：“整材料俺不懂。哦，数字俺倒是能准确地提供。强哥，这事俺算是拜到真佛了。俺相信你有这个能力，如果成功了咱们队里的口粮就能多分点，这可是一件功德无量的大好事。俺先代表生产队，不！应该是全社的父老乡亲谢谢你，俺给你鞠躬道谢!”

张强赶紧拉住张士琦,调侃道:“哎,你这是在折俺的寿嘛,俺承受不起啊。”

张士琦如释重负,将重任托付给了张强。从此,张士琦天天盼着有朝一日把虚报的产量降下来,给全社父老乡亲一个意外惊喜。

张强是认准了的事就一条道走到黑的人。张强反映情况的信件很快递到土家大哥的办公室。张强在忐忑不安地等待回音。三天、五天过去了,一个月过去了,杳无音信,每次有亲戚到省城或进京城的张强总是要打探一番。

张嘎经过张强的精心治疗康复了。张士琦望着一望无垠的麦浪,兴高采烈地谈论这个丰收年。张士琦搓了一穗麦子递给张嘎,忽然又把手缩了回来,歉意道:“对不起,忘了你牙口不好了。哎！张嘎俺不是故意给你找难看。”这话恰巧被麦地的张强听到了,张强来到张士琦身边,指着刚搓好的麦粒,说:“嗯,你给张嘎。让张嘎给你演示一下。”张嘎夺过张士琦手里的麦粒子,全添进嘴里,张士琦半信半疑生怕再惹是非,嘱咐道:“张嘎适可而止,千万不要勉强。”张嘎边点头边咀嚼,大快朵颐。

张士琦简直不敢相信自己的眼睛,怀疑道:“张嘎,这是你的牙口吗?”张士琦不相信又搓了一把麦粒子递给了张嘎,张嘎接着麦粒子,高兴道:“这牙是吃么么香,牙口倍棒!”

张士琦折服了,再次把视线转移在张强身上,感激道:“张嘎,这个结果真是意想不到的,真是奇迹啊。”张强这才欣慰地发出了哈哈的笑声。

张士琦借机凑到张强身边,低声问道:“他强哥,上面没有消息?”张强摇下头,提示道:“好事多磨,这么些年都熬过来了,不差这点时间了。”

“嗯,俺明白了。这好事得靠时间和运气,咱们等着呗。”

土家大哥果然成为高层领导人,张强拿着报纸跑到张士琦家。张士琦听了广播看了报纸心里更有把握了。"

就在两位老弟兄高兴之时,张浊大队大喇叭里传来"张士琦、张强请到大队部来!"张士琦和张强不约而同地对视一眼,然后结伴来到大队部。

他俩一进队部大院,见一辆吉普车停在大队院子里,猜测一定是上级来了大领导了。张士琦心里打起了小鼓,心想:"不是上级有消息了,就是自己惹乱了。"

张士琦和张强迈进大队部,他俩一眼便认出了李诚。此时,李诚主任已经荣升县委书记。李书记的突然来访,是受县委的委托专程来解决虚报产量问题的。李书记握着张士琦的手,郑重道:"俺代表县委向大家传达首长的指示。张士琦和张强同志给首长反映虚报产量的信,首长做出了批示:"产量上报一定要实事求是,恢复历史的真实数据……"

张士琦和张强的脸上立刻露出笑容,两人高兴得像孩子们击掌相庆,高喊:"咱们胜了,咱们胜了!"

同时,李诚一一列举了这些年来各级虚报产量的主客观因素,并向东阳人民表示歉意和道歉……李诚保证"从今年开始,恢复党实事求是的优良传统,有多少产量就报多少产量,绝不虚报一两的产量!"

邪不压正,虚报产量降下来了,东阳人民得到了实惠。

张士琦按捺不住心里的喜悦,一个劲地向张强道谢。张强深思片刻,摇头道:"不用谢俺。否极泰来,这是事务的发展规律。只要咱们敢于坚持真理,最后的胜利一定属于我们的。"张士琦挠着头皮,不解地问:"你之乎者也,俺一句也听不懂,就听懂了最后的胜利是属于咱们的。"

张强朝张士琦笑笑,突然拿出一封信,神秘道:“嗯,还有你更不懂的哪?你看,孩子来信了,俺当姥爷了。”

“啥?你当姥爷了,那俺当爷爷了呗。”

“谁说不是哪。过去的事情就让他过去吧。哎!你这老拧种可不能和孩子一般见识,让他们回家吧……”

“那是,咱们既往不咎,从现在开始……”

张士琦不辞而别,张强望着张士琦的背影,责怪道:“你这老拧种又犯病了,你跑啥?”张士琦扭头道:“哦,俺得把这消息赶紧告诉马天花去,让她也高兴高兴呗!”

第二十五章

信用社的变迁

王士中听说上级落实干部政策，便四处打探消息……一天，王士中走进信用社，在营业部转了一圈，望着一张张陌生的面孔，惊讶道："嗨！俺咋一个人也不认识了。真是的，时间如白驹过隙啊，转眼的时间又是一代人。"二愣一下楼，便发现了王士中，一边向王士中走来，一边喊道："士中叔！欢迎您回社指导工作。"

王士中先是一怔，连忙应答道："哦，是二愣啊，咱爷俩真是好久不见了。"

二愣握着王士中的手，点头道："可不是吗，咱爷俩好久不见。叔，你可好啊？"王士中沉着脸子，深沉地说："哎，没病没灾的就是好。好，好着哪。"王士中走进二愣办公室，摸着二愣的写字台，思绪万千……

原来这办公室就是当年王士中的办公室地……

二愣将一杯水递到王士中的眼前，说："叔，您喝水。哎，叔您在想啥？"在二愣的提示下，王士中才从回忆中反应过来，赶紧接过水杯，客气道："没想啥，谢谢爷们。"

二愣办公室，是由四张三屉桌拼成的大办公桌，二愣坐在任何办公位置都能办公。二愣分管的事务多，他干脆把所负责的工作分了四个重点，每张桌子代表着一项工作，熟悉二愣办公桌的人，一进二愣的办公室，从二愣座次上便知道二愣在忙啥工作。

当、当、当！

“请进！”

“张主任，在忙接访？哦，那俺一会儿再来，您先忙。”一女员工推门一看，从二愣的坐位上判断，便知道二愣在接访，很客气地告退了。

二愣坐着未动弹，先是抬头扫视一眼来人，员工自动离开办公室后，才正视着王士中。老成持重的王士中在想：“从刚才那名员工和二愣的言行上看，二愣已经升职了，而且还分管信访工作。”王士中不卑不亢地祝贺道：“哦，俺得祝贺大侄子高升，恭喜！恭喜！”二愣喜笑颜开，回应道：“客气了，在王叔面前，岂敢！岂敢！咳，区区一个小办公室主任，不值得一提，更不值得祝贺。”王士中一句试探话，自认为摸清了二愣的秉性嗜好。

王士中深谙官场水深，突然感觉和二愣之间有了距离，心想：“现在的二愣可不是当年的那个学徒工了，这世人一旦戴上乌纱帽就讲究官场之道。二愣也不会例外，总喜欢让人处处捧着敬着。”

王士中干咳两声，立刻把叔侄的辈分倒了过来。王士中站起来，突然脱口道：“叔！咳！你看俺这张嘴都不会说话了，竟然叫你叔了，真是的。”

其实，二愣并不是那种势利小人，他见王士中的举动突然慌乱了，就知道世俗在王士中心里作怪。二愣转过身来，深情地望着王士中，说：“叔，今天你不来俺也要回家找你的，俺上任第一天就着手办理你的问题了。现在，总算有了结论：当初，就没有给你下处理结论。你在落实政策的范围之内。现在，全国时兴子女顶替，社里考虑你年龄也大了，不如安排一个子女来上班……”

王士中觉得这好事来得太突然了，一时不适应，突然感到一阵眩晕，立刻趴在椅子上。

一会儿，王士中的心情逐渐平静了，他拉着二愣的手，感谢道：“谢谢，张主任。”

“哎，这不是你的真心话，咱爷俩谁和谁啊。”

“好，那就谢谢大侄子。”

二愣这才感到爷俩之间的亲切，拉着王士中的手喜笑颜开，嘱咐：“叔，你和婶子商量一下，由谁来顶替你的工作，你定下人再来找俺报到……”

王士中疾步走进家门，干渴的嗓子像冒烟似的，他掀起水缸盖子，舀起一瓢水咕咚地喝……然后抹着嘴角，恣意地说：“嗯，真痛快啊。”王媒婆见王士中喝凉水，抱怨道：“你啊，这么大岁数了还像小孩子偷喝生水，啥时才能有点正经样。”王士中被喜事冲昏了头脑，一见到王媒婆，便哈哈大笑。

王士中的反常，让王媒婆胆战心惊，安抚道：“他大，咱们不这样行吗？你这样笑怪吓人的，你正常点好吗?”王士中像没有听到王媒婆的话一样，突然高声反串起京剧《红灯记》“我家的表叔数不清”的经典选段。

当王士中串到没有大事不登门时，戛然停止，唱白道：“媳妇，今天咱家喜事临门了！”

咣当！嘎狗进门便问：“大！咱家有啥喜事？快讲来听听！”王媒婆见嘎狗来家总算壮起胆子，她躲在嘎狗身后，嘟囔：“嘎狗，你大可能中邪了,他一进门又唱又说的怪吓人的。”嘎狗仔细观察一会儿,没有发现王士中明显不对劲的地方。对着王媒婆说:“哼！中啥邪。哎,俺们才倒霉哪。你说,现在学校重视学习了俺却毕业了,再也落不着读书了……”

王士中突然大声道:“太好了！太好了!”嘎狗不耐烦了,大声回应:“娘,大真的有问题,他四六都不分了……”

“咋和大人说话。你毕业了不是好事吗?而且是大大的好事情。”王士中掏出一张招工表,在嘎狗眼前一晃动,嘎狗一把夺过去,仔细一看,他高兴地又蹦又跳,嘴里还不停地高喊:“大万岁！大万岁!”王媒婆瞄一眼王士中爷俩,伤心地说:“啊！坏了,俺家要出大事情了。”王媒婆一边嘟囔,一边向外走。

嘎狗突然攥着招工表踮踮到王媒婆眼前,晃动着招工表,问道:“娘,你猜这是啥?”

王媒婆说着抹起眼泪,担心道:“孩子,没有啥事吧?你别吓唬娘行吗?”

王士中的心情渐渐地平静下来,知道刚才的过激言行让王媒婆难以置信,拽开嘎狗,赶紧拉着王媒婆的手,贴在王媒婆的耳边私语……王媒婆破涕而笑,惊讶道:“这是真的,俺的老天爷啊,俺不是在做梦吧?”王士中摇摇头,王媒婆还是不信这是真的,非要王士中扭她一把找找感觉。王士中下不去手,王媒婆先下手为强,狠狠扭了王士中一把,王士中哎呦一声,突然冒出一股无名之火,王士中这才狠狠地扭了王媒婆一把。王媒婆细皮嫩肉的,发出啊的一声,吆喝道:“俺的亲娘,真不是梦呢。他大,咱让谁顶替呢?”

嘎狗一听恼了,抄到王士中和王媒婆中间,质问:“啥?让谁顶替这还用问嘛,当然是俺了!”嘎狗自以为是情绪非常激动,这让王媒婆大吃一惊,重复道:“孩子,不急、不急。好,你去、你去。”王媒婆刚安抚好嘎狗,便拉着王士中借步说话。王媒婆一进屋,焦急地说:“这事都怨你,你看嘎狗可当真了,真让他顶替了,其他姊妹闹起来可真要出大事了。”王士中很愕然,片刻,回答道:“嗯,嘎狗好歹也是高中生,其他的都是初中生。人家信用社要的是高中生,初中生一律不要……”

王媒婆捂着心口,后怕道:“哎呦,俺的亲娘,原来是这样啊。可吓死俺了,要是没有这个硬杠杠,他们几个不打起来才怪哪。”王士中自鸣得意,兴奋道:“哼!没有这个硬杠杠,咱也不敢直接告诉嘎狗。哈哈,这就叫心中有数遇事不慌。”王媒婆亲昵地指着王士中的眉头,调侃道:“好,你里里外外都是理,俺倒显得不是好人了。”

嘎狗好机遇,毕业便顶替王士中进了信用社,成为浊上村农中毕业生的佼佼者。嘎狗洗脚进城,成了大家向往的非农业人口。

二愣在岳父大人的关照下,仕途一马平川,很快坐上了东阳人民公社信用社主任的交椅。二愣当了主任还是循规蹈矩,信用社的资产不良率严格控制在风险之内。张士琦是个地道的农民,他对二愣当上信用社主任并不感到自豪,而心里却有一种说不出来的担心和忧虑。

俗话说:“一人当官,鸡犬升天。”二愣一夜之间身价倍增,成为手握上百万的资金的实权人物。有的贷款单位为了和二愣拉关系套上近乎,甚至求到张士琦家,为他们贷款说情开绿灯。

张士琦虽然不懂信用社的业务,从来求帮忙的人看,张士琦的担忧不是没有道理的。张士琦不愧为老拧种的这个绰号,认为凡是来求帮忙说情的人一定是不符合信用社规定的贷款,张士琦拧死理,他认为既然不符合规定就不能办理，给他们求情开绿灯就等于让二愣犯错误。张士琦舐犊情深，从此之后，张士琦六亲不认，将求情者送来的东西一律原封不动地退回。

一天，小愣、小海、小花也缠着张士琦，让他找二愣给他们安排工作。张士琦向他们讲明了二愣的难处，可是讲了半天，小愣三人就是油盐不进闹得不欢而散。第二天，小愣三人抛开张士琦结伴去了信用社。

张士琦意想不到的是小愣三人果然找到了工作。这个消息在村子里很快传开了，大家有羡慕的有鄙视的啥样的议论都有。总而言之，张士琦家得到外人另眼看待，在大伙眼里张士琦家是全村最撑劲的人家。

东阳人民公社的经济在信用社的大力扶持下，社办企业突飞猛进，当时流传道："信用社就是赊账社，有贷款无还款……"信用社在行政干预下，这里外都是社办企业的贷款，更让二愣头疼的还是那些领导工程。

公社领导不算企业经济成本，只要脑子一发热项目就上马。在领导的眼里，有了项目就有了政绩，可是投资贷款的后续无人过问，更无人负责，社办企业占用了信用社的大量资金。信用社脱离了服务农业扶持农户的宗旨，让农民苦不堪言。

一次，公社决定建社办造纸厂，公社主要领导开口要信用社贷20万元的款项，据说把在场的二愣吓得一个趔趄，在他发言时都磕巴了。最后，领导盯视着二愣，问道："你这个信用社主任，竟然连20万的款贷不出来？真是笑话。记住：'工作不能讨价还价，干工作不换脑筋，明天就换人'……"二愣当场吓出一头大汗。后来，二愣搬出老泰山才保住了东阳信用社主任这把交椅。

牛校长高升为公社企办主任，三天两头出入二愣的办公室，他代表

公社为在建社办企业跑资金。俗话说:“常在屋檐下,不得不低头。”信用社的体制制约着二愣,也枉费了二愣治理信用社的一腔热忱。信用社在资金紧张的情况下,公社领导一句话,就截留了信用社服务于优质客户的全部款项。农户从信用社贷不出资金,信用社先失信于民,也难揽到储蓄。二愣是看在眼里急在心里,只好硬着头皮动员信贷员广泛吸收资金解信用社的燃眉之急。

信用社自成立以来立足服务于农户,扶持资助农副业发展做出了积极的贡献。信用社的信誉来源于广大的农户。天下最有诚意的是中国农民,信用社面对的是天下最佳优质的客户,农民视信用社的资金为国库资金,在资金的运作上,他们宁可没有利润也要保住国库资金不受损失。所以,几十年来,信用社从小到大在不断成长壮大,各项信贷业务得到稳步发展,贷款不良率控制在风险之内,这是中国金融信誉的一个奇迹。可是,信用社好景不长,当人民公社大力发展社办工业的时候,在行政干预下信用社的性质改变了,违背了办社的初衷,信用社成为当地社办企业的钱袋子。

一天,牛主任来到了二愣办公室,牛主任驾到二愣也不敢怠慢,赶紧为牛主任沏茶递烟。牛主任刚端起茶水,还没有顾上喝一口水,便示出公社主要领导的批条。二愣接过批条见是指令贷给化工厂 10 万的流动资金……二愣一屁股瘫在椅子上,一句话说不出来。

牛主任一边喝着水,一边盯视二愣的举动……

二愣缓过神来,故作镇静一下,表示道:“牛主任,这事俺一个人做不了主,俺得开个会研究一下再给你答复……”牛主任放下茶水,恭敬道:“请张主任高抬贵手,尽快放款。”牛主任告辞后,立刻返回化工厂。

东阳化工厂是公社所属企业。几年来,工厂不仅没有效益,而且是连年亏损的一个老企业,工厂运转主要是靠贷款维持。厂长由工业办牛主任亲自兼任。牛主任回到办公室,支颐在办公室深思……

电话铃忽然响了……

牛主任一把抓起电话筒:“喂,哪位?”

“牛主任,是俺,信用社的二愣。”

“哦,是财神爷张主任啊,贷款下来了?”

“牛主任,是这样。你们厂里贷的款已经逾期几年了,根据上级社的规定:没有还清贷款是不能再放贷的……请你理解并支持我们信用社的工作。”

“张主任,工厂还贷不是问题,可是现在资金周转不过来,资金一到位工厂就有产品,有了产品就有了销路,你说还愁还你贷嘛……”

二愣扣上电话不久,又接到东阳公社办公室主任通知。“晚上,请张主任出席公社领导主持的宴会。”二愣点上一支香烟,卜算宴席的吉凶……二愣深深地吸两口烟,自语:“哼!这又是鸿门宴,哪个婆婆也得罪不起啊……”二愣狠狠地掐死烟蒂,在办公室踱来踱去。

牛主任放下二愣的电话,在办公室踱着,突然驻足抓起电话接通公社领导的电话,要当面向公社领导汇报工作。牛主任获准后,要厂办将一箱茅台酒送到公社领导家。牛主任安排妥当,立刻赶到公社领导家。公社领导还未等牛主任坐稳,以关心的口气说:“事情我已经知道了,信用社资金也确实紧张。不过,毕竟瘦死的骆驼比马大,10 万的资金还是挪得动的。”

牛主任听着像鸡啄米点着头儿,嘴里一个劲地说:“那是、那是……”

最后，公社领导一摆手，安抚道："哦，我晚上设宴，已经让办公室通知二愣了。你去安排个好饭店吧……"

牛主任恭敬地站在公社领导眼前，谄媚道："太好了，领导出面，二愣一定马上放款……"

晚上，牛主任把宴席安排在县城最豪华的永平大饭店。公社领导对二愣是软硬兼施，在宴席上既给足二愣面子，又显不出公社领导的强制干预，公社领导真是煞尽苦心。牛主任当场承诺，贷款一下来，产品销售的收入全部归还逾期贷款。天下没有不散的宴席，宴席看似皆大欢喜，其实各自揣着自己的小九九离开了……

二愣被灌得一塌糊涂，是牛主任亲自把二愣抬上车的……

俗话说："强龙斗不过地头蛇。"二愣在强势面前妥协了。牛主任解颐，道出了真心话："螳螂扑蝉黄雀在后。哼！跟俺斗你还嫩点！天真无邪的傻小子，你想的是俺的利息。可是，你做梦也没有想到俺想的却是你的本金，孰轻孰重咱们走着瞧……"二愣迫于压力，按时将10万的贷款打到了化工厂账户，以诚信打动化工厂领导兑现承诺，期望早日将逾期贷款结清。

二愣为了盘活逾期资金亲自上门协商。可是却被化工厂门岗拦下，非让二愣出示证件，并强调需征得厂办同意才能放行。二愣摇着头，自语道："哼！货到地头死。这是标准的企业流氓行为……"牛主任接到门卫的报告，指示道："按原方案办，就说厂长不在家，有事情等厂长回来再说。"二愣指着院内的厂长专车，愤怒道："你们厂长的专车在，你不是睁眼说瞎话吗？"

"俺说不在就是不在，厂长坐其它车出去了……"

二愣气得连话都说不出来了,怒斥道:“哼!你们言而无信,工厂的经营可想而知,岂有此理。”二愣气得一甩手离开了化工厂。

当太阳下山,在东阳化工厂下班之际,二愣来到牛主任家门口等待牛主任。

晚上,十点多钟,二愣仍不见牛主任回家,刚要离开,嘎的一声,牛主任的专车停在了家属院。牛主任像做贼一样向四周扫视一遍,对司机督促“快关大门”。他还不放心,又叮咛道:“二愣要问俺,就说没有见。快去。”牛主任说着便奔向家门。

二愣大声喊:“牛主任!你出来!”半天后,牛主任家属开窗,回应道:“哦,他不在家!有事情明天到厂里找他吧……”面对毫无诚信的牛主任,二愣彻底失败了。

信用社的流转资金已经严重不足,农副产品的扶持项目已经无力放贷支持。二愣动员全社竭力保全化工厂的资金,可是化工厂就是一根老油条,像豆腐掉进灰窝,吹不得打不得。有人建议保全信用社资金,二愣一摆手,提示道:“不行,这样正中了牛主任的计,因为他现在希望关闭工厂。一旦工厂关闭了,在法律不健全的情况下,即使保全了资产也无力执行。最后,倒霉的还是咱们信用社。”

牛主任是经营无能行骗有方,他抓住了信用社的软肋,得意道:“哼!这是让二愣抱个热罐子,这化工厂对信用社是越来越重要。只要化工厂能支撑一天,信用社就有一天的盼头,现在的化工厂已是信用社的保护重点对象。

二愣对化工厂的贷款既催促又安抚。二愣在员工大会上,一谈到化工厂的问题,无奈地说:“现在的牛主任已经不是我们的客户,而是掌握

咱们信用社命运的欠爷，全社员工的饭碗都攥在牛主任的手里了。牛主任想砸咱们的饭碗，就一个“关”字，他这一个字足以让我们的信用社打烊了。”

最后，二愣悲伤地说：“现在，我们不光要看着牛主任脸色行事，还要哄着牛主任不能出现任何闪失才行。如果牛主任出事或者一时想不开跳楼啥的，信用社的人要不惜自己的生命为其垫背......”

二愣被化工厂搅得是焦头烂额，已是走投无路，他几次向上级领导递交辞职书，主管领导总是以“解铃还需系铃人”为由退回了二愣的辞职书。知情的人说“这实际是在暗示二愣辞职可以，但必须将化工厂贷款收回……”

二愣回家后，见妻子夏美眼睛红红的，问道：“夏美，眼睛咋了？”夏美哇的一声，抱住二愣大恸。

二愣将夏美搂在怀里，问道：“夏美，你说到底发生啥事情了？”夏美擦把眼泪，哽咽道：“爸爸出事了，被遣返原籍了......”

“啊！咋是这样哪？”

夏美摇下头，悲伤道：“谁知道会发生这样的大事，以后咱可咋办？”

二愣深思片刻，深知自身难保，咬紧牙关，安抚道：“夏美，没有啥大不了的事情，咱们本身就是从农业地出来的孩子，大不了再回家种地去。哼！谁也没有权利开除咱们种地的权力，那沃土才是我们的命根子。

在二愣的安抚下，夏美坚强起来……

俗话说：“树倒猢狲散。”夏美的爸爸倒台了，随之被他安排的小愣、小海和小花被单位借故解雇了。

二愣感到自己的前途渺茫，这老泰山倒台了，东阳信用社主任的交椅立刻被人盯上了。

二愣深知兵败如山倒的为官之道,他交出信用社主任这把交椅已是当务之急,再次向上级递交辞呈。二愣坚信无疑,他没有老泰山罩着,领导准呈。二愣整理了全部移交文件资料,做好了一下命令,立刻交权走人。

东阳信用社主任的交椅果然被人看中了。一天,公社主要领导在支农协调会上,点名道姓批评二愣主任不作为,并列举信用社不资助农户发展农副业生产等事例和错误……

公开批评二愣的消息很快在东阳传开了。牛主任在办公室里边喝茶边思考,突然对二愣产生了怜悯之情,在心里觉得对不住二愣……牛主任在想:“前车之鉴,风水轮流转,谁知道哪天会转到自己的头上。”再一想二愣的下场,牛主任不由得打一个寒颤。

牛主任嘟囔:“哼,为官需心狠手辣。这商场就是战场,胜者为王,败者为寇。这是颠扑不破的胜败观。哎!二愣不懂为官之道,他不倒霉谁倒霉。”

一个月后,上级主管部门对东阳信用社做出了地毯式的业务大检查。检查结果问题不小,东阳信用社形成了大量的不良资产,二愣负全部责任,被上级主管部门免去信用社主任一职。

第二十六章

跳农户

我国自解放以来实行着城乡二元体制，在历史的长河里，城乡二元的体制经过大浪淘沙显现出一道裂缝。持续多年的二元体制随着时代的需求已有所松动。自古就有鲤鱼跳龙门的美丽传说，农民洗脚进城堪比跳龙门，不过，跳龙门也不是一件容易的事情。一个时期，“农转非”农民进城成为非农业人口是许多人向往和求之不得的事情。

世界上有买就有卖。一时间，祖祖辈辈安顺于面朝黄土背朝天的农民，有的耐不住寂寞，在望着龙门深思……全国各地热议“跳农门”的话题，跳农户成为农村一个时髦的话题，无论是大街小巷，还是城乡筵席酒场无不谈论着跳农户的稀罕事。城市占有劳资资源，是掌握龙门门槛的人，也是稀奇的卖方市场。农民则是买方市场，这个畸形的市场一旦得到官方认可便披上了合法的外衣，在大江南北拉开了买卖非农业户口的序幕……农转非这个时代的新名词如雷贯耳，很快在乡村广泛流传，大家议论纷纷，有的农民早已望着龙门跃跃欲试……

稀有的才贵重，一夜间，城市非农业户口买卖从一个合理的部门骗局演变为正当的城乡地下交换的物品。农转非的标价直线上升，催升了掌管户籍官员的社会地位。因此，他们的身价和农专非一样一路飙升，他们的职业成为时代的香饽饽。

非农业的龙门也不是说跳就跳的,龙门的台阶是用金钱筑起的。经过大公无私洗礼的农民做梦也没有想到金钱的万能作用,更没有想到有钱就能让农民洗脚进城。钱在人的观念上重新得到了定位,金钱至上的理念占据人们的头脑,曾经有人这样比喻男人的三狂,即:“战争可让男人发狂;女人可让男人发狂;金钱可让男人发狂。”现如今跳农户不仅让年轻的农家男子发狂,也激起了农家年轻女子的狂热。尤其是当时的女子一旦跳龙门成功,她的身价倍增,所生的子女自然是龙门之人,这一步之遥却是天壤之别。

曾是一项为繁荣城市的补救政策被人歪曲了,成了部分人正当骗钱的合法勾当,户口的操作由地上转为地下。有的城镇或国营农(林)场,把唯金钱至上的户口买卖视为发展经济的增长点,甚至成为他们部门的创收主项和掌管户籍人员合法的灰色收入。

张强强在监狱被提前释放了。善恶一念间,张强强在公办教师身份上跌倒的,一夜之间,他从龙门一落千丈,跌回了张浊大队的农民身份。在农业地里劳作风吹日晒,没有一项轻松的活儿,就连刨玉米茬的轻松活儿也需几镢头的工序……一天下来,张强强像散了架一样全身酸疼……

穷则思变,差则思勤。张强强干了两个月的农活儿,实在忍受不下去了,便打起重返龙门的主意。

一次偶然的机会,张强强经朋友介绍认识了刘盛。刘盛一听张强强来自东阳张浊村,立刻联想起在东阳那激情燃烧的日子……东阳毕竟是刘盛人生的巅峰,有他难以忘怀的经历,顿时,刘盛立刻握着张强强的手

觉得格外亲。

在张强强一再追问下，刘盛才将那段难以启齿的造反经历抖搂出来……张强强听了刘盛的回忆，忽然拉住刘盛的手，惊讶道："哦，俺想起来了，你就是当年赫赫有名的'刘盛司令'吧？"

刘盛立刻嘘嘘给张强强一个暗示，警惕地向四面巡视一圈，低声道："老弟，小声点，可别提那档子事了。咳！为那事俺差点进了监狱，幸亏俺悔过得早，要不还在监狱里劳改哪。"一个是迈进监狱的人，一个在监狱门口徘徊过的人。张强强和刘盛同病相怜，一见如故，具有相见恨晚的感慨。

当张强强提起想进城谋生时，刘盛两肋插刀以大哥的身份举手赞成，并为张强强出谋划策，谋划了再跳龙门的具体方案。

张强强跳龙门方案分两步走。一是抓住跳农户潮的机遇将农村户口转为城市户口。俗话说："秦桧还有三个好朋友。"别看刘盛具有犯罪前科被开除了公职，但是在社会上却结交了不少哥们。尤其是近几年，刘盛在建筑行业混得不赖，身居装饰公司总经理要职，他操作个农转非户口已不在话下。

常言说的好："小鸡尿尿，各有各的道。"刘盛觉得张强强处事机灵，将来必有可用之处，何况两人具有近似的人生经历，决定帮张强强打探一下农转非的事情。于是，刘盛拨叫了朋友的呼机……

一会儿的功夫，朋友很快回电了。刘盛向朋友介绍了张强强的情况，刘盛朋友是一位公职人员，此人神通广大，不屑一顾地说："好啊，这事好办。不过……"

"不过，哦，俺知道了。你说，咱到底需要多少钱才能摆平？"

“哦,咱们是朋友,弟兄价一万元,非农业户口办妥……”

张强强“啊”的一声,重复道:“一万元。”刘盛哈哈一笑,严肃道:“兄弟,这可是难得的弟兄价。这市场价可超过二万了……这人比人得死,货比货得扔。”张强强心里暗暗地念叨:“嗯,这兄弟价不吃亏。”然后用感激的目光盯视着刘盛,向刘盛点头道谢。

张强强想一气办成这件大事,他拉着刘盛走进一家饭店,以表对刘盛相助的感激之情。菜过五味,酒过三巡。张强强拉着刘盛的手,追问:“刘经理,第一步有了,那第二步哪?”

“哦,第二步,那是水到渠成的事情啦。你想啊,你的户口转进城了,咱还愁没有工作,实在不行就跟俺干承包工程,包你吃香的喝辣的……”

刘盛的承诺和真的一样,张强强仿佛回到了春风得意的学校……

翌日,张强强从梦中醒来,挠着头皮,自语:“哎哟,咋回来的? 这酒真有劲。哦,俺想起来了,俺要进城了!”急忙翻身下床,张强强一想起筹款,一阵唉声叹气后,嘟囔:“哎,上哪儿弄一万元钱哪? 嗯,有了。先把老房子卖了,再凑点……”

一个月后。张强强终于凑够了一万元钱。张强强和刘盛约定择日亲自把钱送过去。刘盛担心张强强带大量现金不安全,嘱咐道:“小弟,你带这么些钱不安全,还是从邮局汇过来吧……”张强强也是见过大世面的人,当年在创办校办工厂的时候也没少携带了现金,从没有出现过差错。何况从邮局汇款还要收缴一定的手续费……张强强估算一下,光手续费也不是个小数目,决定亲自带钱进城。

晚上,在夜深人静的时辰,张强强抱出盛钱的大包袱,将一捆捆十元现金绑在腰间,张强强挪动两步,摇头自叹:“这个办法不妥,走起路来像僵尸。哎，身上实在藏不下这么些钱……”

张强强急得在屋里踱来踱去，在挖空心思寻思着藏钱的好办法……

一会儿，张强强突然停下脚步，自语道：“哦，有了，用蛇皮袋子装钱准行……”张强强急忙翻腾出一条蛇皮袋子，将钱全部装进蛇皮袋子。张强强还是不放心，又将蛇皮袋子扛在肩上走了两步。经演示，张强强觉得蛇皮袋子也不保险，从外观仔细观察有钱捆状的迹象。张强强觉得还是不妥，扔下蛇皮袋子，嘟囔：“哎，这个法子不保险容易被人辨别出来……”

张强强在屋里，支着下巴颏，又寻思起藏钱的最佳方法……

“哎！有了！俺要用面袋子盛钱这法保准行。”

张强强雷厉风行，说干就干，立刻从饭屋翻出一条盛着玉米面的袋子。他对这办法不容置疑，倒掉玉米面，急忙将钱倒腾进面袋子里。张强强拍打下钱袋子，弯腰背起面带子在屋里转了一圈，边走边自信道：“这个办法好，真是万无一失啊。嗯，俺这样扛出去，一看就是大半袋子玉米面子。哦！要是真丢在车上也没人捡。嘿嘿，这瞒天过海之招实在是高。”

张强强终于找到了藏钱的好办法，一照镜子吓一大跳，他像刚从石灰窑里钻出来似的，全身白晃晃的。张强强脱下衣服拍打起来……

日有所思，夜有所梦。张强强在梦中，梦呓道：“钱藏好了？钱藏好了……”凌晨四点，张强强突然从床上爬起来，嗵嗵向饭屋跑去……

张强强捧起一把玉米面，兴奋道：“白天没有想到的事情却在梦里梦到了，这是掩护钱袋子的最佳掩饰物……”

原来，张强强梦见抱着钱袋子咋也不安全，就怕人们发现白面袋子里的秘密,他吓得直冒虚汗……天快明的时候,张强强梦到掉进了玉米面缸里,他爬啊爬啊,就是爬不出玉米面缸来……

张强强醒来一琢磨,自语:“要是钱袋子里再装上玉米面子作掩护,那可是万无一失了。”张强强追随梦境将钱袋子装满了玉米面子,扎紧布袋口,便扛着面袋子走出了家门。

张强强这招还真管用,逢人便被问:“哟,强强一大早扛着一袋子面干啥去?”

张强强醉翁之意不在酒,经一路验证,脸上终于露出了甜蜜的微笑,他那颗悬着的心终于落地了。张强强急忙返回家,随便吃点干粮便向东阳汽车站赶去。

说来也巧,张强强刚买上汽车票,长途客车便驶进汽车站。张强强在乘务员的提示和引导下,顺利地登上客车,将那白面袋放在客车发动机盖子上。

“哎,你不怕压坏了机器盖子?你靠边挪挪。哼!要是真压坏盖子可不是你一袋玉米面赔得起的事了……”张强强赶紧将面袋挪开,对着司机点头道:“那是,一袋子玉米面子才值几个钱,可赔不起你这机器盖子钱。”

乘务员清点完乘客人数,叮咐完乘车注意事项……

客车启动了,就在汽车快要启程的时候,一位中年男子扛着一个白面袋突然出现在客车前,大喊:“等、等等俺,俺要上省城!”

乘务员打开门,嗔怪道:“你早干吗来?哎哟,别耽误大家的时间,快上来!”

中年男子上车,咣当!将肩上的白面袋子撂在机器盖子上。司机心

疼的从驾驶座上跳起来,大声道:“你砸坏俺的机器了!”

“哦,不要紧。你听这机器不是还在响嘛,咋坏了?再说了上面还有一层盖子,那能被轻易砸坏……”

来者不善,善者不来。这个中年男子巧嘴油舌,把司机堵得一句话说不出来。司机无奈地摇下头,直言道:“大叔,你啥也别说了,请你把面袋子向前挪挪……”张强强一见中年男子的面袋子懵了,暗暗地说:“俺的亲娘嘞,这个袋子咋和俺的一模一样……”他见中南男子将白面袋子放在机器盖子上了,张强强这才松口气,自语道:“嗯,幸亏放在机器盖上,要不和俺的钱袋子真不好分辨呢。”可是,在司机的劝说下,中年男子将面袋子放了下来。张强强的心又被揪了起来,他腾地从座位上站起来,刚想喊不要将面袋子放在一起时,突然意识到欠妥,这样大惊小怪的容易引起人们的猜测,将来到嘴角的话咽了回去。张强强无奈地摇下头,心想:“如果在这个时候不让搁在一起,这不是不打自招,告诉人家此地无银三百两嘛。”张强强在心里牢牢记着自己面袋子的位置,默默地念叨:“记住:后面那个面袋子是俺的,后面那个面袋子是俺的……”中年男子倒是一身轻,他丢下面袋子便在座位上打起了瞌睡。一会儿,中年男子竟然发出呼呼的鼾声。

张强强连眼都不敢眨一下,在死死地盯视着自己的面袋子……

客车匀速向省城的方向行驶去,客车除了司机和乘务员张强强之外全打着瞌睡,在无聊地度过这漫长的行车时间。

当客车驶进一县级汽车站时,三名时髦打扮的小青年登上客车,三名青年各有特征。一名蓄着长发,一名是秃头,另一名则是染着黄发。三个人上车在中年男子身边坐下,长发青年拿出一封扑克牌,朝黄发青年问道:“兄弟,俺也是这县城的上省城办点事情,咱们摸把牌打发时间。”

“巧了,俺也是上省城的。嗯,反正到站还早哪,咱们摸把就摸把。”

“哎,干摸没啥意思,要么咱俩少来点奖励?”

“好,50 元。”

“哎,快摸吧。”

“嗯,50 元,你给俺。”

长发青年,抱怨道:“你真厉害,说赢就赢了俺。”

“咋地,不服再来把?”

“哼!来把就来把,愿赌服输。”

“哈哈,俺又赢了……”

“俺不来了,俺赢不过你……”

长发青年正视秃头一眼,道:“哎!这个大兄弟你也无事可做,要不咱仨人来,看他还赖不赖。”

秃头青年被硬拉了过去。一会儿,黄发又赢了长发青年 50 元。

长发青年坚决不和黄发青年来了。这时秃头见中年男子在一旁观望,劝道:“嗯,你不和他来,你和这位大叔来行吗?哎,你先把钱给俺,俺给你俩当中间人,省得你长发发赖。”

“哼!给就给,给你 200 元。”黄发青年给秃头 200 元钱。

秃头掂量着钱,感慨道:“好家伙,够意思。大叔,你也把钱放这儿,省得他不相信咱们。”

秃头青年向中年男子眨下眼睛,压低声道:“大叔,给他吧,俺不信他赢了你。放心,咱们联合起来包你赢他。”长发青年刚想收牌反悔,黄毛

一把按住了纸牌,央求道:“俺和大叔一块和你来把,就一把……”

中年男子也是个扑克迷,见长发青年牌技极差,又有人在身边蛊惑,中年男子按捺不住,他掏出200元递给了秃头,抓起纸牌哗啦哗啦地洗起牌……

秃头和黄发一面倒向了中年男子。一会儿,中年男子把秃头和黄发当成了一伙人。长发青年、中年男子和黄毛很快见分晓,长发赢了,秃头抱怨道:“大叔,你不该出这个……哎,咋教你也教不会哪。”

客车一驶进城郊汽车站,客车还没有停稳三个青年扬长而去。这时,中年男子才知道上当受骗。中年男子哎哎追到车下。一转眼间,三个青年逃得无影无踪。中年男子悔恨得直跺脚,骂道:“奶奶的,他三个原来是一伙的……”中年男子垂头丧气地返回车上,一阵叹气后,双手一抱闭上了眼睛……

张强强早就看出了这场骗局,只是为了保全自己的钱袋子没有揭穿他们的伎俩,把精力贯注在钱袋子上,嘴里在不停嘟囔:“记住:前面那个面袋子是俺的,前面那个面袋子是俺的……”

客车终于驶进了终点站,张强强心想:“哎呦,客车终于到站了,这下子可安全了,胜利属于俺的。”车门一打开,张强强抱起他的面袋子,匆匆忙忙地出站了。

“张强强!俺在这儿!”

“哦,刘盛,俺在这儿!“

张强强目光对视刘盛一眼,立刻举手高高示意。刘盛够哥们义气,亲自来接站,一见张强强扛着面袋子,夸奖道:“哎哟,当过老师的人考虑问题就是不一样,做事真周全,这样的伪装连老天爷也瞒得过去。”

“哎,这是不得已而为之,俺乡下人笨拙,让你见笑了。”

张强强进旅馆连口水也未顾及喝,高兴地把钱袋倒在了地面上。让张强强意想不到的是倒出的却是一堆清一色的白玉米面子,张强强急忙下腰扒拉起玉米面……

刘盛感到不妙肯定出大事了,一把拽起张强强,问道:“张强强你再好好想想,哪个环节出了问题？张强强,你听到没有？哎！别扒拉这没用的东西了!”张强强这才反应过来,噗嗤一屁股蹲在地上大恸。

刘盛也不知道从何劝起,追问道:“张强强你哭啥,快,快想想问题出在哪里?”张强强擦把泪涕,深思片刻,大声道:“俺想起来了,后面的那个面袋子才是俺的,俺扛错面袋了,是那个中年男子把俺的钱袋子扛走了。”

刘盛弄清了来龙去脉,抱着一线希望,他拽着张强强向汽车站奔去。

刘盛找到了那辆客车,张强强向司机哭诉了经过。司机很同情张强强的遭遇,在极力回忆着当时的情景。一会儿,司机一拍大腿,回忆道:“俺想起来了,那个中男子被三个青年骗过后,他生了一会儿闷气,就迷迷糊糊地睡着了。哦,客车进总站还睡着哪,是俺把他叫醒的……”

“啊,他醒了咋样了?”

“哦,他扛着一个面袋子走了。嗯,就这些……”

张强强说着又大恸起来。司机立刻拉起张强强,善意地劝道:“哦,人家发现面袋子扛错了,说不定会给你送回来的……”

刘盛冷笑一声,摇头道:“嗨！在这个物欲横流的时代,人心叵测,又有多少拾金不昧的,何况这是天上降馅饼的好事,别抱幻想了。哎,小弟你没有进城的命,这事俺也爱莫能助,你好自为之吧。对了,你还是趁早

回家种地吧。”

张强强不顾大家的劝说下，抱着一线希望，决定在汽车站静候佳音。刘盛知道这是张强强一厢情愿的事情，为了宽慰张强强也只好暂时同意他的这个决定。

一天，二天，三天，五天过去了。张强强也未等着扛错袋子的那位中年男子现身。张强强明知没有希望了，但还是坚持到了月底。最后，在汽车站领导的劝说下，张强强不情愿地离开了汽车站。

在回家的路上，张强强怨天怨地，抱怨自己命运不佳，一路悲伤一路泪……

张强强在东阳汽车站下车后，突然改变了想法，他又乘客车返城了。张强强具有一股不服输的精神，他不想向命运低头，决定借助刘盛的关系在城里谋生……

第二十七章

新式组合

据考查，张浊大队的大古槐已有一百多年的历史。大槐树上的那口大钟像戴在大树上的一个项链，那大钟便是链坠，和大树相伴多年。那时，只在节日和喜欢的日子里敲钟助兴。大钟真正启用于人民公社的成立，它是联合起来走集体化道路的产物，至今已有30年的历史。在初期由王德福生产队长敲钟出工。后来，王德福病了由张士琦接任生产队长敲钟出工。钟声是生产队紧急事务和社员出坡收工的集合号。可是，这钟是越敲越响亮，而社员的步伐却是踟蹰不前。中国有句成语叫欲速则不达，说的是急于求快反而不能达到预期的目的。同样，建设社会主义跑步实现共产主义的社会制度已经超越了现实。实践证明，打牢我们社会主义的建设基础才是向社会主义高级阶段过渡的必由之路，最终实现崇高社会制度——共产主义的社会制度。

在建国30年后，中国发生了历史性的大变革，社会发展之路重在夯实社会主义初期阶段的基础。当前社会发展以退为进，犹如初春的麦苗轻轻飘飘踏过是起不到控旺分棵麦苗的作用，必须重新扎扎实实踩实麦苗才能达到控制麦苗旺长分棵的作用。同样，农村逾越了时代的发展，也必须回到符合中国实际的社会发展阶段——社会主义的初期阶段。

农村恢复了乡镇的称谓,东阳人民公社改回东阳镇人民政府;大队也恢复解放前的张浊村,大队长张世荣改任为张浊村村长(实为村民委员会主任,俗称村长)兼村党支部书记。张士琦由第一生产队长改为村一组组长。

村长传达东阳镇人民政府撤公还镇的区域划分和职务任命后,张士琦来到大槐树下解开鉎绳,他昂首盯着那口心爱的大钟,自语道:"老伙计,咱们的缘分终结了。今天,村里要分田包干责任制了,没有集体劳作就没有钟声,这钟声将是大钟的未声……"

张士琦和这口大钟相濡以沫,难舍难离,为了告别这口无言的好伙伴,张士琦脱掉外衣甩开膀子敲响了大钟。

当、当、当……

社员们闻声从四面八方赶来,大家觉得这次钟声不仅洪亮,而且带着一种凄惨的悲壮声,大家不由自主地把视线盯在张士琦的身上。张士琦在履行最后的敲钟义务,似乎没有停下击钟的迹象。社员目视着张士琦,聆听着如歌如泣的钟声,立刻进入了那激情燃烧的岁月……

张士琦敲着敲着脑海里浮现出大钟之下的风风雨雨……

村长赶来了,大柱刚想制止张士琦,却被村长一把拦住了,劝道:"不要打扰他,让他尽情地敲吧。哎,这钟声也是他的心声……"

再好的声音也有终了的时候,钟声终于停了下来。村长走到大槐树下,高声道:"老少爷们,这钟声我们听起来不仅亲切,而且振奋人心,催人向上!可是,这钟声和咱们的集体劳作形式一样已完成了历史使命,即将退出历史的舞台,今天的钟声也是大钟的末声。从此,这钟声将成为我们生产大队的美好回忆……

钟声虽然停止了，但是那凝聚人心、催人向上的余音仍然在人们的耳边萦绕。钟声伴随着村长热情洋溢的讲话，告别了让人留恋的集体劳作的生活节奏。

俗话说："分久必合，合久必分。"真是无巧不成书。30 年前，也是在这大槐树下，土改工作组长李诚将土地证发给了大家。今天，由村长亲自将包田到户的责任田证书颁发到社员手里。社员们拿到承包证书感慨万分。他们既喜又忧，喜的是打破了集体大锅饭的格局；担忧的是田间分得残缺不全，让更多的界线畦埂占用了良田……

人们的担忧早在张士琦的意料之中。大家分发完土地承包证书，立刻把注意力转移到集体农具上，有人高声质问道："哎！该分农具机器了……"张士琦心里一颤，自语："生产队为置办拖拉机不知积攒了多少亩地的大麻款，多少年的积蓄才有了这拖拉机和大型的农具。可是他们还没有发挥大作用却要易主了，真是让人心不甘啊。"他抑制住心里的不悦，眼含热泪，解释道："分！不过这个分得走拍卖的形式……"

俗话说："不患寡，而患不均。"大家一听要把生产队里的农具机器还有水井等集体财产拍卖变现，认为这是分配不均有失包田到户的公平，现场炸开了锅。大家围绕拍卖一事议论纷纷。一会儿的功夫，村民之间形成两大对立派。一派是支持拍卖农具的支持派；一派是反对拍卖农具的反对派。两派之争愈争愈烈，从激烈的争吵急剧上升为两派的互骂大战。一场争斗甚至流血事件，一触即发。

大集体解散后，张浊村土地承包了，张士琦的领导权自然削弱了，由管理职能转成为农户服务职能。他见局势失控了试图制止这种无序的局面，均以失败而告终。村长见局势越来越不像话了，突然大发雷霆，痛批这无政府主义的行为……现场才渐渐安静下来。

最后,村长再次提高嗓门,重申道:“分、分！分的目的是为了更好地生产,而不是一分了之的无政府主义状态!”

王德福是一位德高望重的老生产队长,虽然他中风不能正常工作,但是,他时刻关心着村里的工作。今天他亲眼目睹了刚才的混乱之争,蹒跚到老井的台阶上,高声道:“老少爷们,俺王德福也说两句。刚才啊,俺看到这个场面就想起了几十年前,村长带领咱们成立互助组直到高级社的情景……

30 年了。咱们大集体可是白手起家,大家为生产队、大队、人民公社做出不可磨灭的贡献。经历了激情燃烧和大公无私的大集体年代。从置办独轮车到拥有拖拉机,是 30 年的艰苦创业才为农业打下这个坚实的基础。总而言之,开始俺对分田还是想不开的,当俺了解党的政策后,俺认为分田到户不是倒退,而是对咱们大集体缺陷的一种充实和补充。现在的分是为了弥补大集体大发展的缺失,是为了让咱们过上好日子……

俺说句掏心窝子话,咱们那些零零散散的田地分了俺是一百个赞成。可是,咱们的大畦田不能散啊。如果咱们的大田也分得边边角角的,不仅失去了大田的优势,而且要白白浪费不少的良田地作为界埂……哎,说一千道一万,一句话,要根据咱们的实际情况来决定分哪些不分哪些……”

王德福发自肺腑的话语,让激动的两派都冷静下来,他们听得直点头,大家眼含热泪给予王德福热烈的掌声。

经过村长慎之又慎的考虑,从生产队到大队的集体财产只留下了大

型拖拉机为公共财产，其余的全部挂牌拍卖，由社员自愿中拍。张浊村的土地无论咋分，保持大畦田的现有模式不能动摇，坚持机械耕种和收割的原则不动摇；采取承包人分田不界畦，确实需要界定的，将畦埂分界地减少到最低。只有少数偏僻低洼的畦田分田单干，由社员自由耕收。

村里分田单干了。马老汉煮上一壶酒，边喝酒边踅摸着发财的门路……

一会儿，马六气吁吁地赶回家，见马老汉悠闲自在地喝酒，嘟囔：“大，真是解放了。哎，老丈人让俺去他家拉犁，俺用下你自行车。”

马老汉一听拉犁，脑海里立刻闪现出一条发财之路，嘿嘿一笑。马老汉端起酒盅，滋溜喝了一盅。马六见马老汉光顾喝酒了，没吭声，追问道：“咋了，喝醉了？大，你说句话啊，你到底借还是不借？孩子他娘还在门口等着俺哪。”

马老汉这才反应过来，又咂一口酒，一摆手，对着马六说：“去吧！去吧……”

“哼，又喝大了，连话都说不清了。”

马六走了，马老汉自语道：“哼，自行车算啥。今后，老子还要买拖拉机买大汽车哪。”老伴听见马老汉胡言乱语了，赶紧夺过酒瓶，谴责：“醉了，你都说胡话了。好了，你不能再喝了。”

第二天，马老汉从集上买回两头牛来，牛初来乍到昂头在哞哞地叫着……

张士琦望着牛发愣，惊讶道：“马老汉，你这是？”

马老汉得意地笑一笑，说：“哦，是这样的，现在不是分田了嘛，这牛可就派上用场了……”马老汉撂下一句话，赶着牛走了……

几天后,张士琦又遇到马老汉,这次马老汉不是牵着牛,而是牵着一头黑毛驴。

张士琦不由得佩服着马老汉的发财之道,走近马老汉,夸奖道:“马老汉,你真厉害啊。哎,这头毛驴能赚多少钱?”

马老汉嘿嘿两声,脱口而出:“哦,这头驴能干活了至少赚80元。”张士琦也是识别牲畜的伯乐。一手拍打着毛驴的脖子,一手抓住毛驴嘴唇,轻轻一捏毛驴张开了大口,他瞅一眼毛驴的牙齿,肯定道:“哦,这牲口不错,是个刚学活的毛驴。好！好！这驴物有所值。”马老汉把驴栓好。

马老汉掏出一包香烟,拍打下手,连忙取出一支递给张士琦。

“来,咱们来一支这样的烟。这大前门,好抽,好抽。”张士琦接过烟放到鼻子上一闻,夸赞道:“真是好烟啊。嗯,俺从画上见毛主席抽的就是这个牌子的烟。”马老汉划着火,说:“嗯,俺也见过那画。快,你尝尝啥味道。”

张士琦和马老汉点上烟卷,闭着眼睛深吸两口,然后吐着白烟品尝下,异口同声道:“不错,好烟,这烟还是烟卷好抽啊。”

张士琦注视着马老汉,歉意道:“马老汉,对不起了。从前,你赶个集俺也阻扰你,那时还规定你不准去这去那的……”马老汉深思片刻,连忙道:“咳！俺应该感谢你才对哪。在那个时代说那个时代的话,那时你也不容易啊……”

“是啊,时代不同了,那个时代俺也有难言之处。”

东阳镇分田到户后,有的地方将责任田划分得和豆腐块似的,大机械用不上了,牛和毛驴又得到了农民的青睐。一时间,大牲畜身价倍增,尤其是偏远地区的大牲畜一天一个价钱。

马老汉鸿运当头，贩卖牲口赚得盆满钵满，他挖到改革开放的第一桶金。

张士琦也清闲下来了。早上，他拾完粪就圪蹴在大槐树下，对着那口大钟吸烟发愣，在极力回忆着那个时代的情景……

农村分田到户促成了打工市场。村里由过去的帮工挣工分到今天的劳动等价货币结算，村民的价值观在不断改变。

马老汉将生产队的机器和水井拍买下来，成为村解放后第一个掌控水利的“土财主”。

一天，张士琦一早找到马老汉提出浇地的申请……

上午，张士琦按照浇地的价格支付了现金，马六收过钱才开动机器为村民浇灌庄稼地……

在包产到户的那年，农民们将经济田全部种上了传统的黄麻。可是，黄麻丰收后，正是计划经济向市场经济的过渡时期，一时造成大量的黄麻皮滞销。供销社的优势随着大集的解散而减退，个体经营户的爆发式发展，打乱了过去的经济模式，计划经济体制受到冲击，同时造成农产品的滞销。一夜间，各种小商小贩如雨后春笋随处可见。从此，琳琅满目低价货物冲击着市场，一向旱涝保收的供销社被冲击得七零八散。个体经营市场管理跟不上市场的快速发展，各地蜂拥而上的货物良莠难分，农民一不留神就被假货缠身。

一贯畅销的黄麻皮滞销了，张士琦打不起精神，从心里犯愁了。二愣回家见存放着一屋子黄麻皮，在极力劝张士琦赶紧处理掉积压的黄麻皮，张士琦说啥也舍不得贱卖这心爱的黄麻皮。

可是,黄麻皮畅销的时代一去不复返了。二愣将聚乙烯等化学材料代替黄麻的演变向张士琦作了耐心的说服解释。在事实面前,张士琦听得是频频点头,不情愿地问道:“二愣,你这些年在外见多识广,你给俺说句掏心窝子的话,咱这麻皮真的没有翻身之日了?”

二愣长叹一口气,对着张士琦点下头,说:“嗯,如果现在不卖,以后更没有市场了。大,这是市场的经济规律,这个市场经济规律被人们视为没有硝烟的战场……”

张士琦深思良久,表示:“千羊在望,不如一兔在手。咱不等了,明天就到集市上卖了。”

“嗯,大,俺帮你去卖。”

张士琦一怔,立刻双目注视着二愣,安抚道:“儿啊,干啥都一样,你是农民的儿子。信用社不让干了,这沃土永远是你的根……”

第二天,二愣带领小愣小花将积压的黄麻皮全部运到集市,经过和黄麻贩子讨价还价最终达成双方都能接受的价格成交。

张士琦处理了黄麻皮心里的压力缓解了,畅舒一口气,他感觉格外的痛快。

晚上,二愣住在家里和张士琦畅谈一宿,他们盘算着未来的发展,二愣立志要在这块沃土上实现自己的梦想。

当务之急就是用啥农作物来代替种植多年的黄麻,这个问题让二愣思索了好几日,才锁定了种植目标。

张士琦处置黄麻的事情很快传开了,大愣闻声赶来了,惋惜道:“哎,这么好的黄麻皮咋说卖就卖了,真可惜啊。”当大愣打探到出手价钱时,更不满意了。大愣这次又和张士琦拧上了,他爷俩拧了半天,谁也说服不了谁，两人拧得是脸红脖子粗不欢而散。大愣气得手都抖了，在门口撂下一句，“您等着，看谁卖的价钱高。哼！咱们从价钱上见高低。”

有其父必有其子。大愣也是出了名的大拧种、两毛五，谁的话也听不进去，他和老拧种赌气，具有不卖出个好价钱誓不罢休的气势。

再说村民见张士琦全部出售了黄麻皮，心里没有了底气，大家慌忙效仿张士琦出售了黄麻皮。麻贩子见农民在大量出手黄麻皮时，便把黄麻皮的收购价格一压再压。黄麻皮大幅度贬值让村民惊慌失措。大家怕把黄麻皮砸在自己手里，村民含泪处置了黄麻皮。

大量低价收购黄麻也是黄麻贩子一厢情愿的事情，他们满以为市场定会回暖大赚一笔。可是，事与愿违，黄麻市场价格急剧下降，最终把黄麻皮砸在了黄麻贩子手里，村民知道黄麻贩子连本加利赔了个精光，有的在寻死觅活时，大家不得不佩服张士琦的远见。

中午，张士琦刚端起饭碗，大愣家突然传出小芹的大恸声……

当啷！张士琦将筷子撂在碗上，怒斥道：“这是咋了，又是大愣在作孽。哎，快！过去看看？”马天花也堵得慌，嘟囔道：“俺不去，要去你去，俺怕她再咬人。真是的，两口子吵架你管得着吗？”张士琦被马天花的话顶了回去，张张口一句话也说不出来。二愣见二老闹得不愉快，站起来，说：“大、娘，你俩别吵了，俺过去看看……”

一袋烟的功夫，二愣拉着大愣回来了，小海撅着嘴跟在后面。马天花赶紧给大愣和小海盛上一碗饭。大愣接着饭碗，推辞道：“哼！俺气都吃饱了，哪还有吃饭的心思。”二愣笑呵呵注视着大愣，劝道：“哎，清官难断家务事。大哥，你还是糊涂点好。”当张士琦得知因黄麻皮而引起时，瞪大愣一眼，无奈地说：“哎，俺说你啥好呢，你现在就不拧了吧。嘿，究竟谁拧过谁了?”

“大,俺没有拧过你,你拧得对!”大愣愿赌服输,把大家逗得捧腹大笑。

小海突然严肃起来,感慨道:“嘿,这拧种没有拧过老拧种。哎,这姜还是老的辣啊。”

大愣见小海在戏弄他,大骂道:“你这个熊孩子,又在胡说八道。狗日的,刚才要不是你煽风点火,你娘也不至于对俺大哭大闹的。”小海被大愣一顿臭骂,马天花立刻挡驾道:“好了,你骂也骂了,火也撒了,别得理不饶人了。这事情就过去了,以后谁也不许提了。快!吃饭吧。”

小海碍于大愣的面子,口服心不服,暗暗地说:“大,不光是一个大拧种,还是二毛五哪!”二愣见小海心不在焉,嘴在不停地嘟噜,提醒道:“小海,嘟囔啥?快吃饭干活去!”小海赶紧闭嘴,应答道:“嗯,吃饭。”

张士琦和二愣决定在经济田里种棉花,东阳镇在历史上可没有种棉花的先例,这在东阳镇开了先河。二愣从书店买来种植棉花的书籍,动员小愣、小海、小花齐上阵。他们从晒种、浸种、药剂拌种,足墒播种等环节上严格把关。

张士琦家一种棉花就有人也跟着种上了棉花。大愣接受了黄麻的教训跟着张士琦种上棉花。小海一边干活,一边调侃:“大,这次种棉花要是再亏了咋办?”

小海口无遮拦,大愣觉得小海在咒他,瞪着大眼珠子,骂道:“你这小王八羔子,闭上你的乌鸦嘴!”

“嗨!你爷俩争啥。这赔赚不是乌鸦嘴说的事,那得由市场说了算。”二愣给小海一个台阶,小海低声嘀咕:“哼!没有文化真可怕……”

大愣知道小海嘴里没好话,吓唬道:“你再嘟囔,小心老子揍你……”

棉花种子很快破土而出,不几日棉花苗长势喜人。更让张士琦和二愣意料不到的是,由于东阳土壤肥沃棉花枝干疯长,棉花枝干长得和小树一样高,给棉花打枝杈只好借用凳子和A字形梯子才能够得上。

俗话说:“男孩磨牙,恨家不起。”大愣整天琢磨让自己家棉花结桃子多点,在追肥时,偏心给自己的棉花地加了小灶。一夜间,他家的棉花窜出一头多高。

大愣盯视着长疯的棉花,警觉道:“小芹,坏了,这次咱们可能真上当了。你看,这棉花快长成大树了还不结棉桃。哎,有时拧拧也是一件好事,这次要是再拧一次就好了。”

“可不是吗,你看这棉花都长成啥样子还不结棉桃子,这回咱们可能看走眼了。”大愣夫唱妇随。大愣越说觉得上当了,他扔下手里的活儿,向张士琦田里快步走去。

“大,大!”大愣喊着来到张士琦家的棉花地,劈头盖脸地道:“大,你这是啥棉花种,咋光长棉枝不结棉桃子呢,你这不是坏俺吗?”

张士琦见大愣像吃了枪药一样冲,呛得他火气置顶脑门。张士琦跳下凳子,骂道:“你这没有良心的东西,胡说八道啥?这不是还未到结棉桃子的时候嘛。滚!别在这里烦人。”

二愣听了大愣的抱怨,立刻赶到大愣家的棉花地。二愣摸着一颗茂盛的棉花枝子,惊讶道:“大哥,你家的棉花咋比家里的还高呢?”大愣自知理亏,直挠头皮,却难以启齿……二愣追问:“哦,俺知道了,上次上化肥你是不是都撒在你家地里了?”大愣没有争辩,连忙解释道:“也不是全撒到俺家地里,就是比家里多撒了一点点,谁想到这棉花窜得这么高呢。”

“哈哈哈！大哥，给庄稼上肥料和人吃饭一样不能吃撑了……”

一个星期过去了，张士琦家的棉花是越长越高，就是不结棉桃子。二愣也慌了，请来农站的专家给棉花做了诊断，查明了棉花不结桃子的原因，二愣才把那颗悬着的心放了下来。

张士琦家棉花疯长的原因是：因土墒湿润棉花贪长……土地一干燥棉花必定会结出棉桃。

几天后，棉花枝子果然挂满了棉桃，张士琦望着棉桃心里乐开了花。二愣盯视着满枝子的小棉桃高兴得手舞足蹈，不由得自语：“谢天谢地，棉桃总算长了出来。”二愣担心的问题终于解决了。大愣见棉枝上的棉桃和满天星似的，一个劲地夸赞二愣有知识有眼光……

秋季硕果累累，张士琦一家将原棉晒干挑选，一次性卖给供销社采购站，原棉的价钱创了历史之最。那年坚持种黄麻的农民赔得血本无归。

大愣卖了棉花，高兴地跑到堂屋，感慨道：“大，以后俺不和你拧了，全听你的，你种啥俺就种啥……”

秋季丰收了，大家交上提留，也就是交足国家剩余的全是自己的。分产到户各自为战，家家选择适合自家打粮晒粮的场地，俗称小场。小场是包产到户的产物，一夜间，东阳大地遍地是一望无垠的小秋场。

马老汉盯视着堆积如山的玉米棒子，高兴得合不拢嘴，可是，他一想到要上交提留时，心里立刻打了一个问号，不由得说：“哎，这是要见面分一半……”马老汉踅摸半天，打起了粮所王亮的主意。

马老汉让家人将苞米两头的干瘪颗粒刻下，作为上交提留的粮食，

中间饱满的颗粒留作食用粮。马老汉还不甘心，又将一袋沙子掺进提留粮里。

俗话说：“要想人不知，除非己莫为。”马老汉鬼鬼祟祟地向提留粮掺着沙子，一不留神被村长和张士琦逮个现形，马老汉的鬼把戏被揭穿了……村长将马老汉的这种损害国家利益的错误行为进行公开的批评，让村民接受了一次深刻的教训。

经过村长的批评教育，马老汉也认识了自己所犯的严重错误，在村部大喇叭里作了深刻的检讨，决心痛改前非，以实际行动弥补自己的过错，将自家食用粮作为上交提留。

村长深谙“财聚人散，财散人聚”的道理。这田好分，可这份子难凑。村长为了村里的路灯电费说尽了好话跑断了腿，这摊派的电费谁也不愿付。

限期停电的日子到了，村长抱着侥幸心理跑到供电所要求再宽限几日。可是，市场经济不是一块无限的蛋糕是没有情可讲的。供电所也是自负盈亏的经营实体，明确答复：市场经济规则谁用电谁交钱，用电交费这是天经地义，不交钱断电合情合理……”村长碰一鼻子灰，闷闷不乐地找到张士琦，老哥俩圪蹴在地头聊起长嗑。

村长一边抽烟，一边叹气……

张士琦猜透了村长的心思，劝道：“这分是容易，可想摊派就难了……”

一提到摊派的事情，村长从嘴角移开烟嘴儿，感慨道：“谁说不是咻。你说，村里这么些个体经商户，摊点电费咋比登天还难。哼，这样的富裕户咋带领大家共同致富哪？俺看这事难……”

村长从催纳粮到分摊电费集资及村风村纪一一列举。

张士琦已是见怪不怪，心里比谁都明白，只是懒得点破那层窗户纸……

村长的忧愁和张士琦的无奈，深深地触动了二愣的心，心想："农村的出路在于经济发展，经济发展才是硬道理，没有经济基础就没有话语权，这种棉花是一种发家之路。但是，这么些人仅靠这点棉田致富也不现实，必须寻找一条符合当地实际的快速致富之路。"

村长的路灯摊派最终以失败而告终。张浊村大街上的路灯熄灭了，村街归真返璞。路灯停了，月亮上岗了。

月有阴晴圆缺。朔日，大街上一片漆黑，偶尔的一丝亮光也是临街窗户漏出的，亮光像大海里的灯标格外明亮……不久，浊上两个自然村和张浊大街一样暗了下来……

村民们恢复了日出而作、日落而息的作息。夜晚，安静的村里偶尔发出犬吠声，犬吠催人困乏，正是农民洗脚上床的时辰。

俗话说："三十年前睡不够，三十年后难入睡。"张士琦便是三十年前没有睡够觉的人，也是三十年后难入睡的人。

每天，东方一放亮，张士琦早早起床背着粪筐拾一圈粪，再到大槐树下小憩。

张士琦在大槐树下，一边吧嗒着叶子烟，一边圪蹴在石头凳上……

张士琦咂吧几口烟嘴儿，突然移开烟袋，自语道："哎，这不可能，钟绳在哪？"张士琦揉下眼睛，蹓蹓到大槐下，他触摸起敲钟绳，可是，半天也没有摸到钟绳，张士琦傻眼了，惊叫道："啊，绳子没有了，大钟哪？"

张士琦昂首张望大树一眼，再次惊叫道："啊，大钟也不见了！"张士

琦还是不相信自己的眼睛,又掠视大槐树一眼,确定大钟不翼而飞,急得直跺脚,骂道:"奶奶的,是那个狗日的偷走了大钟!"

张士琦匆忙赶到村部,见老民兵连长张盼富手持一根木棍正和村长商谈事宜,张士琦抄到村长眼前,质问道:"盼福,你这老民兵连长咋带兵的? 连俺队的那口大钟都被人偷了……"张盼富被问得面红脖子粗,最后还是村长解围,解释道:"俺正和盼富商量村里的治安问题,你就来了……"

"嗯,俺是来报案的。"

"报啥案?"

"俺组里的那口大钟被偷了。哦,就是挂在大槐树上的那口大钟。"

村长在村部踱来踱去,自语:"哦,那大钟也被盗了……"

张士琦见村长没有表态,急了,跺脚道:"你们到底管不管? 不管俺上镇里找公安特派员去。"张士琦是个急脾气,撂下一句话拔腿便走。

村长驻足,喊道:"站住! 你让俺把话说完再走也不迟。"张士琦转身,问道:"嗯,那你快说吧。"村长扫一眼张盼富,无奈地说:"士琦,昨天不光你生产队的大钟被盗了,咱村里还有几家也被盗了,俺正为这事发愁哪……"

张士琦惊讶道:"啊! 这盗贼咋这么猖獗?"

村长叹口气,说:"谁说不是咪,现在的治安不如从前,村里时常发生案子……"

张士琦跬步到张盼富的眼前,责怪道:"哎,你拿这烧火棍子干吗? 你们的枪呢,那些真家伙难道是供着好看的?"张士琦一针见血,把张盼富逼上悬崖,当啷一声,张盼富将手里的棍棒重重地扔在地上,愤愤地说:“这就是俺的枪,治安员就剩下俺一个人了。哼!还民兵连长治保主任呢,现在俺就是一个光杆司令!”张士琦盯视着张盼富,不由得嘿嘿两声,反问道:“你开啥玩笑,当初俺见过你们背的是真家伙。哦,你这棍子吓唬狗还可以,要震慑小偷可有点玄乎……”张盼富藐视张士琦一眼,严肃道:“谁给你开玩笑,咱村的枪早就上交了。哼!现在的年轻人也忒务实了,晚上巡逻没有高补助没人干了……你说,这样下去村里的治安能好吗?实话给你说吧,俺已经报告了公安特派员。据特派员说,全镇这样的小案子多了去了,他忙不过来。对了,他们在集中精力侦破一起倒卖文物案件,农户被盗案就由各村酌情处理……”

张士琦一跺脚,生气道:“嗨!这是咋了,这不是让坏人钻空子嘛。”

村长见张士琦和张盼富对村里的治安失去了信心,安抚道:“这治安形势也没有你俩想象的那么差。镇委书记讲了,为彻底扭转东阳镇的治安问题,经县人民政府批准,决定成立东阳镇人民公安派出所。据说咱们的公安特派员出任派出所的所长。今后,咱们的治安问题还是大有希望的,有了派出所还愁治安问题不好吗?现在不能没有民兵连长。哦,现在叫村治保主任了。俺看这姜还是老的辣,盼富你就接着干吧。”

东阳镇公安派出所一成立,就破获了一起文物倒卖案。生产队里的那口大钟也被追回来了。

张士琦听到这个好消息连忙赶到村部,村长赶紧安排张盼富一起去派出所领回那口大钟。张盼富推辞道:“哎,村长让士琦一个人去吧,俺就不用去了吧?”

村长见盼富的脸色铁青,赶紧把张士琦拉一边,小声私语……

原来,派出所破获的这起文物倒卖案牵扯到张盼富的儿子小常。前不久，小常结识的那位大哥，就是这起文物倒卖案的头子金铃。金铃以收购文物为名，在四处寻找盗窃目标。

一天，小常闲逛遇到金铃一伙。这物以类聚，人以群分。小常与他们臭味相投，很快就认识了。在闲聊中，小常自吹自擂一通。金铃见小常是本地人就让他在村里为他打探文物……后来，金铃和小常成了酒肉朋友。在一次酒桌上，小常三杯酒下肚，吹嘘起张浊的历史文化……小常无意识地谈起村里的标志性文物老槐树。从老槐树的历史又扯到老槐树上的那口大钟，小常讲得头头是道，尤其是把那大钟的来历讲得神乎其神……金铃便起了歹心，从此觊觎起大槐树上的那口大钟。

前些日子，金铃几次踩点，均因村里有路灯未能下得手。后来，他们预谋把张浊村的高压线掐断，再趁机行窃。当他们准备下手时，巧逢村里的路灯被供电所断了电，金铃不费吹灰之力窃得那口大钟。

金铃在东阳盗窃多种文物，大钟只是他们顺手牵羊的一件文物。派出所破案后，为了查证金铃交代的罪证，将小常传到派出所当面对质。经派出所调查证实，小常只是炫耀并没有参与盗窃和分赃，决定以批评教育为主，将小常交给家长管教。

张盼富这次是丢了大脸，他身为老民兵连长现村治保主任，儿子却与盗窃案有着瓜葛，他窘得无地自容。张盼富坚持不去领小常，派出所又坚持公事公办必须让家长来领人，张盼富只好硬着头皮去了趟派出所。一路上，张盼富一句话也不说，领着小常急忙赶回了家。小常一迈进家门，便遭到张盼富一顿好揍，张盼富才发泄出心里的郁闷。

张士琦领回大钟，这总算了却了一件心事。

大愣种棉花得利了和张士琦促膝畅谈。张士琦见大愣有所觉悟，提示道:“二愣见识广,眼光看得远。明年,开春咱们种啥还得听听二愣的意见再定……”

“谁再听俺的?”二愣一步迈进堂屋。小海、小愣、小花立刻跑了进来,气吁吁地说:“爷爷,俺们商量好了,准备进城打工……”

“是啊,俺同学在城里一个月就能挣几百元哪,俺也去。”

“大,张强强承包一安装工程,他那里正缺少人手。俺们都说好了,马上就去找他……”

张士琦为难了,“这这这……”半天将目光盯在二愣的身上。

二愣扫视一下小愣、小花和小海,歉意道:“对不起,是俺连累了你们,要不是俺你们还在镇上班……”小愣抢话道:“二哥,这不碍你的事情。‘人倒霉喝凉水也塞牙’。俺们都想好了,跟着张强强闯荡闯荡,也锻炼锻炼自己……”

小花怕张士琦不同意,保证道:“大,您放心,农忙的时候俺三人回来帮你们干活儿。”

张士琦嘴里念叨起张强强,怀疑道:“哎,那个张强强不是在监狱里嘛,咋还能承包工程?”

小花撅起嘴,回应道:“咳! 大,这是那年的老黄历了,农中都降成了小学,您就别提那段历史了……现在是不管白猫黑猫抓住老鼠就是好猫的时代……张强强有本事有能耐才能在城里承包工程……”二愣怕小花没有解释清楚,插话道:“大,他们的这个想法很好,咱们靠力气挣钱不丢人,在农闲季节打工也是致富之路。以咱们现在的经济基础要想开发这片沃土还没有这个能力,咱们需要经济的再积累。俺也有此意,决定先到城里打工挣点钱再回来建设家乡。”

张士琦瞅一眼二愣，说："咳！你还能受得了那份罪。你也老大不小了，趁早死了这条心。"

二愣见张士琦牵挂他，解释道："哦，大，你放心俺去不会出苦力的，咋说也曾是名金融管理者，俺是凭知识靠脑力劳动……"张士琦望着孩子们，听了他们的介绍感觉自己思想真落伍了。长叹一口，摆手道："俺知道，你们年轻人想法多。哎，你们要想办的事情，俺想拦也拦不住的。得了，就按照你们的想法做吧。"

第二十八章

入城潮

天下大事,合久必分,分久必合。嗨!这政策一分还真灵,这一承包就活。村长望着这长势喜人的庄稼地,感慨道:“真没有想到啊,咱们过去起早贪黑忙里忙外,最终还是落个出力不讨好的结局。哎,再看看现在的庄稼,咱们不用敲钟也不去督促,可这庄稼一家好似一家……”

张士琦点着头,插话道:“嗯,说真的,开始俺还怀疑一分必乱,可是,现实证明上级领导的决策是对的,像戏匣子里所说,决策真是高瞻远瞩……”

常言说得好:“饱暖思淫欲。农民自由了生活也富裕了,老是没有事干就胡思乱想,这人得有个念头……”

“你啊,不是老拧种,就是老顽固,俺问你一个事。”

“你说吧,俺顽固在哪儿。”

“你是在用老眼光看问题。你看,咱们村里的后生在家的不多了吧?”

“哎!别说,村里的年轻人确实少了。哦,他们是不是在忙责任田?”

“啐!这能拴住年轻人的心?现在的年轻人可不安分守己了,人家是进城打工挣钱去喽……”

清晨，省城马路上人来人往，车水马龙，一派大都市的繁忙景象。张强强随着人流涌向一路公交车站。

嘀、嘀、嘀……

张强强的BB机突然响了。张强强撩起上衣角，扫视一眼BB机的显示屏，啊的一声，自语道："哦，是刘总，刘盛的电话号码。"张强强放下衣角，立刻向前方公用电话跑去。

"喂，刘经理，俺是小张，您请讲。"

"哦，你咋搞的？东逸大厦的工程安装进度太慢了，你赶快招些人来赶赶进度……"

"刘经理，招的人今天就到了，可是工程款你能不能再预付点，干活的都吃不上饭了……"

"这个你放心，工程完了不会欠你一分钱的款，你先干活吧！"

嘟、嘟、嘟……

"喂、喂……"

张强强扣上电话，无奈地一阵唉声叹气……

原来，张强强那天返回省城，向刘盛哭诉："大哥，俺已经无脸再见家乡父老……"苦苦哀求刘盛在城里帮他谋个差事，再慢慢地弥补这个经济大窟窿。刘盛喜出望外，暗暗地说："天助俺也，即使张强强不找俺，俺也得找他去。"其实，刘盛刚揽到一项装饰工程，正愁上下水的安装活儿没人干哪，听了张强强的哭诉，心里一亮，一拍胸脯，信誓旦旦地说："兄弟，你的事就是俺的事。在城里只要有俺干的就有你的活儿……"刘盛将装饰工程的上下水活儿转包给了张强强。

张强强感激不尽，立刻在家乡招兵买马，很快拉起了水暖安装队，安

装队正在为刘盛的装饰工程不分昼夜地赶工程进度。

小愣三人经过几个小时颠簸,终于来到省城。

张强强从汽车站把他三人接到工地,直截了当地说:“这工程很急,咱们都是熟人,就不必客气了。”张强强接着分配工作:“小花,你帮着小刘姐做饭,兼着仓库送送管件啥的。哎,小刘姐给你一个徒弟,以后她就是你的帮手了……”

张强强转身,又喊道:“哎! 小愣、小海,你俩跟着郭师傅干活。郭师傅,也给你两个徒弟,好好带带他俩啊……”

小刘姐是张强强对刘凤的昵称,小刘姐,年方二十出头,国字脸,长得眉清目秀,头顶红色安全帽显得格外英姿飒爽。小刘姐是一位朴实无华的女孩子。

小刘姐早已把目光盯在小海身上,目光一直把小海送到小郭师傅的梯子下。小花走近小刘姐身边,见小刘姐心不在焉,便轻轻推下小刘姐的胳臂,小刘姐才把目光收了回来。小刘姐脸上带着羞涩,慌张道:“哦,知道了。小花,咱们做饭去。”小花是第一次走进大楼工地,见啥都好奇,边走边东张西望……

郭师傅突然被小花所吸引,眼睛直勾勾地盯视着小花,心里有一种说不出的愉悦感。此时,郭师傅神魂颠倒,心都被小花摘走了……在小愣小海“郭师傅、郭师傅”的叫声中,才缓过神来,有声无力地回应道:“知道了。哦,你俩上来吧。”

小愣摸着肚子,小声道:“郭师傅,俺三人都饿一天了……”郭师傅很愕然,问道:“哦,刚才那个女的也没有吃饭吧?”

小愣正视着郭师傅,介绍道:“嗯,俺叫小愣。那是俺妹妹小花,这是俺侄子小海。”

郭师傅“哦”了一声，对着张强强的背影，高喊：“头！人家饿了一天了，还没有吃饭哪。”

张强强刚走到楼梯口，恍然道：“哎，你看看，俺都忙晕了。走，咱们先下楼吃饭去。”

张强强把小愣三人领到楼下拉面馆，对着老板娘，喊道：“老板娘，给俺来三碗拉面！老规矩记账……”

老板娘瞅一眼张强强，刚想张开口，张强强抢先道：“哎，老板娘小看俺了。快了，工程马上完工。对了，赊账的钱另加高息。”老板娘被张强强的话硬是顶了回去。半天后，老板娘不情愿地蹦出一个“嗯”字。

老板娘给张强强留足了面子，张强强颔首微笑，向老板娘点头道谢，客气道：“你们一路辛苦，先凑合一顿，等工程款下来，咱们再好好吃一顿。”

张强强在老板娘的小本子上签上了名字。张强强走到门口，嘱咐道：“你们吃完饭，赶紧回工地，俺先走一步了。”

从此，小愣三人跟着张强强一干就是半年之久，转眼间，春节快到了，小愣估算下工资，每人至少也得一千多元钱，心里别提多高兴了。

可是，张强强却高兴不起来，他拿不到工程款，心里火急火燎的，天天蹲在刘经理办公室催款要账……

一天，楼下拉面馆的老板娘亲自找上门来，张口大骂张强强不讲信誉，数落道：“嗯，赊了半年的账一个子都没有兑现，见过不讲信誉的人，却没有见过你这样如此不讲信誉的人……”张强强急忙向老板娘作揖道歉，好话说尽……总算安抚住了老板娘。老板娘掐着腰，眼珠子瞪得滴

溜圆，最后通牒道："好，老娘再相信你一次，再宽限你两天的时间……"气得老板娘哼了一声，一甩手噔噔下楼了。

张强强总算是应付过去了老板娘，为了兑现对老板娘的承诺，他硬着头皮找到刘经理，哭诉了自己的窘境，刘经理心情不错一口答应先兑付拉面馆的钱。

晚上，张强强将刘经理请到饭店，刘经理酒足饭饱后，又唱半宿歌。临走时，张强强给刘经理结完帐，他身上连打车的钱也不够了，便在澡堂子凑合一宿。

第二天早晨，张强强赶到刘经理办公室，张强强终于拿到了一张三千元的现金支票。支票一到手，张强强心里稍微轻松些，自语道："总算够兑付拉面馆的钱了，以后再不看老板娘的脸色了……"刘经理顺水推舟，安抚道："小张，这两天就给你全结了工程款。"张强强总算看到了希望，双手握住刘经理的手，感谢道："俺们可以回家过个好年了，谢谢，谢谢刘经理。"

张强强来到银行，在银行大堂经理的指导下，小心翼翼地填着支票……张强强刚填几笔，一想到讨债的艰难，心紧张得就像要跳出来一样，真是越忙事越多，张强强竟然将支票户头填错了。张强强无奈地摇下头，暗暗地说："哎，这可咋办呢？"

张强强立刻返回刘经理办公室，不巧的是刘经理办公室铁将军把门，张强强只好跑到财务处碰运气。张强强走进财会部，向一位中年妇女讲叙了填支票的经过。中年妇女见张强强跑得满头大汗，刚想回绝张强强，她对视张强强一眼，见张强强在用祈求的目光盯视着她，且不停地求道："请大姐开恩，这张支票对俺太重要了，您就帮帮俺吧。"中年妇女是刘经理公司的一名老员工，虽然年过四十，她白皙的皮肤，慈眉善脸的面孔，咋一看也不像年过四十的女人，像一位刚结婚不久的小媳妇，大家亲切地喊她刘会计。

张强强一口一个大姐地叫着，刘会计面对这个为工程款快要跑断腿的小包工头，心一下子软了，对着焦急万分的张强强，道："哦，刘经理外出了。"张强强失望地啊了一声，苦诉道："哎呦，这可咋办哪！急死俺了。"刘会计在张强强无奈之时，不由得撕下一张支票，提醒道："快，拿去吧。再填的时候要当心。"张强强不敢相信自己的耳朵，惊讶地问道："大姐，这是真的，你给俺的？"

"嗯，快拿走吧。"刘会计对着发愣的张强强一示手，给张强强一个送客的暗示。

张强高兴地说："谢谢，谢谢！"张强强收起支票恭敬地朝刘会计鞠一躬，一溜烟地跑回银行。

张强强提笔后怕，盯视支票感慨万千，心想："如果不是刘会计发善心，这张支票还不知道再请刘经理多少回才能得到……"他视支票如宝，再也不敢填这张来之不易的支票。

张强强求助大堂经理。大堂经理很理解张强强的心情，像张强强这类似的情况时有发生。大堂经理先递上一杯水，微笑道："请放心，我会帮你的。请你先喝口水，缓和下紧张的情绪……"大堂经理望着张强强，调侃道："你算是一位幸运的人，在这么短的时间内就能换回一张支票来，真是不简单。哎，有的客户填错了支票还不知道费多大的劲才再讨回一张支票来……"在大堂经理的安抚下，张强强渐渐地静下心来，张强强模仿着银行样本，他很快填好了支票。大堂经理一看，夸赞道："填得

很好,你字写得也漂亮。”

张强强拿到钱,一想到工地上的民工,心又凉了半截,嘟囔道:“老板娘的钱是解决了,可是民工的工资咋办,这可是个大头啊。年关在即,如果再不发所欠的工钱,恐怕难以安抚手下的伙计……”张强强想到这些不敢有丝毫的懈怠,拔腿向刘经理办公室奔去。

郭师傅在民工房里翘首以盼,盼着张强强尽快补发他的工钱……开始大家还在打牌等待,可是年关越来越近,他们心里火急火燎的,根本没有心思打牌了。大家向张强强发出限期令,让张强强在限期内补发所欠工钱。

一天,郭师傅和小刘姐一早将张强强堵在床上,张口问道:“姓张的,你不能今天推明天,明天推后天,你给俺们个准话,啥时间发工钱?”由于张强强一次次失信,大家更现实了,他们不见到钱一律免谈……

郭师傅和工友们向张强强亮出了忍耐底线。张强强面对大家发了毒誓,哀求道:“大家急,俺比你们更急。咱们庄里乡亲的,又是一起进城打工的兄弟姐妹,在外事事难,俺希望你们再相信俺一次,再宽限一下,最后一次行吗?俺现在就去找刘经理要钱……”

小愣见大伙还是不依不饶,不肯放张强强外出讨债,力劝道:“大家冷静一下,张老师所欠工钱只有要回工程款才能兑现大伙的钱。如果咱们不放张老师走,咱们的钱就更没有希望了……”小刘姐马上迎合道:“是啊,小愣说的在理,俺赞成。”大家觉得小愣的话在理,不由点头默许……

张强强穿好衣服,咬着嘴唇走到小愣身边,他拍打下小愣的肩膀,表示道:“谢谢小愣,谢谢大家的理解……”张强强走到门口,蓦然回头,再次双手合十,谢道:“谢谢大家的理解,俺绝不失言,一定以最快的方式讨回咱们的血汗钱。”

张强强走了,大家又为劳累半年的工钱而担忧……

张强强赶到刘经理公司,见公司门口聚集了很多人,这让张强强忐忑的心悬得更高了,不由得说:“哎,这是咋了?公司聚集这么些人干啥?肯定是一个不祥之兆,难道刘盛……”张强强不敢想下去了,赶紧疾步走进刘经理的公司。

公司门口见刘会计正在安抚聚集的人群:“大家不要乱,俺们的心情和大家一样。刘经理不仅拖欠大家的工程款,而且欠我们员工四个月的工资,咱们都是受害者。现在刘经理失联,不等于卷钱出逃。为了给大家一个交代,我们已向公安机关报案,请大家耐心等待,一会就有结果了。”

“啊!果然出事了,难道刘经理真的携款潜逃了。”张强强听了犹如晴天霹雳,一屁股蹲在地上,啜泣道:“俺的天啊!刘经理真要是卷款跑了,咋向大家交代呢。”刹那间,张强强眼泪在眼眶里打起转来……

中午,刘经理挂靠公司派来了两名工作人员,宣布刘经理卷款潜逃加拿大……这个消息打破了在场所有人的梦想,大家愤怒地朝挂靠公司的工作人员扔鞋子,在发泄着被骗的怒气。

张强强突然“啊”的一声,发疯似的向挂靠公司人员扑去,幸亏被及时赶来的两名公安人员控制住了,张强强受到严厉的治安警告。

张强强万念俱灰,不知道走了多长时间才到小面馆。老板娘瞅一眼张强强,见张强强忧心惙惙,自语:“哼!年关如险关,肯定是工程款落空了。”

老板娘在幸庆自己讨回欠款的同时，怜悯起张强强的遭遇。张强强有气无力地点了两个菜和一瓶白酒。

张强强一想起刘盛，他是越想越气愤，张强强索性抓起白酒咕嘟咕嘟地喝了起来……

张强强醉了，他握着酒瓶又哭又笑……

老板娘不忍心，一把夺过张强强的白酒瓶子，鼻子一酸，哽咽道："大兄弟，知道你讨债的憋屈，你生活的不容易。可你用酒解愁，只能愁上加愁。哎，你这是在作践自己！"老板娘也是性情中人，见张强强执意要喝酒，高声道："大兄弟，来！俺陪你喝两盅。"老板娘端起满满一盅酒，在张强强酒盅上一碰，说："大兄弟，这世上办法总比困难多。记住，'好人一定有好报的'。来，干杯！"

张强强用惺忪的醉眼，盯视着老板娘，含糊不清地说："老板娘，你是城市里的大好人。来，干杯！干杯！"

张强强喝下本盅酒，从他跳农户到揽工程的沟沟坎坎，到今天的穷困潦倒，像过电影一样展现在他的眼前，泪水汩汩地流了下来……

老板娘见张强强泪流满面，安抚道："大兄弟，这人啊，没有过不去的坎，有的时候一咬牙兴许就过去了……实在不行再回家再种地呗。快过年了，你别流眼泪了。"

张强强一听要过年了，心里嘎噔一下，他哇的一声，抱头大恸……

老板娘知道张强强委屈得慌，在想："哭吧，痛痛快快地大哭一场，兴许心里好受点……"张强强大恸之后，突然站起来蹒跚着脚步，自问："啥事都好说，唯独这工程款不好向庄乡的兄弟姐妹交代哪！"

酒后吐真言。在老板娘的安排下，小愣他们全听到了张强强的真言。大家对张强强的怨恨突然消失了，立刻把怨恨转移到刘经理的身上。由于刘经理已携款潜逃，大家只好将怨气埋在心里。在大家无计可施之时，郭师傅突然想出一条妙计，把大家召集一起，向大家讲述了自己的想法。正在气头上的小愣一听，立刻表示道:“行！俺支持!”

“俺也支持!”

郭师傅见大家同仇敌忾，一挥手，高声道:“还我血汗钱，追讨刘经理!”在郭师傅的发动下，大家群情激昂，把埋在心里的怨气和委屈一下子爆发出来了。

郭师傅带领大家，高喊着“还我血汗钱，追讨刘经理!”的口号，向大楼的吊塔涌去。

原来，经验相对老到的的郭师傅是想曲线讨薪，他们要爬上吊塔给政府监管部门施加压力，让政府帮助他们讨回血汗钱。

可是，郭师傅这一预谋早被有关部门所防范，他们还没有靠近塔吊便被劝阻了。郭师傅心不甘，他们强行冲入禁区，眨眼的功夫，一大批安保人员将塔吊围了起来，并将他们强行带离了现场。公安派出所也向他们发出警告:如再次进入禁区，将依法严惩!

偷鸡不成蚀把米。郭师傅不但讨薪没有得逞，而且成了公安的重点监控对象和不安定分子。小愣心不甘，不解地问:“哎，咱们爬塔吊的计划，是谁泄露的?”小海正翻弄着报纸，乜斜一眼小愣，心想:“这个也不懂，真是的。”小海摇着头嗯了一声，递过一张报纸。小愣心里烦烦的，没好气地说:“快拿走，谁还有心看报纸哪……”

“哎，你不是想知道谁走漏的风声吗?”

“嗯，谁走漏的?”

"你啊,看看这个就知道了。"

小愣夺过报纸数目十行,盯视"关于年终安全防范讨薪攀爬塔吊等建筑物的过激行为……"小愣一口气读完报纸,摇着头,无奈地说:"哦,原来如此,防患未然,真是万无一失啊。"小愣气得撕了报纸,他还不解气,又将报纸揉作一团扔在地,再踏上一只脚狠狠地碾压。

小愣走近没有窗子的窗口,心里默念着报纸上的通知:在年关之际,为防止讨薪者的偏激行为,各区、各有关单位要把塔吊、高层建筑和容易攀爬的高层建筑作为重点防范。要责任到人,做到死看死守,杜绝攀高等偏激行为的讨薪事件的发生……"

刺啦!小愣用力扯下窗口的编织袋子,怨嚎道:"老天哪,你睁开公平的眼睛看看!公理何在啊?"

小海被小愣的突然举动吓一大跳,自语道:"哼!谁都不怨,要怨就怨咱自己,这里压根就不该来。哦,你在一个陌生地方,一个本来就不属于咱们的城市里讲公平,哪有公平可讲……"

晚上,张强强醒酒了,一睁眼见大伙都在围着他。一骨碌从床上爬起来,慌张地说:"俺对不住大伙,俺该死……"张强强愧疚地边说边掴着脸。郭师傅不忍心,一把抓住张强强的手,劝道:"头,你这是干啥,事情俺们都知道了,你是无辜的,你和俺一样都是受害者,现在俺们不怪你了……"

"是啊。头,以前俺们错怪你了……"

张强强流着眼泪,表示道:"请你们放心,不管发生多大的事情,只要俺能活着就要负责到底,无论如何也得想办法还上你们的这笔债。"

张强强在大家的安抚下终于接受了现实,掠视大家一眼,把视线停在小刘姐身上,问道:“小刘姐、小花,你俩咋不去做饭哪?”

“做啥饭,咱们是弹尽粮绝。现在伙房里就剩下点盐了,其他的啥都没有了。”

张强强翻腾着口袋,半天才翻出四元钱来,尴尬道:“你看,俺就剩下这些钱了。哦,俺再去拉面馆借点……”张强强说着急忙向楼下走去。

小海摸着肚子,抱怨道:“嗨!本来俺还不觉饿,经你们这么一说,俺倒觉得前胸贴后背了。”

郭师傅抽口喇叭烟,突然对着小海,道:“小海,再坚持一会儿,记住:‘咱们的面包会有的……’”郭师傅话音刚落,他哎呦一声,喇叭烟在嘴角燃起了火苗,郭师傅摸着灼疼的嘴角,他那一惊一乍的滑稽样逗得大家捧腹大笑。

郭师傅吐掉残留在嘴角的烟叶,轻轻抚摸嘴角,抱怨:“奶奶的,这人要是倒霉不光喝水塞牙,俺吸口烟还烧嘴哪。哎!真晦气。”小海突然止住笑声,揉搓着肚子,调侃道:“郭师傅你真可笑,你笑死俺了。哎,这一笑肚子立马不饿了……”

郭师傅朝着小海,训斥道:“你小子长本事了。嘿!连师父也敢戏弄了?”

小海示出双手,解释道:“师傅,俺不是不敬,是你刚才的样子太逗人了。哈!哈!你笑死俺了……”

张强强走到拉面馆门口,心想:“这事太荒唐了。哦,刚还上人家的账就去借钱,这口难张啊。”张强强为难地退了回来。可是,一想起楼上还有几十张嘴在等着吃饭时,自语:“智取华山一条路。在这举目无亲的地方,只有老板娘肯出手相救。”

其实,老板娘自从张强强喝醉那天起,就在关注楼上这帮兄弟姐妹们,张强强的窘境和遭难,她是看在眼里急在心里,在不时地为农民工鸣不平……

张强强在门口彷徨,老板娘猜测张强强一定是遇到了难处,张强强一迈进拉面馆,老板娘迎面喊道:“咋了,像丢了魂似的?”张强强佯装笑脸,说:“没事,俺路过……”老板娘摇下头,调侃道:“哎,年轻人咋不实诚呢,有话直说,有屁就放,别和老娘来弯弯的……”

老板娘的直言快语,让张强强脸都红了。他鼓起勇气,把自己的来意如实地向老板娘讲诉了。

老板娘红着眼圈,表示道:“嗯,这样吧,你也不用四处借钱了,你们烧点稀饭,俺拉面馆给你们提供馒头,就算是俺对你这个老客户的回扣吧。”

张强强感激地直点头作揖,嘴里不停地道谢着……

一会儿,拉面馆的伙计们按照老板娘的吩咐,将一大筐馒头送到楼上。大家好久没有吃到馒头了,一闻到馒头的香味,立刻食欲大增。郭师傅首先抓起两个大馒头,一面咀嚼,一面含糊不清地说:“吃遍天下饭还是馒头好吃。”小刘姐烧了一大锅开水,将一个鸡蛋偷偷塞在小海的手里,小海见郭师傅盯视着他,立刻把鸡蛋送给了郭师傅。郭师傅掂量一下鸡蛋,又悄悄地将鸡蛋送到小花的手里……

小刘姐端出剩下的半碗细盐,感叹道:“俺娘说,‘走遍天下还是娘亲,吃遍天下还是盐香’。”

小花听罢,惊讶道:“嘿!真没有看得出来,小刘姐还有文学功底哪……”

小刘姐微微一笑，炫耀道："小花，俺在学校的时候，俺的作文还做过学校的范例哪。"小海啃着馒头凑到小刘姐的身边，问道："小刘姐，俺也喜好写作文。哎，你给俺们说那范例作文好吗?"小刘姐把放在嘴边的馒头移开，清清嗓子，自信道："哦，俺具体内容也记不清了。不过，俺有一句夸老支部书记的话至今记忆犹新……"

"哎，小刘姐你咋还卖关子?"

"卖啥关子，你让俺先啃口馒头再说好吧。嗯，别说，光啃馒头还能吃出麦芽的清香味哪。"小刘姐咽下一口馒头，颦下眉头，深思一会儿，自信道："哦，为了赞美俺村老书记的敬业精神。俺是这样写的：'支部书记啊，你为大队的生产操碎了心，累弯了腰，你筋骨缝里散汗珠……'"

小刘姐的奇葩作文一鸣惊人，逗得大家笑得前仰后合。

小海嘴里的一口馒头被小刘姐的筋骨缝里散汗珠逗喷了，咔咔半天才缓过气来，小海差点被一口馒头噎死。郭师傅也咔咔半天，才缓过劲来，噗嗤将半个馒头扔进大盆，谴责道："小刘姐，你这不是说作文范例而是在间接杀人。奶奶的，俺钱没有挣到还差点被你的发明词噎死!"

张强强擦着笑出的眼泪，问道："小刘姐，你是农中毕业的吧?"

"头，你咋知道俺是农中毕业的?"

"嗨！这种范例作文只有农中的学生才写得出来……"

"嗯，反正老师很欣赏俺的文才，还有……"

郭师傅打了一个冷颤，赶紧伸手制止，求饶道："小刘姐，求求你，你等大家吃完饭，让我们把后事交代清楚你再讲……"小刘姐被郭师傅贬了一通，像一盆冷水浇在她头上，从头冷到心了。小刘姐狠狠咬了两口馒头，瞪郭师傅一眼，嘟囔道："哼！没有文化真可怕……"这时，张强强捂着嘴悄悄地离开了……

晚上,张强强像溺水人觅求救命稻草一样,在幻想着讨回工程款。

张强强悄悄地潜到刘经理家,一见室内有灯光,他喜出望外连忙按下门铃。

叮当、叮当、叮当……

张强强双手合十,念道:“家里有人,快开门,家里有人,快开门……”果然不负张强强所望,室内真的传来一女人的声音:“谁啊?”

“俺,张强强。”

张强强立刻暗想:“这次俺可有救了,这次俺可有救了。”

“嗯,你找谁?”

“哦,请问刘经理刘盛在家吗?”

女主人一听是找刘经理的,开门后,大声问道:“哦,是来讨债的吧?告诉你们,这个家早不姓刘了。记住:‘现在它姓屠不姓刘!刘经理出逃之前就卖给俺了……’”

咣当!女主人赌气用力关上了大门。

时间过得真快,转眼间小年过去了,再有几天就是大年三十了。张强强急得满嘴生泡,可是一想到大家的路费还没有着落时,他愁得连觅死的心都有了。

张强强来到角湖边转悠大半天,也没想出一个好办法来,万般无奈的张强强,突然闪出一个死的念头。当张强强站在河堤时,这种念头像天上的流星一样一闪而过,张强强的思想斗争越来越激烈……

张强强悔恨当初不该趟这浑水,更不该离开生养他的沃土……在这人生低谷之中才觉得家乡那片沃土的温暖。

张强强情不自禁地想起“身在异乡为异客……”的诗句。让张强强更加思念家乡,他恨不得插上翅膀飞回家乡,再捧起一把沃土闻闻家乡的泥土味:……

就在张强强身处幻觉之时,一只大手突然搭在他的后肩上,张强强本能地转过身来,不约而同地叫道:

“张强强!”

“郭刚!你咋在这?”

“哎,你咋在这?”

张强强他乡遇故人格外亲,激动地拉住郭刚的手,惊奇地问道:“郭老师,你咋也在这儿?”

“这话俺该问你哪,你忘了俺家就是省城的。”

“哦,你看俺这脑子啥都不记了……”

“哎,看你这憔悴的样子,你是不是遇到难题了?你要是把俺当朋友的话就直说……”张强强瞒不过去了,满肚子的辛酸涌向心头,张强强眼眶噙满了泪水,从跳农户到承包工程的前前后后向郭刚陈诉一遍。

郭刚很同情张强强的遭遇,他俩不仅是同事,而且是挚友。郭刚拉着张强强的手,劝说:“这世上就没有过不去的坎。这样吧,俺只能给你解决燃眉之急,先把大家的路费解决了,先让大家回家过年与家人团聚。”张强强看到了曙光,感激道:“郭老师,俺啥也不说了,大恩不言谢,等俺要回工程款俺一定连本加息还给你。”

郭刚见张强强还没有悔悟,提示道:“张老师,俺就不明白了,你们有那么好的沃土不一定非要进城拼搏。哎,你们这是荒了自己的地种了别人的田,以劣击优……”郭刚的话让张强强眼前一亮,悔恨道:“谁知道

是这种结局,当时只图眼前利益。哎,也想摸着石头过河没想到水没了头顶,俺是该清醒清醒了。”

当天,张强强和大伙儿在郭刚老师的资助下返乡了。大家背着出发时的破编织袋子默默地走进家门,小花一进家门,哇的一声,扑到马天花怀里大恸。

张士琦见小愣和小海像叫花子似的回来了,赶紧缓和气氛,劝说道:“哎,快脱下工作服,穿上新衣服过年喽。”

小愣扔下编织袋子,嗵嗵跑进内屋……马天花知道孩子在外吃了不少委屈,赶紧搬出炸酱的年货。一边切着猪头肉,一边吩咐:“他大,快把小海叫来,咱管他年不年节不节的,孩子回来了就是过年……”马天花说着心疼得泪水差点掉了下来,念叨:“哼!这天下哪里也没有咱这庄稼窝里好,啥大城市咱们不稀罕……”

一会儿,张士琦一家除二愣一家外全部到齐。小愣一见猪头肉眼都绿了,眼睛直勾勾盯着盘子,边咽涎水边说:“娘,俺三人这段时间都忘肉啥味道了……”小海抓起一把肉塞进嘴里。小愣、小花也不甘落后,抓起大块肉往嘴里填……

三愣媳妇和两个孩子看傻了,孩子拉着三愣媳妇问道:“娘,叔叔、姑姑和哥哥咋像小狗一样争食呢?”三愣媳妇轻轻拍打下孩子,训斥:“咋说话,没有礼貌……”张士琦看到小愣三人的吃相就知道孩子在外吃了不少苦。马天花含着眼泪,哽咽道:“天哪!看把三个孩子靠成啥样子了。”大愣和小芹抹着泪,提醒道:“慢点吃,肉够你们吃的。哎,别噎着。”小愣一边咀嚼,一边说:“嗯,这肉真香啊。”小海咂咂地添着手指头,突然打一个饱嗝,说:“嗯,这顿饭吃得真过瘾了。哎,有一段时间,张强强没有钱买菜。俺就蘸着咸盐就馒头……”小花抹着嘴角，调侃道：“今天，总算把以前的肉吃了回来。”

“小姑，你脸上还有肉渣滓？”小花摸着脸，羞涩道：“嗯，还真是的。”

“哎哟！这么热闹啊！”

二愣攞着一个大包一步跨进堂屋，二愣一边放东西，一边向张士琦和马天花请安。然后扫视大家一眼，在一个空位上坐下，对着小愣微笑道：“哎，咋样？听说吃了不少苦，也遭了不少罪？”小愣是好了伤疤忘了疼，一挥手，不以为然地说：“咳！俺们运气不好，碰到一个不讲信誉的承包商，他竟然卷俺们的钱潜逃了……”小海插话道：“二叔，俺们跟你干吧，也让俺挣点钱花花……”

大愣见缝插针，帮腔道：“是啊，还是自己家人可靠，打虎还须亲兄弟。二弟，你就帮帮他们吧。”

二愣像没有听到大愣的话一样，沉默下来，暂时回避了这个话题。大愣气不过，噌站起来，质问道：“咋了，让你带带他们还不行吗？你知道吗，他们干大半年的活儿，一分钱都没有拿回来……”

张士琦指着大愣，说：“大愣，你发哪门子火，让你二弟把话说完。”大愣瞪了二愣一眼，哼了一声，立刻背过身去了。

二愣见大家静下来了，对着小愣说：“你们进城打工不是那么简单的事情。现在的工程环节太多都要雁过拔毛。最后，承包者被扒得只直剩下骨头了。哎，要是运气不好，碰上工程欠款和不法承包商，其结局都是一样的。俺不赞成再跟着人家趟这浑水，东阳镇像你们这样干大半年要不来一分钱的大有人在。”

大愣还是转不过弯来，转过身来，插话道：“你说得轻巧，不打工干

啥,在家猫着和俺一样和黄土打交道?”二愣瞅一眼大愣,质问:“大哥,在家种地不好吗?”

“哼!好,就是挣不到钱啊。哎,你咋不在家种地?”

“大哥,以前俺真不愿意与土地打交道。可是经过这段时间的磨难,俺真打算回家种地……”

“老二,你是不是让你大哥气糊涂了,咱好不容易才熬出去,咋说回来就回来哪。再说了,人家夏美也不乐意啊。”

“是啊,二哥在外边多好,不像俺们没有出息,好容易出去打次工还被人家骗了……”

“哎!咱们的运气咋这么悖哪?”

小花也在不停地抱怨……二愣不想在大过年里争论这敏感的问题,圆场道:“哦,这事啊,过年咱们再好好唠叨唠叨。今天,咱们不提那些不愉快的事。来!喝酒,吃菜……”

二愣夹了一道菜送到三愣家的小龙碗里,问:“小龙,啥时候上班?”

“哦,过年就上。哎!俺娘不跟俺去矿上。”杨萍连忙解释:“二哥,俺一个妇道人家也拿不准主意,你见识广又懂政策,给俺说道说道这事。俺是想把户口落在矿上,可是,去了没有工作俺吃啥?”

“哼!有俺吃的就有你吃的。娘,俺饿不着你的……”

二愣放下筷子,夸赞:“小龙,二大爷相信你说的没错,你是个孝顺孩子。”小龙自语:“嗯,俺要让娘过上好日子。”二愣没有急于表态,他把视线转向张士琦,问道:“大,杨萍和小龙去矿上的事你是咋想的?”张士琦嗑着烟袋窝,慢条斯理地说:“杨萍说的对,这公家只是将户口给转走了,这事情只做了一半,而安排工作却是个大事。你看咱村里有把户口起走的，矿上只转户口不给安排工作，结果咋样，她们去了就失业了。咳，村里还把地给收走了……”

二愣边听边点头赞同。杨萍插话道：“可不是嘛，俺认识的那个矿上家属，上次见面她还嘱咐俺，千万不要起户口……”

小龙见大家站到了杨萍一边，争辩道：“你看，现在有多少人削尖脑袋闹着农转非哪。咳！你有这个机会却不要哪。”

张士琦吧嗒两口叶子烟，评判道：“这事情是婆说婆有理，公说公有理。你俩谁也说服不了谁。清官难断家务事，这事情难决断啊。哼！现在都争着起户口转成非农业。往后，那些非农业人口再想转成农业人口，俺看比登天还难。”张士琦的独到见解让二愣佩服之至，咣咣给张士琦鼓起了掌……

马天花乜斜张士琦一眼，说：“你大，刚喝两口酒就醉了，他都开始说酒话了。”

“咋，你不信咱们走着瞧，那时，他们拿多少钱也转不成农业户口的。”

哈哈哈……

“大，你真醉了，农村那得发展到啥时候？”

“爷爷，你在做梦吧？”

二愣看着反驳的小海，郑重地说：“小海，爷爷的话，很有道理，俺相信在不久的将来就能实现。所以，俺才决定回家种地的……”

吐、吐、吐……

一辆摩托车戛然停在张士琦家门口。从摩托车上下来一个青年，问道：“喂，大爷这是张士琦家吗？”

“是的，就是他家。”

青年道谢老汉，从摩托车上搬下一箱啤酒向张士琦家走去。小青年是从东北回来的，他是四愣的好朋友，这箱啤酒就是四愣专程让他捎来的。青年一提起四愣，张士琦就不悦，在不停地吧嗒叶子烟。二愣连忙接下东西，青年以赶路为由很快离开了。

马天花打开箱子，惊讶道：“哎，快来看，这是啥东西。”

二愣取出一瓶来，高兴地说：“来，大家尝尝，这就是青岛啤酒……”

小愣瞅一眼，说：“见过，可是俺没有喝过，来！给俺也倒点尝尝。”

“俺也来点……”

“俺也来点……”

二愣打开一瓶啤酒，首先给张士琦斟上一杯，然后给每人倒上杯啤酒……

张士琦端起杯子，嘟囔：“奶奶的，走这么长时间连封信都不来，大老远的捎这玩意干啥……”张士琦端起杯子赌气喝了一口啤酒，啤酒的发酵麦芽味把张士琦顶了个趔趄，噗嗤，张士琦把啤酒喷了出去，然后捂着嘴角干哕……

马天花见状，赶紧将放在嘴边的啤酒移开了，皱着眉头盯视着张士琦，嘴里不停地“哎呦喂，哎呦喂”地嘟囔。

张士琦干哕完，擦一把嘴角，抱怨道：“奶奶的，四愣这个熊孩子，这大过年的捎来一箱沤麻水来作践俺，这不是拿老子开涮嘛！”张士琦火冒三丈，端起酒杯子狠狠地摔在地上。

二愣见张士琦误会了四愣，连忙解释道：“大，你发啥火呢。这是四愣和二妮给您捎来的啤酒，是人家两口子的一片心意，你咋不领情哪？”

“哦,这就是四愣和二妮的心意,你尝尝这味道,这分明是有意作践老子嘛。”

二愣喝了一口,恣意地说:“这不是很好喝吗? 这青岛啤酒可是国际知名品牌。你咋喝出沤麻水的味来?”

“是啊,他大,四愣不是那种人。”马天花喝了一口,“咂咂,哎呦,确实不咋地,你大说的一点没错,就是一股沤麻水味。”

小海喝口感觉清爽,略带苦涩香味,质问:“奶奶真是老外,这酒多好喝,咋是沤麻水的味道哪?”小龙常去煤矿喝惯了啤酒,一气喝掉一杯,然后挨个问:“有不喝的吗?”小愣赶紧捂着杯子生怕被小龙夺走似的。

二愣又倒上一杯啤酒,恭敬地端在张士琦的眼前,劝道:“大,你再喝一点尝一尝。”张士琦被二愣说动了心,也觉得好奇,就按照二愣的说法将酒杯子端在嘴角。

“哎,先喝一小口含在嘴里,一会儿再咽下去。然后,再张开口……咋样,苦尽甘来,是不是满口麦芽香?”

张士琦尝试一下,果然像二愣说的那样,啤酒含在嘴里先苦后香。张士琦不由得说:“嗯,不错。”刺溜一杯啤酒下肚。一会儿的功夫,张士琦黑里透红的脸上露出了笑容。

张士琦接受了啤酒也就接受了四愣两口子的心意。小海贪杯嘴角挂满了洁白的啤酒沫,大家争相品尝着啤酒,张士琦一家欢欢乐乐地过了一个祥和的春节。

第二十九章

浪子回头金不换

清晨，一轮红日从东方冉冉升起……

蓬头垢面的小常从柴火垛里钻了出来，伸着懒腰望着东方红彤彤的日头，不由得感到肚子在咕咕噜噜地叫，他摸着干瘪的肚子，自语道："没钱的日子难熬啊。哎，上哪儿饱一餐呢？"小常咽下一口水，摘着粘在衣服上的麦屑向东阳镇集市走去。

小常自从偷卖了张盼富的黄麻皮子就没有回过家。小常好吃懒做，过着今朝有酒今朝醉的流浪生活。在刚卖了黄麻皮的日子里，他天天泡在饭馆里吃香的喝辣的，过着游手好闲的悠闲日子。

坐吃山空，立吃地陷。小常游手好闲，不久便花完钱，一夜之间变成了一个穷光蛋。后来，他一曝十寒，虽然过着饔飧不继、夜宿街头的日子，但习惯于游手好闲的小常也不愿意回家过平安日子。

小常在集市上是出了名的小混混。从前，集市店铺有忙不过来的时候，小常就伸把手帮店铺干点零活混口饭吃。

一天，小常游逛到文物市场突然想起了文物贩子金铃。真是鱼找鱼虾找虾，臭鱼找了一个癞蛤蟆。小常也做起了发财梦，梦想借助金铃的实力赚点外快花花。于是，他抱着侥幸心理，在文物市场四处寻着金铃，可是半天也没有发现金铃。小常突然想起了啥,驻足掰着指头估算一下,自语:"哦,金铃一定是还没有出来,在监狱劳改哪……"小常失望了,在日头偏西的时候,才想起干点零活填饱肚子。他沿街问遍店铺也没有要打零工的。在小常路过一馒头店时,小常突然感到饿得慌,闻着味道走到柜台,搭腔道:"老板,你有零活干吗?"老板见是小常,也懒得搭理,朝小常一摆手,撵道:"去!啥时辰了还有活儿可干……"

小常摸着咕咕直响的肚子,心里盘算:"不行,说啥也得弄个馒头先填饱肚子……"小常机灵一动,向路边烧水炉子奔去,趁人不注意猫腰摸一把炉灰抹在脸上,他上下一撮,在炸毛的头发上又放了几片树叶……小常还觉得不像叫花子,又把上衣反穿过来,刹那间,小常捯饬出一个活脱脱的大叫花子。小常效仿着讨饭的模样走向馒头铺。

小常刚把手伸向馒头铺老板乞讨,突然被一只大手抓了,小常慌张转过身来,惊叫道:"大哥,俺没有偷你的馒头,俺是来要饭的……"

抓住小常手的人正是金铃,金铃嘘嘘一声,立刻拉着小常走进一个偏僻的地方,骂道:"狗日的,你咋混成这个模样了?"

小常见是金铃,嘿嘿地傻笑……金铃指着路边的河沟,督促道:"快去!"小常心领神会,边点头边向河沟走去。

一支烟的功夫,小常以崭新的面貌出现在金铃的眼前。金铃推一把小常,骂道:"狗日的,你装啥不好非得装个乞丐,真没出息。走,咱上饭店吃一顿。"小常囊中羞涩不肯去,金铃见小常多心了,朝着小常头上轻轻打了一下,宽慰道:"嗨,你都混成讨饭的了,谁还打你的主意。你放心,俺不让你掏钱。哥请你还不成吗?"

"大哥,俺现在真是身无分文,真不好意思,谢谢你了。"

小常被金铃带到饭馆一雅间，俩人寒暄一番，咣咣地碰着杯子喝了一阵……当两人酒足饭饱之时，小常见金铃手腕上有个圆圆的痕迹，关心道："大哥，你这手咋了？咋像戴了一个红镯子？"金铃见小常拿手说事，像触电一样将手插在裤兜，慌张道："没啥，俺不小心碰一下。"金铃搪塞过小常的话，他端起杯中酒，郑重道："来！兄弟，大哥敬你一杯。"

"不敢，还是小弟敬大哥为好。"

"去！你懂啥，这叫大敬小越敬越好。"

"干！"

"干！"

小常三杯酒下肚，便大哥长大哥短的说个没完没了，在陈述在文物商店寻找金铃的故事……

天下没有免费的晚餐，金铃请小常也是有预谋的，是有事求于小常，要让小常帮他做一件大事情。

金铃敬完小常酒，把酒杯子一放，佯装为难的样子，问道："小常，大哥对你够意思吧？"

"嗯，真够意思。大哥，你比俺亲哥哥还好哪。"

金铃向四处扫视一圈，警惕地将头凑近小常眼前，低声道："小常，有一件事情需要你帮大哥的忙……"

当金铃和小常低声私语的时候，饭馆门口突然进来两名警察，询问道："老板，过来。哎，见过这个人吗？"饭馆老板闻声在围裙上擦把手[illegible]到警察身边，拿着照片，仔细端详一会儿，惊讶道："哦，那个人就在雅间里！"警察赶紧给老板一个嘘嘘的暗示，立刻拔出手枪进入战斗状态。

饭店老板被这突然的举动吓得魂不附体，战战兢兢地指了指雅间的

门,警察立刻端枪包抄过去……

金铃刚向小常张开口,突然觉得饭馆有异常动静,他转身走向门口。小常不知发生了啥事,追问道:"大哥,你今天咋了,神神秘秘的。哎,你话到唇边留半句,这不是你的风格。真是的。"金铃嘘嘘再次给让小常一个安静的暗示。小常见金铃紧张的样子,立刻觉得大事不好,全神贯注地看金铃的一举一动。

别看小常平日好吃懒做,在镇里骗吃骗喝的,但是他属于胆小怕事的人。是一个大事不惹小事不断的小混混,只要知道是违法的事情他是不敢做,善意地劝说:"大哥,咱们可不能再干犯法的事了……"金铃听了小常的劝告,原形毕露,恶狠狠地说:"小常,闭上你的臭嘴,你老实呆在那里。一会儿俺再给你说事。"

金铃唬住小常,轻轻拉开一条门缝,他窥视门外一眼,金铃的视线正与包抄而来的警察对视了,金铃惊叫道:"娘啊,警察真的追来了!"

咣当!

金铃用力把门关上了,立刻转身向窗子冲去。

咣当!

警察一脚踹开房门,就在金铃越窗的瞬间。

警察的枪口对准了金铃,喝令道:"金铃,举起手来!老老实实地接受法律的处罚!"

金铃见警察的枪口对准了他,突然大恸……在警察取铐子之时,金铃纵身跳向窗子的刹那间,另一警察进门果断开枪了,呼啸的子弹从小常头皮飞过,小常当场吓得昏迷过去。金铃"啊"的一声栽倒窗外,垂死挣扎的金铃,从地上爬起来一瘸一拐向外逃去。可是,刚逃出几步远,金

铃眉头突然被乌黑的枪口顶住了……

金铃感觉眉头上的枪管还滚烫滚烫地，一下子瘫在地上，求饶道："俺投降，俺投降……"

饭馆老板慌忙追过来，磕巴道："警察同志，你们在雅间里还击毙了一个小伙子！"警察扫视一眼金铃腿上的伤，自语："不对啊，俺就开一枪咋一枪打两哪？"

一警察，大声道："你！快把里面的那个人拖出来。"

警察通过对讲机向上级报告了情况，通知120前来救治击中的罪犯。

饭馆老板和跑堂的伙计将小常抬了出来，警察验证小常身上没有伤，便用力掐住小常的人中。小常突然"啊"的一声，坐了起来，对着警察说："这不管俺的事，俺是被他叫来吃饭的……"小常被警察带到雅间骑马式蹲在墙角。一会儿，小常全身大汗淋漓，他坚持不久，噗嗤瘫在地上……小常老老实实地接受了警察的询问。

一会儿，远处传来急促的救护车的笛声，金铃被救护车拉走了。

原来，金铃是名越狱犯。昨天，金铃借外出劳改偷偷潜逃的，他在东阳镇隐藏一晚上。金铃寻找小常的真正目的，还惦记着张浊村大槐树上的那口大钟，他想再次盗窃大钟作为长期潜逃的资本。

天网恢恢，疏而不漏。金铃终究没有逃出法律的制裁，因负隅顽抗被公安人员击伤收监。小常被公安人员排除作案的可能性后，被公安责令回家以观后效。

小常一听放他回家了，这才感到家的温暖，心里暗暗地说："大，娘，俺知道错了，俺要做个好孩子。"

小常回家了，他进门扑通跪在张盼富和菊花的眼前，张盼富憋屈了好长时间的火气，瞬间爆发了，飞起一脚把小常踢倒在地。小常没有反抗也没有怨言，他爬起来再次跪在张盼富和菊花眼前，哭诉："大，娘，俺知道错了，俺对不起你们，俺该死……"

可怜天下父母心。小常的哭诉像揪菊花的心一样疼痛，菊花一把搂住小常大恸。

张盼富见小常和菊花娘俩悲伤地哭泣，也在一旁扑簌簌地掉起眼泪……

菊花大恸一会儿，突然抓住小常的手质问："小常，你这些话当真？是不是又回家骗俺？"小常抹着眼泪，表示道："大、娘，儿子知错了，俺真的悔过了。今后，俺要重新做人，要给您二老争口气，再也不让大家看不起俺了……"

无情未必真豪杰，怜子如何不丈夫。张盼富擦把眼泪，猫腰扶起小常，小常心里还是感到愧疚，又跪在张盼富的眼前，一边掴脸，一边赌咒："俺该死，俺一定痛改前非……"

张盼富再次扶起小常，安抚道："孩子，俺相信你。快，擦把眼泪。"小常接过菊花递来的毛巾……

张盼富注视着小常，心里总算踏实了，吧嗒两口烟嘴儿，欣慰道："孩子，有句古话叫浪子回头金不换，咱们就给大家做出个样子来，当个金不换的好男人！"

从此，小常一想到金铃被击伤的情景就像做恶梦一样，每次恶梦犹如给他上一次生动的教育课。小常的转变不仅让张盼富两口子感到很欣慰，而且也赢得了父老乡亲的信任。

小常不负众望,他脱胎换骨成了一个顶天立地的男子汉。菊花见有人上门给小常提亲了,兴奋得一夜没有合眼。张盼富也转辗难眠,高兴地说:“菊花,小常真变好了,咱们的日子会越来越红火……”菊花从内心高兴,调侃道:“他大,俺心情好了,以后你想啥时间活动就啥时间活动……”张盼富掀掉被子,迫切地说:“菊花,俺现在就活动……”菊花向张盼富掀开了被窝……

第三十章

游子归来

中秋节是亲人团圆的节日。那天,四愣带着二妮和儿子小强突然回家了。马天花喜出望外,她搂着孙子小强,激动地说:“真是喜从天降啊,你们回来就好……”四愣和家人打完招呼,急忙跑到大门外将托运来的几个大纸箱搬进家来。

四愣和二妮把小强拉到张士琦和马天花眼前,向张士琦和马天花叩头认祖。

事情来得突然,张士琦没有准备孙子的磕头钱,承诺:“小强,好孙子。走,跟爷爷拿磕头钱去。”小愣见四愣带回很多纸箱子,向小花和小海招手,压低声道:“快看,这么些箱子得有多少好吃的?”小海趴到纸箱上闻一闻,疑惑道:“哎,咋没有香味哪,这是啥东西哪?”小愣用力撕开一道胶带,小花连忙摆手,制止道:“哎,拆开箱子四哥会不高兴的。”小愣犹豫片刻,又将胶带贴上。

四愣知道小愣他们在寻找带来的稀罕物,二妮从提包拿出了一些糖果和食品,把大家招呼来享用……

晚上,四愣把大家召集在一起,向家人汇报了这几年的漂流经历……

这几年，四愣漂流到东北林场，在林场一干就是几年。四愣虚心好学掌握了栽培毛白杨的技术，并取得了不少成绩。一看农村形势变了，四愣和二妮产生了回家帮助家人致富的想法……四愣一说到毛白杨，眉色飞舞，他指着几个纸箱子，兴奋地说："这是俺从林场带回来的毛白杨枝条，咱们就用这些枝条育苗……这毛白杨啊，是两年当椽三年当梁。现在正是全国搞绿化的好时节，俺们林场培育出来的树苗当年就见利了……"

张士琦拿起一根小枝条琢磨半天，疑惑道："四愣，这小东西能长那么快？"二妮插话道："大，种毛白杨树可是四愣的绝活。这几年，四愣在林场年年都是林场的先进技术能手，你就放心吧。"

二愣拉着四愣的手，夸奖道："四弟，这段时间，俺在苦思冥想搞种植发家致富，你这一来就给俺解决了难题。俺信任你，咱们种毛白杨树苗肯定发财……"

小愣越听越好奇，迫不及待地将纸箱撕开，他掏出一把小枝条仔细端详……小海凑到小愣身边，一把夺过树枝条，抢先道："先让俺瞅瞅。嘿！这不是咱河沟里的杨树条子吗？"四愣一时不知道从何说起，解释道："嗯，不过，这是从杨树杂交而来的……"

"四叔，那还有啥神秘的，不是就是杨树吗？"

"小海，可不能这样说，毛白杨可是杨树品种中的优质品种，他要比普通杨树的品种优良得多……"大愣朝小海头上轻轻一啪，教训道："小海，别瞎问，听四叔的没有错，咱家跟着四叔种树准能发财。"

小海拿着树枝，凝视着四愣说："真的？那俺家也育毛白杨吧……"

四愣朝小海点下头，高兴地说："嗯，只要你大认可就行。"

小愣舒口气,感叹:“哎,总算有了发家致富的门道……”

张士琦家培育毛白杨树苗的消息一传开,张士琦成了村里的头号新闻人物,张浊村大街小巷在议论纷纷。村长听说后,急忙赶到张士琦家,详细咨询育种毛白杨的培育方法……村长听了介绍还是半信半疑,深思片刻,劝说道:“士琦,你说要是真种上这么些毛白杨咱们卖给谁啊?”张士琦被问得哑口无言,搪塞道:“四愣,可能有办法,反正他把毛白杨说得头头是道,俺就相信他了……”村长和张士琦又查看了毛白杨的小枝条,村长还是不敢苟同,只好半信半疑地离去。

在育种毛白杨的那天,村里来了很多人,大家好奇地围观育苗现场……”

二妮将张强和刘青也请到现场,张士琦和张强冰释前嫌,一起培育树苗……

四愣从纸箱里倒出白杨树枝条,猫腰捡起一枝条,对大家说:“大家既然来了,有对栽培毛白杨感兴趣的,俺给大家讲解并做下示范。

对树苗感兴趣的人们涌到四愣身边,小愣他们被大家团团围住了,小愣向四周挣脱一下,才站稳脚步,不满地说:“你看看,你们把俺都快挤走了……”四愣一边讲解,一边给大家做示范。

四愣将毛白杨枝条截成四五公分长,朝大家展示,并解释道:“首先把这枝条截成这个样子,然后,把芽迹朝上埋在土垅上,深度约七八公分……”

大家很快掌握了种植技术,张士琦和张强两家将经济田里育种上毛白杨……

自古就有种树十年强似种田之说。张士琦和张强还有大愣家的经济田全部种上了毛白杨。

春天,大地万物苏醒。毛白杨竞相长出了黄灿灿的嫩芽,树苗横看成排,竖看成行。鲜嫩的树芽犹如头茬的春芽一样诱人,让人馋涎欲滴。张士琦站在畦垅越看越喜爱,在憧憬小嫩芽长成一棵棵茁壮的大树苗……

天道酬勤。张士琦、张强、大愣三家精心伺候着毛白杨,他们从育种施肥到打小树杈,从不放过一个小细节,忙得不亦乐乎。

秋后,娇嫩的小树芽果然长成大拇指粗的树苗。真是墙内开花墙外香。他们的树苗还不到植树季节,外地的树苗贩子慕名而来,竞相收购树苗……

张士琦三家树苗成为脱销树种,让全村的人投来羡慕的目光。村长见树苗全部被人买走了,当场抱怨道:"士琦,你不能光顾自己发财,要帮家乡父老一起发财……"

张士琦"那是那是"的回应着村长,四愣望着村长,表示道:"村长,你放心,明年俺保证大伙所需要的毛白杨条子。"

村长盯视着四愣,郑重地证实道:"四愣,此话当真?可不能言而无信啊!"

"当真,决不食言。"

村长高兴地伸出大手,然后拍打着四愣的肩膀约定下明年的树苗子。村长高兴地撸着袖子,边走边嘟囔:"嗯,还是四愣见过大世面。好,咱们明年见分晓。"

张士琦拽一把四愣,低声问道:"哎,你能行吗?这话说出去了要兑现的。"

“大,你放心,俺说到就能做到。”

翌年,春节一过。村长主动找上门来了,嚷着让四愣兑现育种毛白杨的枝条。

张士琦为难了,悔恨道:“嗯,俺咋说来,大话不能说。这下可好了,村长上门兑现承诺了。”张士琦向村长倒茶递烟生怕有个闪失,再得罪了村长……

四愣估算一下,吩咐道:“村长,明天你带着种树苗的人到树苗地集结,俺免费供给大家育种苗子。”村长一边粘着烟蒂,一边说:“嗯,你可不能耍人。好,明天上午九点,俺准时到,咱们不见不散。”

张士琦急了,质问道:“四愣,你出去才几天,就学会胡说八道了。明天,俺看你咋收场。哎,你让俺这张老脸上哪儿放啊!”四愣始终还是那句话,让张士琦放心,他是说到就能做到的。

翌日,张士琦一早来到树苗地,仔细琢磨着四愣所说的话,心想:“莫非四愣将自家的树根送给村长他们?这不可能啊,那不是种了人家的地荒了自家的田吗?不对,四愣不会做这种损己的事情。坏了,他一定在耍村长……”

张士琦越想越来气,四愣一踏进树苗地,张士琦立刻冲上去,骂道:“四愣,你这个小兔崽子,你是不是在耍村长?俺看你是不想在村里混了……”

“大,你咋也不相信俺哪,俺再不懂事也不能做对不起庄乡父老的事情哪!来,俺让你看……”四愣一铁锨铲下去,立刻翻出一掀鲜土来,指着地面,说:“看看,这些树根就是育苗的最佳枝条,就咱这一亩地里的树根足够全村用的。”张士琦还是不明白,担心道:“你把树根铲了,咱们的树苗咋办?”

“大,这个你不用担心。春天咱们这地全是树芽,你啊,薅都薅不尽。”

四愣的解释让张士琦解除了顾虑,张士琦拣起一根毛白杨的树根,他对着树根嘿嘿地笑了……

三妮突然扒开围观的人群走到小愣身边,小愣惊讶道:“三妮,你咋来了?”三妮眼眶里立刻噙满了泪水,小愣扔掉手里的毛白杨根,他拽着三妮走到一个僻静的地方,追问道:“三妮,你咋了,快说话啊?”

三妮哇的一声,圪蹴在地上大恸。小愣怕被别人听见,连忙劝说:“三妮,你这是啥意思,让人家听到多不好,要是让嘎狗知道了容易产生误会的。”

“啥误会,人家早就有新欢了,他现在巴不得咱俩好哪。”

小愣简直不敢信自己的耳朵,追问道:“三妮,你再说一遍,这事情俺都不敢相信,你俩可是青梅竹马两小无猜的一对啊,咋说吹就吹了?”三妮擦干眼泪,一一列举了嘎狗移情别恋的事实。

嘎狗上班不久适应了城镇的生活,特别青睐城里女孩的时髦打扮,他嫌弃三妮土气了……起初三妮也没有放在心里。可是在一个星期日的上午,三妮骑自行车到信用社找嘎狗,刚走到信用社门口,老远见嘎狗拉着一名打扮时髦的女子走了出来,他俩骑摩托车扬长而去。三妮为了摸清嘎狗变心的实情,一咬牙走近信用社柜台,佯装成找嘎狗办理业务的,一柜员举手示意,道:“你好。请问你办啥业务?”

“同志,俺想问问嘎狗在吗?”

“嘎狗,今天休班,哦,嘎狗和一个女的刚刚出门。”

“哎,和嘎狗一块的那个女孩是谁啊?”

“哦,是他的女朋友呗。哎,你是来办业务还是查户口的?”

“对不起,是俺多嘴了。”

“哎,你是啥人,岂有此理……”

三妮讲述完,泪水流在脸颊上。小愣伸手为三妮擦掉了泪珠,安抚道:“哼! 无情无义的东西。这样也好,早发现早利索,省得结婚有了孩子再离婚。”

三妮眼含泪花,朝小愣默默点头认同。

此刻,小三妮两颗晶亮的眼睛经过泪水的洗涤,格外明亮。小愣呆呆地盯视三妮,三妮见小愣目不转睛地盯着自己,羞涩道:“哎,小哥,你看得俺都不好意思了……”小愣像没有听到三妮的话一样仍然一动不动盯视着……

嘎狗如心所愿找到一个如花似玉的女朋友,时常带着女朋友进出县城的高档歌舞厅,只要女朋友想要的东西没有嘎狗办不到的,嘎狗的慷慨深得女朋友的欢心。嘎狗和新欢兴趣相投,很快确定了关系,俩人商定在适当的时间拜见双方父母。

当初要不是嘎狗先登一步,三妮早就是小愣的媳妇了。三妮在小愣的关怀和鼓励下,从失恋的阴影中走了出来,并深深地爱上了小愣,小愣也如愿以偿得到暗恋着的三妮。小愣和三妮决定向双方父母征求意见。张士琦和马天花很喜欢三妮,双方的父母也是难得的好亲家。张士琦掰着指头盘算:“半年、一年……现在的孩子思想开放,在婚姻大事上赶早不赶晚……”马天花赞叹:“是啊,一旦闹出个未婚先孕就不好看了,俺看这事得抓紧。”

“嗯,咱先托高人去提亲,省得再节外生枝。”

“是的,俺数了数,这高人在咱村里就是王媒婆了。”

“嗯,这事非她莫属。俺看行,就这么定了吧。”

“他娘,你还愣着干啥?快找王媒婆去,你快去快回。”

马天花也是急性子,张士琦的话音还没有落地,一边捯饬着头型,一边向王媒婆家走去。当马天花快到王媒婆家门时,马天花“哦”了一声,突然想起了啥,她一个急转身向家跑去……

马天花进门扶着门筐,气吁吁地说:“哎呦!差点将事情办砸了。他大,这事真悬啊,吓死俺了。”张士琦望着门口的马天花,疑惑道:“让你早点回来,你也不能这么快啊?”

“他大,咱们忘了一件大事情。你过来,俺给你说。”

“啥事情,弄得神神秘秘的,真是的。快说吧。”

马天花伸着脖子和张士琦咬起耳朵……

张士琦惊讶道:“哎呦!你看看,你看看,要不是你反应过来,这事情非弄悖了不可。他娘,你还真行。你说咱俩咋忘了嘎狗和三妮相好过哪……”

为了不让王媒婆伤心,张士琦和马天花商定托村长到王德福家提亲。村长一提亲,王德福喜出望外,一口答应了三妮和小愣的婚事。张士琦和马天花盘算着结婚的日子。

王媒婆和王士中知道嘎狗和三妮吹了,气得好长时间没有和嘎狗说话。可是嘎狗收入不抵支出,他三天两头上门要钱满足新欢的花销。

王士中和王媒婆每次都劝嘎狗少花钱,警告道:“这次最好一次给钱,以后不准再要钱了……”其实,嘎狗在家里索要的那点钱根本不够他俩的花销。俗话说:“穷则思变”。嘎狗经济窘迫便打起了歪念,他以工作为名在村里代办存款业务。

当嘎狗得知村里有卖肥猪的便主动登门帮人理财。大家在嘎狗的动员下很快把节余的钱交给了嘎狗,以为将钱存在了信用社生息。

嘎狗的问题案发,一储户急等着用钱。储户拿着嘎狗开具的存款单去信用社提款,这才东窗事发,嘎狗被责令停职检查。

原来,嘎狗从村里揽到的储蓄存款只是象征性地办理了两户正规存款手续,其余的被他截留掖在了私人腰包。嘎狗在玩弄拆东补西的存款方式来掩盖私用存款的丑事。

在梦想着有朝一日发笔横财再填补存款窟窿。可是,邪念永远是见不得阳光的,嘎狗做梦也没有想到事情暴露得这么快。

信用社很快查清了事实,嘎狗被责令退赔所有存款,信用社也怕影响声誉将大事化小,小事化了。嘎狗才躲过了囹圄之灾,被信用社辞退。这个处理结果也是看在王士中的老面子上,加之受害者主动为嘎狗讲情,信用社才网开一面,从轻处理的。

嘎狗找到女朋友倾诉心里的苦衷,可是女朋友一听嘎狗失去了信用社的差事,二话没有说扭头拜拜了。

嘎狗悲愤地望着女朋友的背影,呸呸地发泄着自己的怒气,在谴责女友的无情……

嘎狗悲伤至极,这时脑海里突然闪现出了三妮的身影,一想到三妮,嘎狗心里就有千言万语要向三妮倾诉……嘎狗默默地说:"三妮,俺对不起……"嘎狗骑上自行车向张浊村驶去。

嘎狗来到张浊村头,巧遇一支敲锣打鼓的迎亲队伍,他急忙下车探听,当他得知是三妮和小愣在举行婚礼时,一下子瘫在了地上……

王士中和王媒婆听着这嫁娶的锣鼓声，如坐针毡，直叹气摇头。王士中见王媒婆在眼前走来走去，嗔怪道："他娘，你别在眼前晃动，晃得俺头晕。"王媒婆叹一口气，无奈地说："哎，你说咱这是养的啥孩子，这么好的媳妇说没就没了。咳！这熊孩子工作也混丢了，不争气的熊东西，这不是鸡飞蛋打吗？"

"咳、咳、咳！"

王士中边吸烟边吐着烟雾……王媒婆用手驱赶着缭绕的烟雾，嫌弃道："看你抽这一屋子的烟，呛死人了！"

王士中这才将烟窝里的烟渣磕出来，一面收拾着烟袋，一面嘟囔："金芝啊，世界上没有卖后悔药的，这人的命是天注定。嘎狗走到这一步也是命中注定的，咱们也别给自己较劲了。事到如今，只好想想今后的事情吧。"王媒婆也是明白人，王士中说的没有错，事到如今，也只有面对现实了。嘎狗再孬也是她身上掉下来的肉，王媒婆深思半天，突然问道："他大，你看，嘎狗下步咋办啊？"

王士中挠着头，片刻后，坚定地说："这世上不是只有死法，而且更多的是活法。哎，这日子还得一天天过下去，咱们也走发家致富之路。"王媒婆突然问道："他大，你看看人家二愣，不是也回家致富吗？"

"谁说不是来，咱也该想想法子了。"

王媒婆刚想说啥，听到门口有自行车声，立刻一个嘘嘘的暗示，王士中知道嘎狗回来了。王士中腾的站了起来，刚想发火被王媒婆一把捂着了嘴角，劝阻道："他大，你刚才咋给俺说的，事到如今，咱俩只好委屈自己了，听俺的。"王士中气得手都颤抖了，一甩手，赌气道："好，好，听你的。"嘎狗进大门将自行车支好，他捡起自行车上的绳子拽两下没有拽断

绳子,又解了半天还是没有解开绳子,赌气将绳子仍在地上……

一声炮竹响,嘎狗再次想起了三妮,他进屋一头扎进被窝大恸。

张士琦家又娶媳妇又发财,热闹非凡,小日子过得比蜜还甜。在三妮和小愣的婚礼上,郭师傅被小花邀请来,郭师傅忙前忙后,小花看到郭师傅总是笑呵呵的,高兴得嘴都合不拢了。

常言道:“知女莫过母。”马天花看出了小花的心思,见郭师傅小伙长得不错,这丈母娘看女婿越看越好看。小花羞涩道:“娘,你老盯着人家看啥,看得人就都不好意思了。”郭师傅红着脸,腼腆地说:“没啥,俺去饭屋打个下手去。”郭师傅擦着额头上的汗珠刚要走,小花一把拽了回来,嘱咐:“今天,你就好好当你的客人,这里没有你干的活儿。”小海早就看出小花和郭师傅的关系不一般,见小花和郭师傅拉拉扯扯的,提醒道:“师傅,你的待遇不低啊。看,小姑把俺都当下人用了。”

“小海,快忙你的去,别在这里瞎掰了。”小花把小海支走了,小花趁没有人注意的时候把郭师傅领进闺房。

别看郭师傅水电活干得好,可是面对小花的柔情却缩手缩脚,他不敢越池半步。小花贴在郭师傅的胸前,含情脉脉地问道:“哎,你看小哥都快进洞房了,你啥时候来娶俺……”郭师傅紧张得像怀里揣一个小兔子一样砰砰直跳,磕巴道:“那个、那个……”小花见郭师傅腼腆的脸都红了,在直勾勾盯视着她,莞尔一笑,慢慢闭上了眼睛。郭师傅喘着急促的粗气,突然一把将小花紧紧地搂住了,霎时,他俩相拥在床上……

嘎狗一阵大恸,很快镇静下来,发誓道:“重新做人,俺要从哪里跌倒从哪里爬起来……”嘎狗擦干眼泪,深叹一口气,整下衣冠,在地上拾起一把砍刀比划起来……

王媒婆蹑手蹑脚地来到窗下,听了半天,除了听到嘎狗大恸声,她啥也没有听清。王媒婆戳开窗户纸,见嘎狗不哭了,心里刚安慰点,一见嘎狗操起了砍刀,惊叫道:“他大,不好了,要出人命了!”王士中见王媒婆一惊一乍的,质问道:“他娘,你大喊大叫的干啥?”王媒婆一把抱住了嘎狗,嘎狗一时懵了,大喊道:“快、您放开俺!俺有事要做!”王士中扔下烟袋向王媒婆跑去,一把攥住嘎狗的砍刀,厉声道:“你这个没有出息的东西,人家都入洞房了,你这样去了不是作死吗?”

嘎狗哎了一声,冤屈道:“咳!你们误会了,俺是拿砍刀斩断自行车座上的绳子去……”

“啊,你不是去找小愣算账?”

“咳!你俩都想哪里去了,俺已经知道错了还能一错再错吗?大、娘,儿子不争气,给你们丢脸了……”

嘎狗的突然觉醒让王士中和王媒婆格外高兴,王媒婆抹着泪水,喃喃地说:“儿子,总算听到你一句悔过的话。儿子,记住你无论做了啥事情都是娘的亲儿子……”

嘎狗突然跪在王媒婆眼前,一边掴脸,一边悔恨道:“儿子不孝,儿子大逆不道……”王媒婆抓住嘎狗的手,轻轻拉起嘎狗,一面给嘎狗抹泪,一边叮嘱:“儿子,知道错了就是好孩子,咱们有沃土饿不死人,大不了从头再来……”

嘎狗和王士中夺砍刀的一幕恰巧被张强强看到,不由得倒吸一口气,他拔腿向小愣家跑去。

小海得知嘎狗要来报复,大怒道:“好一个胆大妄为的嘎狗,俺要让他有来无回!”小海操起一根棍子向大门走去。

小花闻声推开郭师傅，嘘嘘两声，向郭师傅发出一个安静的暗示。郭师傅吓得脸色煞白，小花见郭师傅害怕的样子，安抚道："哎，你打啥子颤哪？不是你的事，小海在骂嘎狗哪……"郭师傅这才把悬着的心放下心来，嘟囔道："嗨！俺还以为让人发现了。"小花一边整理衣冠，一边发誓道："哼！看到怕啥，俺愿意谁也管不着。嗯，这叫有钱难买愿意……"小花和郭师傅来到大门口，小海把张强强的话，向他俩讲述一遍。小花瞪着大眼睛，自语："这个嘎狗，咋这么不讲理哪。俺去找他评理去。"郭师傅一把拉住了小花，安抚道："不能去！这样会把事情搞糟的。"小海皱着眉头，问："咱咋办？"郭师傅深思一会儿，说："咱们守株待兔，在家门口等着。如果他真的来了，咱们就控制住他……"

"他要是不来哪？"

"笨蛋，不来不是更好吗？他不来，说明没事了。"

小花边嘟囔边跂脚眺望……

"小姑，不好，他果然来了！"

嘎狗从东面向小愣家走来……小海拾起一根棍子，提示道："师傅，快，你接着棍子！"郭师傅接过棍子，快速隐蔽在大门内。

小海操起一把铁锨，嘟囔："哼！来吧，让你有来无回……"

一会儿，嘎狗来到小愣家门口，小花佯装出门与嘎狗撞一个正着。小花问道："哟！这不是吃国库粮的嘎狗吗？稀客、稀客！"嘎狗尴尬道："咳！你就别讽刺了，俺已经被辞退了……"

小花与嘎狗说话间上下打量起来，嘎狗见小花在盯视他，问道："小花，你是不是因为俺犯了错误在鄙视俺？"小花苦笑道："没！没啥，不会的……"

“对了,俺刚听说小愣和三妮今天结婚,俺也没有啥送的。”嘎狗掏出一个红包,客气道:“哦,这是俺的一点心意,请你转交他俩。”嘎狗将红包塞在小花手里扭头便走。

小花拿着红包不知如何是好,愣了半天,高声道:“嘎狗,你进来喝杯喜酒再走?”嘎狗转身,微笑道:“不了,请转告三妮,俺祝她幸福!”

小花目送着嘎狗的身影,自语道:“你看看,这事闹的。哎! 这是闹的啥事情哪。小海,你给俺出来!”小海挠着头皮,问道:“小姑,这事俺也不明白,这倒是咋回事呢?”郭师傅点着头,证实道:“这是一场误会,咱们虚惊一场,没事就好。”

嘎狗返回家和王士中商量致富的门路。王士中抽了半天的烟叶没有想出一个可行的方案。嘎狗急得在抓耳挠腮。王媒婆从缸里盛了一瓢苞米,对着王士中说:“你爷俩好好商量,俺换豆腐去……”王士中一听豆腐,突发奇想,追问道:“他娘,你再说一遍?”

“哦,俺给你们换豆腐去。咋了,吃斤豆腐还舍不得了?”

“不,没事了。”

嘎狗盯视王士中,问道:“大,你别走了,你在俺眼前转来转去都把俺转晕了。”王士中没有理会嘎狗,仍然踱来踱去……

一袋烟的功夫,王士中突然停住脚步,兴奋道:“儿啊,有了。”嘎狗赶紧凑到王士中的身边,问道:“大,有了,你快说说呗!”

王士中收拾着烟袋,不急不缓地捻着烟叶子,嘎狗沉不住气了,推一把王士中的胳膊,催促道:“大,你卖啥关子,快说呗!”王士中点上烟,吧嗒两口烟嘴,凑近嘎狗耳边,试探道:“其实,不用俺说你也能猜得出来了。俺问你,你娘干啥去了?”

“咳！不是换豆腐去了嘛。哦，俺明白了，你是说咱们也做豆腐生意？”

“你这个兔崽子，这么聪明的人还做出那么愚蠢的事情来。一想起你作的孽，俺就想揍你一顿！”

“大，你咋哪壶不开提哪壶哪，那事都把俺的肠子悔青了……”王士中戳到了嘎狗的软肋，见嘎狗悔恨的样子，也不想再让嘎狗悲伤了，话题一转，在扳着指头估算做豆腐的毛利……

嘎狗边听边点头赞同，王士中见嘎狗很投入，他狠下一条心，坚定道：“俺看这个路子行，你看如何？”嘎狗起身道：“事到如今，只有咬牙闯下去了。大，明天咱就干。这三百六十行，行行出状元，俺一定把这份工作当作家业做好……”

梆！梆！梆……

嘎狗推一会儿小车，敲一会儿豆腐梆子，不时地喊：“豆腐！豆腐！豆腐……”

“哎！你不是小嘎狗吗？”

“你是？哎，俺不认识你。”

“哈哈，俺走的时候你还在流鼻涕哪。告诉你吧，俺大是大队长，哦，现在的村长……”

“哦，知道了，你是村长家的张民二哥？”

“俺就是。哎，咱的家乡变化不大啊。”

“张民二哥，这是嫂子吧？”

“哦，忘了给你介绍了。这是李英，你嫂子，这是儿子小龙。小龙，快，叫叔叔。”

“叔叔,你在卖豆腐啊?”

“嗯,真乖。对了,你咋不穿军装哪?”

“哦,俺复原回家了。哎,俺不是听说你接班上信用社了吗,咋还卖起豆腐哪?”

嘎狗的心像被锐器戳了一下,无奈地说:“咳! 不干了……”张民见嘎狗有难言之处,立刻转移了话题。张民和噶狗寒暄几句话向家走去。

梆! 梆! 梆……

嘎狗敲了一会儿,推着车子向前走去……

张民复员给中共张浊村党支部增加了新的血液,中共东阳镇党委将张民列为党支书记的培养对象。

二愣听说张民复员了,赶紧骑自行车来到村长家。

“二愣!”

“张民!”

“这山不转水转,转来转去又转回养育咱们的沃土上……”

“咳! 今非昔比。现在的沃土可是名副其实的沃土,这沃土快成了黄金窝了。”

“对了,俺要告诉大家一个特大喜讯!”

二愣和张民的对话让堂屋里的村长听到了,高声道:“二愣,啥大好事进来说说,也让俺们高兴高兴呗。”

在堂屋里唠嗑的张士琦、大柱、张嘎、张强强异口同声:“是啊,让俺们也听听,高兴高兴呗。”二愣兴奋得反客为主,拽着张民快步走进堂屋,高兴道:“各位前辈,也是大家的好事。在告诉大家之前,俺想测试一下大家:大家对缴公粮有啥看法吗?”

“真是的，啥好事你说呗，你拐弯抹角干啥？”张士琦不耐烦了，质问着二愣……

“士琦，不要着急。二愣这事情你还用问嘛，为国家缴皇粮这是天经地义的事情，大家这点觉悟还能没有，你们说对吗？”

“真是的，这样的事情还用问嘛，为国家缴公粮这是咱们农民的本分。”

大家边说边呷口茶水。二愣心想：“这事你们做梦也不会想到的……”二愣突然严肃起来，直截了当地说：“俺不和大家猜谜语了，党中央决定取消缴纳公粮了……”

二愣像说天书一样，大家在用疑惑的目光盯视二愣……

二愣见大家惊呆了，不解地问道：“咋了，俺说错了？”张民笑了笑，补充道：“这个喜讯的威力太大了，你看都把大家惊懵了。”二愣重复一遍，这时，大家才反过神来。村长追问：“二愣，你再说一遍？”

二愣又郑重地重复一遍……

张民见大家还是不相信，补充道：“这是真的，咱们的好日子来了。今后，国家不仅不要咱们的粮食还给咱们农民发种粮补助款哪。”二愣和张民的话像在平静的大湖里扔了两颗炸弹，掀起了千层浪花。顿时，堂屋里你一言他一语地议论开了。

这个意外的惊喜让大家兴奋至极，在为张民接风洗尘的宴席上，尽情地欢呼庆贺，大家用一醉方休的方式表达他们内心的欢悦。

二愣和张民见大家尽情地饮酒欢庆，他俩来到了大槐树下畅想未来的创业……

张民指着大槐树，问道：“二愣，你看咱们都回来了，可是这树上却少了一样东西。"

"是啊,因为咱们村里穷,晚上点不起路灯,那口大钟就是在停路灯的那天晚上被盗的……"

"啥,咱们的钟被盗了?"

"嗯,不过值得庆幸的是又被找了回来。"

"太好了,在不远的将来,这棵大槐树就成了咱们村的一个旅游景点。对了,俺在部队还时常想起小学门口的那棵大古树,那也是咱村里的顶级文物……"

"嗯,古树还在呢。是古树的神奇传说救了它,惦记他的人怕惹怒了树神,才没敢对老古树下手。不过,现在有人为了钱连鬼神也不怕了,恐怕老古树自身难保喽。"

"那也得保护好。这两棵大树可是咱们村的宝贝疙瘩,也是镇村之宝。走,过去看看那棵白果古树去……"

张民和二愣边走边盘算着自己的小九九。

二愣在盘算着借助农村的大好政策扩大种粮面积……而张民却在规划着村里的未来发展……

二愣务实,在踅摸着将外出打工或不愿种责任田的集中起来种植,既有客观的经济利益又能得到国家的政策补贴,这双利的种植利润让二愣信心百倍,不由得自语:"嗯,太好了!"而张民却畅想将神话《妖恩人怨也是情》浊河湾的神话故事和这两棵古树联系在一起,发展村级旅游点……二愣突然的举动打断了张民的畅想,张民好奇地问道:"二愣,你在想啥呢?"

"哦,俺在想如何扩大小麦种植面积哪,现在种植小麦是一举双得的

大好事情……”

“嗯,在农业种植上,你是把好手,俺应向你学习。哦,到了。”

“二愣,过去看看。”

“这有啥好看的,咱们小时候晚上都不敢来这里……”

“是啊,古树的传说让人恐惧。有朝一日,咱们也杜撰一下这棵神秘的古树,让它吸引更多的游人。”

二愣听了张民的话,赞同道:“你的想法太超前了,要是真的实现了,一定造福村里的父老乡亲……

白果古树像一个穿着拖地长袍的巨人,擎着若干只手在向月亮招手示意。在月光下,枯树洞暗淡分明,缠绕枯树干躯上的嫩枝像若干条金绳将枯朽的大树拧扎在一起,裸露的树根宛如八带鱼的吸盘吸在地面上,坚如磐石。北风吹得树枝瑟瑟发抖,让人总有一种不寒而栗的感觉。张民跬步到树杆,双手一搂在丈量着古树,嘟囔:“这是无价之宝,老古树在保佑咱们……”二愣好奇地问:“张民,你嘟囔些啥?”

张民拍打着手上的灰尘,自信地说:“在向老古树祷告保佑咱村发家致富……”

“哈哈哈……”

“二愣,你笑啥?”

“在笑你,当几年兵咋还信上迷信那?”

“这不是迷信,这是一种美好的祝愿……”二愣知道张民在为村里谋划宏伟蓝图,试探道:“说个不敬的话,咱们张浊村就缺你这样既有谋略又有胆识的领头人。”

张民盯着二愣,严肃地问道:“二愣,此话当真?”

“当真，是发自肺腑。”

张民拉着二愣的手，激动地说：“不瞒你说，镇党委已经找俺谈过话了，让俺接替村党支部书记一职。不过，俺还有个条件。”

“啥条件，说来听听呗。”

“俺当书记，你来当这个村长，也就是村主任，咋样？”

“啊，这可使不得，俺没有那本事，你还是另请高明吧。”

“咋了，你不是推辞而是害怕吧？”

“哼！俺怕谁，只是不想操心而已，俺想过自己的平安日子……”张民没有想到二愣会拒绝出任村长一职。张民也不好把话说死了，折中道：“这事不急，你再考虑考虑……”

不久，张民被镇党委任命为村党支部副书记。一个月后，在中共张浊村党支部改选中，当选村支部书记。张民接替了张士荣的中共东阳镇张浊村党支部书记一职。

新官上任三把火。张民上任第一把火烧在改选村民会上。村民委员会改选在即，二愣还是拿不定主意，仍不肯竞选这个村长……

俗话说：“大小是个官儿，强似卖水烟。”村主任可是村里的二号人物，这村级大官让不少人动了心思。马老汉把马六喊来，亲自煮了一壶好酒，爷俩边喝边琢磨竞选村长的事情……马六呷口酒，咂嘴道：“大，俺看这事情没有戏。你看……”

“看个屁，你这个王八羔子，咋没有信心呢？”

“大，俺不是对你没有信心，是你竞争不过人家的……”

马六耐心地说服马老汉。马老汉支颐沉思，突然冷静下来，问道：“你说，俺咋当不了这村长呢？”

酒壮英雄胆。马六刺溜连喝三盅酒，“呃！”一个饱嗝后，盯视着马老汉，郑重地说：“你看，这其一，你的年龄偏大，和人家比不行吧？这其二，你的威信和人家比不行吧？嗯，大家知道你有点钱，俗话说得好：‘千金难买人心。’”

“好了！别说了，老子就是没有当官的命呗。”

马老汉被儿子寒碜一阵，自叹命运不佳，一盅接一盅地喝酒。马六一把抓住马老汉的手，劝道：“大，你就不退一步想想，当不了村长当村长他大可以吗？”

“嗯，你啥意思？”

“大，你真喝多了。不是当儿子的说你，你是光考虑你自己，咋不想想你儿子的前途哪？”

马老汉将放到嘴边的酒盅移开，疑问道：“嗯，你啥意思？”马老汉盯视着马六，突然哈哈大笑……

马六被马老汉笑得很不自在，端起酒盅，问道：“大，咋了，俺不像吗？”马六站起来，模仿张世荣在室内走了一圈……

马老汉沉下脸来，说：“嗯，真像。你小子有思想，俺看行。来，咱爷俩先走一个……”马老汉和马六一唱一和，一边喝酒，一边谋划着竞选村长的事情。

村委会改选进入倒计时，马六竞选村主任的消息很快传遍了村里。大伙根本没有把马六放在眼里，也没有人公开站出来支持他的，马六自知不是竞争的对手，在踅摸着竞争村长的阴招。

晚上，马老汉和马六针对竞选村长的优劣，爷俩分析来分析去还是胜券把握不住，马老汉狡诈地一笑，拍打着马六的肩膀，自信道：“儿子，俺有办法了……”

“啥办法?”

“你看外国总统竞选还得游说演讲拉选票哪,咱们为啥不能借鉴一下。”

“哈哈,大,人家那是总统竞选,那和咱这码事相差十万八千里哪。”

“你甭管了,这事就包在俺身上了,你就等着当村长吧……”马老汉胸有成竹,立刻向村代销点走去。

代销员小红见马老汉来了,招呼道:“哦!马叔大驾光临,有何贵干?”

“嗯,小红,你有好烟吗?”

“咱代销点能有缺货嘛,有啊。哎哟,要办喜事了?”

马老汉把头伸在小红耳朵边私语一阵,小红一边点头,一边惊讶道:“哦,你要这么多啊,行,明天就给进来……”

第二天,太阳一下山,马老汉趁着傍黑给每家送去一条名烟,并暗示大家支持马六竞争村长。

刘芳芳拿着烟酒追到大门口,喊道:“他马叔,俺不能收你的东西……”

刘芳芳死活不肯收下马老汉送来的烟酒,谦让半天,刘芳芳一口咬定:“这烟俺不能收,要是收了儿子会嫌乎俺的。哎!他马叔你快拿回去吧……”马老汉见刘芳芳铁了心不收他的礼物,一不做二不休,马老汉放下烟酒匆匆离去了。

张民拿着马老汉行贿的烟和两瓶酒气呼呼地来到村部,一边吸烟,一边深思……

咣当！二愣用力推开村部大门，打断了张民的深思，张民惊得腾的站了起来。

二愣瞪着眼珠子，质问："哦，你在啊。看看这些贿选的东西。哼！你这书记当得真可以。"二愣气得将一条烟狠狠地摔在张民的办公桌上。张民扫视一眼大前门香烟，又从办公桌下拿出一条烟和两瓶酒，拍桌子怒斥："俺这里也有。哼！这是明目张胆的贿选！岂有此理！"二愣翻腾一下烟酒，苦笑道："咳！这贿赂还分档次啊。嗨！这样选举出来的村长能为村民办事吗？"

张民将手重重地拍在桌面，大声道："二愣，你问得好，俺至今不明白，你为啥拒绝竞争村长一职？"

二愣缄口无言，张了张嘴无言以对……

张民踱步到二愣身边，语重心长地说："二愣，咱们都是村干部的后代，你我不能眼看着父辈辛辛苦苦打造的事业葬送在那些投机分子的手里……"

张民句句说在二愣的心坎上，二愣终于掂量出大家和小家的分量，一拳砸在桌面，郑重表示："张民，你说得对，咱们应该有自我牺牲精神，要为社会有所担当。俺收回以前的想法，愿意竞选村长一职！"张民扔掉烟蒂，一边踩着烟蒂，一边高兴道："嘿！这才是当年的二愣子哪！一言为定。"

二愣满怀信心地说："嗯，驷马难追！"

张民和二愣将两只大手紧紧握在一起。

马老汉听说二愣参加竞选村长了，心里嘎噔一下，自语："哎呦喂，这可是一个竞争强敌，马六悬了。哎，难道这是命中注定的吗？"马六慌忙地说："大，二愣出山了，咱们是瞎子点灯——白费蜡。"

"哎！谁知道半路杀出一个程咬金，这事情难办了，咱们的胜算太渺茫了。"马六竞争村长的信心瞬间崩溃了，在支颐深思……

竞选村长的那天，大家早早来到大槐树下，镇里的领导和张民分别讲了话，二愣首先发表了竞选村长的演讲，短短20分钟的演讲中博得数次掌声。

识时务者为俊杰。二愣在竞争中脱颖而出，让其他竞争者甘拜下风，马老汉机灵一动，拽拽聚精会神听演讲的马六，低声道："儿啊，咱们现在送个人情还来得及，主动弃选咱还有点脸面……"

马六点头表示："嗯，知道了。"二愣设想的村民致富宏伟蓝图得到了大家的认可和赞同，尤其是探索打造农副产品引资合作的创新设想，博得主席台和参会人员阵阵鼓掌声……主席台上的张民和镇领导不由得相互点头赞同……

主持人宣布：下面由马六同志发表竞争演讲。

马老汉拽了一把发呆的马六，督促道："快，快，就按咱爷俩说的办。"马六"哦"了一声，急忙站起来，慌张地说："俺——俺听了二愣的演讲，决定放弃与二愣竞争村长，俺站在二愣一边，支持二愣当我们的村长！"马老汉一边喊"好！好！"一边哓哓地助威鼓掌。

马六的突然弃权是在与会人员的意料之中，马老汉哓哓鼓一会儿掌，见大家没有响应鼓掌的，尴尬道："俺拥护儿子的决定，支持二愣当咱们的村长！"马老汉诚实的言行博得大伙的赞同，大家立刻给予马家父子热烈的掌声。

马六的突然转向让参加竞选的同志迷茫了，参与竞选村长的一边倒，在强手面前像马六一样拱手相让，二愣以97%的票数当选为村长（村民委员会主任）。

第三十一章

致富路上的曲折

俗话说:“火车跑得快,全在车头带。”张民和二愣成为村里的党政一把手,勇敢地担当起历史的重任,成为村里的致富带头人。

二愣一上任提着两瓶酒来村委会,他和张民把酒畅谈了一整夜,终于探讨出一条发展蔬菜种植基地的新思路。年轻人雄心勃勃,他俩励志不仅带领村民要大量种植蔬菜,建立大型蔬菜基地,而且要把村里的蔬菜推向大城市,推向国际市场……

这个大胆的决策引起村老干部们的担忧,村老干部结伴来当面质疑,告诫新一届领导做事要本分避免犯原则性的错误……

张民向老前辈宣讲了新一届班子的致富规划和急需开拓的农副产品,张民和二愣以党性向老前辈和父老乡亲承诺在两年内不让村民走向致富之路就主动辞职让贤。以张士荣为首的老一辈村干部,听了他们从政理念和务实的发展规划,又给父老乡亲立下了发家致富的军令状,对后辈的雄才大略不再指手画脚了。

知子莫过父。老书记张士荣见儿子要创一番大事业,警示道:“儿子,咱们农民可经不起折腾,凡事你们要三思而后行,致富道路要一步一个脚印,决不辜负张浊村父老乡亲的厚望。”

张世荣和张士琦抱着美好的殷切期望,心里装着村党政一把手的军令状,才放心地离开了。

张民和二愣望着老前辈的身影,暗暗地告诫自己:“前辈创业艰难,咱们的改革只能成功不许失败……”

第二天,张民和二愣赶往县城。张民找到在外贸进出口工作的老战友、老同学和远亲李兵。李兵是原西区村村长的儿子,又是张民表妹小红的丈夫。

张民和李兵既是同学战友,又是表妹夫的亲戚关系。李兵在部队虽然没有当上军官,但是借着李村长的光,退役安置在人人羡慕的县外贸局。可是,这好景不长,县外贸局不久改制了,李兵的单位改成了私营外贸进出口公司。李兵见张民和二愣两名老同学不请自到,好奇道:“嘿!是哪股风把你俩吹来了。你俩是无事不登三宝殿,肯定有事情找俺。”张民问候小红后,久违的老同学刚寒暄两句……

嘟、嘟、嘟……

李兵客气道:“不好意思,俺先接个电话……”

李兵接完电话,摇头道:“哎,加工农副产品的买卖难干啊。真是怕啥来啥,你看看,公司出口的脱干蔬菜又查出化肥的成分,真是不可理喻……”

当、当、当!

“进来!”

“李经理,这是解除蔬菜供应基地的材料,请你签字。”

李兵阅示一遍材料,签字的同时,嘱咐道:“解除这家种植蔬菜基地容易,可再找一家能信得过的蔬菜种植基地不是一件容易的事情,你们

得抓紧时间啊。”

“嗯，请李经理放心，俺会全力尽快找到一家符合咱们公司要求的蔬菜种植基地。”

李兵送走了办事人员，歉意道：“真是不好意思，这事是一个连着一个没完没了。哎，咱们刚才讲到哪里了？”张民心里一亮，高兴道：“老李，你们不用费劲找了，俺俩来就是要你帮俺出口蔬菜建立蔬菜基地的。”

“啊，这么巧合，这是真的吗？”

二愣拉着李兵的手，感叹：“是真的，这事真是太巧了。今年，俺们村的经济作物改为种植蔬菜。俺啊，正愁没有合作单位哪……”张民凑到李兵身边，抱拳道：“李兵，你真是活菩萨，在给我们雪中送炭……”

李兵听了二位的一番话，觉得这事蹊跷，他是真伪难辨，疑惑道：“你俩一唱一和的像在演双簧戏，俺咋不敢相信哪。哎，天下哪有这么巧合的事情？”

“哎，真是无巧不成书。这是巧他娘打巧——巧了。”

张民怕夜长梦多，抓起电话递到李兵的眼前，催促道：“老李，快给刚才那位同志说，不要再找蔬菜基地了。”李兵接过话筒犹豫了。

张民注视着李兵，解释道：“老同学，战友，妹夫，俺俩就是代表张浊村为这事情而来的。俺以村党支部书记和村长的身份向你担保，俺们种植的蔬菜保证达到你们公司所有要求……”

李兵盯视着张民，问道：“你是书记？”

张民点头道：“嗯，向你保证，咱们联手一定达到双赢……”

李兵又把视线转移到二愣身上，又重复道：“你是村主任？”

二愣自信地回答：“对，没错。村里称俺为村长，请你相信俺俩的能力。”

李兵在心里掂量半天,严肃的脸上总算有了笑容。李兵抓起电话通知下属取消寻找蔬菜基地的任务。

张民做梦也没有想到这事情办得这么顺利,心里痛快极了,默默地说:“真是心想事成,初战告捷。”李兵也不敢怠慢,赶紧让手下启动考察和蔬菜供应的商谈事宜。

万事开头难。做事如此,种植蔬菜也是如此。这蔬菜销路有了着落,但是这只是万里长征迈出了第一步。蔬菜的种植实施却是摆在张民和二愣眼前的头等大事。

在柳絮纷飞、槐香四溢的季节,张民和二愣早早将失而复得的那口大钟挂在大槐树上。张民时隔数年后,再次敲响了那口象征大集体的大钟。

当、当、当……

张浊村民听到这久违的钟声格外亲,大家好奇地涌到大槐树看光景,对着敲钟的张民指手画脚。

张民见村民们到的差不多了,终止了钟声。二愣对着好奇的村民,高声道:“老少爷们,下面由张民书记向大家报告一件发家致富的大喜事!大家鼓掌!”

村民零散地发出了掌声……

张民:“张浊村的父老乡亲们,首先向大家报告一个好消息,咱们村与县外贸进出口公司签订了种植蔬菜的合同。大家发家致富的梦想就要实现了……”

村民听着张民的讲演,心里在盘算着种植蔬菜的得失……

张民讲完话，他指着二愣说："下面，由村长二愣同志给大家作种植蔬菜的具体要求。"

二愣站在老井的石凳上，扫视大家一眼，高声道："乡亲们，这次咱们种植的蔬菜是无公害蔬菜。首先要弄清啥叫无公害蔬菜。答案很简单，就是没有上过化肥和喷洒过农药的蔬菜。用咱们庄户话说：'就是用农家的屎尿浇灌长出的蔬菜……'"

二愣的讲解引起大家的广泛关注，一会儿，大家嘁嘁喳喳地议论开了。

"哎！这年月种菜不用化肥咋长，产量咋能保障哪？

"哎！种了蔬菜人家变了卦咋办，谁来担保找谁要钱？"

"大家安静了！安静了！大家的担心不是没有道理的。但是，只要咱们按照合同办事，这些问题就迎刃而解了！"

张民插话："对！只要是按合同办事，蔬菜收了就兑现承诺的最低保护价……"马老汉最精明，暗暗地估算片刻，表示道："俺刚才匡算一下，比咱们种树还划算。书记，俺家种定了。"

二愣重复道："马大叔，这事纯属个人自愿，村委绝不强迫……"大家见精明的马老汉都认了，知道不会吃亏的。会后，大家一拥而上，争着报名加入种蔬菜的队伍。张嘎一边警示大家排队，一边和村民签订种植合同。"

张民和二愣很快将蔬菜基地搞成了。大家按照外贸公司的要求，村里首批承接了出口国外的菠菜等蔬菜订单。张浊村成为名副其实的外贸加工厂脱水蔬菜基地。

可是，在蔬菜成熟季节却发生了一件意想不到的事情。

在菠菜生长期间,菜农们看着生长缓慢的菠菜在着急上火,大家在千方百计给菠菜追加土家肥,可是农家肥没有化肥的见效快。大家眼看着蔬菜生长期就要错过了,为了蔬菜产量有人心里打起了歪主意。

马老汉见自家的菠菜长势不佳,他和以前用过化肥的菠菜一比相差甚远,在心里琢磨起咋让蔬菜速长起来的法子。马老汉扳着指头估算菠菜的收割时间,心想:“这蔬菜离收割还有一段时间,少上点化肥提提苗碍不了大事,这化肥残留等到蔬菜收割早无影无踪了。那时,谁也查不出来的……”

在季夏的一个傍晚,马老汉望着西山上的日头,嘟囔道:“日晕三更雨,月晕午时风。这白色就是日晕,看样天要下雨了……”

晚上,月亮接替了日头。马老汉时时刻刻在观察着天气的变化,这天还真在马老汉的预料之中。在马老汉喝糊粥的功夫,天上的云彩围住了月亮。一会儿的功夫,天空的乌云突然把月亮藏了起来。

马老汉扔下饭碗走进天井,望着天空乌黑,自语道:“真是人算不如天算,天助俺也,这蔬菜钱俺是挣定了……”

马老汉翻出藏好的化肥,打着手电深一脚浅一脚的摸向蔬菜基地五号畦田……

五号畦田是马老汉家的菜地编号。马老汉见四处无人,才悄悄地来到自家的菠菜地,一踏上五号畦田,便四处打探起来。一会儿,马老汉将半袋子化肥全部散在菠菜地。

马老汉轻轻拍打下手,慌里慌张地走出了蔬菜基地,他像做贼似的一口气跑回了家。

深夜,果然下雨了。马老汉见雨颜开,才把提在嗓子眼里的心放了

下来，顿时，觉到事情做得天衣无缝，畅叹一口气，上床倒头便鼾声如雷。

翌日，风和日丽。张浊蔬菜基地的空气格外新鲜，绿油油的蔬菜在雨水的浇灌下争相拔高，绿色的菜叶像涂上一层绿漆一样鲜艳夺目，无数昆虫在蔬菜绿叶上忙忙碌碌地觅食……

可是唯独五号畦田的菠菜明显凸出一截，这鹤立鸡群的菠菜引起张民和二愣的警觉，他俩不约而同地向马老汉的菠菜地疾步走去。

张民从马老汉菠菜地薅了一棵菠菜，急忙送到鼻子上闻了一下，说："二愣，你看看，有啥不同吗？"

二愣接过菠菜一闻二搓，断定道："司马懿之心，路人皆知。哼！这菜地肯定做了手脚。"

"啊，你是说马老汉上化肥了。哎！这个马老汉真是个糊涂虫，岂有此理！"

马老汉做贼心虚，为了制造烟雾迷惑大家，他背起一筐鸡粪来到菜地，老远招呼道："哦，书记、村长视察菜地哪？"

说曹操曹操到。张民迎上前去，质问道："马老汉，你做啥事咪？"马老汉佯装啥也不知道的样子，反问道："书记你说啥，俺咋听不明白哪？"

二愣抄到马老汉身边，将一颗菠菜扔在马老汉的脸上，气愤道："这是你老人家干的好事情，你自己看看吧。"马老汉收起菠菜，突然哈哈大笑。

二愣和张民被马老汉的突然大笑弄懵了，二愣质问道："你，你还好意思笑，你惹大事了！"狡黠的马老汉掂量着粪筐，说："庄稼一枝花，全靠肥当家。这是俺用这种农家肥的效果……"

张民走近马老汉，追问道："你没有上化肥？"

马老汉把脸一沉，不满地道："你们这是从何说起，咋这样看待俺？"

二愣向前一步，逼问道："马大叔，你真的没有做糊涂事？"

马老汉把脸一沉，表示道："哼！你们放心吧，你马叔不会做那种糊涂事情。"

笛、笛、笛！

一辆吉普车在蔬菜基地的路口戛然停下。

二愣眺望着吉普车，提醒道："张民，外贸公司来人了。"

"哦，快，过去看看。"

张民和二愣向吉普车迎去。

从吉普车上下来一位女同志，笑呵呵朝张民走来，自我介绍道："二位是张书记和村长吧？俺是蔬菜加工厂的化验员小王，例行常规化验检查。"

"哦，正是俺俩，欢迎小王来蔬菜基地抽检。这样吧，小王同志，咱们回家先喝口水，再忙工作也不迟。"

"张书记，俺们这次任务可急了，外商还要查看化验结果哪。这一次就不麻烦你们了，等有时间一定拜访二位领导。"二愣见来人主意已决，缓和道："嗨！咱们一家人不说两家话。俗话说：'恭敬不如从命'，俺找人给你帮忙。"

小王一摆手，表示道："哎，这个忙你们帮不上，俺和小马足够了。谢谢你们，你们忙吧。"三十分钟，小王采集完蔬菜样品，示手道："书记、村长，化验结果出来就通知你们。"

再见。"

三天后。

张民在村部召开支部大会，在商讨蔬菜基地的发展和规划……

嘟、嘟、嘟……

村部的电话骤然响起，张民向大家一示手，客气道："对不起，俺先接个电话。"

张民拿起电话还没有把话筒放到耳边，话筒传出："张民，你咋搞的，你们的蔬菜里竟然化验出化肥残留……你要给俺说清楚！"

"喂、喂，老战友、妹夫，你听俺说……"

嘟、嘟、嘟……对方挂断了电话。

张民扣上电话，当啷！一拳砸在桌子上，痛心地说："哎呀！真是防不胜防啊！"

在场的人员听到了电话的大概内容，个个义愤填膺，在谴责投放化肥的恶劣行为……

二愣接通了化验员小王的电话，王化验员告诉："化肥残留是在蔬菜基地五号畦田里查出来的。"二愣放下电话，提醒道："大家不要猜测了，化肥残留出自五号畦田。哎，果然是马老汉捣的鬼。"

"马老汉，他不是证明自己清白了？"

二愣说罢，突然哎呦一声，自语："鸡粪不进田。咋连这点常识也忘了。哦，一定是马老汉心虚，故意上鸡粪掩人耳目的。"

张民敲着桌面，坚定地说："哼！事实胜过雄辩，现在证据确凿他不承认都不行了。"

此时，大家把愤怒发泄在马老汉的身上，大柱谴责道："真是一颗老鼠屎坏了一锅粥。不行！咱们找他算账去。"

"对，咱们不能轻饶了这个老鼠屎，走！"

大家群情激昂,立刻冲出村部,去讨伐马老汉……

张民见大家情绪激动恐怕不会轻饶马老汉,制止道:“大家不要激动,事情已经发生了。现在,咱们把马老汉吃了也没有用了,请大家安静,千万不要再做出偏激的行为……”

二愣赶紧抄到大柱眼前,劝说:“书记说的对,你们这种过激行为只会导致咱们一错再错。即使马老汉违犯了规定,也应该有咱们的村规来处罚……”

俗话说:“亲不亲血缘分。”马六听说五号畦田查出了化肥残留,大家上门讨伐马老汉时,他撒腿向家跑去……

马老汉洋洋得意,在躺椅上一边扇着蒲扇,一边哼着小曲消遣。咣当！马六气吁吁地跑进家来,磕巴道:“大,你还有心思唱小曲？村里出大事情了!”

“哼！村里出大事与咱有什么关系,你是村书记还是村长啊?”

马老汉继续哼起曲子……

马六捂着心口,深喘一口气,反问道:“你说啥呢,这可是你惹的祸啊,人家外贸公司用仪器都查出化肥残留来了。哎！你连累了大家,大家正向咱家来找你算账哪!”马老汉这才感到事态的严重性,瞬间,他的侥幸心理崩溃了,从躺椅上腾地跳了起来。惊慌道:“哎呦,俺咋这么糊涂呢?”

马六怕大家轻饶不了马老汉,急得直跺脚,抱怨道:“你啊你,你是越老越糊涂。”马老汉临时抱佛脚,问道:“儿啊,大可咋办啊?”马六急得不停地用左手拍着右手背,无奈地说:“这还能咋样,好汉不吃眼前亏,咱们躲过一时算一时。”

马老汉向四周扫视一眼,立刻藏在屋门后。马老汉推下门觉得不安全,又爬到床底还是感觉不安全,便慌里慌张地跑进天井里。马老汉见老伴刚刚刷干净大水缸,他盯视着水缸,嘿嘿一笑,马老汉抓住缸沿爬了进去。老伴愣了半天,惊叫道:“老头子,你疯了,你跑进水缸干啥。”

“喂!老婆子,你少废话,等一会儿来人,就说俺不在家。哦,就说俺走亲戚去了。”然后将水缸盖举过头顶盖上了水缸。

马六见马老汉藏在水缸里,轻轻敲打下水缸盖,惊奇地说:“大,俺真服你了,他们做梦也想不到你会藏在水缸里啊!”马六转身把目光盯向马老太,嘱咐道:“娘,你就按俺大说的去做,俺走了。”

“哎!你别走,在家和俺做个伴呗!”

“娘,你看俺大做的那些事呗。俺可丢不起那人……”

马六抛下马老太跑了。马老太长叹一口气,嘟囔道:“你这个死老头子,一肚子的坏点子,你该,你活该!”

“老婆子,你在咒骂俺,等俺躲过这一劫看俺咋收拾你!”

马老太越说越气愤,气得拾起舀子狠狠地砸向缸盖,缸盖震得水缸里的马老汉呲牙咧嘴的……

“你这个死老婆子,你疯了,哪有这样对待自己男人的!”

当、当、当……

“老婆子,别闹了,来人了!”

俗话说:“嫁鸡随鸡,嫁狗随狗,嫁个扁担扛着走。”马老太立刻倒向丈夫一边。她很快镇静下来,她整理下衣冠,佯装提水的样子迎了过去,惊讶道:‘哎呦!俺说早上喜鹊在屋顶直叫呢,原来今天有贵客来访啊。哦,是书记、村长啊,快,请屋里坐。”

“马大婶,马叔在吗?”

“他呀,走亲戚去了。哦,一早就去了,俺也不知道这死鬼整天瞎忙活啥?”

张民见马大婶手里提着水桶,客气道:“大婶,你提水去?”

“嗯,刚刷好水缸。哎,在家里谁都指望不上,还得由俺老婆子提水去……”

张民是个勤快人,他接过马老太的水桶又提起水缸边上水桶,说:“大婶,这活哪能让您老人家干哪。”张民提着水桶走了。

马老太在后说:“哎呦,这活咋能劳驾书记哪。”

张民边走边说:“大婶,你放心,俺一会儿就给您打水来。”

马老太没有劝住张民,二愣借机向四周打量起来……

一会儿,张民提着两桶水踏进大门,二愣急忙接过一水桶走向水缸,一手掀缸盖,一手将水哗啦倒进水缸……马老太吓得哎哎大喊……

她眼看着张民又将第二桶水倒进水缸里。

马老汉第一桶水还能受得了,可是当张民倒完第二桶水时,已淹没了马老汉的头顶。张民刚放下水桶,马老汉实在憋不住了,噗嗤!忽然从水缸里站了起来,一口水喷在张民的脸上,张民和二愣被这突如其来的举动吓呆了。马老汉立刻从水缸爬出来,双手合十,一边鞠躬道歉,一边说:“请书记、村长饶恕俺的过错,是俺私心太重连累了大家 ……”

张民擦着脸上的水,无奈地说:“马叔,你都这把岁数了,咋尽干些让人揣摩不透的事情。你这又是闹的哪出?”

马老太觉得丢了大面子,发狠道:“活该,谁让你尽做没有良心的事情。这是天意,这就是报应……”

“阿嚏！阿嚏……”

二愣见马老太在训斥马老汉，而马老汉一个劲地打喷嚏，圆场道：“大婶，你还愣着干啥，快给大叔找衣裳换上，千万别着凉。”马老太还是不解恨，骂道：“哼！冻死这老东西，省得再祸害人。”马老汉是睚眦必报之人，大声嚎道：“你这疯老婆子，俺死了有你啥好果子吃？”

张民赶紧将马老太拉进屋。一会的功夫，马老太把马老汉干衣服扔了出来，马老汉很快换上了衣服。

张民和二愣的冷静和宽容让马老汉羞愧不已，老泪纵横，哽咽道：“哎，俺知道错了，俺犯下了不可饶恕的错误，村委会咋处理俺都接受……”

张民看到马老汉真心实意地承认了错误，严肃地说：“马叔，你这事情本来应该重重的惩罚你，可是你有改过自新的决心，咱们就不惩罚你了。可是，在全村大会上公开检讨自己的错误可是免不了的。”

二愣盯视马老汉，插话道：“咱们这是对事不对人，让大家都能接受你的教训，才能让类似的错误不再发生，让坏事变好事。”

马老汉挖着耳朵，表示道：“应该的，俺知错就改，俺承认错误……”

第二天上午，张民敲响了大槐树上的那口大钟。

大家闻钟而动，纷纷涌到大槐树下。

马老汉真诚的悔恨得到了村民的谅解，大家纷纷表示吸取马老汉的教训，养成遵章守纪的好习惯。

张民认为会议达到了预期目的。最后强调：“老少爷们，要彻底根除咱们的小农意识。要跟上时代的步伐，做一个有诚信守信用的新时代农民……”

俗话说:“日月虽明,不照覆盆之内。”二愣在张盼富耳边私语一会儿,张盼富惊讶道:“小常能行?他可是有前科的人。”

二愣摆摆手,说:“嗯,浪子回头金不换。再说了,小常身边不是还有你这位老民兵连长嘛。俺和书记商量了,这事就这样定了,让小常先代职村治保主任的工作。”然后,二愣高声宣布:“为了避免发生马老汉的类似事件,经村委研究决定,蔬菜基地实行二十四小时民兵看护巡逻……”

小常一时激动得不知道说啥好,挠着头皮。半天后,他摩拳擦掌地表示道:“请书记、村长放心!俺保证完成蔬菜基地的看护任务。”

张民欣慰地点下头,高兴道:“好,从今天起,你们履行蔬菜基地二十四小时的看护巡逻任务,确保我们的蔬菜基地不发生一起偷上化肥等事件。”

马老汉的检查,统一了菜农的思想,凝聚了大家的力量。

会后,大家说干就干,大柱、张嘎拉着地排车像搭场院窝棚一样,为看守蔬菜基地的民兵建起了一个挡风避雨的棚子。张盼富不放心怕小常再有闪失,也将铺盖搬到蔬菜基地的窝棚,为小常出谋划策掌握方向。小常把民兵编成三班,他们轮流看护蔬菜基地,认真履行民兵职责。

第三十二章

土地流转

外贸蔬菜公司和张浊村的合作实现了双赢,村民种植蔬菜尝到了甜头。外贸公司和村里扩大了蔬菜订单,村委会调整了发展蔬菜基地的规划,在现有的基础上进一步扩大种植规模,张浊村像过年般的热闹非凡。

金秋十月,传来党中央农村土地流转的喜讯。

张民攥着报纸一气跑到二愣家门口。咣当！与疾步出大门的二愣撞了一个正着。

“哎呦!”

“哎呦!”

二愣一面呻吟,一面揉搓着眉头,质问:“啊呀！你急慌忙速地干啥?”

张民摸着鼻梁,问道:“嘘！你急啥,看你把俺撞得鼻子快出血了。”

“嗨！跑俺家门口撞了人,你还倒抓一耙?”

“嘿！不和你一般见识了,俺是来告诉你……哎呦。”

“俺也想告诉你,哎呦,谁知出门就被你撞上了。”

张民边摇晃报纸边说:“你撞了人还来劲了,俺也知道你想说啥了?”

“嘿！张民,三日不见刮目相看,你连俺心里的事情都能知道?”

“嗯,看你这个高兴劲,俺就猜出个八九不离十。”

“哈哈,在明知故问,这么大的喜讯是藏不住啊。嘿!这地球人都知道了,咱俩还在揣着明白装糊涂……”

哈哈哈……

“这下可好了,这天高任鸟飞了,咱们可在这沃土上大展宏图!”

“书记!书记!俺可找到你了。”

张盼富气吁吁地跑来,一边擦拭着额头上的汗珠,一边说:“书记,哦,村长也在啊。俺正找你两人汇报工作哪。”

“哦,咱们回村部去。”

“那好,俺边走边汇报。自从小常组织民兵看护蔬菜基地以来,民兵是昼夜看护,尽心尽职……可是,一年多了补助还是寥寥无几;基地的窝棚也漏雨了……俺想让村里给民兵提高一下补助。另外,在窝棚的原址上盖上两间房子。一是,进一步调动民兵的积极性。二是,改善一下民兵的工作条件,确保看护蔬菜基地任务的圆满完成……”

别看张盼富年事已高,可会说了,他讲起话来头头是道。一路上,他像掐着表一样,张民和二愣一迈进村部,汇报便结束了。

张民听得直点头赞同,沉思片刻,突然拉着张盼富的手,感激道:“老连长,谢谢小常和全体民兵兄弟们。俺代表全村父老乡亲感谢你们!你们为村里的蔬菜基地的发展立下了汗马功劳……”

俗话说:“锣鼓听声,听话听音。”张盼富是越听越感到张民书记话里有话。一时,不知从何问起。张盼富挠着头皮,问道:“张书记,你今天咋了,俺咋越听越不明白哪?”

“是啊,你是意想不到的。哦,给你这个看看。”张盼富被二愣弄一

头雾水，摇头道："今天，你们两个人的话咋像猜迷语一样，让俺揣摩不透，谁知道你俩葫芦里卖的啥药！"

张民帮着张盼富打开报纸，指着报纸，说："看看这个就明白了……"张盼富目不转睛地阅读报纸……

张民突然拍了一下大腿，兴奋地说："二愣，咱村里搞旅游点的事情，以前俺总是觉得是个遥远的事情。可是，当俺得知农村土地流转的消息，俺感觉这旅游项目就像在眼前一样，这距离突然间没了，俺要把咱村建成一个旅游点，再借助旅游促进村里的经济发展……"

"哼！你的设想让俺想起一位作家的话……"

"哎，说来听听。"

"不！俺怕说了打击你的积极性，还是不说为好。"

"咳！俺不怕的，你说吧。"

"他说：'现在的人造景观，先造谣后建景……'"

张民嗔脸问："还有吗？哈哈哈……"

"张民，俺可没有恶意，只是善意的学学舌，说说而已。"

"嘿嘿，此话符合市场经济规律，咱们的景观可不像那位作家所说的那样，她是有着悠久的文化底蕴和美丽的传说……"

"啪！"

张盼富看罢报纸，兴奋地一掌拍在办公桌上，感慨道："俺明白了，原来中央给咱们农民搞了活经济，让咱们的沃土像钱一样地流转起来……这太好了，太好了！"张民和二愣的对话被张盼富打断了。张民跬步到张盼富身边，探试道："明白了？"张盼富颔首道："看了这报道，俺才明白了你俩刚才的一番话意。请书记、村长放心，俺们一定站好最后一班岗，保证在这段时间不发生任何事情。”

“谢谢你,谢谢全体民兵兄弟们。”

张盼富走了,村部剩下张民和二愣两人。一会儿,张嘎从镇里领回了镇政府的红头文件。张民阅后,在村部踱来踱去,他在思索村里的土地流转实施方案……

嘟、嘟、嘟……

二愣抓起电话:“喂！哪位？哦,你等一等。”二愣一手捂住话筒,对着张民,压低声说:“张民,外贸蔬菜公司的李总。”

“嘿嘿,这人真不经念叨。想谁来谁。快,把电话给俺。”

“喂！老战友,你好啊！”

“张民,俺顾不上和你客气了。俺问你,你们村土地流转有方案了吗？现在有没有俺不管。记住:‘这一拃不如四指近,咱们可是同学、战友、亲戚,有了好政策你可不能胳膊肘外拐’。明天,俺亲自去村里和你商量土地流转的事情……”

张民扣上电话,嘟囔:“土地转流……不忘老朋友……”一边踱,一边思索,张民踱了一袋烟的功夫。突然驻足,咣当！又一掌击在桌面上,满怀信心地说:“二愣,这山不转水转,皇帝老儿轮流做。这土地一流转,咱们的好日子来了,李总明天来村商谈土地流转事宜……”

“太好了,咱们是多年的媳妇熬成婆。这土地流转等于将土地变现了,咱们反客为主,终于有了主动权……”

“快,通知村委委员开会……”

二愣打开麦克风,习惯性地拍打下麦克风,说:“大家注意了,各位村委员注意了,马上到村委开会！马上到村委开会……”喇叭的余音在张

浊村上空回荡……

农村土地流转的新闻一播出，张浊村立刻议论纷纷，大家发表着各自的不同看法。任何改革都有他的两面性，所以褒贬不一。

“哎！大柱，你着急火燎的干啥去？”

“哦！是士琦大哥，俺到村部开会去。”

“哎，你们真要像戏匣子里说的那样把土地转出去？”

“哎！开会可能就是这事呗，俺猜的差不多。”

“大柱，你可是村委唯一还能管点事的老人了……”

“张大柱，马上到村部来！张大柱，马上到村部来！”

“大柱，你们不能急于求成。这土地可是全村人的命根子，事关重大……”

“老队长，俺可不给你说了，这大喇叭又催了，俺得快走了！”

“哎，哎！哎！这老小子瞎积极嘛。不行，这事俺得找老村长说道说道去……”

张民掠视一眼村委成员，说：“现在就差大柱叔了，咱们不等他了，现在开会！”

“哎哟！俺没有迟到吧？”

“哦，你没有迟到，就是晚来了，现在开会。下面首先由二愣传达中央土地流转的文件精神……”

二愣翻着红头文件，干咳两声，说：“现在，俺传达《中共中央、国务院关于农村土地流转文件》……”

咣当！

张士琦和张士荣不请自到，突然来到大队部，会议立刻中断了。

二愣惊慌地问道:“哎！你老弟兄俩咋来了?”

张民赶紧迎上前,叫道:“大,今天刮的哪风把你二老吹来了。看你俩怒气冲冲的,谁惹你们二老生气了?”

在座的委员见年事已高的张士荣和张士琦来了,大家赶紧站立相迎两位村委老领导,纷纷向老前辈让座递茶敬烟。

张士荣用力拉过一把椅子,屁股还没有坐稳,又腾地站了起来,指着张民的眉头,质问道:“你们这是儿卖爷田不心疼……”

“哈哈,大,你说啥呢,咱们这不叫卖,是农村土地流转……”

“是啊,大爷,咱们是土地转流,是把土地有偿转地让出去……”

“呸！你们把土地都转让去了,这还不叫卖叫啥?咱们祖祖辈辈都是种田人,为啥自己不种转给人家种?”张士琦忿忿不平,在谴责村干部的一时冲动……

二愣听了张士琦的话,刚想进一步作解释,张士琦一个制止的手势,说:“你先听俺说,俺们可是从土改中过来的人,对土地的感情比你们哪位感情都深……”张士琦提起往事,讲话哽咽了……

张民恭敬地递上一杯水,劝道:“张叔,你别激动,你听俺慢慢给您老解释。这事情是……”

“书记！不好了！他俩打起来了!”

二妮边喊边跑进大队部。

二妮一手掐着腰,一手捂着呼哒呼哒的胸口,重复道:“哎！他俩打起来了！快、快……”

张士琦还在气头上,见二妮冒冒失失有失女人的矜持,警示道:“老四家,看你慌张的样子成何体统,你还像个女人家吗?有话不会慢慢说,

这天塌不下来。”二愣走近二妮，问道：“你说啥，谁和谁打起来了？”

二妮在张士琦的训导下憬悟了，慌张的心才宽缓了些，故作镇静地说：“哦，是马老汉和马六舅舅王亮打起来了……”

“呵呵！这乱七八糟的，这是哪和哪呀！”

张士琦也纳闷了，在想：“马老汉和王亮关系一直不错，咋说打就打了。不行！你们快去看看！”

“是啊，王亮同志是咱镇粮所的老同志了，千万不能在咱村惹出事来……”

张民沉思片刻，立刻吩咐：“咱们先休会……二愣，咱俩去看看，别让马老汉再惹了大乱子。”

二愣放下文件，立刻追去……

张民刚迈出村部大门，只见王亮一面捽住马老汉的胳膊向队部走来，一面声讨：“好一个鬼迷心窍的马算计！俺让你村领导给俺评评这理……”

马老汉也不示弱，奓胆子吆喝：“你大胆了，敢在俺家门口推搡俺。你放开俺！你放开俺！”

王亮使劲拽一下马老汉，质问：“哼！有理不在声高，别说没有用的。走！你进村部给你村干部说去。”

马老汉一手扒着了大门框，一手指点着王亮：“哼！俺就不去，看你有啥能耐！”他俩在村部大门口僵持起来。

张民快步迎上，调侃道：“咳！你老哥俩这是咋了，在门口谦让个啥。王老，请进。”

王亮也是性情之人，立刻放开马老汉，迎合道：“张书记，你别客气，俺是找你给俺评理来的。”

“王老你大老远来了。快,请进来,咱们有话慢慢说……”

入乡随俗,客随主便,这是人们交往的基本礼节。王亮瞥马老汉一眼,一边拍打着手,一边迈进大队部。

二愣走到马老汉身边,轻声道:“哎,马叔你还站在那里干啥,咱们进屋说话呗。”

马老汉朝王亮背后哼一声,跟着二愣嗵嗵走进村部。

张民热情地把王亮引进书记、村长办公室。张民和二愣连忙端水递烟热情地招待着王亮同志。乡村的领导很敬重王亮同志,王亮也客气一番,呷口水,突然指着马老汉,委屈道:“这马算计……”

马老汉怒视着王亮:纠正道:“哼!谁叫马算计,俺是你姐夫,你是俺小舅子,别没大没小的。”

王亮摇着头,无奈地说:“嗯!好,你是俺姐夫,这世界上有你这样的姐夫吗?你种了俺这些年的责任田,俺没有向你要一粒粮食。哦,政策好了,你想归已所有……”

马老汉气得“你、你”直跺脚。他“我、我”一阵也没有说出子丑寅卯。

二愣见二位老人和孩子似的争吵,插话道:“王老,你可是咱们镇粮管所的元老了,您为咱镇粮管所立下过汗马功劳……”

二愣言中了值得王亮炫耀的激情岁月。王亮摸着下巴颏儿,自信地说:“可不是嘛。哎,可惜啊,现在剩下的老人也不多了喽……”王亮一想起奋斗过的袍泽有的已早早离开人世,悲伤地说:“哎,人生路短,活着就是福气。”

“哎，你这话说的不假，活着不光有福气还遇上了好政策……”

“没错，是遇到了好政策。说啥都是假的，哎，自己多活几年才是真的，该享享清福了……”

张民直向二愣努嘴儿，在暗示“这老人就是老小孩，不要打断他俩的对话，让他老哥俩唠下去，说不定一会儿就言和了……”

王亮和马老汉越聊越近越聊越亲。一会儿的功夫，他俩果然冰释前嫌，哥俩握手言和了。王亮歉意道：“张书记，俺是越老越糊涂。你说，俺为了这点小事竟然闹到这个地步，真是不应该啊。哎，俺这老姐夫算计一辈子了，你说俺和他较啥真呢……”

“大兄弟，这事俺也是一时糊涂，算计来，算计去，最后算计到你头上了。今天，俺把地还给你……”

张民拉着两位老人的手，高兴道：“哎，还是您二老有觉悟啊。你看，这一谦让事情不就解决了嘛。”

“死老头子，你这老算计连亲戚也不放过。你不得好死！”

马老太骂着赶到村部，对着王亮说：“兄弟，你别和这老不死的一般见识，这老东西谁都算计。”

“老姐，你不能这样说姐夫哪。姐夫也不是一点优点没有……”

“哎，刚才他还和你打架，一霎的功夫，这老东西就服软还你土地了？”

“老姐，这事也怨俺太着急，你别管了，没事了。”

马老太扭着眉头，不解地说：“嘿，你俩这老东西这是咋了。哦，说翻脸就翻脸，说和就和了？”

马老汉拉着王亮的手，对着生气的马老太，说：“老婆子，没事了。俺兄弟俩回家再喝两盅去。”

王亮歉意道:“那好吧,张书记、村长,不好意思,俺俩给你们添麻烦了,哎！耽误你们开会了,真对不起……”

嘎！一辆轿车在村部门口停下。李总从轿车上走下,小红紧跟其后……

马老汉见李总来了,拽一把王亮,插话道:“哎,兄弟,你就别再啰嗦了,村里来客人了,咱们快走吧。”

王亮抱拳边走边向张民和二愣扣手告别。

“王老再见！马叔再见!”

“张民,快、李总来了。”张民在二愣的提示下,急忙转身向李总走去。

“哎哟,一日不见刮目相看,这不求到你家门上来了。”

“李总亲自驾到张浊村,全村荣幸之至。哦,还有夫人陪同。小红你也来了……”

“嗯,俺是为老李助威呐喊的。俺说表哥,咱们一家人可不能说两家话,老李的事就是俺的事……”

二愣调侃道:“真是的,不给谁面子也得给嫂子面子。嫂子你放心,俺们的合作天长地久……哦,这样吧,你们先见见姑父再把你送到姑姑家。”

小红客气道:“那好,你们商谈完事就来俺姑姑家!”

张民把李总介绍给了与会人员,他还特意把老前辈张世荣和张士琦介绍给了李总。李总对着张士荣道安:“姑父,你也在啊。俺和小红给您老请安了……”然后双手合十,在不停地向村委委员们道谢,表示道:“谢谢,各位老前辈和各位村委委员。公司和贵村几年的合作非常愉快。

几年来,我们的合作大家是有目共睹,公司与贵村的合作取得双赢的经济效益。我代表公司感谢贵村父老乡亲的大力支持和鼎力相助,并致以衷心的感谢和良好的祝愿!衷心地希望我们长久地合作下去,巩固和提高公司和村已经取得的经济效益。

今天,我来的目的就是想和大家先商议下步合作事宜。在土地流转的新政下,我们公司本着友好合作和双赢的经济效益精神,公司决定与村委签订蔬菜基地的土地流转合同。

具体细节咱们再具体商议。但是合作三个原则不变:一、采取以土地入股和定价转让土地形式不变。二、坚持入转土地自愿协商的原则不变。三、公司农庄优先雇佣股转优先的原则不变。

张士荣仔细听了李总的介绍,趴在张士琦耳朵囔囔几句,老哥俩对视一眼。张士荣站起来,感慨道:“这理是越争越透。李总的一席话,让俺大彻大悟。不管啥形式这土地的主儿没有变,党的政策好啊,这一变把咱们的沃土变成了金疙瘩。”

“这话说得太对了,政策不仅把死地变活,而且变成可流动的货币……”

李总的话还没有说完,张民调侃道:“是啊,李总说的没错,当初俺和二愣与贵公司合作是身无分文,是咱们村借鸡下蛋引进了你这只金凤凰。在此,俺代表全村父老乡亲,感谢李总和贵公司的无私相助。”

李总插话道:“现在不可小觑农村了,你们已是腰缠万贯,俺是来攀亲的,攀张浊这高亲的。请大家多多关照,促成咱们长期的合作合同。”

张士荣边鼓掌边说:“真是后浪推前浪,俺们老了,还是你们有眼光,俺老哥俩放心了。你们就甩开膀子大胆地干吧!俺们回家享清福去了。”

张士琦拉着张士荣高高兴兴地离开了，张士荣走出大门，蓦然回头，大声道：“侄婿，早点回家，俺老哥俩和你喝两杯助兴！”

“姑父，知道了。您老慢走！”

李总和张浊村在友好气氛下草拟了一份合作意向协议书。

三天后，镇政府成立土地流转交易中心，当即挂牌办公。

镇政府土地交易中心的成立，为农民的土地转让架起了桥梁。东阳镇土地交易中心像股市一样挂出投资单位土地转流价格。

张浊村的蔬菜基地得到多家投资公司的青睐，为抢得蔬菜基地的土地流转头彩，各家公司竞相在张浊村老槐树下开展咨询宣传。

各家公司之间的优惠让利竞争像扔进浊河湾不同当量的炸弹一样掀起层层浪花。

自古有“世间熙熙，皆为利来；世间攘攘，皆为利往”之说。在经济利益的诱惑下，张浊淳朴的农民也念起“货比三家转出好价钱的生意经”。

一时间，张浊村利益熏心的人蠢蠢欲动，四处煽风点火，为了一点蝇头小利闹着随行就市，解除他们的草拟合同。马老汉就是被利益熏心的人，公然纠集部分不明真相的人涌向村部。张民和二愣正和李总商讨转流具体事宜。一见马老汉领来这么些人，知道大事不妙，张民决定和大家对话协商的形式消除误会。

马老汉低着头向村部疾步走去，在村部门口与张民撞了一个正着，张民身子敏捷地闪躲过马老汉的同时，转身一把抱住了即将跌倒的马老汉。

“马叔,你这把年纪了,咋走路还这么冒失?”

“咳！俺的大书记哎,这不是急着找你嘛。”

“哦,马叔这些人是你带来的?”

“不是的,是大家自愿来。大家说是吧?”

“是！俺们都是自愿来的!”

张民见马老汉还和大家互动起来,情不自禁地哈哈大笑……

马老汉很愕然,严肃道:“书记,你真行还能笑的出来？等你看了人家别的公司转让优惠条件就笑不出来了。”

“看了,很好啊,这说明咱们的沃土有价值啊,咋了?”

“咋了,俺决定不转让给李总了,俺要转让给优惠条件的公司。”

“对！俺要转让给给咱更优惠的公司。”马老汉一呼百应,给他撑了腰壮了胆,马老汉自以为是,提醒道:“书记,可不能一棵树上吊死,解除李总的草拟合同这是顺乎潮流,是村委民主的体现……”

马老汉和大家一唱一和的互助声势浩大。马老汉在给村委施加压力,其目的是解除和李总的草拟合同。二愣见马老汉刚愎自用,盲目行事,匆忙走到门口,大声责问:“大家的想法俺理解,可是中国有句老话:叫‘滴水之恩,当涌泉相报’。实践证明县外贸公司和咱们的合作是成功的,并取得双赢的不菲成果。俺认为县外贸公司是咱们土转的最佳客户选择,何况咱们还和李总草拟了合同。马叔,记住:心急吃不得热豆腐。咱们要客观地看问题,不能光凭主观和猜疑行事。”

马老汉是不见兔子不撒鹰的老算计,仅凭几句简单的解释是说服不了他的。张民见大家在叽叽喳喳地议论,向大家一示手,又劝说道:“大家安静,大家安静……”

马老汉在人群左右煽风点火，在鼓惑大家再向村委施加压力。

马老汉等人的反悔早在李总意料之中，收购一个成熟的蔬菜基地不是一件轻松的事情，各家公司的优惠政策必然会掀起一场没有硝烟的争夺战。

尤其是镇政府土地流转中心的成立，让土地流转的价格更加透明。李总断定必然引起公司竞争的焦点。所以，李总放心不下立马赶到张浊村应对市场的变化。果然不出李总所料，以马老汉为首的土地主竟然上门要求废除草拟合同。

李总见张民和二愣说服不了大家，只好将自己置于绝境而后生，将公司的转让优惠条件交出实底。于是，李总从后台走向前台。

大家见李总突然出现了，喧闹的人群立刻安静下来。瞬间，村部大院鸦雀无声，静得连空中飞鸟翅膀的煽动声都能听得清。

李总和张民、二愣相互对视一眼，默默地说："这是土地流转的背水一战，只准成功不能失败。"张民缓口气，不由得说："解铃还需系铃人，欢迎李总讲话。"李总扫视大家一眼，亲切地说："各位乡亲父老，在市场经济的大潮中，大家的担心和向往俺非常理解。大家在以经济为中心现实面前，首先考虑的是经济利益。既然大家为公司优惠条件而来，俺就给大家吃一颗定心丸。本公司的土地流转优惠条件在各家优惠价格上上浮——1%，也就是说本公司在各家收购价格之上。"

"啊，此话当真？"

"当真！君子一言，驷马难追。"

人群中立刻爆发出一阵热烈的掌声。

张民心里也踏实了，劝说："李总让大家吃了一颗定心丸，大家赶快

散了吧。”

张民、二愣拉住李总的手，感激道：“谢谢，谢谢公司和李总的大力相助。”

在一个风和日丽的日子，张民在老槐树下拉起了“土地转流签字仪式”的大横幅。二愣站在老井边不停地纠正道：“靠右，再靠右。好了，拉紧！”张民固定好横幅，解下大树上的绳索，一个马步拉开了敲钟的架势，绳子一拽大钟一抖。

当、当、当……

大钟向村民发出了聚集号，大家立刻从四面八方涌来。李总带着公司人员赶到大槐树下，化验员小王望着这个古老的大槐树惊叹不止……

张民闻声赶过来，提示：“小王，这是我们村的景点之一，搞完签字仪式，俺陪你浏览一下村的景观。”

“张书记，你们村可是一个旅游的自然景点啊。”

“是啊！可惜啊，没有伯乐举荐……”

“张书记，俺那口子就是在城里搞旅游的。俺回去一定向他举荐一下，保准能引来不少的游客。”

“啊，太好了，俺正为这事发愁哪。小王，你的到来让俺村里喜事连连……”

“哎，小海！小海！”

“啊！小刘姐，你咋来了？”

“咋了，俺可是你们请来的客人。”

原来，小刘姐是李总的远亲表妹，他们在省城一别，转眼数年过去了。小刘姐的婚姻成了老大难，家里为小刘姐的婚姻操碎了心，家人四处托人为她介绍对象。小刘姐是高不成低不就，她挑来挑去，一晃年近四十岁，成了村里的老姑娘。后来，小刘姐到李总的公司做厨房主管。小刘姐一听公司要到张浊村签订合同，非缠着李总调到新成立的农场工作。为了得到李总的同意，小刘姐把和小海的秘密全抖搂出来。李总拗不过小刘姐，再一想，小刘姐都这把年龄了难得有这段姻缘，李总为成全这对姻缘才同意小刘姐调到农场工作。

无独有偶。小海也迟迟没有找到他的另一半，好像和小刘姐有约似的，也成为村里的王老五。眼看着同龄人的孩子长大成人了，可把大愣、小芹两口愁坏了，急得天天追着小海相对象……

小海也是高不成低不就，人家条件好的看不中他，条件差一点的他看不中人家。就这样从相闺女到看离异或丧偶的小媳妇，把自己的婚姻大事耽搁下来了。

情人眼里出西施。小刘姐进村和小海邂逅，小刘姐含情脉脉盯着小海，他俩找回了年轻时的激情。四目相对心跳加速，小海突然鼓起勇气拉着小刘姐的手向家里跑去……

张民主持了签字仪式。第一项，二愣和李总签署了公司和村委合作备忘录。第二项，农户与公司签订土地转流合同。

当二愣念到马老汉的时候，马老汉突然变卦收回了之前的承诺，决定不向任何公司流转土地。马老汉这个意外的决定，大家已经见怪不怪，并没有影响大家继续签订合同的热情。

二愣又大声念道："马老汉，收回自己的承诺，决定不向任何公司流转土地。"

全村除了马老汉就是四愣没有流转土地。马老汉不亏是老算计，在做流转擦边球的生意梦。他在想:“一旦土地流转成功,大树底下好乘凉,就不愁自己的蔬菜卖不出去……”而四愣却发挥了自己的长处,在信用社的扶持下,建起一个含金量较高的苗圃。在精心培育各种稀有树苗,也自成为村里的一景观,为村里日后旅游景点画龙点睛。

张浊村形成以张浊外贸农场为主体,以村旅游景点和个体经营为补充的经济实体。张书记的村级旅游景点梦想成真,张浊村成了城里各旅游公司的签约景点,嘎狗的豆业加工厂和四愣的苗圃为村的旅游观光增光添彩。

第三十三章

小康之路

一个月后，张浊村农场挂牌成立了。化验员小王担任张浊外贸农场场长，小海和小刘姐被农场聘为雇员，小海任农场主管生产的副场长。小刘姐为农场统计员，具体负责结算雇工薪酬事宜。张民、二愣、大愣将土地作为投资转流农场，他们成为农场的股东成员；张盼富等村民以土地的评估价转流农场。无论是以土地参股还是土地评估价转流均暂定十年。

仲秋的拂晓，日头从东方露出鱼白肚。霎时，红红彤彤的日头给晨曦的大地撒满金光，染红了整个天际，金灿灿的朝晖，金光四射。

小海成了名副其实的大钟传人。清晨，小刘姐组织手下将农活儿和工值报酬早早挂在老槐树下，供前来的打工者选择。

春困秋乏。小海睁开惺忪的眼睛，不时地打着呵欠踩着金黄的大地，向老槐树走来。小海见小刘姐在默默地审阅公示，心想："坏了，今天又落后了。"赶紧跑到小刘姐身边，歉意道："嘿嘿，今天又睡过去了。"小刘姐审阅着农活与报酬公示栏，抬头对视小海一眼，莞尔一笑，点头道："好了，敲钟吧！"

小海赶走了困神，精神焕发，解开缠绕在树干上的钟绳拉动了钟锤。

当、当、当……

张强强扛着铁锨抢了个头彩，掠视一眼公示栏，指着公示栏上的一活儿，说："今天，俺干那活了！"小刘姐大笔一挥将筑水沟10米的活儿圈了起来。对着张强强说："'头'，你这岁数了，干活得悠着点，千万别累着。这活儿，一天工值60元，下午收工结账。"

张强强拍拍胸脯，说："嗯，俺这身体棒棒的累不着啊。"

钟声过后，转眼的功夫，大家把公示栏围堵得水泄不通。大家竞相指手画脚地喊道："俺干这个活儿、俺要那活儿……"这挑选活儿的杂乱声，立刻代替了钟声，大家踊跃选活儿的现场成为农场的一大景观。

一阵自由选择，大家选中了自己的活儿。小刘姐站在老井的石凳上，确定道："张强强，筑水沟10米，酬金60元。大柱畦埂30垅，70元。小常浇地……"

嘎狗经过艰苦创业终于走出了生意的低谷，将豆腐房做成了豆制品加工厂。嘎狗豆制品加工厂雇工实行三班倒，雇员工种比较单一，相对稳定。一早，大伙紧锣密鼓地过秤装车送货，忙得不可开交。王士中对着嘎狗，嘱咐："嘎狗，可别忘了去信用社办理贷款手续，这更新设备的事情得抓紧了。"

"大，知道了。俺先去信用社办事，忘不了，你放心吧。"

笛、笛、笛！向东阳镇送豆腐的汽车出发了……

四愣在为苗圃畦埂，做育苗准备工作。苗圃可是一个细活，种植技术要求很高。四愣除了卖树苗等突击性的活儿在小海那儿雇工外，大部分是夫妻俩在地里忙活。当四愣见一爿爿竞相蹿高的树苗心里别提多高兴了。

农村经济的发展离不开金融的大力支持。现在的信用社已走向了正规,既是农民发家致富的理财人,又是个体经商户的扶持人。在农村改革发展中发挥了经济扶持和保障作用。嘎狗是前脚走,后脚信用社信贷员就服务上门。王士中见信用社日趋成熟在不断发展壮大,感到特别的欣慰。老金融人感动地拉住信贷员小张的手,激动地说:"谢谢,你们的到来真是雪中送炭。"

"张老,您是我们的老前辈,也是东阳镇信用社的创始人之一。信用社能有今天的发展局面,是老前辈们打的基础好啊……"

"惭愧,真是后浪推前浪,一代更比一代强。咱们由同事到银企合作,这关系可不一般啊。今天留下来吃顿便饭再走。"

"张老,你别客气,这是我们应该做的。一会儿,我们还得到农场和四愣苗圃去回访,他们可是咱信用社的优质客户……"

嘟、嘟、嘟……

小张接起手机,应答道:"知道了,我马上过去……"小张掠视一眼王士中,匆忙道:"这事就是巧了,刚才主任让我转告张民书记,张浊村发展村级旅游景点的贷款上级批下来了。"

"啊,这可是一件大喜事啊。你听这锣鼓声,这是张民举行首批旅游观光团进村的欢迎仪式。"王士中目送着信贷员小张的身影,突然"咳"一声,自怨道:"咦!咱们还傻站着干啥。快去,看热闹呗……"王士中扔下手里的东西,闻声追去。

太阳西下,最美莫过夕阳红。小海和小刘姐在大槐树下准备结账收工。小刘姐突然指着干活的小伙子们,问:"看,那些年轻人干得多带劲……"小海向地里掠视一眼,叹息道:"他们是小愣、小花、小常,哦,还有俺弟弟家的孩子。哎,人家的孩子都快成家了,可俺还是一个光杆司令……”小刘姐瞥一眼小海,羞涩道:“那你还不着急?真是的……”小海盯视着小刘姐,自语:“夕阳美如画,清风醉晚霞……”

小刘姐朝小海轻轻点头,嗔怪道:“你再不娶俺,就像这夕阳日下,再难找到俺了……”小海突然攥紧双拳,大声道:“小刘姐,咱们结婚吧……”

张士荣和王德福、张士琦三位耄耋老人遛弯归来。他们踏着西方漫天飞舞一掠而过的彩霞,在感受暮色余晖。张世荣眺望着缓缓落山的日头,感慨道:“夕阳无限好,只是近黄昏。”这两句千古名句,勾起了三位迟暮老人对美好人生的眷恋……同时,在惋惜人生的短暂无常。他们虽然步履蹒跚,已在黑夜里猜测着东方的日出,生命像下山的太阳随之拂去。但是,他们依旧挂满笑容……前方突然传来当当的大钟声……

张士琦对着老钟的方向,大声说:“世间谁能跳出生死自然规律,唯有养育咱们的沃土和这百听不厌的钟声,天久地长……”

祖国山明水秀,张浊人杰地灵。经历过风风雨雨,见证了张浊历史的老人们,夕阳下无比欣慰地笑了……

图书在版编目(CIP)数据

沃土/张凡军著．—青岛:青岛出版社，2017.9
ISBN 978－7－5552－6058－5
Ⅰ．①沃…　Ⅱ．①张…　Ⅲ．①长篇小说—中国—当代
Ⅳ．①I247.5

中国版本图书馆 CIP 数据核字(2017)第 220082 号

书　　名　**沃土**
作　　者　张凡军
出版发行　青岛出版社(青岛市海尔路 182 号,266061)
本社网址　http://www.qdpub.com
责任编辑　吴清波　梁　娜
特约编辑　张鑫龙
封面题签　付连晔
封面设计　苏　鹏
照　　排　青岛新华出版照排有限公司
印　　刷　青岛乐喜力科技发展有限公司
出版日期　2017 年 10 月第 1 版　2019 年 8 月第 2 次印刷
开　　本　32 开(890mm×1240mm)
印　　张　18.75
字　　数　375 千
印　　数　2001－4000
书　　号　ISBN 978－7－5552－6058－5
定　　价　39.80 元